À DIEU VAT

JEAN-MICHEL GUENASSIA

À DIEU VAT

roman

ALBIN MICHEL

IL A ÉTÉ TIRÉ DE CET OUVRAGE

Quinze exemplaires
sur vélin bouffant des papeteries Salzer
dont cinq exemplaires numérotés de 1 *à* 5
et dix exemplaires, hors commerce, numérotés de I *à* X

Rudolph Valentino

On est loin, si loin de Paris, sur une planète où il fait bon vivre, ou alors le paradis sur terre doit ressembler à cette guinguette en bord de Marne, en surplomb du fleuve, à l'abri d'un saule pleureur gigantesque et bordée de marronniers épais et de tilleuls fleuris où les misères du quotidien sont interdites d'accès, ici pas question de se plaindre du boulot harassant et des patrons, plus personne n'évoque la guerre ou la grippe, on ne les oublie pas, comment pourrait-on ?, mais les survivants ont envie de profiter de cette journée miraculeuse de juillet à laquelle succédera une nuit magique. Le paradis pour toujours. Rire. S'amuser. Chanter. Et ils se pressent Chez Félix, espérant dégoter une table pour se délecter d'une friture de goujons, d'une matelote ou d'une fricassée de lapin, avec un pot de ce vin blanc râpeux qui se descend sans y penser.

Et danser.

Félix sait comment attirer le chaland : petits prix, bonnes assiettes et Silvio à l'accordéon avec ses doigts de fée, qui fait tournoyer les amoureux sur la piste ou sous la tonnelle de la terrasse couverte de glycine et de lierre. Silvio, qui joue les yeux fermés, enchaîne en souriant valses, javas et musettes sans jamais se lasser. On trinque avec les amis, anisette pour les messieurs avec le sucre et la cuillère percée, ratafia vanille pour les dames.

Irène en tablier blanc court de table en table, sert, dessert, prend les commandes, crie des, Oui, oui, j'arrive. Repart en cuisine, lance les plats à suivre, s'essuie le front d'un revers de manche, charge le plateau comme une pyramide, pousse la porte de communication avec son derrière et replonge dans la cohue, Oui, oui, j'arrive. Le dimanche, c'est le coup de feu. Toute la journée. Jusque tard. Et le samedi, c'est les noces. En semaine, c'est plus calme, Félix n'ouvre que le soir. Dans le jardin, on joue aux boules, aux quilles, à la grenouille, les femmes en chapeau cloche font de la balançoire en tenant les pans de leur robe serrés, les hommes en cravate tombent la veste pour s'élancer aux agrès et remettent leur casquette sitôt les pieds à terre. Le négligé, c'est pour les bourgeois. L'après-midi, c'est sieste à l'ombre, aviron pour les courageux et valse musette pour les insatiables de danse. Un violoneux et un clarinettiste viennent renforcer Silvio, le moment de souffler un peu pour Irène après le deuxième service, maintenant Picon, bière et limonade s'accumulent sur les tables, Oui, oui, j'arrive. L'orchestre enchaîne les succès : « Brise napolitaine » et « Espoirs perdus » remplissent la piste, les danseurs imbriqués font la toupie et les premières notes de « La valse brune » retentissent.

C'est à ce moment-là qu'ils font leur entrée, lui est mince, l'air un peu triste avec son regard ténébreux, il envoie son canotier à ses amis d'une table voisine, ses cheveux gominés sont séparés par une raie, ses traits fins et ses sourcils épilés rappellent Rudolph Valentino. Avec sa fossette, il est aussi élégant que son modèle, sa compagne porte une robe en voile pervenche, un chapeau cloche bleu marine surpiqué, ils se mettent à tourner, sur la gauche, les autres couples s'écartent. Une démonstration de valse musette. On ne peut pas ne pas les regarder. Irène est bouche bée, la toupie devient vertigineuse, on les dirait fondus l'un dans l'autre, ils accentuent la vitesse de rotation au gré de la musique, sans dévier d'un centimètre, et quand Silvio ralentit le rythme, ils finissent au pas lent, se décollent légèrement, la femme a le visage empourpré et rayonnant, l'homme reste impassible, regarde par-dessus son épaule, aperçoit Irène, lui sourit légèrement, Qu'est-ce qu'il est beau !

Assis avec ses amis, Georges hèle Irène, elle se précipite, il passe sa commande, Et vous, que buvez-vous ? Il a des yeux marron brillants, des lèvres effilées, On n'a pas le droit de boire avec les clients. Elle s'éloigne, entend dans son dos, Plus tard, alors.

À dimanche prochain, le paradis.

Restent les habitués. Ils sont encore nombreux à profiter de cette soirée d'été. Quelques privilégiés ont des voitures. Ou n'habitent pas loin. Georges dîne avec un ami. Silvio accompagne le repas en sourdine. Georges invite Irène à danser, On n'a pas le droit de danser avec les clients. Alors Georges va trouver Félix, qui ne bouge jamais de la caisse. Trois-quatre mots. Félix sourit. Irène panique, Je ne sais pas danser.

– Te fais pas de bile. Tu me suis, c'est tout.

Elle voudrait être une libellule. Il lui prend la main, l'entraîne sur la piste. Silvio commence une valse lente. Irène pose la main sur l'épaule de Georges, Ferme les yeux, laisse-toi aller. La jambe d'Irène tremble. Tout le monde la regarde. Elle va mourir d'une apoplexie, c'est sûr, elle a déjà dansé mais avec des copines. Georges pose la main sur sa hanche, Qu'est-ce qu'il est beau. Respire, dit-il. Elle pèse une tonne. Donnerait sa vie pour des escarpins de vair. Il fait un pas sur la droite, tourne, elle l'accompagne, et elle valse. Peut-être pas avec la grâce de Loïe

Fuller ou Isadora Duncan. Mais Irène n'a que dix-huit ans. Et elle danse avec Rudolph Valentino.

Georges est têtu. Lui, il a confiance, il arrive toujours à ses fins. Question de temps et de persévérance.

Il revient le lendemain et chaque soir ou presque. Seul. En fin de service, il invite Irène à danser, elle interroge Félix du regard, il hausse les épaules. Finalement, elle a compris comment il faut faire, Ce n'est pas compliqué, faut se laisser porter. Elle se débrouille pas si mal pour une jeunette. Et puis, Georges disparaît. Cinq soirs de suite. Pourquoi ? J'ai dit quelque chose qui ne lui a pas plu ? Il réapparaît le dimanche. Élégant. Comme d'habitude, J'ai pensé à toi.

– Ah bon ? Moi aussi.

Aussitôt dit, Irène regrette d'avoir dit, Moi aussi. Qu'est-ce qu'il va croire ? Elle rougit. Simone, sa collègue serveuse, l'a prévenue, Méfie-toi de ce zigue, c'est le genre à faire des promesses pour… tu m'as compris. Il est trop vieux pour toi. Alors, Irène attrape son courage à deux mains, Quel âge avez-vous ?

– Vingt-cinq. Je n'ai pas eu de chance, je suis de décembre 99, j'ai été appelé en 18. Pour les six derniers mois de la guerre. J'ai été blessé en Argonne. À l'épaule.

Il vient quand ça lui chante. Débarque à minuit quand on range et qu'on balaye, demande si on peut lui faire une omelette. Le cuistot est parti depuis une heure. Félix se met aux fourneaux, Georges se pince les joues, Je suis crevé, on fait des journées de seize heures. Mais faut finir dans les délais. Irène le sert, Qu'est-ce que vous faites dans la vie ? Georges dévore comme un gamin, Je suis dans le cinéma.

*

Irène n'est pas une idiote, quoi qu'en disent certaines. Elle sait, c'est tout. Elle a cette capacité, ce don, faudrait-il dire, de décrypter les présages qui nous sont envoyés. Il n'y a pas de hasard. Jamais. Ces indications énigmatiques que le ciel nous adresse et que seuls ceux qui ont l'esprit ouvert peuvent deviner.

Les signaux du destin.

Comment appeler autrement ces petits cailloux que la providence s'amuse à disposer sur notre route ? Elle ne va pas citer la totalité des indices qu'elle a décryptés depuis des années, la liste serait trop longue, ce sont des détails personnels qui n'intéressent qu'elle, mais elle en cite trois qui ont marqué son existence et l'ont prévenue de ce qui allait se produire. Quand son père a été mobilisé en août 14, elle a tout de suite su que cela se passerait mal, elle n'avait pourtant que neuf ans à l'époque, les siens habitaient à Épinay, dans la banlieue sud de Paris, une maison près de l'Yvette. Le lendemain du départ de son père, en ouvrant la porte, elle a aperçu une mare de sang devant le paillasson. On n'a jamais su d'où ce sang venait, d'un animal blessé ou d'un être humain, ou si c'était une stupide plaisanterie. Sa mère Viviane, ses sœurs se sont posé mille questions, ont élaboré mille suppositions inutiles. Irène fut pétrifiée par ce liquide menaçant, C'est papa, je crois, il va mourir bientôt. Viviane, qui n'était pas d'un tempérament commode, lui a décoché une gifle qui lui a tourné le visage. Pourtant, quelques semaines plus tard, sa mère a reçu une méchante lettre lui annonçant la mort du père au cours de la bataille de la Marne.

Le deuxième clin d'œil qui mérite d'être rapporté s'est produit en 22, Irène avait donc dix-sept ans. Lors d'un repas de famille chez son oncle, le frère de sa mère, défiguré pendant la guerre, quand celui-ci a montré à Viviane deux photographies d'une guinguette joyeuse où il avait travaillé comme cuisinier avant-guerre, il a dit, Qu'est-ce qu'on était heureux en ce temps-là, je souhaite à chacun de vivre des moments pareils. Irène a examiné les clichés avec attention, a été saisie par l'image parfaite de bonheur qui en irradiait, C'est là que j'ai envie de travailler plus tard. L'oncle a répondu, Tu es trop jeune encore, Félix n'embauche que des serveuses confirmées, le travail est dur là-bas.

On connaît la suite.

Le troisième présage qu'Irène aime évoquer s'est produit chez Félix, quelques semaines auparavant. À la fin du service du dimanche, le personnel était épuisé par une journée harassante où on n'avait pas arrêté de courir depuis le midi. Irène, peut-être parce qu'elle était la plus jeune des serveuses, avait encore un peu de force et a dit à Simone, Tu es fatiguée, repose-toi, je vais rentrer les chaises à ta place. Ce qu'elle a fait. Et c'est en les empilant les unes sur les autres qu'elle a laissé tomber par terre un journal qu'une cliente avait oublié. C'était *Cinémagazine*, une revue qu'elle lisait chaque mois mais n'avait pas encore eu le temps d'acheter, elle aimait y lire les films racontés minutieusement et les potins sur les vedettes. Rêver un peu. Et qui posait sur la couverture de ce numéro ? Rudolph Valentino, bien sûr. On ne sait pas si c'est la joie d'hériter de ce journal gratis ou l'image de la star incandescente, en tout cas Irène a embrassé la photo de Valentino. À quatre reprises. Des bises sonores. Tout le monde l'a entendue et en a ri.

Sans commentaire.

*

Par une nuit bleu marine, un réverbère éclaire l'entrée d'un grand bâtiment en briques avenue du Général-Gallieni.

Georges pousse la grille et précède Irène dans une immense cour intérieure pavée où des ombres s'agitent, poussant de hauts panneaux peints et des meubles, Voilà mon domaine, on y travaille vingt-quatre heures sur vingt-quatre. Ce sont les studios Pathé. Pour trouver plus moderne et plus beau qu'à Joinville, faut aller en Amérique. Dans la journée, on peut tourner jusqu'à sept films à la fois, parce qu'il y a sept plateaux aussi grands que des halls de gare, mais cela n'est jamais arrivé, il y a soixante-dix loges de vedettes, dix par plateau, on a des piscines sous les plateaux pour les scènes aquatiques, dans nos ateliers la nuit on construit les décors du lendemain, on prépare les accessoires, les meubles, les costumes on en a trente mille, on fait tout sur place. Ici, c'est une vraie ville, avec une centrale électrique, un garage, une cantine, une pouponnière, une infirmerie. Les meilleurs réalisateurs tournent pour nous : Gance, Feyder, Duvivier. Georges prend Irène par la main, l'entraîne sur le plateau numéro 6, aussi élevé qu'un immeuble de six étages, où une douzaine d'hommes assemblent des éléments de décor : vélums, colonnes en stuc et miroirs de boîte de nuit chic accrochés au-dessus de banquettes rouges, des manutentionnaires déchargent des tables et des chaises capitonnées qui attendent sur d'énormes chariots motorisés. Dans les cintres, Irène aperçoit un fouillis de poutrelles, de passerelles, de câbles et de projecteurs que des électriciens déplacent sur les aiguillages. Un homme en bleu de travail les interpelle, Ho, Georges, tu viens bosser ?

– Merci, je suis dans l'équipe de jour. Je fais visiter à mademoiselle.

Pendant que Georges discute avec son collègue, Irène marche sur un objet dur, elle se baisse, ramasse un dé à coudre doré. Elle ne sait pas encore s'il s'agit d'un signe du destin ou pas, elle le met dans sa poche. Au cas où. Elle dévisage Georges, Vous n'êtes pas comédien ?

– Tu plaisantes ? Moi, je suis menuisier. Je suis embauché au film, douze jours de tournage au minimum, plus la préparation et le démontage. Ce n'est pas le taf qui manque. Dans la journée, on se dirait dans une ruche. Alors, qu'est-ce que t'en dis ?

– C'est gigantesque.

– Tu peux venir voir un tournage si tu veux. Georges montre à Irène des portants de vêtements et de smokings et un avec quatre robes du soir alignées, En ce moment, on tourne *Le Juif errant*, une grosse production avec André Marnay et Antonin Artaud. Le film doit durer plus de cinq heures et être projeté en plusieurs épisodes. Ces robes sont pour Jeanne Helbling.

Irène caresse les soies et les dentelles, Elles sont magnifiques. Georges pose la main sur son épaule, Valentino lui sourit, se rapproche, elle ferme les yeux. À quoi bon résister ? Il l'embrasse longuement.

Un baiser de cinéma.

*

Georges est un homme délicieux, qui se met en quatre pour faire plaisir à Irène. Et ce n'est pas facile car il doit composer avec un emploi du temps qui réclame sa présence aux studios où il ne compte ni ses heures ni sa peine, et le lundi, jour de repos d'Irène, lui, il est pris. Sauf quand il n'y a pas de tournage. Mais en ce moment, ça tourne. Sans arrêt, On ne va pas se plaindre de bosser. Alors, il s'arrange avec les collègues, demande l'autorisation au régisseur, saute sur son vélo et met dix minutes en pédalant aussi vite que Bottecchia, la flèche du Frioul, pour retrouver sa belle, J'ai une demi-heure, pas plus, avant qu'on change le décor pour Françoise Rosay. Et il repart sans avoir fini son demi panaché. Le retour est plus long car il y a la côte à gravir. Quand le dimanche il est enfin disponible, c'est Irène qui est prise, sans aucun espoir de pouvoir se libérer. C'est compliqué d'être amoureux. Il y a des moments miraculeux. Des après-midi sauvés où ils peuvent se promener sur les berges ou aller voir *Poil de carotte* de Duvivier au Trianon à Nogent, un film bouleversant, ou faire un tour à la Foire aux pains d'épice, place de la Nation, où Georges montre son adresse au tir à la ficelle, décroche un ours en peluche, l'invite à monter sur tous les manèges, et elle adore ça. Irène rit comme jamais.

– Moi, j'adore ton rire, dit-il.

Il achète deux pommes d'amour, lui en offre une. Et il est bouleversé quand elle dit, Ce serait bien qu'on se voie plus. Lui, il se sent tout chose avec cette fille. Une impression jamais éprouvée. D'être mou et de paniquer en même temps, avec le cœur qui tambourine. Jamais ses jambes n'ont flageolé devant une fille, sa gorge ne s'est jamais serrée, même quand il avait seize ans pour son premier béguin, Combien de temps faut-il avant de se déclarer ? Il pose la question à deux collègues qui ne se moquent pas de lui mais ils ne connaissent pas la réponse et le charrient quand même.

Un jeudi soir, chez Félix, Georges apparaît, essoufflé, il a pédalé comme un dérató, il doit se dépêcher car il est de tournage de nuit. Il est tout rouge, se dit qu'il va être ridicule, mais il doit savoir.

Question de survie.

Il lui faut une réponse. Impérativement. Et si elle le rejette, qu'elle le trouve trop vieux ou qu'il ne lui plaît pas, il préfère mourir d'une crise sur le coup. Elle, elle court, Oui, oui, j'arrive. Il se jette à genoux au milieu de la piste, comme il l'a vu faire dans le film de Griffith avec Lilian Gish, présente un diamant dans son écrin, et qui n'est pas un accessoire en toc comme

Simone le suggérera tout à l'heure mais qu'il a payé comptant chez Morin Frères, les bijoutiers du cours de Vincennes, Irène, mon amour, veux-tu être ma femme ? Irène, c'est vrai, tombe des nues, et Félix, Silvio et les autres aussi. Ils dévisagent Irène.

Oui ou non ?

Elle hésite, désorientée, elle frissonne, devient rouge elle aussi, elle chuchote quelque chose, mais personne n'entend son murmure. Georges est paniqué, son cœur va exploser, c'est sûr, Qu'est-ce que t'as dit, j'ai pas entendu ?

– Oui, oui. Je veux bien.

Il lui embrasse les mains. On a l'impression qu'il va se mettre à pleurer. Les danseurs crient, Un baiser, un baiser. Ils s'embrassent sous les applaudissements. Il dit, Mets la bague. Elle la passe, elle est parfaite, C'est bon signe, tu dois la porter. Georges offre une tournée de mousseux, on trinque à leur santé, il repart fissa, sinon il va se faire remonter les bretelles. Tout le monde félicite Irène pour le futur et pour la bague, même Félix. Simone, elle, n'a pas l'air enthousiaste, elle n'est pas médisante, elle est réaliste, T'es pas obligée. Tu peux réfléchir. Tu le connais depuis trois mois à peine. Autant dire que tu ne le connais pas. Moi, je me méfierais. Et puis, sa bague elle est peut-être en toc.

– Comment savoir si c'est le bon numéro ? Combien de temps faut-il avant de dire oui ?

Silvio les a rejoints, Si on connaissait la réponse, il n'y aurait pas de chansons d'amour. C'est parce que ça sonne bien à l'oreille qu'on fait rimer amour et toujours, mais dans la vie c'est plus compliqué, faut un peu de chance, c'est tout. Écoute ce que ton cœur te dit.

Irène est désorientée, c'est une proposition inattendue, elle se demande ce qu'un homme comme lui, qui est beau et intelligent, danse comme un dieu et a toutes les femmes de la terre à ses pieds, peut lui trouver, à elle qui n'a rien de particulier. Irène scrute le miroir, elle n'est pas jolie. Pas laide non plus. Pas très grande, ni petite. Elle a de beaux cheveux noirs et brillants, c'est vrai, a raté son certificat d'un rien, connaît les chefs-lieux de département, cuisine bien d'après ce que dit Viviane. C'est ça qu'on doit appeler l'amour, pense-t-elle, quand il n'y a pas d'explication et que ça ressemble à un miracle.

Georges la met à l'aise, On se mariera quand tu voudras, mais le plus tôt sera le mieux. Moi, j'ai envie d'avoir une famille. Et toi ? Irène n'a jamais réfléchi à cette question. Elle se dit, Oui, oui, c'est dans l'ordre naturel, et répond, Ben, moi aussi. Georges habite rue Aristide-Briand à Joinville, un deux-pièces avec vue sur la Marne qu'on aperçoit en se penchant par la fenêtre de la salle d'eau, il est doué de ses mains comme c'est pas possible, Y a qu'en orthographe que je suis pas bon, ne me demande pas d'écrire des lettres d'amour. Il fait de la place dans le placard de l'entrée. Irène s'installe à moitié, à cause de sa mère qui a des principes, mais Viviane n'en fait pas une histoire, C'est ton promis, ma fille, ce n'est pas pareil.

Georges passe chez Félix tous les soirs ou presque, avant ou après le boulot, c'est selon. Irène dit, Je n'aime pas que tu danses avec les autres. Maintenant, c'est moi ta fiancée. Georges ne fait jamais les choses à moitié, il obtempère sans barguigner, Juré, les autres femmes c'est fini, je ne danserai plus jamais qu'avec toi. Dis-moi, Irène, tu t'y connais en couture ?

– À l'école, je me débrouillais bien. Au certificat, ce n'était pas facile. On nous a donné un carré de percale et il a fallu bâtir, dans le sens de la chaîne, un ourlet de cinq centimètres de hauteur, le border avec un pli de trois au milieu et le coudre au point de piqûre, et à côté exécuter une bride à bouton, eh ben, j'ai eu 9 sur 10 ! Pourquoi ? Tu veux que je te recouse un bouton ?

– Non, comme ça. Pour savoir.

La semaine suivante, Georges invite Irène à voir *Monsieur Beaucaire* sur les Grands Boulevards, bien qu'il l'ait déjà vu trois fois, un film en costumes, somptueux, dont il connaît chaque plan et où Valentino dans le rôle difficile du duc de Chartres montre l'étendue de son talent, Tu vas voir, c'est le meilleur comédien du monde.

À la sortie, il propose à Irène de prendre une glace au Brébant, il reste muet, paraît soucieux. Irène le fixe, Il y a un problème ? J'ai beaucoup aimé ce film, tu sais.

– J'ai trouvé la solution pour qu'on ne soit plus séparés. Je suis allé demander au chef costumier s'il avait besoin de petites mains, de couturières quoi. Il m'a répondu qu'il cherchait en permanence des cousettes qui soient capables d'adapter les costumes aux figurants et aux seconds rôles, qui soient rapides et pas empotées et qui s'adaptent au rythme des tournages, on peut finir à pas d'heure. Enchaîner un mois de tournages, s'arrêter quinze jours, et comme tous les voltigeurs, faut aller où on embauche, bosser aux studios de Billancourt, de Montreuil ou d'Épinay. Là, c'est fatigant, on doit se lever à quatre heures à cause des transports. Et question salaire, pour une habilleuse, c'est moyen, 230 francs la semaine.

– Ce n'est pas si mal.

– Et après les quarante-huit heures, il y a les heures supplémentaires, et la cantine n'est pas chère. Mais surtout, c'est une sacrée chance de côtoyer Harry Baur, Gaby Morlay ou Dita Parlo, tu te rends compte ?

– Tu crois que je saurais ?

– C'est juste des retouches, des reprises. Comme ça, on pourra toujours rester ensemble.

Le dé à coudre doré ! Un signe, je vous dis.

À la Foire aux pains d'épice, Irène a repéré une voyante qui a de la clientèle, il y a quatre personnes qui attendent leur tour, et pour Irène c'est un signe car le 4 est son chiffre porte-bonheur, quand elle achète un billet de loterie, elle prend un 4, quand elle trouve un 44, il est remboursé, et la seule fois où elle a eu un 444, elle a gagné 400 francs ! Irène demande à madame Nadia de lui tirer les cartes, celle-ci en aligne quatre sur le guéridon, Pour vous, le moment est venu de grandir, je vois une femme qui maîtrise le lion après des perturbations, vous aurez une passion charnelle avec un homme à forte personnalité, avec de la jalousie aussi, il y aura des épreuves mais vous en triompherez et réussirez à trouver un équilibre entre l'ombre et la lumière, le temps sera un allié précieux, vos efforts seront récompensés et finalement vous ne le regretterez pas. Et, avec le Chariot avant l'Empereur, il faut battre le fer quand il est chaud.

Le mariage d'Irène Marchand et de Georges Chardin est célébré à la mairie de Joinville. Georges a refusé la célébration religieuse, Manquerait plus que ça !

Je suis la femme de Georges. Pour toujours.

De l'avis des spécialistes, la noce chez Félix est particulièrement réussie. Et marque les adieux d'Irène à ses amis. Le lundi suivant, elle est embauchée sur le tournage de *Nitchevo*, une grosse production de quatre semaines et qui débordera de neuf jours, mobilise deux plateaux, et pour laquelle un sous-marin plus vrai que nature a été construit dans la grande piscine. Jacques de Baroncelli, le metteur en scène, est furieux car il y a des problèmes d'infiltrations, mais depuis son atelier, Irène ne voit rien du tournage, elle doit adapter les uniformes aux sous-mariniers, elle a l'honneur de reprendre la robe trop étroite de Suzy Vernon, qui répète son rôle pendant l'essayage et ne lui adresse pas un regard, À quoi ça sert qu'elle apprenne par cœur ? pense Irène. C'est un film muet. Par contre, quand elle raccommode l'ourlet de manche de Charles Vanel, il lui demande comment elle s'appelle et lui sourit, et lorsque trois jours plus tard elle recoud un bouton qui pendouille sur sa vareuse de commandant et qu'elle rembourre son épaulette, il la remercie par son prénom. Irène apprend vite les rudiments du métier : on travaille par à-coups et à toute vitesse, tout le monde s'affole, il ne faut pas rétorquer si le chef costumier s'énerve, et puis on attend des heures avant le prochain coup de feu. Entre-temps, on prépare les costumes de la scène suivante sans se biler, on papote avec les copines – ce ne sont pas les potins qui manquent – en fumant une cigarette dehors. Elle mémorise la règle d'or : pour avoir une longue vie dans un studio, il faut la fermer, celles qui la ramènent, on ne les reprend pas pour le film suivant.

Georges profite d'une période creuse pour inviter Irène au Trianon de Nogent pour voir *L'Aigle noir*, le nouveau film de Valentino. La salle est archicomble. Pendant la projection, Irène regarde Georges à plusieurs reprises, elle peut lire la progression de l'histoire sur son visage. Il est bouleversé, trépigne, éclate de rire, se mord le poing. Lors du générique de fin, les applaudissements des spectateurs debout retentissent, Georges est emballé, C'est un des meilleurs films que j'aie jamais vus, le meilleur même. Irène est moins exaltée, elle a trouvé l'intrigue lente et Valentino trop guindé et maquillé pour un aventurier, dans ce registre elle préfère le viril Douglas Fairbanks qu'elle a adoré dans *Zorro* mais elle n'en dit rien, d'autant que le dimanche suivant, au lieu d'aller danser chez Félix, Georges veut retourner voir le film, et chaque dimanche tant qu'il restera à l'affiche. Maintenant, son mari se gomine les cheveux et se laisse pousser les pattes comme Valentino ; parfois, quand ils se promènent dans la rue, Irène remarque les femmes étonnées qui se retournent sur leur passage, qui se demandent fugitivement, Est-ce que c'est lui ? À sa manière, Georges est un artiste clandestin, bouleversé par la grâce de Valentino, sa légèreté, pour lui, ce n'est pas un comédien qui joue sur un écran mais la beauté et la délicatesse incarnées, il voudrait tellement lui ressembler, avoir son aisance et son charme, il voudrait rayonner comme son idole. Alors, Georges s'habille en dandy : chemise à col anglais amidonné avec une épingle argentée, cravate à pois, veston en tweed cintré à fines rayures, bottines à tiges, heureusement ses extravagances vestimentaires ne lui coûtent pas cher car il se débrouille, récupère pour trois francs six sous des éléments de costume à la fin des tournages. Quand il emmène Irène danser au bal Chambon, elle pénètre sur la piste avec l'élégance de Pola Negri, ignore avec délectation les regards d'envie des autres femmes et s'applique pour mériter cet homme exceptionnel. Pour le tango ça roule à peu près, pour la valse c'est haché, elle suit, n'arrive pas à anticiper. Georges s'agace, Dommage que tu ne saches pas danser avec Valentino.

Les tournages se succèdent, se chevauchent, s'arrêtent, reprennent, sont décalés, les voltigeurs doivent s'adapter et dire merci, malheur à ceux qui râlent, Irène traverse Paris à l'aube pour rejoindre Billancourt, accepte de travailler à 170 la semaine, à prendre ou à laisser, ne compte ni ses heures, ni sa fierté, car les habilleuses viennent juste avant les balayeurs dans la hiérarchie, souvent les portes des studios se ferment sur son nez, Complet ! ou pire, Pas de film prévu avant le mois prochain. Et quand il n'y a pas de tournage, l'argent ne rentre pas, il faut se serrer la ceinture. Combien de temps ça va durer avant de ne plus pouvoir tenir ? Félix la reprend comme extra le dimanche, mais cela ne suffit pas. Elle remplace une copine qui part en province se marier et qui travaille à domicile pour des richardes de Saint-Maur. C'est plus calme que le studio, mieux payé, et c'est toujours de la couture. Des robes sur patrons pour petites filles modèles, des costumes marins pour les garçons. Des rideaux aussi. Elle reprise même les chaussettes. Ça fait bouillir la marmite. Et au moins, une des femmes pour qui elle travaille est gentille. Pas comme les régisseurs qui vous traitent comme du bétail.

*

Valentino est hospitalisé dans une polyclinique de la 50e rue, terrassé par une mauvaise fièvre après une opération. À trente et un ans, son état est désespéré. Dieu peut-il mourir ? C'est impossible, un mensonge. On l'a empoisonné, c'est sûr. Huit jours durant, des milliers de personnes campent sur le trottoir, bloquent la circulation, d'innombrables bouquets de fleurs s'amoncellent à l'entrée. Tétanisé, incrédule, Georges suit l'agonie, l'oreille collée au poste de radio, guettant chaque heure le journal parlé. Même pour la mort de son frère atteint de la grippe espagnole, il n'a pas ressenti cet accablement, il se fait porter pâle aux studios, et lui, le mécréant qui se targue de n'avoir jamais mis les pieds dans une église, va offrir un cierge à saint Charles. S'agenouille face à la statue de la Vierge, joint les mains, implore Dieu sait qui. Les mêmes prières montent de tous les continents, partout on tremble, on supplie pour son rétablissement. Et la catastrophe ! 23 août 26. Journée effroyable. La plus grande star de tous les temps s'éteint. Le monde s'effondre. Pendant une semaine encore, des dizaines de milliers de personnes défilent en pleurs jour et nuit devant son cercueil. Cent mille suivent l'enterrement à New York, des femmes se jettent des gratte-ciel pour le rejoindre dans l'éternité.

Pour Georges, il y a un avant et un après, la vie ne vaut plus la peine d'être vécue, il reste prostré, ne se nourrit plus, ne se lave plus, ne répond pas quand Irène lui adresse la parole, parfois des larmes coulent de ses yeux sans qu'il réagisse. Un poids lui oppresse la poitrine, l'empêche de respirer. Le médecin refuse de lui prescrire des médicaments qui feraient plus de dégâts, lui suggère de faire de l'exercice, de manger de la viande rouge. Cette maladie tombe mal, Irène travaille aux studios d'Épinay sur *Jean Chouan*, où elle a un boulot fou pour adapter les costumes d'époque révolutionnaire aux figurants. Elle rentre à minuit, prend Georges par la main, le force à descendre, ils vont marcher au bord de la Marne, il avance comme un petit vieux, elle lui rapporte les potins du tournage, évoque Luitz-Morat, un metteur en scène si gentil. Georges l'écoute-t-il ? Irène ne sait comment lui annoncer qu'en trois mois, les économies ont fondu, elle peut payer le prochain terme, mais après, que fera-t-elle s'il ne retourne pas aux studios, J'ai entendu dire que Desfontaines va enfin tourner *Belphégor*, il entre en préparation à partir de lundi pour douze semaines de tournage, ils sont en train de constituer l'équipe. Tu as besoin de te changer les idées, Georges, de penser à autre chose. Georges ne bouge pas, les yeux perdus dans le vague, il prend la main d'Irène, la serre fort, Je veux qu'on ait un garçon, on l'appellera Rudolph.

Georges retourne bosser, ramène une paye à la maison mais il ne sourit plus, rentre tard ou ne rentre pas, sans donner d'explications. L'enfant n'arrive pas. Comment expliquer que ce soit si long ? Si Irène ne pouvait pas avoir de bébé, ce serait une catastrophe. La vie reprend comme avant ou presque, Georges enchaîne les films, Irène est souvent inemployée, il tente de la placer auprès d'un chef costumier mais celui-ci ne veut pas l'engager parce qu'elle ne travaille pas assez vite, On fait du cinéma nous, pas de la haute couture, faut que ça dépote, et puis ta femme rechigne à repasser les costumes à la fin de la journée sous prétexte qu'elle est couturière et pas repasseuse. Georges bosse sur les intérieurs du *Napoléon* d'Abel Gance aux studios de Boulogne, dont le tournage, commencé deux ans et demi auparavant, coûte une fortune, emploie deux cents techniciens, et pour lequel il faut construire cent cinquante décors grandeur nature, Georges reprend trois fois celui de la salle de bal de la Malmaison car Gance, jamais satisfait des peintures pastel, exige que les teintes correspondent à celles du château, bien que le film soit en noir et blanc, Un timbré qui joue à l'artiste et recommence vingt fois chaque prise. Quant à Dieudonné, il se prend pour l'Empereur et ne parle qu'à lui-même. Le producteur s'arrache les cheveux, le rythme de tournage de seize heures par jour est épuisant, Georges dort dans une pension à Boulogne pour ne pas faire le trajet, le film va durer huit heures, le producteur fait faillite, les prises s'arrêtent, reprennent. Georges est mis à la porte du plateau après s'être battu avec un collègue dont il a tuméfié les paupières pour avoir traité Valentino de « tantouse maquillée comme une gonzesse » et s'être moqué de ses mimiques grotesques, deux réflexions insupportables pour Georges, qui passe ses soirées au Majestic où se joue sans discontinuer *Le Fils du cheik*, le film posthume de son idole qui est tout simplement le plus beau spectacle jamais vu et qui, à chaque projection, lui arrache des exclamations quant à la modernité du jeu et à l'interprétation bouleversante de la plus grande vedette de tous les temps, trop tôt disparue. Au cours du tournage de *L'Argent* de Marcel L'Herbier, Irène découvre qu'elle est enceinte.

Enfin.

Georges est rarement là, il passe en coup de vent pour récupérer des affaires, elle lui annonce la bonne nouvelle. Il semble surpris, Ah bon ! Il repart aussitôt. Elle renonce à faire la moindre observation car il s'emporte vite, se met à crier, lui reproche de se plaindre tout le temps et de ne pas vouloir travailler, une fois il l'a attrapée par le bras et l'a secouée comme une cloche.

Le dimanche, elle reste seule, Georges ne l'emmène plus danser.

Avec la crise, il n'y a plus aucune production à Joinville depuis trois mois, heureusement Irène fait de la couture à domicile. Madeleine Jansen veut changer les doubles rideaux de l'immense maison de Saint-Maur entourée d'un parc et d'un verger, Quelque chose de plus gai, avec des galons à franges et des embrasses colorées. Elle ne regarde pas à la dépense sur la passementerie, fait venir le tissu de Venise. Madeleine a son caractère, et un rien la fatigue, même si elle marche durant deux heures chaque matin d'un bon pas. Dès qu'un rayon de soleil apparaît, elle s'installe dans un transat derrière la haie de lauriers et peut rester des heures à se faire bronzer. Elle n'est restée qu'une semaine avec son mari, le capitaine Jansen, dans son casernement du 67e d'infanterie à Soissons, C'était à mourir d'ennui, vous n'avez pas idée, il ne s'y passe rien, strictement rien. D'ici deux ans, Charles peut espérer Nancy ou Rennes, et plus tard Paris.

Elles découvrent qu'elles sont nées le même jour, mais pas au même endroit. Madeleine, qui croit aussi dur comme pierre aux signes et à la synchronicité, n'en revient pas de cette coïncidence, en plus elles mesurent un mètre soixante-trois toutes les deux et chaussent du 39, On était faites pour se rencontrer. Madeleine décide de fêter leur anniversaire commun avec ses cousines et des voisines, elle qui ne se nourrit que d'amandes et de noix commande un gâteau au chocolat et un diplomate à la fraise à la cuisinière, elles soufflent leurs bougies en même temps. L'une est gaie, l'autre pas. Peut-on vraiment être amies alors qu'on n'est pas du même monde ? se demande

Irène qui n'est habituée ni à ce luxe ni à cette légèreté. Mais Madeleine dit qu'elle aime qui elle veut, L'amitié ça se sent, ça ne s'explique pas.

Quand Madeleine n'est pas à son domicile, Irène la retrouve chez Jeanne, sa meilleure amie, qui a hérité de la moitié de la banque Schmidt Frères, elles se connaissent depuis l'école et sont inséparables. Jeanne s'est mariée avec un Virel d'Épernay dont la maison de champagne est renommée et habite à proximité dans une maison gigantesque entourée d'un parc anglais avec vue plongeante sur la Marne, dont elle refait la décoration qui ne lui convient jamais. Irène découvre, ébahie, sa collection de robes du soir, moitié Poiret, moitié Patou, qui occupe une penderie du premier étage et qu'elle augmente chaque mois, bien qu'elle affirme ne plus sortir ou presque. Jeanne a le cœur sur la main, quand Irène s'extasie sur un tailleur en jersey beige de Patou, aux coutures invisibles, elle le lui donne, car elle ne l'a jamais aimé et ne l'a porté que le jour de l'essayage. Lorsque Irène révèle à Madeleine qu'elle est enceinte, cette dernière s'exclame, Moi aussi ! C'est un signe, non ? Nos enfants vivront dans un monde plus humain.

Un mois plus tard, Jeanne découvre à son tour qu'elle est enceinte, le médecin lui impose de garder la chambre, elle a déjà fait deux fausses couches et redoute de perdre le bébé.

Irène a l'impression que les jours heureux de son mariage sont derrière elle, Madeleine lui remonte le moral, Les hommes, ils ne pensent qu'à une chose. Il ne faut pas s'en préoccuper plus que ça. Moi, mon mari, je me demande toujours s'il m'aime autant qu'il le dit ou s'il m'a épousée parce que je suis l'héritière des laboratoires Montet. Madeleine engage Irène comme couturière quand aucun studio ne l'embauche. Même si elle n'a pas besoin d'elle à plein temps. Comme ça, elles restent ensemble, Et j'aime bien quand on papote toutes les deux.

Irène grossit. Un ventre pointu qui pèse lourd, Viviane et la voisine du dessous prédisent un garçon, ou deux si ça se trouve. Sa tante fait tomber un mouchoir, Irène le ramasse, Tu n'as pas plié les jambes ma fille, ce sera un garçon. Le bébé est agité, donne des coups de pied, Georges paraît rassuré par l'arrivée de Rudolph, mais quand il colle son oreille sur la peau tendue à éclater, c'est le silence. C'est bizarre, pourquoi j'entends rien ? Madeleine, c'est étonnant, n'a pris que deux kilos. Personne ne remarque sa grossesse. Pour elle qui a des nausées à n'en plus finir, ce sera une fille, c'est sûr. Elle est ravie. Le capitaine aussi, On va faire des rideaux roses.

Irène retourne sur le cours de Vincennes consulter madame Nadia qui pose un pendule sur son ventre, il se met à se balancer avec une amplitude mystérieuse, Ce sera un garçon, je ne me suis jamais trompée. Irène est rassurée, elle se met à pleurer. De joie. Émue, madame Nadia lui offre une séance gratuite de boule de cristal, Mais il ne faudra pas le répéter, sinon il y aura une queue jusqu'à la Nation, et puis la divination pour les enfants à naître est très compliquée. La voyante plonge la caravane dans l'obscurité, Irène s'assoit sur la chaise en face d'elle, Nadia allume une bougie, enlève le feutre qui recouvre la boule immaculée, fixe longuement l'intérieur du cristal, avance ses mains au-dessus, pouces joints, reste plusieurs minutes immobile dans cette position, Votre fils aura un destin agité, rien ne pourra l'en détourner, mais ce sera la vie qu'il désire, j'aperçois d'énormes nuages rouges qui montent haut dans le ciel, de l'agitation, j'entends des explosions, des dangers, de grandes joies aussi.

– Rudolph sera militaire ?

– … Certainement. Vous aurez une famille magnifique. Quatre garçons !

Georges est absent, même quand il ne tourne pas, il affirme qu'il fait le tour des studios pour chercher du boulot, Irène a des doutes, mais lorsqu'elle pose des questions idiotes, Est-ce que tu vois quelqu'un ?, Georges s'énerve, Tu dois m'accepter comme je suis, et je suis comme Valentino, je ne peux pas être l'homme d'une seule femme.

Irène attend la délivrance, le ventre comme un obus de 115. Pour Madeleine, ça avance aussi, mais avec élégance. Elles doivent accoucher à quelques jours l'une de l'autre. Qui la première ? De son côté, Jeanne n'a plus le droit de poser le pied par terre.

Le 17 juillet 1928 en fin de matinée, quand Irène a ses premières contractions, Georges travaille aux studios de Boulogne sur *Le Capitaine Fracasse* avec Pierre Blanchar en Sigognac mélancolique et Charles Boyer en Vallombreuse odieux. Pas moyen de le prévenir. Tant pis, il aura la surprise en revenant dimanche. Viviane court chercher la sage-femme qui habite à côté. Sa fille n'est pas croyante, elle ne s'est même jamais posé la question, elle a été baptisée parce que tout le monde est baptisé mais n'a remis les pieds dans une église que pour l'enterrement de sa grand-mère et le mariage d'une cousine, pourtant, au moment précis où sa mère lui serre la main et où la sage-femme lui crie de pousser, Irène qui appréhende la douleur pense, Mon Dieu, faites que ce soit un garçon. Ce qui est idiot comme réflexion car le mal est fait depuis longtemps déjà.

L'accouchement se déroule rondement. L'infirmière pose un bébé chevelu sur le ventre de sa mère étonnée, Elle est magnifique. Irène est dépitée, partagée entre l'émotion fébrile qu'elle ressent pour cette chose si fragile à la voix tonitruante et la déception annoncée pour Georges, Il va devoir s'y faire, elle est si mignonne avec sa fossette, le prochain ce sera un garçon, on avait prévu Rudolph mais ce n'est pas possible et il n'existe pas d'équivalent féminin. La mère d'Irène et la sage-femme consultent le calendrier des Postes, elles adorent Marceline qui est à la mode.

– Elle n'a pas une tête à s'appeler Marceline, dit Irène.

– Riquita ! suggère l'infirmière, c'est joli.

Irène examine la liste des saintes du jour, dévisage longuement sa fille, Elle s'appellera Arlène !

Le même jour, à la maternité Baudelocque, mais avec dix minutes de retard, Madeleine Jansen met au monde Daniel, qui se signale aussitôt par sa placidité, il ne pousse aucun cri, ne pleure pas, et s'endort en souriant.

Georges apparaît le dimanche soir, d'une humeur détestable, car Leducq, son favori, vient de perdre le Tour de France, et dans les grandes largeurs en plus. Quand Irène lui présente la petite, il est désarçonné, Mais on avait dit que ce serait un garçon ! Georges s'estime trahi et part en claquant la porte. Irène se sent fautive, comprend sa déception, Il n'a pas tout à fait tort, pense-t-elle. Le mercredi suivant, Irène se sent vaillante pour reprendre le travail, et a lieu la présentation d'Arlène à Daniel, ou le contraire car Daniel dort, ils ont une semaine déjà, sont totalement indifférents l'un à l'autre, les cris stridents d'Arlène ne troublent pas le sommeil profond de Daniel. Irène demande s'il faut changer les rideaux roses de la chambre de Daniel pour des bleus. Madeleine réfléchit, Non, le rose c'est joli pour les garçons aussi.

Un mois plus tard, Jeanne ressent les premières douleurs, l'accouchement se présente mal. Maurice, enfin revenu d'Épernay, a été clair, Il faut sauver le bébé. À deux reprises, le cœur de Jeanne s'arrête et repart. Dieu sait pourquoi. Elle accouche en enfer d'une fille d'à peine un kilo huit, la douleur est pire que ce qu'on lui avait promis, elle respire, se détend enfin quand elle entend avec terreur, Il y en a un autre ! Jeanne frissonne et s'évanouit, se réveille le lendemain, a horriblement mal au ventre. Le médecin a fait une césarienne pour le deuxième, un garçon de deux kilos cinq, elle ne pourra pas avoir d'autres enfants. Mais elle s'en fiche, avec ses jumeaux Thomas et Marie, elle a rempli son contrat et assuré la continuité de la dynastie.

Madeleine, anémiée, fait profiter Irène de son régime à base de rôtis saignants, gésiers de canard, jus d'orange et tartines de miel, et cette dernière allaite les deux petits l'un après l'autre, heureusement, les jumeaux ont chacun leur nourrice. Madeleine remarque la tristesse de sa couturière, Finalement, on aura été heureux quatorze mois et quatre jours, ce n'est pas beaucoup.

– Surtout, ne vous laissez pas faire. Les hommes, c'est comme les chevaux, ils jouent les farauds mais ils doivent comprendre qui tient les rênes, sinon ils vous piétinent vite fait bien fait. Si votre Valentino ne vous aime plus, alors tant pis pour lui, ce sera ceinture.

Irène ne répond rien, parce que c'est sa patronne, elle hoche la tête comme si elle était d'accord, mais elle pense le contraire, elle n'en veut pas à Georges de l'avoir trompée avec la moitié du studio et de ne pas s'occuper de sa famille. C'est une fatalité, comme cligner des yeux face au soleil, un point c'est tout. Quand on est la femme d'un Valentino, on ne peut pas réagir comme les autres femmes. Vouloir la fidélité et tout le toutim. Elle sait qu'entre eux, c'est indestructible, et qu'ils sont liés l'un à l'autre par des fils invisibles plus durs que l'acier. Il l'aime, c'est une certitude. À sa manière. Alors, elle le prend comme il est, avec le bon et le moins bon. Au fond, Georges est un artiste. Un menuisier de studio et un artiste.

Le quatuor de Saint-Maur à Dinard

Leurs souvenirs se sont emmêlés, ils ont tellement vécu ensemble qu'ils ne savent plus distinguer leur propre mémoire de celle de leurs amis, ce qui leur appartient en propre, qu'ils ont conservé dans un pli de leur cerveau, ou ce qu'ils ont ajouté parce qu'on le leur a raconté ou qu'ils l'ont vu sur une photo. Finalement, les pièces éparses se sont rassemblées, ils ont quasiment le même puzzle dans la tête. Et les quatre sont noués les uns aux autres comme les membres d'une famille soudée.

*

Arlène soutient que son premier souvenir, quand elle était bébé, ce sont les hurlements de Daniel lorsqu'ils prenaient leur bain ensemble et qu'il se débattait pour ne pas entrer dans la baignoire, distribuait des coups de pied qui pouvaient faire mal, mais Madeleine était intransigeante et Irène finissait par le plonger dans l'eau malgré ses cris. Daniel, lui, affirme se rappeler leurs rictus, leurs rires même, quand il manquait d'étouffer, il revoit leurs visages hilares et le frisson de sa vieille peur revient le troubler. Personne n'a jamais cherché à élucider la raison de cette épouvante, à l'époque cela ne se faisait pas. Daniel a peur que l'eau pénètre dans son corps par ses oreilles et son nez, une peur panique, Quand on le baigne, il crie sa terreur.

Chaque soir, la même sérénade recommence, personne ne comprend pourquoi il refuse de se laver, l'eau est chaude et parfumée, avec des canards, des girafes et des grenouilles qui flottent ; Arlène joue sans lui, intriguée par ces hochets qui refusent de couler, ce mystère la sidère et elle n'est pas loin de redécouvrir le théorème d'Archimède. Irène pense que c'est la petite fille qui le gêne, elle l'éloigne mais rien ne change. Daniel se raidit comme un rondin dès qu'on le déshabille, il se débat, s'égosille dès qu'on l'attrape, donne des coups de griffe, mord parfois. Irène dit, Ce n'est pas possible, madame, il souffre trop, je préfère le laver avec un gant. Grâce à elle, Daniel échappe au supplice de la baignoire. C'est probablement pour cela qu'il a une affection particulière pour Irène et qu'il l'écoute, plus que sa mère.

Madeleine, Jeanne et Irène discutent longuement de cette phobie de l'eau, en cherchent en vain la raison. Peut-être qu'aujourd'hui on lave trop les enfants ? Tour à tour, elles le rassurent, jurant qu'il ne risque pas de se noyer, qu'elles sont là pour le protéger, ou elles lui font honte, Les garçons n'ont pas peur de l'eau, regarde Arlène, c'est une fille, elle n'a pas peur. Mais cette tactique échoue. Comme les autres. Elles tentent de le raisonner, lui montrant qu'Arlène, Thomas ou Marie s'amusent à patauger, restent une heure dans le bain sans aucune crainte, elles s'évertuent à le faire parler, mais Daniel est trop jeune probablement pour s'exprimer, et comme le médecin de famille a conclu, Ça lui passera avec l'âge, il ne faut pas l'embêter. Elles décident qu'on le lavera avec un gant. Et Daniel vit à peu près aussi propre que les autres, mais il reste sur ses gardes à l'heure du bain.

L'été, c'est trois mois à Dinard, dans la propriété des Virel qui domine la baie et le voisinage depuis la pointe de la Malouine, construite sur la falaise au début des années 10 par un architecte délirant qui s'est amusé à empiler colombages et bow-windows, terrasses, tourelles, chiens-assis, fenêtres néo-gothiques et corniches, au grand bonheur de son propriétaire, ravi qu'elle soit plus imposante que celle de ses voisins, la seule de la station à posséder son ascenseur, sa piscine et son court de tennis, assez mal placé il est vrai, car les balles finissent tôt ou tard dans la mer en contrebas. Ici la vie est simple, Campagnarde et au grand air, dit Jeanne, mais avec du monde autour. Quand il ne pleut pas, ce sont de longues stations sur la plage de l'Écluse. Rapidement, Daniel comprend qu'il doit tout faire pour ne pas se retrouver en maillot et éviter ainsi la corvée de la baignade, il prétend qu'il a froid, il frissonne, il a trouvé le truc pour avoir la chair de poule, et comme souvent le temps ne s'y prête pas à cause du vent, des nuages ou du grain à venir, on lui laisse son tricot et il peut rester sur le sable devant la tente rayée bleue et blanche à tenter de construire d'impossibles châteaux de sable. Il ne se baigne jamais. Au mieux, les jours de grand beau temps, à marée basse et en l'absence de vent, consent-il à se tremper les pieds jusqu'aux chevilles, C'est un progrès, dit Madeleine. Il va s'y mettre.

L'un a horreur de l'eau et l'autre pas. Thomas passerait sa vie à nager. Il pousse les autres à se dépêcher pour aller à la plage, il est le premier à se précipiter dans les flots quelle que soit la température, même quand il pleut et que les vagues le submergent ou que la mer est glaciale, que personne n'ose se baigner, lui, on a l'impression qu'il a une combinaison rembourrée collée à la peau. Ils le regardent faire des allers-retours pendant des heures, tête baissée.

Bras gauche-bras droit.

Un kilomètre peut-être. On le perd de vue. Il revient. Jeanne est inquiète de le voir partir au loin, Il est si jeune encore. Mais il n'en fait qu'à sa tête. Un petit homme déjà. Au bord de la plage, les pieds dans l'eau, elle lui crie de ne pas s'éloigner, fait des signes avec les bras, ne le quitte pas une seconde du regard. Il n'entend pas ses appels, continue. Bras droit-bras gauche. Finit par revenir, la peau hérissée, les lèvres serrées. Jeanne l'enveloppe d'un drap de bain, le frotte vigoureusement. Mais, curieusement, elle ne lui interdit pas d'y retourner.

Arlène reste auprès de Daniel, tétanisé par cette menace immense. Elle, elle scrute la mer, essayant de percer son mystère, l'explication de ces vagues qui reviennent inexorablement leur chatouiller les orteils, Pourquoi elle n'arrête pas de bouger ? On dirait qu'elle est vivante. Y a-t-il quelqu'un, de l'autre côté, qui l'agite sans cesse ? Arlène pose des questions dont Daniel n'a jamais eu l'idée et auxquelles il ne sait pas répondre. Ni personne. Elle emplit ses poumons de la brise du large, Tu sens l'air marin ? C'est de l'iode. C'est bon pour la santé. Et le vent, lui, d'où il vient ? Au bout d'un moment, elle demande, Tu ne veux pas y aller ? Elle doit être bonne. Daniel fait non de la tête, alors elle rejoint Thomas et Marie, plongeant dans l'eau froide tête la première et faisant de grandes gerbes pour les arroser, ils évitent de regarder Daniel, planté comme un pilotis solitaire au bord du rivage.

Quand le temps se couvre, ce qui est fréquent, une fois par jour environ, et qu'on ressort les gilets en laine, Daniel reste dans la propriété, regarde les adultes jouer au tennis, ramasse les balles. Un professeur vient chaque matin donner un cours à Jeanne, Madeleine est d'une constitution trop fragile pour courir, elle se hisse sur la chaise d'arbitre, et même si elle n'a jamais joué de sa vie, donne des conseils avisés à Jeanne, Prends bien tes appuis, ou, Garde les épaules droites, c'est pour ça que tu balances les balles en l'air. Et puis un jour, Daniel récupère la raquette que Jeanne a jetée par terre de rage et, au lieu de la lui rapporter, il tape dans la balle, l'envoie par-dessus le filet, le professeur la récupère, la retourne doucement, et ils font cinq échanges étonnants.

Le lendemain, le professeur apporte deux raquettes de badminton et des volants, Daniel n'a pas besoin qu'on lui explique comment il doit s'en servir, il vient d'avoir six ans et il a trouvé le jeu qui lui permet de briller. À ce sport, il est plus rapide, plus malin que les autres, remporte la quasi-totalité des échanges. Avec le temps, il joue contre des adultes et les bat, mais ce qui lui plaît le plus, ce n'est pas de balancer un smash imparable, de passer un service tendu, de réussir un slice en revers comme personne ou que sa mère triomphante le qualifie de roi du lob lifté et Jeanne, vexée, de champion de l'amorti vicieux, c'est qu'on le réclame au moment de la constitution des équipes comme si c'était l'assurance de gagner la partie.

Thomas est le seul à lui tenir tête, il a un truc qui lui permet de faire jeu égal avec Daniel, il est plus vif, mais ce dernier est plus déterminé à gagner. Quand ils font équipe, ils sont imbattables. Ils jouent des heures l'un contre l'autre des parties dont les règles leur appartiennent, par tous les temps, même par grand vent, même sous la pluie. La seule chose qui soit bizarre, c'est que dès que Maurice apparaît, Thomas pose sa raquette et quitte le court, il ne veut pas que son père le voie jouer. Maurice aimerait faire une partie contre son fils mais celui-ci refuse sans donner d'explication et personne ne comprend son attitude, sauf Jeanne, qui n'insiste jamais. Et Thomas attend que son père reparte à Paris pour se remettre à jouer au badminton.

*

Quand Madeleine a proposé à Irène de l'accompagner, cette dernière ignorait où se trouvait Dinard, et qu'on pouvait rester en vacances pendant trois mois, elle a répondu, Mais je n'ai pas d'argent, madame. Madeleine a expliqué qu'elle viendrait en tant que dame de compagnie, serait payée comme à Saint-Maur, nourrie et logée en plus, avec une gratification pour s'occuper des enfants tous les jours, Et ce serait tout bénéfice pour Arlène. Des congés payés en quelque sorte. Au grand air.

– Trois mois, c'est long. Il faut que je demande à Georges. Quand même.

Cet homme insaisissable est son malheur et sa joie, tour à tour éternel regret, mauvaise conscience et talon d'Achille, Si au moins il faisait un effort. Irène se reproche de ne pas arriver à couper le lien : dès qu'elle est loin de lui, elle se demande, Que fait-il ?

Georges est incorrigible, ignore ses tristesses et son désarroi, ment effrontément, Ce sont juste des copines, tu vois le mal partout. Elle a envie de lui arracher les yeux, et quand après moult tergiversations, elle se résout à accepter la proposition de Madeleine de s'installer avec Arlène dans la chambre vide du deuxième étage de la maison de Saint-Maur, c'est Georges qui apparaît au bout de deux semaines, les larmes aux yeux, en se donnant des coups de poing sur le cœur, C'est plus fort que moi ! Pardonne-moi. Il se jette à ses pieds pour la supplier de revenir au domicile conjugal, comme il l'a vu faire dans *L'Aurore* de Murnau. Et à chaque fois, elle se fait avoir par sa détresse et son regard de velours, elle tremble quand il lui dit qu'il n'aime qu'elle, qu'il ne la mérite pas, et que si elle l'abandonne, il réglera la question vite fait bien fait, trouvera le courage de se balancer sous un train, parce que la vie sans elle ce n'est pas la vie. Irène finit par céder. Pour la petite. Et pour elle aussi un peu. Après l'avoir fait poireauter ce qu'il faut et jurer qu'il va changer, revenir au bercail après le boulot et ne plus traîner avec ses bons à rien de copains dans les bals de la Bastille.

Pendant quatre mois, Georges se tient à carreau, l'emmène danser dans les guinguettes de la Marne, son existence retrouve des couleurs, Irène oublie les jours mauvais, et puis un soir, Georges ne rentre pas.

Rebelote.

Il y a comme cela une demi-douzaine d'allers-retours dans la vie d'Irène. Une histoire avec de tristes rebondissements qui aurait pu donner un film à sketchs, Irène hésitant, Irène joyeuse retournant au domicile conjugal, Irène dépitée réintégrant la maison de Saint-Maur. Rien ne change vraiment, sauf Arlène qui grandit, qui ne comprend pas ces zigzags. Pourquoi ces va-et-vient ? Georges change d'avis du jour au lendemain, ressent à nouveau un élan d'amour irrésistible pour Irène, une fringale comme aux premiers temps. Désespéré, il se jette à ses pieds chez Madeleine ou dans la rue, quand Irène fait ses courses et attend son tour chez le crémier, il adore se jeter à ses pieds, se donner des coups de poing sur le cœur, se traiter de salaud, il pleure avec une sincérité incroyable, des sanglots où il se maudit, des larmes véritables et pas de cinéma, Irène passe pour une peau de vache, mais le pire, c'est qu'elle est incapable de lui résister longtemps, alors elle cède. Encore une fois. Il y a toujours une flamme qui brûle en elle pour son chéri malgré rebuffades et déceptions.

Retour à la maison. En 31, Irène tombe enceinte, avec son ventre énorme ils espèrent un garçon, un petit Rudolph qui viendra cimenter leur couple en perdition, Celui-là, on devrait l'appeler Désiré, propose Georges.

Odette arrive fin novembre, Georges est dépité, offusqué

même, Tu ne m'aimes pas ! Tu ne sers à rien ! Il claque la porte. Malgré ses efforts, cette femme inutile ne cessera de le décevoir. Suivront Françoise en 34 et Jacqueline en 37, Je suis maudit ! clame-t-il.

– Si quelqu'un connaît la solution, qu'il me la donne, dit Irène à Madeleine.

Après la venue de Françoise, Irène trouve un appartement près de la mairie, mais jamais les trois sœurs d'Arlène ne l'accompagneront à Dinard. Viviane, la grand-mère, vendeuse au rayon Hommes des Grands Magasins du Louvre, les garde chez elle à Vincennes pendant ses deux semaines de congé en râlant qu'elle aurait bien le droit de profiter comme tout le monde de son repos durement gagné, sinon c'est la tante Renée qui prend le relais mais elle habite à Juvisy, au bout du monde, ou il faut se résoudre à confier les filles à la voisine du dessous, toutefois il faut la payer, et même si elle fait un prix, ça finit par coûter cher.

Madeleine est d'un tempérament radical, partisane du divorce-résurrection, convaincue que les bonimenteurs ne changent jamais, qu'il faut tailler dans le vif, du genre à se trancher la main pour sauver le bras. Mais un divorce, c'est compliqué, coûteux – Irène n'a pas d'argent – et hasardeux, surtout quand c'est la femme qui est partie. Alors, elle reste dans ce statu quo boiteux, espérant Dieu sait quoi, un miracle peut-être. Madeleine soupire, lève les yeux au ciel. Irène affirme, Moi, je crois que les gens peuvent changer en mieux, faut attendre, je sais qu'il nous aime. Aussi, quand Madeleine lui propose de partir si longtemps, Irène y voit-elle une façon de se laisser désirer et de faire pression sur Georges, incapable de s'occuper du quotidien ou de repasser ses vêtements. Elle retourne à Joinville, on dirait que l'appartement a été occupé par des uhlans. Elle renonce à mettre un peu d'ordre, griffonne un mot qu'elle dépose sur la table, « Je dois accompagner ma patronne pour les vacances pendant quelque temps, dis-moi ce que tu en penses ».

Pendant plus d'une semaine, Irène attend que Georges se manifeste, le jour du départ approche, elle ne sait pas quoi faire. Elle prépare les nombreuses valises de Madeleine. La veille, elle fait un saut au domicile conjugal, son texte est resté figé dans la même position. Georges n'a pas remis les pieds chez lui, elle récupère son billet, tire la porte et, le lendemain, part avec Arlène pour de quasi-vacances en Bretagne.

Lors d'une balade à Saint-Malo, elle choisit une carte postale avec la statue de Duguay-Trouin pour lui communiquer l'adresse où il peut lui écrire, mais durant les trois mois du séjour, Georges ne se manifeste pas, Il nous a oubliées !

Un soir, après avoir couché les enfants, elles prennent le frais sur la terrasse, médusées par le soleil qui disparaît à l'horizon dans un ciel orangé. Jeanne demande à Irène comment elle va, lui trouve un air triste, Irène répond, Ça va, madame, merci. Elle a une mine de papier mâché, ne mange rien, ne sort jamais marcher avec eux. Madeleine renchérit. Il faut réagir, ne pas se ratatiner. Vous avez reçu des nouvelles de Georges ?

– Aucune, il est comme absent.

– Tous les hommes sont absents, répond Madeleine, vous les voyez ici ? Jamais ! Ils passent en coup de vent, autant pour nous que pour retrouver leurs amis, c'est Maurice qu'on voit le plus, mais il vient pour faire un golf, une partie de chasse ou une régate, ils gèrent nos affaires, vivent leur vie, loin de nous, ne s'intéressent guère à leur famille. En vérité, on n'a pas besoin d'eux.

– C'est pour la petite, elle ne voit jamais son père. Elle pose des questions, je ne sais pas quoi répondre. Un jour ou l'autre,

Georges va me supplier de revenir. Et qu'est-ce que je pourrai faire ? Hein ?

*

Madeleine Jansen est d'une santé fragile, même si cela fait près de vingt ans qu'elle n'a pas vu un médecin. Pour soigner sa tuberculose osseuse, elle a passé dix longues années en sanatorium, d'abord au Mont-Dore, mais avec la guerre l'établissement avait été envahi par les soldats blessés au front, les gueules cassées et les éclopés avaient mobilisé l'attention des médecins, et en 15, les soins aux enfants n'étant plus la priorité, son père l'avait envoyée à Leysin, dans le canton de Vaud, où elle était restée six ans à prendre le soleil, à faire des randonnées à skis et des jeux, des activités et de la gymnastique en plein air. La maladie a troublé sa croissance et sa jeunesse, lui a donné cette morphologie anguleuse avec des os saillants, des bras comme des brindilles, un dos légèrement voûté et cette nature inflexible, ce côté intraitable, Qui m'aime me suive. Et cette voix grave et lente qui vient à bout des velléités masculines. Maurice Virel, qui n'est pas réputé pour sa souplesse, a cédé quand elle a exigé qu'il ne fume plus chez lui en sa présence, même dans le fumoir, Parce que votre cigare pue, Maurice, et que vous nous pourrissez l'atmosphère, oui parfaitement, vous empestez le cigare ! Résultat, personne ne fume plus à Dinard. Madeleine s'est juré que personne ne lui imposerait jamais rien. Son père et son frère se sont résignés à ne pouvoir lui dicter sa conduite, son mari, n'en parlons pas, elle l'a épousé parce qu'il est l'homme le plus charmant qu'on puisse imaginer, avec des yeux pénétrants, un peu énigmatiques, elle dit que Rembrandt aurait trouvé en lui un double idéal, elle s'est mariée comme on se jette à l'eau, persuadée qu'elle ne vivrait pas longtemps, avec l'envie de faire un bébé ou deux. Quand il a été muté à Soissons et a émis le souhait qu'elle le rejoigne, elle a éclaté de rire, Vous plaisantez, Charles ? Et elle vit à Saint-Maur. Ils s'écrivent, se téléphonent épisodiquement, on espère que le capitaine pourra bénéficier de huit jours de congé avant la fin septembre.

Madeleine a conservé les habitudes de ses années de sanatorium. Dès que le soleil apparaît, elle s'installe dans un transat sur la terrasse du deuxième, face à la mer, avec un linge humide sur le visage, et reste immobile à se soigner. Chaque jour, elle boit un litre de lait avec du miel, se nourrit essentiellement de fruits secs, fait une heure de gymnastique au réveil et marche au moins deux heures, c'est plus fort qu'elle, elle ne peut rester en place à bavarder, lire ou jouer aux cartes. Quel que soit le temps, elle sort, entraînant tout le monde derrière elle. Quand il pleut à ne pas mettre le nez dehors, elle secoue les jeunes, Haut les cœurs ! Les kabics, ce n'est pas fait pour les chiens ! Et ils se couvrent de cirés comme des loups de mer, chaussent des bottes de sept lieues, et c'est parti pour un tour revigorant sur le sentier des douaniers, Thomas donne la main à Marie, Daniel à Arlène, ils soufflent, ils peinent mais aucun ne râle, si l'un ou l'une faiblit, Madeleine ou Jeanne le prend dans ses bras, mais c'est rare, ils mettent un point d'honneur à suivre le train.

Quand ils ont sept ans, Madeleine estime qu'ils sont assez grands pour l'accompagner plus loin, ils partent à neuf heures, vont visiter Saint-Malo, apprennent à tenir en équilibre sur les rochers glissants, à ne pas déraper sur le goémon, à baisser la tête pour affronter le vent, à avancer.

*

Arlène a donc trois sœurs, à la maison elle joue son rôle de grande, aide comme elle peut sa grand-mère qui supplée aux absences d'Irène, mais les petites sont bruyantes et pénibles, elle les supporte avec peine. Sa sœur de cœur, celle qui la comprend sans qu'elle ait à parler, c'est Marie, un regard suffit, personne d'autre ne peut entrer dans cette ronde, Daniel semble jaloux de cette complicité, quand il surprend ces échanges muets, il demande, Qu'est-ce qu'il y a ? Mais les filles ne répondent pas à cette question stupide. Souvent, quand ils partent se balader sur le sentier des douaniers, il prend la main d'Arlène, mais il suffit d'un passage étroit ou glissant pour qu'il soit obligé de la lâcher, et il les retrouve qui avancent main dans la main comme s'il n'existait pas.

En promenade, Marie est un chasseur à l'affût, elle guette, yeux plissés, sur le qui-vive, elle n'est pas là pour admirer le paysage mais pour découvrir et ramasser des végétaux ; quand une plante est perchée, hors d'atteinte sur une butte du sentier et surgissant par miracle entre deux roches, les garçons sont des lourdauds qui ne réagissent pas, Arlène s'est déjà élancée et rapporte le végétal comme un trophée à Marie, qui s'installe plus tard à une table dans le salon de lecture, sort son matériel à dessin et reproduit la fleur avec une précision de botaniste. Elle a une grâce inexplicable, les crayons de couleur sont le prolongement de sa main, elle réinvente des gestes ancestraux, des ombres et des grisailles, des dégradés avec son index, découvre la mie de pain, ajoute de la craie pour donner du relief, le dessin est vivant, les teintes impeccables. Marie peut rester deux heures à travailler, personne n'arrive à la distraire de sa tâche, parfois elle s'énerve, bougonne, prend sa feuille, l'examine avec soin, l'éloigne, la rapproche, demande son avis à Arlène, qui trouve le rendu superbe, mais Marie soupire et d'un geste brutal le croquis finit en boule dans la corbeille et elle recommence.

Arlène reste à côté, la regarde s'activer, essaye de comprendre comment son amie s'y prend, elle, elle crayonne, griffonne, désolée de ne produire qu'un gribouillis hideux, un fer à repasser entre les doigts, malgré ses efforts elle se heurte à une muraille infranchissable, un mystère qu'elle est incapable de comprendre, son incapacité à faire aussi bien que Marie ; les garçons, eux, ces occupations de filles, ça les barbe.

Quand Irène avait informé Arlène qu'elles passeraient l'été à Dinard chez les Virel, celle-ci n'avait pas été enthousiaste à l'idée de partir en terre inconnue, mais sa mère avait fait miroiter qu'elles allaient toutes les deux voir la mer, se baigner peut-être, respirer l'air du large, Tu te rends compte, la chance que nous avons ? Et gratis en plus ! Arlène ne pouvait se douter qu'elle y aurait une révélation et que ce voyage allait changer sa vie.

Le premier jour, ou plutôt le premier soir, Marie est étonnée de l'absence d'Arlène à la table familiale, la fille d'Irène devait dîner à la cuisine avec le personnel, Marie est allée la chercher, elle a pris son amie par la main, déplacé Thomas et l'a installée sur la chaise voisine de la sienne. Maurice Virel a regardé Madeleine et a haussé les épaules.

Dès son premier séjour, Arlène a découvert une mine d'or : la revue *L'Illustration*. Comment imaginer qu'existe une pareille richesse ? Les Virel reçoivent leur abonnement ici, parce qu'à Saint-Maur ils n'ont pas le temps, les magazines s'empilent dans la bibliothèque du rez-de-chaussée. On les survole quand il fait mauvais temps, on regarde les images, les photos, les titres, on les commente, chacun y trouve son bonheur, Maurice apprécie les reportages sur l'Empire français, Jeanne ne s'intéresse qu'à la mode, décortique le spécial « Grands Couturiers », Madeleine recherche les sujets sur la décoration, Marie sur les musées et les artistes, Daniel les articles sur l'armée française, Thomas se passionne pour les sportifs, les nageurs surtout, seule Arlène passe des journées entières à les compulser. De la première à la dernière page.

Ensuite, chaque année, dès son arrivée, elle se précipite sur les numéros parus depuis l'année précédente et les dévore ligne à ligne. Au début, elle pose des questions sur ce qu'elle ne comprend pas, mais il n'y a personne pour répondre à ses interrogations. Arlène se dit qu'elle doit faire l'effort seule, alors elle relit encore et encore, décortique, suppute, déduit, présume, et puis la lumière se fait, même si parfois ce n'est qu'une lueur incertaine, cela n'est pas si compliqué après tout. Elle, elle cherche des explications, elle veut comprendre le monde, le mystère des choses, l'infiniment grand et l'infiniment petit, ce qui est caché ou invisible, et il y a tant d'inexpliqué, ou d'inexplicable, elle ne sait pas trop, la découverte de Pluton par Tombaugh par exemple. Les photographies qu'il a prises la fascinent, pour des millions de gens ce sont des taches illisibles et sans intérêt, Arlène est intarissable sur les épreuves surmontées pour la construction de l'observatoire de Flagstaff, elle est capable de détailler le réglage du télescope et s'extasie de cette découverte exceptionnelle, À presque cinq milliards de kilomètres de la Terre, cinq milliards ! Vous vous rendez compte ? Il savait qu'elle était là, la planète X, cachée par Neptune, il avait fait le calcul, mais elle est trop loin de nous, alors il a comparé les clichés, et puis lui, il l'a vue, c'est épatant, non ? Arlène veut des réponses, passe un temps fou chaque jour à relire sans arrêt ce journal universel, reste à la maison seule les jours de beau temps quand les autres vont se promener parce qu'elle n'a pas fini de lire son article, et c'est ce qui lui vaut cette réputation d'enfant sage.

*

Marie a une curieuse manie, la nuit elle ne supporte pas que les volets en bois de sa chambre soient fermés, à chaque fois qu'Irène veut les tirer, elle réclame de les laisser ouverts, quelle que soit la météo, elle refuse aussi le rideau en voile blanc, préférant s'endormir en suivant les déplacements de la lune et des nuages. En réalité, elle attend d'être réveillée par les premières lueurs de l'aube, quand le ciel chargé de grisaille peine à s'éclaircir. La maison est endormie, elle descend en pyjama dans le salon de lecture pour peindre ou dessiner, assurée de bénéficier de deux bonnes heures de tranquillité.

Dans la bibliothèque, elle attrape *Les Chefs-d'œuvre de la peinture*, un imposant livre d'art avec des reproductions de peintures en couleurs collées sur des pages blanches. Elle pose le livre en équilibre sur la tranche et choisit un tableau qu'elle met un point d'honneur à copier. Ce n'est ni une distraction, ni un passe-temps, elle cherche, essaye, efface, se reprend, déchire, recommence sans que personne lui fasse part de son opinion ou de ses conseils. Et quand, vers les sept heures, elle perçoit les premiers bruits domestiques, elle soupire, range ses affaires, remet le gros livre à sa place avec un marque-page et retourne se coucher.

Un matin, Marie sent une présence, se retourne, Arlène est derrière elle, pieds nus, en pyjama elle aussi, Qu'est-ce que tu fais ?

– Je travaille.

– Je peux rester avec toi ?

– Si tu veux, mais ne fais pas bouger la table.

Arlène s'assied sur la chaise voisine, Marie pousse une feuille de papier et un crayon vers elle, mais son amie reste bouche bée, scrute la reproduction du jour, Qu'est-ce que c'est ?

– L'*Homme de Vitruve* de Léonard de Vinci. Le dessin est à taille réelle, à la plume, il se trouve à Venise, c'est l'homme de la Renaissance, qui est au centre de l'univers, ses proportions sont parfaites, inscrites à la fois dans un carré et dans un cercle. Cela fait plusieurs jours que j'essaye désespérément de le reproduire, mais c'est impossible de le dessiner à main levée, sans calque ni compas.

– Et le texte au-dessus et en dessous, c'est quoi ?

– Je ne sais pas, c'est écrit dans une langue inconnue.

Arlène attrape le volume à la couverture cartonnée, le tire vers elle, le rapproche du bord de la table, examine la composition avec une attention extrême, Je n'ai jamais rien vu de pareil.

– C'est beau, hein ?

Elles restent ainsi longtemps côte à côte à considérer cette œuvre mais elles n'admirent pas la même chose. L'une s'émerveille de ce dessin étonnant, création artistique d'un corps sans défaut, un chemin pour atteindre la beauté et le sublime, l'autre considère cet individu à quatre bras et quatre jambes comme la preuve scientifique que l'homme peut être aussi accompli qu'une figure géométrique, Tu ne pourras pas le dessiner en dehors de ce cercle et de ce carré dont il est indissociable.

– Alors, c'est laid.

– Le peintre passe du cercle au carré sans rupture, c'est l'homme qui est la quadrature du cercle, c'est pour cela que le carré n'est pas à l'intérieur du cercle. C'est un carré magique.

– C'est nous le carré magique… Moi, il me fait plutôt penser au Christ, c'est la représentation du Fils sans la croix.

Dans ce beau livre, seuls le titre, la taille du tableau, le nom du peintre et le musée sont indiqués en bas de page, aucun adulte ne peut fournir la moindre explication sur cette œuvre, elles continuent donc, l'une à essayer de reproduire ce personnage impossible à dessiner si on ne l'insère pas dans un cercle et un carré, l'autre à le décortiquer avec une règle graduée et un compas. Arlène découvre que le nombril est le centre du cercle mais pas du carré, que l'écartement des bras équivaut à la hauteur de l'homme, elle pointe plusieurs triangles isocèles et équilatéraux, d'autres qui ne le sont pas, ce qui est certes intéressant mais qu'elle ne sait pas interpréter, elle prend ses propres mesures, puis celles de Marie, les réduit à la proportion, mais elles n'entrent ni l'une ni l'autre dans le cadre, Arlène en déduit que c'est pour cette raison qu'il n'existe pas de femme de Vitruve.

*

On peut penser, mais ce n'est pas une certitude absolue car on doit aussi tenir compte de l'atavisme familial, que le destin de Daniel s'est joué lors du Tournoi international de badminton de Saint-Servan, un des rendez-vous immanquables de la saison, quand l'équipe locale renforcée du meilleur élément du club de Dinard affronte en finale la redoutable équipe de Blackpool qui est tenante du titre et compte dans ses rangs un champion du monde. Pour l'occasion, Maurice Virel a réservé huit places en tribune. Lors de cette ultime compétition, dont on parle encore aujourd'hui, les Français se battent comme des forcenés, comme s'ils étaient prêts à mourir sur le court, le Malouin Étienne Monclar réalise le match de sa vie, avec pas moins de treize smashs gagnants. Du jamais vu. Daniel et Thomas apprécient en connaisseurs et supputent la vitesse phénoménale atteinte par le volant, Deux cents kilomètres-heure ? Plus peut-être.

À 20-20, Monclar balance coup sur coup deux smashs meurtriers qui envoient les Français au firmament et les Rosbifs en enfer. Comment décrire le délire, le tumulte, les hurlements, les étreintes, la frénésie qui s'emparent de cette foule d'ordinaire si bien élevée ? Seuls celles et ceux qui ont vécu ce moment sont capables de l'évoquer, avec dans leurs yeux humides une vibration retrouvée et des palpitations cardiaques revenues.

On ne sait pas trop qui a commencé à chanter, il y en a certainement eu un pour entonner l'hymne national, puis un autre et un autre, en quelques secondes le millier de personnes qui s'entassent dans l'enceinte du Tennis Club entonnent *La Marseillaise* comme ils ne l'ont jamais chantée auparavant, mêlant pour certains la vengeance enfin accomplie à de vieux ressentiments historiques. Thomas et Daniel mêlent leurs voix fluettes à celles de leurs aînés, mais quand il chante Daniel ressent un frisson inhabituel qui naît au creux de sa nuque, se répand dans ses omoplates et ses bras, court le long de sa colonne vertébrale et finit en décharge électrique dans ses talons. Et c'est à ce moment précis, après, « Abreuve nos sillons ! », qu'il se dit, C'est ça que je veux faire dans la vie.

Le soir au cours du dîner, on commente le match du siècle, on décortique les meilleurs moments, tous ou presque, l'allure splendide des Français, le teint blafard des Anglais, la détente prodigieuse de Monclar, mais Gasquet était dans un grand jour aussi. Jeanne et Madeleine affirment qu'elles vont s'y mettre. Arlène et Marie aussi. C'est alors que Daniel, jusque-là étrangement silencieux, se dresse, Je sais ce que je veux faire plus tard.

– Tu veux être champion de badminton, mon chéri ? dit Madeleine.

– Plus tard, je serai soldat. Comme papa.

– J'espère que non. Un militaire dans la famille, ça suffit.

– Ce n'est pas marrant, surenchérit Arlène.

*

L'autonomie des enfants est un sujet de discorde entre Madeleine et Jeanne. Cette dernière a un besoin impérieux de savoir où se trouve sa progéniture, ne supporte pas que les jumeaux disparaissent de sa vue ; quand elle est allongée dans son transat sur la plage, elle n'arrive pas à lire, car elle ne se résout pas à les quitter une seconde des yeux, quand ils rentrent dans l'eau, elle se dresse, leur enjoint de ne pas s'éloigner du bord, alors que Madeleine ne se préoccupe jamais de Daniel, Désolée, je refuse d'être une mère poule.

– C'est facile pour toi, lance Jeanne, Daniel déteste se baigner. Moi, j'ai peur pour Thomas. Il va trop loin.

– Laisse-le faire son apprentissage, tu ne pourras pas le protéger toujours, ce n'est pas grave s'il tombe, il se relèvera.

Marie ne s'éloigne pas trop, obéit à sa mère. C'est normal, c'est une fille. Thomas se prend peut-être pour Johnny Weissmuller, nage deux heures d'affilée. Bras droit-bras gauche. Un vrai dauphin. Jeanne endure sans broncher, et quand Madeleine lui reproche d'être trop molle, S'il ne t'écoute pas, tu n'as qu'à lui interdire les bains de mer, Jeanne est désorientée, Je ne peux pas.

Maurice découvre avec consternation que la culture générale de sa progéniture laisse à désirer un soir où il évoque la déconfiture d'un ami de jeunesse désormais « pauvre comme Job », Thomas demande, Pauvre comme qui ? La jeune classe a des notions succinctes du Nouveau Testament, ignore l'existence de l'Ancien, et quand il affirme que ce texte se lit comme un roman d'aventures, il ne rencontre qu'une incrédulité polie. Il se tourne vers le père Garnier, le curé de Saint-Enogat, une des paroisses de Dinard, pour parfaire leur éducation religieuse et celui-ci propose de recevoir la jeune classe deux fois par semaine. Des quatre, Arlène est celle dont les carences sont les plus criantes, à sa décharge elle avance que dans sa famille personne ne met jamais les pieds dans une église, sauf pour les baptêmes ou les enterrements, rarement les mariages, Je pense que je ne suis pas très croyante. Maurice s'apprête à la dispenser des cours mais elle insiste pour y participer, affirmant que cela ne pourra pas lui faire de mal d'apprendre quelque chose, en réalité elle n'a pas envie d'être séparée de ses amis. Le prêtre les accueille dans la salle à manger du presbytère avec un verre de limonade. Dès la première leçon, des problèmes surgissent, portés de façon inattendue par Marie, qui discute pied à pied les canons de la foi chrétienne, à croire qu'elle prend un malin plaisir à poser des questions inconvenantes : de la Trinité à l'Immaculée Conception, des péchés mortels au paradis et au purgatoire, des saints à la droite de Dieu au Jugement dernier. Le credo catholique est passé à la moulinette de son scepticisme impie, C'est invraisemblable ! ou, Comment peut-on croire une seconde qu'il a ressuscité ? À plusieurs reprises, le prêtre lui demande de ne pas l'interrompre et de le dispenser de ses observations mécréantes, Marie n'en tient pas compte, s'exclame, prend les trois autres à témoin, Comment peut-on gober ces balivernes ? ou, Il nous prend pour des imbéciles !, ce que le curé fait semblant de ne pas entendre. Le clash survient lors de la quatrième séance sur le thème pourtant fédérateur du pardon, Le Christ a pardonné, nous devons tendre la main nous aussi à nos ennemis, les aimer.

– Ce n'est pas possible ! s'exclame Marie. On ne peut pas faire des risettes à ceux qui vous détestent, qui vous font du mal volontairement. Quand quelqu'un veut vous détruire, on a le droit de se défendre.

Le religieux tente une manœuvre de diversion, au lieu de

répondre à cette brebis égarée, il demande à Daniel, Thomas et Arlène leur avis sur ce point crucial des Évangiles. Ceux-ci sont embarrassés par la question, Comment on fait quand c'est la guerre ? Ou avec des voyous ? La discussion s'enlise, ils sont globalement d'accord sur le principe : pardonner c'est mieux, mais ça les embête de désapprouver Marie, qui ne supporte pas leurs tergiversations, Vous êtes des nouilles, le pardon c'est pour les mollasses qu'on écrase, qui se font piétiner, moi quand on me donne un coup, j'en rends deux, je me défends et j'en suis fière. Elle se lève et quitte le presbytère. Le soir, elle annonce à ses parents qu'elle n'a pas de temps à perdre avec ces âneries et qu'elle ne mettra plus les pieds au catéchisme ni à l'église non plus, et pas question qu'elle fasse sa communion. Par solidarité, Arlène lui emboîte le pas, en revanche Daniel et Thomas continuent à suivre les leçons du prêtre, Vous avez tort, les filles, il y a à boire et à manger mais ce n'est pas inintéressant. Ils poursuivent pour des raisons différentes, Thomas aime la magie de la religion, les anges surtout, qui se cachent dans les nuages et nous regardent nous agiter sur terre en nous faisant des signes de la main, et les miracles aussi, ça c'est formidable, un coup de baguette magique et hop, le loup se métamorphose en agneau, l'imbécile devient intelligent. Si seulement cela pouvait nous arriver.

Daniel est le seul à approuver le dogme sans réserve, lui ce qui le trouble, ce sont ces saints martyrisés qui ignorent la douleur, sourient à leurs tortionnaires et sont sauvés par leur espérance comme s'ils étaient préservés par une armure invisible qui les rend insensibles à la douleur. Et si c'était cela la foi ? Une protection qui nous accompagne à chacun de nos pas et nous donne la force d'affronter les misères du monde. Daniel apprécie la tranquillité du père Garnier, son sourire paisible, il se dit qu'il aimerait être plein de cette douceur et de cette force et que, pour y arriver, il doit suivre à la lettre l'enseignement du prêtre, il a d'autant moins de mal à s'engager dans cette voie qu'il ne voit aucune différence entre les préceptes de l'Église et les règles de la vie en société, la morale est la même et la morale, c'est ce qui doit conduire notre existence et nous évite de nous comporter comme des animaux.

*

C'est à la fin d'un interminable après-midi pluvieux que Marie découvre sa vocation. Elle tient entre ses mains un pull angora rose déchiré et un foulard Liberty mité, elle les rapproche longuement, cherche quelque chose qui n'existe pas, a l'idée de les assembler et réinvente le patchwork. Elle récupère les serviettes de table ou de bain usées, les tricots troués, les chaussettes dépareillées, les vieilles cravates de son père, les robes que sa mère ne met jamais, le chintz d'un vieux fauteuil oublié au grenier, des chutes de tissu achetées le samedi au marché de Dinard, et compose des pièces décoratives que tout le monde trouve originales. Jeanne met le holà à son enthousiasme créatif le jour où une robe du soir de chez Madeleine Vionnet en tulle de soie noir incrustée de strass et de perles finit en tenture de paravent. Pour la première fois de sa vie, elle élève la voix, exige que sa fille obtienne son autorisation avant de débiter ses affaires. Marie passe des heures à découper, à trouver la bonne disposition, Je ne suis pas capable d'expliquer, il y a des couleurs et des formes incompatibles et d'autres évidentes. Puis elle coud, découd, recoud, quelquefois superpose ses combinaisons. Au début, elle élabore des sortes de tableaux abstraits dans lesquels chacun reconnaît des bribes de paysages bucoliques, des coins de la Côte d'Émeraude ou des fragments d'objets, mais rapidement Marie se lance, conçoit des courtepointes bizarroïdes et des panneaux muraux, des pèlerines et des écharpes, des plaids et des kilts inédits, son chef-d'œuvre étant un macfarlane tellement épais et criard qu'aucun garçon ne veut le porter, sans donner d'autre explication que, Non merci, il fait chaud aujourd'hui.

La fabrication de ces œuvres, comment les appeler autrement, n'est possible que grâce au concours d'Irène. En effet, l'assemblage de dizaines de morceaux de tissu, certains en biseau ou en biais, d'autres en étoile, en spirale ou avec des contours imprévus, et de textures différentes, est impossible à réaliser à la main avec grâce et sans crampes aux doigts, alors Irène utilise sa Singer en fonte et fer forgé, une machine capable de traverser le cuir, qu'elle utilise avec dextérité, cousant à l'envers pour que les coutures restent invisibles.

Les créations de Marie trouvent un débouché naturel, juillet et août sont la saison des anniversaires : Daniel et Arlène le 17 juillet, Thomas et Marie le 20 août, Maurice le 25, et quelques jours avant la date fatidique, Marie se met au travail dans le plus grand secret pour confectionner un foulard, une cravate ou un châle, elle y met tout son cœur, fait des croquis préparatoires, se souvient des goûts de chacun, Je sais que le vert est ta couleur préférée, Daniel, je t'ai composé une cravate forestière, ou, à Arlène, Pour toi, j'ai imaginé une écharpe avec un dégradé de rouges comme tu les aimes. Ils s'extasient donc, remercient, portent au moins une fois le précieux cadeau. Même son père, qui n'a pourtant rien d'un hurluberlu, se croit obligé de porter sa cravate multicolore le soir de son anniversaire, Elle est magnifique, ma chérie, merci.

Pour leur septième anniversaire, Marie avait exigé qu'il n'y ait plus qu'un seul gâteau pour elle et Thomas, Parce que nous sommes jumeaux. L'année suivante, Daniel a formulé la même demande pour lui et Arlène, Parce que nous sommes des quasi-jumeaux. C'est ainsi que cette habitude fut prise, pour Marie et Thomas d'une part, pour Daniel et Arlène d'autre part, de souffler en même temps leurs bougies sur le même gâteau.

Au cours du dernier été qu'ils passeront tous ensemble, Maurice a l'idée saugrenue de demander à sa fille ce qu'elle envisage de faire plus tard, quand elle sera grande, comme si cela n'allait pas de soi, il s'est laissé aller à l'ambiance détendue de sa soirée d'anniversaire, il voulait juste savoir combien d'enfants elle désirait. Marie le dévisage, surprise par cette question incongrue, Ce que je fais aujourd'hui : artiste appliquée. Et puis, je me marierai avec Daniel. Maurice met un instant à réaliser, hésite à lui faire la leçon ou à demander son avis au promis. Au bout de la table, Arlène, assise à côté de Marie, ne dit pas un mot, il considère cette petite toute pâle qui est curieuse et vive d'esprit et se sent obligé d'être aimable, Et toi Arlène, que veux-tu faire plus tard ?

– Je ne sais pas encore, un métier intéressant.

– Comme tu es intelligente, quand tu arrêteras l'école à quatorze ans, tu pourrais prendre des cours de sténo et apprendre l'anglais, devenir secrétaire de direction, c'est un bon métier et qui paye bien, tu ne trouves pas ?

– Peut-être.

*

Jeanne et Maurice Virel sont invités partout, invitent eux-mêmes à tour de bras, même si Maurice n'est pas très apprécié, à cause de ce caractère buté qui le pousse à vouloir être le premier en tout. Quand son voisin s'affiche dans une Bugatti 45, il commande une Hispano-Suiza H6, le provoque en duel automobile et avec son 6 cylindres en ligne bat ce jour-là le record de vitesse pour rejoindre Saint-Malo par Saint-Hubert en descendant d'une seconde sous la barre des six minutes, et quand, au golf de Saint-Briac, un colonel de l'armée des Indes apparaît dans une Bentley ivoire, il achète une Bugatti Royale, construite à sept exemplaires, qu'il gare à proximité pour que chacun puisse faire la comparaison, et même l'Anglais admire son acquisition ; véhicules qui viennent encombrer le garage de la propriété car il s'en sert peu, passe sa vie à travailler et à s'enrichir un peu plus. À cette époque, il ne serait jamais venu à l'idée d'aucun homme de son milieu de prendre des vacances. De temps à autre, Maurice s'autorise un week-end et rejoint sa famille pour s'adonner au golf ou participer à une régate sur son ketch, et gare à celui ou celle qui ne suivent pas la manœuvre, ils ne remettent jamais les pieds sur le bateau.

Maurice Virel est un homme qui a démonté le fonctionnement de notre société. Pour lui, et contrairement aux âneries proférées par les jaloux et les partageux atrabilaires, celle-ci est divisée en deux catégories : les manitous qui dirigent, et sa réussite est la preuve de la pertinence de ce raisonnement, et les moujiks qui obéissent aux premiers. À chacun de savoir dans quelle catégorie il a envie d'évoluer. Bien sûr, la naissance dans une famille favorisée confère un léger avantage, mais le critère essentiel, déterminant, est la force de caractère et d'avoir chevillé au corps le projet d'avancer dans le monde. Une flopée de ses amis ont eu toutes les cartes en main au départ de leur vie pour accéder au sommet mais n'ont pas compris qu'ils devaient se battre encore plus que les autres, ils se sont ramollis, ont cédé à la facilité et laissé filer les plus malins ; aujourd'hui ils restent confinés dans la masse des soumis. D'autres, au contraire, sont parvenus à s'extraire de leurs origines médiocres à force d'exigence et surtout de volonté, ils ont réussi à contrôler leur existence, se sont donné du mal, se sont fait violence, mais ont été récompensés de leurs efforts, Il n'existe aucune fatalité, rien n'est inscrit ni décidé à l'avance, Notre société donne à chacun une chance réelle de s'élever dans l'ordre social grâce à ses seuls mérites et à son seul courage. Maurice est persuadé que le dédain des valeurs morales, de la discipline, et le relâchement des mœurs dont il constate chaque jour les ravages, même chez les meilleurs, sont la faute des pères qui ont abandonné la formation de leurs enfants à des maîtres socialistes et à la mollesse des femmes qui se mêlent de ce qui ne les regarde pas, alors que les premiers auraient dû s'occuper uniquement d'enseigner l'orthographe et le calcul et s'abstenir de faire de la politique, et les secondes se soucier de la tenue de la maison. Avec les plus jeunes, seule une éducation à l'ancienne, mélange subtil de bienveillance et de rigueur, de main tendue et de fermeté, comme celle qu'il a reçue de son père, permet de sauver les hommes et donc la société de la dégénérescence inéluctable. Lui-même a récolté une quantité considérable de taloches et de punitions diverses, quelques récompenses aussi, a haï son père avant de comprendre à quel point il avait raison et de le remercier, malheureusement trop tard, de l'avoir élevé avec une rigueur extrême, ce qui lui a permis de renverser la tendance fâcheuse de ses jeunes années, et comme lui d'intégrer Polytechnique et de pouvoir ainsi tenir sa place dans le monde. Avec un brin d'émotion, Maurice se souvient de la réflexion de son père qui veillait méticuleusement au déroulement de ses études, quand il s'était offusqué de cette surveillance permanente, celui-ci avait répondu, Il n'y a pas de confiance, il n'y a que du contrôle. Aujourd'hui, Maurice mesure son erreur, sa maison de champagne et la banque de sa femme l'accaparent, il n'a guère le temps de vérifier si les jumeaux sont des élèves sérieux, ils sont encore petits et il a laissé Jeanne les élever. En cette fin d'année scolaire, il subit un traumatisme, un camouflet même : lors d'un dîner chez les Jansen, le capitaine lève son verre en l'honneur de Daniel, qui a obtenu les félicitations du conseil de classe pour le troisième trimestre consécutif. De retour chez eux, il demande à sa femme ce qu'il en est de leurs enfants, Jeanne fait l'étonnée, Euh…, je vais m'en préoccuper.

– Daniel et Thomas sont dans la même classe, Thomas a dû recevoir les appréciations de ses professeurs.

Maurice exige de consulter sur-le-champ le bulletin scolaire de son fils. Jeanne finit par le lui remettre, avec des circonlocutions, Ce n'est pas sa faute, cette méchante bronchite l'a pénalisé toute l'année. Maurice tombe des nues. Thomas obtient ses meilleures notes en récitation et en musique, pour le reste les commentaires de la maîtresse sont cinglants : Élève peu concerné, le premier à partir en récréation, bavard et dissipé… La débâcle est atteinte avec un 3 sur 20 et une trente et unième place sur trente-deux en calcul, Ne fait aucun effort. Maurice est atterré, il avait toujours imaginé que son fils s'inscrirait dans la tradition familiale. Il doit le soustraire à l'influence pernicieuse de sa femme qui lui passe tout et l'encourage à jouer du piano, d'autant que Thomas a tendance à rêvasser. Cela suffit que Marie se prenne pour une artiste, ce n'est qu'une fille, elle trouvera à s'occuper quand il lui faudra gérer une maison. La sentence tombe, À la rentrée prochaine, c'est moi qui m'occuperai de Thomas, il n'est jamais trop tard pour réagir. Cet été, il aura des vacances studieuses, je vais engager un précepteur qui le fera travailler.

Un temps, Maurice hésite à envoyer Thomas dans une pension suisse où on lui serrerait la vis, mais il pense qu'à Dinard, il pourra surveiller les efforts de son fils et le motiver. Il convoque le chef du personnel, lui décrit le profil du professeur qu'il veut recruter pour les trois mois d'été. Quatre jours plus tard, il reçoit les prétendants, fixe son choix sur le seul candidat qui ne sourit pas, un étudiant énergique qui entre en deuxième année de Centrale et affirme, La seule pédagogie qui tienne est celle de la main de fer dans un gant de velours, on fera six heures d'exercices par jour, huit s'il le faut, mais avec ma méthode il sera le premier de sa classe, réussira son certificat haut la main et passera en sixième avec les félicitations. Edgar Morel est engagé malgré les réticences de Jeanne, mais elle se reprend, se dit qu'elle est trop gentille, que les hommes savent mieux y faire pour préparer l'avenir des garçons. Quant à Thomas, son père le convoque, À la moindre désobéissance, c'est l'internat l'année prochaine, ne me déçois pas. Cela va être une période difficile pour toi, mais plus tard, tu me diras, Merci papa.

Thomas n'a pas les facilités de Daniel, par exemple celui-ci ouvre un livre d'histoire ou de géographie, lit une fois la leçon et la mémorise à jamais ; quand on lui explique un exercice de calcul, il pige du premier coup, le refait sans se tromper, il semble sincèrement intéressé par ce que raconte la maîtresse, lève toujours le doigt pour répondre à ses questions, arrive le matin avec ses devoirs faits, ses leçons sues, il est premier partout, et quand Thomas lui demande comment il s'y prend, il voit de l'incompréhension dans les yeux de son ami. Thomas s'ennuie à l'école, trouve les heures interminables, les matières assommantes, au bout de dix minutes il a des fourmis dans les jambes, rêve qu'il s'envole par-dessus le mur. Souvent, il se raisonne, Je dois faire des efforts, écouter, travailler. Mais quand un nuage biscornu traverse le ciel ou que le vent fait frissonner les feuilles des arbres, il oublie la classe, son regard est attiré par les moineaux qui jouent sur la branche, et il se fait reprendre, Thomas, qu'est-ce que j'ai dit ? Les bonnes résolutions que sa mère ou sa maîtresse lui arrachent ont moins d'efficacité qu'une prière à l'église. Quand on le sermonne, Thomas opine avec sincérité, mais au bout de dix minutes, ses démons le rattrapent, et dès qu'une hirondelle fait un looping, il s'évade avec elle.

Monsieur Morel a une idée précise de sa tâche, préparée avec sa méticulosité habituelle. Dans le train qui conduit les deux familles à Dinard, il expose à son employeur quel sera le programme quotidien : trente minutes de dictée matin et après-midi avec dix questions, exercices de grammaire, explication de texte, calcul mental, révisions d'histoire, de géographie et de sciences naturelles. Maurice Virel fait le déplacement pour que chacun comprenne l'importance qu'il accorde à cette mission, Ma femme va essayer de vous embobiner, à l'en croire Thomas est un génie en herbe qu'il ne faut pas contrarier, elle trouve mille excuses pour justifier ses résultats désastreux, vous êtes mon missi dominici, vous n'avez aucune justification à donner sur votre intervention, je veux avoir un compte rendu détaillé de la semaine sur mon bureau chaque lundi matin ; en cas de problème vous devez me téléphoner sur-le-champ.

Le lendemain de leur arrivée, Maurice décide que professeur et élève ne doivent pas perdre de temps, Thomas, je veux que tu obéisses à monsieur Morel comme à moi-même. Il les laisse en tête à tête, rejoint ces dames qui prennent le soleil sur la terrasse, demande à Madeleine s'il peut allumer un cigare, elle l'autorise car le vent s'est levé.

– Je vais sortir le bateau cet après-midi, dit Maurice, et profiter de ce suroît pour faire un tour vers les Chausey, qui veut m'accompagner ?

Soudain, monsieur Morel apparaît, la mine sombre, Monsieur, il y a un problème, vous ne m'aviez pas dit que votre fils était gaucher.

– Mais non, ce n'est pas possible, c'est une erreur !

– Et en plus, son orthographe est déplorable, il écrit de façon phonétique !

Maurice est furieux contre Jeanne qui lui a caché la vérité sur son fils, le ton monte, et voilà que sa femme se défend avec sa mauvaise foi habituelle, Je pensais que vous le saviez. Comment avez-vous pu ne pas le remarquer ? Thomas va avoir dix ans et c'est aujourd'hui que vous découvrez sa gaucherie ? Assurément, vous ne lui avez jamais prêté attention. J'espérais qu'avec le temps, cette singularité passerait et qu'il deviendrait normal, il faut lui laisser un peu de temps encore, il est jeune. Quant aux fautes d'orthographe, c'est de son âge.

– Pas question ! Il faut réagir avant qu'il ne dégénère complètement.

La jeunesse de Thomas s'interrompt à cet instant, avant c'était l'insouciance d'un gamin rêveur, après c'est le calvaire d'un enfant à qui on attache le bras gauche dans le dos pour qu'il ne puisse plus l'utiliser, que l'on oblige à écrire de la main droite qui n'obéit pas à son cerveau et accouche de signes hiéroglyphiques, Thomas a beau affirmer qu'il ne voit plus ce qu'il écrit et trace les caractères à l'aveugle, monsieur Morel est intraitable, donne un coup de règle sur ce poing maladroit qui tord la plume et la tire au lieu de la pousser. Le maître ne supporte pas de voir la page maculée de pâtés, Allez-vous donc écouter ce que je vous dis au lieu de n'en faire qu'à votre tête, ce n'est pourtant pas compliqué de travailler proprement, et dépêchez-vous un peu, vous êtes d'une lenteur incroyable. Vous le faites exprès, j'en aviserai votre père.

– Je n'y arrive pas.

– Taisez-vous ! Travaillez !

Les tourments de Thomas ne s'arrêtent pas à la salle de classe, il tient sa fourchette de la main droite, a un problème avec sa viande, il doit rectifier son comportement irréfléchi à table, et sa serviette, sa chemise sont maculées de souillures, Si tu persistes à te comporter aussi mal, dit son père, tu prendras tes repas en cuisine. Maurice donne des consignes strictes au personnel de maison pour qu'on veille à l'application de la nouvelle règle pendant ses absences, Thomas passe sous surveillance permanente comme un détenu dangereux, les employés se permettent de le reprendre sèchement, quand un domestique le découvre se servant de sa main gauche pour se laver les dents, il le menace d'en référer au patron, et quand il coupe une tranche de cake avec la mauvaise main, la cuisinière lui lance, Vous n'avez pas le droit !

Mais comment lacer ses chaussures ou nouer sa cravate de la main droite ? Thomas n'y arrive pas, c'est mécanique, il est devenu manchot, incapable de se servir d'aucune de ses deux mains. Autant la couper si elle ne sert plus à rien. Sa vie devient sombre. Il est seul, refuse d'en parler à Daniel ou à Marie. Le seul moment où Thomas se sent libre, c'est quand il nage. Dans l'eau, il n'y a ni droitier ni gaucher. Bras droit-bras gauche, c'est obligatoire. Il glisse son bras gauche sous sa ceinture, nage uniquement de son bras droit. Facile. Se dit que s'il y arrive pendant longtemps, il deviendra droitier. Bras droit-bras droit. Il tient une centaine de mètres à peine, s'essouffle, boit la tasse, comprend qu'il a besoin de ses deux bras pour vivre, qu'il ne s'en sortira pas autrement. Il retourne vers le rivage.

Bras droit-bras gauche.

Sans cesse, on l'épie et il se tient sur ses gardes comme un voyou devant un agent de police, il préférerait faire plaisir à son père et que sa vie redevienne légère comme avant, quand il n'y pensait pas, mais c'est impossible, techniquement impossible. Les enfants se demandent quelle faute gravissime Thomas a pu commettre pour être traité avec une telle sévérité, mais il est évident que s'il est puni, c'est qu'il a dépassé les limites acceptables et qu'il est coupable.

Certainement.

Daniel suppose qu'il s'agit d'une de ces fantaisies dont Thomas est coutumier, Mais il va se corriger et retrouver un comportement normal. Marie soutient que c'est plus fort que lui, une sorte de fatalité, comme être petit ou gros, mais ils ont du mal à admettre qu'il soit impuissant à se corriger. Seule Arlène le soutient, reste près de lui, lui sourit pour lui remonter le moral, et quand Maurice Virel s'emporte car Thomas a pris sa fourchette de la mauvaise main sans y penser, et lui a donné une violente tape sur la main fautive, elle prend son assiette, va dîner dans la cuisine et ne reparaîtra plus aux repas pris en commun. Thomas, qui faisait jeu égal avec Daniel au badminton, joue désormais horriblement mal, incapable d'engager, et bien sûr de smasher. Monsieur Morel exige qu'il tienne sa raquette de la main droite et change de pied d'appel à l'engagement, maintenant Thomas rate le volant presque à chaque coup et quand il réussit à le toucher c'est pour le balancer hors du court. Il ne supporte pas d'être ridicule, arrête de jouer avec les autres, se réfugie sur la terrasse pour lire, mais monsieur Morel veille, lui enjoint de tenir son livre de la main droite et de ne jamais tourner les pages avec la gauche. Et pour que son ordre soit respecté, il lui entoure la main gauche d'une bande Velpeau comme si elle était blessée, la maintient avec une épingle à nourrice et interdiction formelle de la retirer pour quelque raison que ce soit. Thomas se trimbale avec le pansement, garde la main bandée dans sa poche toute la sainte journée. Il s'éloigne des autres, ne parle plus à personne ; quand on lui adresse la parole, il paraît revenir sur terre, répond par un oui ou un non murmuré, semble encore plus dans la lune que d'habitude, il ne sourit plus, ne joue plus, ne lit plus, reste des heures assis dans sa chambre à ne rien faire, n'obéit plus aux injonctions du précepteur, et quand le samedi Morel fait son rapport à Maurice Virel, qu'il l'informe de la mauvaise volonté de son fils, de son apathie, celui-ci entre en fureur, attrape Thomas par l'oreille et le menace, Je te préviens une dernière fois, si tu continues à faire ta mauvaise tête, tu le regretteras amèrement, je te mettrai dans une pension suisse et là-bas, ils te materont. Mais l'injonction n'a aucun effet, Thomas s'enferme dans le silence comme dans une carapace ; quand Daniel ou Marie s'adressent à lui, il ne les écoute pas, même les efforts d'Arlène pour l'aider s'avèrent inutiles, Personne ne peut rien pour moi. Lorsque monsieur Morel le somme de venir faire ses devoirs, il disparaît jusqu'au soir et on le cherche partout sans le trouver ou il s'enferme à clé dans sa chambre et aucune menace ne vient à bout de sa résistance. Jeanne tente de convaincre son fils de prendre sur lui pour surmonter cette épreuve, mais Thomas est seul dans son monde, et quand son père l'informe de sa décision de le mettre en pension en Suisse à la prochaine rentrée, Tant pis pour toi !, Thomas regarde un nuage par la fenêtre.

*

Le mercredi précédant le départ de Dinard, sur le coup de huit heures, Irène appelle Thomas à trois reprises. Surprise de ne pas le voir apparaître, elle pénètre dans sa chambre, écarte les rideaux, ouvre les volets avec peine à cause des bourrasques et, quand elle se retourne, constate que Thomas n'est plus dans son lit défait. Elle pense qu'il est allé jouer avec Daniel, mais ce dernier petit-déjeune avec Marie et Arlène et aucun ne l'a aperçu ce matin. Bizarre, non ? On le cherche dans la maison. Jeanne est persuadée qu'il se cache pour les embêter ou faire le malin, alors on fouille les placards, on ouvre les coffres, on regarde sous les lits, derrière les replis des tentures. Pas de Thomas. On jette un œil dans les combles, dans la cave, Jeanne pâlit, Je t'en prie, ce n'est pas drôle à la fin ! Elle s'énerve, crie, Thomas, je t'ordonne de sortir ! Arrête de faire l'imbécile ! Tu veux que j'appelle ton père, c'est ça ? Mais les menaces les plus terribles ne produisent pas d'effet. Les enfants, le personnel retournent plusieurs fois chaque recoin où il est imaginable de se cacher. Même sur les terrasses balayées par les grains. Avec ce temps pourri, il n'est pas concevable qu'il soit sorti. Le chauffeur inspecte le jardin d'hiver, pousse jusqu'au garage, mais celui-ci est fermé à clé, comme l'appentis du jardinier. On regarde dans les arbres et derrière les taillis s'il ne s'y dissimule pas. Il faut se résoudre à admettre que Thomas est introuvable.

– Faut prévenir les gendarmes.

C'est une de ces journées anthracite, tourmentées, à ne pas mettre un Breton dehors, avec des rafales de vent glaçantes et des ondées rugueuses qui vident les rues, on se sépare en petits groupes pour chercher Thomas, on interroge les rares passants, les commerçants, mais personne ne l'a vu, les gendarmes explorent les berges de la Rance. Jeanne traite monsieur Morel de crétin diplômé, lui interdit de les accompagner, C'est à cause de vous qu'il s'est enfui ! Il tente de se justifier, affirme qu'il n'a fait qu'obéir aux ordres de son mari, Jeanne est blême, S'il arrive quelque chose à mon fils, je vous tue ! Je ne veux plus vous voir. Partez de chez moi ! Comme il est pétrifié, elle ordonne au chauffeur de le mettre à la porte sur-le-champ. Et sans parapluie !

*

Thomas est assis en contrebas du sentier des douaniers, vers la pointe du Nick, tapi dans une anfractuosité de la falaise, indifférent à la pluie qui tombe dru et dégouline de son visage, recroquevillé sur ses jambes pliées, il frissonne. Une heure au moins qu'il se tient dans cette position inconfortable quand il croit discerner son prénom, mais avec le boucan du vent et les paquets de vagues qui s'écrasent à quelques mètres, quand il dresse l'oreille, il n'entend que le crépitement de la pluie sur les rochers, Personne ne s'intéresse à moi, je suis tout seul, si je disparaissais, ils ne s'en rendraient pas compte et n'auraient aucun chagrin. Il se blottit dans le renfoncement, envahi par le grondement de la tempête.

Thomas, les yeux fermés, murmure comme une prière, Je dois réfléchir, trouver une réponse à mon problème, il y a toujours une solution. Forcément. Malgré ses efforts, il se sent totalement désarmé, perdu au fond d'une caverne, son cœur tambourine, il est évident qu'il n'y a aucune issue à ses tourments, il n'arrivera jamais à s'en sortir, c'est impossible, Il n'y a rien à faire pour les gens anormaux. Tant pis. Il considère sa main gauche, son ennemie, qui le rend différent des autres et le handicape à jamais. Mais que peut-il y faire ? Elle ressemble pourtant tellement à son autre main, il pressentait que son anomalie viendrait lui pourrir la vie mais il n'imaginait pas que ce serait un tremblement de terre, que son monde allait se disloquer et s'évanouir, le piège s'est refermé, il en est prisonnier à jamais et réalise qu'il n'y a pas d'espoir car le piège c'est lui-même. Thomas n'a pas peur. Peur de quoi ? Il se sent épuisé.

Il se répète qu'il doit avoir le courage de se jeter à l'eau, même si elle est tumultueuse. Avec le remous, son corps sera drossé contre les rochers, et rapidement emporté vers le large où il coulera, sa souffrance n'existera plus, il n'entendra plus parler de rien, ni de personne, ni des droitiers ni des gauchers, ou mieux, il doit attendre le ressac, plonger sous la vague, s'éloigner du rivage, gagner le large, après il nagera en étant heureux car quand on nage on n'est ni droitier ni gaucher, il nagera le plus longtemps possible, il ne sait pas combien de temps il peut tenir dans cette mer glacée et agitée, quelques centaines de mètres à coup sûr, un kilomètre peut-être. Avant que tout s'arrête. Se dit, J'ai dix ans, et j'ai suffisamment vécu comme cela.

Suffisamment.

Cela leur apprendra.

Se demande si les gauchers sont admis au paradis et comment c'est de l'autre côté, s'il y a vraiment des anges avec des ailes colorées comme des papillons, des loups amis avec des agneaux, de l'orgue et de la harpe. Il se dresse, sort de sa cachette, les rochers sont glissants, il s'immobilise à un mètre du bord. Il attrape un morceau de granit de la main droite, pose sa main gauche sur une roche et, avec la tranche de la pierre, donne trois coups secs sur cette main inutile qui l'a trahi, il saigne, ses phalanges se hérissent, il ne peut réprimer un cri, se mord la lèvre, fixe sa paume gondolée. Il entend un grondement, tourne la tête au moment où la vague blanche qui se fracasse sur la côte le submerge et l'absorbe.

*

Thomas Virel est découvert inconscient, gisant sur les rochers, en hypothermie, le visage constellé d'ecchymoses, le corps couvert d'hématomes et la main gauche fracturée, probablement dans le choc contre le récif. Un gendarme a eu son attention attirée par une bande Velpeau qui gisait sur le sol comme un serpentin et a eu l'idée de regarder en contrebas du sentier. Thomas est transporté à l'hôpital Arthur-Gardiner où les premiers soins lui sont apportés. Il reprend ses esprits dans le courant de la nuit. Jeanne, qui sommeille dans le fauteuil proche de son lit, lui sourit, Ce n'est rien, mon chéri, je suis là, tu seras bientôt rétabli. Et Thomas hoche la tête. Le matin, quand sa mère lui demande ce qui est arrivé, il répond, Je ne me souviens plus. Jeanne dit, Ce n'est pas grave. La question est réitérée le lendemain par le docteur Charrier, puis par Madeleine, et à chaque fois, Thomas fait la même réponse, avec l'air désorienté de celui qui accomplit un effort manifeste de mémoire pour se rappeler ce qui s'est passé mais se trouve confronté à un trou noir. C'est fréquent après un tel traumatisme, explique le docteur Charrier, mais à part cela, il va bien.

Thomas pourrait être un bon comédien, il joue à l'amnésique, pourtant il se souvient de tout.

En fin d'après-midi, Maurice Virel arrive de Paris, préoccupé, mal à l'aise, pas seulement à cause des séquelles éventuelles de l'accident de Thomas, mais en raison du ton qu'a employé Jeanne quand elle lui a téléphoné, une voix distante, Venez ou ne venez pas, c'est pareil. Et elle a raccroché. La première chose qu'il remarque, c'est le masque impassible de sa femme, elle se recule quand il s'apprête à l'embrasser sur la joue, ses yeux bleus sont devenus sombres. Elle lui signifie sans préliminaire, J'ai pris ma décision, Thomas n'ira en pension nulle part, il restera avec nous, je vais m'occuper de lui, le suivre dans son travail, l'aider. Maurice n'a pas l'habitude que Jeanne se rebelle, il cherche ses mots mais c'est elle qui poursuit d'une voix calme, Et comme vous le dites si souvent, ce n'est ni discutable, ni négociable. Maurice est un homme rapide, en une seconde il a compris qu'il ne devait pas aller à l'affrontement, d'abord, sans elle il n'a pas la majorité au conseil d'administration, ensuite, il le sait, Jeanne agit toujours sous le coup de l'émotion mais ce n'est qu'une question de temps pour qu'elle change d'avis, il n'est pas pressé, affiche le sourire du mari compréhensif, Après tout, si vous pensez que c'est mieux ainsi, pourquoi pas ?

À l'écart, Jeanne demande au docteur Charrier de ne pas s'engager sur la durée du rétablissement de son fils, lui raconte le contexte de l'accident, exprime son désarroi, il hésite, accepte de l'aider, bien qu'il n'ait jamais menti à un malade.

Thomas sort de l'hôpital avec la main gauche pansée, pour la bonne cause. Le docteur affirme qu'il n'y a rien d'autre à faire pour les deux métacarpes et la phalange cassés dans la chute que d'attendre qu'ils se ressoudent, Cela dépend des fractures, explique-t-il à Thomas. Dans votre cas, cela peut prendre deux-trois mois, vous devrez garder votre main bandée.

Le dîner, ce soir-là, est sinistre, Maurice essaye de remonter le moral à Jeanne, Il va se rétablir, ce n'est qu'un mauvais moment à passer. Marie, de son côté, ne touche pas à son assiette, elle se lève, se plante devant son père qui n'arrive pas à décrypter son visage impassible, Qu'y a-t-il, ma chérie ?

– Je te déteste. Tu n'es plus mon père !

Maurice repart seul à Paris car Marie refuse de voyager avec lui, elle quitte Dinard deux jours plus tard avec des amis qui rentrent en voiture. Jeanne a décidé de rester avec Thomas jusqu'à son parfait rétablissement, C'est un mal pour un bien, lui dit-elle, tu vas devoir abandonner cette mauvaise habitude. Tu retourneras à l'école quand tu sauras te servir de ta main droite. Comme tout le monde. Ou presque

Jeanne se transforme en institutrice maternelle, lui fait la classe tous les jours, Ça va être long et difficile, mon chéri, mais on va y arriver. Thomas écrit des pages entières de la main droite sur du papier quadrillé, elle veille à ce qu'il ne déborde pas, que ses lettres ressemblent à des signes humains, l'encourage, même quand c'est illisible. Thomas s'applique avec opiniâtreté, chaque lettre est un arrachement, un accouchement hasardeux, une punition. Au début, les mots tracés forment un gribouillage informe, mais avec les semaines, sa graphie s'améliore, il se détend, s'assouplit, découvre que sa main droite existe et n'est pas une ennemie. Pour l'orthographe, c'est aussi difficile, mais le plus bizarre c'est que Thomas connaît souvent la bonne règle, simplement il ne réfléchit pas et ne l'emploie pas. Tous les jours, sa mère lui montre les progrès accomplis en comparant sa production du jour avec celle des débuts. On a bien travaillé aujourd'hui, lance-t-elle, enjouée. Ils font une promenade chaque soir sur le sentier des douaniers où ils ne croisent jamais personne. Tous les quinze jours, Jeanne l'emmène en consultation à l'hôpital où le docteur Charrier examine la main rétablie de Thomas et, bien qu'il arrive à bouger les doigts sans aucune gêne, il déclare, Ce n'est pas tout à fait consolidé, encore un peu de patience, jeune homme. Et le docteur ficelle à nouveau la main gauche d'une longue bande Velpeau. En octobre les mots apparaissent lisibles, en novembre ils sont équilibrés sur la ligne, en décembre ce n'est pas impeccable, mais Jeanne affirme que ça ira comme ça.

Une drôle de fille, vraiment

Thomas écrit maintenant de la main droite à peu près correctement et son orthographe est acceptable. Mais l'insouciance a disparu. Il écoute en classe ou il fait semblant, il a compris comment se comporter pour qu'on lui fiche la paix mais ses résultats stagnent entre médiocres et moyens. Maurice Virel ne peut pas se retenir de lui faire des réflexions sur son carnet de notes déplorables, il engage un étudiant des Mines qui vient chaque soir le faire travailler après l'école pendant deux heures, le jeudi toute la journée et le samedi après-midi. Le répétiteur affirme que Thomas est sérieux et se donne du mal. À la maison, on ne parle pas de *l'accident* qui est arrivé à Dinard. Tout le monde pense que Thomas est encore jeune, qu'un jour il s'épanouira comme ces fleurs qui poussent d'un coup dans la neige. Mais il ne mûrit pas, son père le terrorise toujours autant, le seul progrès, c'est qu'il arrive à dissimuler sa peur derrière son sourire.

*

En août 38, Maurice Virel invite Jeffrey Williamson, le directeur d'une banque de Hong Kong avec laquelle il va s'associer pour une grosse opération en Indochine, à venir passer quelques jours avec sa femme à Dinard. Avant leur arrivée, Jeanne fait la leçon à la jeune classe, Tenez-vous bien à table, ne parlez que si on vous interroge, ils doivent penser que vous êtes des enfants modèles. Les Williamson sont arrivés quelques jours auparavant depuis Hong Kong, inaugurant la nouvelle ligne aérienne qui rallie Paris en six jours et dix-huit escales, une rapidité incroyable grâce au trimoteur Dewoitine, et d'un confort jamais vu avec ses couchettes et sa cabine insonorisée. Le banquier et sa femme parlent français avec un accent élégant et, avant le repas, offrent à leurs hôtes un boulier chinois de collection, C'est un suanpan en bois de rose de l'époque Qing, les Asiatiques manipulent ces petites boules à une vitesse folle et ne se trompent jamais, mais je ne sais pas m'en servir, c'est assez compliqué, je crois.

– Pas tellement.

Ils tournent tous la tête vers Arlène, qui prend le boulier des mains de Williamson et le pose sur la table, D'abord, avant de s'en servir, il faut le remettre à zéro, avec les boules de la partie supérieure ramenées vers le haut, et celles en dessous vers le bas. Ensuite, on compte de droite à gauche, la première tige indique les unités, la suivante les dizaines, la suivante les centaines, et ainsi de suite jusqu'à la treizième, la dernière à gauche qui donne les milliards, les boules du haut valent cinq unités. Par exemple, pour écrire 7812, on déplace une boule de 5 000, deux de 1 000, une de 500, trois de 100, une de 10, deux de 1. Arlène pousse les boules lentement, Normalement, on fait claquer les billes, mais c'est la première fois que j'utilise un boulier.

– Qui vous a appris ? demande Williamson, interloqué.

– Personne, je l'ai lu dans le numéro de *L'Illustration* sur la Chine. Je ne connais que deux opérations : pour l'addition, on ajoute le deuxième nombre au premier en partant de la gauche, et pour la soustraction, on les retire sur le plus grand nombre. Quand on a l'habitude, c'est plus rapide qu'avec une machine à calculer.

Williamson avance le bras vers le boulier, s'immobilise, Arlène le guide, il se trompe de tige, elle le reprend, il réussit du deuxième coup à inscrire : 2652. Il veut ajouter 1335. Elle le met sur la voie, il se corrige, déplace les boules avec précaution, Voilà, vous avez bien 3987.

– C'est très facile, en effet. Nous avons peu d'employés chinois mais ils l'utilisent pour faire toutes les opérations.

Maurice veut essayer, mais il doit s'y reprendre à quatre fois avant de réussir à additionner 4712 et 5247, C'est que je n'ai pas l'habitude, mais effectivement ce n'est pas si compliqué que cela. Puis c'est au tour de Madeleine de s'y coller, mais elle s'emberlificote dans les tiges et s'en sort quand Arlène lui fait faire une opération avec des nombres à trois chiffres. Ils sont tous rassemblés autour de la table à la conseiller, Pas cette tige, l'autre. Ou, Prends une boule du haut pour faire 50. Daniel reste à l'écart, ne participe pas à l'enthousiasme général, et quand sa mère l'invite à se lancer dans une addition, il hausse les épaules et s'éloigne. Jeanne décide de ne pas tenter sa chance, sous prétexte qu'elle n'a jamais été douée en calcul mental. Quand Thomas et Marie veulent essayer, Maurice refuse car l'heure du dîner est dépassée. Williamson essaye de parler avec Arlène, mais, assise à l'autre bout de la table, avec le brouhaha, elle n'entend pas. Au cours du repas, les adultes ne parlent que de la guerre d'Espagne qui n'en finira jamais, Vivement que Franco nous débarrasse de cette engeance.

Le lendemain matin, une femme de ménage trouve le boulier cassé par terre, les boules éparpillées. Maurice est furieux, il soupçonne le personnel ou les gamins, mais personne ne reconnaît être responsable de ce forfait. Arlène propose de le réparer, on ramasse les morceaux de bois, les tiges déchaussées, on récupère les boules, mais curieusement, il en manque une. On cherche dans le salon, on fouille les pièces contiguës, on déplace les meubles, soulève les tapis, il faut se résoudre à admettre qu'il en manquera une. Dans la soirée, après le départ des Williamson, Arlène attrape Daniel par le bras, le dévisage, C'est toi qui l'as cassé. Il rougit, proteste avec véhémence, C'est faux !

– Je le sais, c'est tout.

Finalement, le boulier reconstitué finit sa vie bancale dans une vitrine d'objets précieux, à côté de camées, de tabatières émaillées et encadré par des ivoires sculptés, mais le mystère de la boule disparue persiste. On en parle épisodiquement. Et puis, on l'oublie.

*

En mai, Maurice a d'autre souci en tête que de s'occuper de l'éducation de ses héritiers, la guerre se profile, inexorable, et personne ne sait de quoi demain sera fait, c'est mauvais pour les affaires. Quand Jeanne lui apprend que les deux écoles refusent de présenter Marie et Thomas au certificat d'études en raison de leurs mauvais résultats, Maurice ressent cette décision comme une injustice et une trahison, ses enfants lui échappent, il n'a aucune prise sur leurs vies. Marie, il s'en fiche, c'est une fille, elle sait lire, écrire et coudre. Ça suffit. Par contre, Thomas, c'est préoccupant, il a fallu le recadrer tout au long de l'année et ces efforts n'ont servi à rien. Comme le fait remarquer Jeanne, Il est préférable de ne pas passer le certificat plutôt que d'être recalé. Notre fils est admis en sixième, c'est l'important. Il a le temps de devenir un bon élève. Maurice se console en se souvenant que lui non plus n'a pas eu son certificat, cela ne l'a pas empêché de faire Polytechnique.

Les soucis de Maurice ne sont pas terminés. Daniel, bien sûr, a décroché l'examen haut la main avec des notes excellentes, mais ce qui le dérange le plus, c'est Arlène, qui a obtenu des notes exceptionnelles : 10 en calcul, en orthographe, en écriture, en lecture, et 9 en récitation, en histoire, en rédaction. Du jamais vu. Résultat gâché par un pitoyable 1 sur 10 en couture. Elle ne sait pas tenir une aiguille.

Une drôle de fille, vraiment.

Maurice s'est toujours efforcé de penser qu'il ne fallait pas cataloguer les gens d'après leur milieu mais d'après leurs actions. Quand Madeleine a proposé que sa couturière les accompagne durant les vacances, il n'a pas eu l'occasion d'y trouver à redire car Jeanne ne lui a pas demandé son avis. Quand il a constaté qu'Arlène et Marie étaient inséparables, jouaient, parlaient, dessinaient ensemble, marchaient la main dans la main, que la petite Chardin déjeunait et dînait à la table familiale, il a interrogé sa femme, Croyez-vous que ce soit une bonne chose que notre fille passe tout son temps avec l'enfant d'une employée ? Jeanne a été étonnée par cette question, Mais c'est son amie ! Maurice s'est dit qu'il se devait d'être de son époque et qu'il était illusoire de vouloir s'opposer au monde qui change sans vous demander votre avis, et il a laissé faire. D'autant qu'Arlène s'est révélée une personne étonnante. Que dire d'autre de cette gamine ? Il offre à Thomas une phonovalise La Voix de son maître pour ses dix ans. En vérité, un cadeau pour avoir la paix car, malgré son interdiction, Thomas manipule son gramophone Odéon acheté à Londres comme si c'était un jouet, risquant à chaque instant de casser le bras et de rayer les 78 tours si fragiles en posant l'aiguille dessus sans ménagement. Jeanne s'étonne de la qualité du son, des progrès incroyables de la technique, elle a l'impression que Maurice Chevalier chante dans le salon, On se demande par quel miracle ils arrivent à reproduire la chanson sur cette galette.

– C'est tout bête, dit Arlène, il n'y a aucun miracle, un Américain a découvert que le son est une vibration et l'a fait passer dans une membrane fine qui actionne un stylet qui reproduit le tremblement dans la gomme. Quand le disque est gravé, l'aiguille restitue le mouvement enregistré dans les sillons en les faisant passer dans un diaphragme comme celui du téléphone et le son est restitué et amplifié par le cornet. À la fin de son explication, il y a un silence de caverne, les Virel et les Jansen dévisagent Arlène, ébahis, C'est Edison qui l'a inventé.

*

Georges Chardin a la trouille, une vieille panique enfouie, comme il n'en a pas connu depuis plus de vingt ans quand le canon tonnait à les rendre fous, que les explosions se succédaient tels des milliers de geysers incandescents, que la terre tremblait sous les bombardements et qu'il s'attendait à être pulvérisé ou enseveli vivant, selon qu'on attaquait ou qu'on défendait, parce que la bataille de l'Argonne personne n'en parle, elle n'a pas la célébrité de ses grandes consœurs mortifères, elle n'a tué que quatre-vingt-dix mille malheureux, probablement parce qu'elle est la dernière et qu'après les survivants ont respiré, effarés, stupéfaits d'en avoir réchappé, ils ont juré que c'était la der des ders, mais pour ceux qui y ont participé, elle a été la plus effrayante de toutes, car ils se disaient à chaque seconde, Nous allons mourir, c'est une certitude absolue, et peut-être sommes-nous déjà morts, parce que nous sommes en enfer.

Aussi, quand il est question d'un autre conflit, que les va-t-en-guerre dominent et exultent, que les stratèges du Café du

Commerce reprennent gaiement du service, pour Georges c'est l'affolement. Chaque jour, il achète *Paris-Soir*, le lit de la première à la dernière page pour avoir les meilleures analyses et se rassurer un peu, essayer de décrypter les secrets cachés entre les lignes à cause de la censure et démasquer les mensonges de la partie d'échecs qui se joue sous ses yeux avec la Belgique, l'Angleterre et l'Allemagne. Georges se dit que les dirigeants ne peuvent pas vouloir une nouvelle hécatombe, des deux côtés ils ont combattu pendant la Grande Guerre, ont vécu l'effroyable, le carnage innommable, personne sur cette terre ne peut imaginer une seconde que les tueries, les destructions puissent recommencer. Ils ne peuvent pas avoir oublié ? Ou alors, tous ces morts, toute cette misère n'auraient servi à rien ? Il est convaincu, comme ses copains, qu'on assiste en fait à une partie de poker menteur, où chacun bluffe, fait semblant d'être déterminé, affirmant être prêt à aller jusqu'à l'apocalypse, mais qu'au dernier moment ils s'arrêteront et signeront un traité. Un autre.

Juste avant.

Parce que la guerre, ça veut dire la mobilisation pour les hommes jusqu'à quarante-huit ans.

Les techniciens en parlent à la cantine du studio, cherchant une échappatoire possible à l'avenir guerrier et plein de menaces de l'époque. Georges a acquis de ses six mois d'armée en Argonne la conviction qu'il ne sert à rien de vouloir jouer les héros, il n'a aucune envie d'en découdre et de finir comme ses copains, décorés avec une médaille posthume et oubliés sur un triste monument aux morts, des collègues plus jeunes le traitent de *pacifiste*, il répond qu'il s'est déjà battu et qu'il n'en est pas fier. Il espère qu'avec ses quatre filles à charge, on le considérera comme soutien de famille et qu'il sera dispensé d'incorporation ou affecté à l'arrière, d'autant qu'il a été blessé au combat, légèrement certes, mais il en garde une raideur dans la clavicule, et tout cela cumulé doit lui permettre de couper à la prochaine. Pour une fois, ses femelles inutiles serviront un peu.

Mais bientôt, Georges est catastrophé d'apprendre qu'il ne bénéficiera d'aucun passe-droit pour sa conduite héroïque et sa descendance n'est pas considérée comme assez nombreuse pour lui valoir l'exemption. À trente-neuf ans, il ne se voit pas reprendre du service, patauger dans la boue avec des godillots qui prennent l'eau, faire des exercices épuisants, courir comme un jeune homme, tirer avec un fusil qui date de la guerre de 70 et attendre de se faire tuer par un ennemi tellement mieux armé, quand un ami cameraman qui partage son admiration pour Rudolph Valentino lui refile un conseil en or, Dépose une demande au Service cinématographique de l'armée, ils cherchent des opérateurs, ne leur dis pas que tu es menuisier de studio mais agent polyvalent et que la technique n'a aucun secret pour toi, entraîne-toi à monter et démonter objectifs, magasins, trépieds et réflecteurs, la vérité, c'est qu'on ne dispose que de caméra Le Blay avec des recharges de trente mètres, donc il faut en changer sept ou huit fois, et ça c'est un problème.

Grâce à Valentino qui veille sur lui de là-haut, Georges échappe à l'incorporation dans une unité combattante, il est affecté au 6e régiment autonome d'artillerie, qui regroupe les équipes d'opérateurs des neuf corps d'armée. L'objectif de ce service dépendant du Commissariat général à l'information dirigé par Jean Giraudoux est de concevoir un Journal de guerre et de le diffuser auprès des 800 000 soldats mobilisés de façon à leur soutenir le moral. Le SCA s'installe dans les locaux réquisitionnés de la Gaumont, près des Buttes-Chaumont, et les opérateurs des neuf armées envoient chaque semaine leurs prises de vues qui sont montées par Jean Delannoy, lequel en tire un film de vingt à trente minutes.

Des guerres comme ça, tout le monde en redemande. Parce qu'il n'y a pas de guerre, c'est presque la belle vie. Au deuxième corps d'armée, dans l'Est, personne ne sait trop ce qu'on fait, l'ennemi est aux abonnés absents, de toute façon avec la ligne Maginot, ils ne pourront pas passer, on attend sans se biler, les soldats font de l'exercice, les officiers dirigent les mouvements, les généraux inspectent les compagnies, remettent des médailles, serrent des mains, parfois on aperçoit un ministre ou une vedette de cinéma qui vient soutenir le moral des troupes, et on attend. La planque, la vie au grand air. Georges est persuadé qu'à la fin, on leur dira de rentrer chez eux, que ça va s'arrêter avant la déflagration, qu'il n'y aura jamais de casse-pipe parce que, chez nous et en face, personne ne veut mourir. Alors, on filme les fortifications infranchissables de la ligne Maginot, la manœuvre des chars R35 aussi maniables qu'une traction avant, le défilé d'un bataillon devant un cimetière militaire, des scènes de la vie quotidienne au front, les gars préparant la tambouille, jouant à la belote, la distribution du courrier et des colis, on montre la bonne humeur, des gars confiants et détendus comme en vacances, des séances de cinéma aux armées, et encore des remises de décorations. La seule chose qu'on ne voit pas dans ce Journal de guerre, c'est la guerre.

Et on attend.

*

Ce 7 mai, les espoirs sont en berne, on vérifie les stocks de munitions, les artilleurs calent les obus dans les canons de 75 enterrés dans les casemates en béton armé de la Ligne, Ils n'oseront pas nous attaquer ou on les pulvérisera. Moins une avant l'apocalypse. La veille, depuis la caserne Gouraud à Soissons, le capitaine Charles Jansen téléphone à nouveau à Madeleine, Cela s'annonce mal, on va se faire démonter, mettez-vous à l'abri avec Daniel, partez quand il en est encore temps. Mais Madeleine n'est pas d'humeur à se laisser gagner par l'atmosphère de sauve-qui-peut qui s'est emparée du pays, Pas question ! On n'échappe pas à son destin en fuyant. Si cela se trouve, on va se réfugier à Lyon, et ils nous tueront là-bas. Autant mourir chez nous. Le ton monte, Jansen se met en colère, Les Allemands vont nous écraser, c'est la mort qui nous attend ! Il devient cassant, elle lui raccroche au nez. Le lendemain, elle rappelle son mari pour s'excuser d'avoir été si brusque mais le capitaine ne décroche pas, au standard une femme de service finit par répondre que la caserne est vide et que tous les hommes sont montés au front.

Jeanne et Maurice partent avec les jumeaux à Dinard. Les deux jours précédant leur départ, Jeanne est revenue à la charge au moins dix fois pour que Madeleine et Daniel les accompagnent, mais son amie s'est énervée, Fous-moi la paix à la fin ! On reste, un point c'est tout. Maurice fait une dernière tentative, avant de prendre la route il demande au chauffeur d'arrêter la Panhard-Levassor devant la maison de Madeleine, la supplie de revenir sur sa décision, Madeleine l'envoie promener, Je n'ai aucune raison d'aller à Samarcande ! Il ne comprend pas ce qu'elle raconte, n'a pas le temps de discuter, Laissez-nous au moins prendre Daniel, vous devez le protéger. Madeleine hésite, se dit qu'elle n'a pas le droit de faire courir de danger à son fils, mais celui-ci est déterminé, Pas question que je te laisse seule. Sur le trottoir, c'est l'heure des embrassades et des au revoir, mais se reverra-t-on un jour ? Daniel prend la main de sa mère et la serre fort. Quand la Panhard des Virel s'éloigne, Madeleine se dit qu'elle a peut-être fait une erreur, elle regrette sa décision aventureuse. Seule bonne nouvelle en ce jour triste à se pendre, à travers la vitre arrière, Thomas se sert de sa main droite pour dire adieu.

Du jour au lendemain, comme par un coup de baguette magique, Saint-Maur se vide de sa population, à croire qu'elle a été décimée par une épidémie foudroyante, les rues sont désertes, les commerces fermés, les plus pauvres partent à pied en portant leurs valises gonflées ou surchargent leurs vélos de caisses et de sacs. Ils fuient tous, mais ils ne savent pas dans quelle direction aller pour sauver leur peau. Avenue Gambetta, un attroupement dégénère devant l'entrée du magasin de Bernard Bonnet, bien qu'il vende ses Motobécane neuves à un prix délirant, celui d'une voiture d'occasion, et ses cinq derniers triporteurs Hirondelle 2 900 francs pièce, trois fois leur valeur, cédant au passage les motos et vélocipèdes qu'on lui a confiés en réparation, avant de fermer une boutique où il n'y a plus rien à vendre. Mais le vrai problème, c'est qu'il n'y a plus d'essence nulle part.

Le 10 mai, l'attaque allemande dans les Ardennes surprend l'état-major français qui attendait une offensive importante en Belgique et Hollande, l'armée française est prise à revers et coupée en deux par la percée allemande. Le 12, les Panzerdivisions, prennent Sedan sans difficulté, entraînant une évacuation massive de la population civile qui se mêle aux troupes montant au front. Georges fait partie de l'équipe qui couvre la 3e division cuirassée du 21e corps d'armée pour le Journal de guerre. Ils filment l'exode, l'affolement, les familles séparées, les embouteillages, les véhicules en panne, les attaques en piqué des Stukas, la panique générale. Le plus bizarre, c'est qu'au moment où ça chauffe vraiment, il n'a plus peur, On n'est pas des combattants, on est comme des journalistes, on a un brassard. Le 15, les Allemands s'emparent de Stonne, un village stratégique situé sur une hauteur, qui permet de contrôler la vallée de la Meuse. L'armée française lance 42 000 hommes dans la bataille, mais ils sont plus du double côté allemand. Commence une lutte furieuse qui dure quatre jours et quatre nuits, la bourgade est anéantie, prise et reprise dix-sept fois, les chars français se cantonnent à la défensive et au soutien de l'infanterie et sont immobilisés un à un. Le 17, en fin de journée, devant l'intensité du combat, et profitant que le 91e régiment d'infanterie français vient de reprendre pied sur la butte, le chef opérateur ordonne de remballer le matériel et de se replier pendant qu'il est encore possible de passer, car les chars allemands remontent par la route des Grandes-Armoises et risquent de couper toute évacuation. À Dieu vat. Le véhicule du Service cinématographique de l'armée s'engage en plein champ en direction de la commune, la voiture est secouée par des soubresauts lorsqu'elle est arrêtée par un plissement infranchissable du terrain qui oblige le chauffeur à s'arrêter et à faire demi-tour quand un tir de Panzer lève une gerbe de terre sur la gauche. Le chauffeur accélère, un deuxième tir passe à droite, les occupants de la voiture sont terrorisés, une forêt apparaît à deux cent mètres devant eux, s'ils l'atteignent ils sont sauvés, le conducteur écrase le champignon, roule en zigzag pour échapper au tir du canon, le troisième tir est le bon. Ou le mauvais, c'est selon. La voiture pulvérisée est en feu. Georges ne souffre pas, il est tué sur le coup comme ses deux collègues.

*

Irène n'est pas inquiète. Elle n'a pas de nouvelles de Georges, mais avant qu'il soit mobilisé il n'en donnait pas beaucoup plus, elle s'est habituée. Le 4 mai précisément, elle fait un rêve bizarre ou un cauchemar, elle ne sait pas très bien. Un rêve dont elle se souvient parfaitement, contrairement aux autres qui s'évaporent dès le réveil. Elle voit Georges vêtu en tirailleur (c'est idiot les rêves, car Georges est habillé en civil), qui avance avec un fusil dans les mains (c'est idiot aussi, il devrait tenir une caméra), il précède trois soldats. Ils descendent un champ vers la lisière d'une forêt. Soudain, une mitrailleuse allemande balance une rafale, fauchant les quatre hommes qui s'écroulent par terre. Silence. Et puis, au bout d'un temps très court, Georges se met à bouger, s'ébroue. Il se lève, il n'a pas été touché ! Il prend sa caméra sur pied (maintenant, il a une caméra) et s'éloigne. Les Allemands tirent des rafales de mitraillette dont les balles traçantes pleuvent autour de lui en soulevant des mottes de terre, mais aucune ne le touche. Il s'éloigne en sifflotant et sourit à Irène, lui adresse un coucou de la main, Qu'est-ce que ça veut dire ce rêve ? Il paraît qu'ils ont toujours un sens caché. Oui, mais lequel ?

Les nuits suivantes et pendant des années, Irène va refaire le même rêve, avec d'infinies variantes. Parfois, Georges secoue la poussière de sa vareuse, d'autres fois c'est une veste, il rajuste sa cravate, se recoiffe avec les mains au milieu des balles traçantes dont aucune ne l'atteint jamais, Une fois, seuls les soldats derrière lui sont fauchés. Une autre, son mari est juché sur un percheron blanc. Mais Georges est souriant, élégant et séducteur comme à son habitude.

*

Irène n'apprend le décès de son mari que deux mois plus tard, un soir à son retour de sa journée chez Madeleine, en ouvrant une lettre du ministère de la Défense nationale et de la Guerre l'informant que Georges Chardin est mort au champ d'honneur. Sa vue se trouble, la terre se met à tournoyer, elle tombe dans les pommes dans le couloir de l'immeuble, reste étendue sur le sol Dieu sait combien de temps, se réveille dans le noir avec une bosse sur le front, ne comprend pas ce qu'elle fait couchée sur le carreau, se redresse avec peine, allume la lumière, découvre la boîte aux lettres ouverte, le courrier froissé sur le sol, et elle se souvient, et c'est comme un coup de poignard qui la transperce, elle tremble, elle hurle, se mord le poing, ameute les voisins. Sa vie se fige ce soir-là, dans ce couloir lugubre. Elle devient *veuve de guerre*, c'est comme une médaille invisible à la boutonnière, une fierté douloureuse, mais un doute l'envahit, elle connaît son Georges, c'est un malin. Pas le genre à jouer les héros. Tant qu'elle ne l'aura pas vu, de ses yeux vu, blême dans un cercueil, elle n'y croira pas. Le problème, c'est qu'il n'y a pas de corps. Au ministère, un officier affirme que Georges a été enterré quelque part, comme tous les hommes tombés au front, mais ni lui ni aucun fonctionnaire n'est capable de dire où il repose. Et pas question d'y aller. C'est une zone de guerre occupée par les Allemands.

Mais Irène n'y croit pas pour deux raisons. La première, c'est qu'elle ne ressent aucun chagrin, chez elle c'est viscéral, elle fait confiance à son instinct et pas à ce qu'on lui raconte, il y a en elle une lumière qui clignote et une voix qui répète, Georges est vivant ! Cela ne s'explique pas. Si son homme n'était plus de ce monde, la lumière se serait éteinte, la voix se serait tue, elle serait en capilotade, tout juste bonne à s'effondrer. Viviane n'arrête pas de lui répéter qu'elle est folle à lier de continuer à se faire des illusions et Irène est désorientée par la véhémence de sa mère, elle se rend sur le cours de Vincennes pour solliciter l'avis de madame Nadia, qui est devenue une amie. Elle patiente près d'une heure avant de pénétrer dans la baraque, demande à la voyante, Est-ce que mon homme est mort ? Nadia bat les cartes du tarot pendant une minute, coupe quatre fois, recommence, étale le jeu devant Irène qui choisit cinq cartes cachées en les désignant du doigt. Nadia les retourne et les dispose en croix : la Maison Dieu, le Jugement, le Chariot, le Bateleur et l'Amoureux au centre, Je ne vais pas tourner autour du pot, cet homme n'est pas mort, avec un tirage pareil ce n'est tout simplement pas possible, pour moi il n'y a pas l'ombre d'un doute, il va revenir certainement un de ces jours. Quand ? Je ne peux pas le dire, il en a envie mais quelque chose l'en empêche.

Jusqu'à son dernier jour, Irène aura la conviction que Georges n'est pas décédé, comme on le lui a écrit, au cours de la bataille de Stonne, mais qu'il s'est carapaté avant l'attaque des Panzers, qu'il a refait sa vie sous un nom d'emprunt quelque part, à Hollywood peut-être, cela ne l'étonnerait pas. Ou il est amnésique, il a perdu ses papiers dans la bagarre et il ne sait plus qui il a été, ni qu'il a une famille qui l'attend. Un millier de fois au moins pendant les vingt-huit années qui lui restent à vivre, Irène aura la certitude d'apercevoir Georges dans la foule du marché ou du métro, d'un grand magasin ou dans une rue, reconnaissant au loin sa silhouette valentinesque. Elle va, en vain, retourner, accoster, héler des dizaines de personnes, à chaque fois elle sera dépitée, s'excusera, mais elle ne pourra s'empêcher de guetter son homme. Elle, elle connaît la vérité. Arlène a beau lui répéter qu'elle ne peut pas continuer à espérer, qu'elle doit accepter la réalité, faire son deuil, Irène n'en démord pas, Il y a ces rêves que je fais presque toutes les nuits, c'est un rêve, pas un cauchemar, ton père est touché par une balle, je crois, mais il se relève sans être blessé et il s'éloigne en souriant. Ton père est vivant, un jour il reviendra, et je ne suis pas la seule à le croire, quand j'en parle avec madame Madeleine, elle me répond, Allez savoir, moi-même je doute, l'attente est intolérable.

Souvent, en pleine nuit, Irène se réveille le cœur battant, persuadée que Georges est revenu, qu'il dort près d'elle, elle le cherche de la main et sa conviction se craquelle, une tristesse démesurée la submerge, la tire vers les abîmes, et pendant des jours elle reste pétrifiée. Nul ne comprend alors son affliction, elle semble fracassée de l'intérieur, répète en boucle qu'elle aurait préféré mourir à sa place. Personne ne comprend ce désespoir tenace. Ni ses copines, ni Viviane qui trouve qu'elle en rajoute un peu dans la mortification, C'est vrai quoi, Georges était un charmeur, avec un millier de copains, un séducteur invétéré, mais question mari, il était affligeant, menteur comme pas deux, coureur comme ce n'est pas possible, il l'a trompée avec la terre entière et aujourd'hui elle le pleure comme si c'était un ange. Et comme père n'en parlons pas, il était inexistant. Non, personne ne comprend la détresse infinie d'Irène. Sauf Arlène. Celle-ci se dit que si sa mère pleure autant son père, c'est qu'il le méritait, et elle aime encore plus cet inconnu qui passait en coup de vent déposer un peu d'argent sur la table, ne lui parlait pas, ne la prenait jamais dans ses bras, ne la faisait jamais jouer, ne s'occupait pas plus d'elle que de ses sœurs. Qui a oublié de la féliciter pour son certificat avec des 10 partout mais qui, à son arrivée au front, lui a envoyé, et à elle seule, une carte postale avec la fière statue de Charles de Gonzague sur la place ducale de Charleville-Mézières :

Je suis très fier de toi, ma grande. Des notes pareilles, vraiment, c'est épatant. Cela fait du bien au milieu des dificultés actuelles. J'ai racontez tes exploits à mes copains, et ils sont comme moi, babas au rhum, ils n'en reviennent pas que j'ai une fille aussi douée. Continue comme ça, ma chérie. Je t'embrasse de tout mon cœur.

G

Et Arlène décide d'oublier son indifférence à son égard, les paroles odieuses qu'il lançait à sa femme quand il s'énervait avant de claquer la porte et qu'Irène s'effondrait en pleurs. Cela ne devait pas être si grave après tout, sinon sa mère n'aurait pas tant de peine aujourd'hui. Et Georges devient un héros, un vrai, mort pour la France. Pour elles, donc.

Un jour que Viviane la garde avec ses sœurs, Arlène trouve au fond d'une armoire un petit cadre oublié avec une vue de l'Exposition universelle de 1900, sa grand-mère accepte de le lui donner, et à la place de la reproduction, Arlène pose avec précaution la carte postale reçue de son père et l'accroche au-dessus de son lit. Souvent, elle regarde la statue mystérieuse, elle connaît par cœur les six lignes écrites par Georges et se les récite. Ce cadre avec cette carte sera le seul objet auquel elle sera attachée, qu'elle emportera partout avec elle et conservera toute sa vie. D'ailleurs, cette carte va jouer un rôle crucial dans sa vie mais elle ne le sait pas encore.

*

Charles Jansen a beau être capitaine, quand il écrit à Madeleine il doit utiliser les cartes postales familiales militaires, impossible de correspondre autrement, l'acheminement du courrier est assuré du front vers l'arrière mais dans l'autre sens c'est plus aléatoire. Rien ne doit être révélé, ni le lieu où l'on se trouve, ni celui où l'on se rend, rien non plus sur les opérations en cours, les mouvements, le matériel déficient, les problèmes rencontrés, on ne doit donner aucune précision qui pourrait être utilisée par l'ennemi qui est partout, méfions-nous, et la censure veille, comme une araignée, les messages sont donc brefs, anodins, rassurants. « Je suis vivant, en bonne santé, je pense à vous. » Depuis une carte reçue le 18 mai, sans indication de lieu,

Madeleine est préoccupée car Charles n'a jamais été aussi affectueux, ce n'est pas son style habituel d'écrire à sa femme et à son fils qu'ils lui manquent tant, qu'il a envie de les prendre dans ses bras et de les embrasser très fort.

Non, pas le genre du capitaine.

Comme s'il redoutait quelque chose et ne pouvait pas l'évoquer. Il faut lire entre les lignes, déduire, interpréter. Et c'est inquiétant. Charles s'est volatilisé avec son bataillon. Grâce aux relations de Maurice, Madeleine apprend que son régiment est positionné pour défendre Abbeville, mais l'attaque allemande a coupé l'armée française en deux, les troupes sont encerclées, collées à la mer, bombardées, sans communications, ni commandement, ni ravitaillement. À la radio, le speaker lit des communiqués rassurants, affirme que Weygand, s'inspirant de la tactique de Joffre pendant la bataille de la Marne, va repousser les Allemands. Pendant neuf jours, les combats font rage sur les plages autour de la poche de Dunkerque. Loin du front, les civils ne peuvent se rendre compte de l'âpreté de la lutte, du déséquilibre des forces et de l'enfer que vivent les 400 000 soldats alliés encerclés et pilonnés par la Luftwaffe. Les journaux, les radios ne donnent aucune précision sur la situation réelle. On découvre la vérité au compte-goutte, les Anglais ont rembarqué les leurs en priorité en abandonnant une montagne de matériel. Le bilan de l'opération est effroyable, 40 000 hommes ont laissé leur vie sur les plages, des centaines sont enterrés à la va-vite avec la mention « Inconnu », 5 000 autres ont coulé à pic pendant l'évacuation. La France semble sur le point de s'écrouler, on n'arrive plus à distinguer les informations de la propagande. La seule réalité certaine, c'est la débâcle et l'effondrement du pays. Madeleine ignore si Charles a été tué ou fait partie des 35 000 Français prisonniers.

Et puis, c'est le silence et le vide.

Madeleine refuse de se laisser bercer d'illusions, elle se fait la leçon, repousse l'idée d'un espoir, car c'est l'espoir qui vous tue, les soldats français et belges qui n'ont pas été fauchés sur les plages se sont noyés en tentant d'embarquer, et ceux qui ont réussi à prendre le bateau pour l'Angleterre ont été immédiatement renvoyés vers Brest et Cherbourg pour continuer le combat dans le réduit breton, où l'on assiste aux mêmes scènes de déliquescence, c'est la déroute, le sauve-qui-peut général. Et l'armistice, comme un soulagement. On est vivants, c'est le principal. Pourtant, quand le téléphone sonne, c'est un réflexe, Madeleine se précipite, court du fond du jardin ou dévale les escaliers pour décrocher le récepteur, mais chaque fois elle est déçue, réalise que l'espoir est le plus fort, c'est pour cette raison qu'elle ne veut pas quitter Saint-Maur quand les autres déguerpissent, pour être là quand il y aura un appel, parce qu'elle est sûre qu'il y en aura un, elle s'en fiche de l'avancée des Allemands et qu'ils rentrent dans Paris. Devant le ministère de la Défense nationale et de la Guerre du boulevard Saint-Germain, la file d'attente des femmes qui quémandent des nouvelles de leur mari ou de leurs fils fait le tour de l'immeuble et s'étend sur deux cents mètres de long, mais ces malheureuses se heurtent à un mur invisible : les militaires ne savent rien et l'angoisse des épouses n'est pas leur préoccupation, Madeleine prend son tour au bout de la file avec Daniel, piétine trois heures, quand une rumeur remonte la colonne, transmise de bouche à oreille, Ils se fichent de nous, on ne les intéresse pas. Le dernier espoir vient de s'envoler, la cohorte des désespérées se dissout. Que faire à part pleurer, seule dans son coin ? Ne pas connaître la vérité est la pire des meurtrissures car l'ignorance vous ronge comme un cancer. La Croix-Rouge est plus efficace que l'armée française et affirme que Charles ne fait pas partie des prisonniers, mais cela veut dire qu'il est resté sur une plage et repose aujourd'hui dans une tombe anonyme ou au fond de la mer.

Non seulement Madeleine et Irène sont nées le même jour et ont donné naissance à leurs enfants à dix minutes d'intervalle, mais elles croient toutes les deux dur comme fer aux signes du destin, aujourd'hui un autre point commun, détestable cette fois, les rapproche un peu plus, même si elles en parlent rarement. On est comme des sœurs de tristesse, je crois, dit Madeleine, qui, trouvant la maison horriblement silencieuse, propose à Irène de s'installer au deuxième étage, mais il y a les petites et Irène affirme ne pas pouvoir les abandonner totalement à Viviane, en réalité elle préfère rentrer chez elle après son travail, ce n'est pas très grand, pas très luxueux, mais elle aime plus que tout retrouver ses filles et sa mère et un semblant de vie, évoquer le quotidien qui les emporte, les sœurs parlent de l'école et sont joyeuses malgré tout, et dîner en famille avec le rond de serviette de Georges et son assiette en tête de table, prêtes à servir quand il rentrera. Chez les Jansen, elle reste une employée, malgré la gentillesse de Madeleine et cette envie bizarre qu'elles soient comme des sœurs.

Courant juillet, ceux qui avaient fui l'invasion commencent à revenir – comment vivre loin de chez soi ? Chaque jour en ramène des paquets, la vie reprend comme si presque rien ne m'était arrivé. Les Virel passent un exode tranquille à Dinard, relancent deux fois Madeleine pour qu'elle les rejoigne avec Daniel, mais elle refuse car elle n'a pas envie qu'on la voie pleurer et cet été sans chaleur excessive est si agréable dans son jardin, comme un printemps interminable, qu'elle n'a pas envie d'en sortir. Elle reste étendue sur un transat sans rien faire, le regard dissimulé derrière des lunettes de soleil, pense à Charles plusieurs fois par jour. Que va-t-elle faire sans lui maintenant ?

Quand elle arrive, le lundi 23 septembre, Irène s'immobilise sur le pas de la porte car elle est accueillie par Charles Trenet qui chante, « Le ciel est plein de joie / La nuit est parfumée », elle est stupéfaite d'entendre cette voix si gaie dans cette maison si triste. Assise dans le salon, sa patronne écoute « La route enchantée » sur son gramophone et essaye de suivre le rythme frénétique des paroles. Comme par un coup de baguette magique, Madeleine a retrouvé sa gaieté et son entrain d'avant le chaos, elle décide de renouveler sa garde-robe car elle ne possède qu'une petite robe noire de rien du tout et d'autres qui sont moches ; les couturiers qu'elle fréquente ayant fermé boutique, elle n'a d'autre solution que d'accompagner Irène dans des magasins de tissus où elle n'a jamais mis les pieds et qui sont dévalisés. Au deuxième étage du Bon Marché, Madeleine tombe sur une mine d'or, dégote un rouleau de crêpe de Chine noir du meilleur effet et une pièce de véritable tweed écossais de la même teinte, Combien doit-on acheter de mètres pour faire une robe ? demande Madeleine.

– Dans cette largeur et avec les manches, il vaut mieux en prendre trois mètres, répond Irène, qui est effarée du prix au mètre.

– Ah bon ? s'écrie Madeleine. C'est une étoffe de belle qualité, on va en prendre aussi pour vous, je vous l'offre.

– Je n'en ai pas besoin, je ne suis pas en deuil.

Madeleine insiste, tente de la raisonner, mais Irène n'a pas l'intention de négocier son affliction, Georges va revenir, il n'apprécierait pas que je l'enterre, il me trouvera comme j'ai toujours été habillée, avec des couleurs claires.

– Vous savez, Irène, je crois malheureusement…

Elle n'a pas le temps de finir sa phrase, Irène lui tourne le dos, disparaît dans la foule des clientes. Madeleine lève les yeux au ciel, hésite un instant face à la vendeuse, Je vais en prendre six mètres de chaque. Désormais, l'une est gaie, affiche son deuil avec élégance, et l'autre porte des couleurs vives et le poids du monde sur ses épaules.

*

Arlène et Daniel sont ballottés par le charivari des douleurs maternelles, mais c'est quoi une mort sans enterrement quand on a douze ans ? Une brume incertaine qui enveloppe leur entrain, vite dissipée. Ils guettent l'un et l'autre le frémissement d'une douleur, une montée de larmes, un soupçon du terrible désespoir des enfants abandonnés à leur sort, à défaut ils se contenteraient d'un minuscule chagrin et se reprochent d'être des bêtes insensibles car ils restent comme des glaçons, pour eux il n'y aura pas un avant et un après car les pères ont toujours tort d'être absents. Ils sont autrement troublés par le vacarme de la déroute maquillée en armistice, les soldats allemands qui patrouillent en vainqueurs, les rumeurs contradictoires d'un monde en fusion. Daniel aime bien l'idée que son père s'en soit sorti, mais comme on ne le trouve nulle part, il faut admettre l'évidence : Charles Jansen repose aujourd'hui au fond de la Manche au milieu de ses milliers de compagnons d'armes noyés lors de l'embarquement. Cette noyade justifie la phobie de l'eau de Daniel ; avant il ne savait pas pourquoi il en avait si peur, maintenant il comprend qu'il s'agissait d'une prémonition. Quand il confie sa théorie à Arlène, elle hausse les épaules, Il doit y avoir une autre explication. Elle, de son côté, hésite entre la logique et l'amour maternel. Si sa mère persiste dans le déni, c'est qu'elle doit avoir ses raisons et Arlène n'a pas envie de la démoraliser en dénigrant cette conviction. En fin de compte, ce qui les transforme en orphelins, c'est le regard apitoyé des voisins, les paroles affectueuses des commerçants, des parents de leurs amis, ces sourires attristés, ces mains qui traînent sur leurs joues, ces condoléances répétées, ces : Si je peux te rendre service, n'hésite pas à me le dire. Mais ils ne voient pas quoi demander.

Irène taille, bâtit, coupe, monte, coud et reprend sans cesse les vêtements de deuil de Madeleine, qui oscille entre les modèles de Jacques Fath ou de Patou trouvés dans ses *Vogue* d'avant-guerre. Madeleine se sent une âme de styliste, abaisse la taille, veut un mouvement gonflé impossible à obtenir sur une robe portefeuille, ajoute inutilement des poches fendues et des boutonnières passepoilées, ouvre les encolures, ferme les échancrures, trouve que la robe rectangle ne lui va décidément pas, impose un volant plus ample sur son manteau en crêpe de satin, pour conclure par un, Le deuil oui, mais avec élégance, finalement ce n'est pas mon style, cela fait trop garçonne. Irène supporte ces revirements avec résignation, c'est dans l'ordre des choses, une employée doit obéir à sa patronne, son gagne-pain c'est de baisser la tête. Alors elle modifie selon les nouvelles directives, retouche encore. Ce serait bien qu'Arlène qui ne fait rien de ses dix doigts à part lire dans la bibliothèque l'aide un peu, elle l'appelle à plusieurs reprises, finit par renoncer. Quand Madeleine veut raccourcir sa robe d'après-midi séance tenante, Arlène refuse de surfiler l'ourlet, Elle se moque de toi, maman.

– Qu'est-ce que tu crois ? dit Irène. Ici, on est des employés.

Elle retourne à sa tâche, commence à couper la frange pour surfiler l'ourlet quand Madeleine intervient, On ne va pas utiliser tout ce tissu, si vous voulez, vous pouvez en prendre pour vous en faire une robe. Madeleine n'a pas le temps de finir sa phrase, Irène ferme les yeux, respire profondément pour calmer la colère qui l'envahit, pose ses ciseaux sur la table, passe devant sa patronne en l'ignorant, retourne dans la bibliothèque où Arlène lit dans un fauteuil, Viens, on s'en va. Irène enlève son tablier blanc, le plie posément, rassemble son nécessaire de couture, récupère ses ciseaux de tailleur, son dé à coudre doré, ses bobines de fil. Madeleine la suit de pièce en pièce, lui demande de ne pas s'en aller, elle est navrée de l'avoir blessée, mais Irène jette ses affaires dans son sac cabas. Daniel apparaît, Que se passe-t-il ? demande-t-il, inquiet. Elles partent sans se retourner, sans dire au revoir, sans claquer la porte, Irène ne réclame même pas le paiement de sa semaine travaillée, elles se rendent à pied de Saint-Maur à Joinville, côte à côte, Irène marche comme une folle, murmure des mots incompréhensibles, ses yeux sont rouges, elle n'a jamais marché aussi vite de sa vie, et Arlène doit courir pour rester à son niveau.

Irène court pour échapper à son destin, à la bêtise sans nom qu'elle vient de commettre, elle s'immobilise, ses jambes tremblent, ses joues sont en feu, elle se jure de ne plus jamais remettre les pieds chez Madeleine, mais sans son salaire comment nourrir ses quatre filles ? Odette a neuf ans, Françoise six et Jacqueline trois. Comment payer le terme le trimestre prochain, les commerçants, les médicaments et tout le reste ? Arlène arrive à sa hauteur, Ça va, maman, tu es toute blanche ? Irène reprend sa respiration, s'apprête à répondre, Oui, ma chérie, ton père va revenir nous aider. Mais elle ne peut pas compter sur son aînée qui est persuadée de la mort de son père et n'en a aucun chagrin. Alors, Irène se tait et reste seule avec Georges.

Les jours suivants, elle fait le tour des studios de cinéma en espérant qu'on la reprenne comme cousette, mais les studios sont fermés en attendant des jours meilleurs, pour l'instant on ne tourne plus rien, elle sollicite les couturières qu'elle connaît, la plupart ont fermé boutique et celles qui ne se sont pas sauvées tirent le diable par la queue, elle tente sa chance sur les quais de Marne, les guinguettes sont closes, plus personne n'a le droit de danser aujourd'hui ; sur le cours de Vincennes, aucun café, aucune brasserie n'a besoin d'une serveuse ou d'une plongeuse, elle pousse des dizaines de portes, laisse des dizaines de fois son adresse au cas où, et elle pense qu'elle va s'écrouler sur place, mourir d'un coup d'une crise cardiaque, elle n'en peut plus de marcher toute la journée, de répéter la même histoire sans issue, et quand chez Félix Potin on refuse de servir Arlène tant que la note ne sera pas acquittée, elle n'a d'autre solution que de demander de l'aide à Viviane, qui tombe des nues, et elle doit supporter sans moufter les leçons de morale sur son inconséquence, Quand on a quatre enfants à charge, on ne joue pas les fiérotes, on la ferme et on encaisse. Sa mère lui prête quand même 200 francs pour faire patienter l'épicier.

Deux jours plus tard, Viviane annonce qu'elle lui a dégoté un travail de retoucheuse aux Grands Magasins du Louvre où elle travaille depuis vingt-sept ans au rayon Hommes, elle est allée voir la chef, lui a juré que sa fille avait des doigts d'or, Mais je te préviens, Irène, si tu veux faire de vieux os aux Grands Magasins, il faut avoir l'esprit maison et ne pas se prendre pour ce qu'on n'est pas.

Irène prend son poste de retoucheuse premier échelon au sixième étage du magasin de la rue de Rivoli, une montagne d'ourlets, de revers, de reprises de taille, de cintrages, de pose d'épaulettes l'attend chaque jour, elle travaille quarante heures par semaine du lundi au samedi, dans le silence car il est interdit de parler dans l'atelier, ce n'est pas bien payé, et même avec les heures supplémentaires et les allocations, elle a du mal à s'en sortir. Par la fenêtre, de l'autre côté de la rue, elle aperçoit les murs noirs du musée et, à travers une fenêtre, la silhouette d'une statue énigmatique, elle aurait aimé y faire un tour, pour voir, mais il paraît que le musée a été vidé et fermé à cause de la guerre, et ça fait du tort au magasin, parce qu'il y a moins de passage qu'avant ; chaque jour, des dizaines de personnes pénétraient dans le musée en demandant où se trouvait le rayon Jouets ou celui du linge de maison.

Un soir, à l'entrée de la station Saint-Paul, dans la rame qui va en sens inverse, Irène aperçoit Georges de dos dans un wagon de première en train de lire le journal, elle en est certaine car personne d'autre n'a, de nos jours, ces cheveux gominés. Elle se dresse, tape sur la vitre pour attirer son attention, crie, Georges ! Georges ! ... Mais l'homme qui lit *Le Petit Parisien* n'entend rien dans son train qui s'éloigne.

Après le départ d'Irène, Madeleine reste avec ses robes à bâtir sur les bras, elle pourrait faire l'effort de coudre, cela l'aiderait à passer le temps, après tout elle a appris quand elle était au sanatorium, mais cette idée ne lui vient pas à l'esprit. Un soir, elle dépose les vêtements inachevés en tas dans l'entrée, puis les jette dans une poubelle, elle garde uniquement deux petites robes noires toutes bêtes dont une est un peu large maintenant. Elle n'a plus aucune envie. Est-ce l'absence d'Irène, le silence sournois de la maison ou le deuil qui l'envahit insidieusement, cette sensation étrange d'avoir perdu une partie d'elle-même quelque part là-haut sur une plage du Nord, et malgré la voix de son ange gardien qui lui crie de réagir, de ne pas se laisser gagner par la dépression, elle reste des heures prostrée dans son fauteuil ou dans le jardin, avec un poids invisible sur les épaules, à attendre on ne sait quoi, à penser à son Charles qui l'a abandonnée, elle se dit qu'il n'est peut-être pas mort, qu'elle doit espérer encore, et l'instant d'après elle pleure sans vergogne son homme disparu. Et Daniel regarde sa mère s'enfoncer dans le noir sans pouvoir rien faire pour l'aider. Parce que les mots sont inutiles.

Il lui prend la main, ils restent l'un près de l'autre, avec leur peine au milieu comme un ciment de tristesse.

*

Le problème avait éclaté quand Arlène avait été acceptée au cours complémentaire Victor-Hugo à Créteil à la rentrée d'octobre, une école publique de filles qui préparait au brevet. Il fallait payer une blouse, un cartable, une ribambelle de livres et de cahiers, pareil pour Odette qui entrait à l'école Oudinot de Joinville. Irène n'avait pas l'argent, refusait de demander une nouvelle fois l'aide de Viviane. Un soir, en rentrant d'une journée de démarchage épuisante où elle était allée à pied jusqu'au studio d'Épinay pour s'entendre répondre qu'il n'y avait plus d'embauche, Irène avait trouvé sur la table de la cuisine quatre dossiers à en-tête du tribunal de première instance de Vincennes, La directrice du cours complémentaire m'a conseillée sur notre situation, avait expliqué Arlène, tu dois remplir les formulaires, les déposer au tribunal avec le livret de famille et signer la requête ; avec la lettre du ministère de la Défense nationale et de la Guerre que tu as reçue à propos de la mort de papa, il n'y aura aucun problème, le tribunal reconnaîtra notre statut de pupilles de la nation et tous nos frais scolaires seront pris en charge par l'État.

– Pas question de remplir cette demande, ton père n'est pas mort, il va revenir !

Au cours des trois années suivantes, cette question sera une source permanente de tension et de rancœurs entre Irène et Arlène, Viviane s'en mêle et, comme elle n'est pas d'un tempérament diplomate, ses tentatives de médiation finissent en disputes et claquements de portes, tant et si bien qu'elle finit par renoncer à aborder ce sujet explosif. Et elle donne de l'argent à

Arlène pour les fournitures scolaires. Madame Aubert, la directrice du cours complémentaire, se dérange inutilement à deux reprises pour rencontrer Irène qui refuse de venir à l'école, prétextant qu'elle travaille sans arrêt, et la directrice décide d'acheter à Arlène les livres de l'année. Elle l'inscrit aussi à la bibliothèque et, grâce à la bibliothécaire, Arlène découvre *Voyage au centre de la Terre* et Jules Verne devient son auteur fétiche, elle va lire les quarante-sept romans présents sur le rayonnage, avec une nette préférence pour *De la Terre à la Lune* qu'elle va dévorer à deux reprises.

À la fin du deuxième trimestre, quand Arlène est récompensée d'un tableau d'honneur, la directrice écrit à Irène sur le cahier de textes de sa fille qu'elle souhaite la rencontrer pour évoquer l'avenir, Irène dit, Oui, oui. Mais elle ne trouve jamais le temps. Malgré sa promesse d'y assister, elle rate la remise des prix d'où Arlène rapporte quatre beaux livres. Arlène en veut à sa mère de ne pas se soucier d'elle alors que de son côté, elle s'occupe de la maison et de ses trois sœurs. L'année suivante, Arlène reçoit les félicitations à la fin du troisième trimestre. Un dimanche midi, on sonne à la porte, madame Aubert est essoufflée d'avoir gravi les cinq étages, Arlène est une enfant brillante, elle comprend tout sans qu'on ait besoin de lui répéter, nous n'avons jamais eu une élève aussi douée en mathématiques. Elle doit poursuivre ses études après le brevet.

– Mais qui va payer tout ça ? dit Irène. J'ai besoin qu'elle travaille, j'ai idée de la faire entrer comme apprentie aux Grands Magasins.

– Ce serait dommage. Votre fille est douée, elle peut espérer un bon métier car les portes s'ouvrent pour les filles courageuses aujourd'hui. Pourquoi ne pas signer la demande pour que vos filles soient considérées comme pupilles de la nation ? Tous les frais seront alors pris en charge par l'État.

– Sortez de chez moi !

Aucune discussion n'est possible, Irène est intraitable, L'école est obligatoire jusqu'à quatorze ans, c'est suffisant ! Tu iras travailler, comme tout le monde. Viviane insiste jusqu'à la limite de la rupture. Irène a fait ses comptes, elle préfère perdre l'allocation départementale et récupérer les 200 francs de salaire qu'Arlène peut obtenir comme apprentie. Avec cet apport, elle s'en sortira, le temps qu'Odette puisse travailler à son tour. Dix fois, vingt fois, Arlène revient à la charge. Irène reste de marbre, Tout ce que tu pourras dire ne servira à rien. Tu entreras aux Grands Magasins à la rentrée prochaine, j'ignore qui t'a mis cette idée en tête de faire des études, mais ce n'est pas possible pour nous, ma fille. Nous, on doit être contentes d'avoir une bonne place et de la garder. Si ton père était présent, il dirait comme moi. Lui, il a commencé à travailler à douze ans !

Arlène est désespérée, elle a la conviction que sa vie sera irrémédiablement gâchée, comme si elle allait être enterrée vivante, chaque jour sera une pelletée de terre qui la recouvrira et l'étouffera, sans qu'elle soit capable de faire quoi que ce soit pour l'empêcher. Un soir, elle se met à genoux devant la carte postale de Georges encadrée au-dessus de son lit, adresse une prière à son père, Je ne sais plus si tu es mort ou vivant, si tu as été tué au début de la guerre ou si tu ne veux plus nous voir, mais je t'en supplie, là où tu es, aide-moi.

*

Arlène a prié avec une telle intensité que sa supplique a été acceptée en haut lieu. La semaine suivante, Irène ouvre la boîte aux lettres comme elle le fait chaque soir en rentrant du travail, ce n'est pas qu'elle attende beaucoup de courrier, personne ne lui écrit jamais, elle ne reçoit que des rappels de factures à payer. À l'intérieur de la boîte, une carte postale. Personne ne lui en adresse jamais et Irène se demande, Mais qui donc m'envoie une carte postale ? Une collègue en vacances, probablement. Ce qui la surprend, c'est qu'elle représente la statue équestre d'Henri IV sur le Pont-Neuf. Elle la retourne, plisse les yeux pour la lire car le couloir est mal éclairé et elle manque de défaillir car elle reconnaît l'écriture incertaine de Georges, ses fautes d'orthographe et sa signature !

Mes petites femmes,

Je vous espère toutes en bonne santé, et que les dificultés de la vie quotidienne ne sont pas trop pénibles à supporter. Les temps sont durs mais on doit pensé à l'avenir. De mon côté, je ne peux aparaître, ni rien dire sur ma situation, je pense que vous le comprendrez. J'espère aussi que vous êtes sages, que vous travaillez bien à l'école, et qu'Arlène va faire de brillantes études parce qu'elle le mérite. Sachez que je garde un œil sur vous.

Je vous embrasse toute tendrement.

G

Irène lit la carte une fois, deux fois, cent fois au moins, la montre en exultant aux filles, à Viviane, aux voisins, à ses collègues, à sa chef, J'avais raison, mon cœur m'avait dit que mon Georges était vivant ! Comme je connais l'oiseau, il doit être dans la Résistance, ou à Londres peut-être.

Cette carte postale tombée du ciel a une conséquence immédiate, Irène décide, c'est la moindre des choses, de respecter la volonté de son homme et qu'Arlène n'entrera pas comme apprentie vendeuse au rayon Chapeaux des Grands Magasins le lundi 31 août comme c'était convenu, mais poursuivra ses études jusqu'au brevet au moins.

Comment on va faire ? J'en sais rien, on verra bien.

Arlène ne travaille pas bien, elle travaille plus que bien, une perle cette petite, première dans toutes les matières, donnée en exemple en conduite, en sciences naturelles et en français, 20 en arithmétique ou en géométrie à chaque composition, du jamais vu, la maîtresse n'a même pas fini d'écrire le problème de mesures d'angles au tableau qu'elle lève la main pour le résoudre, les fractions décimales, les racines carrées et les mystères des polygones tordus n'ont aucun secret pour elle. Ce qui est énervant pour ses copines qui trébuchent sur les règles d'intérêts et les escomptes vicieux à trois zéros après la virgule, c'est que tout lui semble incroyablement facile, Arlène ose dire à ses non-copines qu'elle a juste ouvert le livre dans l'autobus pour piger, sans avoir besoin de faire les exercices, sans trimer, sans suer.

Fastoche !

*

Pour les adolescentes de cette époque, l'avenir est sombre. Ce que les enfants entendent de leurs parents, de leurs voisins, de leurs camarades, est effrayant. La radio, les journaux, les affiches dans la rue, tout n'est que menace et danger mortel. Mais le pire, ce sont les silences quand les adultes parlent entre eux d'Untel qui a disparu, d'un autre qui a été arrêté par des inconnus ou d'un autre qui aurait été dénoncé et… et qui se taisent soudain en se faisant des signes de tête lorsque Arlène entre dans la pièce. Personne autour d'elle ne peut prédire si cette guerre finira un jour et de quoi demain sera fait, le plus probable est d'être tué par les Allemands, les Américains ou les Russes ou d'être interné par les uns ou par les autres, fusillé pour on ne sait trop quoi, une parole ou un geste malencontreux, ou parce qu'on a tiré le mauvais numéro. La seule vérité, c'est qu'on est entouré d'ennemis prêts à tous nous zigouiller.

Arlène, c'est la grande, elle s'occupe de ses trois sœurs, de ce qu'elles font et surtout de ce qu'elles ne font pas à l'école car elles ne sont pas douées, et c'est sur elle que repose la corvée de l'approvisionnement. Viviane a une combine, elle ne veut pas dire laquelle, mais chaque semaine elle apporte un paquet d'un kilo de coquillettes qu'on accommode avec des rutabagas et des topinambours, qui eux ne sont pas rationnés. Sinon, Arlène jongle avec les tickets de rationnement inutiles, cela lui fait une belle jambe d'avoir droit par personne à 200 grammes de riz, 275 grammes de pain ou 70 grammes de fromage, de toute façon les épiceries sont dévalisées, et elle n'a pas les moyens de payer les prix de l'arrière-boutique. Alors il faut se serrer la ceinture. Chaque mois un peu plus. Et aucune de ses sœurs ne l'aide, elles râlent parce qu'il n'y a rien à manger mais elles ne lèvent pas le petit doigt pour prendre leur tour dans les interminables files d'attente devant les épiceries et les boucheries du quartier. Elles ronchonnent parce qu'il fait treize degrés dans l'appartement, mais ce n'est pas de sa faute si le bois de chauffage est hors de prix et l'hiver redoutable. Elles n'ont qu'à faire comme elle, mettre trois chandails superposés, un cache-nez et des gants. Qu'est-ce qu'elle y peut si tout s'est écroulé ? si rien ne marche comme avant ? Est-ce qu'on lui a demandé son avis avant de déclarer la guerre ? Ce sont les récriminations incessantes et la pression de ses sœurs affamées qui vont l'amener à entrer dans le réseau Martial.

*

Le plus éprouvant, ce sont les raids aériens, quand les forteresses volantes balancent leurs chapelets de bombes sur des cibles militaires, il ne fait pas bon habiter à proximité d'un nœud ferroviaire, d'une centrale électrique, d'un aérodrome ou d'une usine stratégique, les avions alliés larguent de haut pour échapper à la Flak, et les bombes tombent à côté. Où elles veulent. À Boulogne-Billancourt, les usines Renault sont particulièrement visées, les quartiers alentour sont rasés, les morts se comptent par centaines, comme au Bourget ou à Courbevoie. Seulement dix à quinze pour cent des bombes atteignent leur objectif, le reste tombe dans un périmètre de deux à trois kilomètres carrés.

Et malheur à ceux qui sont dessous.

Arlène est angoissée par cette mort venue du ciel, imprévisible, imparable. Quand une alerte a retenti dans la journée, Irène leur enjoint de se coucher tout habillées, pour aller plus vite aux abris, au cas où…

Après le dîner, Arlène reste souvent accoudée à la balustrade à scruter l'horizon, chaque nuit elle attend dans le silence que leur tour vienne, que l'alerte résonne ; au moindre bruit extérieur, elle sursaute. Elle n'est pas la seule à ne pas trouver le sommeil, Odette et Françoise la rejoignent parfois, la panique se lit sur leurs visages, elles n'ont rien à demander, Arlène leur fait une place dans son lit étroit, elles finissent par s'endormir ensemble. On ne regarde plus jamais les énormes cumulus sans inquiétude, c'est toujours une menace qui peut en surgir, et quand on perçoit un bourdonnement inhabituel, on tend l'oreille, c'est mauvais signe, c'est qu'ils volent bas, on plisse les yeux vers l'ouest, des bourdons apparaissent au loin dont le vrombissement grandit, les sirènes se mettent à hurler, c'est la ruée vers les abris, le sauve-qui-peut, personne ne sait si le jugement de Dieu tombera sur vous ou si les bombardiers iront plus loin ou vers l'Allemagne. Il y a les malins qui devinent à la hauteur et au bruit des avions que nous serons épargnés, sauf lorsqu'ils se trompent.

Quand ça chauffe un peu trop, faut déguerpir, on dévale les escaliers en essayant de ne pas bousculer les vieux, les plus prévoyants emportent les affaires essentielles dans une valise, les femmes ont rangé leurs bijoux dans leur sac à main avec les livrets de famille et de Caisse d'épargne, on se précipite aux abris mais dans ces immeubles construits trop près de la Marne il n'y a pas de caves, et donc aucun endroit où se planquer, on se met à l'abri sur une surface ouverte qui, en théorie, ne risque pas d'être bombardée : un jardin, un terrain vague, et pour les moins chanceux au cimetière de Joinville. On en profite pour retrouver les siens qu'on n'a pas revus depuis la Toussaint, pour nettoyer les tombes, raconter cette vie effrayante, à croire qu'on n'est pas plus mal couché ici, pour faire une petite prière en espérant que ceux qui nous ont précédés reposent enfin en paix et demander leur protection. Les Chardin se réfugient dans le stade voisin, quand il ne pleut pas on se blottit les unes contre les autres dans le rond central, s'il flotte on reste debout, parfois pendant des heures, on guette le ciel en espérant qu'aucune bombe ne se perdra. Et on suppute au vacarme des déflagrations, aux lueurs de feu d'artifice qui illuminent l'horizon, les communes qui dégustent, Je crois que c'est vers Pantin que ça barde ce soir, ou Montreuil peut-être.

Une nuit, l'immense gare de triage de Vincennes est mise hors service, une dizaine d'immeubles d'habitation sont détruits, celui de Viviane est épargné, même si toutes les vitres sont par terre, le bâtiment attenant n'est plus qu'un tas de ruines, sur le mur mitoyen on aperçoit le papier peint des chambres à l'air libre, seule une cheminée subsiste, accrochée dans le vide, avec un vase toujours posé dessus et un bibelot à côté. Les pompiers essayent de déblayer la montagne de gravats et de poutres, de retrouver les survivants réfugiés dans les caves, mais comme elles n'étaient pas étayées, on ne sait pas si elles ont tenu. Un responsable ordonne de se taire, tout le monde se fige, on guette le moindre bruit, une voix d'outre-tombe, un hurlement assourdi, un appel à l'aide qui guiderait les secours, mais le silence est à pleurer.

Viviane doit évacuer son appartement car l'édifice risque de s'écrouler. On lui donne trente minutes pour prendre ses vêtements. Irène et les filles l'aident à déménager, elle va s'installer dans le deux-pièces de Joinville le temps des travaux. On se débrouillera comme on peut.

À la guerre comme à la guerre.

Viviane n'arrête pas de pleurer, affirme qu'elle a eu de la chance quand même, elle aurait pu mourir aussi comme les voisins d'à côté, elle connaissait bien la dame du balcon contigu, elle embarque ses affaires dans deux valises et deux sacs, Irène prend une valise, Arlène et Odette portent chacune un sac. Elles contemplent effarées l'immeuble éventré, on leur demande de se dépêcher car elles gênent les secours. Arlène remarque un livre gisant dans le caniveau, elle se baisse, le retire des gravats, souffle dessus, l'essuie avec sa manche et découvre : *Calcul des probabilités*, d'Henri Poincaré. Elle reste un instant à considérer le manuel dans sa main, regarde autour d'elle pour voir si quelqu'un le réclame, le feuillette et le met dans sa poche.

*

C'est un ouvrage défraîchi, à la couverture déchirée, aux cahiers de guingois, une édition de 1912 fatiguée qu'Arlène découvre page à page, il y en a près de 350. À l'intérieur, un grand nombre de feuilles avec une profusion de calculs, de signes incompréhensibles, mais il y a dans ces équations une logique imparable qui permet à l'auteur de prédire avec certitude ce qui se fera et ce qui ne se fera pas, il déduit des résultats la probabilité qu'un événement survienne ou pas, sans recourir à la moindre supposition ou à la chance, mais à la certitude conférée par son analyse mathématique. Ce texte n'est pas qu'un alignement de chiffres illisibles, il contient aussi une réflexion philosophique qui parle autrement à Arlène, surtout en cette période troublée : « Ce qui est hasard pour l'ignorant n'est plus hasard pour le savant. Le hasard n'est que la mesure de notre ignorance… rien d'autre que le nom que nous donnons à cette ignorance. » Poincaré n'a aucune certitude sur rien, il ne cherche qu'à comprendre au mieux le fonctionnement secret des choses, appliquant son raisonnement au jeu de roulette, au jeu de dés, aux accidents de la vie, à la prévision météorologique, à la recherche sur l'infiniment petit ou l'infiniment grand et à une foule de sujets passionnants, Arlène se dit, C'est cela que je veux faire : comprendre le hasard. Ce charabia arithmétique ne doit pas être si difficile à démêler ; après tout, Champollion a bien réussi à déchiffrer les hiéroglyphes.

Les semaines suivantes, elle lit attentivement ce roman mathématique, décode ce qu'elle peut (elle n'a pas encore quinze ans), mais certaines démonstrations lui paraissent évidentes, comme définir la probabilité par la division du nombre de cas favorables par l'ensemble de cas possibles, elle se dit qu'elle pourrait appliquer cette analyse aux bombardements, se renseigne à droite et à gauche, trouve des données dans le dictionnaire et les encyclopédies à la bibliothèque, divise le nombre d'habitants à Joinville par le nombre de maisons et d'immeubles (chiffres trouvés à la mairie), compare ces nombres avec ceux du département, fait et refait la division et arrive à un chiffre ridiculement bas : la probabilité d'être tué par les Alliés est dérisoire, on a sept fois plus de chances de gagner le gros lot de la loterie des Gueules cassées que de recevoir une bombe américaine ou anglaise sur la tête. Comme l'affirme un mathématicien cité par Poincaré : « Tout événement dont la probabilité est négligeable ne se produit pas, ou plutôt il est raisonnable de se comporter comme s'il ne devait pas se produire. »

À partir de ce jour, Arlène fait montre d'un calme étonnant, quand les sirènes retentissent, que tous les habitants de l'immeuble se bousculent dans les escaliers, elle tente de rassurer sa mère et ses sœurs, Ne vous inquiétez pas, il ne peut rien nous arriver, c'est quasiment certain. Ils vont larguer leurs bombes ailleurs. Il y a moins d'une chance sur onze millions qu'elles nous tombent dessus. Pas d'affolement.

Mais personne ne prête attention à ses divagations, elle se fait doubler par ceux qui courent se mettre à l'abri. Arlène ne leur en veut pas, Ils ne savent pas, mais ils vont réaliser que j'ai raison. Et au milieu de la panique, elle relit Poincaré, encore et encore, découvre des subtilités qu'elle n'avait pas vues, ce qui paraissait confus s'éclaircit, elle établit des liens entre les raisonnements, fait des déductions et aboutit à la conclusion que les mathématiques ne sont pas seulement une science exacte mais la représentation du monde qui nous entoure, pour ne pas dire une philosophie de l'existence, présentant de surcroît l'immense avantage de ne prêter à aucune confusion, à aucune interprétation, à aucune discussion vaseuse, elle découvre un univers précis, sans ambiguïtés, sans arrière-pensées ni incertitudes, ce qui permet d'avancer sans se tromper, d'être totalement honnête avec soi-même et les autres. À cet instant précis, Arlène se dit, C'est dans cette voie que je dois aller. Et elle se demande quel métier le lui permettra.

*

En mai et juillet, se produisent deux événements si éloignés l'un de l'autre qu'Irène met du temps à les relier et à comprendre qu'ils n'en forment qu'un, mystérieux et magique, comme elle seule est capable de les repérer. D'abord, c'est Odette, la cadette, qui annonce un soir qu'elle veut faire sa communion. Au début, personne ne comprend ce qu'elle raconte parce que, chez elles, personne n'a mis les pieds dans une église depuis son baptême, Qu'est-ce que vous avez à me regarder toutes comme si j'étais folle ? Je veux faire ma communion, à l'école toutes les filles font leur communion, et puis moi, je ne suis pas comme vous, je crois en Dieu.

– Si tu veux faire ta communion, pourquoi pas ? dit Irène.

– J'ai parlé avec le prêtre, il veut te rencontrer, le mieux pour le voir, c'est après la messe. Tu viendras ?

– Oui, oui.

Pour la première fois, la famille Chardin tout endimanchée pénètre donc pour la messe dans l'église Saint-Charles-Borromée remplie de fidèles et ne trouve à s'asseoir qu'au dernier rang, d'où elle suit le rituel en observant les autres pratiquants, se levant, s'asseyant, se signant aussi quand il faut le faire. Elles ne comprennent pas grand-chose à la messe en latin mais apprécient les chants harmonieux et suivent d'une oreille distraite le sermon du prêtre, à l'exception d'Irène, qui l'écoute avec attention, comme s'il s'adressait à elle, et d'Odette, bien sûr, qui manifeste sa foi devant ses sœurs impies. Le prêche du jour porte sur le miracle époustouflant accompli par Jésus quand il doit nourrir des milliers de personnes avec seulement cinq pains et deux poissons, et qu'il les multiplie à foison pour les sustenter toutes, hommes, femmes et enfants, le prêtre précise, Autant qu'ils voulaient. Et il développe longuement la parabole, Cette nourriture, Jésus nous l'offre comme signe d'une autre nourriture, spirituelle, qui transformera notre vie terrestre en vie éternelle. Et Irène se dit, J'aimerais bien que Jésus vienne nous nourrir aussi, nous en avons bien besoin.

Le deuxième événement majeur, passé inaperçu des historiens, a été pourtant d'une importance déterminante dans le revirement d'une partie de la population vis-à-vis du régime de Vichy. Il y a un avant et un après le 12 juillet 41, jour de la promulgation d'une loi imposant à tout pêcheur à la ligne en eau douce d'adhérer à une association de pêche et donc de payer une cotisation lui permettant de se livrer à son passe-temps préféré. La plupart des pêcheurs, pour qui cette activité est un complément alimentaire indispensable en ces jours de restrictions et de disette, sont offusqués d'être taxés pour ce qui, la veille, était gratuit. Dans de nombreuses communes, les maires ferment les yeux, dans d'autres, les gardes champêtres verbalisent à tour de bras les récalcitrants qui jouent désormais à cache-cache avec les représentants de l'autorité. Du jour au lendemain, les dizaines de pêcheurs à la ligne qui encombraient les ponts et les bords de Marne disparaissent, amers et un peu plus affamés ; mais pour beaucoup, lancer la ligne équivaut quasiment à un acte de résistance.

Raymond Martial est un de ces outragés, il n'était pas prédestiné à devenir un rebelle ; ayant été trente-sept ans appariteur à la mairie de Paris, il ne demandait, la retraite venue, qu'à pouvoir pêcher pénard sur l'île Fanac. Comme il l'explique avec véhémence à Irène, sa voisine du dessus, Avant, c'était pour le plaisir, maintenant c'est par nécessité. Quand la répression commence et qu'il attrape une amende pour non-respect de la nouvelle réglementation, il se jure qu'il n'y en aura pas d'autre et qu'il ne cédera jamais à la taxation arbitraire que ce régime détestable de nantis veut imposer. C'est dans la cour de l'immeuble que se constitue un des tout premiers réseaux de résistance, ignoré par les manuels, quand Raymond croise Arlène qui revient des courses avec un cabas quasiment vide et ses tickets de rationnement inutiles. Lequel des deux a eu cette idée séditieuse en premier ? Cette question n'a aucun intérêt. Toujours est-il qu'une organisation clandestine se constitue alors entre le retraité en colère et l'adolescente en charge de l'approvisionnement : l'un exercera son activité illégale pendant que l'autre aura pour mission de le prévenir de l'arrivée de la maréchaussée. Si un accord est rapidement trouvé sur le fond, la négociation bloque sur le partage des fruits de la subversion, Vous êtes deux avec madame Martial, nous sommes cinq et on a rien à bouffer, on fait moitié-moitié. Il faut une longue semaine de palabres secrètes et de chantages alternatifs pour aboutir à rapprocher les parties, et dans cette négociation ardue l'intervention de madame Martial est déterminante, Tu n'oublieras pas de remercier Germaine, elle m'a convaincue qu'on devait vous donner un coup de main.

L'organisation n'est pas une partie de plaisir car en plus des contraintes habituelles comme la concurrence des autres pêcheurs, les rondes de surveillance ou la météo pourrie, Raymond doit tenir compte des horaires scolaires d'Arlène, de ses obligations familiales comme aller chercher Françoise ou Jacqueline à la sortie de leurs écoles respectives, du couvre-feu général de vingt-trois heures et d'Irène qui refuse que sa fille se couche trop tard à cause de ses cours, bref, le duo dispose d'un court créneau allant de dix-sept à vingt et une heures, Ça devrait aller, dit monsieur Martial.

L'île est depuis peu enjambée par un pont, et au milieu de celui-ci, un escalier en colimaçon permet d'accéder aux berges, Raymond choisit un emplacement stratégique éloigné du pont, à proximité de la pointe nord où, dans un repli de terrain et dissimulé par des feuillus, personne ne peut le remarquer depuis la rive gauche, Et si tu aperçois quelqu'un, tu fais comment pour me prévenir ?

– Je ne sais pas, je vous appelle ?

– Ce serait la meilleure façon de se faire repérer. Raymond sort de sa vareuse un tuyau noir percé de trous comme un pipeau enflé, C'est un appeau à canard, tu souffles dedans, pas trop fort, deux coups brefs, je me planque, et celui qui nous cherche ne se doutera de rien.

Les premières soirées sont d'un calme catastrophique qui pousse à l'assoupissement. Rien. Pas un goujon. À croire que les poissons ont fui Joinville occupée, Avant ça mordait, dit Raymond, dépité. Putain de guerre.

– On est du mauvais côté, affirme Arlène, la Marne est trop haute, il vaudrait mieux se poster en face de la rive droite où le cours est plus large et le débit plus faible.

– C'est vrai, c'est plus poissonneux, mais on sera à découvert, on va nous voir.

– Pas si on se planque.

Entre chien et loup, Raymond et Arlène déplacent une cabane d'un des jardins ouvriers près de la rive et il s'installe à l'intérieur, pendant qu'Arlène occupe une autre baraque près du chemin et guette l'arrivée du garde champêtre à travers les interstices des planches. Finalement, quand on se donne un peu de mal, c'est fou ce qu'on peut attraper dans la Marne, une foule de poissons insolites dont monsieur Raymond connaît le nom et qu'Arlène oublie parce qu'ils se ressemblent tous. Chaque soir, ils se partagent ablettes, brèmes, tanches, anguilles, perches, sandres et d'autres, inconnus au bataillon.

Arlène doit affronter un tas de problèmes, le premier est idiot, monsieur Raymond ne l'a pas prévenue que les poissons doivent être écaillés et vidés avant la cuisson, et comme, deuxième problème, farine, huile ou beurre sont des denrées quasi introuvables, elle les fait bouillir et cette mélasse est immangeable. Les filles abominent ce cataplasme vomitif. Arlène déteste préparer les poissons, mais comme Irène le fait avec dégoût, laisse une tripotée d'écailles, elle s'y colle et chaque repas est une corvée avant, et une bataille pendant pour faire avaler à ses sœurs quelques bouchées, Faut pas faire les mijaurées, demain on n'aura peut-être rien à manger. Après plusieurs essais décevants, en ajoutant du sel, Arlène obtient une préparation qu'Odette et Françoise arrivent à avaler, parce qu'elles ont faim et que la viande a disparu, mais Jacqueline s'y refuse, garde la bouche fermée, impossible de la convaincre. Irène lui donne des topinambours, qu'elle déteste aussi, et chaque repas se transforme en corrida interminable.

*

Les épreuves du brevet ont lieu sur deux jours, le résultat est presque parfait, à l'exception de la géographie où elle recueille un piteux 5/20, mais Arlène soutient qu'elle a été troublée par l'alerte qui a retenti au milieu de la composition et les a obligées à se réfugier aux abris durant le bombardement, elle obtient partout des 15 et même un 18 en mathématiques. Madame Aubert essaye de savoir ce qui l'intéresse, car les jeunes de cette génération n'ont pas d'idées précises pour leur avenir ; avec son brevet, Arlène pourrait entrer dans une École normale, devenir rapidement institutrice, mais cette perspective ne l'enchante pas, Je sais ce que je veux faire, je veux faire des mathématiques, aller le plus loin possible.

– Tu veux être professeur de maths ?

– Oui, pourquoi pas ?

Madame Aubert est épatée par cette gamine si déterminée,

peut-être se retrouve-t-elle un peu en elle à son âge, même si elle n'aurait pas été capable d'expliquer avec autant de facilité qu'une bombe ne pouvait pas toucher son immeuble. Elle connaît la situation économique précaire d'Irène, sait que cela va exiger qu'Arlène travaille pour soulager les siens, et elle redoute que la petite perde une opportunité d'exercer un métier plus valorisant. Elle explique à Irène que sa fille est douée, qu'elle gagnera bien mieux sa vie en étant professeur à l'Éducation nationale, propose de l'aider jusqu'au baccalauréat à raison de 200 francs par mois, le salaire qu'elle aurait touché comme apprentie, car de son côté, elle n'a pas de famille à charge et n'a besoin de rien. Irène dit, Oui, oui. Et madame Aubert lui donne 200 francs.

Par la mairie, Irène obtient que ses filles partent une semaine gratis en colonie de vacances, Odette dans le Loiret et Arlène en Seine-et-Marne, où cette dernière bénéficiera d'un présent inestimable : des biscuits vitaminés et des bananes séchées.

Fin août, enfin une bonne nouvelle, la directrice annonce à Arlène qu'elle a été acceptée en seconde au lycée Marcelin-Berthelot de Saint-Maur, le seul lycée mixte de la région parisienne, en attendant elle doit réviser dur pour être au niveau des garçons qui ne lui feront pas de cadeau.

*

Arlène n'a rien vu venir. Elle bûche sa leçon de géographie, essayant de cartographier l'Empire français d'Indochine dans sa tête, de retenir les détails de ces pays lointains, l'Annam, le Tonkin, avec leurs noms tarabiscotés, leurs histoires compliquées de protectorat, de gouvernorat, de soulèvements, de monarque sous tutelle, Arlène n'aime ni la géographie, ni la Cochinchine. À quoi ça sert de se farcir la tête avec les problèmes de la piastre et du caoutchouc, maintenant que les Japonais occupent Saïgon et Hanoï ? En faisant son cours, la prof n'avait pas eu l'air optimiste sur l'avenir de la colonie, il paraît qu'on ne reçoit plus aucune information sur ce qui se passe là-bas, les Japs, ils vont nous manger tout crus.

Quand Arlène lève la tête, elle aperçoit Odette qui la fixe, les yeux plissés, les bras croisés, Je travaille, laisse-moi tranquille.

– Je veux une banane séchée.

– Ça ne va pas ? Ce sont mes bananes séchées. Tu en as eu dans ta colonie de vacances.

– Non, ils ne nous en ont pas donné, je veux une banane séchée. Ce n'est pas juste que tu en aies et pas moi. Si tu ne m'en donnes pas, je dis tout à maman.

Arlène aurait dû réfléchir un peu. Qu'est-ce que c'est une banane séchée si en contrepartie on peut avoir une paix royale ? Mais elle n'a que quinze ans et elle adore les bananes séchées. Elle se dit, Odette menace mais ce n'est pas une peste, ma petite sœur n'est pas très futée mais elle n'est pas méchante, Fous-moi la paix, j'ai du travail.

Odette vient d'avoir douze ans, c'est difficile d'avoir douze ans en ce moment, même quand on vient de faire sa communion, personne ne s'occupe d'elle, ne lui explique quoi que ce soit, elle a du mal à se repérer entre les bons et les méchants, parce qu'elle entend des informations contradictoires, cela change sans arrêt, parfois, elle se dit qu'elle va mourir pendant un bombardement, si une bombe américaine tombe sur leur abri et détruit l'immeuble au-dessus, c'est déjà arrivé. Y en a même à Argenteuil qui ont été pulvérisés, qu'on n'a jamais retrouvés. Ça l'embêterait de mourir maintenant. Elle était persuadée que c'était les Américains les méchants, parce qu'ils n'arrêtent pas de bombarder et de tuer des tas de gens, mais elle a entendu les voisines discuter dans la cour et il paraît que c'est le contraire, ce sont les Allemands les méchants. Alors, elle ne sait plus. Peut-être qu'il n'y a pas de bons. C'est comme le marché noir. Comment faire autrement pour se nourrir ? Elle pensait que c'était bien, elle regrettait que ça coûte aussi cher et que sa mère n'ait pas assez d'argent pour en profiter. Quel mal il y a à manger quand on a faim ? Mais on dit que c'est très mal, la directrice est passée dans la classe pour expliquer que si elles savaient quelque chose sur des gens qui faisaient du marché noir, il fallait le dire immédiatement à la maîtresse. Elle, elle pensait que c'était mal de dénoncer, mais finalement non. C'est très bien.

Odette pèse minutieusement le pour et le contre. Le pour, c'est la justice : être délivrée de ce poids insupportable. Comme une confession, ou presque. Le contre, ce seront les représailles. À n'en pas douter, il y en aura. Arlène n'est pas commode, elle ne lui pardonnera jamais de l'avoir dénoncée. La vie va devenir de plus en plus compliquée. Elle n'aura plus personne pour lui faire réviser ses leçons et l'aider dans ses devoirs. D'un autre côté, il y a les bananes séchées. Et cette injustice monstrueuse qui fait que l'une en a et pas l'autre. Pourquoi ? Et pourquoi elle ne m'en donne pas un peu ? Ce détail change tout. Un grain d'injustice qui fait basculer l'histoire. Odette hésite.

Un coup oui, deux coups non.

Odette prend son courage à deux mains, au moins. Rejoint sa mère dans la cuisine, sourit à plusieurs reprises alors que celle-ci fait revenir les coquillettes avec des rutabagas poêlés et des morceaux de poisson de la veille, et d'un coup, tel un parachutiste qui plonge dans le vide en doutant que son parachute s'ouvre, elle lui balance tout. En se dépêchant. Comment Arlène a acheté une vraie carte pour en fabriquer une fausse en imitant l'écriture de son père, pour forcer sa mère à la laisser à l'école jusqu'au brevet, même qu'elle trouvait qu'une carte d'Henri IV perché sur son cheval sur le Pont-Neuf était une bonne idée, reproduisant les fautes d'orthographe que son père commettait, s'aidant de la carte qu'il lui avait adressée de Charleville-Mézières. Irène en reste comme deux ronds de flan, n'en croit pas ses oreilles. C'est inimaginable. Une de ses deux filles est une monstresse. Ou les deux. Comme les sœurs Papin. Elle passe dans la salle à manger, C'est vrai ce que vient de me dire Odette ? que tu as imité l'écriture de ton père ?

Arlène est blême, sidérée d'être démasquée et offusquée qu'Odette ait pu la dénoncer, elle bafouille des, Quoi ? et des, Elle est folle ! qu'elle répète en boucle pendant que sa mère s'approche de sa chaise et qu'Odette, derrière elle, insiste, Je le jure ! Elle l'a écrite devant moi sur cette table. Pourquoi je mentirais ? Et pourquoi papa penserait uniquement à elle et pas à moi ou à toi ! Irène est convaincue par ce dernier argument, Oui, oui, c'est vrai ça ! Elle ne sait comment réagir, les idées s'emmêlent dans sa tête. Elle a peur du tourbillon de colère qui l'agite, elle n'a jamais frappé ses filles, elle s'était juré qu'elle ne serait jamais comme Viviane qui avait la main leste. Mais elle ne peut rester sans réagir, sans punir. Irène voudrait trouver la bonne réaction mais elle pèse une tonne, elle est physiquement impuissante. Comment sa fille a-t-elle pu lui faire une chose pareille ? Irène se sent sale comme si elle était maculée de boue. Est-ce qu'elle n'était pas déjà assez malheureuse comme ça ? Arlène bondit, se jette sur Odette, lui donne des tapes le plus fort qu'elle peut, les deux sœurs roulent par terre, se battent comme des chats, Irène crie des, Ça suffit ! Vous m'entendez ? Ça suffit ! L'aînée a le dessus. Irène oublie ses grands principes et donne des gifles à Arlène qui se protège comme elle peut, se cache derrière Odette qui en reçoit une au passage, réussit à se glisser sous la table, Irène se défoule de ses angoisses, de sa saleté, de sa panique, de son impuissance, de la trahison de sa fille, de celle de Georges, et de cette guerre pourrie qui a brisé leurs vies. Elle s'arrête parce qu'elle est épuisée et qu'Arlène fait le dos rond pour encaisser la raclée.

– Ton école, c'est fini, ma fille. Demain, je vais voir la chef et tu vas devenir apprentie au rayon Gants et Chapeaux, que cela te plaise ou non.

– Je n'irai pas travailler là-bas ! Papa va venir m'aider parce que lui il m'aime, il ne te laissera pas gâcher ma vie, je n'ai pas envie de devenir vendeuse de gants ou de chapeaux.

– Ne te fais pas d'illusions, ton père ne reviendra pas. Il est là-haut, je crois.

– Eh bien moi, je te dis que de là-haut, papa va t'en empêcher.

*

Dans la nuit du jeudi 23 septembre 1943, à une heure du matin, un bombardier quadrimoteur Avro Lancaster de la Royal Air Force décolle de la base d'East Kirkby au sud-est de l'Angleterre, à dix-neuf heures quinze, avec sept hommes à bord. Il est abattu par la défense allemande alors qu'il survole Paris, un des membres de l'équipage réussit à sauter en parachute et s'écrase sur les toits du musée du Louvre, l'avion accroche des cheminées rue Saint-Honoré avant d'éventrer de plein fouet les Grands Magasins du Louvre, creusant un cratère énorme en son centre, après une explosion terrible, et provoquant un gigantesque incendie qui détruit l'intégralité du bâtiment, ne laissant debout que la façade côté Rivoli.

Les dépouilles des sept soldats anglais, canadiens et australiens sont inhumées dans le carré militaire du cimetière de Clichy.

Les 1 235 membres du personnel se retrouvent débauchés

du jour au lendemain et les Grands Magasins ne rouvriront leurs portes qu'après la Libération. Quand Irène arrive chez elle sur le coup de dix-sept heures trente, effondrée, et rapporte cette catastrophe inimaginable à ses filles, Arlène dit, simplement, Ce n'est pas un signe du destin, ça ?

*

L'entrée d'Arlène en seconde au lycée a une conséquence indirecte fâcheuse. Mais à part madame Nadia, personne n'aurait pu le prévoir. Arlène annonce à monsieur Raymond qu'elle ne pourra plus l'accompagner sur l'île Fanac pour faire le guet, elle doit travailler, beaucoup travailler : les garçons et les professeurs l'attendent au tournant, Je vais être obligée de bosser comme une folle pour y arriver. Je me suis dit qu'Odette pourrait me remplacer, elle a douze ans maintenant et ce n'est pas très compliqué. En deux ans, je n'ai soufflé dans l'appeau qu'une seule fois et encore, c'était des amoureux qui se baladaient. Je lui en ai parlé, elle est d'accord pour vous accompagner.

Malheureusement, cette solution ne convient pas au père Martial. Il a constaté lui aussi que le garde champêtre ne mettait jamais les pieds sur l'île, sauf quand elle était inondée pour constater les dégâts. Sinon, il a une paix royale. S'il pêche seul, il ne sera plus obligé de partager ses prises avec la fille Chardin, il pourra en garder une partie pour lui et sa femme et revendre le reste à un bon prix, comme il le fait depuis le début, ce ne sont pas les acheteurs qui manquent, Oh, ça m'embête d'exposer la petite, on ne sait jamais ce qui peut se passer, ça bouge pas mal en ce moment, ce n'est pas prudent, je vais continuer sans personne d'autre, mais ne t'inquiète pas, je vous donnerai encore du poisson.

Monsieur Raymond continue en solitaire, ravi de sa décision, le poisson est aussi abondant que les clients. Il se débarrasse des poissons-chats dont personne ne veut en les donnant à Irène. Une fois, sur le chemin du retour, il a une terrible frayeur quand, rue Chapsal, il manque d'être surpris par des miliciens et qu'il réussit à se dissimuler in extremis entre deux voitures, le cœur tambourinant, mais un vendredi, il commet une erreur récurrente, il s'endort en pêchant. Combien de temps ? Il ne le sait pas. Quel pêcheur ne s'est jamais assoupi ? Quand il se réveille, la nuit est noire, il n'arrive même pas à lire l'heure à sa montre, il commence à bruiner, il planque son matériel dans la cabane, comme d'habitude, et repart avec la généreuse pêche de la soirée. C'est en émergeant sur le pont de Joinville qu'il se fait attraper par une patrouille allemande. Le pont a toujours été une zone de danger, parce que là, on est à découvert, sans possibilité de se planquer, soixante mètres à parcourir sans pouvoir courir à cause du grand seau plein de poissons et d'eau à ras bord. Son cas est grave, il a dépassé de loin l'heure du couvre-feu et ses explications sont confuses. Embarqué rue de la Pompe, il reste détenu quatre jours, apprend avec effarement qu'il est considéré comme un otage avec onze autres personnes. Pourquoi ? On ne lui fournit aucune explication, malgré ses protestations, ses dénégations et ses propositions de services – il donne spontanément et inutilement les noms des deux restaurateurs à qui il vend sa pêche, de son voisin qui écoute Radio Londres et de deux autres personnes, dont un marchand de chaussures de la rue de l'Église qu'il déteste et un autre, patron de bistrot, qu'il soupçonne d'être un résistant.

Le mardi matin, il est transféré au Mont-Valérien et fusillé dans l'après-midi comme trafiquant de marché noir. Juste avant le coup de feu, Raymond Martial lève le poing et crie, Vive la France !

Bords de Marne. Extérieur. Jour

Le lundi de la rentrée, au moment de gravir les douze marches en marbre du perron du lycée flambant neuf, Arlène hésite, elle a l'impression désagréable d'être une intruse, une sorte de voleuse ou une profanatrice, elle est entourée d'une nuée de garçons en costume ou avec veste et cravate qui se bousculent en éclatant de rire, se hèlent, se saluent en se donnant des tapes sur les épaules, ils se connaissent tous. Elle se demande si cela ne va pas être plus compliqué que madame Aubert ne le lui avait prédit. Et pas une fille à l'horizon. Si, elle en remarque trois, disséminées comme des piquets perdus, qui serrent leur cartable contre elles et doivent se poser les mêmes questions. Soudain, deux mains enserrent son visage, elle aperçoit des phalanges contre ses yeux, entend un, Qui c'est ? Qui c'est ? Et une autre voix à proximité, différente, C'est pas vrai ! Je rêve ! Elle essaye d'identifier ces timbres. Les doigts relâchent leur étreinte, elle se retourne, aperçoit Thomas et Daniel qui lui sourient, Qu'est-ce que tu fais là ? demande ce dernier.

– Je rentre en seconde.

– C'est vrai, j'avais oublié que Marcelin-Berthelot est le premier lycée mixte de France, dit Thomas. Vive la mixité ! Tu n'as pas changé. Enfin si, un peu quand même. Ça fait combien de temps qu'on ne s'est pas vus.

– ...Trois ans.

– Cela fait drôle de te revoir, dit Thomas, j'espère qu'on sera dans la même classe. Monsieur Daniel me laisse tomber et ne veut pas qu'on soit ensemble.

Soudain, un élève donne volontairement à Daniel un coup d'épaule, celui-ci ignore son agresseur et se tourne vers Arlène, Il faut regarder notre affectation sur les panneaux d'affichage. Il reçoit un deuxième coup d'épaule plus sec d'un autre garçon, qui l'envoie valser sur Thomas.

– L'est pas très solide sur ses pattes le petit fumier, dit le premier provocateur, qui le bouscule cette fois des deux mains pour le déséquilibrer.

– Les maréchalistes, on n'en veut pas ici ! dit le deuxième en lui crachant au visage.

Daniel s'élance, les deux garçons le rouent de coups de poing, Daniel se défend comme il peut, Thomas tente de s'interposer. Un attroupement de lycéens se forme autour d'eux. Un élève plus âgé et de haute taille en costume gris les sépare sans ménagement en agrippant chacun des assaillants par les oreilles, Ça suffit !

Ils sont obligés de reculer. Daniel s'essuie le front avec un mouchoir.

– Laisse-nous, crie un des deux jeunes, c'est un salaud de collabo !

– Réfléchis avant de dire n'importe quoi, dit l'aîné, il a quinze ans, comme toi. Si je vous y reprends, vous aurez affaire à moi, je n'aime pas les courageux qui se mettent à deux contre un. Je ne veux pas que cela recommence, j'espère que tout le monde m'a bien compris.

Les deux s'éloignent en maugréant, disparaissent dans la

foule des élèves. Le grand s'approche de Daniel, Ça va ? Ne te laisse pas faire. S'il t'insulte, c'est qu'il sent que tu as peur de lui. Mets-lui une bonne pêche dans le nez et il se calmera. Et s'ils sont plusieurs, n'hésite pas, frappe le premier, même s'ils doivent te démolir, bats-toi pour l'honneur. Il lui tâte le biceps droit, C'est plutôt mou, tu devrais te muscler un peu. Tu vas venir t'entraîner avec nous. Ils s'éloignent ensemble, gravissent les marches et entrent dans le lycée.

– Qui est-ce ? demande Arlène.

– Pierre Deleyne, il habite à côté de chez Daniel, il entre en terminale et prépare Saint-Cyr.

– C'est vrai ce qu'ils ont dit, Daniel est maréchaliste ?

– Je n'en sais rien.

En cette rentrée d'octobre 43, le proviseur de Marcelin-Berthelot est confronté à un casse-tête quasiment insoluble pour composer ses classes car la Défense passive lui impose d'accueillir autant d'élèves que de places dont il dispose dans les abris. Par chance, il a pu faire aménager les caves du lycée, et le verdict tombe : ce sera trois cents élèves en même temps. Pas un de plus. Il s'en tire bien, plusieurs lycées et collèges sans caves ni abris sont fermés purement et simplement, à la grande satisfaction des élèves. La seule solution consiste à réduire les horaires aux matières essentielles, mais il doit affronter la bronca des professeurs d'histoire, de géographie, de musique, de dessin et de gymnastique, qu'il renvoie se plaindre à Roosevelt et à Churchill. Les élèves ont désormais classe le matin ou l'après-midi, les cours commencent à sept heures, finissent à la nuit tombée, les professeurs, les parents se plaignent du planning, des cours supprimés, de ceux qui sont escamotés à cause des alertes et de la fatigue. Arlène et Thomas se retrouvent dans la classe du matin, Daniel dans celle de l'après-midi, ils ne se croisent pas, Thomas affirme qu'il les évite, Il est bizarre, on se voyait sans arrêt et, du jour au lendemain, il est devenu distant. Tu sais, Marie parle souvent de toi.

– Non, je ne sais pas.

Thomas choisit une table au fond de la salle, oblige un élève à déménager, pousse ses affaires par terre parce qu'il ne va pas assez vite, fait signe à Arlène de le rejoindre, Là, on sera mieux.

– Tu pouvais demander gentiment.

– J'en ai rien à foutre de l'amitié de ce cloporte.

Thomas est un élève embusqué qui a découvert que le lycée ne sert à rien, il sait que son existence sera différente de celle du troupeau, probablement compliquée, on n'a pas le droit de prendre des chemins de traverse, mais il est prêt à l'assumer, parce qu'il a de grands projets. La récitation était la seule matière qui l'intéressait, même s'il y aurait beaucoup de choses à dire sur les textes consternants qu'il fallait ingurgiter ; en cette période de sauve-qui-peut elle a été supprimée, aussi a-t-il décidé d'accomplir son destin, quoi qu'il arrive, et tant pis si personne ne le comprend ou ne l'apprécie. Il passe ses heures de cours à griffonner dans un cahier noir, les profs pensent qu'il prend des notes car il les fixe avec attention puis écrit nerveusement. Arlène remarque qu'il utilise de nouveau sa main gauche, Je croyais que tu étais devenu droitier.

– Tout le monde le croit et c'est tant mieux. Mais moi, je fais ce que je veux.

Thomas prend un stylo, ouvre un cahier bleu et se met à écrire de la main droite avec élégance, Je vais te confier un secret parce que j'ai confiance en toi, je sais que tu ne me trahiras pas. J'écris de la poésie, mais la poésie on ne peut la composer que de la main gauche, tu comprends, parce que c'est la main du cœur. Le reste, l'inutile, c'est la main droite. En attendant qu'une bombe pulvérise ce bahut, je fais le minimum pour survivre.

Arlène hoche la tête, Moi, je suis là pour étudier et je suis heureuse d'avoir été admise dans ce lycée tout neuf.

La troisième semaine de cours, le prof de maths lance sa serviette sur la table et clame, Prenez une feuille, interrogation écrite. Et en silence ! Avec une craie, il écrit le problème sur le tableau noir, Voilà, vous avez vingt minutes. Il s'assied derrière le bureau, ouvre son journal et commence à le lire, jetant de temps à autre un œil sur la classe studieuse. Arlène planche, tête baissée, noircit sa page sans hésitation. Elle sent la main de Thomas qui lui écarte le bras vers le côté, Pousse ton coude, murmure-t-il. Il se redresse, lorgne sur son devoir avec habileté, le reproduisant au fur et à mesure qu'elle avance. À la sortie, Thomas la rassure, J'ai changé quelques détails dans la présentation pour que nos copies ne soient pas identiques. Tu as remarqué ? Quand je pompe, c'est de la main droite. Pour te remercier, je vais te faire un cadeau. Dans son cartable, il attrape une feuille et la lui tend, C'est un de mes derniers poèmes, il est pas mal, je ne les fais jamais lire à personne.

Arlène est dubitative, elle a appris par cœur quelques strophes parce que cela faisait partie des matières obligatoires, elle apprécie Victor Hugo et Émile Verhaeren, elle a obtenu 10 sur 10 avec « Le dormeur du val » qu'elle récite avec beaucoup de conviction, sans respecter la versification, mais quand elle lit le texte de Thomas, elle n'y comprend rien, les mots sont râpeux, incertains, dissonants, comme jetés sur le papier au petit bonheur la chance, cela n'a aucun sens, ne raconte aucune histoire, n'évoque aucun sentiment, et surtout il n'y a pas de rimes, et une poésie sans rimes, ce n'est pas une poésie, Je suis désolée, Thomas, mais je n'ai pas aimé, je préfère être franche plutôt que de mentir pour te faire plaisir, pour moi c'est du chinois. J'espère que tu ne m'en veux pas.

– Je n'ai pas de chance, personne n'aime mon travail, sauf Marie du bout des lèvres. Mais moi, je sais ce que je vaux, ce n'est pas de la poésie classique, je ne recherche pas la joliesse ou à faire le beau, c'est de l'écriture automatique, c'est difficile à expliquer, c'est le contraire du hasard ou du n'importe quoi, il faut faire le vide dans son esprit, purger son cerveau des miasmes qui s'y sont déposés, de notre saleté d'éducation, ne pas essayer de jouer au troubadour, bannir le sentimental et les émotions fabriquées, on doit retrouver l'énergie primale, l'instinct dont nous avons été châtrés, toucher à l'essentiel, accéder à la pureté et redécouvrir la seule vérité fondamentale : l'inconscient.

La semaine suivante, lors de la remise de l'interrogation écrite, Arlène est ravie quand le professeur lui rend sa copie avec un 18, C'est bien, mademoiselle, continuez. Par contre, elle tombe des nues quand Thomas obtient un 20, Je suis content de voir que vous avez pris de bonnes résolutions pour cette année.

On a vu qu'il n'y a pas beaucoup de filles admises à Marcelin-Berthelot, une pour douze élèves environ, qu'on jauge de loin avec un flair de maquignon parisien, Franchement, elles sont pas terribles. Mais les impétrantes sur leurs gardes ont déjà fait l'objet d'une sélection implacable, ce sont les meilleures qui débarquent sur cette terra incognita, les plus endurcies, les plus déterminées, et elles trustent les premières places, sans se vanter, sans avoir l'air de faire d'efforts, comme si finalement les filles étaient plus fortes et que l'ordre ancien était en train de s'écrouler sous les yeux des héritiers sans qu'ils soient capables de la moindre réaction devant cette menace, tétanisés par cette adversité qui renvoie les garçons à leurs jeux virils et à leurs blagues salaces qui laissent les filles de marbre. Très vite, dans cette classe de seconde du matin, il y a Arlène et les autres. Elle devant, et ses condisciples qui considèrent cette brunette impassible sortie de nulle part comme une fatalité, un combat perdu d'avance, les professeurs sont unanimes : elle ira loin cette gamine. Thomas ne s'en tire pas trop mal, il est dans les petits papiers d'Arlène, mais il est trop irrégulier, parfois très bon, parfois très moyen, sans qu'on sache pourquoi.

Marie a décidé depuis longtemps qu'elle serait artiste, quand elle annonce sa décision de faire une école d'art, personne n'est surpris, pas même son père, qui pense, Pourquoi pas, si ça l'amuse, une femme cultivée trouvera toujours un bon parti, elle fondera une famille et ses études l'occuperont en attendant. Ce n'est pas comme Thomas, qui peine à s'affirmer et qu'il faut aiguillonner sans cesse pour qu'il avance. Le père Virel navigue entre une sévérité indispensable et un affrontement impossible avec Jeanne qui protège son rejeton comme une porcelaine. Quoi que sa femme en dise, heureusement qu'il a rectifié le tir avec la gaucherie de son fils, sa fermeté a payé, cette année pour la première fois il a de bons résultats en maths, mais si Thomas doit faire Polytechnique pour espérer lui succéder un jour, Maurice va devoir lui mettre la pression.

Marie et Arlène se retrouvent comme si elles s'étaient quittées la veille, elles ne se sont pas vues pendant trois ans parce que ce n'était pas possible.

La faute à la guerre.

L'après-midi, Arlène vient souvent faire ses devoirs chez les Virel pendant que Marie dessine, elle s'intéresse désormais au vitrail, passe des heures le nez dans de gros livres consacrés aux cathédrales avec des reproductions de rosaces et de verrières, utilise une loupe pour examiner les dessins, Un vitrail, c'est comme une bande dessinée, au Moyen Âge les gens étaient analphabètes mais saisissaient parfaitement le message codé et la scène biblique qu'il racontait, même si à dix mètres on ne perçoit pas tous les détails. On le lit de gauche à droite et du bas vers le haut, le blanc symbolise la résurrection, le rouge le martyre, la façade nord est consacrée à l'Ancien Testament et le côté sud, ensoleillé, au Nouveau. Et Marie se tait, absorbée par des éléments qu'elle vient de découvrir, la loupe suit un panneau coloré qu'elle examine avec minutie comme un inspecteur de police sur une scène de crime.

Quant à Thomas, il participe peu, il se contente d'attendre qu'Arlène ait fini les exercices de maths pour les recopier à sa façon, Merci, tu me sauves la vie. Et très vite, il lève le camp, s'installe dans un fauteuil du salon, prend son cahier noir, ferme les yeux, reste immobile pendant un temps fou, à croire qu'il s'est endormi, et soudain il se redresse, sa respiration s'accélère, il saisit son stylo, de la main gauche, et se met à griffonner un de ses poèmes automatiques en se fichant du qu'en-dira-t-on, parfois il s'énerve après lui, crie des, Merde ! Merde !, scrute le plafond en quête d'inspiration, écrit quelques lignes fiévreuses, avant de replonger dans sa léthargie créatrice. Quand, profitant d'une absence de Thomas qui est allé préparer le goûter, Arlène demande à Marie ce qu'elle pense des créations de son frère, elle a un sourire triste, Je dis que j'aime beaucoup pour lui faire plaisir mais je n'y comprends rien, il sent bien que je ne suis pas enthousiaste, d'ailleurs il ne me les donne plus à lire.

Il y a un absent. Une sorte de fantôme. On ne parle pas de Daniel. Mais il est là, entre eux, comme une brûlure. Lorsque Arlène pose la question à Marie, celle-ci répond, Ne me parle plus de lui ! Et elle se replonge dans son beau livre, tourne les pages avec nervosité, J'aurais tellement aimé voir les vitraux de Chartres, mais ils ont été déposés au début de la guerre pour les mettre à l'abri.

– C'est vrai qu'il est maréchaliste ?

Marie tarde à répondre, elle hausse les épaules, Tu sais combien nous étions proches. Après la débâcle, du jour au lendemain il nous a chassés de sa vie, sans prévenir. Quand on le voit, il s'esquive ; quand on lui téléphone, il ne rappelle jamais, bref, monsieur ne fréquente plus personne à part sa bande de réacs.

Un mardi de la mi-novembre, en fin de matinée, la sirène retentit, élèves et professeurs descendent dans l'abri situé dans les caves aménagées sous le réfectoire, on s'assoit sur les bancs, on prend un livre, on papote à voix basse, de temps à autre on dresse l'oreille pour essayer de deviner si la menace se rapproche, on n'entend aucun bruit suspect, mais tant que dure l'alerte, pas question de sortir. Le temps passe, c'est inquiétant, c'est la première fois que ça dure si longtemps, Paraît qu'ils bombardent la gare de Choisy. Les élèves de l'après-midi arrivent, on se serre pour leur faire de la place, beaucoup sont obligés de rester debout, on se croirait dans le métro à six heures, on s'assoit par terre. Soudain on entend le bruit étouffé de la DCA, d'énormes coups de tambour résonnent dans la bâtisse, tous lèvent la tête en même temps, Ça canarde pas loin. Le calme revient, le lycée n'explosera pas aujourd'hui. Malheureusement.

Arlène a le nez plongé dans un livre, quelqu'un s'approche, lui cache la lumière, elle aperçoit Daniel, debout face à elle, Il fait chaud, non ? Qu'est-ce que tu lis ? Elle présente la couverture de son livre d'arithmétique.

– J'ai entendu dire que tu étais première partout, c'est bien, mais tu ne devrais pas laisser Thomas copier sur toi, il faut qu'il arrête de jouer les illuminés et qu'il se mette à bosser.

– Si ça peut l'aider, ce n'est pas grave, il va s'y mettre.

– Ce n'est pas lui rendre service. Tôt ou tard, son père le découvrira et ce sera une catastrophe. Moi, j'ai refusé de continuer ce petit jeu.

Une sonnerie retentit qui marque la fin de l'alerte, les élèves évacuent l'abri, se retrouvent dans la cour, les surveillants leur crient de se séparer, ceux de l'après-midi montent dans leurs classes, ceux du matin quittent le lycée sans avoir pris leur repas. Arlène se dirige vers la sortie, Daniel la rattrape, Ah oui, ma mère voudrait savoir si ta mère a besoin de travailler, elle pourrait revenir à la maison comme avant.

– Elle a retrouvé un emploi de couturière aux studios de Boulogne, ils tournent sans arrêt, même s'il y a beaucoup d'alertes parce que les Anglais bombardent les usines Renault, mais je vais lui demander, elle est tellement fatiguée de se lever à l'aube pour y aller et de rentrer avec le dernier métro, je te dirai.

Arlène quitte le lycée, son cartable à la main, s'éloigne dans la rue d'un pas rapide, elle sent qu'on la suit, se retourne, aperçoit Daniel, Je n'ai pas envie de bosser aujourd'hui.

– Ce n'est pas une bonne idée.

– Tu ne veux pas qu'on nous voie ensemble, c'est ça ?

– Tu as tes idées, j'ai les miennes.

Daniel reste immobile face à Arlène, hésite, baisse la tête, respire profondément, Ce n'est pas ce que tu crois, pas du tout… Si je te confie un secret, tu jures que tu ne le répéteras pas à Thomas ou à Marie, ni à personne ?

– Méfie-toi, une fille, ça ne sait pas tenir sa langue.

Daniel jette un œil aux alentours, les derniers lycéens ont disparu des abords du lycée, Viens.

À cette heure, le square de l'Abbaye est désert, à l'exception d'une jeune femme qui essaye de calmer un bébé qui pleure, ils s'asseyent sur un banc. Arlène fixe Daniel qui a le regard perdu dans le vague, Je dois te le dire. Parce que je sais que toi, tu comprendras. Parce que nous avons perdu nos pères au même moment. Le tien est mort lors de la bataille de Stonne, le mien quelques jours plus tard près de Dunkerque… Mais il n'est pas mort noyé comme on l'a cru, il n'a pas été enterré dans une fosse commune comme on l'a redouté, il a été récupéré gravement blessé et évacué en Angleterre où il s'est rétabli, et il a rejoint la France libre. On est restés une longue année avec ce deuil qui nous collait à la peau et puis, un après-midi, ma mère était allongée sur une chaise longue en train de lire son horoscope dans le journal, qui prédisait : « Votre vie va changer du tout au tout et vous prendrez un nouveau départ… », quand elle a entendu du bruit derrière elle, le fantôme de mon père est sorti d'un bosquet de troènes, elle a failli avoir une crise cardiaque. Normalement, il n'aurait jamais dû venir la voir, il prenait un risque énorme, mais il a pensé que la détresse de sa femme justifiait d'enfreindre le règlement. Une seule fois. Il a eu raison parce qu'elle était d'une tristesse sans nom, elle déprimait, et je ne savais pas quoi faire pour l'aider, mais depuis qu'elle l'a revu, elle a retrouvé son sourire d'avant. Ils ont discuté longtemps pour déterminer si je devais être informé de la vérité et ils sont arrivés à la conclusion que j'étais assez grand pour savoir et me taire. Pour notre sécurité on ne doit en parler à personne. Moi, je ne l'ai pas vu. De temps à autre, il nous fait passer un message. Quelqu'un dépose une lettre avec quelques mots d'espoir : « Je pense à vous et je vous aime. À bientôt tous ensemble. » On la brûle après l'avoir lue. C'est pour cette raison que nous faisons semblant d'être des partisans du Maréchal. Pour écarter les soupçons. On se protège comme on peut. J'imagine sans peine à quel point la disparition de ton père doit être un manque intolérable, et aussi d'être restée dans le doute et l'incertitude, c'est pour cela que je sais que toi tu ne me trahiras pas. Je m'en fiche que les autres me prennent pour ce que je ne suis pas, ils ne comptent pas pour moi, mais toi, ce n'est pas pareil.

*

Ce sont des jours bizarroïdes et baroques, mélange furieux d'une guerre interminable et d'une paix entrevue, avec la mort qui rôde, toujours prête à mordre au hasard, et la vie qui resurgit avec insolence comme un pied de nez aux horreurs. La veille, le général de Gaulle a descendu les Champs-Élysées au milieu d'une foule en liesse pendant que des miliciens postés sur les toits tiraient sur la population. Dans la nuit, cent dix bombardiers allemands partis de Belgique et de l'aérodrome du Bourget ont largué leurs bombes, dont certaines au phosphore, sur la capitale et la banlieue, détruisant deux mille immeubles, faisant près de deux cents morts, et pendant plusieurs jours les convois funèbres de dizaines de trains bondés de prisonniers continueront à quitter la région parisienne vers les camps.

Pourtant, ce dimanche 27 août 1944, les berges de la Marne sont envahies par les pêcheurs à la ligne et des familles joyeuses pique-niquent sous le soleil radieux, des centaines de baigneurs clapotent dans l'eau fraîche au milieu des canoës, des pédalos et des avirons. Les quatre de Saint-Maur déambulent sur les quais. C'est la première fois qu'ils découvrent les guinguettes ouvertes.

Sur le coup de quatorze heures, c'est l'événement attendu par tous, la réouverture de Convert, après plus de quatre ans de fermeture, les bals ayant été interdits depuis la débâcle. Jo Privat ressort et brique son accordéon, les tables et les chaises sont empilées sur les côtés avec des draps qui les ont protégées des longues années de la poussière, la salle paraît plus grande encore avec ses murs blancs, sa décoration mauresque et ses baies ouvertes sur le terre-plein qui descend vers la Marne. Il n'y a rien à boire, pas de service, pas de serveurs, le patron n'imaginait pas rouvrir son établissement si vite, mais les présents s'en fichent, ils n'ont aucun remords d'être là et de s'amuser alors que ça castagne et que ça pétarade encore à quelques kilomètre. Parfois, quand les détonations se rapprochent, tout le monde s'immobilise, aux aguets, pour essayer de déterminer s'il s'agit d'une menace ou seulement d'un bruit de fond, et comme la déflagration semble lointaine, on respire, les vivants ont raison d'avoir survécu, ils vont pouvoir danser pour la première fois depuis près de cinq ans. Le grand Jo installe une chaise sur une table à la lisière de la terrasse, parce qu'il y a autant de monde dehors que dedans et que tous ont le droit de l'entendre, il s'assoit avec précaution, accroche ses bretelles, se dégourdit les doigts. Une femme l'applaudit, puis une autre, et avant même qu'il ait joué le moindre morceau, la foule le fête, les vivats fusent, Jo salue, cela fait si longtemps qu'il attend ce moment, il commence par « Edelweiss », une musette qui donne envie de bouger, enchaîne avec « Loretta », une valse mélancolique, et continue pendant trois heures de rang, sans s'arrêter. Chacun invite sa chacune, essaye de retrouver les gestes oubliés, qu'on croyait à jamais perdus, et tant pis pour les orteils, tant pis pour les voisins. Jo poursuit avec « La java en mineur » que l'auditoire accueille avec gaieté. Thomas et Arlène sont bousculés par les danseurs qui se déhanchent, et emportés par l'allégresse ambiante, Tu veux danser ?

– Je ne sais pas danser.

– Moi non plus.

Ils se placent face à face, regardent comment s'y prennent leurs voisins, elle met ses mains sur ses épaules, il pose les siennes sur ses hanches et ils se mettent à gigoter, comme les autres.

Ce n'est pas si compliqué.

Thomas fixe Arlène, ils arrêtent de danser, les autres couples doivent les contourner, Alors, tu as vu ce petit cachottier de Daniel, la façon dont il nous a baladés, comment a-t-il pu garder un secret pareil pendant quatre ans, sans rien nous dire ?… Quand je pense que sa mère était toujours en grand deuil. Ma mère a été très déçue que Madeleine ne l'ait pas mise dans la confidence, elle hésite à les inviter à Dinard cet été… Il paraît que le père Jansen connaît bien de Gaulle et qu'il travaille pour le deuxième bureau, il aurait exécuté plusieurs missions en France. Et Madeleine et Daniel ont fait semblant d'être pour le Maréchal pour ne pas être soupçonnés. Pendant quatre ans, Daniel s'est fait insulter, maltraiter, même par des professeurs, sans broncher, et personne ne s'est douté de rien.

– Oui, c'est dingue.

La question des vacances à Dinard est résolue rapidement. Ce sera une année sans. Maurice Virel est arrêté par des FTP pour des faits de collaboration et passe dix semaines à la maison d'arrêt de Fresnes en attendant d'être jugé. Son avocat affirme que le dossier est « une coquille vide », tandis que les résistants lui reprochent ses bonnes affaires avec les Allemands et ses relations continues avec le régime de Vichy. En novembre, il bénéficie d'un non-lieu et il est libéré sans qu'aucune charge soit retenue contre lui. Comme il l'expliquera à la presse à sa sortie de prison, ses activités économiques avec l'occupant n'étaient qu'une couverture qui masquait son soutien au Général, En réalité, je suis un résistant de la première heure.

Plusieurs responsables du BCRA, dont le colonel Charles Jansen, ont servi de caution morale et ont confirmé au juge d'instruction la réalité de cet engagement politique, Maurice Virel aurait financé un réseau de résistance, sans qu'on sache lequel. Beaucoup pensent qu'il a été assez malin pour jouer sur les deux tableaux et, comme les mauvais esprits l'affirment : Quand on se pose la question, c'est qu'on a la réponse.

*

Thomas n'est pas fait pour ce lycée moderne avec ces baies vitrées immenses qui sont pour lui comme un écran de cinéma et qui aspirent son regard. Ses vieux démons sont revenus, il a oublié ses bonnes résolutions d'être un élève attentif et tout le bastringue qu'on lui serine depuis des années, lui, il a envie d'être là-haut, il voyage dans sa tête au bout du monde. Comment résister à ces nuages qui passent devant son nez ? Les filandreux, les obèses, les fragiles qui se dissolvent ou s'agglutinent, les titanesques, les anonymes qui l'appellent, lui adressent des saluts amicaux. Il pose sa tête sur sa main et il s'évade, jusqu'à ce qu'Arlène le rappelle à l'ordre d'un coup de coude, alors il redescend sur terre, rattrape le cours au vol et fait un effort pour redevenir un élève convenable.

Jusqu'au prochain nuage.

C'est le jour de la rentrée que le premier incident a lieu, suivi d'autres tout aussi évitables, à croire que Thomas cherche à se faire remarquer. Il n'écoute personne, ni Daniel qui lui recommande de cesser ses provocations, ni Arlène qui lui répète en vain de faire attention, quant à Marie, elle ne lui adresse jamais la moindre remontrance. Dans la cour du lycée, les élèves se réunissent par petits groupes, soulagés que le régime des classes par demi-journées soit abandonné. Arlène, Daniel et Thomas sont affectés dans la même section de première scientifique, quand un surveillant s'approche d'eux, Dites-moi, monsieur Virel, vous n'avez pas eu le temps de mettre votre cravate ce matin ? Ne l'oubliez pas demain.

– Je ne mets plus de cravate.

– C’est obligatoire pour les garçons à partir de la seconde.

– Je suis désolé, le règlement intérieur exige uniquement une tenue correcte, la cravate est un accessoire d’appartenance à une classe sociale, et puis c’est laid, je refuse de porter une corde au cou.

Le surveillant essaye de le raisonner, Tous les garçons du lycée en portent une, c’est une question de correction. Aucun argument, aucun conseil ne peut faire changer d’avis Thomas, il se retrouve dans le bureau du proviseur qui connaît ce genre d’hurluberlus, Vous reviendrez dans ce lycée avec une cravate.

Parmi les nombreux problèmes que Thomas doit affronter, son père est certainement le plus pesant, il suffit que Maurice fronce un sourcil pour que son fils se liquéfie ou qu’il le sermonne avec cette façon si angoissante de détacher chaque syllabe ou de le regarder en silence, puis de soupirer en hochant la tête comme s’il mesurait l’immensité de l’imbécillité de son rejeton, pour que celui-ci ait envie de disparaître sous terre. Ce soir-là, Marie est inquiète car Thomas affirme être déterminé à l’affronter, il ne veut plus aller au lycée où il perd son temps, il veut passer sa vie à composer des vers et se dit prêt à fuguer s’il le faut. Aussi, quand au cours du dîner Maurice demande comment s’est passée cette rentrée, appréhende-t-elle la réaction de son père, d’autant que Thomas semble paralysé, le regard fixé sur son assiette de soupe, Très bien, j’ai retrouvé Daniel et Arlène, on est dans la même classe.

– Quelle idée déplorable d’autoriser les filles à travailler avec les garçons, elles prennent leur place et vont les distraire. Tu ne crois pas ?

– Arlène est la seule fille dans notre classe.

– As-tu un peu réfléchi à ce que tu as envie de faire plus tard ?

– … Oui, j'aimerais écrire de la poésie, dit-il d'une voix calme.

Maurice s'immobilise, la main tenant sa cuillère de velouté de cèpes à proximité de sa bouche, et il éclate de rire, un rire incoercible, qui se transmet à Jeanne et à Marie, et finalement à Thomas lui-même, C'est bien d'avoir de l'humour, mon fils, on en a besoin.

Thomas sait que tous les poètes sont des incompris, c'est inhérent à leur destin d'être rejetés et ignorés, voire méprisés, c'est dans la douleur et les rebuffades, l'indifférence ou l'hostilité que se forge leur talent, ils doivent surmonter des épreuves inouïes pour arriver à survivre et à s'exprimer, c'est donc en poète cravaté et induré que, le lendemain, il reprend le chemin du lycée.

Le deuxième incident a lieu quelques semaines plus tard lors du cours d'anglais. Assis à côté d'Arlène, Thomas fait semblant de prendre des notes, en réalité il griffonne de la main gauche des vers sur son cahier noir, ferme les yeux, fait le vide dans sa tête, le mot « pastèque » revient sans cesse le tarabuster, il ignore pourquoi, il n'en a pas mangé depuis des années, ce terme s'associe à « affranchie » et à « puante », ça part bien, il avance avec une intensité rare, six lignes d'un coup, qui vibrent, Thomas adore éprouver cette sensation : n'être que le médium qui tient le stylo et capter cette voix intérieure qui lui dicte une strophe. Il se relit, trouve que ça a de la grâce, peut-être parce que ce n'est pas lui qui l'a écrite mais le gnome planqué à l'intérieur de son cerveau. Thomas, qu'est-ce que j'ai dit ? Ce dernier lève la tête, découvre le prof d'anglais face à lui.

– Je n'en sais rien.

– Ce que je dis ne vous intéresse pas ?

– Votre cours est une punition permanente, vous êtes monotone, vous réussissez à nous dégoûter de la poésie, moi, je n'ai rien à apprendre de vous.

Thomas se retrouve devant le proviseur qui tente de déchiffrer ce qui est écrit sur le cahier noir, Qu'est-ce que c'est que ce charabia ? « Des pastèques puantes »… Bon, on ne va pas tourner autour du pot, tu choisis ta sanction, je ne peux pas faire mieux : tu t'excuses platement et tu prends trois heures de colle pour insolence, tu ne t'excuses pas et tu es viré trois jours.

Thomas préférerait mourir que de reconnaître qu'il a eu tort, mais être viré cela signifie que son père va être convoqué, hurler, le transpercer de son mépris et de ses sarcasmes, et il sait qu'il n'est pas de taille à lui résister ni à l'affronter, pas encore, il doit s'endurcir, trouver la solution pour lui échapper et ne plus être terrorisé. Attendre un peu, trouver le courage de s'enfuir, devenir un homme, Je vais m'excuser, mais son cours est à mourir d'ennui.

Quand le professeur de lettres tombe malade, il est remplacé par une jeune professeur qui, pour son premier cours, interroge les élèves sur leurs goûts littéraires et ce qu'ils veulent faire dans la vie. Cette demande est suivie d'un silence méfiant, les lycéens se regardent les uns les autres, ils n'ont pas l'habitude qu'on leur demande de s'exprimer, Allez, n'ayez pas peur, cela restera entre nous, c'est uniquement parce que j'ai envie de mieux vous connaître, et si vous n'avez pas envie d'en parler, eh bien, ne dites rien. Un garçon au deuxième rang se lève et se présente, il reprendra le commerce de meubles de son père plus tard, lui il préférerait aller jusqu'au bac, mais son père pense que c'est plus utile d'apprendre sur le tas. Le silence revient. Daniel se dévoue, Daniel Jansen, après le bac, je ferai une classe préparatoire puis je me présenterai au concours d'entrée à Saint-Cyr, mais comme l'école a été détruite par un bombardement, on ne sait pas encore où les cours vont reprendre. Plus aucun élève ne se manifeste, l'enseignante s'adresse à Arlène, Mademoiselle, vous êtes la seule fille de cette classe, que voulez-vous faire plus tard ? Arlène hésite, relève sa mèche, J'aimerais travailler dans l'industrie, l'aéronautique me plairait bien mais aucune école d'ingénieurs n'est ouverte aux femmes et c'est difficile d'obtenir des informations.

À la fin du cours, Arlène rejoint Daniel, attend qu'ils soient seuls, Je ne savais pas que tu voulais entrer dans l'armée.

– Toi, tu ne m'avais jamais dit que tu rêvais de devenir ingénieur.

– Ce n'est pas un métier d'être soldat, de risquer sa peau sans arrêt, on ne peut pas vivre avec cette menace au-dessus de la tête. Ce doit être horrible pour les autres.

– Au contraire, c'est une chance de vivre pour quelque chose de plus grand que soi et d'avoir l'honneur de servir son pays.

– Moi, je ne supporterais pas un homme qui préfère mourir pour son pays que vivre pour sa famille.

– Nous sommes faits pour nous entendre, je pense que femme ingénieur est un oxymore.

Le problème avec Daniel, c'est qu'il n'a pas l'air sérieux, il sourit, il subsiste toujours un doute sur ses convictions, c'est un garçon difficile à cerner. Arlène n'arrive pas à déterminer s'il est réactionnaire ou s'il essaye de la provoquer ou de blaguer, elle voudrait discuter avec lui mais impossible de savoir ce qu'il pense, il a déjà tourné les talons. Daniel n'est pas très populaire, son soutien au Maréchal pendant l'Occupation a laissé des traces, nombreux sont sceptiques sur l'explication donnée pour le justifier et ne lui adressent pas la parole, d'autant qu'il fréquente un groupe d'élèves aux cheveux en brosse qui préparent le concours d'entrée à Saint-Cyr. Il participe à leurs marches de nuit, à leurs exercices athlétiques, à leurs feux de camp, soulève des haltères pour se muscler, entonne avec eux des chants militaires, crapahute dans la forêt de Fontainebleau, ce sont eux qui l'ont protégé de ses camarades pendant les années noires, et lorsque Thomas ou Arlène évoquent ces catholiques à la morale intransigeante, il lève les yeux au ciel, hausse les épaules ou fait demi-tour. Quand ils interrogent Daniel sur le rôle mystérieux de son père pendant la guerre, sur la position éminente qu'il occuperait aujourd'hui, il fait la moue comme s'il ne savait pas, À nous, tu peux le dire, il travaille vraiment pour les services spéciaux ?

– Je ne lui demande rien, le jour où il voudra m'en parler, je vous le dirai.

Thomas soutient que Daniel s'efforce de ressembler à son père, d'être aussi évasif et énigmatique que lui, de laisser croire qu'il sait des choses importantes et qu'il ne peut pas parler car ce sont des secrets qui ne peuvent être révélés, À vous de deviner, pensez ce que vous voulez. Et cette façon qui lui a pris de se déplacer sans se faire remarquer, de rester tapi dans votre dos ou immobile dans un fauteuil, sans un souffle, à guetter ou à écouter les conversations, à se fondre dans le paysage comme s'il voulait disparaître. Dans la cour du lycée, il peut rester seul au milieu des autres qui s'agitent, tête baissée, épaules rentrées, mains dans les poches, et personne ne le voit.

À croire qu'il fait des exercices de dissimulation.

Arlène attrape la grippe, doit rester chez elle quelques jours, elle rate une interrogation écrite surprise de maths, Trois questions, vous avez quinze minutes. Thomas doit se débrouiller seul, Confronté à un problème ardu de trigonométrie, il se raisonne, Pas de panique, ça ne doit pas être si compliqué, après tout ce ne sont que des angles amorphes dans des triangles idiots. Mais les sinus et les cosinus font de la résistance passive. Il cherche du secours auprès de ses camarades, se tourne, se démanche le cou, mais ses voisins de derrière protègent leur copie de leurs bras, il tente de résoudre l'énigme, aligne des chiffres qui ne mènent nulle part, adresse du regard une supplique désespérée à Daniel, assis de l'autre côté de l'allée, mais celui-ci hausse les épaules et retourne à son travail. Quand le professeur plonge le nez dans son journal, Thomas se dresse et réussit à surprendre la solution sur la page du camarade devant lui sans être capable de retrouver le raisonnement. Il trace un grand point d'interrogation sur sa feuille blanche, commence à ranger ses affaires. Soudain, Daniel plie son brouillon en quatre et, en surveillant le professeur, le lui donne pour qu'il puisse le recopier.

Une semaine après être entrée en première dans son cours privé, Marie attend le dimanche après-midi que son père ait allumé son cigare, étendu sur une chaise longue en osier vert et blanc dans le jardin d'hiver avec son journal sur les genoux, pour déclarer qu'elle ne veut plus aller en classe où elle perd son temps et, avant que celui-ci ne demande ce qu'elle fera de ses journées, précise, Je veux apprendre l'art du vitrail, j'ai rencontré un maître verrier, Louis Varnier, qui accepte de me prendre dans son atelier comme apprentie, il a besoin de petites mains. Si tu es d'accord, je commence la semaine prochaine. Maurice Virel présume qu'il s'agit de la dernière lubie de sa fille après le patchwork, la reliure et la dorure sur bois, il hésite. Jeanne, installée dans la chaise longue voisine, attend le verdict. C'est ce que je veux faire, continue Marie, c'est passionnant, avec toutes les églises détruites, ils manquent de vitraillistes. Et c'est un maître verrier qui ne travaille que pour l'Église catholique.

Après ce repas délicieux, par cette douce journée d'octobre, Maurice n'a pas envie de batailler, ni de jouer au gendarme, il se dit que si c'est un caprice, cela n'aura finalement aucune incidence, Marie se mariera tôt ou tard, aura des enfants et une maison dont elle s'occupera, et c'est la seule chose valable qui tienne, Pourquoi pas, ma chérie, si c'est sérieux.

Maurice trouve que cette nouvelle génération est molle, de son temps les jeunes étaient autrement plus précoces, peut-être la guerre les a-t-elle tourneboulés et la politique, dénervés, sa fille n'a pas de velléités amoureuses, ne pense qu'à ses pinceaux, et Thomas n'a aucune petite copine et passe son temps à rêvasser le nez dans les nuages. Mais il sait que les hommes sont les derniers informés des émois de leur maison, il faudra qu'il interroge Jeanne, les femmes savent toujours tout. Marie doit faire un beau mariage, ce ne sont pas les beaux partis qui manquent, le fils Jansen ferait un gendre parfait, Que penses-tu de Daniel ? demande Maurice à sa fille qui peint sous la véranda. Est-ce qu'il te plaît ?

Marie rougit, se mord la lèvre, ses yeux pétillent, c'est bon signe. Maurice tourne la tête, aperçoit Daniel qui lit dans un fauteuil derrière lui, Tiens, tu étais là Daniel, je ne t'avais pas vu.

C'est de cette façon que la rumeur est née, que le rapprochement de ces deux pièces disparates s'est opéré. Marie et Daniel. Sans que les principaux intéressés aient vraiment leur mot à dire. Pour tous, c'est une évidence, une certitude. Daniel et Marie. Ils sont faits l'un pour l'autre, depuis le début, non ? Comme Paul et Virginie ou Tristan et Iseut. Les principaux intéressés ne réagissent pas, ils auraient pu protester, Qu'est-ce que c'est que ces fariboles ? On n'est pas d'accord. Nous sommes juste des amis d'enfance. Mais ni l'un ni l'autre ne s'offusque. Marie est aux anges, son père vient d'accéder à son vœu le plus cher et l'autorise à travailler dans l'atelier de Varnier alors qu'elle s'attendait à un refus, et puis, il faut le dire, Daniel est le seul garçon à la faire vibrer, le seul qu'elle regarde en soupirant.

Quant à Daniel, personne ne sait ce qu'il pense, il sourit.

Très vite, il faut admettre que pour Marie le vitrail n'est pas une tocade mais une passion. Elle se lève à l'aube, prend le métro pour traverser Paris, attrape un autobus, arrive à huit heures à côté de la mairie de Saint-Ouen, où elle travaille avec opiniâtreté jusqu'au soir dans un atelier glacial chauffé par un poêle à bois antédiluvien, acceptant sans rechigner les tâches les plus ingrates comme enlever les calfeutrages de mortier et délicatement les solins de mastic, nettoyer avec de l'ammoniaque suffocant les parties altérées par des moisissures ou des champignons, mastiquer à la brosse ou au pouce, patiner les plombs, décrasser au scalpel les panneaux dessertis pièce par pièce et bien d'autres travaux aussi fastidieux qu'indispensables. Comme elle se débrouille sans se plaindre ni rechigner à l'effort, le maître Varnier, qui n'a pas la réputation d'être commode, lui demande de classer méticuleusement les teintes des verres, parce qu'il a remarqué qu'elle a l'œil subtil, que plus personne ne se retrouve dans le fouillis, et d'en dresser une nomenclature visuelle. Elle se retrouve avec des dizaines de caisses contenant au moins deux mille échantillons de tailles et de couleurs différentes à ordonner, finit par découvrir que de nombreux morceaux sont du même ton, elle doit les tailler en bâtonnets identiques car la couleur varie avec la surface et l'épaisseur du verre, passe des heures à comparer des tonalités infinitésimales, les classe un à un par gamme de coloris, et finit par établir un nuancier de cent cinquante-deux teintes qui désormais servira de référence à l'atelier.

Cet engagement de Marie s'accompagne d'une métamorphose rapide, la jeune fille délicate se transforme en compagnon sitôt arrivée dans l'atelier, adopte le bleu et la blouse de protection, abandonne les soupçons de maquillage qu'elle utilisait avant et se convertit à la queue de cheval avec élastique. Quand Jeanne observe qu'elle a les cheveux ternes et raides et lui conseille d'ajouter à son shampoing un jaune d'œuf et une cuillère d'huile d'olive, elle dévisage sa mère avec incompréhension et se fait faire une coupe à la garçonne tellement plus pratique. Mais le changement principal, la révolution même, se produit un dimanche, quand elle apparaît avec un pantalon noir à la maison, son père ajuste ses lunettes, Qu'est-ce que c'est que cet accoutrement ? Maurice s'approche de sa fille, C'est affreux comme tenue, va te changer tout de suite.

– Je suis très bien comme je suis, je ne suis pas différente à l'atelier ou à la maison, je suis la même personne et je n'ai aucune raison de changer d'habits en rentrant, je ne me travestis ni dans un sens ni dans l'autre, je suis une femme quand je travaille et quand je suis ici, je me sens bien avec un pantalon et je vais rester ainsi vêtue tant que je n'aurai pas envie de mettre une robe.

Jeanne et Thomas fixent Maurice en attendant l'explosion qui suit invariablement une attaque frontale, mais il hésite, considère sa fille avec une grimace, Et toi, Daniel, tu ne dis rien, cela te concerne, qu'en penses-tu ?

– Je ne sais pas, faut voir.

Daniel n'a pas de problèmes avec Marie, celle-ci peut tailler son verre à en avoir des cals aux mains, mettre des bourgerons ou fumer du gris si cela lui chante, cela la concerne, elle et pas lui, tous pensent qu'elle a de la chance d'avoir un promis si compréhensif, et Daniel découvre qu'il est devenu libéral. Son problème, c'est Arlène, qui le devance partout, qui lui a pris sa place de premier dans les matières qui comptent vraiment, qui lève la main pour répondre aux questions empoisonnées, se propose au tableau pour résoudre une équation insoluble, qui reçoit les félicitations du professeur et que celui-ci cite en exemple aux autres élèves. Il ne supporte pas qu'Arlène trouve tous les problèmes *fastoches* et que l'on soutienne qu'elle ira loin, lui il sait qu'elle n'ira nulle part car les études scientifiques ont de tout temps été un apanage réservé comme la chasse ou la guerre, il n'y a aucune raison que ça change, cela s'explique par la nature profonde de l'homme et de la femme et il n'est ni possible, ni souhaitable, de vouloir bouleverser l'ordre des choses. Si elle avait été littéraire, leurs relations auraient pu être différentes, mais il n'y a rien à entrevoir avec une personne qui a subtilisé la place qui aurait dû lui revenir, Pourquoi tu te donnes autant de mal pour être prof de maths ou de physique ?

– Je ne veux pas devenir prof, je veux devenir ingénieur.

– Les femmes ingénieurs ça n'existe pas, tu sais pourquoi ? Parce que tu ne pourras jamais te faire obéir par des ouvriers dans une usine ou sur un chantier, c'est impossible, ils vont te rigoler au nez, tu te fatigues pour rien.

– Tout change sans arrêt, ça s'appelle l'évolution, avant tu étais premier, maintenant c'est moi. Tu es deuxième et tu sais pourquoi ?... Parce que je suis meilleure que toi.

L'événement, qui a lieu un mardi à 15 h 36 précisément, lors du cours de français, restera à jamais dans la mémoire des lycéens qui l'ont vécu, et ceux qui auront des petits-enfants le leur raconteront avec émotion. La professeur évoquait les liens profonds d'amitié qui unissaient Hugo et Flaubert, l'envoi dédicacé de *Madame Bovary* et l'admiration exprimée par Hugo depuis son exil devant ce chef-d'œuvre, quand la sirène retentit. La sirène de la mairie qui annonçait les bombardements à venir et n'avait pas retenti depuis près d'un an. Cette alarme angoissante, menaçante, personne ne sait comment l'interpréter. La mort va-t-elle revenir faire son marché au petit bonheur la malchance ? Faut-il se précipiter aux abris ? Les élèves se regardent les uns les autres, déconcertés et mal à l'aise, la professeur scrute la rue par la fenêtre, remarque que les environs sont aussi calmes que d'habitude, elle demande au chef de classe de descendre se renseigner chez l'appariteur quand la porte de la salle s'ouvre brutalement et que surgit le surveillant général, C'est de Gaulle à la radio, il vient d'annoncer la capitulation de l'Allemagne, c'est la fin de la guerre !

Cette annonce est suivie d'un moment de stupeur, une sorte d'incrédulité, c'est trop beau pour être vrai, mais le surgé n'est pas connu pour ses blagues. Un élève bondit de sa chaise, se met à hurler, les deux poings dressés, C'est fini ! C'est fini ! Bientôt suivi par les autres qui exultent de joie et leur soulagement, c'est leur victoire qu'ils célèbrent en faisant des sauts de cabri et en s'embrassant. Thomas serre Arlène dans ses bras, ils étreignent leurs voisins, se donnent des tapes dans le dos, Daniel est le seul à rester assis, immobile, les yeux fermés, il respire profondément, se lève et se met à chanter sans forcer, dans la cacophonie personne n'écoute, ni ne lui prête attention. Arlène et Thomas saisissent l'air et reprennent les paroles, suivis un à un par leurs camarades. Le tapage décline au fur et à mesure que *La Marseillaise* s'élève. Ils sont tous debout pour l'hymne national, sur un rythme un peu lent, comme si les paroles étaient devenues trop martiales et s'adressaient aux disparus, aux innombrables qui ne reviendront pas et à ceux qui ont été meurtris par cette guerre insensée, beaucoup ont les larmes aux yeux et ne pensent pas à les essuyer.

La vie recommence. Comme avant ou presque. En juin, la question se pose pour les vacances à Dinard. Daniel tergiverse, ne sait pas quand il sera disponible, ses camarades qui préparent le concours de Saint-Cyr ont accepté qu'il les accompagne dans leur stage d'entraînement de quinze jours près de Chambéry et après, il est invité chez son ami Pierre Deleyne qui l'a soutenu au lycée pendant la guerre et dont le père possède une maison en Bourgogne. Thomas propose à Arlène de venir à Dinard, Oui, je veux bien, la dernière fois tous ensemble c'était il y a six ans déjà.

Irène n'est pas enthousiaste, elle espérait qu'Arlène gagnerait un peu d'argent pendant les grandes vacances, parce qu'elle a du mal à joindre les deux bouts. Félix est d'accord pour la prendre pendant trois mois pour donner un coup de main à la guinguette, Arlène ne peut pas refuser d'aider sa famille. Finalement, pour Thomas, ce seront des vacances solitaires à Dinard, Marie ne peut prétendre qu'à une semaine de congé autour du 15 août car l'atelier croule sous les commandes et elle n'imagine pas déserter son poste. Chaque chantier est un crève-cœur, il faut relever des milliers de vitraux soufflés par les explosions, imaginer d'autres représentations de la foi et de la Passion, parce qu'on a perdu les secrets ancestraux des couleurs et que plus personne n'est disposé à consacrer une vie entière à créer un panneau. C'est sûr, on ne manquera pas de travail pendant des décennies.

*

Involontairement, Arlène a été la cause d'un changement radical dans le cours de l'art contemporain, certes passé inaperçu des spécialistes du surréalisme mais évolution quand même, n'en déplaise aux esprits chagrins qui pinaillent sur tout. À cause d'Arlène ou grâce à elle, c'est selon, Thomas renonce à l'écriture automatique pour revenir à une forme plus classique que tout le monde comprend ou presque. Il a bien senti qu'Arlène n'était pas fana de ses créations, sur le coup il s'en est offusqué, mais quand il les relit des mois plus tard, il ne se comprend pas lui-même, avec le sentiment bizarre et frustrant que ce charabia a été écrit par un autre. À Dinard, il a le temps de se laisser aller et de se trouver, il passe des heures sur la terrasse du deuxième étage le nez en l'air à scruter le ciel chargé, et un jeudi après-midi par temps couvert, en plissant les yeux, il a une révélation quasiment rimbaldienne qui va bouleverser sa vie : les nuages ne sont pas, comme le prétendent les scientifiques rétrogrades, de la condensation de vapeur d'eau en suspension mais des signaux divins, des êtres vivants chargés de messages, des médiums incarnés qui dictent des textes sublimes à ceux qui savent décrypter leurs formes inouïes, et il se lance dans un style nouveau pour lui, la poésie à thème. C'est autrement plus facile que l'écriture automatique et quand il se relit, Thomas trouve que ses vers sont magnifiques, d'une harmonie inégalée, avec des doubles sens, des interprétations cachées et des trouvailles lumineuses. Longtemps, il hésite à adresser sa production à sa muse car il appréhende sa réaction, mais qu'est-ce qu'un poème qui n'est pas lu par celle qui l'a inspiré ? Et il n'y a personne autour de lui à qui il ait envie de le faire lire. Alors il se lance et envoie une page à Arlène, Je crois que tu seras heureuse de lire ce texte, écrit pour toi, de la main gauche, parce que c'est la main du cœur.

Quatre jours plus tard, la réponse tombe : Je trouve ces textes formidables, bien plus compréhensibles qu'avant, je ne suis pas une spécialiste mais j'ai bien aimé, c'est agréable à lire, mais que veux-tu dire par : « Mon corps empourpré de cirrus vibre dans ton corps d'altocumulus » ?

Commence alors une correspondance déséquilibrée, fiévreuse pour l'un, mêlant les éléments telluriques et les références romantiques, les promesses de félicité et les allusions implicites, et plutôt terre à terre, pour l'autre où ne sont évoqués que la foule qui se presse chez Félix, les Picon bière servis à la volée, Silvio, qui vieillit, propose les mêmes refrains qu'il y a vingt ans et refuse de jouer des nouveautés, le mal de dos à la fin de la journée et les maigres pourboires, De mon côté, quand je suis tranquille, j'en profite pour relire *Calcul des probabilités* de Poincaré, j'y découvre chaque jour des détails que je n'avais pas décryptés auparavant, cet homme est un génie, un visionnaire, tu devrais te procurer ce livre, il est exceptionnel. Sa loi des erreurs de Gauss est passionnante, mais j'ai encore un peu de mal à saisir tous les aspects de sa démonstration sur l'ellipse de dispersion.

Thomas apprécie cette solitude, se trouve bien sur sa terrasse, loin du monde et de son agitation, il peut rêver et écrire, il met de plus en plus de temps à rédiger ses lettres, il cherche désespérément la bonne formulation, celle qui reflète le fond de sa pensée ou ce qu'il veut sous-entendre, recommence dix fois au moins, jamais satisfait de son style, expérimente l'art de l'épistolier, pique des colères contre son incapacité à s'exprimer avec grâce, s'insulte et se méprise, dilacère ses feuilles avec rage puis brûle les confettis dans un cendrier. Retiré dans sa tour d'ivoire, il refuse d'accompagner ses parents aux régates, au golf ou à la messe, décline les invitations à dîner de leurs amis et de leurs enfants. Son unique distraction, c'est de nager le matin vers sept heures sur la plage de l'Écluse déserte, pendant une heure au moins, même par grand vent quand la mer est grosse ou quand il pleut des trombes, il est le seul alors, à part un Écossais, à oser mettre un orteil dans l'eau.

Bras droit-bras gauche.

Une fois par semaine, Thomas écrit à Daniel, à sens unique, son silence ne le dérange pas, il sait que son ami lira son courrier à son retour de Bourgogne où il essaye de se transformer en guerrier. Il écrit à Marie qui lui répond à sa manière parce qu'elle part tôt, rentre tard, elle lui envoie des esquisses crayonnées d'un projet sur lequel elle travaille pour une église des environs de Rouen dont les vitraux sur la vie de saint Michel ont été soufflés. Des centaines de morceaux ont été récupérés qu'il a fallu reconstituer dans un puzzle de tristesse car il manque la moitié des pièces. Et il écrit à Arlène, certains jours elle a droit à deux lettres, la première où il raconte les nuages dinardiens ou la bruine qui efface tout et son quotidien pas si banal parce qu'il pense à elle sans arrêt et que chaque jour le rapproche un peu plus du moment où ils se retrouveront, et quand le moral s'effiloche, il évoque à mots légers le regret qu'il a d'être séparé de ceux qu'il aime, et la deuxième, celle de l'après-midi, contient un texte, parfois quatre lignes ou deux pages, mais parfois il le brûle aussitôt écrit parce que c'est le sort à réserver aux poèmes médiocres.

Un samedi, Jeanne insiste tellement pour que son fils les accompagne pour une promenade familiale sur le sentier des douaniers qu'il finit par accepter. C'est la première fois qu'il retourne à la pointe du Nick, l'endroit où il s'est jeté à l'eau en espérant disparaître. Sept ans déjà. Thomas attend cette confrontation avec son passé avec appréhension mais, face à la côte découpée, aux rochers sur lesquels il s'est fracassé, il reste de marbre, comme si c'était un étranger qui avait voulu se noyer ce jour-là. J'ai grandi, pense-t-il, qu'est-ce qu'on peut être bête quand on est jeune. Ses parents cheminent en bavardant, admirant le paysage immense comme s'il était leur propriété. Ont-ils déjà oublié ? En saisissant un mouchoir dans sa veste, Thomas fait tomber une lettre de sa poche sans s'en rendre compte, son père la ramasse, s'apprête à la lui rendre, il regarde le nom du destinataire sur l'enveloppe et finalement il la range dans son portefeuille.

Avant le dîner, Thomas s'apprête à sortir quand Maurice Virel, qui lit le journal dans la bibliothèque, l'interpelle, Viens un peu, nous devons parler,

– Plus tard, papa, j'ai dû perdre quelque chose dehors, je reviens dans un moment.

Maurice agite l'enveloppe ouverte, Thomas s'assoit face à lui, agrippe les accoudoirs du fauteuil, baisse les yeux, son père le fixe…, Tu me connais, je ne suis pas du genre à tourner autour du pot, je vais te le dire simplement, comme poète tu n'es pas terrible, je m'en fiche parce que personne n'achète de poésie, mais que tu envoies ces vers à Arlène, c'est plus embêtant. Pour deux raisons, la première, c'est que tu n'as rien à espérer de la fille d'une femme de ménage.

– Irène est couturière, au cinéma.

– Ah, je t'en prie ! Un jour, tout ceci t'appartiendra, à toi et à ta sœur, tu peux prétendre à mieux, à beaucoup mieux. Si tu n'as aucune ambition, tu ne réussiras à rien, c'est important d'avoir à ses côtés une femme sur laquelle on peut compter, et cette petite, même si elle est intelligente, ne sera jamais qu'une secrétaire. Il est possible, probable même, qu'elle est plus intéressée que tu ne le crois. Donc, à partir d'aujourd'hui, avec elle, c'est fini, tu m'entends ? Fini ! Une des pires fautes que l'on puisse commettre dans la vie, c'est de sortir de son milieu. Crois-moi, c'est toujours un échec. La deuxième raison, c'est que cette année c'est le bac et tu dois travailler d'arrache-pied, tes notes sont moyennes, tu n'as pas le niveau pour prétendre entrer en maths sup, et encore moins pour te présenter à un concours pour une grande école, et je ne parle pas de l'X ou de Centrale. Tu vas devoir travailler comme un fou pour t'en sortir, alors nous allons régler cette question ensemble. Soit tu t'engages maintenant, tu me donnes ta parole que tu ne la fréquenteras plus, tu laisses tomber ces bêtises pour les mathématiques, tu bosses comme on doit le faire à ton âge, comme Daniel par exemple, tu passes en maths sup, et alors tout va bien. Soit je t'envoie comme pensionnaire dans un établissement en Suisse où on te mettra au niveau. À toi de choisir.

Thomas a le regard perdu dans les motifs du tapis, il ne l'avait jamais vraiment regardé, il est surpris par la finesse des arabesques, des motifs, la subtilité des couleurs, se demande pourquoi on marche dessus en l'ignorant alors qu'il devrait être exposé sur un mur comme un tableau. Son père a raison, il est médiocre en maths, mais il se connaît, il n'a pas le niveau pour faire une classe préparatoire, encore moins pour présenter un grand concours, lui il a envie de s'envoler avec les nuages, il a envie d'être avec Arlène, de l'entendre parler et rire, de lui lire ses poèmes, parce qu'il sait que ses textes seront reconnus un jour. Il sait aussi qu'il n'est qu'un ver de terre, un cloporte incapable de s'opposer à son père, de lui résister, de l'envoyer promener, il suffit que celui-ci prenne cette voix un peu grave pour qu'il se liquéfie, et qu'il élève un peu le ton pour qu'il s'effondre comme aux pires jours de son enfance. Alors, Thomas choisit de biaiser, il est passé maître dans l'art de l'esquive, c'est plus simple, l'important c'est de se sauver, de ne pas couler, de gagner du temps, le temps de s'endurcir et de grandir assez pour arriver à lui résister et à lui dire ce qu'il pense de lui sans baisser la tête, Oui, papa, je crois que tu as raison, je vais faire comme tu dis.

*

L'année du bac passe comme les nuages, les mêmes travaillent, Thomas copie sur Arlène, elle le laisse faire, remarque qu'il écrit désormais tout le temps de la main gauche, Et alors, ça te pose un problème ? Thomas n'a pas voulu se trahir, il a choisi son camp, celui des libellules somnambules, des inutiles, de ceux qu'on regarde de travers, il passe des nuits sans fin dans les bouges de Saint-Germain-des-Prés et débarque le matin au lycée, un peu hagard et blême, pour se reposer, il ne met plus de cravate, fume des Boyards papier maïs, fréquente des écornifleurs, des boitouts, des poètes aux noms encore inconnus et vole leurs recueils, il est revenu au surréalisme depuis qu'il a rencontré les derniers vestiges vivants du Grand Jeu, a composé une foule de poèmes qu'il a lus à Arlène qui a dit qu'elle les aimait bien, ou il les glisse dans ses cahiers et ses livres pour qu'elle les trouve le soir quand elle bosse.

Comme ça, elle pense à lui.

Un dimanche, il l'embrasse sur les lèvres, pose la main sur sa poitrine, mais elle le regarde avec un air tellement effaré qu'il ne récidive pas. Il est heureux parce qu'il la voit tous les jours, ils sont assis côte à côte au lycée, elle fait la course en tête, le pousse à se ressaisir, à ouvrir ses livres, lui mène la vie dure pour qu'il bûche, Ne fais pas l'imbécile, Thomas, bosse un peu, ne serait-ce que pour avoir la paix avec ton père. Tous les poètes ont leur bac aujourd'hui.

Mais Thomas s'en fiche, il a franchi un cap, un projet un peu fou a mûri, au début il ne savait pas trop s'il rêvait encore ou si, pour une fois, il était accroché à la réalité, puis il a réalisé que c'était sa porte de sortie, son avenir, et depuis il avance dans cette direction. Il a interrogé sa mère sur ses droits, présents et futurs, quand il sera majeur, il a du mal à se repérer dans l'imbroglio familial, la fortune de sa mère et celle de son père, Jeanne ne s'intéresse pas à ces détails, elle préfère que Maurice s'occupe de tout, il est si doué pour faire fructifier l'argent familial, les femmes n'ont pas la tête préparée aux montages financiers et aux subtilités fiscales, mais elle ne veut pas que son fils se fasse de souci, de l'argent il en aura. Alors Thomas élabore son plan avec minutie.

*

Arlène ne s'est pas rendu compte que Daniel avait évolué, un revirement difficilement imaginable, une révélation qui le touche lors de la dissertation du deuxième trimestre.

C'est cela qui est bizarre.

D'ordinaire, cette matière si facile fait l'objet d'un infime dédain de sa part car il estime que la littérature n'est rien d'autre qu'une distraction féminine pour salon de thé. L'important pour lui, c'est d'écrire sans commettre de fautes d'orthographe, ce qui est le cas depuis longtemps, le reste c'est du bavardage et une perte de temps qui pourrait être mieux utilisé à faire des maths et de la physique. Il considère avec défiance et un émoi inconnu le sujet que la prof de lettres vient d'écrire au tableau : « *Nos vrais ennemis sont en nous-mêmes*, Bossuet », Vous avez deux heures. Il tourne la tête vers Arlène et Thomas qui occupent le banc sur la gauche, de l'autre côté de l'allée, Arlène garde le regard accroché sur le sujet, puis se tourne vers lui et le fixe longuement. Et, à cet instant précis, Daniel se dit, Et si c'était vrai ?

Comment se rapprocher s'il n'y a aucune passerelle, si on ne fait que se regarder dans les yeux en souriant bêtement, si on ne crée pas entre nous des liens plus profonds ? Daniel veut prouver à Arlène qu'ils ont bien plus de points communs qu'elle ne le croit et que leurs divergences, si évidentes, sont secondaires. Désormais, à chaque récréation, il lance le débat, sollicite l'avis d'Arlène, rarement celui de Thomas. Après les cours il les invite à prendre un pot au bistrot du coin pour parler, Parce que si on ne se parle jamais, comment pourrait-on se connaître et s'apprécier vraiment ?

À la mi-avril, devant un café au lait fumant, Thomas lance à Arlène, Tu as vu ? Tu dois être contente, depuis hier les femmes sont autorisées à devenir magistrats.

– Heureusement, mais il y a encore tellement d'inégalités que c'en est désespérant.

– Il ne faut pas exagérer, dit Daniel, les choses s'améliorent progressivement, on ne peut pas réparer toutes les erreurs du monde d'un claquement de doigts, elles sont inhérentes à la vie.

– Raison de plus pour essayer d'améliorer notre destin sur

cette terre, dit Arlène. Admettre cette fatalité, c'est être de droite, lutter contre ces injustices, c'est être de gauche.

– Ah, mais je n'ai jamais dit que j'étais contre le changement, au contraire, je suis favorable à une évolution, mais d'une façon raisonnable.

Cette discussion, comme les précédentes et celles qui suivront, ne sert pas à grand-chose sinon à montrer le fossé qui sépare leurs visions du monde. Le silence s'installe, pesant, Daniel commande trois autres cafés au lait.

– C'est comme moi, dit Thomas, je suis médiocre en maths et finalement c'est assez injuste, je n'y suis pour rien. C'est vrai, je ne travaille pas assez, mais quand j'ai travaillé je n'ai pas eu de meilleures notes… À propos, je suis en train de lire un livre qui est sorti il y a deux ans et qui raconte l'histoire d'un petit prince qui débarque sur une planète inconnue, c'est épatant.

Des changements, il y en a, et ils sont spectaculaires, la veille encore ils auraient paru impossibles à ces deux chrysalides têtues, métamorphose interne pour l'un, apparente pour l'autre. C'est Arlène qui se contemple avec attention pour la première fois de sa vie dans le miroir de la salle d'eau, le visage qu'elle découvre la laisse dubitative, elle enlève l'élastique qui retient désormais sa courte natte et dégage son front, répartit ses cheveux sur les côtés, les coiffe longuement, rabat sa mèche vers la droite, puis vers la gauche, revient vers la droite, n'a pas l'air convaincue, se dit, Faudrait que j'aille chez le coiffeur. Depuis toujours, Irène fait sa mise en plis le dimanche matin ; une fois par mois, elle coupe les cheveux de ses filles avec ses ciseaux de couturière, les quatre à la suite, en spécialiste de la coupe au carré, ça prend dix minutes pour chacune et ça ne coûte rien. Jusqu'au jour où Arlène a dit, J'ai envie de me laisser pousser les cheveux.

Arlène fouille dans un tiroir de l'armoire, examine les quelques produits de beauté qu'Irène utilise dans les grandes occasions, étale un peu de fond de teint sur ses joues, applique une trace de rouge sur ses lèvres, le résultat n'est pas exaltant, elle se demande comment elle va faire pour ressembler à une femme.

Le soir, au cours du dîner, Odette ne résiste pas, Tu as vu, m'man ? Arlène s'est maquillée. Irène examine sa fille, Oh, je n'avais pas remarqué, je vais te montrer comment il faut faire.

– Dis, tu veux bien me prêter ton béret ?

C'est parce que Arlène ne sait pas comment se coiffer qu'elle trouve son style, grâce au béret en feutre noir d'Irène vissé sur le côté droit de son crâne, qui lui cache la moitié du front et qu'elle est la seule à arborer au lycée. Elle voulait aussi lui emprunter son imperméable en ciré noir mais sa mère a fait la moue, Non, pas l'imper, ça ne se fait pas. Tous les élèves la suivent du regard quand elle traverse la cour sans regarder personne. Quelques jours plus tard, dans cette même cour de récréation, c'est Daniel qui annonce à Thomas et à Arlène qu'il ne présentera pas le concours de Saint-Cyr mais continuera après le bac pour préparer le concours d'une école d'ingénieurs, Laquelle ? Je ne sais pas encore, La guerre est finie, il faut penser l'avenir autrement.

– Je n'en reviens pas ! dit Thomas. C'est ce que tu voulais faire depuis tout petit. Qu'est-ce qui t'a fait changer d'avis ?

– J'ai réfléchi à ce que nous avons vécu et j'ai tiré les leçons des cours de philo sur la conscience et la responsabilité morale. On doit d'abord essayer d'être heureux et profiter de nos vies.

– Tu as raison, dit Thomas. Tu as vu comme Arlène est belle quand elle est maquillée ?

– Oui, j'ai vu.

*

À la mi-mai, un événement inimaginable survient que peu de personnes remarquent. Trois exactement. Lors des résultats de la composition de mathématiques, Arlène est première avec 19 et Daniel deuxième ex-aequo avec 16, mais cela n'est pas une surprise à proprement parler. Auparavant, Daniel appréciait peu d'être devancé. Fin novembre, il avait soutenu qu'il avait été pris par le temps et avait manqué de cinq minutes pour recopier son brouillon intégralement, sinon il aurait eu une meilleure note qu'elle. C'est sûr. En mars, il n'avait obtenu qu'un 15, toujours à cette foutue deuxième place, et avait maugréé auprès de Thomas, Mais elle, qu'est-ce qu'elle va en faire de ses bonnes notes, hein ? Au mieux, elle finira prof de maths dans une classe de sixième. Mais pour ce dernier trimestre, Daniel affiche un sourire de satisfaction comme s'il était premier, il rejoint Arlène à la fin du cours, Félicitations, je suis content pour toi.

– C'est un très bon résultat pour toi aussi.

De son côté, Thomas récolte un médiocre 6 sur 20, Je ne sais pas comment je vais m'en tirer au bac. Et il s'éloigne avec une mine sombre.

Bref, Daniel a changé. Est-ce naturel ou fait-il des efforts ? Il est le seul à le savoir. Il profite de l'absence de Thomas pour proposer à Arlène de la raccompagner chez elle, ils partent ensemble, longent les berges de la Marne, s'asseyent sur un banc, Tu es vraiment bien avec ce béret. Tu sais ce que tu vas faire après le bac ?

– Il va falloir que je me renseigne pour voir quelles études sont ouvertes aux filles.

– Je parlais des vacances, Marie veut que je vienne à Dinard mais je n'en ai pas envie, entre nous il y a eu quelque chose l'année dernière, mais maintenant c'est fini, je l'aime beaucoup, mais plutôt comme une sœur. Je me disais qu'on pourrait partir tous les deux cet été.

– Pour moi, les vacances vont être réduites aux dimanches, je dois travailler, gagner de l'argent, ma mère m'a trouvé un boulot pour l'été à la cantine des studios de Boulogne.

– Eh bien, je vais rester à Paris avec toi, j'irai te chercher à ton travail, on ira se balader, on visitera Paris comme deux touristes, je ne suis jamais monté sur la tour Eiffel, ni à Montmartre.

– Moi non plus.

– J'ai un cadeau pour toi. De son cartable, Daniel sort un paquet enveloppé d'un papier cadeau beige et entouré d'une ficelle bleue, Quand je l'ai aperçu dans une vitrine, cela m'a rappelé un souvenir.

Arlène tire la ficelle, défait le papier, découvre un boulier chinois à treize rangées en bois de rose, Oh, ça me fait très plaisir.

– Quand tu t'en serviras, tu penseras à moi.

*

En ce dimanche de Pentecôte, l'été arrive avec un peu d'avance à en juger par la foule qui se presse sur les bords de Marne, la guerre n'est plus qu'un lointain souvenir, les guinguettes refusent du monde, les échos d'accordéon se mélangent, les berges sont occupées par les familles qui piqueniquent sur des nappes blanches, les pédalos font la course entre les dériveurs. C'est comme des vacances avant l'heure. Sur une barque de location, Marie et Arlène rament mollement. Daniel, assis à l'avant, laisse sa main traîner dans l'eau, à l'arrière, Thomas encourage les filles, guette la circulation sur la rivière. Marie allume une cigarette, abandonne sa rame, le bateau part de travers. Attention ! crie Thomas. Redresse ! Viens Daniel, on va prendre les rames, allez vous reposer les filles. Ils se dressent tous, avancent les bras écartés comme des équilibristes, entreprennent d'échanger leurs places dans l'embarcation étroite qui se met à tanguer, Marie se retient à Thomas et Arlène à Daniel, l'oscillation s'accentue, la barque gigote comme une folle, sur le point de chavirer, ils crient, Marie attrape Daniel qui perd l'équilibre, ses bras font des moulinets dans le vide, il part à la renverse dans la rivière en créant une immense gerbe, remonte à la surface, paniqué, il agite les mains désespérément, soulève des paquets d'eau, il s'enfonce. Arlène hurle, Daniel ! Daniel ! Marie s'agenouille, tente de l'apercevoir dans l'eau troublée, Thomas plonge, disparaît un moment, réapparaît, Je vois rien ! Il plonge à nouveau, Marie et Arlène scrutent la surface des flots, les secondes s'étirent, meurtrières, interminables. Au bout de trente secondes, une minute peut-être, Thomas surgit, Je le vois pas ! Il reprend sa respiration, s'enfonce encore. Des barques se rapprochent, des hommes appellent des secours sur la berge. Les traits de Marie et d'Arlène se décomposent, elles se tiennent par la main. Combien de temps peut-il tenir ? Deux minutes, trois minutes ? C'est impossible de rester sous l'eau aussi longtemps. Soudain, Thomas resurgit, tenant Daniel par le cou, inconscient, il le ramène lentement vers la rive, des hommes pénètrent dans la rivière jusqu'à mi-cuisse, hissent Daniel en haut d'un talus, une femme écarte la foule, se penche vers le noyé et commence un massage cardiaque, Thomas tombe à genoux, épuisé, Arlène conduit leur barque vers le rivage, saute dans l'eau, suivie par Marie. Elles arrivent au sommet du talus quand Daniel commence à être secoué de soubresauts et à cracher de l'eau.

Le lendemain, Arlène se rend à Saint-Maur chez Daniel, six ans qu'elle n'a pas remis les pieds dans la grande maison dissimulée derrière son mur d'enceinte, les mêmes arbres altiers vibrants la considèrent et elle est toujours aussi petite. Une servante en tablier blanc vient ouvrir, la fait attendre devant la porte, Madeleine apparaît, Qu'est-ce que tu as grandi ! Tu es une jeune femme maintenant. Elle la serre dans ses bras, l'embrasse, Je suis si heureuse de te revoir, tu ne peux pas savoir. Ce matin, j'ai retrouvé une robe noire inachevée que ta mère devait assembler, j'ai beaucoup regretté son départ, comment va-t-elle ?

– Aussi bien que possible, elle travaille comme couturière aux studios de Boulogne. Je suis venue prendre des nouvelles de Daniel.

– Le docteur est repassé ce matin.

– Qu'a-t-il dit ?

– Qu'il était temps pour lui d'apprendre à nager.

La demeure des Jansen paraît plus imposante à Arlène que dans son souvenir et le parc plus majestueux, à l'intérieur, la décoration semble lumineuse, On vient de refaire la peinture, c'est mieux, non ? Madeleine se place au pied de la cage d'escalier, pose la main sur la rampe, lève la tête et crie, Daniel, viens, Arlène est là.

Daniel apparaît au niveau du deuxième étage, descend rapidement, se retrouve face à Arlène, Je voulais savoir comment tu allais.

– Tu vois, c'est comme s'il ne s'était rien passé.

Madeleine se dirige vers le salon, ferme la porte. Daniel et Arlène restent face à face, il lui sourit, Je travaillais la trigo, le bac c'est dans trois semaines, il me faut une mention pour intégrer une prépa, ce n'est pas gagné. Je vais essayer de faire maths spé si j'y arrive, de préparer les grands concours. Et toi, tu vas faire quoi ?

– Nous les filles, on n'a pas beaucoup de choix. Bon, je vais te laisser travailler.

Ils marchent côte à côte en silence, il lui jette des coups d'œil à la dérobée, Il faut que je te parle, j'ai des choses à te dire. Est-ce que tu crois au surnaturel ? à l'occultisme ?

– Pas du tout. Il y a toujours une explication, même si on ne la connaît pas encore.

– Je suis d'accord… Tu connais madame Nadia ?

– La voyante de ma mère ?

– Ma mère la voit aussi… Eh bien, avec sa boule miraculeuse et ses inspirations alambiquées, elle a tout prédit à peu près clairement. Au début de la guerre, quand mon père avait disparu, elle a soutenu avec véhémence contre toute logique que ma mère ne devait pas perdre espoir, Ne faites pas votre deuil, il va revenir. Elle apercevait un officier avec son uniforme, malgré l'ombre dans laquelle il se tenait, on ignorait alors que mon père avait trouvé refuge à Londres et rejoint les services de renseignements. Il y a trois mois, elle a longuement hésité dans une de ses prédictions, cela me concernait, elle devinait un paquebot qui coulait, ou un cargo, des vagues meurtrières, une noyade, et elle a précisé, Il sera sauvé, son cœur s'arrêtera et repartira, tout finira bien pour lui. Ma mère a haussé les épaules, j'étais au lycée, je n'avais aucun projet de voyage en bateau, elle ne m'a pas prévenu.

– C'est invraisemblable.

– Ce n'est pas tout. La fois suivante, elle a eu la vision d'une église et de mariés qui sortaient sous une haie d'épées et de pétales de fleurs, elle a raconté mon mariage, il paraît que je connais ma future femme depuis toujours et que je vais me marier avec elle prochainement, ma promise était resplendissante sous le voile de sa belle robe blanche. Nadia nous a vus dans une grande maison, au bord de la mer, qui ressemble à celle des Virel à Dinard, avec des enfants. Deux garçons qui jouent ensemble. Pour mes parents, c'est une certitude, je vais épouser Marie et ils en sont ravis, mais moi je sais que ce n'est pas à Marie que je pense.

– Tu ne crois pas à ces idioties quand même. C'est absurde… Écoute-moi bien, Daniel, on ne va pas se marier ensemble, pas avoir d'enfants. Moi, je sais que je ne me marierai jamais avec toi.

– Pourquoi ? Je ne te plais pas ?

– Ce n'est pas ça, tu le sais bien, mais on ne peut rien envisager pour l'instant. On n'est d'accord sur rien, on vient de milieux tellement différents, on ne s'entendra jamais, tu es de droite, pas moi, tu rêves d'une épouse à la maison et je n'ai pas vocation à être femme d'intérieur, je n'ai pas l'intention de me marier ni d'avoir des enfants pour l'instant, je veux surtout avoir un vrai métier et ne dépendre de personne.

Daniel s'approche d'Arlène, pose les mains sur ses hanches, leurs visages sont à trois centimètres de distance. Pour l'un et l'autre c'est un moment compliqué, elle n'a jamais vraiment embrassé un garçon, et lui, à part de rapides baisers sur les lèvres de Marie, n'est guère plus avancé, il la serre contre lui, écrase sa bouche longuement, puis lui sourit.

*

Le compte à rebours commence une semaine avant le bac, quand les élèves sont libérés pour les révisions. Pour échapper au tohu-bohu de ses trois sœurs, Arlène se réfugie dans l'étroite cuisine dont elle bloque la porte avec une chaise, elle relit ses cours, s'en souvient comme si c'était hier, enchaîne les exercices des annales que les professeurs leur ont remis avec les corrigés mais elle les trouve trop faciles, se demande si cela ne cache pas une mauvaise surprise. Le dernier jour de classe, le proviseur est passé pour les encourager, même s'il y a moins de cinq pour cent des élèves qui réussissent l'examen, ils ne doivent pas s'inquiéter car ils ont été bien préparés.

Ce samedi, il reste deux jours avant le jour de vérité, la philosophie est la seule matière qu'Arlène redoute, elle ne comprend pas grand-chose à ces circonlocutions verbeuses, ne voit pas l'intérêt d'argumenter sans fin, ces ergotages intellectuels sont trop abstraits et déconnectés du quotidien, le principe de la discussion par thèse-antithèse-synthèse la hérisse car pour elle il n'y a pas d'hésitation possible sur la finalité d'un raisonnement, on a tort ou on a raison, alors elle apprend les résumés par cœur pour s'assurer une note minimum le jour de l'épreuve, elle est en train de répéter pour la troisième fois : « Kant veut détourner l'homme de sa nature, ennoblir la raison humaine, arracher l'homme à son égoïsme et à son intérêt personnel pour lui permettre d'acquérir la faculté de penser sans préjugés », quand des coups sont frappés à la porte, Laisse-moi tranquille, je travaille !

– Il y a un jeune homme sur le palier qui demande à te voir, dit Odette à travers la cloison.

– J'arrive, crie Arlène. Dis-lui d'attendre une seconde.

Elle se dresse, un peu affolée, s'apprête à déplacer la chaise qui cale la porte, se ravise, s'examine dans le petit miroir de la cuisine, défait l'élastique de sa natte, coiffe ses cheveux avec ses doigts, se pince les joues, passe dans le couloir en écartant sa sœur, qui la suit dans la chambre où Arlène ôte son chandail précipitamment et met un corsage blanc, Tu restes ici, Odette, et si tu apparais, gare à toi. Elle se précipite vers la porte d'entrée, respire profondément, ouvre avec un grand sourire et découvre Thomas qui attend sur le palier, Ah, c'est toi !

Ils restent quelques secondes face à face, Il fallait que je te voie, c'est important.

– Eh bien, entre.

– Non, je préfère qu'on marche un peu, j'ai besoin d'air.

Ils remontent la rue Aristide-Briand jusqu'à la Marne, avancent le long de la berge, passent devant un pêcheur âgé qui fixe sa ligne immobile, Arlène jette un œil à Thomas, Comment avancent tes révisions ?

Thomas prend un paquet de Gitanes dans la poche de sa veste, en propose une à Arlène, qui refuse d'un signe de tête, il se met à fumer en tenant sa cigarette de sa main gauche tachée d'encre, Ce sera sans moi. Je ne vais pas me présenter, sinon je vais me faire étendre dans les grandes largeurs et ce sera une catastrophe, tu connais mon père.

– C'est idiot, tu ne peux pas reculer, pas maintenant, tu as toutes tes chances.

– Je suis en section scientifique et je suis médiocre en maths. Je suis sûr d'échouer.

– Tu peux tomber sur un sujet que tu connais ou limiter les dégâts et te rattraper avec les autres matières, tu as quand même travaillé, tu n'as pas le droit de renoncer, pas sans avoir essayé. Et puis, avec la réforme du bac qui entre en vigueur cette année, ils ne pourront pas se montrer trop sévères, et tu as entendu ce qu'a dit le proviseur, Le pays a besoin de bacheliers pour le reconstruire. Ce n'est pas grave d'échouer, ça arrive, tu pourras recommencer l'année prochaine, ton père se fera une raison. Moi, je suis certaine que si tu y vas, tu as une vraie probabilité de réussir. Je t'en prie, fais-le pour moi.

Thomas se rapproche d'Arlène, la fixe dans les yeux, Partons ensemble, tout de suite, n'importe où, dans le Midi ou au bout du monde, où tu voudras, je me suis renseigné, j'ai de l'argent tu sais, on sera heureux. On peut se marier si tu veux. Cela fait un temps fou que j'y pense et que j'ai tout préparé, et puis j'ai compris que c'était le moment ou jamais, on va pouvoir échapper à toutes ces contraintes, respirer enfin, être libres.

– Ce n'est pas le moment, moi, je veux réussir mon bac, faire des études, avoir un métier.

– Je t'en supplie, partons tous les deux, on aura une vie de rêve, comme tu n'as pas idée.

– Je n'ai pas envie de partir, Thomas.

– Pas avec moi, alors.

– Ni avec toi, ni avec personne, je veux faire quelque chose de ma vie, avoir un métier intéressant, être indépendante, tu peux comprendre cela ? Ce n'est pas en fuyant qu'on résout ses problèmes. Tu dois affronter ton père, lui dire qui tu es, ce que tu veux faire vraiment.

Thomas fait demi-tour brutalement, Arlène le rattrape, il a les yeux rouges, elle le prend dans ses bras, le serre contre elle, il la repousse, Tu ne m'aimes pas.

– Tu es mon meilleur ami.

– Je n'ai pas envie d'être ton ami.

– Thomas, le bac c'est dans deux jours, ne fais pas cette bêtise, promets-moi que tu vas te présenter et faire le maximum pour réussir. On rediscutera après, à tête reposée.

– … Je sais tout.

– Tu sais quoi ?

– … Tu es comme les autres !

Il hausse les épaules, recule de quelques pas, saisit un paquet de cinq feuilles dans la poche intérieure de sa veste, les froisse, les jette par terre et s'éloigne d'un pas rapide. Arlène ramasse les papiers que le vent disperse, l'écriture est difficilement lisible, elle déchiffre quelques lignes, quand elle redresse la tête Thomas a disparu.

Arlène téléphone depuis le comptoir d'un bistrot animé, elle raccroche, s'installe devant un guéridon où fume une tasse de café au lait, elle aplatit les pages fripées avec le plat de la main, essaye de décrypter les poèmes de Thomas. Depuis le début de l'année, il avait instauré un jeu entre eux, il lui donnait à lire ses textes mais jamais en main propre, il se débrouillait pour les glisser dans une de ses poches à son insu ou dans un livre ou dans son cartable ou dans son bonnet de laine, sans qu'elle le voie faire, et au moment où elle s'y attendait le moins, un quatrain griffonné surgissait de son cahier, parfois il y en avait deux, une fois elle avait trouvé une boule de papier dans sa trousse sans qu'elle ait jamais compris de quelle manière il s'y était pris pour l'y mettre. Le jeu, c'était de ne jamais commenter, comme s'il était devenu inutile entre eux de dire j'aime ou j'aime moins, alors elle ne faisait aucune allusion à ces lignes surgies de nulle part. À quoi ça sert de commenter une poésie ? C'était un secret entre eux, elle les conservait dans une chemise cartonnée car elle pensait qu'un jour Thomas lui en parlerait ou demanderait qu'elle les lui rende. Quelques semaines auparavant, la source s'était tarie – avait-elle dit un mot de travers ? Arlène s'était surprise à effeuiller ses cahiers et ses livres, à fouiller dans ses poches à la recherche de ces textes absents, et elle ignorait pour quelle raison elle n'en recevait plus.

Daniel pénètre dans l'établissement, la rejoint. Arlène lui rapporte sa discussion avec un Thomas perdu et désemparé. Daniel reste un instant pensif, Cela fait un moment qu'il a décroché. Il y a deux semaines, comme je voyais qu'il ne travaillait pas, pour l'aider je lui ai proposé qu'on révise les maths ensemble, il a refusé et il m'a annoncé qu'il avait décidé de ne pas se présenter, son père le terrorise, il panique à l'idée de ce qui va se passer quand il aura échoué, il avait l'intention de se réfugier chez une tante qui vit en Belgique mais elle n'a pas voulu, pas sans l'accord de ses parents. Aujourd'hui, il te propose de partir avec lui, il passe son temps à fuir la réalité, à jouer les artistes maudits, les incompris, il veut qu'on le plaigne, qu'on le trouve génial, alors que ses poèmes sont nuls.

– Ils ne sont pas nuls, il s'est amélioré, au début c'était incompréhensible. Il y en a un que je trouve très beau. Ce qui est bizarre, ce sont ces taches d'encre qu'il a sur la main et qu'il ne nettoie pas.

– Oui, j'ai remarqué. Après-demain c'est le bac, il est le seul à décider s'il y va ou pas, mais il s'est persuadé qu'il allait le rater, le moment va venir pour lui d'affronter son père et de s'en affranchir. Que veux-tu que fasse Maurice Virel à part l'engueuler, comme d'habitude ? Rien. Thomas devrait s'être habitué, mais en face de son père il a toujours sept ans. Je vais lui téléphoner pour l'encourager. Tu trouves vraiment qu'ils sont bons ?

Arlène hésite, la main sur les feuilles froissées, mais elle renonce, les plie délicatement, les range dans sa poche, les poèmes lui appartiennent, Thomas n'aimerait pas qu'elle les divulgue. Daniel rejoint Arlène sur la banquette, l'embrasse sur les lèvres, il finit son café, allume une cigarette, Je te préviens, j'ai bossé comme un fou et je vais avoir de meilleures notes que toi au bac.

Elle sourit, En gymnastique probablement.

*

Les élèves entrent dans la classe, s'installent aux tables, espacées les unes des autres. Sur le plateau, seule une trousse est autorisée. Le surveillant passe entre les rangées, distribue les sujets d'examen, Si vous avez besoin de feuilles de brouillon, vous levez la main, vous avez deux heures. Toute sortie est définitive.

Thomas ne connaît personne dans ce lycée de Vincennes, il lit l'énoncé de maths, dans la première épreuve il faut choisir entre trois exercices, le troisième, une équation de l'ellipse rapportée à ses axes de symétrie, n'a pas l'air trop difficile, par contre le deuxième sujet en cinq questions de trigonométrie est obligatoire et plus compliqué qu'il n'y paraît. Il fixe la feuille d'examen comme si elle allait lui révéler ses secrets, ses condisciples se mettent à travailler. Le surveillant s'assoit derrière le bureau sur l'estrade, sort un livre de sa sacoche, commence à le lire tout en jetant des coups d'œil épisodiques à la salle studieuse. Thomas hésite à se lever et à rendre une copie blanche, ça aurait de la gueule. Il avait renoncé à se présenter, convaincu de son échec programmé, et puis Daniel lui a téléphoné la veille pendant une heure, il a résisté tant qu'il a pu mais son ami a su trouver les mots pour le convaincre de tenter sa chance. Ou c'est lui qui a changé d'avis tout seul. Haut les cœurs. On se bat contre un ennemi supérieur en nombre et sournois mais on est courageux et on va y arriver. Thomas attaque le premier exercice au brouillon, essaye de se souvenir de quelle manière il avait traité un problème identique quelques mois auparavant. Ça ne marche pas trop mal. Aligne un raisonnement convaincant qui ressemble à ce que doit produire un bachelier sérieux. Reste une heure trente pour le gros morceau. Il plonge dans le labyrinthe. Ça canarde dans tous les coins. Thomas hait la trigonométrie, les tangentes, sinus et cosinus. Une détestation réfléchie. Ça coince sur les lieux géométriques de N et de P. Il doit se jeter à l'eau, le pion bouquine tranquille, ses camarades turbinent le nez penché. À Dieu vat. Thomas ouvre sa trousse, sort une des deux antisèches à petits carreaux pliées en seize, couverte de hiéroglyphes recto verso avec toutes les équations imaginables, les formules de trigo, des angles associés et des inéquations. Trouve la réponse dont il a besoin pour avancer, respire. Calme olympien et soulagement. Il a du mal à se relire, a écrit trop petit. Grâce à cette aide providentielle il résout la première question, la deuxième est ardue, il retourne la feuille, cherche la solution salvatrice, il entend alors, Je peux vous aider ? Thomas lève la tête, le surveillant est près de sa table, il ne l'a pas entendu approcher, le gestapiste attrape l'antisèche, l'examine attentivement d'un air connaisseur, C'est terminé pour vous. Je vais appeler le proviseur !

Thomas marche sur une avenue d'un quartier inconnu. Il sait à l'avance ce qui l'attend, son père va l'étriper, lui arracher les yeux pour avoir jeté le déshonneur sur la famille, et cette fois sa mère ne pourra rien faire pour l'aider. Curieusement, il n'est ni inquiet ni paniqué, comme si c'était un autre que lui qui s'était fait prendre en train de tricher. Il se sent las, fatigué. Il voudrait s'agenouiller, prier, se coucher sur le trottoir, fermer les yeux, dormir des années sans plus penser à rien, sans rêver surtout, ce sont nos rêves qui nous condamnent. La comédie est finie. Il s'assied sur un banc, prend une cigarette de la main gauche, la met à sa bouche et l'oublie, reste avec la pochette d'allumettes sans fumer, se répète qu'il doit réfléchir avec lucidité, faire le point sur ses échecs, essayer de comprendre pourquoi personne ne le regarde, pourquoi il est incapable de sortir de l'entonnoir, mais même cet objectif est démesuré. Il n'y arrivera jamais. La seule chose à laquelle il pense c'est la mer, il a envie de nager, le plus loin possible, plus loin qu'aucun être humain n'a jamais nagé. Droite-gauche. Combien de fois ne lui a-t-on pas répété qu'il devait être réaliste ? Il va reprendre la course abandonnée. Passer de l'autre côté de la frontière. Où il sera tranquille. Où personne ne viendra jamais lui dire ce qu'il doit être. Et où il saura peut-être qui il est vraiment.

Droite-gauche.

Thomas écrit dans sa chambre, assis derrière son bureau, ses doigts sont tachés d'encre. Il se relit, froisse la feuille en boule, la jette dans la poubelle où elle rejoint une dizaine de brouillons, commence une autre lettre, rature, raye, la déchire en petits morceaux. Il vide deux tiroirs de son secrétaire, fourre dans un sac en tissu ces papiers inutiles, le contenu de la poubelle, récupère un carnet caché sous une latte du parquet, feuillette son Journal, attrape une paire de ciseaux et entreprend de couper les pages méthodiquement jusqu'à ce qu'il ne reste rien de lisible. Il croise la femme de ménage qui essuie la rampe d'escalier avec un chiffon blanc, Je vais faire un tour, Michèle, je ne rentrerai pas pour dîner. Il ferme la porte d'entrée derrière lui, descend le perron, mais au lieu de quitter la maison, se dirige vers le fond du jardin et disparaît derrière la haie de lauriers. Il pénètre dans la cabane du jardinier, en ressort avec une corde enroulée autour de l'épaule et une échelle qu'il cale contre un marronnier. Il jette au sol les papiers contenus dans le sac, y met le feu avec une allumette, méthodiquement. Bientôt, la flambée embrase toutes les feuilles. Il monte à l'échelle avec la corde qu'il accroche solidement à une branche, se passe le nœud coulant autour du cou, le serre au maximum, lance un coup d'œil à son passé qui se consume à ses pieds, se jette dans le vide, l'échelle tombe à terre, il gigote une dizaine de secondes, puis Thomas s'immobilise, les bras le long du corps.

Le cadavre de Thomas est découvert en fin de journée par le jardinier, surpris qu'on lui ait dérobé son échelle. Que dire de la réaction de Jeanne et de Marie quand il les appelle, paniqué, qui ne soit convenu ? Sa mère hurle comme une folle, se précipite pour soulever son fils, le jardinier et la femme de ménage ont beau essayer de la raisonner, de lui dire que tout effort est inutile, elle leur crie de l'aider avec une telle rage qu'ils obéissent, sans réfléchir, à trois ils soulagent la corde de son poids mort, jusqu'à l'épuisement, puis ils lâchent Thomas, qui se met à tourner sur lui-même comme s'il était encore animé d'un souffle de vie. Jeanne ordonne, Détachez mon fils.

– Mais madame, il faut attendre la police, on ne peut pas…

Jeanne ne lui laisse pas finir sa phrase, rugit, Détachez-le ! Le jardiner adosse l'échelle contre l'arbre, s'avère impuissant à défaire le nœud, à décrocher Thomas, il entend sa patronne lui indiquer d'une voix calme, Il faut scier la branche. Il prend une scie dans la cabane et a le plus grand mal à venir à bout de sa mission. Jeanne recueille son fils, l'étend sur le sol, lui enlève la corde du cou. On dirait que Thomas dort, son visage est détendu, Jeanne se couche contre lui, se met à pleurer. Pendant ce temps, Marie reste à l'écart, comme si elle n'était pas concernée par les gesticulations de sa mère. Elle remarque les débris calcinés au pied de l'arbre, fouille parmi les feuilles carbonisées, rien n'est récupérable, elle réussit à extraire un morceau de papier jauni sur lequel elle déchiffre l'écriture penchée de son frère, « Je te lègue ma haine. »

Personne n'a jamais pu déterminer s'il s'agissait d'une phrase rescapée d'un courrier ou d'un extrait miraculeusement sauvé. Pour Marie, c'est une certitude, son frère lui a adressé un message, cette lettre lui était destinée mais au dernier moment il s'est ravisé, c'est pour cette raison que cette seule ligne a été sauvée du désastre, ses parents et Daniel tenteront de la convaincre que cette coïncidence est impossible, qu'il doit s'agir d'un vers miraculé auquel il n'est pas utile de prêter plus d'attention, mais Marie refuse de démordre de cette idée car elle, elle connaît la vérité. Elle est la seule en qui Thomas avait confiance, la seule personne sur cette terre à qui il se confiait. Ils n'étaient pas jumeaux pour rien et n'avaient pas besoin de se parler pour se comprendre. Le pire, c'est qu'il ne reste rien des poèmes de Thomas, il ne les a fait lire qu'à elle, qui n'était pas convaincue, et qui maintenant le regrette amèrement, à Daniel, qui les a lus en diagonale, a conclu que c'était nul, et à Arlène, qui ne les appréciait pas vraiment car la poésie ce n'est pas son truc. Marie et Daniel ignorent que celle-ci est la seule détentrice de ses textes. Finalement, on ne saura jamais si Thomas était un grand poète ou non.

Lui le savait.

L'enterrement a lieu neuf jours plus tard. Cet interminable délai est le résultat de la bataille engagée entre les Virel et le curé de Saint-Maur qui refuse que le cercueil de Thomas pénètre dans son église, soutenant que le suicide est un péché si grave que les sacrements ne peuvent pas être accordés au défunt. Le père Delanaud est pourtant un familier, il est reçu chez les Virel qui sont des pratiquants fidèles. Malgré les suppliques de Jeanne qui se jette à ses pieds, le prêtre n'en démord pas : le droit canonique interdit toute cérémonie religieuse, le corps d'un suicidé ne peut être enseveli en terre consacrée mais uniquement à l'extérieur du cimetière. Sa détermination inébranlable se heurte à celle de Jeanne, Mon fils est chrétien, il a droit à une messe dans l'église où il a été baptisé et où il a fait sa communion. La famille dresse une chapelle funéraire dans le salon et le corps de Thomas dans son cercueil blanc est veillé pendant huit jours et huit nuits. Maurice tente de faire intervenir le maire, le député et des connaissances pour convaincre le prêtre, mais n'aboutit à rien.

Les Jansen sont bouleversés par cette disparition et, pour les soutenir dans cette épreuve, Madeleine et Daniel ne quittent plus la maison des Virel et participent aux veillées nocturnes. Quand Maurice Virel s'avère impuissant à faire fléchir le curé de Saint-Maur, Charles dit, Je vais voir ce que je peux faire. Le colonel n'est pas homme à se vanter de ses relations. À certaines réflexions, on présume qu'il est resté proche de De Gaulle, bien que celui-ci vienne de s'éclipser de la scène politique. On ignore son affectation exacte, quand un audacieux ose l'interroger sur son activité, il répond par un énigmatique, Je travaille au bon fonctionnement des services. Personne ne sait véritablement comment il s'y est pris, mais le dimanche suivant, il échange un long coup de téléphone avec Maurice et le colonel dit, C'est réglé.

D'après Maurice Virel, qui en a discuté avec lui à mots couverts, le colonel serait remonté jusqu'à l'archevêque de Paris, qui a beaucoup à se faire pardonner à cause de son passé maréchaliste. Toujours est-il que le père Delanaud est débarqué de sa paroisse le temps de la cérémonie. Marie s'arrête devant la porte de l'église, Entrez sans moi, je vous attends, je ne mettrai plus jamais les pieds dans une église. C'est le vicaire général en personne qui célèbre la messe à Saint-Nicolas. Apparemment, personne ne trouve à redire quoi que ce soit au fait que la hiérarchie catholique accepte d'accorder les sacrements au pécheur car, comme le rappelle le vicaire dans son prêche, Thomas avait dix-sept ans, il n'était pas encore majeur, on ne doit se souvenir que de sa détresse et qu'au moment où il en avait besoin, nous n'avons pas su lui tendre la main.

Une foule inhabituelle se presse dans les allées du cimetière Rabelais. Les parents, les amis, les voisins, les condisciples attendent leur tour pour s'incliner devant le cercueil qui va faire son entrée dans le caveau familial et pour présenter leurs condoléances à la famille. Jeanne dissimule son visage en pleurs derrière une voilette noire ; à sa gauche, Maurice serre avec conviction les mains d'inconnus ; à sa droite, Marie reste les yeux perdus dans le vague, garde les bras immobiles, les gens la saluent d'un signe de tête et poursuivent vers la sortie. Arlène et Daniel patientent dans la file, il est blême, lui prend le bras, C'est de ma faute, j'aurais dû le soutenir plus, comme un véritable ami, il m'a sauvé la vie, et moi je l'ai laissé tomber, nous avons discuté au téléphone pendant une heure la veille de sa mort, il avait la trouille, c'était la panique, il ne voulait pas aller à cet examen. J'étais satisfait de l'avoir convaincu de se présenter alors que je savais qu'il ne le réussirait pas, je trouvais qu'il en rajoutait, qu'il devait faire un effort. Si je l'avais accepté tel qu'il était, si je l'avais respecté un peu plus, il serait resté avec nous. Et puis, je suis sûr qu'il se doutait pour nous, je ne me sens pas bien, tu sais.

– Oui, il s'en doutait. Je crois qu'il était perdu, vraiment perdu, depuis longtemps, et que personne ne pouvait l'aider.

Daniel arrive devant Marie, elle éclate en sanglots, se jette dans ses bras, il la serre contre lui, lui tapote le dos, murmure des mots qu'elle n'entend pas. Elle reprend sa position, essuie les larmes de son visage avec un mouchoir. Arlène se présente à son tour, s'apprête à embrasser Marie qui se recule, Tu as tué Thomas !

– Mais non, pas du tout, que dis-tu ?

– C'est toi qui es responsable de sa mort !

Marie repousse violemment Arlène, sidérée, Daniel l'écarte, Viens, ne restons pas là.

C'est dans ce cimetière fleuri, par une magnifique journée de juin, que se termine l'histoire du quatuor de Saint-Maur. Avec cette impression collective d'amertume et de gâchis. Parmi les quelques témoins de la scène, aucun n'a compris ce que Marie voulait dire, pas même ses parents d'ailleurs, ils ont mis cette agression verbale sur le compte de la pression qu'elle avait subie durant cette cérémonie interminable, de la dévastation de la perte de son frère adoré qui la chamboulait et de ce sentiment macabre que seule peut ressentir une jumelle qui porte son jumeau en terre.

Non, personne n'a compris.

Sauf Daniel et Arlène.

*

La cour de récréation de Marcelin-Berthelot se remplit de lycéens qui attendent l'affichage des résultats du baccalauréat et se bousculent pour chercher leur nom sur les listes dès que l'appariteur les accroche sur les panneaux. Arlène reste en bas des marches, guette l'arrivée de Daniel, consulte sa montre. Dix heures quinze. Un camarade lui lance, T'as vu Arlène, t'as été reçue, et la seule avec mention très bien.

– Ah bon, merci.

Les lycéens quittent les lieux par petits groupes, Arlène décline les invitations d'amis qui lui proposent de se joindre à eux. Le professeur de mathématiques sort de l'établissement, la félicite pour sa mention, Vous voulez faire quoi après ?

– J'aimerais être ingénieur.

– Le choix va être vite fait, il n'y a que Supélec de possible, le plus dur n'est pas d'y entrer, c'est de trouver un poste après, on n'embauche aucune femme dans l'industrie. Pourquoi pas une école de commerce ou l'université ?

– Cela ne me dit rien, je sais que ce ne sera pas facile, mais je voudrais quand même essayer de devenir ingénieur.

– Alors, vous devez faire une prépa, mais il n'y en a qu'une ouverte aux filles. Je vous souhaite bonne chance.

Arlène patiente encore un moment, se résout à partir sans avoir vu Daniel, s'éloigne d'un pas hésitant.

Le lendemain, elle prend le métro pour Paris, se perd dans les ruelles du Quartier latin, a du mal à trouver l'entrée du lycée Fénelon devant laquelle elle est passée sans la remarquer. Elle remplit un dossier pour s'inscrire en maths sup.

Daniel a disparu, il ne donne pas signe de vie, Arlène ne sait pas ce qu'elle doit faire. Elle passe à plusieurs reprises devant la maison des Jansen dans l'espoir de l'apercevoir, téléphone depuis un café, personne ne répond, recommence le samedi, une femme lui répond que les Jansen sont en vacances, elle demande s'il y a un message, Arlène raccroche, se dit, Il faut être patiente, il doit être désespéré par la mort de Thomas, il va me donner des nouvelles un des ces jours. Espérons que ce n'est pas grave.

Le lundi, elle commence à travailler à la cantine des studios de Boulogne. Quand Irène lui avait annoncé qu'elle avait réussi à lui trouver ce poste pas trop mal payé pour l'été, quarante heures avec les heures sup à vingt-cinq pour cent, Arlène s'était dit, Chouette, je vais apprendre un peu de cuisine et voir comment on fait des films, ça va être sympa. Elle va doublement déchanter. Du cinéma elle ne verra rien, seuls les techniciens ont le droit de pénétrer sur les plateaux, elle ne découvre que des acteurs inconnus et des figurants en costume qui viennent déjeuner ou dîner et ne sont pas plus aimables que ça. Les vedettes comme Danielle Darrieux ou Jules Berry ne mettent jamais les pieds à la cantine, elles se font livrer des repas dans leur loge par des traiteurs parisiens. Quant à faire des progrès culinaires, il ne faut pas y songer, elle a été embauchée pour éplucher avec un économe cinquante kilos de patates le matin et autant l'après-midi, les laver et les passer dans le coupe-frites en faisant attention de ne pas s'arracher un doigt, puis les balancer dans la graisse de la friteuse pendant huit à neuf minutes, Parce que dans le cinéma on aime les frites croquantes, affirme monsieur Bernard, le patron de la cantine. Quand t'as fini le soir, avant de partir, tu nettoies ta paillasse, faut que ça brille.

Le pire, ce n'est pas ce boulot abrutissant, les doigts douloureux, le seau d'eau qui pèse une tonne, les éclaboussures d'huile brûlante sur les mains, les réflexions graveleuses des techniciens, les remontrances de monsieur Bernard parce que ça ne va jamais assez vite, c'est cette odeur de saindoux qui lui colle à la peau, au nez, aux cheveux, aux vêtements, qui ne s'en va jamais malgré des lavages incessants à la pierre ponce. Quand quelqu'un la dévisage dans le métro, elle a l'impression qu'on la renifle à deux mètres. La nuit, elle se réveille avec ces effluves de friture dans les narines et cela lui soulève le cœur, alors elle pense, Vaut mieux pas que Daniel me voie comme ça. Chaque jour, elle guette le courrier dans la boîte aux lettres ou une carte postale qui dirait, Je suis obligé de faire acte de présence à Dinard, j'attends avec impatience le moment de te retrouver, je t'embrasse. Mais elle ne reçoit rien, pas un mot. Et elle ne sait pas comment interpréter ce silence, Il doit y avoir un problème. Mais quel problème ?

*

Marie pleure. Elle n'arrête pas de pleurer, elle reste des heures sur la terrasse du deuxième étage allongée sur un transat face à la mer et les larmes coulent sans qu'elle s'en rende compte, elle ne fait rien, strictement rien d'autre que d'être là sur cette terrasse à essayer de se réchauffer au pâle soleil de l'après-midi. Elle a tout le temps froid et s'enveloppe dans la courtepointe multicolore qu'elle avait confectionnée il y a des années avec des tissus récupérés et dont les couleurs ressortent sur ses vêtements noirs. À l'époque, sitôt arrivée à Dinard, elle se précipitait dans la bibliothèque, ouvrait un beau livre et se mettait à dessiner, mais depuis son arrivée elle passe ses journées le regard perdu sur l'horizon. Daniel la rejoint le plus souvent possible. Pour être avec elle. Il voudrait lui changer les idées, qu'elle sourie enfin, mais il ne sait pas quoi dire pour lui remonter le moral, alors ils ne disent rien, de toute façon il n'existe aucun mot qui puisse la consoler, en tout cas Daniel ne les connaît pas, il se répète, comme Jeanne et Maurice, qu'il faut que le temps fasse son œuvre, qu'il n'y a rien d'autre à faire qu'attendre qu'elle récupère, quelquefois il lui prend la main et la serre. Marie n'a jamais eu un gros appétit mais maintenant elle ne mange plus rien, elle mastique machinalement une pomme qu'elle a coupée en quatre parts égales et qui lui fait la matinée, comme celle qu'elle avale dans le courant de l'après-midi. Elle ne se joint jamais à ses parents et à Daniel pour les repas. Dès qu'ils sont montés se coucher, elle s'installe dans le salon face à la cheminée, allume un petit feu de bois, même pendant le mois d'août dont certaines journées ont été assez chaudes cette année-là, et le matin on la trouve endormie dans le fauteuil, on se fait des chut avec l'index sur les lèvres pour ne pas la réveiller, on marche sur la pointe des pieds, en général elle se réveille en fin de matinée, les traits tirés, pâle comme un cachet d'aspirine. Maurice Virel, dont la patience n'a jamais été la vertu cardinale, trouve qu'elle devrait se secouer un peu, mais quand il s'adresse à elle, Tu devrais sortir ma fille, aller respirer le bon air du sentier des douaniers, elle le fixe comme s'il était transparent et ne répond pas.

Un soir où les Virel sont sortis et que Daniel et Marie sont assis dans le salon face au feu de bois, elle lui demande, Que s'est-il passé entre Thomas et Arlène ? Daniel ne répond pas, Il lui écrivait des poèmes, il était amoureux d'elle ?

– Je n'en ai jamais parlé avec lui, ni avec Arlène. Je crois qu'elle le voyait surtout comme un frère.

– Le dimanche soir avant sa mort, Thomas est entré dans ma chambre, il était tard, il s'est assis sur le bord de mon lit, il m'a raconté qu'il lui avait proposé de partir avec elle, de se marier si elle le voulait, mais qu'elle avait refusé. Je suis tombée des nues. Il était désorienté, fébrile, il tremblait, il a dit, Elle ne me regarde pas comme je voudrais qu'elle me regarde, elle ne veut pas de moi, elle a d'autres idées en tête, je croyais qu'elle était différente mais elle est comme les autres. Il répétait, Je me sens humilié, tu comprends. J'ai été trahi ! Je lui ai dit d'aller se coucher et qu'on en reparlerait plus tard. Le lendemain, c'était le bac. Je suis passée complètement à côté de son désarroi, je n'ai rien vu, la seule réflexion qui me soit venue, c'est qu'il me dérangeait dans la lecture de mon livre, tu te rends compte ?

– Ce n'est pas ta faute, ni celle de personne. Les problèmes de Thomas ne dataient pas d'hier.

– Si tu savais quelque chose, tu me le dirais ?

– Bien sûr.

*

Le dernier jeudi d'août, en sortant des studios sur le coup de vingt et une heures, Arlène croit avoir une vision, Daniel est là qui attend, adossé à la portière d'une voiture. En l'apercevant, il écrase sa cigarette, vient au-devant d'elle. Elle trouve qu'il a bonne mine avec son teint hâlé, Je suis passé chez toi, ta sœur m'a dit que je te trouverais ici. Comment se passe ton travail ? Tu es contente ?

– Ça a été dur au début mais je m'y suis faite, ils me gardent jusqu'à fin septembre, et je suis acceptée en prépa à Fénelon.

– C'est bien, elle a une bonne réputation.

– Heureusement, parce que c'est la seule. Pourquoi tu ne m'as pas donné de nouvelles ?

– J'avais besoin de réfléchir. Il m'a fallu un peu de temps pour faire le point… J'aurais pu t'écrire mais j'ai préféré venir pour te dire que… nous deux, ça ne peut pas marcher, c'est fini.

– Quoi ?

– Et je vais me marier avec Marie. Pas tout de suite parce qu'il y a la période de deuil et mes études, mais on s'est fiancés. À Dinard.

– Tu es tombé amoureux de Marie !

– Elle a besoin de moi comme j'ai besoin d'elle, c'est très dur pour elle et je veux la soutenir. Nos familles sont ravies. Et finalement, je vais présenter Saint-Cyr, c'est ce que j'ai toujours voulu faire. L'armée, c'est une tradition chez nous. Marie, ça ne la dérange pas. Je crois que ça n'aurait pas collé entre nous deux, en tout cas pas duré longtemps. Comme tu le disais, on n'est d'accord sur rien. Il y a trop de différences entre nous. Voilà. Je suis désolé, c'est la vie qui est comme ça, j'espère qu'on restera amis.

– Je ne crois pas, non.

Ils demeurent quelques instants face à face comme s'ils redoutaient le moment de la séparation, Arlène se mord la lèvre, refoule la vague de tristesse ou de colère, elle ne sait pas, qui monte en elle, Daniel renifle, Tu ne trouves pas que ça sent une drôle d'odeur ? Arlène le contourne, s'éloigne vers la station de métro. Il la suit du regard un moment, puis part dans la direction opposée.

Le Cornichon et le Météorite

Arlène s'est trompée, elle pensait que les études à Fénelon allaient être difficiles, qu'elle allait en baver et devoir trimer comme un cheval, mais cette prépa scientifique avec ses sept élèves déterminées ressemble à un cours particulier familial. Elle aurait dû se douter d'où viendrait la complication. Quand elle présente à Irène le formulaire pour obtenir la gratuité des livres scolaires et de la cantine en sa qualité de pupille de la nation, sa mère refuse de signer, Ton père n'est pas mort ! Il va revenir tôt ou tard. Et après, on aura des ennuis.

– Tu vas en avoir si tu dois tout payer, parce que ça coûte cher !

Mais Irène n'en démord pas, Je refuse de faire un faux. Pour les livres, tu n'as qu'à suivre avec une camarade, et pour la cantine, tant pis, prépare-toi un sandwich le matin, tu n'en mourras pas.

Elle revient à la charge sans succès, demande à Viviane d'intervenir, mais sa grand-mère se heurte à un mur, Arlène hésite plusieurs jours, tergiverse, et se résout à signer le document à la place de sa mère.

La difficulté pour Arlène comme pour ses camarades est d'obtenir des informations sur leur avenir. Il n'existe aucun service pour renseigner les étudiants sur leur orientation, il faut pêcher des confidences au gré des rencontres, des hasards et des rumeurs, car c'est une période agitée où tout change tout le temps, où les projets de réformes s'accumulent, où on n'arrive plus à déterminer ce qui est d'une urgence absolue, où les besoins sont colossaux, il faudrait dix fois le budget de l'État pour contenter ceux qui sont prioritaires, et partout c'est l'argent qui manque. Quand elles interrogent leurs professeurs, celles-ci sont surprises de ces questions, Vous cherchez midi à quatorze heures, les filles, la seule carrière possible pour vous, c'est l'enseignement, c'est passionnant, et en plus on a toutes les vacances.

Arlène se demande si elle doit persévérer dans cette impasse, car elle rêve d'autre chose de plus actif et ne s'imagine pas en train de faire le même cours de maths toute sa vie. Ce n'est pas le seul problème qui la préoccupe. D'abord, les absences d'Irène se multiplient, celle-ci est montée en grade et a un travail fou aux studios de Boulogne où les tournages s'enchaînent depuis deux ans. Comment refuser quand le premier assistant ou le régisseur exige que les costumes soient prêts et repassés la veille et pas le jour même, C'est comme ça quand on n'a pas un homme qui ramène une paye à la maison, ça fait des heures sup, c'est avec ça qu'on vit, sinon je ne m'en sors pas. Alors Arlène ne peut rien objecter quand Irène reste dormir aux studios plutôt que de courir pour attraper le dernier métro, et ça lui évite de se lever à l'aube pour être à sept heures au boulot. Ensuite, avec la fin de la guerre on pouvait espérer que l'on n'aurait plus de soucis pour faire les courses, mais le marché noir est pire qu'avant, la disette alimentaire est à son apogée, et il y a toujours des tickets de rationnement pour les denrées essentielles : le pain, le sucre, la viande, les pâtes, le café. Les faux tickets qui circulent en masse assèchent les stocks des commerçants et

Odette revient du marché avec un cabas presque vide. Heureusement, la cantine de Boulogne est bien approvisionnée et comme Irène connaît du monde, elle apparaît souvent avec un sac plein de vivres. Enfin, le soir, Arlène n'arrive pas à travailler à la maison, les filles font trop de bruit et refusent d'éteindre la radio car elles veulent suivre leurs émissions favorites, elle a donc trouvé une solution, elle laisse son repas à ses sœurs et rejoint Germaine Martial, la voisine du dessous, qui jouit du respect général depuis que son Raymond de mari est mort en héros au Mont-Valérien et a été médaillé à titre posthume. Germaine se sent bien seule, ses deux garçons travaillent, l'un à Bordeaux, l'autre à Belfort, et elle s'ennuie. Elle est heureuse de passer ses soirées en compagnie d'Arlène qui s'installe avec livres et cahiers sur la toile cirée de la salle à manger et travaille ses cours pendant que Germaine sort la mirabelle, remplit deux verres à liqueur et fait la conversation, raconte sa jeunesse, sa vie de vendeuse en mercerie, sa rencontre avec Raymond au début des années 10 parce qu'il cherchait un cadeau pour l'anniversaire de sa mère et leurs belles années après la guerre. Ça ne dérange pas Arlène que Germaine lui parle pendant qu'elle fait ses devoirs, et cette dernière n'est pas gênée que sa protégée ne l'écoute pas. Parfois, Arlène lève la tête, sourit à Germaine. Celle-ci aurait tant aimé avoir une fille, et c'est si rare aujourd'hui une petite attentionnée, même si elle ne finit jamais son verre. Germaine, elle, sait comment s'approvisionner, elle a sa filière, même si elle reste discrète à ce sujet, elle ne manque de rien, alors chaque soir elle prépare un plat de pâtes à Arlène avec des morceaux de saucisse ou du lard ou des blancs de poulet, elle n'en prend pas car elle fait attention à sa ligne, elle voudrait perdre un peu, C'est la solitude qui fait grossir, tu comprends ?

Le vrai problème d'Arlène, mais c'était prévisible, sauf pour elle peut-être, c'est Daniel. Qui s'est logé dans un coin de son cerveau et résiste à toutes les tentatives d'expulsion, Daniel qui l'obsède, revient comme un ressac, ne la laisse pas en repos. Elle le voit la nuit quand elle ouvre les yeux dans le noir, qui lui sourit, ou dans ses rêves lorsqu'il lui tend la main pour qu'elle le rejoigne, mais elle n'arrive jamais à l'attraper et il finit par s'enfoncer dans les flots et par se noyer en agitant les bras. Et Arlène se pose des questions éternelles, vieilles comme le monde, dans ce cas on ne pense jamais aux milliards d'hommes et de femmes qui vous ont précédé, Comment ai-je été assez bête pour ne rien voir et me faire avoir comme une pomme ? Pourquoi m'a-t-il plaquée ? Comment ai-je pu croire à son baratin ? Je suis stupide ! Daniel l'encombre, lui pourrit la vie, la paralyse, l'empêche de fréquenter les garçons qui lui sourient, car désormais Arlène se méfie des garçons qui sourient, qui ont l'air avenant et sympathique ou qui réussissent à la faire rire, les plus dangereux probablement, Jacques, qui blague sans arrêt, achève un CAP d'aide-comptable qui ne le passionne pas et l'a invitée au cinéma boulevard Saint-Michel, mais c'était une ânerie avec Fernandel, qui lui a pris la main dans le noir et l'a embrassée ; ou Philippe, qui entre en deuxième année de physique à la Sorbonne, ils l'attendent à la sortie de Fénelon, quelquefois en même temps, C'est bien fait, ça leur fera les pieds. Et l'emmènent prendre un chocolat à la pâtisserie viennoise à côté de la fac de médecine. Philippe lui plaît bien avec sa chevelure ondulée, ses beaux yeux marron et sa fossette, il a toujours quelque chose à raconter, il est capable de parler de façon passionnante aussi bien du rayonnement électromagnétique que du dernier film de Carné ou des polémiques autour du plan Marshall, On a besoin de cette aide, si on ne l'obtient pas, on n'arrivera jamais à se relever. Pourtant, au bout de quelques minutes, Arlène décroche, pense à Daniel, jusqu'au moment où Philippe la ramène à la réalité, Hé, Arlène, tu m'écoutes ?

Un dimanche de mai, Arlène demande à Irène si elle pourrait retravailler à la cantine des studios pendant les grandes vacances, ça lui ferait son argent de poche pour l'année et elle pourrait l'aider un peu. Irène paraît prise au dépourvu, Oui, oui, je ne sais pas, je vais demander au responsable. Mais les semaines passent sans réponse. Un dimanche c'est, Je ne l'ai pas vu. Le suivant, Il est tellement occupé que je n'ai pas pu lui parler, ou, On n'est pas dans les mêmes locaux et je n'ai pas eu le temps. Ou rien du tout. L'échéance approche, Arlène se dit que sa mère n'est pas très attentionnée à son égard et qu'il faudrait qu'elle cherche un autre poste pour travailler l'été. La vérité, c'est qu'Irène ne sait pas quoi faire, elle est arrivée à la conclusion qu'il était préférable qu'Arlène ne remette pas les pieds aux studios, mais en même temps ça l'embête pour sa fille, alors elle ne fait rien, elle attend, ou peut-être qu'elle va aller voir madame Nadia pour lui demander son avis. À la mi-juin, Arlène apprend qu'elle passe en maths spé, mais sa mère est devenue invisible à cause des grèves gigantesques qui paralysent le pays pour protester contre les pénuries alimentaires et le plan Marshall qui va vendre la France aux Américains, les manifestations violentes tournent à l'émeute, des sabotages entraînent des déraillements, on relève des dizaines de morts, l'armée est mobilisée pour maintenir l'ordre, il n'y a plus aucun transport en commun et Irène est obligée de rester à Boulogne pour travailler. Alors Arlène réquisitionne son courage et téléphone à monsieur Bernard, le patron de la cantine, qui tombe des nues, Bien sûr qu'il y a de la place, avec ce bordel on a du mal à trouver des gens pour bosser, j'en ai parlé à ta mère, elle m'a dit, Oui oui, mais j'attends sa réponse. Comment tu vas faire pour venir travailler s'il n'y a plus de métro ?

– Je ne sais pas, la grève ne va pas durer éternellement, et il y a des lignes de bus qui marchent, sinon je viendrai à vélo.

Le dimanche est un jour de repos intangible. Irène respire enfin, fait la grasse matinée malgré Viviane avec qui elle partage sa chambre depuis son emménagement. Pour cette dernière, les informations concernant son immeuble sont mauvaises, les fondations ont été touchées et il faut le détruire et reconstruire, cela va prendre des années, elle a déposé une demande pour obtenir une habitation à bon marché, heureusement elle est prioritaire. Pour ces quelques heures où la famille est enfin réunie, la règle s'est instaurée que les filles font tout et leur mère rien, À quoi ça sert sinon d'avoir des filles ? Viviane fait des prodiges pour cuisiner ce qu'Odette a réussi à trouver, Françoise et Jacqueline font le ménage et rangent, et l'après-midi elles se baladent toutes les six sur les quais de la Marne, on passe chez Félix saluer les amis. Irène ne danse plus, elle reste en retrait, écoute Silvio qui continue à faire guincher malgré les années. À quoi ou à qui pense-t-elle ? Georges est-il toujours dans sa tête ? A-t-elle réussi à faire son deuil ou croit-elle qu'il est encore en vie et qu'il va réapparaître un de ces jours ? Elle n'en parle jamais et personne ne lui pose la question, mais depuis quelque temps, on passe devant chez Félix sans s'arrêter.

Ce dimanche donc, Arlène rompt avec la tradition, pénètre dans la chambre de sa mère alors qu'elle se repose dans la pénombre, tire les rideaux, s'assoit sur le bord du lit, Pourquoi tu ne m'as rien dit pour la cantine ? Irène se redresse dans le lit, tarde à répondre, Je n'ai pas voulu, c'est trop difficile de circuler en ce moment. Tu peux trouver quelque chose ailleurs ?

– Tu y vas bien, toi.

– Ce n'est pas pareil… c'est pour gagner de l'argent.
– Moi aussi, j'ai dit oui à monsieur Bernard. Pour quatre mois. Je commence le 1er juillet.

Arlène reprend son service à la cantine de Boulogne mais se demande si elle a bien fait d'insister, elle a plus de travail que l'année précédente, épluche soixante kilos de patates chaque matin et soixante chaque après-midi, les passe au coupe-frites puis les jette dans la friteuse. Bien cuites. Mais monsieur Bernard la charge en plus de la préparation des œufs mimosa, parce qu'il manque de personnel et que dans le cinéma, on adore les œufs mimosa. Elle veille donc à la cuisson de deux cents œufs durs, ce qui n'est pas le plus compliqué, par contre il faut les écaler, les couper en parts égales, faire la mayonnaise, la répartir joliment avec une poche à douille, et ça prend un temps fou. Le premier soir, à la fin du service, monsieur Bernard la félicite car elle s'en est bien sortie, même si la mayonnaise est un peu molle, Il faut ajouter de l'huile et la battre plus longtemps pour qu'elle soit plus ferme.

Arlène enlève son tablier, le plie, le pose sur la paillasse, Je n'en peux plus. J'arrête. C'est trop mal payé. Au revoir, monsieur Bernard.

– Tu travailles bien, tu es courageuse, je peux faire un effort parce que c'est toi. Je te passe à 5 000 francs par mois.

– Je fais le travail de deux personnes, je n'arrête pas une minute de la journée, je veux le salaire minimum, 7 300 pour le mois pour quarante heures et 43 francs par heure supplémentaire.

Après trois minutes de discussion tendue, monsieur Bernard récupère Arlène sur le pas de la porte, Tu abuses de la situation, je ne savais pas que tu étais une rouge, c'est bon, retourne bosser.

– Et encore, je ne demande rien pour l'odeur, je me suis lavé les mains pendant une heure, elles sentent l'œuf dur et moi je pue la friture.

Arlène travaille d'arrache-pied pour mériter son salaire, mais elle ne voit guère Irène, qui ne vient jamais à la cantine, un nouveau film démarre la semaine prochaine dans la précipitation et elle est accaparée du matin au soir car il manque une fille pour les essayages et une autre pour les retouches, une collègue passe en coup de vent récupérer des sandwichs et des pommes pour celles qui n'ont pas le temps de s'arrêter. Un soir, Arlène trouve la station de métro du Pont de Saint-Cloud fermée pour cause de grève. Comment rejoindre Joinville quand plus aucun bus ne circule ? Elle n'imagine pas y aller à pied et prendre un taxi ne lui vient même pas à l'idée. Elle retourne aux studios en espérant y trouver une solution d'hébergement provisoire comme sa mère le fait quand elle rate le dernier métro. En entrant dans la cantine, Arlène s'immobilise sur le pas de la porte en apercevant Irène assise en face d'un homme souriant d'une quarantaine d'années vêtu d'un bleu de travail, deux plateaux avec des assiettes sont posés devant eux, il tient sa main dans la sienne, ils bavardent ensemble. L'homme prend une pomme rouge devant lui, la pèle avec soin en enlevant la peau d'un seul tenant, puis il l'agite à plusieurs reprises comme un serpentin, Irène éclate de rire, il coupe le fruit en quatre, pique son couteau dans un quart et lui offre. L'homme aperçoit Arlène, se redresse, Irène se retourne, découvre sa fille et se lève brusquement en bousculant la table. Elle traverse la salle d'un pas rapide mais, au lieu de s'arrêter face à Arlène, elle passe devant elle sans la regarder, quitte la cantine et disparaît à sa vue. L'homme se lève à son tour, presse le pas pour la rattraper, ralentit un instant devant Arlène avec un pâle sourire, puis s'enfonce dans la nuit des studios. Arlène rejoint monsieur

Bernard dans la cuisine, Vous savez qui est cet homme qui dîne avec ma mère ?

– C'est Roland ! Il est électricien plateau. Qu'est-ce que tu fais encore là à cette heure ?

– Il y a une grève-surprise, je ne peux pas retourner à la maison. Est-ce que je peux coucher ici ?

– Si ça continue, je vais faire hôtel, on va te trouver un lit de camp.

Arlène a du mal à trouver le sommeil. Dans la cantine réquisitionnée, ils sont cinq à dormir sur des lits de camp. Elle ne comprend pas pourquoi Irène a paru si troublée de la voir et est partie comme si elle était en colère, elle se demande aussi où dort sa mère quand elle reste à Boulogne. Arlène se trompe, ce n'est pas de la colère mais une peur panique, irraisonnable, elle ne peut se douter de l'affolement de sa mère. Même Roland n'arrive pas à la calmer et renonce à essayer d'en discuter, Irène est fébrile, son cœur va exploser, ses propos sont inextricables, jamais il ne l'a entendue parler avec une telle véhémence, De quoi ai-je l'air ? Hein ? Qu'est-ce qu'elle va dire de moi ? Et mes autres filles ? Et ma mère ? Tu te rends compte ? Elles vont me prendre pour une moins-que-rien, mes filles vont me rejeter, me détester, je vais les perdre à jamais. Et elles auront raison de me mépriser.

– Dis-leur la vérité, que tu as un ami. Tu as quarante-deux ans, Irène, tu as l'âge de faire ce que tu veux de ta vie sans rendre de comptes à qui que ce soit. Tes filles seront heureuses pour toi.

– Mais il y a Georges !

– Ton mari est mort pendant la débâcle.

– Ah oui ? Alors pourquoi on n'a jamais retrouvé son corps ? On voit bien que tu ne connais pas Georges. J'ai eu confirmation par ma voyante à plusieurs reprises qu'il était vivant et qu'il allait revenir un jour, et que se passera-t-il ? Tu peux me le dire ? Je vais passer pour la dernière des dernières.

– Ta voyante ne voit que son intérêt, tu es une trop bonne cliente pour qu'elle te raconte autre chose que ce que tu veux entendre. Comment peux-tu croire à ces bêtises ? Tu l'as attendu pendant toute la guerre, tu l'as attendu à la Libération. Ils sont tous rentrés, ceux qui étaient dans les camps, ceux qui étaient prisonniers, les malades, les blessés, cela va faire trois ans maintenant.

Irène n'a plus la force d'expliquer, parce qu'elle sait que Roland ne la comprendra pas, elle est seule sur cette terre, toute seule à devoir affronter la réalité, ce n'est pourtant pas compliqué à comprendre, pourquoi personne ne veut admettre cette évidence ? Ses veines sont parcourues d'un tremblement incontrôlable, ses tempes tambourinent.

– Il est mort, je te dis !

– Et alors, qu'est-ce que ça change ?

Roland la dévisage avec stupeur, il sait par expérience que les femmes sont des êtres imprévisibles capables de faire des histoires pour rien du tout, qu'il faut savoir laisser passer la perturbation pour que la vie reprenne son cours normal, mais là, même en faisant un effort, il n'arrive plus à se repérer dans le labyrinthe, Je croyais que nous deux, c'était du sérieux.

– J'ai beaucoup de sentiments pour toi mais il faut laisser ma famille en dehors. Pour mes filles, je suis leur mère et l'épouse de leur père, c'est tout. Je ne peux pas leur dire que je suis avec quelqu'un, ce n'est pas possible. Elles ne le comprendraient pas car je suis la femme de Georges.

– Tu as honte de dire à tes filles que tu as un ami ?

– Oui, j'ai honte d'avoir quelqu'un dans ma vie qui ne soit pas leur père. Je vais partir.

– Tu as vu l'heure qu'il est ? Tu vas aller où ?

– Je ne sais pas.

– Reste ici, on y verra plus clair demain, je vais aller dormir sur le canapé.

Roland laisse à Irène la chambre à coucher de son petit appartement d'Issy-les-Moulineaux. Cette nuit-là, personne ne dort vraiment, ni Arlène, à cause de l'homme qui ronfle dans la cantine, ni Roland, qui se dit qu'ils auraient pu être heureux, ni Irène, qui est impuissante à effacer la honte qui la submerge. Le jour suivant, Arlène ne voit pas sa mère, celle-ci n'apparaît pas à la cantine et une jeune femme vient chercher les sandwichs et les pommes. À la pause, elle se rend à l'atelier, c'est la première fois qu'elle y met les pieds, on dirait une ruche là-dedans, elle se plante devant Irène qui est en train de prendre les mesures d'une comédienne, Tu sais, maman, si tu connais quelqu'un, ce n'est pas un problème, vraiment pas.

Irène enlève les épingles qu'elle tient entre ses lèvres, sourit à sa fille, Je sais, ma chérie, je sais, mais tu te trompes, il ne faut pas penser à mal, Roland est un collègue, juste un collègue.

Sur le coup, Arlène se dit qu'elle s'est fait des idées, elle a imaginé une histoire romanesque mais si sa mère affirme que Roland n'est pas son ami, c'est qu'il n'y a rien entre eux. Pourtant le doute sournois revient comme un serpent, parce qu'elle ignore les manières dont se manifeste l'amour entre deux adultes. D'aussi loin que remontent ses souvenirs, elle n'a jamais remarqué la moindre marque d'affection entre son père et sa mère, mais Georges était rarement à la maison, et elle avait douze ans quand il a disparu. Et soudain, elle prend conscience qu'un homme ne pèle pas une pomme pour une femme qu'il n'aime pas et ne dépose pas un baiser sur la main d'une collègue. Ce qu'elle a vu à la cantine, ce n'étaient pas des sourires de copains mais de la tendresse, une véritable affection, dans leurs yeux ce n'était pas du cinéma, et Arlène pense que si sa mère ne veut pas le reconnaître, c'est que ce n'est peut-être pas sérieux et qu'elle en parlera lorsqu'elle le décidera ; si elle n'en parle pas, après tout, c'est sa vie.

Il n'y a donc rien de nouveau sous le soleil de Boulogne, chacun est absorbé par son boulot, les tournages s'enchaînent, pendant les vacances, les grèves et les défilés sont reportés à la rentrée. Arlène n'aborde plus jamais cette question avec sa mère et celle-ci ne l'évoque pas non plus. Début août, en fin de service, monsieur Bernard demande à Arlène d'apporter un repas sur un plateau au réalisateur de la deuxième équipe qui meurt de faim. Au moment où elle pénètre dans le studio, Roland en sort en tenant un projecteur dans chaque main. Ils restent un instant face à face, hésitants, il ouvre la bouche, se ravise, pousse la porte battante de l'épaule et s'éloigne. Et puis, un soir où elle se dirige vers le métro, elle le croise qui vient vers elle, ils se dévisagent, elle s'arrête, lui aussi, se retrouvent face à face, il écrase sa cigarette au sol, Moi, c'est Arlène.

– Je sais, moi c'est Roland. Ce soir, on est de nuit. Je crois que le mieux, c'est qu'on ne se parle pas, sinon elle va en faire toute une histoire.

– Oui, ça vaut mieux. Bon, je vais prendre le métro, pour une fois qu'il marche.

– Tu sais…enfin vous savez, il ne faut pas lui en vouloir. Elle est bloquée.

– Je ne lui en veux pas, c'est idiot c'est tout. On aurait pu…

Ils restent un moment silencieux, il prend son paquet de cigarettes dans sa poche, en propose une à Arlène qui refuse d'un signe de tête, Eh bien, on va attendre. J'y vais.

Finalement, ce qui dérange le plus Arlène, ce n'est pas que sa mère ait une aventure avec un collègue, ce sont ces effluves de friture de saindoux et d'œuf mêlés qui la poursuivent. Le soir, dès qu'elle rentre à la maison, elle se frotte énergiquement avec un gant de crin et du savon de Marseille dans la bassine à en avoir la peau rougie et demande à Odette, Dis-moi la vérité, est-ce que je sens quelque chose ? Sa sœur lui renifle les bras, le cou, les mains, Tu sens le savon.

– Alors, ce doit être mes vêtements, dit Arlène.

Elle les retire dans l'entrée, les passe une fois par semaine dans la lessiveuse à champignon en acier qui se trouve dans la buanderie sur la terrasse de l'immeuble, mais l'odeur revient comme un dragueur accrocheur et ne la quitte pas, c'est à cette époque qu'Arlène prend l'habitude de s'asperger d'une eau de Cologne bleue qu'elle achète au Prisunic et qu'elle étale longuement sur son corps avec un morceau de coton.

*

Daniel fait un cauchemar récurrent, le pire c'est que ce n'est pas un cauchemar, c'est la réalité, il tombe à l'eau, s'enfonce inexorablement, ses mains s'agitent, il coule, boit la tasse, suffoque, tente d'atteindre cette tache lumineuse qui tremble au-dessus de lui mais ses mouvements désordonnés sont inutiles, il va mourir, ses yeux se ferment. Soudain, un bras lui agrippe la tête. Thomas le remonte vers la surface, ils surgissent des flots, il remplit ses poumons d'air, son ami lui a sauvé la vie. Dans la nuit du dortoir du lycée, Daniel s'assoit sur son lit. Il sait que sa noyade ne s'est pas déroulée ainsi, il a perdu conscience, n'a rien vu, rien senti, Thomas est allé le chercher alors qu'il passait de l'autre côté et l'a ramené dans le monde des vivants, inconscient, à cheval sur la frontière, comme si la mort ne voulait pas lâcher sa proie et le retenait encore en espérant l'emporter, une femme lui a fait un massage cardiaque sur la rive et il est revenu à lui. Et Thomas qui lui sourit, lui tape sur l'épaule, Thomas fou de joie de l'avoir sauvé. Thomas qu'il a laissé tomber quand il avait tellement besoin de lui, parce qu'il avait mieux à faire que de perdre son temps avec ce vieux copain, parce qu'il préférait rester avec Arlène. Et Daniel se demande : Pourquoi Thomas m'a-t-il sauvé ? Dans quel but ?

À ces questions sans cesse répétées, il ne trouve qu'une réponse : Marie. Qui, depuis la mort de son frère, se recroqueville, reste assise immobile pendant des heures sans rien faire, sans lire, personne n'ose la déranger, elle refuse de parler à ses amies qui passent la voir à la maison, quand Daniel lui demande ce qui ne va pas, elle répond, Je ne sais pas. Jeanne hésite à la secouer, attend que le déclic se produise. Le médecin affirme qu'elle fait une dépression, cela arrive souvent après le décès d'un proche, et il faut de la patience car elle refuse de prendre le moindre médicament. Daniel, pensionnaire à Versailles, ne peut la voir qu'en fin de semaine. Alors il s'assoit près d'elle, il est le seul à qui elle adresse un sourire, auprès de lui elle semble se détendre, ils restent côte à côte, silencieux, parfois elle lui prend la main, quand il fume une cigarette il lui en propose une. Ils ne font rien pendant ces deux jours, leur unique sortie est pour aller au cimetière déposer un bouquet de fleurs sur la tombe de Thomas et se recueillir un quart d'heure devant le caveau familial, puis ils rentrent à la maison.

Dans une revue qui traîne, Marie découvre la photo d'une jeune chanteuse de Saint-Germain-des-Prés qui s'est fait remarquer par sa voix grave et une chanson pas très marrante écrite par Jean-Paul Sartre, par sa tenue austère et sa frange sur le front, Thomas lui avait parlé d'elle avec enthousiasme, c'est à cette époque que Marie s'est habillée d'un sempiternel pull ras du cou et d'un pantalon noirs, un style auquel elle restera fidèle toute sa vie.

Un jour, alors qu'elle fait un tas de ses vêtements à donner aux pauvres, ses robes et corsages de couleur aujourd'hui inutiles, Jeanne intervient, Que tu portes le deuil, c'est normal ma chérie, mais bientôt tu auras envie de porter ces affaires, c'est idiot de t'en séparer. Marie la regarde comme si elle parlait une langue étrangère et Jeanne se dit, Elle est chamboulée la pauvre, ce n'est pas grave, après tout elle en rachètera quand elle voudra.

À la maison, l'ambiance est pesante, Marie continue à ignorer son père, ne répond à aucun de ses efforts de réconciliation. Après plusieurs mois de ce traitement, Jeanne se résout à intervenir, Tu sais, ton père est désespéré aussi, imagine sa douleur : il a perdu son fils et aussi sa fille. Il a certainement commis des erreurs mais il a toujours voulu le bien de Thomas. On ne peut pas continuer à vivre ainsi, il faut que tu lui pardonnes et qu'on retrouve une vie de famille.

Marie fixe sa mère, tarde à répondre..., Le pardon est un piège, quand tu pardonnes, c'est que tu as tort, Thomas m'a légué sa haine, je dois en faire bon usage. Mon père est mort pour moi.

S'il n'y avait pas Marie, Daniel aurait tout pour être heureux, il a intégré la prépa du lycée Hoche de Versailles, et tous les officiers de l'armée de terre vous le diront, la corniche Hoche, c'est la voie royale pour être reçu à Saint-Cyr. On a arrêté de compter les centaines d'anciens élèves qui ont réussi le concours. Daniel ne sait plus quoi faire pour aider Marie. Au début, il pensait qu'évoquer la mémoire de Thomas, son rire et ses bêtises, les milliers de souvenirs engrangés dans leur vie commune, atténuerait sa peine, mais il s'est vite rendu compte que c'était remuer la pointe du couteau dans la plaie, maintenant il n'en parle plus, Thomas est là, entre eux, comme avant, et quand Marie lui dit, Il me manque tellement. Daniel avale du sable, et il se répète, Si Thomas s'est suicidé, c'est parce que je ne suis pas venu à son aide quand il en avait besoin, lui s'est jeté à l'eau pour me sauver, sans se préoccuper d'y laisser peut-être sa peau, il a seulement pensé à me secourir, moi je n'ai rien fait, je l'ai ignoré. Et Daniel regarde Marie, lui sourit, Je ne te quitterai jamais. Et elle lui serre la main. Il ne lui dit pas que Thomas vient presque chaque nuit le tourmenter quand il cherche le sommeil. Daniel ferme les yeux pour le chasser de sa vue mais son ami reste immobile au-dessus de sa tête, il lui dit, Si tu savais à quel point je m'en veux, tu n'en as aucune idée. Et quand je te vois là, devant moi, avec ton sourire bienveillant, j'ai envie de me couper les paupières.

Il y a Arlène qui revient aussi sans cesse, qui chasse Marie de ses pensées et prend sa place. Que faire pour qu'elle disparaisse à jamais ? Peut-être devrait-il être clair et transparent, en parler à Marie, lui raconter leur histoire, mais aussitôt Daniel se dit que c'est une démarche inutile et stupide. Bientôt Arlène ne sera plus qu'un souvenir de jeunesse, un petit moment de sa vie passée, sans grande importance, il a rompu avec elle sans hésiter, a choisi Marie avec la même conviction, il n'y a aucune raison pour qu'aujourd'hui il lui cause une peine ou une inquiétude supplémentaire avec une amourette terminée.

Son copain Pierre Deleyne, qui l'avait protégé de la vindicte des autres élèves pendant la guerre, l'avait prévenu, les internats de corniche ont pour premier objectif de donner aux futurs soldats un aperçu de leur vie en caserne, de dégoûter les faibles et les matamores pour qu'ils se découragent le plus vite possible, dégagent du cadre et ne viennent pas encombrer les bancs d'une grande école où ils n'ont aucun avenir, car il ne suffit pas d'obtenir de bonnes notes dans les épreuves académiques pour devenir un militaire et faire carrière, il faut surtout posséder un certain caractère. Et il lui avait conseillé de postuler pour la corniche du lycée Hoche de Versailles qui rouvrait après avoir été fermée pendant l'Occupation et dont les professeurs étaient réputés. Quand il avait appris qu'il était admis à Hoche, Daniel avait eu un doute sur sa capacité à s'habituer à la vie en internat, mais il s'est adapté sans problème à cette vie de groupe six jours sur sept, ces repas en cantine, ces nuits en dortoir, d'autant plus facilement qu'avec la réouverture, seize élèves seulement étaient accueillis en première année. Il n'y avait pas donc pas d'aînés pour accueillir la nouvelle promotion, cette fonction avait été assurée par des anciens des corniches de Stanislas et Condorcet qui étaient venus bizuter ces pékins libidineux, fangeux, galipoteux et indécrottables qui n'avaient probablement rien dans le ventre et pas la carrure pour devenir de futurs élèves officiers.

Daniel a subi sans trébucher la marche en canard les yeux bandés sur le boulevard de la Reine, a déclaré son amour à une jeune fille croisée rue de la Paroisse et rapporté, triomphant, son mouchoir en coton, il a aussi exécuté sans moufter cinquante pompes dans la boue du stade municipal. Mais quand on lui a imposé de traverser à la tombée du jour, en slip et à la nage, le grand bassin du Trèfle dans le parc du château, il s'est rebellé, Non, je ne peux pas, je vais couler ! Il reste pétrifié sur la margelle, ses camarades atteignent déjà l'autre côté, il ne peut pas sauter, il ne peut pas s'enfuir non plus, il ferme les yeux, paniqué, un élève de Stan s'approche, Alors, qu'est-ce que tu fous ? Saute, crétin !

Daniel ramène ses poings contre sa poitrine, il frissonne, il doit raconter son histoire à cet inconnu vociférant, mais comment parler de ce blocage mystérieux qui a pourri sa vie, qui a gâché si souvent ses vacances à Dinard, des moqueries, des ricanements ? Où trouver les mots pour évoquer cette peur panique incommensurable qui l'envahit, cette répulsion incontrôlable qui le tétanise, cette certitude qu'il va mourir noyé, étouffé, comme lorsqu'il a coulé cinq mois auparavant, et que son ami Thomas l'a rattrapé in extremis et lui a sauvé la vie, il marmonne, Je ne sais pas nager, je vais t'expliquer. Mais l'autre n'entend pas et le pousse. Daniel tombe en arrière dans le bassin en soulevant une immense gerbe, la tête dans l'eau glacée, il touche le fond, remonte à la surface, boit la tasse, suffoque, crache, réalise qu'il a pied en se raidissant, il avance en s'enfonçant dans la vase, remonte à chaque pas d'un coup de reins et en secouant les bras comme un nageur affolé, parvient à toucher l'autre bord. Un condisciple lui tend la main pour l'aider à sortir du bassin mais un des anciens le repousse, Laisse cette poule mouillée se débrouiller seule ! Daniel ne les voit plus, un silence de mort a repris possession des lieux, le bord du bassin se situe à un mètre au-dessus du niveau de flottaison et aucune prise ne lui permet de s'agripper pour se hisser. C'est à ce moment-là, alors que son corps est transi de froid, que Daniel se dit, Ils ne m'auront pas. Je dois le faire ! Il entreprend de retraverser le bassin pour atteindre une échelle de fontainier. Mille fois il a regardé avec envie les gens qui nageaient autour de lui, il a enregistré leurs gestes, il se répète, Je dois y aller. Ses muscles sont en bois, ses mains des pierres, il emplit ses poumons et s'embarque dans une brasse chaotique, tête dressée, cou tendu, les bras désordonnés, les pieds s'agitant avec frénésie, il avance, une nage d'une rare laideur, d'une efficacité dérisoire, mais il progresse lentement, boit la tasse, une fois, deux fois, s'ébroue, son orteil touche le fond vaseux, ses bras s'agitent moins, rabattent l'eau avec plus d'efficacité, et au bout de cinq minutes il touche l'échelle.

Le dernier samedi de novembre, les élèves des six corniches parisiennes se retrouvent devant la grille du château pour une nuit de marche. Direction, l'ancienne école militaire de Saint-Cyr, totalement dévastée par un bombardement en juillet 45, qui a entraîné le transfert du bahut à Coëtquidan, en Bretagne. Dans les ruines, il ne subsiste qu'une partie de l'immense monument aux morts de la Grande Guerre. Pendant quatre heures d'affilée, les présents, tour à tour, clament les noms des 4 848 saint-cyriens tombés au combat, du moins de ceux dont les noms sont encore visibles sur le monument criblé d'éclats d'obus. Cette soirée, c'est l'occasion d'être réunis autour d'un feu de bois avec le sentiment de ne faire qu'un, d'entonner en chœur les chants appris pendant des semaines. Deux jours plus tard, le 2 décembre, date anniversaire de la bataille d'Austerlitz, les pékins de première année reçoivent leur calot bleu clair et rouge au cours d'une cérémonie sur les marches de la chapelle du lycée. Daniel est enfin un cornichon. À son retour à Saint-Maur, il arbore son couvre-chef en entrant dans le salon, mais alors qu'il s'attendait à des félicitations, ses parents restent étrangement silencieux, son père le considère en fronçant les sourcils, Madeleine le fixe, impassible, Qu'y a-t-il, demande Daniel, ma tenue ne vous plaît pas ?

– Non, je n'aime pas du tout, dit Madeleine. Jusqu'à présent, ton choix de préparer Saint-Cyr était un projet exaltant, mettre ses pas dans ceux de ton père, servir le pays, aujourd'hui je réalise à quel point je déteste cette idée, c'est de la folie. On vient d'apprendre que Stéphane Deleyne, le frère aîné de Pierre, a été tué hier à Hanoï. Ça recommence, encore et encore, l'armée, ce n'est pas du cinéma, c'est du sang, c'est la mort, la misère. Je t'en prie, Daniel, je n'ai pas envie que tu ailles mourir pour rien, les colonies, ce n'est pas la France, renonce pendant qu'il en est encore temps, tu es doué, tu pourras faire une autre prépa, une grande école, avoir une vie tranquille.

Daniel s'attendait à ce que sa mère ait peur, c'est dans l'ordre des choses, mais c'est l'avis de son père qui lui importe le plus, Et toi, papa, qu'en penses-tu ?

– Ta mère n'a pas tort, dit Charles Jansen, il faut la comprendre, la guerre en Indochine sera féroce, elle va durer des années. Il est certain qu'à ta sortie de Saint-Cyr, tu partiras là-bas, et il n'y a pas d'armée en face de nous mais une guérilla infernale avec les civils au milieu, c'est une sale guerre.

Le lendemain, Daniel retrouve Marie, lui rapporte son échange avec ses parents, lui demande son opinion, C'est vrai, j'y pense aussi, dit-elle, mais je crois qu'on ne doit pas vivre en renonçant à ses rêves et que tu n'es pas fait pour travailler dans un bureau. Tu n'es pas pressé, tu as deux ans devant toi pour prendre une décision, mais quelle qu'elle soit, je te suivrai.

Dans l'après-midi, les Jansen et Marie se rendent chez les Deleyne pour présenter leurs condoléances et manifester leur sympathie dans cette épreuve, ce n'est pas qu'une visite de politesse, les deux familles sont proches depuis longtemps. Daniel retrouve Pierre, qui vient d'arriver de Coëtquidan. Ces retrouvailles ne ressemblent pas à une veillée mortuaire, pas de pleurs ou de chagrin, pas de mine dévastée par la douleur, à croire que le décès de Stéphane ne les affecte pas. Depuis des générations dans le clan Deleyne, explique Pierre, les hommes ne se posent pas la question de leur avenir, chez nous l'armée de terre, c'est notre famille. Tout le monde connaît les risques dès le départ et les assume. Le plus dur, c'est pour les femmes qui restent seules et les enfants qui n'ont rien demandé, mais Stéphane était célibataire. Il est possible qu'on ne réalise pas bien sa disparition, peut-être en prendra-t-on conscience quand son corps sera rapatrié d'ici quelques semaines et qu'on l'enterrera. Nous étions très proches et probablement son absence se fera sentir à ce moment-là.

– Mais, demande Daniel, tu ne regrettes pas son choix de devenir militaire, tu ne te dis pas qu'il serait vivant s'il avait vécu autrement ?

– Bien sûr que non, pour nous la France n'est pas un vain mot, et ce qui donne un sens à notre vie donne un sens à notre mort.

*

Début décembre, Marie reçoit un appel téléphonique de Louis Varnier, le maître verrier de Saint-Ouen, qui s'inquiète de n'avoir plus de ses nouvelles depuis plusieurs mois, Marie refuse de lui parler, Jeanne rapporte à Varnier le malheur qui a frappé la famille et la dépression de sa fille. Le dimanche suivant, le maître sonne à la porte, demande à voir son apprentie, qui refuse, Ce n'est pas un caprice, mais je suis vidée, je n'ai plus aucune force. Daniel insiste tellement pour qu'elle le voie cinq minutes qu'elle finit par rejoindre son patron dans le salon. Marie, votre frère est mort et vous n'avez plus envie de rien, je le comprends, mon fils a été tué à Garigliano et c'est une part de moi-même qui est enterrée avec lui, mais ce que nous faisons est plus important que notre tristesse, nous ne sommes rien et nous serons vite oubliés, il ne restera de nous que ce que nous avons fait, et ces églises qui ont traversé les siècles ont besoin de nous pour exister, nous sommes là pour les restaurer, pour relever les verrières détruites, soufflées, pour les ressusciter et que le miracle de leur beauté s'accomplisse. Personne ne se souvient des noms des constructeurs des cathédrales, des milliers d'hommes et de femmes qui ont consacré un moment de leur courte vie à les édifier, avec la volonté de créer quelque chose qui soit d'une splendeur et d'une grâce inouïes. Que restera-t-il de notre passage sur cette terre ? Rien, mais eux sont vivants dans chaque sculpture, dans les stalles de marqueterie, dans les pierres dentelées et dans ces vitraux que nous admirons tant. Il faut que vous reveniez accomplir votre part de travail, celui pour lequel vous avez une raison d'être sur cette terre. Votre peine, gardez-la pour vous. Par contre, j'ai besoin de vous, depuis votre départ les vitraux de l'église Saint-Jean-Baptiste sont en plan et ils n'attendent que vous, vous devez reprendre votre tâche, c'est votre obligation.

Louis Varnier n'attend pas la réponse de Marie, il salue Jeanne et Daniel et quitte la maison. Trois jours plus tard, Marie se lève à l'aube, sort sans prévenir personne, prend le métro et le bus jusqu'à la mairie de Saint-Ouen, marche encore vingt minutes, elle entre dans l'atelier, dit bonjour à Varnier et à ses collègues comme si elle était partie la veille et s'installe à son poste de travail.

Un après-midi, confrontée à nouveau au problème de l'assemblage de deux pièces d'épaisseurs différentes d'un panneau ancien, alors qu'elle hésite à remastiquer les deux faces pour rigidifier les résilles et améliorer l'étanchéité, Marie se demande pourquoi, elle qui ne croit plus en Dieu, qui est non seulement athée mais déteste la religion et ses simagrées, est tellement bouleversée par ces images saintes, ces héros bibliques qui n'ont jamais existé. Elle cherche la raison qui l'amène à se donner tant de mal pour les glorifier, à en avoir les doigts crevassés et le dos en capilotade, mais elle ne trouve pas d'explication à cette contradiction. Parce que c'est l'incarnation de la beauté, se dit-elle. Tout simplement.

Au début de l'année, Marie demande à sa mère si elle peut rester dormir à l'atelier pour s'éviter une heure trente de transport le matin et le soir dans la cohue, Jeanne est prise au dépourvu, cette idée ne lui plaît pas, Je vais demander à ton père ce qu'il en pense.

– Ce n'est pas la peine, sa réponse ne m'intéresse pas. Ne me parle plus de lui.

Marie prépare un sac de voyage avec ses affaires, s'installe dans une petite chambre que Varnier utilisait à une époque et qui sert aujourd'hui de débarras. Elle y reste toute la semaine, travaille trois heures de plus chaque jour, prépare son repas sur un réchaud et rentre à Saint-Maur le week-end. Et quand Maurice lui dit que cela ne se fait pas, qu'il veut qu'elle revienne le soir à la maison, elle hausse les épaules et part en l'ignorant.

*

Après deux années de classe préparatoire à Fénelon, Arlène passe le concours d'entrée à l'École normale supérieure de jeunes filles de Sèvres, puisque l'interdiction de se présenter au concours masculin de la rue d'Ulm a été maintenue à la Libération. Elle est surprise du petit nombre de postulantes, dix-neuf jeunes filles seulement planchent dans la salle d'examen de la Sorbonne. Le samedi 26 juin, en revenant du marché avec Irène à onze heures quarante, elle trouve dans la boîte aux lettres un courrier à en-tête de l'École normale supérieure l'informant qu'elle est admise deuxième sur quatorze et lui donnant les informations sur sa scolarité. Quand Arlène annonce à Irène, dans le couloir de l'immeuble, qu'elle a été reçue haut la main, sa mère ne semble pas emballée, Et ça va durer combien de temps ce truc-là ?

– Deux ans pour être diplômée, mais si je me décide pour l'agrégation, il faut compter quatre ans.

– Et qui c'est qui va payer, hein ? Je n'ai pas d'argent. Ce serait logique que tu travailles pour m'aider, et tes sœurs, tu y as pensé ? Cela a assez duré, il faut que tu ramènes une paye !

– Ne t'inquiète de rien, tout est pris en charge, je suis pupille de la nation.

– Comment c'est possible ? Ton père n'est pas mort ! Je n'ai rien signé !

– J'ai signé pour toi, comment j'aurais pu travailler autrement, tu ne t'es jamais posé la question ? Il faut arrêter de t'obstiner, papa ne reviendra pas. Ça fait huit ans qu'il a disparu.

– Ton père est vivant, je te dis, et moi je pense toujours à lui.

– Ah oui ! Et Roland, il va bien ?

– C'est honteux ce que tu dis, c'est un ami, c'est tout. Maintenant, c'est fini de te moquer de moi ! Ou tu travailles pour de bon ou tu t'en vas !

C'est ce même samedi, sur le coup de midi et demi, qu'Arlène, furieuse, quitte le domicile familial avec une valise de vêtements et un sac beaucoup plus lourd contenant ses livres et qui menace de rompre. Elle claque la porte en hurlant qu'elle ne remettra plus jamais les pieds dans cette tôle, les murs tremblent autant qu'elle. Une fois sur le trottoir de la rue Aristide-Briand, elle se dirige vers la gare, pose sa valise au carrefour car elle n'a aucune idée de l'endroit où elle peut atterrir. Elle attrape le 112 pour Vincennes, sonne à la porte de Viviane qui vient d'emménager dans un nouvel appartement après la destruction du sien, lui rapporte la dispute qui vient de survenir. Sa grand-mère l'installe sur le canapé pour la nuit, lui propose un doigt de mousseux pour fêter son succès et pour lui remonter le moral, promet d'aller plaider sa cause dès le lendemain car elle est sûre que cette altercation n'est que de l'énervement et ne sera bientôt qu'un mauvais souvenir, une chamaillerie de passage comme il en existe tant entre mère et fille. Malheureusement, sa mission de bons offices et ses allers-retours se heurtent à un mur de colère et d'incompréhension réciproque, Irène et Arlène ne démordent pas de leurs positions, J'ai raison, elle a tort ! Irène exige que sa fille renonce à ces études inutiles, se mette au travail immédiatement et rapporte son salaire à la maison, elle réclame aussi des excuses, Sinon, ce n'est plus ma fille !

– Jamais, c'est à elle de s'excuser ! s'écrie Arlène quand sa grand-mère lui fait part de cette demande. Elle est tombée sur la tête !

Viviane se révèle incapable de mettre un terme à la querelle, les deux parties étant trop énervées pour envisager de se rabibocher, Elle se bloque, mais avec le temps elle va comprendre que c'est idiot comme attitude et elle finira par admettre la réalité, que Georges ne reviendra pas et que tu dois faire des études pour avoir un bon métier. En attendant, tu peux prendre le canapé et t'installer ici. Tu sais, ma chérie, il faut être indulgente avec ta mère, dans la vie on ne fait pas toujours ce qu'on veut.

– Je n'ai pas envie de faire un boulot idiot uniquement pour ne pas mourir de faim, je veux pouvoir choisir, tu comprends ? Et décider de ce que sera ma vie.

– Quand tu seras mariée, c'est ton mari qui décidera pour toi.

– Alors, je ne suis pas près de me marier.

Rapidement, Arlène réalise qu'être reçue à Normale sup ne sert qu'à entrer dans l'enseignement, et encore faut-il en plus obtenir le certificat d'aptitude à l'enseignement secondaire, un diplôme qui permet d'enseigner surtout dans les collèges, dans les lycées l'agrégation est obligatoire, mais elle n'a pas envie, pas du tout envie, de devenir professeur. À l'exception de Supélec, il est impossible pour une fille de postuler à une grande école d'ingénieurs et ses professeurs lui ont tellement déconseillé cette option, lui expliquant qu'une fois le diplôme obtenu elle ne serait embauchée nulle part, les femmes n'étant pas faites pour diriger des ouvriers sur des chantiers ou en usine ou pour encadrer des équipes masculines, qu'elle s'est résignée à se présenter à Sèvres. Sauf qu'à ce jour, rien n'est acquis. Pendant la guerre, les locaux sévriens ont été bombardés, pillés, et sont aujourd'hui désaffectés, ouverts à tous les vents, promis à la destruction, les filles ayant réussi le concours les deux années précédentes sont donc réparties dans divers immeubles de Montparnasse et du Quartier latin en attendant la construction de nouveaux locaux à la Cité universitaire, mais pour l'instant, le chantier est dans les limbes, Faudra de la patience les filles, si cela se trouve, ce n'est pas demain la veille que vous allez emménager à Jourdan.

Les sévriennes de la 68e promotion ne mettront donc jamais les pieds à Sèvres et sont réparties selon leur filière. Les vingt-six littéraires sont hébergées à la Maison des étudiantes du boulevard Raspail et les quatorze scientifiques au Concordia, rue Tournefort, en bas de la rue Mouffetard, dans un hôtel transformé en foyer philanthropique pour jeunes filles et dont l'entrée à l'allure de palace des Années folles fait illusion tant qu'on n'a pas pénétré à l'intérieur. Le bâtiment n'a pas été entretenu depuis trente ans, l'ascenseur est condamné, l'escalier de guingois, les locaux communs défraîchis, les chambres sont petites, des infiltrations dessinent des fleuves sur les murs, le lit sert de divan dans la journée. Deux salles de bains sur le palier sont partagées par les vingt-huit pensionnaires de l'étage, et gare à celles qui ne se lèvent pas à l'aube, l'eau chaude a disparu, mais le vrai problème, c'est le chauffage indigent, l'hiver la température peut tomber à douze degrés. En mars 49, il fait moins dix à Paris et les locataires se protègent sous des pulls superposés, les fenêtres sous les cartons se transforment en glacières et les pensionnaires écrivent avec des gants. L'internat est souple, personne ne contrôle les horaires, les entrées et les sorties, mais les copains doivent avoir quitté les lieux à vingt-deux heures. Pour les déjeuners et les dîners, les repas sont servis au lycée Montaigne, dont la cantine a une réputation exécrable ; à force de huées et de protestations, la sempiternelle purée de pois cassés sera abandonnée et remplacée par une plâtrée de nouilles. Les cours sont donnés à la Sorbonne ou dans des locaux prêtés provisoirement par une université américaine rue de Chevreuse et dans un laboratoire secondaire de l'Institut du radium rue d'Ulm. Et il faut s'accrocher ferme pour ne pas être larguée, parce que le niveau est très élevé, le programme énorme et les profs n'ont pas le temps de vous attendre.

Les filles passent leur temps à courir d'un bout à l'autre du Quartier latin, à traverser le Luxembourg dans un sens et dans l'autre, mais aucune ne se plaint. Seul moment de répit, le dimanche matin, elles profitent de la piscine du Lutetia qui vient d'être rouverte au public, sinon c'est maths et physique quatorze heures par jour. Chaque semaine ou presque, elles se préparent pour un des bals de grande école qui occupent les samedis soir, bigoudis, papillotes et crêpage, accroche-cœurs et anglaises, maquillage avec trois fois rien, on échange robes, corsages, jupons bouffants, on se prête des talons hauts et on attend le prince charmant.

C'est au cours du bal de l'École des mines, boulevard Saint-Michel, qu'Arlène rencontre François Ménard, en réalité elle ne le voit pas, d'abord elle l'entend, malgré la foule et l'orchestre sur l'estrade qui joue un charleston, elle discerne un rire claironnant qui s'élève parmi d'autres rires et au milieu d'une demi-douzaine de garçons pliés en deux, elle le découvre, les épaules carrées, dominant ses camarades d'une bonne dizaine de centimètres, le crâne penché en arrière comme s'il soufflait dans une trompette invisible vers le plafond, et à ce moment-là il l'aperçoit et s'immobilise, bouche grande ouverte, il lui sourit, s'avance vers elle, Salut, tu veux danser ?

Elle lève la tête, fixe son menton, Je ne sais pas danser.

– Ce n'est pas un problème, tu regardes les autres, tu fais pareil.

Elle l'accompagne sur la piste, effectivement ce n'est pas si difficile, faut attraper le rythme, sautiller, croiser les genoux, les pieds tournés vers l'intérieur. Après il y a un swing, c'est une autre paire de manches, ils regardent les couples tournicoter et virevolter, il insiste pour qu'ils se lancent, elle hésite, C'est trop compliqué, je n'y arriverai pas. Il l'invite à boire un verre au bar, lui offre une sangria, une deuxième, elle en refuse une troisième, ils ont du mal à parler à cause du tohu-bohu, puis la lumière décline, les premières mesures d'un slow retentissent, Si on y allait ? Il lui prend la main, l'entraîne au milieu des danseurs. François est en dernière année d'HEC à la plaine Monceau, il en parle avec enthousiasme, comme si c'était la meilleure école du monde, celle qui ouvre toutes les portes, il doit faire un stage de six mois dans une entreprise à Grenoble, après il rêve de partir aux États-Unis pour apprendre la gestion à l'américaine, Ils sont sacrément en avance sur nous. Et toi, que fais-tu ? Arlène explique qu'elle vient d'entrer à Sèvres, mais comme l'école a été détruite, les cours ont lieu à la Sorbonne et rue d'Ulm, elle envisage de préparer l'agrég mais elle ne sait pas encore parce que c'est long, qu'il y a des problèmes, mais elle ne veut pas en parler.

– Tu veux être prof de lettres ?

– Non, moi je suis scientifique, je pense me diriger vers la physique, pour devenir ingénieur.

– Il n'y a pas de femmes ingénieurs. C'est bien aussi d'être prof de physique pour une femme.

François la raccompagne jusqu'au Concordia, l'embrasse en bas de l'escalier au moment de leur séparation, lui propose d'aller se balader le lendemain.

Arlène accepte, ils se retrouvent place Clichy, gravissent la butte Montmartre, restent une heure assis dans l'herbe à regarder la ville. Il l'invite à déjeuner sur la place. Ce jour-là, Arlène apprend plein de mots américains qui n'existent pas en français, comme marketing, BtoB ou merchandising, elle a du mal à comprendre à quoi cela sert. Mais ce n'est pas grave car François rit pour un rien, et son rire est contagieux.

Avec le temps, elle découvre à quel point il est difficile d'avoir une relation avec quelqu'un quand les deux sont aussi accaparés, elle travaille d'arrache-pied toute la semaine, lui aussi, elle ne dispose que du samedi soir et souvent du dimanche après-midi, parce que la piscine c'est sacré, mais lui le dimanche après-midi ce n'est pas possible parce qu'il fait du rugby et il joue à Charléty. Elle y va une fois pour voir un match contre l'équipe de Bayonne, mais elle n'apprécie pas vraiment car les Violets se font hacher menu.

*

Depuis une semaine, Eugène Le Goff a mal au dos à force de se baisser, de remplir et de porter des caisses de dossiers et d'archives, les cartons s'empilent partout en équilibre instable dans les trois pièces des locaux, il va lui falloir acheter encore quelques dizaines d'emballages pour vider les étagères et ces fantaisies ne sont plus de son âge. Eugène n'a pas le moral car sa vie entière est en train de s'effacer, il a l'impression de remplir son propre cercueil. Lorsque le bateau coule, il arrive un moment où il est inutile d'écoper, il faut songer à sauver sa peau quand il est encore temps. Mais a-t-il envie de survivre à ce désastre ? Sa revue va s'éteindre et lui avec. En quelques mois, la chute a été vertigineuse, *Le Sémaphore* qui vivotait cahin-caha depuis près de trente ans a vu ses ventes s'effondrer. On lui reproche des convictions qu'il n'a jamais eues, quelques articles publiés dans la presse d'Occupation, mais c'étaient des articles littéraires ou artistiques, jamais politiques, et le voilà taxé aujourd'hui de trahison et de forfaiture, marqué comme tant d'autres au sceau de l'infamie, il ne faisait pourtant que son métier de critique et de directeur de revue. Il a publié les écrivains qu'il aimait ou qu'il trouvait intéressants, souvent des amis de longue date, il a édité des auteurs résistants et des collaborationnistes, des poètes fascistes et des poètes juifs, il ne leur demandait pas leur carte d'identité ou leurs opinions, seulement d'avoir du talent. D'ailleurs, le comité d'épuration l'a blanchi, mais le mal était fait. Le monde qu'il aimait a disparu, aujourd'hui, si on n'a pas dans sa poche la carte du Parti ou si on n'est pas milliardaire, on est condamné à mourir.

Eugène doit dégager les lieux, le propriétaire lui laisse jusqu'à la fin du mois pour déménager, mais comment y arriver quand il reste encore vingt ans d'archives à empaqueter ? Il n'arrivera jamais à tout emballer. Eugène se sent fatigué, il est trop vieux pour se battre encore, et surtout il est seul aujourd'hui, ses amis hier si nombreux se terrent et ne lui sont d'aucun secours, il a coulé ses modestes économies pour payer les huissiers qui le menacent de faillite civile et sa retraite de professeur des lycées n'y suffira pas. Que lui restera-t-il pour vivre ? Connaîtra-t-il la déchéance dans ses vieux jours après une vie de labeur et d'amour de la littérature ? Quelle injustice ! Comment trouver l'argent pour les trimestres impayés de loyer, l'électricité, l'imprimeur qui lui a fait crédit et ne lui parle plus, le transporteur ? Et cent autres factures en souffrance. La grande aventure finit en catastrophe. Il se laisse tomber sur la chaise, se demande s'il ne va pas tout jeter dans une chaudière et lui avec. Et tant pis pour la postérité. Qui se soucie encore de sa belle revue ? Où sont aujourd'hui les gendelettres qui le suppliaient de les publier ? Il est bien seul dans les mauvais jours, paye ses erreurs passées, son dédain de la gestion et de l'administration, cette phobie des papiers qui l'a amené à renoncer à ouvrir les factures, rappels et sommations qu'il a laissés s'accumuler par négligence. Eugène est accablé, car cette tendance naturelle à la procrastination l'a empêché de devenir le grand écrivain qu'il rêvait d'être dans sa jeunesse, il se dit aussi qu'il n'a pas raté sa vie, qu'il a créé une revue majeure de la littérature et qu'il peut être fier du travail accompli. Il jette des poignées de lettres jamais décachetées dans la corbeille. À quoi bon les ouvrir maintenant ?

Dans le tas, il en repère une qui diffère des recommandés tapés à la machine, avec une écriture penchée et irrégulière sur une enveloppe bleu pâle. Eugène l'ouvre avec un coupe-papier, en extrait une feuille à petits carreaux arrachée d'un cahier à spirale et dessus se trouve un poème intitulé : « Qui étais-je avant de te connaître ? ». Eugène se penche sous l'abat-jour, se met à lire le texte et soudain il oublie tout, ses soucis, ses problèmes d'argent, son mal de dos, la guerre et le désastre, et il s'envole. Trente lignes sublimes. Que dire d'autre face à ce manuscrit surgi de nulle part ? Un choc comme il n'en a pas connu depuis les premiers quatrains de Guillevic. Une simplicité et une finesse dignes d'un Neruda, avec un souffle et une puissance d'évocation incroyables. Un texte magique qui pénètre en vous comme une amoureuse et vous illumine, vous apaise, vous rend poète vous-même. Et tout d'un coup, Eugène se sent heureux, il se dit qu'il n'aura pas été inutile sur cette terre, que c'était son rôle d'être éditeur et de batailler pour cette revue. Là, entre ses mains, il ne tient rien de moins que le chaînon manquant entre Artaud et Bousquet, pas un mâche-laurier assurément. La poésie a été la grande affaire de la vie d'Eugène, peut-être pas comme il l'aurait espéré quand il était jeune, il lui a toujours manqué quelque chose de personnel pour émerger de la banalité, une flamme, une vibration, du génie tout simplement. Mais s'il n'avait pas la plume, il avait l'œil et le nez pour repérer les talents, et on ne compte plus les auteurs majeurs qui ont publié leurs premiers sonnets au *Sémaphore*. Un instant, Eugène est saisi d'un doute, ne serait-ce pas une blague qu'on lui ferait ? Ce serait bien le genre d'un Fraenkel de vouloir le mystifier et lui jouer un tour. Mais qui aurait ce talent inouï, cette grâce, ce style inconnu ? Non, c'est tout simplement un poète en devenir qui lui a adressé quelques strophes, il y a plus de deux ans déjà, en espérant se voir publié dans sa revue, un vrai poète, étourdi et peu au fait des usages, car il n'a joint aucune lettre d'accompagnement. Eugène récupère l'enveloppe, déchiffre le nom de l'expéditeur sur le dos : Thomas Virel, Saint-Maur.

Eugène Le Goff attrape une feuille de papier à en-tête de la revue, avec donc le fameux et fier sémaphore finistérien en taille-douce ocre rouge dessus, et écrit une missive à ce jeune homme – c'est forcément un jeune poète à en juger par l'écriture mal formée – pour expliquer pourquoi deux longues années ont été nécessaires pour lui répondre, il met en avant la quantité considérable de manuscrits reçus bien sûr, mais aussi des problèmes inattendus et complexes survenus à la Libération, sans oublier la chute inexorable et fatidique des ventes car les gens lisent de moins en moins de poésie de nos jours. En conclusion, l'éditeur regrette de ne pouvoir publier ce poème magnifique car son imprimeur, qu'il pensait être un ami et un amateur d'art, s'avère n'être qu'un mercanti cupide et mesquin. Eugène se relit, mesure l'inanité de sa prose confuse, pleine de faux-fuyants, qui ne montre que son embarras et n'évoque à aucun moment le bonheur, le saisissement, le coup de cœur qu'il a éprouvés à la lecture de ce texte, il devrait plutôt se jeter aux pieds de ce garçon pour le supplier de lui accorder son pardon. Eugène déchire son courrier en petits morceaux qui finissent à la poubelle. Le mieux, c'est de ne pas répondre, dans quelques jours, *Le Sémaphore* aura disparu, il est probable, certain même, que le jeune homme ne pense plus à cet envoi qui commence à dater. Mais il se dit qu'il existe quelque part un auteur majeur, qu'il n'a pas le droit, lui, de passer à côté et qu'il se doit de lui donner sa chance. Eugène Le Goff s'enfonce dans sa chaise, respire lourdement, récupère son courage envolé, ses illusions aussi, il se lève, met sa veste, attrape son pardessus, son chapeau, éteint la lumière et quitte le bureau car il vient de décider d'entreprendre le voyage à Saint-Maur.

*

Durant les deux années de corniche à Hoche, Daniel travaille avec la même détermination les trois matières scientifiques du programme mais aussi le français, l'histoire, la géographie, l'anglais et l'espagnol qui sont affectés d'un moindre coefficient, il parfait aussi sa condition physique car la réussite aux épreuves sportives est déterminante dans la perspective d'une carrière dans l'armée. Comme ses camarades, il consacre deux heures chaque jour à courir une dizaine de kilomètres, au lancer d'un poids de cinq kilos des deux bras, au grimper de corde de dix mètres sans utiliser ses jambes, au saut en hauteur et en longueur et aux exercices à la barre fixe. Madeleine s'est résignée au choix de son fils. Que pourrait-elle faire de toute façon ? Même si elle le suppliait de renoncer à sa décision, cela ne servirait à rien. Marie ne lui est d'aucun secours, qui lui a lancé qu'elle était fière de la vocation de son futur mari. Quant à Charles, il n'a pas l'air si contrarié que son fils suive la tradition familiale. Mais à chaque fois que Madeleine allume la radio pour écouter les informations, à chaque fois qu'elle lit le journal, les mauvaises nouvelles de la guerre en Indochine la font frémir, là-bas les jeunes tombent comme des feuilles mortes. Elle ne supporte plus ces trémolos patriotiques, cette gloire de propagande servie par les journalistes, Nos soldats ne sont pas morts pour rien mais pour défendre la France. Elle a envie de hurler contre cette bêtise. Ils ont crevé inutilement loin de leur famille et seront décorés à titre posthume. C'est tout. Elle n'a même plus envie de prier. Elle ferme les yeux, se dit qu'elle a mal élevé son fils, qu'elle a raté quelque chose dans son éducation, mais elle ne voit pas quoi. Aujourd'hui elle ne peut plus rien pour ce crétin qui se pavane avec son calot bleu clair et rouge et lui raconte sa fierté de saluer chaque matin au lycée le lever des couleurs.

À Dieu vat.

Un temps, Madeleine espère qu'il ratera le concours, sera obligé de choisir un chemin moins exposé, mais Daniel est reçu haut la main et lui annonce son succès avec fièvre, C'est le plus beau jour de ma vie. Il déchante en débarquant à Coëtquidan, au cœur du pays de Brocéliande, sous des averses chaque jour renouvelées, avec un ciel grivelé, dans un camp immense de plusieurs milliers d'hectares dont une partie abritait encore récemment des centaines de prisonniers allemands et italiens. Les locaux sont dans un état déplorable, des dizaines de bâtiments menacent ruine et sont condamnés. Les deux promotions d'élèves, celle issue du concours direct et celle issue des corps de troupe, doivent s'habituer aux conditions de vie rustiques.

Quatre cent quarante et un élèves occupent l'îlot B dans l'allée centrale, le seul qui soit habitable, dans des dortoirs de châlits métalliques de trente, des rations peu ragoûtantes et tièdes sont distribuées sur des chariots, consommées dans les gamelles et les quarts réglementaires. Les corvées tombent pour un rien ou parce qu'il faut remettre des ardoises sur les toits crevés, dégager le parcours du combattant, tailler les haies envahissantes, laver les sols, récurer les toilettes, vider les gouttières et cent autres tâches aussi exaltantes.

Pendant un trimestre, les nouveaux ont droit à des cours d'anglais pour débutants, même ceux qui, comme Daniel, parlent couramment, et à des conférences basiques sur le rôle du chef de groupe dans la section. L'essentiel de leur temps est consacré à supporter une instruction militaire primaire de la part d'adjudants aboyeurs appliquant une discipline de fer et mesquine : marche au pas, en cadence, crapahutage de nuit avec un poncho en toile cirée pour seul vêtement de pluie, des godillots rescapés de la dernière guerre et un barda de trente kilos, exercices de combat, remplissage de sacs de sable, pose de barbelés, et la sanction collective en cas de retard du peloton, creuser cinquante mètres de tranchée de deux mètres vingt de profondeur sur un mètre cinquante de large par temps de pluie, et gare à celui qui trouble le mouvement, glisse, retarde la troupe, rouspète ou fait le malin, il est bon pour cinquante pompes dans la gadoue ou un garde-à-vous de six heures ou un enchaînement de deux parcours d'entraînement à ne plus pouvoir se relever. Jamais la jeune classe n'a été soumise à un tel traitement, même ceux qui ont déjà trois ans d'armée en Afrique derrière eux, chacun se dit en serrant les mâchoires, Ils veulent nous en faire baver, nous dégoûter, mais il faut tenir, on n'est pas là pour rigoler mais pour s'endurcir. Quand on sera en Indochine, ce sera pire. À l'issue de cette première formation, les aspirants, avec solde de sergent-major, sont jugés dignes de sortir du camp en uniforme pour un tour au village voisin, puis ventilés à raison de deux à cinq dans des corps de troupe dans tout le pays pour une durée de sept mois.

*

Jeanne, assise dans un fauteuil du salon, a du mal à fixer son attention sur sa lecture, elle doit faire un effort d'attention pour s'accrocher au dernier roman d'Emmanuel Bove que Madeleine porte aux nues, son amie a été bouleversée par sa mort soudaine comme si c'était un proche qui venait de périr, elle se targue de posséder l'intégralité de l'œuvre de cet écrivain prolifique et lui a prêté *Départ dans la nuit* en insistant pour qu'elle essaye de découvrir son auteur favori. Jeanne avait essayé une fois quelques années auparavant à Dinard mais elle n'avait pas apprécié. Elle, elle adore Colette, au moins ça vit et c'est bouleversant, elle va laisser tomber ce pensum après quarante pages fastidieuses, se demande ce que son amie peut trouver à cette littérature transparente où il ne se passe strictement rien, où les personnages sont apathiques et tristes avec des vies médiocres et banales. Le carillon de la porte sur le boulevard résonne, Qui peut donc venir à cette heure ? Quand la femme de chambre remet à Jeanne la carte de visite d'Eugène Le Goff en lui disant qu'il attend sur le perron, elle répond qu'elle n'a besoin de rien et qu'il peut repartir, Ce monsieur ne veut pas vous parler à vous, mais à Thomas ! Jeanne se lève d'un bond, examine la carte avec le sémaphore avec méfiance, pose sa main sur sa poitrine car son cœur bat la chamade, Faites-le entrer.

Eugène met peu de temps à séduire Jeanne. Un monsieur aux tempes grises élégamment habillé à la mode d'avant qui s'incline pour la saluer avec un, Mes respects, madame, ne pouvait que lui plaire. Le temps qu'Eugène explique la raison de sa venue, sorte de la poche de son pardessus le courrier adressé par Thomas à sa revue, le temps que Jeanne annonce la terrible nouvelle, et les voilà indissolublement liés par l'amour, la vénération de ce jeune homme si brutalement disparu. Eugène se mord la main, son visage est défait, Il s'est produit un accident, un coup du sort devrais-je dire, cette lettre a été glissée par inadvertance par ma secrétaire dans un dossier, et celui-ci rangé sur une étagère, et ce matin quand j'ai eu l'occasion de l'ouvrir, j'ai découvert ce poème, j'ai été stupéfait, un choc comme il en arrive peu dans la vie d'un éditeur, je me suis exclamé, Ce garçon est un génie, le nouveau Rimbaud ! Cela se voit tout de suite, et croyez-moi je m'y connais, alors j'ai voulu le rencontrer immédiatement et m'excuser auprès de lui du retard que j'ai mis à lui répondre. Vous me voyez sidéré, horrifié par ce drame, c'est le lot des plus grands poètes de ne pas arriver à s'adapter à ce monde féroce qui ne les comprend pas, sa disparition est un malheur pour la poésie française.

Jeanne l'invite à s'asseoir, lui propose de partager un thé, Eugène semble désorienté, Je suis bouleversé comme si j'avais perdu un membre de ma famille. Mais si votre fils n'est plus là, peut-être a-t-il laissé d'autres textes ? Je voudrais lui consacrer un numéro spécial de ma revue, nous devons lui rendre l'hommage qu'il mérite, le faire connaître au monde entier.

– Oh, cela aurait été merveilleux, malheureusement Thomas a tout brûlé avant sa mort. Je n'arrive pas à réaliser qu'il est parti depuis deux ans et demi, pour moi c'était hier. Nous étions proches mais j'ignorais qu'il avait cette passion, si seulement il m'en avait parlé, s'il avait évoqué cette jeune fille qui l'a éconduit, j'aurais pu l'aider, le soutenir.

Eugène pose sa tasse, se redresse, Une jeune fille, dites-vous ? Il est sûr et certain qu'il lui a écrit ce poème. Un poète a besoin d'avoir une muse, c'est pour cela que la poésie existe, pour que les garçons épatent les filles et les séduisent, la poésie c'est d'abord une parade amoureuse. Voyez-vous, je m'en veux de ne pas avoir ouvert cette lettre quand elle est arrivée, cela aurait tout changé, jamais Thomas ne se serait suicidé. J'ai une dette à son égard et à l'égard de la littérature française que j'ai privée d'un immense poète. Je veux lui rendre justice.

– Le problème, c'est que nous sommes fâchés avec cette jeune femme, surtout ma fille Marie qui était très amie avec elle avant. Je vais lui en parler, elle rentre dimanche.

Eugène se lève, aperçoit sur la table basse le livre de Bove, Oh, je vois que vous lisez Emmanuel, je l'ai bien connu, j'ai publié plusieurs de ses nouvelles avant qu'il connaisse la gloire, quel malheur ! Un homme si jeune et en pleine possession de son art. Je n'ai pas encore lu son dernier roman, j'ai été très occupé ces temps-ci.

– Oui, c'est un livre, comment dire ?... Je n'avais jamais rien lu de pareil. Ma meilleure amie l'adore. Tenez, je vous le prête, mais n'oubliez pas de me le rendre.

*

En avril 49, quelques semaines avant les examens de fin d'année, et malgré leurs protestations, ordre est donné aux sévriennes, littéraires et scientifiques, de quitter leurs foyers respectifs pour emménager à la Cité universitaire dans les locaux attribués à l'École normale construits à la hâte, pas encore totalement terminés, le long de la rue de la Tombe-Issoire, abritant l'administration, une grande bibliothèque, quatre salles de cours et les bâtiments préfabriqués d'internat qui ressemblent à un jeu de cubes. C'est spartiate mais chaque étudiante possède désormais une chambre individuelle avec une fenêtre donnant sur les jardins, un coin bureau et un point d'eau sur un lavabo étroit, autant dire le grand luxe, la salle de douche est collective sur le palier, avec les toilettes à côté. Arlène envisage la fin de sa première année sans inquiétude, contrairement aux deuxième année qui présentent le concours de sortie en juin. Après son emménagement durant les vacances de Pâques, elle s'inscrit au cours d'éducation physique pour appliquer le principe *Femina sana in corpore sano*. Sur une pelouse de la Cité, les filles en short et maillot de corps blanc enchaînent sur un rythme soutenu des petites courses et des exercices de gymnastique sous la férule d'une professeur énergique qui scande des, On se bouge les filles, du nerf, allez, on se remue ! Arlène termine une séance de saut à la corde croisé quand une responsable de l'accueil vient la trouver : un militaire demande à la voir mais elle n'a pas le droit de le laisser pénétrer sur le site. Arlène la suit jusque dans le hall d'entrée et découvre Daniel en uniforme assis sur un banc, qui se lève en la voyant arriver, il retire son calot, Salut, je suis venu pour… Maintenant qu'il la regarde, il a complètement oublié pourquoi il est là, il n'avait pas imaginé que face à elle il serait démuni comme un enfant paniqué. Peut-être a-t-il surestimé sa préparation militaire, croyant que parce qu'il s'était endurci physiquement, il serait aussi mieux armé pour l'affronter, mais face à cette jeune femme aux cheveux ébouriffés et en sueur qui le dévisage, imperturbable, son invulnérabilité s'est envolée, il se retrouve dans l'état où il était au lycée quand il voulait l'embrasser et il réalise que tous les efforts qu'il a faits pour la chasser de son esprit depuis qu'il a pris cette foutue décision de se séparer d'elle, ces : Je dois l'oublier, elle ne compte plus pour moi, ont été balayés en une seconde, Arlène est toujours au centre de ses pensées et le problème c'est qu'elle est là, devant lui, Comment ça va, toi ?

– Ça va, je vais passer en deuxième année. Tu as minci, non ?

– Si tu voyais l'entraînement auquel on est soumis et la qualité des repas en caserne, on n'a pas l'occasion de prendre du poids, je suis à Saint-Cyr, mais pas à côté de Versailles comme avant, c'est en Bretagne.

– C'est bien, enfin c'est ce que tu voulais faire.

– On pourrait aller boire quelque chose, j'ai vu un café à côté.

– Écoute, je ne suis pas vraiment en tenue pour sortir et je dois prendre une douche avant d'aller en cours.

Daniel hoche la tête, son regard fait le tour du hall, Par où commencer ? Il sort un paquet de Gauloises, en propose une à Arlène qui refuse, il allume la sienne, C'est bien ici, c'est tout moderne, si tu voyais l'état de nos bâtiments à Coëtquidan à côté, c'est… Ça a été compliqué de te retrouver, je suis passé chez toi à Joinville, j'ai vu une de tes sœurs, Odette je crois, elle a grandi, elle n'a pas voulu me donner ton adresse. Finalement, c'est la voisine du dessous que j'ai croisée dans l'escalier qui m'a dit où je pourrais te trouver. Elle m'a chargé de te transmettre son bonjour. Daniel sourit, tire sur sa cigarette, Arlène s'efforce de rester impassible, Il est venu parce qu'il s'en veut de m'avoir plaquée comme une vieille chaussette et il ne sait pas comment me l'annoncer, tu vas voir comment je vais le recevoir le bidasse, s'il croit qu'il arrive en terrain conquis, que j'attends bien sagement monsieur et que je vais tomber dans ses bras, il se trompe d'adresse, il va falloir qu'il se mette à genoux, longtemps, qu'il demande pardon pour tout et qu'il soit patient, je ne vais certainement pas lui faire de cadeau.

– Il faut que tu saches, dit-il, que j'ai longuement réfléchi à ce qui s'est passé entre nous, j'ai des regrets, j'ai voulu me comporter comme je croyais devoir le faire, c'était une erreur, mais c'est trop tard aujourd'hui.

Daniel jette sa cigarette au sol, l'écrase, sourit tristement. Arlène n'avait jamais imaginé revoir Daniel, elle savait qu'ils vivaient sur des parallèles qui ne se rejoignaient jamais et avait essayé de l'effacer de son esprit, mais il s'incrustait, se cachait dans un coin de son cerveau, et il revenait aux moments les plus inattendus, ça ne la dérangeait pas, au contraire, elle se demandait toujours pourquoi il l'avait larguée pour Marie. En cinq minutes. Alors que c'était elle qu'il aimait vraiment, et elle n'avait pas de réponse véritable à cette question lancinante, ce mystère impossible à résoudre faisait comme un trou en elle, mais elle avait décidé que cela ne l'empêcherait pas de vivre et d'avancer, Et puis non, je ne veux pas d'un militaire, je ne suis pas née pour être femme de soldat et attendre le retour du héros à la maison, s'il me veut il va devoir en faire des sacrifices, et d'abord renoncer à ce foutu métier.

Daniel se lève brutalement, comme s'il s'apprêtait à partir, se rassoit…, J'aurais aimé qu'on se revoie pour autre chose mais si je suis là aujourd'hui, c'est que… Jeanne a reçu il y a quelque temps la visite d'un éditeur à qui Thomas avait envoyé des textes, je n'ai pas bien compris ce qui s'est passé, sa lettre a été égarée, retrouvée, il pense que Thomas était un très grand poète et il veut lui consacrer un numéro de sa revue, le problème c'est que Thomas a tout brûlé avant de se suicider et que personne n'a rien conservé de ce qu'il a écrit, est-ce que toi tu as des poèmes ?

– Tu es venu me trouver pour me demander si j'ai gardé des poèmes de Thomas ?

– Il les écrivait pour toi, tu te souviens, il les cachait dans ton cartable, dans ton manteau. J'aurais dû venir plus tôt mais j'ai été obligé d'attendre une permission.

– Oui, je les ai gardés. Même qu'ils sont dans ma chambre, ça fait un moment que je ne les ai pas lus, mais ils sont là, dans un dossier.

– Et… et tu peux me les donner ? Enfin, nous les prêter, on te les rendra après.

Arlène est pétrifiée, Je vais les chercher. Elle se lève, disparaît à l'intérieur de la Cité, Daniel regarde sa montre, allume une autre cigarette. Arlène revient au bout de dix minutes avec une chemise grise en carton qu'elle tend à Daniel, qui ne remarque pas qu'elle a les yeux rouges, Voilà, tout est là, il y en a une trentaine, les cinq derniers sont un peu froissés.

– C'est formidable. Ils vont être très contents, tu sais. Ça fait combien de temps pour Thomas, je ne sais même plus.

– Ça fera trois ans à la fin juin.

– Quelle connerie !… Je ne t'ai pas demandé, tu… tu es avec quelqu'un ?

– Bien sûr.

– C'est bien. Moi, je vais commencer ma deuxième année à Coëtquidan, et après la spécialisation, je partirai certainement en Indochine.

– Tuer ou être tué, ce n'est pas marrant comme perspective.

– C'est là-bas qu'on a besoin de nous. Ah oui, j'oubliais de te dire, à la sortie de Saint-Cyr, avec Marie on va se marier à Dinard.

*

Arlène ne ment jamais. Elle n'en a surtout pas l'occasion. En réalité elle n'est avec personne, en tout cas personne à qui elle soit vraiment attachée, elle aimerait bien mais elle est tellement accaparée par ses cours et le travail à fournir est tellement énorme – en réalité il est impossible d'en venir à bout parce qu'il n'a pas de fin –, qu'il n'y a aucune place pour autre chose, et si un jeune homme l'invite à danser à un bal d'école, cette relation s'arrête aussi vite qu'elle a commencé ; même les plus insistants se lassent vite de cette jeune femme qui ne donne suite à aucune invitation, passe ses samedis et ses dimanches à bosser en affirmant que c'est une priorité vitale. Des vies de moinesses, comme le soutient avec un soupir sa copine Antoinette, et encore les moinesses sont mariées à Jésus, nous c'est avec le Saint-Esprit, on perd notre jeunesse ici. Arlène se dit que ce n'est pas grave, le plus urgent c'est de réussir ses études, de passer l'agrégation et de trouver un poste qui soit à la hauteur. Après, elle aura le temps pour vivre.

Quand Daniel part avec les poèmes de Thomas, Arlène reste un long moment assise sur un banc du hall d'entrée, indifférente à celles et ceux qui passent et la saluent, elle ne les voit pas car elle pleure, les yeux perdus dans le vague, elle pense à Thomas, à cheval sur un nuage, à son rire insensé, se dit qu'elle est passée à côté d'un type formidable, qui l'aimait comme un fou, qu'elle n'a rien compris à cet amour et à son talent. Elle n'est qu'une cruche, furieuse de s'être piégée toute seule, d'avoir cru que Daniel venait pour elle, pour faire la paix et retrouver leur intimité d'avant, surtout d'avoir imaginé que ce crétin l'aimait toujours, ça c'est la faute impardonnable d'une gamine stupide, et elle se répète, Faut que je sois plus forte, faut que j'arrête de prendre mes rêves pour la réalité. Soudain, une main se pose sur son épaule, Antoinette, sa voisine de chambre, la dévisage d'un air inquiet, Ça ne va pas Arlène, il y a un problème ? Arlène lève la tête, sourit tristement, Non, tout va bien.

– Ben non, tu pleures.

– Non, je ne pleure pas… C'est rien du tout, ça va passer. Elle essuie sa joue d'un revers de manche, renifle, Je ne pleure pas.

Elle se lève et entre dans la Cité, va prendre une douche, mais à cette heure, l'eau chaude a disparu, sous l'eau glacée elle ferme les yeux, respire profondément et se dit, C'est le dernier mec qui me fait pleurer.

Début juillet, Arlène se distingue de ses camarades en refusant un stage d'été au CNRS, un organisme public créé à la veille de la guerre, qui redémarre en centralisant la recherche appliquée et qui a un besoin urgent de compétences, sous prétexte qu'elle n'a aucune intention d'y faire carrière et qu'elle est déterminée à entrer dans l'industrie, même si elle sait que ce sera difficile de forcer le passage. Grâce au soutien de sa professeur d'analyse mathématique épatée par cette étudiante qui fait du calcul infinitésimal sur un boulier chinois plus rapidement qu'avec une règle à calcul et lui apprend à s'en servir, Arlène obtient un stage dans le nouvel Institut de recherche aéronautique qui vient de s'installer dans l'ancien fort de Palaiseau. Elle éprouve une certaine fierté à être affectée dans le laboratoire de propulsion, mais pendant trois mois elle ne met pas les pieds dans la soufflerie et ne sert que de petite main pour effectuer des montagnes de calculs sur la résistance des matériaux et les profils d'ailes sans jamais avoir accès aux calculateurs, réservés aux ingénieurs qui la tiennent à distance, se débarrassent sur elle des corvées et ne lui expliquent jamais la finalité de son travail.

Un soir, début septembre, elle remarque un jeune homme qui essaye de distribuer un papier aux salariés qui quittent le fort et passent devant lui en l'ignorant ostensiblement, elle prend le tract, jette un œil dessus, il est à l'en-tête du Mouvement pour la paix, Tout le monde doit être pour la paix, non ?

– Pas ceux qui travaillent ici, répond le jeune homme. Depuis une heure, vous êtes seulement la deuxième à accepter un tract et la première à m'adresser la parole. Au moins, je ne serai pas venu pour rien. Vous rentrez à Paris ? Je vous accompagne.

En attendant le bus qui les conduira à la gare, Arlène dit, Après tout ce qui s'est passé, personne ne peut plus vouloir la guerre, on en a assez bavé.

– Faut croire que non, jamais le budget de la Défense nationale n'a été aussi élevé, les États affirment vouloir la paix mais tout le monde se réarme, nous on prône le désarmement général, le refus inconditionnel de la guerre, sinon on court à la catastrophe. Là où vous bossez, on planche bien sur des avions militaires.

– Je n'en sais rien, moi je travaille sur des modèles généraux et en ce moment sur la prise d'air des fuselages, mais à titre personnel, je suis antimilitariste et contre l'armée.

– Bravo ! Moi aussi. Je m'appelle Pierre. Pierre Pratz. Il lui tend la main, la lui serre avec énergie. Faut pas que je traîne parce que moi, je vais bosser. Pierre est typographe à *France-Soir*, travaille de nuit à Réaumur jusqu'à cinq heures du matin, des fois six, Nous, on fait sept éditions par jour et on tire à plus de six cent mille.

– Ça doit être dur comme boulot ?

– Le plus pénible, c'est qu'il faut à la fois se dépêcher et ne pas se tromper, les journalistes balancent leurs articles au dernier moment, faut composer à toute vitesse et tenir le rythme, mais je ne me plains pas. Pierre explique comment se fabrique un quotidien, cela pourrait paraître fastidieux mais c'est passionnant, Finalement, c'est de nous les typographes que dépend la sortie du journal, ils ne peuvent pas se passer de nous, c'est comme ça qu'on arrive à se faire respecter.

– Vous n'avez pas des mains d'ouvrier typographe.

– C'est fini cette époque, aujourd'hui on travaille sur des linotypes, c'est comme une machine à écrire mais ça pèse plus d'une tonne, on assemble toutes les lignes de l'article aux bonnes dimensions, après il n'y a plus qu'à envoyer dans la presse à imprimer et on garde les mains propres.

Arlène lui trouve un petit air de ressemblance avec Lindbergh, avec ses yeux bruns, une mèche ondulée qui tombe sur le côté et une voix grave un peu lente et insolite pour un jeune homme à peine plus vieux qu'elle. Il lui parle comme s'il l'avait toujours connue, Tu vois, pour moi, ce qui est important, c'est d'être fidèle à ses convictions, c'est quand on se renie que les choses vont mal, on ne peut pas à la fois vouloir la paix et fabriquer des armes, répéter « Plus jamais ça » et recommencer les mêmes erreurs qui nous ont conduits à la catastrophe.

Ils prennent le train pour Paris, s'asseyent face à face dans le wagon, Tu vois, je me suis engagé, je suis allé jusqu'à Berlin, j'y suis resté six mois, eh bien ce que j'ai vu, il n'y a pas à être fier, chez eux ça a été pire que chez nous, à quoi ça sert de batailler pour avoir une famille, une vie correcte, si c'est pour tout détruire ? Pierre se tait, son regard se perd dans la zone pavillonnaire qui défile à toute vitesse, J'ai perdu mon père à la bataille de Dunkerque, j'avais quinze ans, je n'arrête pas de penser à lui, à la vie qui lui a été volée, au désespoir de ma mère, et pourtant ils ne s'entendaient pas, mon père avait un caractère difficile, c'est en pensant à lui que je me suis engagé au Mouvement pour la paix.

– Je te comprends, mon père est mort quelques jours auparavant à la bataille de Stonne, on n'a jamais retrouvé son corps, ça a tourneboulé ma mère, si tu la connaissais, elle te dirait que ce n'est pas une coïncidence si on s'est rencontrés.

– Qu'est-ce qu'on en sait ? Il la raccompagne jusqu'à l'entrée de la Cité, Peut-être qu'on peut se revoir, si tu veux ?

– Oui, je veux bien.

Arlène apprécie Pierre parce qu'il est le premier lecteur de son journal, de la première à la dernière page tout l'intéresse, même les rubriques Faits divers, Économie ou les bandes dessinées. Quand ils se retrouvent, il lui raconte ce qui s'est passé dans le monde, lui apporte les exemplaires de la semaine et elle peut lire les articles qui l'intéressent, mais ils ne peuvent pas rester longtemps ensemble, étant aussi occupés l'un que l'autre, Arlène par une deuxième année d'École normale bien plus intense que la première, quand elle arrive à sauver son dimanche elle s'estime satisfaite, et Pierre par son métier de nuit et son activité de jour : la distribution de tracts, le collage des affiches du Mouvement, les réunions et la grande affaire de l'année, l'appel de Stockholm, un texte lancé par des intellectuels, écrivains et artistes proches du parti communiste : « Nous exigeons l'interdiction absolue de l'arme atomique, arme d'épouvante et d'extermination massive des populations… Nous considérons que le gouvernement qui, le premier, utiliserait, contre n'importe quel pays, l'arme atomique, commettrait un crime contre l'humanité et serait à traiter comme criminel de guerre. Nous appelons tous les hommes de bonne volonté dans le monde à signer cet appel. »

Après son travail, Pierre ne va plus se coucher, il se reposera plus tard, il se rend sur le marché de Gambetta ou à la sortie du métro, installe une table pliante, harangue les ménagères, les retraités et les clients pour qu'ils signent la pétition nationale réclamant l'arrêt définitif des armes de mort ; comme lui, dans tout le pays, des milliers de sympathisants s'engagent dans ce combat, dans ce rêve, certains font des concours à qui récoltera le plus de signatures, bien des hésitants paraphent à leur tour, convaincus par l'engagement de tant de gens célèbres, Vous ne croyez pas que Gérard Philipe, Yves Montand, Édith Piaf, Maurice Chevalier et les autres savent ce qu'ils font, non ? Arlène le rejoint quand elle le peut à une sortie de métro ou à l'entrée d'un stade, participe à sa manière en expliquant avec ses arguments, plus scientifiques, pourquoi il faut se mobiliser. Le spectre des centaines de milliers de morts et des millions d'irradiés d'Hiroshima et de Nagasaki terrorise les réfractaires et les amène à exiger que le gouvernement renonce à l'arme atomique, chaque signature obtenue est une victoire, une de plus, des millions de signatures sont récoltées, Tous unis, nous allons y arriver et offrir un monde meilleur à nos enfants.

Arlène est accueillie à bras ouverts par les camarades de Pierre, cette copine qui affiche des convictions antimilitaristes aussi déterminées leur convient. Et quand Arlène explique qu'elle a perdu aussi son père pendant la guerre et le drame qui en a résulté pour sa mère, tout le monde croit comprendre l'origine de ses opinions pacifistes, si rares chez une jeune femme de son âge. Elle se garde d'en expliciter la raison profonde. Jamais elle n'évoquera Daniel auprès de Pierre, jamais elle ne racontera sa vie, ce n'est pas qu'elle n'ait pas envie de se confier à quelqu'un, mais ce serait trop compliqué, et puis c'est une histoire qui n'appartient qu'à elle et à Daniel. Elle devrait remonter loin en arrière, parler de Thomas et Marie, et aussi du petit aspirant qui est toujours là, près d'elle, en uniforme, qui l'accompagne quand elle marche, quand elle ferme les yeux, quand elle traverse le hall de la Cité, quand elle se réveille la nuit, il s'assied à côté d'elle en salle de cours, il lui sourit comme avant et lui dit qu'il regrette, qu'il va venir la chercher, et elle ne sait plus comment se débarrasser de lui. Et lorsque Pierre la trouve songeuse, lui demande, À quoi tu penses ?, elle répond, À rien.

Le grand meeting de la Mutualité où les affiches peintes par Picasso, avec la colombe et le rameau d'olivier apparaissent sur des dizaines de panneaux brandis à bout de bras, est exaltant parce qu'une foule considérable – on parle de dix mille personnes – se bouscule rue Saint-Victor et rue Monge dans une exaltation joyeuse, et aussi décevant, parce que Pierre et Arlène ne peuvent pas entrer dans la salle bondée pour entendre Frédéric Joliot-Curie annoncer le résultat faramineux de la pétition nationale, qui a récolté plus de quinze millions de signatures. Cette mobilisation populaire est telle qu'elle va empêcher le gouvernement de se lancer dans la prolifération nucléaire. Le discours est retransmis à l'extérieur par des haut-parleurs, on écoute religieusement les nombreux orateurs, on les applaudit frénétiquement. Soudain, Arlène s'immobilise, fixe Pierre, Tu sais, je crois que je n'ai pas signé la pétition.

– Ce n'est pas possible !

– J'en suis sûre, la première fois je me suis dit, je le ferai à tête reposée, et j'ai oublié.

Mais ici, c'est un endroit où on peut encore signer, certains affirment que la pétition est close depuis la veille, d'autres que non, qu'il faut écrire au siège ou attendre lundi et téléphoner, il y a toujours des retardataires et des convertis de dernière minute. Et puis, coup de chance, Pierre croise une camarade qui arrive de Lunéville avec une poignée de feuilles de pétition qu'elle va remettre en retard à un responsable : 1 670 signatures de Meurthe-et-Moselle, elle a eu la grippe, maintenant elle est guérie, elle accepte d'ajouter Arlène, qui signe en s'appuyant sur une voiture, Pierre l'embrasse, on la félicite, Une de plus, et plus on sera nombreux, plus on sera forts. Arlène est heureuse, mais elle ne se doute pas que cette signature tardive sur cette liste de province lui sauvera un jour la vie.

*

En octobre de la même année, *Le Sémaphore* publie un numéro spécial consacré exclusivement à Thomas Virel, avec les vingt-huit poèmes donnés par Arlène et les cinq derniers froissés. Les réactions dans la presse sont nombreuses, il faut réimprimer trois fois, la revue bat son record de ventes. Hormis une poignée d'acrimonieux et d'atrabilaires, la tendance est plutôt favorable : « La découverte posthume d'un immense poète... », « Ce génie à côté duquel nous sommes tous passés... », « De la taille des plus grands... » Les commentaires de trois académiciens confirment que Thomas Virel avait un talent hors du commun, même si certains textes laissent sceptique en raison de leur simplisme, de leur banalité et des lieux communs tartinés à la pelle, Mais vous n'y comprenez rien ! C'est justement cela qui fait de lui un visionnaire ! Certains s'étonnent qu'Eugène, qui était à l'agonie et dont on attendait le suicide après sa faillite, ait réussi à sortir un spécial sur papier vélin avec une mise en pages originale, des clichés photographiques et des illustrations de plusieurs peintres renommés. Jeanne a décidé de subventionner ce numéro mais a dû aussi renflouer la barque coulée. Quand, d'une voix d'outre-tombe, il lui a annoncé le montant du passif, elle a dit, C'est tout ? et a sorti son chéquier. Eugène a réglé ses dettes et tout est rentré dans l'ordre. Même Maurice Virel n'a rien trouvé à redire, C'est amusant d'investir dans la littérature, cela ne peut pas faire de mal et ça coûte des clopinettes. Comme Jeanne et Marie, il est ravi de ce numéro spécial sur Thomas et que justice lui soit rendue. Eugène a sollicité les témoignages de Marie, de Daniel et de ses professeurs, il manque celui d'Arlène, elle avait donné son accord pour le rencontrer et évoquer sa relation avec Thomas, mais Marie s'y est opposée, Eugène a insisté une fois mais elle a su se faire comprendre, C'est non !

Après la publication, Le Goff restitue les poèmes de Thomas à Jeanne, qui les donne à Marie pour que Daniel les rende à Arlène, mais Marie décide de les garder, Ce sont les créations de mon frère, les seuls écrits qu'il reste de sa main. Daniel veut respecter la parole donnée à Arlène mais Marie est intransigeante, C'est non, un point c'est tout ! Et Daniel se dit que cela ne vaut pas la peine de se disputer avec sa promise pour si peu. L'année suivante, Arlène enverra un mot à Daniel à Saint-Maur pour que les textes lui soient rendus et lui faire part de sa déception, de sa tristesse même, parce que pas une seule fois son nom n'est évoqué dans la revue, ni son rôle auprès de Thomas, mais Marie tombe sur la lettre en récupérant le courrier, l'ouvre et la déchire.

Finalement, Jeanne rachète *Le Sémaphore*, parce que la littérature l'a toujours passionnée et qu'en vérité pour elle, c'est pichenette. Elle engage Eugène comme directeur de la publication, elle-même assurant la direction littéraire avec Madeleine, car cette dernière s'y connaît mieux qu'elle en écrivains. Aujourd'hui, Eugène n'a plus aucune dette. La revue a doublé de volume, elle accueille des célébrités du monde littéraire français et international, publie de la poésie à foison, des nouvelles, des tribunes libres, des recensions fouillées d'auteurs américains et japonais et ne déteste pas sortir un article déclenchant une polémique. Les avis divergents sur la qualité des œuvres de Thomas se sont estompés, ils ont même été totalement oubliés, tout le monde est d'accord pour admettre que « Qui étais-je avant de te connaître ? » est un texte époustouflant, le reste de sa production qui avait fait l'objet de moues et de réserves n'appelle plus à présent aucun commentaire. Thomas échappe au purgatoire promis aux auteurs grâce à un nombre d'amateurs, d'amatrices en réalité, peu nombreuses certes mais ferventes, qui cultivent sa mémoire en le désignant par un substantif qui le qualifie parfaitement, le « Météorite ». Eugène a trouvé en Madeleine une alliée inattendue, ils mettent un point d'honneur à découvrir de jeunes auteurs, à donner un espace aux dernières tendances littéraires, même les plus controversées et les plus éloignées de leurs convictions, la formule d'Eugène, « C'est quand je ne comprends pas que ça devient intéressant », a fait florès. Le Tout-Paris des arts et des lettres se bat pour être invité à son cocktail annuel et plus personne ne s'avise de dire du mal d'Eugène, qui vient d'entrer à l'Académie. Grâce à lui, *Le Sémaphore* est devenu la revue des avant-gardes, puisque tel est le sous-titre qui figure sur la couverture avec le portrait en taille-douce de Thomas Virel dessiné par Marie. Il est probable que si on avait demandé son avis à Thomas, cette idée ne lui aurait pas déplu.

*

Arlène sort major de sa promotion. Ce n'est pas une énorme surprise, Je ne suis que première sur quatorze, pas de quoi allumer un feu de joie. Par un copain, elle obtient les sujets de maths et de physique à Ulm, les traite en deux fois quatre heures, ses profs la corrigent : si elle avait concouru avec les garçons, elle aurait eu la deuxième meilleure note, J'aurais pu faire mieux mais on n'a étudié qu'une partie du programme sur les calculs différentiels, j'ai dû présumer un peu. Cette fois, elle accepte le stage qu'on lui propose, grâce à son classement, au laboratoire du grand électro-aimant de Meudon-Bellevue, où elle participe sur un spectrographe magnétique à une étude sur la préaccélération des électrons de faible énergie. L'ambiance est plus détendue que l'année précédente et, quand Arlène propose une solution au problème de la réduction du temps de pose en accélérant les électrons de conversion, le responsable réfléchit une minute avant de répondre, Oui, pas bête, on va essayer.

Elle profite de son temps libre pour rédiger un curriculum vitae selon un modèle que sa prof de maths lui a donné, mais celle-ci la met en garde, Tu t'engages dans un combat perdu d'avance, tu vas perdre ton temps et ton énergie. Il y a des femmes dans l'industrie mais comme ouvrières, pas comme ingénieurs. Les patrons n'ont pas envie de se créer des problèmes supplémentaires, une femme qui donne des ordres aux hommes, c'est une source de tensions et de conflits avec les collègues masculins qu'ils préfèrent éviter. Si une entreprise demande un ingénieur, il est inutile pour une femme de postuler, la réponse sera systématiquement négative ; dans ce pays il y a moins de un pour cent de femmes ingénieurs, et pas aux meilleurs postes, dans la plupart des grandes entreprises c'est zéro. Il ne faut pas oublier que de Gaulle en 45 a appelé les Françaises à fabriquer les douze millions de bébés dont la France a besoin, c'est pour cela qu'il a créé les allocations familiales, pour qu'elles puissent rester à la maison, d'autant que si tu veux travailler, tu devras demander l'autorisation à ton mari. Dis-toi que le CNRS est une chance pour les meilleures d'entre vous. Les diplômés n'ont pas envie d'entrer dans un organisme public, ils ont l'impression qu'ils vont devenir fonctionnaires, dans le privé ils peuvent faire des carrières plus valorisantes et mieux rémunérées, gagner deux à trois fois plus ce n'est pas rien, c'est pour cela que les femmes entrent en masse au CNRS, parce qu'il y a des emplois à pourvoir que les hommes ne prennent pas et qu'à fonction égale, les salaires sont à peu près équivalents, mais attention, même là ce n'est pas gagné, les postes de responsable et de direction c'est pour les hommes.

– Eh ben, il va falloir que ça change, moi je vais essayer. Et je vais réussir.

Arlène épluche les annonces de *L'Usine nouvelle*, sélectionne soigneusement les postes d'ingénieur débutant qui lui correspondent, en trois mois elle adresse vingt-neuf CV avec une lettre de motivation où elle explique que ses résultats en maths et physique sont identiques, voire supérieurs, à ceux de ses camarades d'Ulm et elle attend.

Pas longtemps.

Dans le courant de la semaine suivante, les réponses des entreprises tombent, quasiment identiques, « Votre profil ne correspond pas au poste à pourvoir. » Elle insiste, décide d'ouvrir un peu le champ des possibles, avec l'idée qu'il faut parfois descendre d'un cran pour mieux rebondir, trouve deux douzaines d'offres d'emploi avec la mention *bras droit, collaborateur, adjoint*, mais les résultats sont tout aussi décevants. Et puis, un samedi, c'est le soulagement quand elle reçoit une lettre de Péchiney la convoquant à un entretien au siège.

Enfin.

Sa prof de maths et Pierre lui donnent de précieux conseils sur sa tenue : jupe noire et corsage, coiffure avec le front dégagé, absence de maquillage et aucun bijou bien sûr. Arlène se retrouve face à un chef du personnel affable qui lui explique que le responsable du département électrométallurgie cherche une assistante pour superviser avec lui le développement des travaux sur l'électrolyse qui permettront de faire chuter le prix de l'aluminium de moitié, Je dois sélectionner trois candidates et le fait que vous ayez fait de brillantes études scientifiques est assurément un plus, mais quel est votre niveau à la machine à écrire ?

– Oh, je tape mal, avec deux doigts ou trois, ça dépend.

– Et en sténographie ?

C'est à cet instant que s'arrête la carrière d'Arlène chez Péchiney.

*

Pour Daniel, les choses sérieuses commencent lors de la deuxième année de Saint-Cyr. Réveil avant l'aube, il faut être sur le terrain à cinq heures. L'instruction technique est intensive, les élèves se transforment en mécaniciens, les mains dans le cambouis des moteurs et des machines, ils apprennent à désosser et remonter le matériel utilisé par l'armée en Indochine, les command cars, les transmissions, à les utiliser dans toutes les configurations, même sous des trombes d'eau ou par nuit noire, à repérer les mines et les pièges de l'adversaire, à en fabriquer et à en poser. Les exercices de maniement d'arme avec tirs à balles réelles, l'utilisation d'explosifs et l'entraînement au corps à corps sont quotidiens et se poursuivent l'après-midi par une formation tactique destinée aux futurs chefs de section et aux commandants de compagnie. Daniel termine septième sur quatre cent trente-neuf, la promotion ayant perdu un aspirant lors d'une simulation de combat et un redoublant pour cause de maladie.

Le 30 juillet à la tombée du jour, sur l'esplanade terreuse de Coëtquidan pompeusement dénommée Marchfeld par le commandant, sous un ciel d'étain avec d'énormes nuages qui auront pour une fois l'élégance de se déverser ailleurs, commence le Triomphe de la quatrième cuvée depuis que l'école a émigré en Bretagne. Un millier de personnes, familles et amis des futurs officiers, assistent au début de la parade présidée par le général Juin, un des héros de la dernière guerre, et par le général Carpentier qui commande le corps expéditionnaire en Indochine. Charles Jansen, qui vient d'être nommé général de brigade, se trouve quelque part parmi les officiels, mais personne ne le remarque. La promotion est baptisée du nom du général Frère, qui organisa un réseau de résistance dans l'armée et fut déporté au camp de concentration du Struthof où il mourut d'épuisement, et reçoit son drapeau porté par le major. Après le défilé et la fresque équestre, à la lumière des projecteurs, les quatre cent trente-neuf aspirants portant le shako bleu ciel à l'ancienne, le dolman bleu marine, les épaulettes tressées rouges, le collet droit et le pantalon garance à bande bleue, s'alignent en un ordre parfait comme s'ils avaient manœuvré ensemble toute leur vie et retentit l'injonction dans le haut-parleur, À genoux, les hommes. Ils s'accroupissent, bras droit tendu sur la jambe pliée, bras gauche le long du corps, écoutent comme des statues le discours du général Juin exaltant les valeurs immuables de l'école, la discipline, la générosité et le don de soi jusqu'au sacrifice.

Pierre Deleyne est venu exprès d'Allemagne où il est en poste car il est le parrain de Daniel et il lui remettra son casoar et son épée. Il embrasse Madeleine et Marie, bavarde avec elles quelques minutes et rejoint le défilé. Dès le début de la cérémonie, debout au milieu de la foule, celles-ci clignent des yeux comme des vigies, cherchent Daniel parmi les militaires qui défilent et finissent par se poster à une cinquantaine de mètres d'elles. Madeleine scrute Marie comme si elle hésitait à s'exprimer, Jeanne m'a dit que tu es fâchée avec ton père, que tu ne veux plus le voir ni lui parler.

– Il n'existe plus pour moi. Elle se dresse sur les pointes, affirme apercevoir Daniel au premier rang, troisième en partant de la droite, C'est lui !

Elle le désigne du doigt à Madeleine pour qui tous ces soldats se ressemblent, et pendant une heure et demie, elles ne le quitteront pas des yeux, Tu n'as aucune appréhension à l'idée d'épouser un militaire ?

– Un peu bien sûr. Quand tu t'es mariée avec Charles, il était déjà officier, non ?

Madeleine tarde à répondre, Je sortais de plusieurs années de sanatorium, j'ai été invitée au mariage d'une amie et je suis tombée sur lui en grand uniforme, le coup de foudre, une vraie dinde, mais nous étions surtout des enfants de la Première Guerre, toutes les familles avaient été endeuillées. Après l'hécatombe, on avait ce foutu espoir chevillé au corps, la der des ders, comment imaginer une autre conflagration ? On était désespérément naïfs, la vérité c'est que la paix n'est qu'une exception, un temps miraculeux entre deux conflits.

– La guerre en Indochine ne durera pas longtemps, dans un an ce sera terminé, Daniel restera en métropole, tout le monde dit que notre armée est plus moderne et va les écraser.

– Espérons. Mais la suivante, ce sera où, ce sera quand ? Charles dit qu'on va devoir affronter les communistes, d'après lui le choc est inéluctable mais ne sera pas forcément frontal, on aura peut-être un répit. J'espère que vous serez heureux tous les deux.

– Tu sais, je l'ai toujours aimé, je le trouvais parfait, même quand il ne voulait pas se baigner – Madeleine éclate de rire. D'aussi loin que je me souvienne, j'ai toujours eu envie d'être la femme de Daniel, pour moi c'était une certitude, et pour lui aussi. Alors, qu'il rentre dans l'armée n'est pas un souci.

Arrivent au pas les saint-cyriens de la promotion précédente qui se placent devant leurs filleuls agenouillés, accrochent à leur shako le casoar, un plumet rouge et blanc qui frémit sous le vent, et le placent sur leur tête, ensuite le parrain pose le sabre, lame vers l'extérieur, sur le côté cœur puis sur l'épaule droite avant de leur remettre leur épée, ensuite ils font demi-tour et s'éloignent en silence. Retentit enfin, Debout les officiers. Ils se redressent tous, ils sont sous-lieutenants et entonnent le chant de leur promotion. La nouvelle génération d'officiers avance comme des soldats de plomb animés, Ce n'est pas lui ! Madeleine et Marie découvrent que celui qu'elles couvent du regard depuis plus d'une heure n'est pas Daniel, et maintenant le groupe disparaît dans le lointain.

*

Sur les quarante-huit offres d'emploi qu'elle avait sélectionnées, qui recherchaient un ingénieur débutant ou un adjoint diplômé, Arlène n'a obtenu qu'un seul entretien d'embauche qui n'a pas été très fructueux, et seules vingt-deux entreprises ont pris la peine de lui adresser une lettre de refus, les autres n'ont pas daigné lui confirmer qu'elle n'avait pas le profil. Mais Arlène refuse de renoncer, escompte recevoir encore quelques réponses favorables. Au moins une. Elle s'est promis d'attendre jusqu'à fin août dernière limite. Quand elle évoque cette attente interminable, ces réponses qui ne viennent pas, Pierre lève les yeux au ciel, Tu as tort de persévérer dans une voie qui est une impasse. Il n'y a pas de femmes ingénieurs parce qu'elles ne pourraient pas se faire obéir sur un chantier ou dans une usine, les hommes et les femmes ne sont pas pareils, faut l'accepter, on n'y peut rien si ce sont les femmes qui mettent les enfants au monde et les élèvent, c'est comme ça dans la nature, c'est bien que les femmes travaillent, mais il y a des tas de métiers qui ne sont pas faits pour vous, si tu voulais tu pourrais être professeur, tu gagnerais bien ta vie, tu aurais toutes les vacances, on pourrait penser à l'avenir.

– Avec ce genre de raisonnement, on vivrait toujours en royauté, tu bosserais quarante-huit heures par semaine comme tes parents, sans congés payés, ni retraite, ni Sécu. Il y a un moment où il faut renverser la table, dire que cela suffit, sinon rien ne changera jamais, on gardera le droit de faire des enfants et de se taire. On peut espérer une autre vie, non ?

Les semaines passent. Fin septembre, Arlène doit prendre une décision, sinon elle risque de perdre sa chambre à la Cité, et en général quand on doit se décider précipitamment, c'est que les choses n'ont pas tourné comme on voulait et qu'il faut se rabattre sur le plan B. Arlène hésite à se lancer dans une agrégation car ce diplôme ne lui ouvrira aucune autre porte que l'enseignement et elle ne veut pas en entendre parler. Sa professeur d'analyse mathématique la pousse à entrer au Commissariat à l'énergie atomique, un organisme public qui vient de se créer, où elle pourra obtenir un poste de recherche intéressant, montrer de quoi elle est capable, gravir les échelons et décrocher des responsabilités auxquelles elle n'aurait jamais accès dans le privé, et en plus elle sera payée correctement et pourra rester à la Cité. Arlène a de la chance, soutient sa prof, Jules Horowitz, un chercheur qu'elle connaît bien et qui dirige le tout nouveau service de physique-mathématiques au fort de Châtillon, à Fontenay-aux-Roses, cherche des compétences pointues qu'il ne trouve pas. Elle ne dit pas qu'elle a dû insister. Quand elle lui a suggéré d'engager Arlène, Horowitz a fait la moue, Il n'y a aucune femme dans mon équipe de polytechniciens, ça risque de poser des problèmes, non ?

– Pour eux certainement, parce qu'ils vont avoir du mal à la suivre.

– Je rencontre suffisamment de difficultés pour ne pas en rajouter, et puis le niveau est très élevé.

– Écoute, tu sais ce que c'est que d'être victime de ségrégation, toi qui as été écarté de Polytechnique parce que tu étais juif, tu dois lui donner sa chance.

Horowitz accepte de recevoir Arlène, discute un quart d'heure avec elle, se méfie de cette gamine qui a réponse à tout, il lui demande de résoudre un problème piégeux sur la vitesse de propagation d'une onde électromagnétique, la voit sortir de son cartable un boulier chinois, lui propose sa règle à calcul avec une échelle log-log, Je vais plus vite avec mon boulier et ça me permet d'être autrement plus précise qu'avec une règle à calcul qui n'est utile que pour les inverses et les calculs enchaînés, je combine les deux et je ne me trompe jamais. Horowitz la regarde développer une équation de Maxwell en manipulant son boulier à toute vitesse, il ne vérifie pas le résultat qu'elle lui présente, Comme nous dépendons du CEA, avant d'être embauchée, vous aurez une période d'essai d'un an qui peut être interrompue à tout moment si ça ne marche pas, vous commencez lundi, vous allez devoir vous accrocher, la charge de travail est considérable car on travaille uniquement sur les calculs neutroniques.

– Cela consiste en quoi exactement ?

– C'est une science neuve qui étudie la multiplication des neutrons et le contrôle de la réaction en chaîne, on n'a pas droit à l'erreur.

Quand Horowitz informe Garnier, son chef de labo, qu'il disposera d'une petite main sévrienne pour l'assister, celui-ci s'exclame, C'est une plaisanterie ! Il faut rappeler, à sa décharge, que les treize ingénieurs de l'équipe n'ont jamais croisé de jeunes femmes mathématiciennes au cours de leurs études exclusivement masculines, que ce soit dans leur lycée de garçons, durant les deux années de classe préparatoire ou dans leur grande école, et aucun ne s'est jamais posé la moindre question sur cette absence. Persuadés que les filles sont des littéraires, ils sont donc assez surpris de constater que cette femelle ne papote pas de façon inconsidérée, n'a pas comme arrière-pensée d'épouser un polytechnicien, arrive la première malgré la longueur du trajet depuis Paris, bosse sans compter ses heures et attrape le dernier bus pour rentrer, pige ce qu'on attend d'elle sans qu'on ait besoin de lui expliquer deux fois, ne les dérange jamais en demandant de l'aide, et finalement travaille autant qu'eux, si ce n'est qu'elle utilise un boulier chinois qui lui permet d'être plus rapide dans ses calculs.

Une drôle de femme, vraiment.

Le personnel destiné à travailler au CEA, qui a accès à des informations relevant de la Défense nationale, doit être habilité par la DST, le service de la sécurité intérieure, mais pour l'instant cette autorisation reste théorique car le laboratoire est accessible librement et il n'y a aucun contrôle à l'entrée.

Arlène est convoquée au ministère dans le XVe arrondissement où elle est reçue par un militaire qui lui demande sa carte d'identité et lui pose une série de questions, il coche une liste placée sur son bureau, Je vois que vous êtes pupille de la nation, que votre père est décédé au front, vous n'avez pas de casier, aucune fiche ni aucun signalement à votre nom, êtes-vous membre d'un parti politique ?

– Non.

– Êtes-vous sympathisante du parti communiste ?

– Non.

– Adhérente ou sympathisante d'un syndicat ?

– Non.

– Avez-vous des sympathies pacifistes ?

Arlène réalise qu'elle a signé quelques mois plus tôt l'appel de Stockholm qui appelait au désarmement général. Elle hésite, si elle reconnaît avoir approuvé cette pétition, c'en est fini de son avenir au CEA, elle respire profondément. À Dieu vat.

– Non plus.

– Êtes-vous amie avec des communistes, des pacifistes ?

– Amie ? Non. J'en connais, mais ils ne savent pas ce que je fais et je n'ai pas l'intention de leur en parler.

– Bon, je transmets votre dossier pour examen, il faut compter deux mois environ.

En se retrouvant sur le boulevard Victor, Arlène est obligée de s'asseoir sur un banc, ses jambes flageolent, elle a envie de crier, se répète, Je dois réfléchir. Elle tente de calmer son agitation, persuadée que sa carrière va s'arrêter avant d'avoir commencé, mais elle ne peut rien faire d'autre qu'attendre que le couperet tombe.

À la Cité, elle croise sa prof de maths qui sort de son cours et remarque son visage fermé. Arlène lui explique que sa candidature va être rejetée et qu'elle doit prévenir Horowitz qu'elle renonce à son stage, la prof s'exclame, Tu plaisantes ? Leur enquête est purement administrative, surtout pour les postes comme le tien, il est techniquement impossible qu'ils retrouvent ton nom parmi les quinze millions de signatures, sauf s'ils y affectent des dizaines d'inspecteurs pendant des mois, d'autant que tu as signé en retard sur une feuille de Lunéville. Ils cherchent à débusquer les communistes parce qu'ils sont convaincus que ce sont des espions, mais leurs fichiers datent de la guerre, ils s'agitent pour persuader leurs supérieurs qu'ils sont efficaces, ils viennent de virer Frédéric Joliot-Curie malgré son prix Nobel et après tout ce qu'il a apporté au pays pour faire croire qu'ils sont impitoyables. Toi, tu es trop jeune pour qu'ils te repèrent. Peuvent-ils te relier à ton petit copain ?

– C'est difficile, sauf à nous espionner le dimanche après-midi quand on arrive à se retrouver.

– Tu lui as parlé de ton travail ?

– Nous avons des vies incompatibles, alors quand on se voit, on a si peu de temps qu'on a d'autres sujets de conversation. J'espère que vous avez raison, qu'ils ne trouveront rien, parce que j'y tiens à ce stage.

Si Pierre Pratz et Arlène vivent une relation frustrante, c'est parce qu'ils évoluent dans des mondes décalés, lui ouvrier nocturne se réveille à quatre heures de l'après-midi, prend son service à dix-neuf heures et fabrique un journal que les diurnes liront quand il ira se coucher le jour levé. Pas facile d'établir une relation lorsque l'un dîne au moment où l'autre arrive à son poste, ils ne voient pas comment surmonter cet obstacle parce qu'ils n'envisagent ni l'un ni l'autre de renoncer à leur métier, aussi s'organisent-ils pour réussir leur unique journée de vie commune. Le dimanche est un jour de liberté dont personne ne peut les priver. Pierre est donc surpris du changement d'attitude d'Arlène qui, soudain, semble distante et n'est pas à prendre avec des pincettes, J'ai des soucis à mon boulot, si ça se trouve je vais me faire virer, c'est pour ça que je suis tendue, c'est trop compliqué à expliquer.

Ce qui gêne le plus Pierre, c'est qu'Arlène ne parle plus, elle reste en face de lui, absente, esquisse un timide sourire quand il lui prend la main, et replonge dans des pensées secrètes dont il est exclu alors que, la semaine précédente, elle avait essayé pendant une heure de lui faire comprendre l'intérêt de la constante de Planck et l'importance de mesurer avec la plus grande précision le principe d'incertitude, mais il avait fini par avouer, Oui, je saisis vaguement. Pourtant, c'était du chinois pour lui. Maintenant, elle ne dit plus rien, comme si elle était cadenassée de l'intérieur, et il a horreur de ce mur invisible qui les sépare. Il se demande ce qu'il a pu faire pour qu'elle soit devenue si froide, mais il ne trouve pas. Alors, il lui raconte la vie du journal, l'article qu'il faut arrêter et recomposer parce que Pierre Lazareff a piqué une colère contre un jeune journaliste en lui faisant la leçon devant tout le monde, L'intro est trop longue, il faut que le lecteur pige en une seconde de quoi on parle, que tout soit mis en scène, pas un papier sans personnage ! Ou encore mercredi dernier, à quatre heures trente du matin, quand tout le monde était épuisé. On attendait le reportage que Lucien Bodard devait envoyer d'Hanoï mais qui n'arrivait pas, la liaison téléphonique avec l'Indochine étant interrompue sans qu'on sache si c'était à cause d'un accident ou d'un attentat. Le patron a décidé de bloquer l'imprimerie jusqu'à la dernière limite possible avant la catastrophe parce que l'espace était réservé pour Bodard en première et en quatrième, mais on ne pouvait pas sortir avec des blancs, les lecteurs n'auraient pas compris, ils auraient cru à de la censure, et en plus les vendeurs à la criée et les livreurs en camionnette encombraient déjà la rue Réaumur pour charger la première édition. Lazareff demande alors au service des sports de sortir le papier sur Fausto Coppi qui devait paraître le lendemain et puis miracle, le téléphone finit par sonner. Bodard, à l'autre bout de la terre, à dix mille kilomètres, a réussi malgré les cinq heures de décalage horaire à obtenir une ligne en passant par Singapour depuis la résidence du haut-commissaire avec qui il est copain, ça barde sacrément là-bas. D'habitude, il dicte son texte à une secrétaire qui le note en sténo, mais là, on n'a plus le temps, Lazareff prend le combiné et me le répercute, je compose l'article à la volée avant de le balancer dans les rotatives, Encore une fois, c'est passé in extremis, mais la prochaine fois, c'est sûr, on va avoir une crise cardiaque.

Maintenant, les dimanches traînent un peu, Pierre se lance dans la cuisine, c'est un spécialiste du poulet rôti, quelquefois ils vont au cinéma à côté, ça dépend de ce qu'on passe, ils ne sont pas toujours d'accord, elle préfère les films en version originale, il fait un effort pour lui faire plaisir, ou quand il fait beau, ils se baladent au bois de Vincennes pour respirer un peu, manger une glace. Un jour, Pierre lui propose de faire un tour en barque sur le lac Daumesnil, Arlène refuse sèchement, Je déteste les promenades en barque ! Elle est devenue pâle, bêtement il insiste, Mais c'est moi qui rames, toi tu te laisses traîner.

– Pas question, tu entends ?

Elle a répondu avec une telle véhémence, que Pierre est surpris qu'elle élève la voix pour si peu.

Quand, au lieu d'aller se promener au bois, Pierre veut l'entraîner à une réunion avec des camarades italiens qui s'associent à l'appel de Stockholm, Arlène affirme qu'elle est fatiguée et rentre à la Cité pour se reposer. D'habitude, elle reste chez Pierre le dimanche soir et part directement au travail à Fontenay-aux-Roses le lundi matin, mais rien n'est plus comme avant, Tu n'as pas confiance en moi ? demande Pierre. Elle hésite à révéler la vérité, Ce n'est pas une question de confiance, je suis dans une situation bancale, la seule chose que je puisse faire, c'est de croiser les doigts ou d'allumer un cierge à je ne sais qui. L'incertitude dure sept longues semaines. Un mercredi soir, à son retour de Fontenay-aux-Roses, Arlène trouve une lettre à son attention à la Cité, à en-tête du ministère de la Défense nationale, elle s'assoit sur une chaise de l'accueil, reste un temps interminable avec l'enveloppe entre les mains, hésite à l'ouvrir, se dit qu'elle a son avenir entre ses mains et se résout à déchirer le rabat. Elle lit le courrier avec appréhension, respire profondément, un frisson la parcourt, son habilitation est accordée, elle a envie de crier de joie, jette un œil à sa montre. Vingt heures vingt. Elle a envie de partager ce moment avec Pierre, de lui expliquer pourquoi elle se sentait tellement mal pendant cette période, de lui parler de cette peur qui l'avait envahie. Une trouille panique, irrationnelle. Après des années d'efforts, au moment où son rêve commençait à se concrétiser, elle avait acquis la conviction qu'elle allait être éliminée sans pouvoir se défendre et elle veut s'excuser d'avoir été si pénible.

Pour la première fois depuis qu'elle le connaît, elle décide de le rejoindre à son journal, peut-être arrivera-t-elle à le voir, même cinq minutes, pour lui dire son soulagement et ils repartiront ensemble du bon pied. Elle prend le métro, descend à Réaumur-Sébastopol, le quartier est envahi de fourgons qui viennent livrer les Halles voisines, les carrefours sont bloqués, les rues paralysées, les conducteurs s'interpellent, les piétons se faufilent entre les véhicules, Arlène arrive devant *France-Soir*. Des employés déchargent d'un camion en double file d'énormes rouleaux de papier qu'ils font glisser sur un plan incliné puis roulent sur le trottoir jusqu'au quai de réception de l'imprimerie. Des journalistes pressés en costume sortent de l'immeuble, discutent dans le hall. À l'entrée, Arlène s'adresse à un préposé qui pointe des cartons empilés, demande si elle peut parler à Pierre Pratz car elle a un message urgent à lui délivrer, Je vais voir si c'est possible, dit l'homme en disparaissant à l'intérieur des locaux. Au bout de cinq minutes, Pierre arrive en bleu de travail en essuyant ses mains sur un chiffon, Arlène, que fais-tu là ? Y a un problème ?

– Tout va bien. Je voulais te voir, c'est tout, tu as un moment ?

– Oui, j'avais un problème avec le ressort bilame de la touche espace qui se bloquait, mais maintenant c'est réglé. J'ai un peu de temps, le coup de feu, ce n'est pas avant minuit, allons prendre un pot.

Ils traversent la rue en zigzaguant entre les voitures, entrent dans la brasserie à l'angle de la rue Réaumur, bondée et enfumée à cette heure, ouvriers, journalistes, dames de petite vertu, clients discutent au comptoir et en salle. Pierre salue plusieurs personnes, C'est mon QG ici. Attends une seconde, je vais me laver les mains. Il s'éloigne en direction des toilettes.

Une table se libère dans l'arrière-salle, à proximité d'un journaliste aux cheveux en brosse avec un nœud papillon, qui cherche l'inspiration en tirant sur sa pipe et rature sans cesse son texte d'un air accablé. Ils commandent chacun un demi, Pierre parle plus fort pour couvrir le brouhaha, Il y a beaucoup de monde mais c'est presque toujours les mêmes têtes qu'on retrouve, certains soirs la conférence de rédaction se tient ici. Tu veux manger quelque chose ?

– Non, je n'ai pas faim. Je suis venue pour te dire que je viens de recevoir mon habilitation. On va pouvoir revivre normalement. C'est pour cela que j'étais tendue, j'avais peur de ne pas l'obtenir. Je veux que tu m'excuses si j'ai été désagréable.

– C'est oublié. Pourquoi tu ne l'aurais pas eue ? Tu n'as rien fait de mal.

– J'ai signé l'appel de Stockholm.

– Ce n'est pas un crime, on est encore en république.

Le serveur dépose les consommations devant eux, Ils ne se sont pas gênés pour révoquer Joliot-Curie en cinq minutes, alors moi qui débute… Je dois avouer que j'ai eu la trouille de ma vie, j'ai eu de la chance de passer à travers les gouttes.

– Je ne savais pas qu'il fallait une habilitation pour travailler au CNRS.

Arlène hésite, cherche ses mots, Le laboratoire dans lequel j'ai été embauchée dépend du Commissariat à l'énergie atomique.

– Tu ne m'avais pas dit que tu travaillais pour le CEA.

– Je ne pouvais pas en parler tant que je n'étais pas habilitée.

Le journaliste semble importuné par cette discussion trop bruyante, il s'éloigne, son bloc de papier à la main.

– Le CEA, c'est pour construire la bombe ? demande Pierre.

Arlène secoue la tête, Mon labo fait de la recherche théorique dans le domaine civil pour, le jour où on saura maîtriser la fission, produire de l'électricité, et cela pourra déboucher aussi sur des progrès médicaux.

– Mais la France veut se doter d'une bombe atomique, Joliot-Curie en a parlé lors du meeting de la Mutualité, c'est parce qu'il a dénoncé cette folie qu'ils l'ont viré. Tu dois condamner cette dérive, dire que tu n'es pas d'accord avec cette politique militariste.

– Écoute, Pierre, tu n'as pas à me dire ce que je dois penser.

Pierre scrute le visage fermé d'Arlène, Mais c'est ce que tu pensais il y a encore quelques semaines, tu ne peux pas signer une pétition contre la bombe atomique et ensuite bosser pour la fabriquer.

– Je te répète, nous travaillons sur des applications civiles.

– Mais s'ils ont imposé une habilitation, c'est parce que ces recherches sont assorties d'un secret défense et vont aboutir à la fabrication d'une bombe. Tu dois arrêter ça tout de suite, Arlène, demander à retourner au CNRS, montrer de quel côté tu es. Tu peux faire autre chose dans la vie.

Ils restent un long moment silencieux, elle respire, fait un effort pour s'exprimer sans agressivité, Tu vois, depuis que je suis petite, on me répète que je suis une drôle de fille, que je ne suis pas à ma place, mais moi c'est la place qu'on me propose qui ne me convient pas, je me bats depuis des mois pour trouver un boulot valable, toutes les portes sont fermées, parfois j'ai eu l'impression de faire une demande indécente, il est inenvisageable pour une femme d'obtenir un poste avec des responsabilités dans l'industrie. Pour moi, ce stage, c'est une chance inespérée d'avoir une carrière intéressante, avec une perspective d'avenir et pas seulement un salaire qu'on ramène à la maison pour survivre. Tu ne peux quand même pas m'en vouloir d'espérer un vrai métier.

– Je t'en prie, réfléchis à ce que tu fais, à ce que ça veut dire.

– Il n'y a aucune raison d'en faire une histoire, c'est un travail comme un autre, grâce à la fission on produira un jour de l'électricité, si tu veux je peux t'expliquer.

– Nous savons pertinemment à quoi cette recherche va aboutir, cela ne sert à rien d'ergoter. Tu as choisi ce que tu veux faire de ta vie et de quel côté tu vas être, mais ce sera sans moi. Entre nous, c'est désormais impossible, nous sommes devenus incompatibles. Je vais te dire une vérité : si ce monde est pourri, c'est parce qu'on n'arrête pas de se renier et de se mentir à soi-même.

Pierre se lève, jette un billet sur la table et s'en va, la laissant seule. Arlène se regarde longuement dans le miroir et soupire, elle finit par se lever à son tour et disparaît dans la foule agitée du quartier.

*

À un moment, il faut sauter le pas, se projeter dans le futur, décider de ce que sera sa vie, avec l'angoisse de se tromper. Les nouveaux sous-officiers se posent tous les mêmes questions : Dans quelle arme servirai-je le mieux mon pays ? Où serai-je le plus efficace ? et pour certains : Quelle est la meilleure affectation pour faire carrière ? Ce n'est pas le tout de sortir de Saint-Cyr, encore faut-il qu'ils choisissent après l'école de l'armée de terre où se poursuivra leur formation pendant une année de spécialisation, et ce choix déterminera leur avenir.

Le lendemain de la parade solennelle, les sous-lieutenants sont réunis dans l'amphithéâtre face à des tableaux verts qui remplacent l'écran de cinéma et sur lesquels sont indiquées les places offertes dans chacune des branches. Daniel hésite encore, il a sollicité l'avis de ses professeurs et de son père qui, trente ans auparavant, avait choisi l'artillerie, et il pense que c'est l'option du futur, Mais l'école de l'arme blindée et de cavalerie de Saumur, c'est pas mal non plus. Jansen lui conseille d'éviter le Train, le Génie et les Transmissions, car ce sont des voies de garage réservées aux mal classés. Après le défilé, Daniel a demandé à Marie ce qu'elle en pensait, Je ne sais pas, je n'y connais rien.

– J'ai envie de choisir l'artillerie.

– Pourquoi pas ?

– Le problème, c'est que l'école est à Idar-Oberstein, en Allemagne de l'Ouest, et si j'y vais, je n'aurai pas de permission avant un an. Tu pourrais t'installer à côté, on se verrait plus souvent.

– Être femme de garnison, c'est tout ce que tu as à me proposer ? Je ne veux pas quitter Paris.

Le vaguemestre appelle les sous-officiers à formuler leur choix dans l'ordre de sortie. Le major de la promotion opte pour Saumur, les cinq suivants pour l'artillerie. Quand son nom est appelé, Daniel se lève, Mon général, j'ai l'honneur de choisir l'école d'infanterie de Coëtquidan. Puis il se rassoit.

Depuis trois ans déjà, Jeanne Virel a perdu son insouciance et sa gaieté naturelles, elle n'a plus envie de courir les magasins, ne s'intéresse plus à la mode et aux extravagances de ces grands couturiers dont elle raffolait et qui ne l'invitent plus à leurs défilés. Cela fait un temps fou qu'elle n'achète plus rien, elle attrape dans son dressing la première robe qui lui tombe sous la main sans se soucier de savoir si le créateur est toujours à la mode et il arrive qu'elle mette la même deux jours de suite. Ses amies jadis si nombreuses ne lui proposent plus de les accompagner pour faire du shopping car elles connaissent d'avance la réponse, elles ne la convient plus à leurs goûters et à leurs dîners depuis qu'elle est devenue mélancolique et pour tout dire un peu ennuyeuse. Seule, Madeleine ne l'a pas laissée tomber, passe un coup de fil le matin pour dire, Bonjour, comment ça va ?, et vient chaque jour ou presque sonner à la porte à quinze heures. Elles s'assoient dans le salon ou dans le jardin quand il fait beau et elles restent là côte à côte, comme avant, à commenter le journal ou à bavarder de tout et de rien, ou elles demeurent silencieuses, prennent le thé, une tranche de cake, et puis Madeleine se lève, elles se font la bise, Il est tard, à demain ma chérie.

Jeanne se demande souvent quelle faute terrible elle a commise pour mériter cette vie, elle cherche et ne trouve rien qui justifie cette punition. Parfois, elle reste une heure face à son miroir à se scruter comme si l'explication se dissimulait dans les traits de son visage, et maintenant quand elle découvre une nouvelle ride, elle s'en fiche. Son fils s'est suicidé le jour de son baccalauréat et elle n'a jamais compris la raison de son geste. Cela restera un mystère éternel car pour Jeanne aucun motif ne peut légitimer cette horreur. Chaque jour, chaque nuit, elle repense à Thomas, pantin irréel, le cou disloqué, accroché à cet arbre maudit qu'elle a fait abattre depuis, et comme dans un mauvais film, elle se revoit se précipiter vers lui, agripper ses jambes ballantes pour le soulager, et la seule chose dont elle se souvienne, c'est de l'incroyable légèreté de son fils qui ne pesait presque rien, comme s'il s'était déjà envolé ailleurs. Après, il y a un noir, le fil s'est cassé et elle a oublié le reste, jusqu'à l'enterrement.

Jeanne aurait pu trouver du soutien auprès de Maurice mais celui-ci n'a jamais été un homme très affectueux. Le lendemain de l'inhumation, il est parti à Épernay pour un rendez-vous avec son exportateur mexicain et pour préparer les vendanges, et maintenant quand il revient à Paris deux jours par semaine, il doit en cette période troublée veiller à l'avenir de la banque et il a beau jeu de rétorquer que s'il ne le faisait pas, qui s'occuperait de ses affaires à elle ?

Jeanne aurait pu trouver du réconfort auprès de Marie, mais celle-ci a un caractère pointu, de cochon dit son père, toujours sur la défensive comme si on l'accusait, sur ses ergots pour un rien, pleine de reproches cachés. À quoi cela sert-il d'avoir une fille qui ne se confie jamais et la tient à distance ? Elle est comme une étrangère avec laquelle elle n'a plus rien en commun. Madeleine la réconforte en affirmant que cela se produit dans toutes les familles, Jeanne hoche la tête, hausse les épaules, Oui, mais pas à ce point. Quand Marie consent à quitter son atelier pour venir à Saint-Maur, ce n'est jamais pour voir sa mère mais pour se recueillir sur la tombe de Thomas. Un jour, elle lui a balancé que si son frère ne se trouvait pas là, elle ne mettrait plus les pieds dans cette maison maudite. Jeanne fait celle qui n'entend pas, elle ne veut pas que la guerre recommence, mais elle affirme que ce n'est pas un endroit pour une jeune femme, Il faut laisser les morts en paix, ma fille, eux ne pensent pas à toi.

– Thomas a autant besoin de moi que j'ai besoin de lui. Ne crois pas que ce soit une lubie, c'est une nécessité, la moitié de moi-même est enterrée avec lui.

Jeanne serait choquée d'apprendre que sa fille vient souvent à Saint-Maur sans lui faire signe. Cet été-là, elle a refusé de les suivre à Dinard, n'imaginant pas se retrouver en tête à tête avec ses parents, voir des amis, se baigner, faire comme si la vie continuait malgré tout, Je n'ai pas envie de faire mon deuil, c'est avec Thomas que j'ai envie d'être, pas avec vous. Mais Daniel a tellement insisté, Fais-le pour moi, pour nous, je t'en prie, qu'elle a fini par accepter d'y aller. Pendant quinze jours, elle n'a pas desserré les dents, restant dans sa chambre à lire ou sur la terrasse à dessiner, avant de rentrer sans prévenir personne, et de l'avis général ce furent les pires vacances qu'ils aient jamais passées là-bas. Pour Marie, quitter Paris, c'est abandonner son frère. Une fois encore. Elle s'est approprié la clé du caveau familial, s'enferme à l'intérieur et parle à Thomas, elle lui raconte les chantiers en cours, ils sont submergés de travail, les problèmes qu'elle rencontre pour récupérer certains vitraux, reconstituer des panneaux volatilisés, retrouver des teintes oubliées, elle évoque son envie de posséder son propre atelier pour faire autre chose, même si elle ne sait pas encore quoi, elle parle aussi de Daniel qu'elle ne voit pas souvent, qui est toujours prévenant, un peu trop peut-être, elle appréhende le jour où il lui annoncera qu'il doit partir se battre au bout du monde, elle sent la panique qui revient, se demande si elle pourra le supporter.

Quand pour ses vingt et un ans Marie a exigé d'avoir un chez-soi à elle, Maurice a trouvé que cela ne se faisait pas et lui a opposé un refus catégorique, Je m'en fiche, a répondu sa fille, je ne te demande pas ton avis. Je me suis renseignée, c'est mon argent, qui me vient de ma mère, j'en fais ce que je veux et je n'ai aucun compte à te rendre. Curieusement, Maurice n'en a pas voulu à sa fille, C'est vrai, elle a mauvais caractère mais au moins elle en a. Cela fait longtemps qu'il a compris que la famille est d'abord une source de tracas, il n'est vraiment tranquille que lorsqu'il referme la porte de son bureau présidentiel à la banque, même si celle-ci appartient à sa femme. Un jour Marie héritera du pactole et il n'a aucune illusion sur le sort qu'elle lui réservera. Aussi s'est-il éloigné, il reste de plus en plus longtemps sur sa propriété d'Épernay, là il est dans son élément, avec les paysans qui scrutent le ciel et prédisent la météo du lendemain à coup sûr. Et quand il discute avec eux d'assemblage, des cépages, des champignons dont on doit venir à bout ou du rabougrissement préoccupant des bourgeons, Maurice se sent heureux.

Marie a récupéré un des appartements que sa mère possède au cinquième étage sur le boulevard de Bonne-Nouvelle avec vue sur la porte Saint-Denis ; bien qu'il soit défraîchi, elle n'a pas voulu y faire de travaux, indifférente aux papiers peints vieillots et au parquet taché, et elle l'a aménagé à sa manière, Il est orienté nord, ce sera mon atelier. Elle a refusé que Jeanne lui donne le moindre conseil de décoration et celle-ci a dû supporter cette dernière lubie sans réagir, sous peine de se fâcher à nouveau. Personne n'a remarqué le changement profond qui s'est opéré chez Marie, ni ses parents qu'elle voit peu, ni Daniel qui est à Coëtquidan, ni ses collègues sur les chantiers avec lesquels elle ne discute que des vitraux. Ses anciennes amies de Saint-Maur sont rangées dans un placard, elle ne leur fait plus signe, ne répond à aucune de leurs invitations. Mais elle s'est fait de nouvelles relations assez rapidement, et les gens qu'elle a rencontrés ne lui ont pas demandé qui elle était ni d'où elle venait.

Avec sa frange, son pull ras du cou, sa veste et son pantalon noirs, elle avait déjà la bonne apparence pour fréquenter Saint-Germain-des-Prés. En vérité, c'est un quartier qu'elle connaissait mal. Quelques mois après l'enterrement de Thomas, elle a commencé à y traîner, cherchant à identifier les coins qu'il avait évoqués avec enthousiasme, les cafés bondés qu'il aimait, les boîtes de nuit enfumées où il écoutait du jazz. Au début, c'était avec l'idée de retrouver un peu son frère, de mettre ses pas dans les siens, mais elle a éprouvé immédiatement une sensation inconnue, une sorte de chaleur humaine inhabituelle, dans ce quartier elle s'est sentie chez elle, comme si elle en était native, le seul endroit où elle pouvait parler sans arrière-pensées avec des inconnus comme si elle les avait toujours connus. Dès qu'elle sort du quadrilatère, elle a l'impression de basculer dans un monde hostile et comprend qu'il y a ceux qui ont choisi de vivre dans ce village, dont elle se sent proche, et ceux qui vivent en dehors et qui lui sont étrangers. Marie se dit qu'elle a enfin trouvé sa famille.

*

Comme s'il comparaissait devant un juge impitoyable, Pierre Pratz se condamne, se reproche son attitude, ne se trouve aucune excuse, jamais sa conscience ne l'a tarabusté à ce point, il regrette d'avoir été si brutal lors de sa dernière rencontre avec Arlène, il aurait dû faire un effort pour discuter, mais au lieu d'essayer de la comprendre, de poser des questions pour s'informer, il s'est montré péremptoire et tranchant, il n'a pas su contenir sa colère. Comme si le métier qu'elle allait exercer allait changer la face du monde. Il s'est énervé tel un prétentieux qui sait tout quand elle a précisé que son labo faisait de la recherche théorique dans le domaine civil avec l'intention de produire de l'électricité un jour, travaux qui pourraient aussi déboucher sur des progrès médicaux. Un ami journaliste qu'il a interrogé au boulot le lui a expliqué, Il ne faut pas se tromper d'ennemi, avec la maîtrise de la fission c'est l'avenir économique du pays qui est en jeu.

Un imbécile, vraiment.

Depuis que Pierre a rompu avec Arlène, il ne trouve plus le sommeil, se demande si elle pense autant à lui qu'il pense à elle, découvre qu'elle est plus importante dans sa vie qu'il ne le croyait et qu'il préfère être avec elle, même si elle trahit un peu la cause. Désormais, il a la trouille de ne plus la revoir, de ne plus l'entendre, de devoir vivre sans elle. Tout le monde lui dit qu'il devient pénible, depuis leur séparation quelque chose s'est déréglé en lui, il s'emporte sur des sujets dérisoires, élève la voix, n'arrive pas à dissimuler son exaspération, que ce soit avec des proches, des collègues ou des voisins, il devient vite vindicatif et cassant. Suis-je devenu intolérant comme ceux que je combattais avant ? Je ne veux pas ressembler à mon père qui hurlait pour un rien, a pourri la vie de ma mère parce qu'il voulait avoir raison, un homme qu'on s'est dépêché d'oublier une fois mort. Les belles théories, c'est bien, mais Arlène..., Je dois me corriger, sinon je vais finir comme lui.

Un mois après ce mercredi funeste, Pierre achète un bouquet d'anémones et se rend à la Cité universitaire pour essayer de se rabibocher avec Arlène, mais il ne la trouve pas, sa voisine de chambre lui dit que le dimanche elle passe de nouveau la matinée à la piscine du Lutetia. Pierre prend le métro et se dépêche jusqu'à la rue de Sèvres, mais la caissière lui refuse l'entrée car il n'a ni maillot ni serviette. Il décide d'attendre, il n'est que onze heures, il s'assoit sur un banc, respire profondément pour se calmer, regarde défiler les entrants et les sortants qui exhalent des effluves de chlore. Au bout d'une demi-heure, Arlène apparaît accompagnée d'une amie, les cheveux mouillés. Il va au-devant d'elle, Pierre ! Que fais-tu là ?

– Il fallait que je te voie.

– Peut-être que je vais te laisser, dit l'amie d'Arlène en s'éloignant.

Ils restent un moment face à face, Tiens, c'est pour toi. Il lui tend le bouquet d'anémones dans son papier blanc. Elle le prend, Elles sont jolies, c'est gentil, merci. Mais pourquoi ?

– C'est... c'est pour m'excuser de la dernière fois. J'ai été... comment dire ? Pas très sympa, je me suis énervé pour rien. Je regrette, je regrette beaucoup, je voudrais qu'on redevienne amis. Si tu es d'accord, bien sûr.

– Je ne sais pas… Oui, pourquoi pas.

– On pourrait prendre un verre, parler tranquillement.

– Si tu veux. Tu ne trouves pas que je sens le chlore ?

Pierre renifle à plusieurs reprises, Je ne trouve pas. Quand ils se retrouvent l'un en face de l'autre dans ce bistrot de Sèvres-Babylone, il acquiert immédiatement la conviction qu'il a eu mille fois raison de renouer avec Arlène, d'oublier un peu ses principes idiots, Comment aurais-je pu passer à côté de cette fille ? Et Arlène se demande si c'est bien le même homme, tellement il est prévenant, intéressant et drôle, elle se dit qu'il faut savoir oublier les erreurs, que ce n'était pas si grave après tout, que l'important c'est de s'excuser et de repartir du bon pied, sans arrière-pensées. Ils ont tellement de choses à se dire qu'ils laissent de côté les sujets qui fâchent, On pourrait aller déjeuner quelque part ? propose Pierre.

– Pourquoi ? On est bien ici.

Elle commande un croque-monsieur, lui aussi. Un verre de côtes, lui aussi. Ils mangent en silence, reprennent un verre de vin. Et deux parts de tarte aux pommes. Tu sais pourquoi je t'ai recontactée ? D'abord parce que j'ai pris conscience que je ne pouvais pas vivre sans toi, que ça allait être très difficile de ne plus te voir, et ensuite en repensant à mon père qui avait un caractère autoritaire, je me suis dit qu'il m'avait donné l'exemple de ce qu'il ne faut pas faire. Pierre évoque sa famille compliquée, un homme et une femme malheureux qui vivent ensemble parce qu'ils sont père et mère, et les disputes quotidiennes, parce que c'est presque impossible de se séparer quand on doit payer le loyer et la vie de tous les jours. Puis le calme revenu quand il a été mobilisé. Ç'a été difficile après sa mort à Dunkerque mais on ne l'a pas vraiment regretté. Et toi, comment c'était chez toi ?… Et Arlène raconte son père disparu à la bataille de Stonne, son corps enterré on ne sait où, la conviction bizarre de sa mère que cette absence est provisoire, qu'il va revenir quand ça lui chantera, Elle n'arrive pas à faire son deuil, elle croit l'apercevoir dans le métro ou dans la rue et, après dix ans d'absence, elle refuse toujours de reconnaître devant ses filles qu'elle a un petit copain. Je ne sais pas si elle a honte de trahir son mari volatilisé ou si elle est dans le déni. Une amie de Normale qui s'y connaît m'a expliqué que dans ce cas il n'y a pas grand-chose à faire. À la maison, la question est un sujet tabou, À force de dresser des barrières infranchissables, on a fini par s'éloigner l'une de l'autre, on ne se voit plus beaucoup.

Un printemps précoce a envahi la ville, une atmosphère propice à oublier tous les malheurs du monde, à vouloir se balader pendant des heures. Ils traînent le long des quais, s'arrêtent devant les bouquinistes, Arlène lit la quatrième de couverture d'un livre, le bouquiniste s'approche, C'est une édition d'avant-guerre, treize nouvelles d'Edgar Poe traduites par Baudelaire, c'est un livre qui mérite bien son titre d'*Histoires extraordinaires*.

– Je te l'offre, dit Pierre en sortant son porte-monnaie.

– En ce moment, je n'ai pas beaucoup de temps pour lire. Choisis-en un toi aussi.

– Moi, je suis plutôt romans policiers.

– Prenez celui-là, il est épatant, dit le bouquiniste.

Il lui tend *L'Homme au sang bleu* de Léo Malet. Arlène et Pierre repartent avec chacun son livre sous le bras, pénètrent dans Notre-Dame le nez en l'air, la bouche ouverte, comme des touristes, Tu ne vas pas me croire, mais c'est la première fois que j'y mets les pieds.

– Moi aussi.

Ils s'intègrent à un groupe qui visite la cathédrale avec un prêtre conférencier, s'asseyent pour écouter l'organiste qui joue de la musique sacrée. Quand ils sortent, le jour a baissé, ils restent un moment sur le parvis comme s'ils n'arrivaient pas à abandonner ces vieilles pierres, On pourrait aller chez moi, si tu veux.

– Ouais, je veux bien.

Arlène et Pierre se sont réconciliés cette nuit-là, partageant le sentiment confus qu'ils ne s'étaient jamais vraiment quittés, oubliant les nuages et les regrets d'un moment. Avant de s'endormir, elle veut mettre le réveil, Pierre explique que le sien s'est cassé en tombant par terre, il n'en a jamais acheté un autre, Les gens qui travaillent de nuit n'ont pas besoin de réveille-matin, je finis de travailler quand les autres se lèvent et je pars de chez moi quand les gens rentrent chez eux, j'ai une horloge dans la tête.

Pour la première fois depuis un mois, Pierre blotti contre Arlène dort comme un bienheureux bien que le lit soit étroit pour eux deux, il se réveille à cinq heures, comme un automate. Arlène dort tournée contre le mur, il s'assoit sur une chaise, la regarde dormir, allume une cigarette. Et une autre. Il consulte sa montre de temps en temps. Six heures. Il lui accorde encore cinq minutes, pose la main sur son épaule, quand elle ouvre les yeux, elle sourit en le voyant. Pendant qu'il prépare le petit déjeuner, elle finit de s'habiller, Je tiens à arriver la première à Châtillon et à partir la dernière parce que plusieurs des ingénieurs, qui eux logent sur place, restent sceptiques sur ma présence dans cette équipe, ce sont des polytechniciens qui n'ont pas l'habitude de bosser avec des femmes, je dois travailler plus qu'eux et ne leur donner aucun prétexte pour m'écarter, ils me refilent le sale boulot de calcul et je le fais avec le sourire pour les embêter, d'autant que nous ne possédons pas de calculateur. Heureusement, le patron m'a à la bonne.

– Ce que vous faites à Châtillon reste assez mystérieux.

Elle s'assied à table, se réchauffe les mains sur son bol de café au lait, C'est parce que c'est une nouveauté en France, les Américains et les Russes sont très en avance, il paraît que les Anglais sont près d'expérimenter leur bombe. Nous, on a dix ans de retard. Il y a deux ans, le CEA a construit dans le fort de Châtillon le premier réacteur nucléaire, une pile atomique bétonnée qui fonctionne avec des barres d'oxyde d'uranium placées dans de l'eau lourde pour ralentir et contrôler la fission, à chaque fois que l'on arrive à casser un noyau d'uranium on émet des neutrons qui heurtent à nouveau les atomes d'uranium, libèrent d'autres neutrons et ainsi de suite. Dans quelques années, quand on arrivera à maîtriser la fission, on devrait pouvoir produire de l'électricité en toute sécurité. Et puis, grâce aux radiations émises par les isotopes du noyau, on va pouvoir détecter des maladies impossibles à repérer autrement avant qu'elles dégénèrent, probablement soigner des leucémies et des cancers en administrant de l'iode radioactif. Nous ne sommes qu'au début de l'aventure.

– Mais les rayons, ce n'est pas dangereux ?

– Aujourd'hui, notre principale inquiétude, ce ne sont pas les rayonnements mais le fait qu'il n'y en a pas, on est à moins de un pour cent de la radiation prévue, notre problème c'est que cette fission ne se produit pas, on passe notre temps à calculer et à recalculer la dimension idéale et l'espacement des barres d'uranium dans la cuve d'eau lourde en espérant trouver la bonne hauteur critique, c'est assez empirique, mais on y arrivera, ce n'est qu'une question de temps.

– Et vous pourriez fabriquer une bombe atomique ?

Elle tarde à répondre, porte son bol à ses lèvres, avale une gorgée, Pour l'instant, c'est inenvisageable, il y a des milliers de détails techniques, de difficultés que nous n'avions pas prévus et que nous devrons résoudre. D'abord, il faudrait pouvoir enrichir notre uranium en grande quantité. Pour une bombe il faut disposer de plusieurs kilos de plutonium et pour l'instant nous n'avons réussi à en fabriquer que quatre milligrammes. Comme tu vois, c'est lointain.

– Mais c'est possible ?

– Pour y arriver, le CEA est en train de construire un site de recherche très important sur le plateau de Saclay, mais cela ne suffira pas, il faudrait une volonté politique forte, et surtout des moyens colossaux.

Pierre reste silencieux, allume une nouvelle cigarette avec son mégot, Je ne comprends pas, tu fais quoi finalement ? Des calculs pour fabriquer de l'électricité ou pour concevoir une bombe ?

– Moi, je travaille dans le laboratoire de physique-mathématiques du CEA. Quoi qu'on produise un jour, de l'électricité, une bombe, un traitement médical ou d'autres emplois qu'on n'a pas encore imaginés, il faudra passer du modèle théorique et du calcul au tableau noir à la pratique, au contrôle de la fission de la matière et de la maîtrise des réacteurs, c'est la même base scientifique, ce qu'on appelle la neutronique, le point de départ de toute la recherche atomique.

– Mais toi, tu ne vas quand même pas travailler sur la bombe ?

Arlène se redresse, Je t'ai expliqué ce que je faisais, c'est de la recherche pure, mais on expérimente aussi, on tâtonne. Pour réussir, on va devoir mobiliser des centaines de personnes dans des domaines différents, plus tard des milliers, et les former, réussir à faire évoluer l'outil industriel. Aujourd'hui, c'est encore un concept, il va nous falloir des années pour déboucher sur du concret.

– Tu le dis toi-même, un jour ou l'autre cette recherche va aboutir, ce jour-là tu travailleras où ?

– Je ne sais pas encore, ce n'est pas moi qui décide.

– Toi, aujourd'hui, est-ce que tu peux me jurer que tu ne travailleras jamais pour la bombe mais uniquement sur des applications civiles ou médicales ?

– Non, je ne peux pas m'engager.

– Mais si on te le proposait, tu accepterais ?

Arlène hésite comme si elle cherchait la meilleure formulation, Si un jour cette opportunité se présentait, j'accepterais sans hésiter, il faut comprendre que travailler dans la recherche atomique ne veut pas dire être belliqueux, c'est le contraire, on veut construire une bombe pour garantir la paix. Pour ne pas avoir à s'en servir. C'est une idée qui s'appelle la dissuasion. Aucun ennemi ne nous attaquera parce qu'il saura que nous pourrons le détruire immédiatement. Avoir la bombe, c'est la meilleure des protections.

– On peut faire certaines concessions, je peux faire certaines concessions, mais il y a des points sur lesquels il m'est impossible de céder, au risque de me renier et de me trahir complètement. Je me suis toujours battu pour la paix et le désarmement, pas pour accepter les instruments de terreur qui nous détruiront. Parce qu'à chaque fois que l'homme construit des armes, c'est pour s'en servir, c'est pour cela que la seule alternative, c'est de désarmer.

– Les Américains et les Russes ont la bombe, cela ne te dérange pas d'être à leur merci ? Pourquoi le Mouvement pour la paix que tu défends ne demande pas aux Russes de renoncer à la bombe ?

Pierre jette sa cigarette dans son bol de café, Une dernière fois, je te demande de choisir une voie différente, tu es au début de ta carrière, tu peux demander une affectation dans un laboratoire qui travaille pour le civil ou choisir l'enseignement, mais tu ne peux pas travailler pour le CEA.

– Est-ce que je t'embête pour savoir pourquoi tu bosses pour un journal de droite, toi qui es de gauche ? Cela ne te dérange pas que *France-Soir* soutienne la guerre d'Indochine et soit de plus en plus racoleur ? Est-ce que j'exige ta démission et que tu travailles à *L'Huma* ou à *Combat* pour être en conformité avec tes idées ? Je suis très fière d'avoir été acceptée dans ce service, c'est une chance exceptionnelle qui m'est donnée. Personne ne me dira ce que je dois faire. Il faut que tu m'acceptes comme je suis, comme moi je t'accepte comme tu es.

– Si c'est comme ça, c'est fini, tu comprends ? On ne pourra rien envisager ensemble. Jamais. Et cette fois, je te préviens, ce sera définitif.

Arlène finit son café au lait, Je vais y aller, parce que je vais être en retard.

– Alors, ce n'est plus la peine de discuter, il n'y a plus rien à espérer entre nous, ce n'est pas utile qu'on se revoie. Mais avant qu'on se sépare, je dois te dire une chose : tu me débectes !

Arlène se lève, met sa veste, prend son sac et quitte l'appartement en claquant la porte derrière elle. Il attrape les deux bols, les dépose brutalement dans l'évier, entrouvre la fenêtre, prend son paquet de cigarettes mais il est vide. Arlène a oublié son recueil de nouvelles sur le buffet, Pierre voit les livres orphelins et n'hésite pas une seconde, il les jette dans la poubelle sous l'évier.

Tous les deux.

Cette rupture intervient à un moment charnière au fort de Châtillon, avec un surcroît d'activité considérable, une pression jamais atteinte. Une erreur gravissime a été détectée dans le fonctionnement de la pile atomique. L'équipe travaille sur la densité exacte de l'oxyde à injecter à l'instant où la pile commence à diverger, c'est-à-dire lorsque la réaction en chaîne commence à se produire, mais les dosimètres donnent des résultats très différents des prévisions. On vérifie, on revérifie, les dosimètres fonctionnent parfaitement. Horowitz se rend compte que les calculs sont faux et que, contre toute attente, le retrait du combustible augmente la réactivité, Ce n'est pas possible !

Pourquoi ? On n'en sait rien.

Cette erreur qui aurait pu faire disparaître Paris a été miraculeusement compensée par d'autres erreurs, notamment l'utilisation de constantes inexactes. Conclusion : toutes les opérations sont à reprendre. Un travail colossal, Il faut s'y mettre jour et nuit jusqu'à ce qu'on trouve précisément où on s'est plantés. On est passés tout près de l'explosion nucléaire ou de l'irradiation sur une surface gigantesque, on n'aura pas deux fois un concours de circonstances favorable, conclut Horowitz.

Celui-ci ne se souvient pas avoir jamais vu un stagiaire bosser autant qu'Arlène, ni aucun des membres de l'équipe. Elle s'est intégrée avec la stratégie du silence, parle quand on lui demande son avis, rarement, sinon elle fait sa part, tête baissée, sans moufter, vite et bien. Même les ingénieurs qui étaient les moins favorables à son arrivée dans le service reconnaissent que la petite se débrouille, qu'elle ne se trompe jamais, même si l'utilisation conjointe de son boulier chinois et de la règle à calcul les laisse dubitatifs, Non, il n'y a rien à dire sur elle. Sauf qu'elle n'est pas très coquette. Comme elle fait plus que ses douze heures, auxquelles il faut ajouter le temps des transports, Horowitz lui propose un logement sur place, un chalet en bois tout neuf construit à l'intérieur du fort, il était destiné à un ingénieur de Rouen et à sa famille qui ont trouvé mieux ailleurs. Arlène emménage dans sa nouvelle demeure, trop grande pour elle.

Durant le trajet retour, Arlène était en colère contre Pierre, mais sitôt à l'intérieur du fort, elle l'a oublié. Quand elle y repense fugitivement, c'est pour se demander comment elle a pu éprouver quelque chose pour ce donneur de leçons. C'est un dimanche matin en se détendant dans son bain qu'elle se dit, Tiens, ça fait un moment que je n'ai pas eu mes règles. Aussitôt, elle ferme les yeux, est parcourue d'un frisson, Il doit y avoir une explication, c'est un retard, un simple retard, dû au stress, à la fatigue, à je ne sais pas quoi, mais c'est inenvisageable ! Mais le retard s'éternise. Elle observe son ventre, très plat, compulse un calendrier, remonte dans le temps, les semaines se chevauchent sans repère, comment être sûre ? Huit semaines qu'ils se sont séparés ou neuf peut-être. Arlène ignore quels autres signes annoncent une grossesse, se retrouve un samedi matin dans la salle d'attente bondée du docteur Royer à Fontenay-aux-Roses que le pharmacien lui a recommandé. Le médecin l'examine attentivement, Vous avez le ventre dur, légèrement gonflé, mais cela ne veut rien dire, pour savoir si vous êtes enceinte nous allons faire le test de Zondek. Demain matin, vous urinerez à jeun dans ce flacon, vous me le rapporterez et je le ferai analyser, si vous êtes enceinte, vous libérez une hormone qui sera détectée, on se revoit dans huit jours.

Arlène attend le verdict avec le sentiment d'être punie et l'angoisse d'avoir un bébé alors qu'elle ne se sent pas prête du tout, elle est paniquée à l'idée de devoir l'élever seule et d'abandonner son travail, parce que ce serait impossible d'être ingénieur et mère en même temps. Elle garde toutefois le fol espoir que son corps ait commis une erreur, traduite par une anomalie de fonctionnement. Depuis son départ du domicile familial quatre ans auparavant, elle était convaincue d'avoir acquis sa liberté, et soudain elle a l'impression de revenir en arrière et comme une enfant de devoir obéir à un ordre injuste. Elle se sent perdue.

Un soir, Horowitz dîne avec les ingénieurs de service, il fixe sa collaboratrice qui lui fait face et ne touche pas à son repas, Que se passe-t-il, Arlène ? Je vous trouve bien morose ces jours-ci, vous avez des soucis ?

– Non, tout va bien, un peu de fatigue probablement.

– Nous sommes tous épuisés, mais nous avons bien avancé et nous allons pouvoir reprendre une vie normale. Je ne crois pas vous avoir raconté l'histoire du radium et de l'eau lourde que nous utilisons ici. C'est une aventure rocambolesque digne d'un film d'espionnage. Figurez-vous que cette eau lourde vient de Norvège, seul pays à en fabriquer avant-guerre. Les Allemands étaient prêts à tout pour mettre la main dessus mais le directeur de l'usine norvégienne était un antinazi qui préférait la remettre aux Français. Les vingt barils, environ deux cent kilos, partent en avion pour Édimbourg, sont déposés dans le salon du consulat, puis se retrouvent à Londres et finissent par arriver à Paris, où Joliot-Curie les réceptionne et les entrepose au Collège de France. Quelques jours plus tard, les Allemands envahissent la Norvège, puis la France. Le radium dans un récipient en plomb et l'eau lourde sont cachés dans les caves de la Banque de France de Clermont-Ferrand. Si les nazis s'en emparent, ils ont de quoi fabriquer la bombe, l'avancée allemande oblige à trouver une meilleure cachette, ce sera une cellule souterraine de la prison de Riom, mais l'armistice est déclaré. Avant de démissionner, le ministre Raoul Dautry décide d'évacuer tout le matériel en Angleterre, Joliot refuse de partir pour ne pas abandonner sa femme Irène, qui est atteinte de tuberculose. En pleine débâcle, c'est Kowarski, notre ancien directeur, qui part avec le chargement en bateau à vapeur depuis le port de Bordeaux et échappe par miracle aux terribles U-Boot. Pendant une partie de la guerre, eau lourde et radium seront stockés dans une cave de la bibliothèque du château de Windsor, puis transférés à Montréal avant de nous être rendus après-guerre, et c'est avec cet uranium instable, ce radium errant et cette eau lourde voyageuse que nous avons fait démarrer notre pile ici même en 1948. Il faut ajouter que notre réserve de huit tonnes d'uranium a été cachée à Clermont puis à côté de Casablanca au fond d'une mine de phosphate. Durant la guerre, les services allemands ont cherché par tous les moyens à découvrir où se trouvaient ces composants, et le plus incroyable, c'est qu'ils n'en ont jamais rien su, le secret a été bien gardé, on peut imaginer ce qui se serait passé s'ils avaient fait main basse dessus. On ne serait pas là aujourd'hui à bavarder.

Le samedi suivant, Arlène patiente dans la salle d'attente du docteur Royer, qui la reçoit dans son cabinet avec un grand sourire, J'ai une bonne nouvelle, le test est positif, vous êtes enceinte. Arlène se laisse tomber sur la chaise, le visage défait, reste quelques secondes les yeux fermés, Cela n'a pas l'air de vous faire plaisir, poursuit le médecin.

– C'est une catastrophe.

– Je vois. Et le père ?

– Il n'y a pas de père, enfin je ne peux pas compter dessus. Pas du tout. Et surtout je suis en période d'essai dans un laboratoire et je ne pourrai pas y rester avec un enfant.

– Pourquoi ?

– Parce qu'il faut être disponible en permanence, réactif, pouvoir rester à son poste jusqu'à pas d'heure ou travailler le dimanche s'il le faut. Qui va s'en occuper ? Je suis toute seule. Comment on fait dans ce cas-là ? Il n'y a pas de crèche dans la journée, pas de garderie le soir. Je suis la première femme qu'ils engagent et je dois me battre chaque jour pour me faire accepter, comment vais-je faire quand il sera malade, quand il ira à l'école ? À quoi ça sert d'avoir un enfant si on ne peut pas s'en occuper comme il faut ? J'ai réussi à obtenir un poste exceptionnel et je ne veux pas le perdre. J'ai vingt-deux ans, je ne peux pas avoir d'enfant. Pas maintenant.

Arlène se tait, ferme les yeux, essaye de se calmer, respire profondément, puis elle fixe le docteur Royer, le face-à-face dure longtemps, interminable, pesant, Mademoiselle, je ne sais pas à quoi vous pensez mais il ne faut pas compter sur moi.

– Aidez-moi.

– Je suis médecin, je suis là pour vous soigner. Et c'est de cette façon que je vous aide.

– Je vous en prie.

– Je ne tiens pas à finir en prison. Le test et la consultation, ça fait 50 francs.

Arlène fait le compte de ceux qui peuvent l'aider, c'est vite vu. Pierre ? Hors de question, elle ne veut plus entendre parler de lui. Fini, c'est fini. On ne recolle pas des morceaux disparates. Quand elle résidait à la Cité, elle a eu l'occasion de suivre les épreuves traversées par quelques copines, elles pataugeaient dans le même brouillard, n'avaient le choix qu'entre des mauvaises solutions, à cette méchante loterie elles savaient toutes qu'il n'y a que des perdantes solitaires. À ce moment-là c'est chacune sa peau, tant pis pour les gourdes qui se font accrocher, elles n'avaient qu'à réfléchir avant. Prendre leurs précautions.

La peur rôde, omniprésente. Une sale punition et l'infamie menacent celles qui veulent échapper à leur condition, il n'y a pas si longtemps, une avorteuse a été guillotinée, chaque mois des passeuses, des sages-femmes, des médecins sont arrêtés pour avoir osé transgresser la loi de 1920, et à chaque affaire les tribunaux répondent avec la même sévérité, la peine maximale est prononcée, entretenant ce climat de menace et de faute impardonnable qui décourage celles et ceux qui seraient prêts à s'opposer à cette injustice. Arlène est confrontée à un dilemme insoluble : risquer sa peau ou sa liberté, ou garder l'enfant et perdre son boulot. Elle se dit que Viviane ne lui sera pas d'une grande aide, la seule personne avec qui elle puisse prendre le risque d'aborder ce sujet, c'est Irène, mais sa relation avec sa mère s'est distendue depuis son départ de la maison, elles se voient une fois par mois pour un déjeuner dominical monopolisé par les retrouvailles des sœurs séparées.

Odette a quitté le domicile familial depuis plus d'un an. Contre toute attente, Irène l'a poussée à se mettre en couple avec Jacques, un échalas aux cheveux roux en brosse qui aide son fromager de père sur les marchés de l'Est parisien. Odette a surpris son monde, elle qui traînait au lit avec une réputation de cossarde, toujours la dernière à participer aux tâches ménagères, partisane déclarée du moindre effort, s'est transformée six jours par semaine en vendeuse opiniâtre d'œufs et de produits laitiers et semble ravie de sa vie, même si elle doit se lever à l'aurore, charger la camionnette, déballer par tous les temps, servir des clients sans discontinuer avec le sourire pendant quatre heures d'affilée et remballer. Aujourd'hui, elle peut parler pendant des heures des cent fromages qu'elle débite, de leur saveur, du terroir et des fermiers qui les produisent. Elle vient de s'inscrire dans une auto-école pour passer son permis parce qu'elle avec son chéri ont l'intention d'ici trois ans, quand ils auront assez économisé, de s'installer à leur compte et de racheter des places de marché à un confrère de Clichy qui va prendre sa retraite, apparemment le beurre et le gruyère ça rapporte. Odette a trouvé sa voie, et maintenant, elle remercie sa mère de l'avoir mise à la porte quand elle lui avait annoncé qu'elle avait rencontré quelqu'un qui lui plaisait et s'était entendu répondre, Je vais te dire une chose ma fille, le mieux c'est que tu essayes ton godelureau avant qu'il te passe la bague au doigt, ça vaut mieux que d'avoir une mauvaise surprise après, mets-toi en ménage avec ton Jacques, et si il te plaît vraiment, au bout d'un an ou deux tu pourras te marier sans crainte. Irène n'avait pas laissé le temps à sa fille de réfléchir, quinze jours à peine après avoir appris l'existence de cette relation naissante, elle avait demandé à Odette d'emménager avec son amoureux dans les plus brefs délais. Viviane a été sidérée par le revirement d'Irène qui était jusque-là à cheval sur les principes, rigoriste même. Et quand elle a abordé la question avec elle, avec précaution, parce que sa fille est devenue soupe au lait, celle-ci a conservé son calme, Ce n'est pas comme de mon temps, le monde autour de moi a changé, je ne fais que m'adapter aux mœurs de mon époque. Aujourd'hui, les filles doivent travailler comme des hommes, Arlène est devenue autonome, les autres doivent suivre la même voie et s'émanciper. Je ne vais pas les servir au lit toute leur vie.

En réalité, un an environ avant le départ d'Odette, la première à découvrir la nouvelle philosophie maternelle, ce fut Françoise. Dès qu'elle avait obtenu son brevet, Irène lui avait demandé, Que veux-tu faire dans la vie, ma chérie ? Françoise avait répondu, Je ne sais pas trop.

– Moi, je te verrais bien secrétaire. Tu es ordonnée, tu ne fais pas de fautes d'orthographe. C'est un bon métier. Assis. Au chaud. Avec des horaires réguliers et pas mal payé.

Françoise s'est retrouvée inscrite chez Pigier pour deux années de formation intensive où on lui a enseigné la dactylographie, la sténographie, les bases de la comptabilité en partie double, la tenue des agendas, à utiliser un télex et à répondre au téléphone. Ce qui a épaté Viviane mais est resté en travers de la gorge d'Arlène, c'est que pour le règlement des 1 500 francs annuels des frais de scolarité, Irène a demandé et obtenu pour sa troisième fille une bourse substantielle en sa qualité de pupille de la nation, ce qu'elle avait mordicus refusé à son aînée à qui elle avait déclaré, Faut bien que votre père serve à quelque chose.

Ce qui montre qu'Irène aussi a changé.

Après, Irène a encouragé Françoise à prendre un poste de secrétaire à l'usine Simca de Poissy qui recrutait à tout va, Parce que l'automobile, ma fille, c'est l'avenir. Au début, Françoise n'était pas enthousiaste à l'idée d'habiter aussi loin de Paris, mais elle s'est habituée à cette vie, et c'est au cours du bal du 14-Juillet dans cette ville ouvrière qu'elle a rencontré Richard, pompier de son état, qui tenait la buvette et avec qui elle s'est mariée deux ans plus tard. Finalement, dans l'appartement de Joinville, il ne reste que la dernière, Jacqueline.

Ces départs rapides, cet éloignement les unes des autres expliquent pourquoi les quatre sœurs Chardin ont envie de se retrouver, avec leur grand-mère Viviane, pour le traditionnel déjeuner du premier dimanche du mois. Odette et Jacques arrivent les derniers parce que c'est une grosse matinée au marché de Champigny, mais jamais les mains vides, ils apportent toujours à Irène un superbe plateau de fromages composé avec des morceaux coupés et invendus qui seraient perdus si on attendait trop.

Ce dimanche-là, Arlène n'imagine pas évoquer son problème en famille, elle espère faire bonne figure et réussir à bavarder comme si de rien n'était, surtout ne pas montrer son désarroi et sa panique et profiter d'un moment en aparté avec sa mère en fin d'après-midi, quand ses sœurs auront fini la vaisselle et iront se promener sur les quais. En descendant du bus, elle aperçoit sa grand-mère qui lui fait un signe de la main, Je t'attendais parce que je voulais te parler avant le repas, allons prendre un café. Viviane l'entraîne dans le bistrot à l'angle du boulevard, elles s'asseyent en terrasse, passent commande, Il y a un problème, figure-toi que la petite est en pleurs parce que ta mère s'est mis en tête de la placer comme vendeuse en boulangerie dès le mois prochain, et à Nanterre en plus, dès qu'elle aura ses seize ans. J'ai essayé de raisonner Irène mais elle ne veut pas en démordre, tu sais comme elle peut être têtue quand elle s'y met. Jacqueline ne fait rien à l'école et ne pense qu'à s'amuser, mais ce n'est pas une raison pour s'en débarrasser comme d'un paquet de chiffons, elle est terrorisée à l'idée de quitter la maison. Est-ce que tu pourrais lui en toucher un mot ?

– Je vais essayer, cela ne va pas être facile… Je me demande si… non… rien.

– Tu n'as pas l'air en forme, toi, ça va ?

Dans l'après-midi, Viviane propose aux filles et à Jacques d'aller faire un tour chez Félix. Irène s'apprête à partir aussi quand Arlène la prend à part, J'ai quelque chose à te demander. Elles restent seules dans l'appartement, finissent de ranger la vaisselle, Je voulais te voir parce que j'ai un problème et que je suis un peu perdue. Voilà, je crois que je suis enceinte.

Irène s'assoit, Tu crois ou tu es enceinte ? Cela fait combien de temps ?

– Je ne sais pas, dix semaines, peut-être un peu plus.

– C'est une bonne nouvelle, non ? Il doit être content, Pierre.

– Il n'est au courant de rien du tout, on n'est plus ensemble. Je ne peux pas garder cet enfant.

– Pourquoi ?

– Parce que je suis toute seule, que j'ai vingt-deux ans, que je suis en période d'essai et qu'ils ne m'engageront pas avec un bébé dont il faut s'occuper sans arrêt.

– Tu ne vois que le mauvais côté, il y a des crèches, des aides.

– Il n'y a rien du tout. Pas là où je vis. Je ne veux pas d'un enfant, pas maintenant. Je ne peux pas tout gâcher pour un bébé qui vient trop tôt. Connais-tu quelqu'un qui pourrait m'aider ?

– Je ne connais personne ! Et même si je connaissais, je ne suis pas d'accord pour le faire passer. Comment j'ai fait, moi ? J'avais vingt-trois ans quand tu es arrivée, et avec ton père la vie n'était pas facile, crois-moi, il n'était jamais là, il courait à droite à gauche. Où tu serais si j'avais réagi comme toi ? Hein ? Et tes sœurs ? Vous seriez où aujourd'hui si je n'avais pensé qu'à moi ? Les enfants c'est une bénédiction, ils viennent quand ils veulent et quand ils sont là on se débrouille. C'est la vie qui est comme ça. Oui, il y a des moments difficiles, des nuits sans sommeil, les pleurs, le manque d'argent, la fin d'une certaine liberté, mais il y a aussi les bons moments, les rires, la tendresse, ces regards de confiance qui valent tout l'or du monde.

– Je ne te demande pas de me faire la morale, mais de me soutenir.

– Je ne peux rien faire pour toi, à part t'aider quand le bébé sera là.

Arlène se retrouve au pied de l'immeuble sans savoir quoi faire, si elle avait levé le nez elle aurait découvert un ciel étincelant à vous emplir de gaieté, mais elle n'y pense pas, part à pied, traverse le bois de Vincennes, reste assise une heure sur un banc sans accorder un regard aux promeneurs, perdue dans ses pensées, confrontée à un problème insoluble, Et si je le gardais puisqu'il n'y a pas d'autre solution ? Après tout, je ne serais ni la première ni la dernière à devoir faire face à cette difficulté.

Et est-ce que je suis sûre qu'ils me renverront du labo ? Peut-être qu'ils comprendront et qu'ils essayeront de m'aider ?... Non, de ce côté, il n'y a aucun espoir, ils ont besoin de quelqu'un de disponible à cent pour cent, pas d'une mère de famille qui doit récupérer bébé en fin d'après-midi et rester à la maison quand il sera malade. Je dois être trop ambitieuse, j'ai eu tort de vouloir sortir du cadre, il faut adapter ses désirs à la réalité et organiser sa vie sans risques, après tout s'il n'y a pas de femmes ingénieurs, c'est qu'elles ne sont pas adaptées pour assumer ces responsabilités. Je ferais mieux d'accepter un boulot de prof, tranquille, avec des horaires adaptés, des vacances et la possibilité de m'arrêter pour m'occuper du petit. Oui, il faut que je réfléchisse... Il y a Pierre aussi... Après tout, il est concerné.

Le lendemain, Arlène prend le métro, descend à Réaumur-Sébastopol, remonte la rue étonnamment calme, pas de halles le lundi, arrive devant l'immeuble de *France-Soir* où des groupes de journalistes discutent dans l'entrée. Arlène ignore si Pierre se trouve à l'intérieur et si elle doit, comme la fois précédente, demander à quelqu'un d'aller le chercher, elle hésite encore, que lui dira-t-il qu'elle ne sache ? Que peut-il faire pour elle ? N'est-ce pas trop tard ? Un autobus ralentit, s'arrête, des passagers en descendent, elle aperçoit Pierre parmi eux, qui traverse la rue et se dirige vers elle, mais il croise un homme en bleu de travail qui vient de passer devant elle et dont il serre la main. Ils commencent à bavarder sur le trottoir, Pierre allume une cigarette. Arlène les considère un moment, Pierre est de trois quarts, quand il tournera la tête il la verra, c'est obligé, elle se tient à dix mètres à peine, avance d'un pas, le fixe avec intensité comme si elle allait attirer son attention, se dit qu'elle ressent toujours quelque chose pour lui, que c'est dommage de passer à côté de leur histoire et que si lui ressent aussi quelque chose pour elle, il tournera le visage dans sa direction. Doit-elle faire le premier pas ? Pierre se redresse, un court instant elle a l'impression qu'il l'a entrevue. Il écrase son mégot. Son collègue désigne le café du coin, s'ils y vont il va tomber sur elle, être interloqué par sa présence sur ce trottoir en face de son boulot, et en la voyant il comprendra ce qui est important et ce qui ne l'est pas, et toute son existence en sera changée, Pierre jette un œil à sa montre, fait non de la tête, ils disparaissent dans les locaux du journal. Il ne s'est pas retourné, l'aimant ne devait pas être assez puissant, elle hésite quelques instants, soupire, fait demi-tour et s'éloigne vers le métro.

Pas une seconde, Arlène n'a imaginé que Pierre ait pu la remarquer. En réalité, il l'a repérée en descendant du bus, à travers la vitre, il pensait se diriger vers elle et régler la question définitivement quand il a été harponné par le secrétaire du comité d'entreprise qui cherche des bonnes volontés pour compléter sa liste pour les élections dans trois mois. Pendant qu'il faisait semblant d'écouter les arguments de ce camarade en opinant du chef, Pierre avait Arlène dans son champ de vision, se demandait ce qu'elle pouvait lui vouloir alors qu'il avait été clair avec elle, C'est sûr qu'elle est bourrée de regrets, elle veut s'excuser et me demander de reprendre notre relation. Pourquoi pas si elle s'engage solennellement à démissionner de son effroyable boulot et à trouver une activité compatible avec mes convictions ? Mais il se méfiait, Elle est opiniâtre et n'en fait qu'à sa tête. Il décide de la laisser mariner un peu, pour lui faire payer son reniement et son sale caractère. Elle devra agir comme la dernière fois, le faire appeler, elle attendra encore un moment et après seulement, il se déplacera et lui expliquera ce qu'il a décidé. À prendre ou à laisser. Pierre met en marche sa machine, opère quelques réglages. Mais personne ne vient le chercher. Il se lève, sort de l'immeuble, regarde à droite, à gauche. Arlène est invisible. Il reste quelques minutes à la guetter, puis hausse les épaules et retourne au boulot.

Arlène se remet au travail, tente d'oublier, mais l'angoisse monte, elle tourne et retourne les questions dans sa tête, passe plusieurs soirs de suite à la Cité universitaire pour solliciter des amies en qui elle a confiance. L'une fait la moue, C'est trop dangereux, ma sœur connaissait quelqu'un qui rendait service mais elle a été dénoncée et arrêtée par la police, et pour s'en sortir elle a tout déballé : les sages-femmes et les médecins qui lui ont envoyé des patientes, et ma sœur s'est retrouvée au tribunal. Une autre assure qu'elle ne connaît personne, Il vaut mieux s'abstenir ou pratiquer la méthode Ogino, c'est ce que je fais. La troisième secoue la tête d'impuissance, Désolée, je ne peux rien pour toi.

Un soir de la semaine suivante, en sortant du travail, Arlène aperçoit Viviane assise sur le parapet devant l'entrée du fort, Dis donc, c'est drôlement gardé chez toi, ils n'ont pas voulu me laisser rentrer. Ta mère m'a tout raconté, elle est furieuse après toi. Tu es toujours dans le même état d'esprit ?

– Je n'arrête pas de changer d'avis. Un jour, je veux retrouver ma vie d'avant, n'avoir de comptes à rendre à personne, exercer mon métier, tout simplement, puis la nuit quand j'y pense, j'essaye de me raisonner, je me dis que je dois faire un effort, accepter cette fatalité, mais la seconde d'après j'ai envie de hurler parce que je me sens coincée, comme si j'étais en train d'étouffer au fond d'un puits sans pouvoir remonter à la surface.

– Tu as bien réfléchi ? Parce que c'est une épreuve épouvantable qu'il est préférable d'éviter, sauf si on ne peut vraiment pas faire autrement. Je vais te dire une chose que je n'ai jamais révélée à personne, pas même à ta mère : cela reste le pire souvenir de ma vie, je ne me suis jamais sentie aussi humiliée que ce jour-là.

Arlène prend la main de sa grand-mère et la serre, Crois-moi, ce n'est pas de gaieté de cœur que je prends cette décision. Mais je ne pourrai jamais exercer mon activité avec un enfant. Ou alors je dois renoncer au métier dont je rêve depuis toujours. Peut-être que si Pierre était présent, s'il acceptait de s'en occuper aussi, je réagirais autrement, mais c'est impossible entre nous. Comment veux-tu que j'élève un enfant toute seule ? Je n'ai le choix qu'entre des mauvaises solutions.

– Écoute, je connais quelqu'un, enfin je connais une amie dont la fille a eu recours à une femme qui l'a aidée, et ça s'est bien passé. Viviane sort son portefeuille de son sac et en tire un morceau de papier plié en deux qu'elle donne à Arlène, Voilà son adresse, quand tu téléphones tu dis que tu viens de la part de madame Grenier, c'est la fille de mon amie. Et puis, voilà pour toi. Elle tend une liasse de billets à Arlène, C'est tout ce que je peux faire, ma chérie.

C'est un pavillon ancien en meulière d'une banlieue anonyme avec un bout de jardin famélique où, à travers la palissade écaillée, on aperçoit un portique rouillé avec une balançoire cassée. Arlène actionne une clochette au portail, un rideau d'une fenêtre s'écarte, une femme potelée d'une soixantaine d'années descend les trois marches du perron et regarde Arlène à travers la grille ajourée, Je viens de la part de madame Grenier. La femme ouvre la porte, jette un œil dans la rue de chaque côté, Suivez-moi. Arlène l'accompagne à l'intérieur de la maison, puis elles prennent un escalier étroit qui conduit à un sous-sol aménagé, avec des vasistas, une cuisinière, un lavabo, une armoire beige, et au milieu de la pièce un lit d'examen médical, Vous avez l'argent ? Arlène prend une enveloppe dans son sac, la donne à la femme qui vérifie son contenu et la range dans un tiroir, Vous savez comment ça va se passer ?

– Non, pas très bien. En fait, pas du tout.

– Je vais vous examiner. Ôtez votre manteau.

Arlène le pose sur une chaise, la femme s'approche, palpe longuement le ventre d'Arlène, fait la moue, Vous êtes à combien ?

– Douze ou treize peut-être.

– Cela m'étonnerait. Avec ce ventre arrondi, vous devez être au minimum à seize semaines, vous avez déjà de petites vergetures. Allongez-vous sur la table.

Arlène monte dessus. La femme finit de se laver les mains, prend un spéculum et l'examine attentivement. Arlène pousse un cri, se raidit, la femme secoue la tête, Vous êtes trop avancée, certainement seize semaines, probablement un peu plus ; à ce stade je refuse de pratiquer, c'est trop dangereux, si j'interviens au-delà d'un certain seuil de grossesse, vous pouvez y rester ou être mutilée à vie. C'est une certitude, ça se passera mal, la douleur est insupportable, il faudrait vous endormir et je ne suis pas équipée, vous risquez une hémorragie, une déchirure, une perforation et de vous retrouver à l'hôpital, on connaît la suite. Dans votre cas, je préfère m'abstenir. Je ne veux pas d'ennuis. Il fallait venir plus tôt. À mon avis, vu votre état, il n'y a rien à faire d'autre que vous préparer à l'accouchement. Je vais vous rendre votre argent.

À Dieu vat.

*

Daniel s'ennuie à Coëtquidan, regrette d'avoir choisi l'École d'infanterie. S'il s'était décidé pour l'artillerie, au moins il aurait changé d'ambiance et vu d'autres têtes, découvert une autre région, mais ici, dans cette Bretagne où rien n'a changé depuis la nuit des temps, dans ce camp boueux retranché du monde et à la discipline absurde, il perd son temps, n'apprend rien qu'il ne sache déjà, répète chaque jour les mêmes gestes sans intérêt, ne partage plus rien avec ses compagnons à la conversation limitée et prévisible. La monotonie l'ankylose comme s'il était en poste dans une garnison perdue depuis trente ans et qu'il s'était enraciné dans cette terre gorgée d'eau. Daniel s'était engagé pour agir, pour se battre pour son pays, pas pour moisir dans son jus et devenir un gestionnaire d'équipement et de matériel, il déchante, ne supporte pas de devoir établir chaque jour l'état du stock de cartouches à l'unité près et de passer ses soirées à boire des bières avec ses camarades. Tous les trois mois, la porte du camp s'entrouvre pour une semaine de permission, un gymkhana pour attraper le train de nuit à Rennes, il arrive à l'aube à la gare Montparnasse, rejoint le boulevard de Bonne-Nouvelle à pied pour le plaisir de traverser Paris, achète des croissants, retrouve Marie dans son appartement.

La première fois, il est surpris par l'aspect suranné des lieux mais la fois suivante, il découvre qu'elle a tout repeint en blanc et un chevalet avec une toile recouverte d'un linge blanc occupe le salon. Il demande, C'est quoi ?

– C'est rien.

Quand Marie l'interroge sur son activité, il élude, L'armée c'est l'école de la patience, ils font tout pour nous éprouver et pour dégoûter les bonnes volontés, on passe des heures à faire de la théorie et à répéter des exercices d'avant-guerre, nos supérieurs sont restés bloqués en 39. Elle l'observe longuement, Je ne supporte pas ces cheveux rasés, tu es horrible avec cette coupe.

Le premier soir, elle l'entraîne dans une boîte en sous-sol de la rue Dauphine. Devant l'entrée, elle lui souffle à l'oreille, Je t'en prie, ne dis à personne que tu es militaire. Une foule de jeunes gens écoutent religieusement un vibraphoniste qui exécute un numéro étourdissant avec quatre mailloches, avant d'être repris par l'orchestre de jazz qui l'accompagne dans un vacarme assourdissant. Une femme adresse de grands signes de main à Marie, On t'a gardé une place. Ses voisins se serrent pour que Daniel puisse s'asseoir, Marie le présente mais le bruit est tel qu'il n'entend rien. Il est surpris qu'elle embrasse tous ces inconnus, qu'elle rie aux éclats de choses qui le laissent de marbre, évoque des amis mystérieux par leur prénom comme autant de passerelles secrètes et fume sans arrêt des cigarettes mentholées, il déteste cette musique exécrable, si on peut appeler cela de la musique, il ne se sent pas dans son élément dans cette cave enfumée, mais Marie est si rayonnante, paraît tellement transportée par le concert, qu'il oublie ses réserves. Elle lui prend la main, Tu sais, c'était la boîte préférée de Thomas, il venait ici tous les soirs, il connaissait tout le monde et tout le monde l'aimait. Je n'arrive pas à imaginer qu'il n'est plus là, je m'attends à ce qu'il surgisse et qu'il dise, C'était une mauvaise blague, je vous ai bien eus… Alors, ça te plaît ? Tu aimes cette musique ? Daniel hésite, esquisse un sourire, Je ne suis pas habitué.

– Moi aussi, au début, le swing j'ai détesté, mais tu vas voir, bientôt tu vas adorer.

Le lendemain, au petit déjeuner, il interroge Marie pour savoir si les problèmes rencontrés sur le chantier de l'église Saint-Martin ont été résolus, Je n'en sais rien, j'ai démissionné, les vitraux c'est fini pour moi. Il était temps de tourner la page. Je me suis mise à la peinture, c'est ce que je voulais faire depuis si longtemps. Pour l'instant, je prends des cours trois après-midi par semaine avec un peintre assez connu, enfin pas trop du grand public, il est dans la mouvance de la Nouvelle École de Paris, tu connais ? … et qui me bouscule pour me faire sortir de ma torpeur. Sinon, je vais travailler chez Magali que tu as vue hier soir, elle a un grand atelier, elle m'aide beaucoup car elle est plus en avance que moi, elle a un talent fou et prépare une exposition pour bientôt, moi je me cherche encore.

Quand Daniel lui propose d'aller dîner chez ses parents à Saint-Maur, Marie refuse, Les repas de famille, ça m'emmerde ! Il insiste, Ils t'aiment tellement, ils vont être déçus. Elle répond, Je n'en ai vraiment pas envie, une autre fois peut-être.

À son retour, elle lui demande de quoi ils ont parlé, Ils ont regretté de ne pas te voir, il paraît que ta mère se fait du souci pour toi. Ils voulaient savoir si on avait fixé une date pour notre mariage ?

– Je n'ai pas l'intention de me marier. L'église, le curé, la robe blanche, le mariage tralala avec deux cents invités, très peu pour moi, j'en ai fini avec ce cirque, mais surtout, je ne veux plus voir mon père, je l'ai rayé de mon existence, je ne lui adresserai plus jamais la parole, je ne lui pardonnerai jamais ce qu'il a fait à Thomas, c'est lui qui l'a tué, avec sa connerie et ses principes débiles. Si on doit se marier un jour, ce sera en tête à tête à la mairie avec deux témoins, après on ira boire un verre au bistrot du coin et c'est tout. C'est comme ça. J'ai décidé de faire un grand ménage dans ma vie et je te préviens, je ne ferai jamais aucune concession. Quand on commence à en faire, c'est qu'on renonce à ses idées, qu'on veut faire plaisir, je crois au contraire qu'il faut assumer ses convictions et être cohérent avec soi-même.

Ce que Daniel se garde de révéler à Marie, c'est que Jeanne était invitée chez ses parents la veille, une mère affolée qui redoute que sa fille ait décidé de couper aussi les ponts avec elle ; quand elle a appelé l'atelier du maître verrier pour prendre des nouvelles de sa fille, elle a découvert qu'elle n'y travaillait plus depuis deux mois, elle a appris aussi par une voisine que Marie va chaque semaine se recueillir sur la tombe de son frère au cimetière de Saint-Maur. Jeanne est blessée que sa fille n'en profite pas pour venir la voir, Qu'elle en veuille à Maurice, je peux le comprendre, mais moi, qu'ai-je fait pour mériter un traitement pareil ? À deux reprises, Jeanne s'est rendue boulevard de Bonne-Nouvelle mais a trouvé porte close, la dernière fois, elle en est sûre, quelqu'un la regardait à travers le judas, Que puis-je faire ?

– Marie est en colère contre la terre entière à cause de la mort de Thomas, a répondu Daniel. Le mieux c'est d'attendre, un jour elle prendra conscience que tu as toujours défendu Thomas, tu dois faire preuve de patience.

Au cours de sa courte permission, Daniel est confronté à un problème inattendu, Marie l'a mis en garde, Surtout, pas question que tu dises à qui que ce soit que tu fais Saint-Cyr, mes amis détestent l'armée et les militaires.

– On se demande pourquoi.

– Parce qu'ils sont anticolonialistes, que l'armée française défend ses colonies et massacre ceux qui réclament leur indépendance.

– C'est faux, cela ne me plaît pas beaucoup.

– Pour une fois que je te demande quelque chose, tu pourrais faire un effort.

– Mais que vais-je leur dire ?

– Je n'en sais rien, débrouille-toi. Et par pitié, laisse-toi repousser les cheveux.

Marie est inquiète sans raison car personne ne s'intéresse à Daniel, il l'accompagne chaque soir dans les boîtes de Saint-

Germain, ses amis ont admis qu'ils étaient ensemble, ils lui serrent la main, lui tapent une cigarette, aucun ne pose de question, et quand ils lui demandent comment ça va, ils n'attendent pas la réponse. Plusieurs ne se souviennent même pas de son prénom.

Le soir qui précède son départ, ils se retrouvent dans une cave de la rue des Canettes où un orchestre joue du dixie sur une estrade. Daniel revient du bar avec trois verres de vodka orange qu'il pose sur la table, en tend un à Marie et un autre à Magali, qui lui dit avec un sourire candide, Merci Daniel, c'est gentil, il faut que je te rembourse pour hier aussi, si si j'y tiens, au fait je ne t'ai pas demandé : que fais-tu dans la vie ? Marie arrête de boire, dévisage Daniel qui prend son temps…, Je fais mon service militaire, dix-huit mois, c'est long.

– Je me disais aussi que tu avais une drôle de tête. Et tu vas partir en Indochine ? J'ai mon copain Serge qui est là-bas, il est kiné, au lieu de rester tranquille cet imbécile a voulu faire une préparation militaire, résultat : il s'est retrouvé à Saïgon. Paraît que ça castagne.

– Tu sais, on ne choisit pas, on va où on nous dit d'aller…

Tout le monde tourne la tête vers l'orchestre, le trompettiste joue un morceau solo.

– J'adore cette musique.

Daniel ne se rend pas compte de l'importance de l'amitié qui est née entre Marie et Magali ; quand il vient à Paris pour une petite semaine, Marie préfère rester avec lui, mais dès qu'il retourne à Coëtquidan, elle passe ses journées avec son amie, même si, curieusement, elles se parlent peu. Ensemble, elles peignent. Chacune à un bout de l'atelier, ou plutôt il vaudrait mieux dire que l'une peint et que l'autre la regarde peindre. Et essaye de comprendre comment elle fait pour être aussi créative alors qu'elle-même tourne en rond devant son chevalet. Magali s'est libérée de la figuration depuis longtemps, aborde les territoires risqués de l'expressionnisme abstrait, possède cette liberté de s'abandonner que Marie cherche désespérément à atteindre, Pourquoi suis-je si raide, si convenue ? Elle a le sentiment de piétiner et les leçons qu'elle prend trois après-midi par semaine ne l'aident en rien.

– Laisse-toi aller, n'essaye pas de reproduire ou d'interpréter, ne réfléchis pas à ce que tu vas tracer, laisse ta main avancer seule. C'est elle qu'il faut libérer.

Marie est fascinée par cette jeune femme qui peint d'une façon si lumineuse, qui chaque jour fait une trouvaille saisissante quand elle-même piétine, impuissante. Magali est ravie, réchauffée par cette admiration qu'elle lit dans le regard de son amie, apprécie d'être enfin reconnue, de pouvoir donner des conseils à quelqu'un qui la considère comme une peintre immense.

Un soir, Marie et Magali aperçoivent Marty, un galeriste de la rue Guénégaud qui passe ses nuits dans les boîtes du quartier, au moment où il traverse la rue Mazarine sans regarder et manque de se faire écraser par un taxi. Marty, le visage défait, s'assoit avec elles à la terrasse du café, commande un double whisky, est incapable de parler tant qu'il n'a pas bu son verre, en réclame un autre, Il y a eu un incendie chez Forster, tout a brûlé à cause d'une cigarette mal éteinte, ses œuvres sont parties en fumée, deux ans de travail foutus, c'est un drame pour lui et une catastrophe pour moi, son exposition devait commencer au début du mois prochain, le peintre que j'expose actuellement ne peut pas prolonger parce qu'il enchaîne avec une expo à Bruxelles, ma galerie ne peut pas rester vide !

– Tu n'as qu'à prendre Magali, dit Marie.

– Tu plaisantes ? répond Marty. Elle a vingt-quatre ans ! Personne ne la connaît, aucune galerie n'expose d'inconnus et je ne sais même pas ce qu'elle fait.

– Il faut que tu viennes chez elle, elle peint dans l'esprit de ta galerie. C'est une chance pour toi, elle a suffisamment de toiles pour monter une exposition.

Marty vide son deuxième verre, se sent dans un état de flottement entre l'ivresse et l'hébétude, s'il avait été dans son état normal jamais il ne se serait levé en disant, Bon, allons-y, mais ça m'étonnerait qu'elle ait le niveau. La marche forcée jusqu'à l'appartement de Magali lui permet de retrouver ses esprits, il découvre sa peinture, examine les toiles une à une, Ouais, c'est pas mal, y a quelque chose, c'est nerveux, assez original, on ne dirait pas que c'est toi qui as fait ça, mais je ne peux pas prendre de risques, aucune galerie n'expose de femme.

– Tu n'es quand même pas misogyne, Marty ?

– Comment peux-tu croire cela ? Mais je suis commerçant et les collectionneurs n'achètent jamais de tableaux peints par des femmes, je n'y peux rien, déjà pour les hommes c'est horriblement difficile, tu en connais, toi, des peintres femmes ? Cite-m'en une seule ?… Tu vois !

Marty repart en les laissant désemparées, il passe les jours suivants à faire le tour des artistes qu'il a exposés, à en approcher d'autres qu'il estime, mais aucun n'est prêt, ou ils sont déjà engagés avec une galerie.

La fin du mois approche. Marty a envie de laisser tomber, de partir en vacances, mais il n'a pas assez d'argent, alors il se dit, Foutu pour foutu, tant pis ! Il entreprend le tour des caves de Saint-Germain. Au Vieux-Colombier, il tombe sur Magali et Marie, Tiens, vous êtes là ! Qu'est-ce que vous buvez, les filles ? Tu sais, Magali, j'ai réfléchi, ta peinture est intéressante, il faut la montrer, prendre le risque, si moi je ne le fais pas, qui le fera ? Alors c'est ok. On démarre le 3 à dix-huit heures. Par contre, pour les conditions, faut faire un effort…

Marie décide d'aider Magali à monter son exposition, prend en charge le cocktail du vernissage, l'impression des affiches, réussit à obtenir un prix de l'encadreur, avance la moitié de la facture, puis la règle entièrement parce que Magali n'a pas un sou, Tu me rembourseras quand tu auras vendu tes toiles. Pendant que Magali en finit deux, Marie transporte les tableaux, aide à l'accrochage, pose les affiches aux vitres des cafés du quartier et chez les commerçants qui acceptent.

Elles sont récompensées de leurs efforts, le vernissage est un succès, la galerie est bondée, le buffet est vite dévalisé, tous les amis sont venus et s'extasient devant les peintures, félicitent chaudement l'artiste pour sa force et son audace, la comparent aux plus grands. Un Américain avec des lunettes rondes et un catogan reste un temps fou à détailler chaque œuvre, les mains jointes comme s'il priait, s'exclame : *You're a genius !* Ce sont des paroles réconfortantes mais insuffisantes pour Marty, car personne ne demande le prix des œuvres, qui ne sont pourtant pas chères. Personne n'en achète. Aucun article dans la presse non plus car aucun journaliste ne s'est déplacé pour découvrir le travail de cette jeune inconnue, qui va le rester.

Depuis quatre ans que son frère est mort, on peut compter sur les doigts d'une main les semaines où Marie a raté son rendez-vous avec lui. Contrairement à la plupart des gens qui appréhendent les cimetières et les trouvent désespérants, elle au contraire apprécie de retrouver Thomas et n'imagine pas une seconde l'abandonner dans ce caveau. On oublie vite dans ces allées désertes que la foule s'agite à quelques mètres. Au préalable, Marie passe chez le fleuriste en face de l'entrée, ce serait inconcevable de lui rendre visite sans apporter un bouquet de germinis ou de pivoines qu'elle dépose après avoir ouvert la porte du caveau. Elle ne parle pas, ne lui raconte pas sa vie, là où il est elle sait que c'est inutile. Elle vient parce que Thomas est vivant dans sa tête, elle se rappelle mille souvenirs, et tant qu'elle viendra convoquer ici les tréfonds de sa mémoire, Thomas ne sera pas effacé de la surface de cette terre. Elle ferme les yeux et reviennent les moments enchantés de Dinard, leurs rires résonnent encore, et elle sent à cet instant que Thomas est proche d'elle. Comme avant.

Ce mardi-là, Marie se dit, C'était à moi de l'aider, j'aurais dû sentir qu'il renonçait, j'étais la seule à pouvoir le soutenir et j'ai été aveugle. Oh, Thomas, pourquoi ne m'as-tu rien dit ? Elle reprend sa respiration, Je vais y aller, je reviens la semaine prochaine. Et j'espère avoir une nouvelle à t'annoncer. Avec la main elle dépose un baiser sur sa tombe, referme à clé la porte du caveau. Quand elle se retourne, Jeanne est face à elle, Bonjour ma chérie, comment vas-tu ? Je suis tellement contente de te voir enfin. C'est dommage de se voir si peu, tu ne crois pas ?

– Pour moi, c'était devenu insupportable, je devais couper les ponts avec la maison, la vérité c'est que je n'arrive pas à vivre sans Thomas, il me manque toujours autant, je fais des efforts pour vivre normalement mais je le vois partout et à chaque instant je me dis que c'est mon père qui l'a tué.

– Maurice n'est pas un saint, c'est sûr, mais il aimait Thomas profondément, comme il t'aime, et il est meurtri par ta décision de ne plus le voir, comme je le suis moi-même parce que, avec ton attitude, j'ai perdu et mon fils et ma fille.

– Tu n'es pas seulement ma mère, tu es aussi sa femme et tu le soutiens, tu lui trouves toujours des excuses alors que c'est un meurtrier. Tu savais qu'il le terrorisait et tu n'as rien fait. Si tu avais réagi avant… mais tu as laissé faire. Aujourd'hui, on doit apprendre à vivre les uns sans les autres.

Marie a du retard, cela n'est jamais arrivé, même d'une seule journée, et immédiatement elle a la conviction qu'elle attend un bébé et que c'est une chance inouïe pour Daniel et elle. Et pour Thomas aussi. Elle va enfin se retrouver comme avant le jour funeste ou presque. La vie va revenir. Tout simplement. Son médecin ne peut lui confirmer qu'elle est enceinte, elle doit patienter encore quelques semaines. Marie hausse les épaules, elle sait, et depuis cet instant où elle a pris conscience de son état, elle a compris qu'elle n'était plus une femme égarée, et elle se dit, J'espère que ce sera un garçon, non, je n'espère pas, ce sera un garçon, j'en suis sûre, et je l'appellerai Thomas.

Marie ne s'est pas sentie aussi heureuse depuis des années, elle a envie de chanter, d'embrasser les passants, de crier sa joie d'être maman, elle va chez Magali pour lui annoncer la bonne nouvelle, sonne à la porte avec l'intention de lui lancer, Tu ne devineras jamais ce qui m'arrive ! Mais quand son amie ouvre la porte, elle murmure, Ah, c'est toi… Elle a le visage décomposé, les yeux rouges.

– Que se passe-t-il ?

– Serge a été tué à proximité d'Hanoï il y a trois jours, sa mère a reçu un télégramme et elle est venue me prévenir, elle est partie il y a quelques minutes. On ne sait pas ce qui s'est passé. Une embuscade peut-être ou une mine. Elle a téléphoné au ministère mais ils ne savent pas non plus, paraît qu'il faut au moins deux mois pour rapatrier le corps. Notre vie est finie, tu ne le connaissais pas mais c'était une personne extraordinaire et je n'arrive pas à imaginer que je ne le reverrai plus.

Marie prend Magali dans ses bras, la serre contre elle affectueusement et s'apprête à rentrer dans l'appartement quand son amie l'arrête, Je veux rester seule, je préfère que tu t'en ailles.

– Je comprends, bien sûr.

Marie descend quelques marches, Magali referme la porte derrière elle.

Le lendemain et les jours suivants, Marie passe chez Magali mais trouve chaque fois porte close, du courrier s'accumule sous le paillasson, puis disparaît, elle donne des coups énergiques contre le panneau, personne ne répond. La concierge de l'immeuble ne l'a pas vue non plus, elle a fini par récupérer le courrier, qu'elle garde en attendant son retour.

L'exposition s'achève piteusement et s'avère un désastre financier, C'est la première fois que je ne vends pas un seul tableau, je m'en doutais ! fulmine Marty. Marie le met au courant du deuil qui frappe Magali, il compatit mais veut qu'elle vienne récupérer ses tableaux très vite car il doit faire de la place pour le prochain vernissage.

Marie se résout à embarquer les toiles, qu'elle stocke chez elle. C'est en les rangeant en équilibre contre le mur que son attention est attirée par une sorte de croix, deux traits rouges superposés sur un aplat marron, et qu'une pensée fulgurante lui traverse l'esprit. Elle s'immobilise, envahie par cette illumination. Sa première réaction est de se dire, Non, c'est impensable, il y a des limites qu'on ne peut pas franchir. Mais cette idée s'incruste, non pas comme une maladie sournoise mais comme une libération absolue, quelque chose que l'on croit impossible à réaliser mais qu'il faut néanmoins accomplir quitte à en mourir, Je dois prendre le temps de peser le pour et le contre, c'est une décision aux conséquences tellement graves que je dois y réfléchir, parce que ma vie tout entière risque d'en être bouleversée. Marie ferme les yeux, la croix rouge est gravée dans son esprit, C'est tout réfléchi.

Daniel dort dans le train de nuit qui le conduit à Paris, le voyage est interminable, le convoi s'arrête dans chaque gare, repart en crissant. Dans le compartiment à peine éclairé par une veilleuse, les huit passagers se réveillent, s'étirent, la locomotive à vapeur entre gare Montparnasse à sept heures trente, Daniel descend du wagon avec l'intention de traverser Paris à pied pour rejoindre le domicile de Marie comme il le fait à chaque permission, mais il l'aperçoit qui l'attend au bout du quai, Que fais-tu là ?

– Je voulais te voir, allons prendre un café. Ils entrent dans une brasserie sur le boulevard, elle s'assoit face à lui sur la banquette de velours rouge, un serveur vient prendre leur commande, Il fallait que je te parle, c'est important.

– Tu as l'air fatiguée.

– Je n'ai pas dormi de la nuit.

Ils restent un moment sans parler. Daniel, préoccupé par cet accueil inhabituel, scrute son visage fermé. Le serveur pose sur leur table deux tasses, un pot de café et des croissants dans une corbeille,

– Voilà… je suis enceinte, aujourd'hui c'est sûr.

– C'est formidable ! … Je ne m'y attendais pas. On va fêter ça… Marions-nous !

– Surtout pas. Je ne veux pas en entendre parler.

– Comme tu voudras, avec un enfant ce serait mieux de…

– Ce n'est pas tout.

Marie se tait, prend sa tasse, la soulève comme si elle allait la porter à ses lèvres, la repose.

– Tu m'inquiètes, Marie, qu'y a-t-il ?

– Sache que j'ai longuement réfléchi à ce que je vais te dire. Pendant plusieurs semaines j'ai été seule, j'y ai pensé jour et nuit, sans arrêt, c'est donc une décision que je n'ai pas prise à la légère… Daniel, je te demande de quitter l'armée.

– Quoi !

– Il n'est pas question qu'on fonde une famille si tu dois partir en Indochine, là-bas c'est l'horreur, je ne pourrai jamais vivre avec cette menace au-dessus de la tête, je n'ai pas l'âge d'être veuve de guerre, je ne veux pas que mon fils soit orphelin.

– Mais c'est ce que j'ai toujours voulu faire dans la vie, je ne l'ai jamais caché, tu es venue à Coëtquidan, tu as vu.

– C'est vrai, mais je porte un enfant et ça change tout. Je ne supporterai pas cette vie de femme de militaire, je le sais, je n'en aurai pas la force. Et combien reviennent mutilés, démolis, avec leur vie foutue ? Et puis, si tu survis à l'Indochine, après il y aura la Tunisie ou le Liban, l'Algérie ou le Sénégal, cela n'en finira jamais.

– Cela veut dire quoi concrètement ?

– Cela veut dire que tu dois faire un choix. Tu quittes l'armée, on vit ensemble, ou tu restes militaire et on se sépare, j'élèverai cet enfant seule, tu pourras le voir quand tu voudras mais nous aurons des vies séparées, j'ai l'air forte en te parlant, mais en vérité je tremble, j'ai la trouille, parce que je sais à quel point ta carrière est importante pour toi, je suis désespérée de devoir briser ce rêve, mais l'autre vérité, c'est que tu es l'homme de ma vie, que je t'aime comme tu n'as aucune idée et comme je n'aimerai jamais personne, je suis incroyablement heureuse de porter ton enfant et je ne désire qu'une seule chose, c'est que nous restions unis jusqu'à la fin de nos jours.

– C'est un peu brutal, tu ne crois pas ?

– C'est vrai, mais beaucoup moins que le jour où on m'enverra un télégramme pour m'annoncer que tu es mort glorieusement au combat.

Daniel se demande quel nom donner à ce défi : une rupture, un chantage, un marché, un ultimatum ? Il se fiche un peu du terme car il connaît déjà sa réponse. Sans l'ombre d'un doute ou d'une hésitation. Pour lui, c'est une certitude absolue mais il peut attendre pour l'annoncer à Marie…, Faut que je réfléchisse.

*

Le compte à rebours a commencé, Arlène avance en équilibre instable sur un fil invisible en sachant qu'il va se rompre d'un instant à l'autre et la renvoyer au purgatoire des prétentieuses qui n'ont pas su rester à leur place. Elle décide de profiter des derniers mois qui lui restent avant de se faire éjecter pour emmagasiner des souvenirs avec l'intention de se dire un jour, J'y étais, je l'ai fait, il s'en est fallu d'un rien pour que j'y sois encore. Elle profite d'habiter un des chalets à l'intérieur du fort pour arriver la première, avant ses collègues qui restent avec leurs enfants jusqu'à leur départ à l'école, et part la dernière, après minuit, souvent Horowitz la met à la porte, On a assez bossé pour aujourd'hui, allez vous reposer, demain sera une dure journée. Il va falloir reprendre les calculs sur l'acier au bore, étudier la décroissance des rayonnements à travers les massifs protecteurs et mesurer les fuites dans les canalisations ; on n'a pas droit à l'erreur, je compte sur vous.

Quand un collègue invite Arlène à dîner un samedi soir avec trois autres ingénieurs, elle est si surprise qu'elle hésite quelques secondes avant de répondre, Oui, avec plaisir. Se demande si ce revirement d'attitude n'est pas dû à l'intervention d'Horowitz, elle apporte une bouteille de gevrey-chambertin que lui a conseillée le marchand de vin et qui lui vaut des remarques d'estime de ses confrères, L'inconvénient de ce nectar, c'est que la bouteille est trop petite.

Quinze jours plus tard, une autre invitation tombe, elle paraît intégrée dans le groupe des plus jeunes. Malgré leur prix, elle arrive avec deux bouteilles, sent qu'une certaine cordialité s'instaure, on ne la considère plus comme une pièce rapportée, même si elle reste un peu à l'écart des discussions qu'elle écoute plus qu'elle n'y participe, elle n'arrive pas à se détendre, elle a peur de se trahir, qu'on découvre sa grossesse.

Les femmes d'ingénieurs l'accueillent avec chaleur, essayent d'engager la conversation mais, la première fois, Arlène n'a pas grand-chose à raconter à part ces calculs qu'il faut ajuster sans cesse et les expériences mille fois recommencées pour vérifier les résultats. Les épouses s'ennuient car la conversation des maris dévie aussi régulièrement sur leur incompréhensible travail, mais elles apprécient qu'Arlène ne les snobe pas, comprenne les difficultés de leur condition de femmes au foyer, et leur pose autant de questions sur leur progéniture, la manière dont elles l'élèvent, leurs problèmes de garde, ces maladies bizarres qui surviennent la nuit avec ces cris intempestifs qui vous transpercent le cœur, elles sont ravies de pouvoir enfin débattre de l'intérêt de l'allaitement, du soutien ponctuel des grands-mères et de mille détails qui n'intéressent pas leurs époux.

Un soir, Christine annonce qu'elle est enceinte, Colette raconte son expérience de la méthode Lamaze d'accouchement sans douleur à la clinique des Bluets dans le XIIe, Un miracle par rapport au premier, une révolution même. Elle l'encourage à s'inscrire à ce stage. Arlène manifeste une sollicitude qui les touche, Et tu n'as pratiquement pas souffert ? C'est épatant. Comment dis-tu qu'il s'appelle ce toubib ? Et elle peut lui donner des précisions dont son mari n'a jamais voulu entendre parler.

Arrive le moment redouté par Arlène. Son ventre ressemble à une sphère euclidienne. Elle tente de retarder le jour où elle ne pourra plus rien cacher, porte un pull gris très large tricoté au point mousse par Viviane bien qu'il fasse un temps radieux, achète des robes chasubles au marché de Longjumeau qui ressemblent à des sacs à patates mais dissimulent ses rondeurs. Sa grand-mère fait le test du mouchoir, Arlène le ramasse sans plier les genoux, Viviane prédit un garçon, elle ne s'est jamais trompée.

Quant à Irène, c'est un mystère. Chaque fois que Viviane va à Joinville, personne ne répond. D'après Arlène, sa mère n'a eu de cesse de mettre ses filles à la porte pour pouvoir vivre avec Roland, elle a poussé Odette à s'installer en ménage avec Jacques, bafouant les principes qu'elle défendait depuis toujours, elle s'est débarrassée de Françoise en lui conseillant d'accepter un poste de secrétaire chez Simca alors que celle-ci ne voulait pas s'exiler à Poissy, et en réussissant à placer Jacqueline loin de la maison alors que la petite était terrorisée à cette idée, elle a retrouvé sa liberté pour roucouler avec son copain en toute discrétion.

– Je connais ma fille, objecte Viviane. Irène n'est pas aussi machiavélique.

– Moi, je connais ma mère, quand elle a une idée en tête, personne ne peut l'en faire changer.

À la clinique des Bluets, Arlène rencontre le docteur Lamaze mais ne peut suivre les séances collectives à cause de son emploi du temps, alors il lui donne un fascicule pour qu'elle fasse les exercices chez elle et la prend à la séance spéciale du dimanche matin avec d'autres femmes qui ne peuvent se libérer en semaine.

En juin, une idée folle surgit. Le docteur Royer prévoit l'accouchement autour du 15 août, pendant les vacances. Arlène se dit qu'avec un peu de chance elle pourrait passer à travers la guillotine, avoir son bébé sans que personne au labo s'en rende compte, elle doit trouver la bonne organisation, réussir à surmonter les courbatures, les migraines. Elle refuse les nouvelles invitations en prétextant de la fatigue. Elle qui ne se maquille plus depuis longtemps achète un fond de teint recommandé par une vendeuse, celui qu'utilise Audrey Hepburn, mais renonce à l'eye-liner noir qu'elle lui propose. Elle dissimule ses cernes et ses traits tirés grâce à une crème ivoire qui lui donne un air pimpant de porcelaine ; de toute façon, les membres de l'équipe sont tellement absorbés par l'énorme charge de travail qui leur incombe que personne ne remarque le changement.

Un soir où l'équipe teste le système de réglage des barres de cadmium plongées dans l'eau lourde quand la pile est à l'arrêt et qu'Arlène est chargée de contrôler le servomoteur d'origine américaine qui permet d'obtenir une précision d'immersion au demi-millimètre près, elle constate, en se retournant, qu'Horowitz la fixe d'un œil noir, il s'approche d'elle, Suivez-moi ! Elle le suit dans son bureau, il ferme la porte derrière elle, Vous comptiez me le dire quand ?… Hein ? Vous croyez que je suis aveugle ? Arlène, tétanisée, n'arrive pas à s'exprimer, Je suis désolée, mais…

– C'est pour quand ?

– Vers la mi-août.

– Quel gâchis ! Vous auriez pu faire une belle carrière… Vous partez quand ?

– Je… je ne sais pas… quand vous voudrez.

– Fin juillet, je pense que vous aurez fini l'examen des qualités résiduelles des combustibles usagés. Cela vous convient ? Arlène acquiesce d'un signe de tête, Et après, vous allez faire quoi ? Vous occuper de votre enfant, je présume ?

– Oui, et il va falloir que je me trouve un travail, je vais peut-être passer l'agrég pour bosser dans un lycée.

– Ben alors, pourquoi vous ne restez pas ici ? J'ai besoin de vous, moi.

*

… J'ai renoncé à Arlène et j'ai choisi Marie, ce n'est pas pour l'abandonner aujourd'hui, je n'ai pas fait ce choix inconsidérément. C'est avec Marie que je veux faire ma vie, elle attend un enfant, eh bien on s'en occupera ensemble, j'ai vingt-deux ans, et grâce à elle je n'irai pas à la guerre. Que vais-je faire ? Je n'en sais rien encore. C'est normal, hier j'étais persuadé que j'allais partir combattre des inconnus à l'autre bout du monde. Je vais prendre le temps d'y réfléchir, peut-être en parler à mon père, cela m'intéresse de voir sa réaction. Je ne prends pas cette décision par lâcheté, je n'ai pas peur de mourir ou de devenir invalide. Quand on choisit de préparer Saint-Cyr, la vie et la mort ne sont pas des questions secondaires ou abstraites. Cette angoisse, cette peur atavique, on les a réglées avec soi-même, sans forcément y réfléchir longuement, c'est l'instinct qui parle, le cœur, la passion, mais la raison aussi, en tout cas une certaine forme de raison. Quand on s'engage, on ne souscrit pas une assurance-vie, on assume le risque de mourir pour son pays, c'est pour cela que l'écrasante majorité de la population ne comprend rien aux militaires, parce que les gens sont incapables de penser qu'il existe quelque chose de plus important que leur vie sur cette terre, parce que l'unique obsession de chacun est de durer le plus longtemps possible, même dans les pires conditions, quitte à se renier, à accepter l'inacceptable, à considérer que la lâcheté est une vertu, la passivité une règle de conduite, et à oublier jusqu'au sens de la morale. Et quand je me pose cette question, qu'est-ce qui est le plus important pour moi ? la réponse est claire et évidente, aujourd'hui Marie est au centre de ma vie.

Jusqu'ici, on a peu parlé de Charles Jansen, le père de Daniel, on l'a vu encore moins qu'on a parlé de lui car c'est un homme de l'ombre qui déteste se mettre en avant, la grisaille lui convient, sa discrétion est innée. Quand il se trouve au milieu d'un groupe on ne le remarque jamais, on sait de lui ce qui s'avère impossible à dissimuler : c'est un militaire sorti de Saint-Cyr après la Première Guerre qui a fait un mariage d'amour avec une héritière richissime dont il est toujours amoureux. Grièvement blessé pendant la bataille de Dunkerque, il a été sauvé in extremis au moment où il coulait, avant d'être transporté en Angleterre où il s'est rétabli, puis il est entré au service du général de Gaulle, et a travaillé sous les ordres du colonel Passy. Après-guerre, il a rendu quelques services à des amis imprudents, notamment à Maurice Virel qu'il a tiré d'un mauvais pas. Ceux qui ne l'aiment pas affirment que c'est un responsable des services spéciaux, une taupe de De Gaulle, et qu'il n'a pas son pareil pour passer à travers les purges successives qui affectent ce secteur mystérieux, les autres se contentent de la version officielle, c'est un banal général de division qui travaille à l'état-major du boulevard Saint-Germain. Et quand un importun insiste, avec une certaine outrecuidance, pour savoir quelle est son activité réelle, il répond, Je suis censé anticiper les problèmes et si possible les éviter. Ses supérieurs l'apprécient parce que c'est un homme qui parle peu et vous incite à la confidence, les deux seules choses que l'on sache sur lui avec certitude, c'est qu'il adore le potage, il en prend à chaque repas, toute l'année ; la deuxième, c'est que personne ne l'appelle par son prénom, ni ses amis, ni ses collègues, ni ses camarades de promo, on ignore s'il ne l'aime pas ou s'il n'apprécie pas la familiarité, peu importe, avec lui on dit Jansen.

Quand Daniel lui fait part de son intention de démissionner pour rester avec Marie et avoue qu'il ne sait pas encore à quoi il va s'employer, Je suis navré de te décevoir, je voulais tellement que tu sois fier de moi. Jansen ne manifeste aucune réaction, il finit la bisque d'écrevisses que le chef du restaurant de la rue Saint-Dominique où il déjeune réussit à la perfection, Tu as tort, Daniel, d'avoir pris des escargots, ce potage est délicieux, vraiment, tu ne veux pas y goûter ?... Bon, comme tu veux... On ne démissionne pas de Saint-Cyr avant la fin de ses études, personne ne l'a jamais fait, cela te ferait remarquer de façon déplorable. Tu dois attendre la fin de ta troisième année, être nommé lieutenant, après on avisera. Ensuite, ce n'est pas une mauvaise idée d'éviter l'Indochine, c'est le père qui parle bien sûr, tu as probablement mieux à faire ailleurs. J'aurais peut-être une idée pour toi, mais je dois y réfléchir, nous ne sommes pas trop pressés, on en reparlera. En tout cas, ta mère va être ravie de cette décision, elle tremblait à l'avance... C'est pour quand l'accouchement ?

– Courant août, je crois.

– Et vous vous mariez quand ?

– Marie ne veut pas entendre parler de mariage. Elle a décidé qu'elle ne reverrait plus jamais son père et elle reproche à sa mère de le soutenir. Se marier sans ses parents n'aurait pas de sens, j'ai essayé de la raisonner mais elle répète qu'aujourd'hui elle est orpheline, elle n'a pas encore fait son deuil de Thomas, elle a besoin de plus de temps. Quand elle sera mère, elle évoluera. Finalement, je vais goûter à ce potage.

À la fin de leurs études à Saint-Cyr, les quatre cent trente-neuf élèves de la promotion sont nommés lieutenants. Depuis des années ils ont été programmés pour servir en Indochine, tous partiront au combat.

Sauf un.

Ce qu'ils vont découvrir sur place sera pire que ce qu'ils pouvaient imaginer dans leurs cauchemars et ils réaliseront qu'ils n'avaient pas été aussi bien préparés qu'ils le croyaient. Quarante-deux d'entre eux mourront sur le terrain.

*

Jules Horowitz n'est pas spécialement féministe, à vrai dire ce combat et l'agitation des suffragettes lui passent au-dessus de la tête. Son problème, c'est ce laboratoire de neutronique qu'il doit faire tourner avec douze ingénieurs et la sévrienne qui bosse comme deux. La charge de travail est gigantesque, disproportionnée par rapport aux ressources dont il dispose, il faudrait qu'ils soient dix fois plus nombreux pour arriver à tenir les objectifs, le budget a bien augmenté de façon colossale mais il est absorbé en totalité par la construction du site pharaonique de Saclay sur plus de deux cent soixante-dix hectares. Horo consacre une part non négligeable de son temps à faire de la retape dans les amphithéâtres de Polytechnique, de Centrale ou d'autres grandes écoles pour convaincre les futurs ingénieurs de rejoindre le CEA à la fin de leurs études, il trouve des accents gaulliens pour faire miroiter le projet français : l'indépendance par rapport aux Américains, se doter à moyen terme de la bombe atomique, construire des dizaines de réacteurs nucléaires pour fabriquer de l'électricité à foison et permettre le développement industriel du pays ravagé par la guerre. Il sait qu'il a emporté leur adhésion quand il voit de petites flammes s'allumer dans leurs yeux. Faire vibrer la fibre patriotique des étudiants, leur vendre du rêve, ça il sait faire, mais il doit affronter un ennemi sournois contre lequel il est impuissant : le pognon. Il y en a toujours un pour poser l'horrible question : Et quel est le salaire annuel ? Aujourd'hui, Horo sait qu'il ne faut surtout pas répondre, sous peine de voir un sourire méprisant apparaître sur les lèvres de ces blancs-becs, Ce dont je vous parle, c'est de mettre vos pas dans ceux d'Oppenheimer et d'Einstein, c'est de la grandeur de notre nation, de vous permettre d'écrire un chapitre magnifique de son histoire, de participer à la plus grande aventure jamais imaginée sur cette terre et qui assurera la protection de vos familles et votre fierté.

– Oui, mais on va gagner combien ?

À un moment, il faut bien répondre, révéler le salaire mensuel, et même avec les avantages arrachés à l'administration ils gagneront moins que s'ils entraient dans l'enseignement, et sans les vacances, les candidats ne se bousculent pas, ils gagneront presque le double dans n'importe quelle entreprise et en fin de carrière la différence sera cruelle. Autant dire qu'il n'y a que les idéalistes, les étudiants gaullistes et communistes qui souscrivent (mais ces derniers sont rejetés par la DST), alors, quand Horo trouve quelqu'un qui remplit les conditions, il se précipite. Il propose à Arlène de l'engager avant la fin de sa période d'essai pour lui montrer à quel point il tient à elle. Pas question de la laisser partir dans le privé ou dans un lycée alors qu'elle est au niveau des polytechniciens, leur parle d'égale à égal. S'il faut aménager son temps de travail pour lui permettre d'élever son enfant, ce n'est pas compliqué à mettre en place, après tout il faut bien aussi que les femmes fassent des bébés pour repeupler le pays. Mais, contrairement à son attente, la petite fait la moue, Pas question que je sois recrutée comme assistante de recherche, je fais le travail d'un ingénieur, je veux être ingénieur. Et avec le même salaire.

C'est dans ces conditions qu'Arlène est recrutée par le laboratoire de neutronique. Quand le directeur du personnel rappelle à Horo que sa nouvelle recrue a droit à un congé de maternité de six semaines avant et huit semaines après l'accouchement, Arlène répond à son patron, Je me sens en pleine forme, j'ai du boulot par-dessus la tête et si je ne m'en occupe pas, personne ne le fera à ma place et je devrai le finir à mon retour, j'arrêterai quand je serai fatiguée.

Le lundi 11 août 1952, alors qu'elle répare son boulier dont une barre s'est déchaussée, Arlène sent une crampe dans la jambe gauche, qui la fait vaciller, et les premières contractions, il était prévu qu'elle accouche à la clinique des Bluets mais le taxi qu'Horowitz a appelé tarde à arriver. L'infirmier militaire assiste Arlène, qui accouche sans trop de mal en fin d'après-midi d'un garçon de 3,3 kilos doté d'une chevelure noire frisée et de deux poings de boxeur. On présume que c'est la première fois qu'une naissance a lieu à l'intérieur du fort de Châtillon, et personne ne sait s'il faut y voir un hasard ou un clin d'œil du destin.

Horo et l'équipe se cotisent, offrent un véritable landau anglais, le même que celui de la reine d'Angleterre, et s'extasient sur ce bébé placide. Viviane s'installe dans le chalet pour s'occuper de Laurent, Irène découvre son petit-fils, affirme que c'est le portrait craché de Georges, elle apporte une photographie datant des premiers mois du siècle où on voit le grand-père à l'âge de six mois, nu, sur le ventre avec des cheveux bouclés, et il faut le reconnaître, la ressemblance entre les deux est troublante.

Le lundi suivant, Arlène réapparaît au labo, Je viens juste quelques minutes, pour une vérif. Elle reviendra dans l'après-midi et le lendemain et le jour suivant. C'est en regardant Arlène manier à nouveau son boulier chinois qu'Horowitz se dit qu'il ferait mieux de prospecter du côté des normaliennes, Elles ont l'air d'en vouloir, les petites, et elles ont l'avantage de ne pas être trop exigeantes.

*

Alors qu'il revient crotté et trempé d'un exercice tactique nocturne, Daniel est appelé par le général Fayard qui commande le site de Coëtquidan, ce n'est pas un homme commode et c'est toujours préoccupant quand le boss fait préciser par son ordonnance : séance tenante. La patrouille s'est pourtant déroulée sans incident ni accident, il y a déjà eu des plaintes de riverains du camp pour les tirs au mortier et à balles réelles, mais la hiérarchie n'y prête aucune attention. Daniel se demande ce qu'il a pu faire pour susciter cette convocation, il n'a évoqué sa démission prévue pour fin octobre avec aucun de ses camarades, il se présente, salue au garde-à-vous, Désolé, mon général, je suis venu immédiatement, je n'ai pas pu me changer.

– Repos. J'ai accepté exceptionnellement de recevoir un télégramme pour vous, de la part de votre père. Où l'ai-je mis ? Le général déplace des papiers sur son bureau encombré… Ah, le voilà : « Accouchement bien passé, mère et bébé en bonne santé. Mais problèmes à venir avec Marie. Téléphone en urgence. Jansen. » Si vous voulez utiliser mon téléphone pour appeler votre père, je me retire. Saluez Jansen de ma part, c'était mon filleul à Saint-Cyr.

Dans le train qui le conduit à Paris, Daniel repense à l'entretien téléphonique qu'il a eu avec son père et à la stupeur, l'effroi même, qui l'a saisi quand celui-ci lui a appris que Marie avait décidé d'appeler leur fils Thomas, Tu te rends compte ? Comment peut-elle avoir eu cette idée tordue ? Madeleine, qui est autrement plus patiente que moi, lui a expliqué de dix façons que ce n'était pas souhaitable, que ça allait prêter à confusion, mais tu as raison, elle est têtue comme une souche. Quand je lui ai dit que les deux parents devaient être d'accord, elle m'a répondu que sa décision était prise et que si cela ne me plaisait pas, eh bien tant pis, elle appellerait son fils Thomas quand même, et qu'au contraire de ce que j'affirmais, c'était une bonne chose parce qu'à travers lui, on se souviendrait de son oncle disparu.

Daniel se rend à pied de la gare Montparnasse à la maternité Baudelocque, où Madeleine avait accouché vingt-trois ans auparavant, mais Marie a quitté sa chambre en début d'après-midi avec le bébé. Quand il arrive boulevard de Bonne-Nouvelle, Marie lui présente son fils qui dort dans son berceau blanc, Voilà Thomas, il est magnifique.

– Écoute, cela me dérange qu'il s'appelle ainsi, après tout ce qui s'est passé, c'est lourd à porter, je préférerais qu'on choisisse un autre prénom.

– C'est trop tard, Daniel, je suis passée à la mairie du XIVe en sortant de la maternité et je l'ai déclaré sous ce prénom.

– Tu aurais pu m'en parler avant, me demander mon avis.

– Je pensais que cela te ferait plaisir, tu aimais Thomas, c'était ton ami.

– Oui, je l'aimais comme un frère, mais à chaque fois que je vais appeler mon fils, je vais voir Thomas, je repenserai à lui, et ce n'est pas possible de vivre avec ce souvenir à chaque instant.

– Je regrette mais c'est définitif.

– Je ne suis pas d'accord. Je ne l'appellerai jamais Thomas, je ne pourrai pas. Je vais choisir un autre prénom. Pour un garçon, j'avais pensé à Jérôme, qu'en penses-tu ?

– Il s'appelle Thomas. Tu t'y habitueras.

– Jamais !

Marie interdit aussi que ses parents soient prévenus de sa délivrance, Je suis comme Colomba, je ne pardonne pas. Mais Madeleine informe Jeanne et Maurice de cette naissance, de la bataille liée au prénom, leur montre des photos qui font pleurer Jeanne, Je n'en reviens pas que ma fille soit fâchée à ce point alors que j'ai toujours tout fait pour elle. Maurice répète sans cesse, Il faut s'armer de patience, un jour elle comprendra que j'ai agi uniquement dans l'intérêt de Thomas. Quelques mois plus tard, quand Daniel et Marie partiront en voyage pour quinze jours en Italie et leur confieront la garde de leur fils, Madeleine préviendra son amie qui découvrira enfin son petit-fils en cachette.

Aux yeux des Jansen, Marie aggrave son cas quand elle refuse que son fils soit baptisé, Qu'on ne me parle plus de ce fantasme religieux, si ça vous amuse d'aller faire des singeries à l'église, libre à vous, moi je n'y mettrai plus jamais les pieds, sauf pour admirer des fresques ou des vitraux. Marie n'est pas seulement têtue, elle est sincère, terriblement sincère. On peut lui reprocher sa rigueur ou son intransigeance, c'est vrai elle n'est pas accommodante, mais ce n'est que l'expression de l'amour immense qu'elle portait à son frère jumeau, oui elle est excessive et abrupte, ne fait aucune concession, mais est-ce préférable de se satisfaire de compromis ? Marie a, à juste titre, le sentiment qu'on ne la comprend pas, qu'on lui fait un procès d'intention parce qu'elle ne se conforme pas aux désirs des autres, mais elle s'en fiche, ce n'est pas son problème mais le leur, car elle a finalement obtenu tout ce qu'elle souhaitait.

*

Arlène a du mal à s'accoutumer à la présence de Laurent, cela tient de l'étonnement, deux jours auparavant la maison était vide, sa vie était ailleurs, et maintenant il l'attend comme un invité-surprise qui s'incruste au centre de ses préoccupations, avec ses yeux qui la regardent avec sérieux. Tous deux n'en finissent pas de se dévisager, elle essaye de comprendre comment elle a fait pour fabriquer ce bonhomme, ce mystère la désoriente, c'est un enfant qui ne pleure quasiment jamais. Lorsqu'elle travaille au laboratoire, elle sait à quel moment elle doit le rejoindre, quand il a besoin d'elle, et aucun membre de l'équipe ne fait la moindre réflexion lorsqu'elle part le nourrir, heureusement son chalet est à deux cents mètres à peine ; et quand elle est en retard, ce qui se produit souvent, Viviane, qui s'est installée pour un moment, s'occupe du bébé et Laurent patiente sans s'énerver. Certains jours, Arlène apporte du travail à la maison, surtout l'après-midi, en prétendant qu'elle a besoin de calme pour se concentrer et qu'il y a trop d'agitation au labo, elle s'assied à la table de la salle à manger, un œil sur son fils qui sommeille dans son berceau à côté d'elle, et elle peut aligner des colonnes d'équations tarabiscotées, exécuter des tas d'opérations complexes avec sa règle à calcul ou son boulier, mais très vite elle observe que Laurent dresse l'oreille, suit sa main qui court sur les tiges et réagit au bruit clair et sec des billes qui s'entrechoquent, le clic-clac lui provoque un sourire spontané, un gigotement joyeux, et Arlène en profite, le boulier n'est plus seulement un calculateur ultrarapide mais un générateur de bonne humeur qui déclenche le premier rire de son enfant.

À plusieurs reprises, Arlène s'endort pendant la tétée ou c'est lui qui s'assoupit ou les deux. Un matin, vers quatre heures trente, Arlène n'arrive pas à se rendormir, Je ne peux pas continuer ainsi, il va falloir un de ces jours que je lui annonce qu'il a un fils, savoir s'il est content ou pas et si cela change quelque chose entre nous. Parce que pour moi, ça a tout changé. Après tout, ce môme a le droit d'avoir une famille comme les autres, un père et une mère. Et si possible : ensemble. On doit essayer. Je dois essayer.

Arlène hésite sur la meilleure manière de procéder. Comme le dit si souvent Horo, Avant de connaître le résultat d'une expérience, on ne peut pas savoir si elle va être une réussite ou un échec, à un moment il faut se lancer et vérifier in vivo. Viviane a conseillé à sa petite-fille d'écrire une lettre à Pierre racontant pourquoi elle se manifeste seulement aujourd'hui, Quand on parle, on règle souvent ses comptes, on s'explique mal, moi ça a toujours été catastrophique, surtout avec quelqu'un que tu as aimé, parce que le problème ce n'est pas l'enfant, c'est l'amour passé, qui ne finit jamais vraiment et ça complique tout. Quand on écrit, au contraire, on a le temps de réfléchir, de trouver les bons mots. Arlène répond que sur le papier toutes les expériences réussissent mais quand on passe à la réalité les difficultés surgissent, il est préférable de discuter en tête à tête, quitte à se disputer. Elle écarte l'idée de voir Pierre rue Réaumur, ils seraient contraints par ses horaires, elle décide d'aller à son domicile un jour de repos car ils auront du temps devant eux.

Le dimanche suivant, elle dépose Laurent dans son landau royal puis se ravise, cet engin n'est pas pratique dans les escaliers du métro, et elle part avec son bébé dans les bras.

Arlène s'installe à la terrasse du Café de la Mairie place Gambetta, ne quitte pas des yeux la porte d'entrée de l'immeuble de Pierre, Quand il sortira, je ne pourrai pas le rater, et si je ne le vois pas d'ici un moment, eh bien j'irai sonner chez lui, mais il dort probablement à cette heure-ci. Elle commande un café crème, assoit Laurent sur ses genoux, et soudain, elle sursaute, Ben, qu'est-ce que tu fais là ? Elle se retourne, Pierre, un panier de provisions à la main, lui fait face, il scrute le bébé, Qui est-ce ?

– C'est Laurent, c'est ton fils.

– Tu plaisantes ? Pierre se laisse tomber sur une chaise, son regard va d'Arlène au bambin, Je… je ne m'y attendais pas.

Ils restent silencieux, avec Laurent entre eux qui agite les bras.

– Tu veux le prendre ? Arlène lui passe le bébé, il le saisit, un peu emprunté, Il a trois semaines.

– Pourquoi tu ne m'as rien dit ?

Arlène hausse les épaules, J'avais des tas de problèmes à régler et surtout la trouille de perdre mon boulot quand ils apprendraient que j'étais enceinte, et puis ça a fini par s'arranger, j'ai obtenu un logement près du labo et heureusement Viviane est venue m'aider, sans elle je n'y serais jamais arrivée. J'ai décidé de l'allaiter, c'est mieux, je lui donne huit tétées par jour, je suis épuisée, j'ai mal au dos, aux seins, j'ai tout le temps envie de dormir… Quand j'ai fait la déclaration à la mairie de Fontenay-aux-Roses, ils m'ont demandé ta date et ton lieu de naissance et je ne les connais pas.

– Je vais te les donner. Ça fait combien de temps ?

Il compte sur ses doigts des deux mains.

– C'est bien ton fils, ne t'inquiète pas… Tu sais, je me suis dit qu'on pourrait donner une chance au bébé d'avoir une famille, après tout il n'est pas responsable des erreurs de ses parents.

Pierre reste pensif un moment, secoue la tête…, C'est trop tard, Arlène, on a raté le coche. On ne reviendra pas en arrière, et pas seulement à cause de ton boulot, si ce n'était que cela, on aurait pu se débrouiller, non, le vrai problème, la seule chose dont je sois convaincu, c'est qu'aujourd'hui j'ai réussi à t'oublier. J'ai été vraiment malheureux quand nous nous sommes séparés. Un soir, je suis même passé à la Cité universitaire parce que je n'en pouvais plus, j'ai laissé un message à ta voisine de chambre pour qu'elle te prévienne mais...

– Personne ne m'a rien dit ! Que voulais-tu ?

– J'étais désespéré et déboussolé, j'avais envie d'être avec toi, c'est tout. J'ai attendu... Je croyais que tu me faisais lanterner, que je devais être patient, qu'on allait peut-être pouvoir recoller les morceaux. Les semaines ont passé, je me suis repris en main. Je pensais aussi que je ne pouvais pas me renier à ce point, parce que si on oublie qui on est, qu'est-ce qu'il nous reste ? C'était inconcevable de renoncer à défendre mes convictions, alors je suis resté avec mon accablement qui pesait une tonne mais cette douleur a fini par disparaître. Un jour, j'ai constaté, Tiens, je n'ai pas pensé à elle depuis... depuis un sacré moment. Et puis j'ai rencontré une fille avec qui je partage les mêmes opinions et j'ai réussi à te ranger dans un coin. Je pouvais à nouveau avancer sans toi. Alors, imaginer faire sa vie avec quelqu'un dont les opinions et les actions vous mettent autant en colère, ce n'est pas une bonne idée. Et puis, je t'en veux toujours d'avoir tout gâché avec ton ambition et ton orgueil, je ne supporte pas les gens comme toi qui prétendent faire le bonheur de l'humanité alors qu'ils vont la détruire. On s'engueulerait sans arrêt, on ne serait heureux ni l'un ni l'autre, et lui non plus. Je t'aiderai pour Laurent, tu peux compter sur moi, je le prendrai quand je pourrai, je m'en occuperai, on s'arrangera, mais nous deux, non, ce n'est pas possible. Essayons déjà de rester amis avec ce môme entre nous, ce sera la meilleure chose qu'on puisse faire pour lui.

*

Daniel ne pense plus à Arlène, sauf fugitivement quand il traverse Joinville pour aller dîner chez ses parents. Ils se sont définitivement perdus de vue, il ne se demande pas ce qu'a pu devenir celle qu'il a tant aimée, son image s'est figée dans sa mémoire comme si elle était morte elle aussi. Pas plus qu'Arlène ne pense à lui, son travail l'absorbe totalement, elle a mille détails à régler au quotidien, une vie millimétrée, organisée autour de Laurent et du labo. Daniel et Arlène avancent désormais dans deux mondes tellement éloignés l'un de l'autre qu'il est impossible qu'ils se retrouvent un jour.

On dit que la foudre ne frappe jamais deux fois au même endroit. Sauf que tous les mathématiciens vous le confirmeront : pour chaque direction de droite, il existe un point à l'infini par lequel passent toutes les droites parallèles à cette direction et qui finissent par se rejoindre. Il est tout aussi improbable que se croisent les destins de Laurent et Jérôme-Thomas qui sont nés à deux jours d'écart, ignorent tout des tumultes qui ont précédé leur arrivée sur cette terre, de ces rancœurs qui les ligotent malgré eux et dont personne ne leur parlera jamais, pourtant ce sont eux qui, treize ans plus tard, vont écrire l'histoire de leurs parents.

La foudre. Une deuxième fois.

À Dieu vat

Au moment de l'instant de vérité, après huit ans d'un travail acharné, j'étais persuadée que nous allions connaître une certaine excitation, une fébrilité inconnue, mais l'équipe reste impassible comme s'il s'agissait de faire démarrer un moteur diesel. Les regards vissés aux instruments de mesure, on termine les derniers calculs, les ultimes réglages, seule une météo défavorable aurait pu nous contrarier, mais le ciel du Sahara est limpide, d'un bleu inouï, avec la promesse d'un temps radieux et sans vent pour les jours à venir. Le compte à rebours est lancé. L'explosion qui sera déclenchée demain matin à 7 h 04 très précisément fera de la France la quatrième puissance atomique. Contre la volonté des Américains, qui souhaitaient nous garder dans leur giron et nous proposaient d'assurer notre défense avec leur armement, de Gaulle a tenu bon, il voulait garantir l'indépendance du pays et il nous a donné des moyens colossaux pour obtenir notre force de dissuasion. Contre l'opinion d'une majorité écrasante de l'état-major de l'armée qui souhaitait continuer à bénéficier de cette protection et craignait que la défense nationale échappe aux militaires et relève de la seule prérogative d'un civil, fût-il président de la République.

La gestation de cette arme suprême reflète les problèmes que nous subissons au quotidien car l'armée était strictement incapable de concevoir et de fabriquer une bombe atomique. Celle-ci nécessite une technologie si complexe à mettre en œuvre que le ministère de la Défense a dû faire appel à un organisme externe qu'il n'était pas en mesure de contrôler et qui prenait ses ordres auprès d'autres civils : les politiques. Depuis huit ans, derrière le discours de façade, j'ai assisté dans mon coin à cette bataille de chefs, observatrice silencieuse des tergiversations, règlements de comptes, conflits de personnes, quand l'armée se méfiait de la culture pacifiste du CEA qui craignait de perdre son indépendance en passant sous la tutelle des militaires. Finalement Mendès France, le président du Conseil, a tranché en faveur du CEA, qui est devenu maître d'œuvre de l'arme nucléaire et a décidé de créer dans la clandestinité la plus totale une branche spécifique : la Direction des applications militaires, la DAM, à laquelle j'ai été affectée ainsi que mes collègues du fort de Châtillon. C'est au travers de fonds secrets et de sociétés écrans qu'a été acheté le domaine de soixante hectares de Bruyères-le-Châtel, dans le sud de la région parisienne, où a été conçu et fabriqué le cœur de la bombe atomique qui explosera demain à Reggane.

Je ne peux pas me plaindre, enfin pas trop. J'ai vécu une aventure que personne n'aurait pu imaginer. En cinq ans, nous avons tout créé en partant de rien ou presque, palliant le manque d'ingénieurs en travaillant seize heures par jour, et quand nous étions confrontés à un problème technique insoluble, nous finissions par le résoudre en nous disant qu'avant nous les Américains et les Russes avaient été confrontés à la même impossibilité et avaient réussi à en venir à bout. En 1955, à la création de la DAM, j'ai manqué d'être éjectée du projet parce que le personnel affecté à Bruyères a fait l'objet d'un examen approfondi par les services de renseignement. J'ai compris qu'il était impossible de dissimuler la vérité concernant le père de mon fils, d'autant que Pierre, en complément de son engagement pacifiste, était devenu délégué syndical à *France-Soir*. L'enquête à mon sujet a été longue, les échanges tendus, mais comme nous n'avons pas été mariés, que pendant les quelques mois qu'a duré notre aventure nous n'avons jamais vécu ensemble, que notre séparation a été motivée par nos opinions antagonistes et incompatibles et que nos relations actuelles se bornent à de rares échanges téléphoniques pour organiser les visites de notre fils, j'ai obtenu mon habilitation sur le fil. J'ai profité du fait que nous n'étions qu'une trentaine au démarrage de la DAM, que j'étais intégrée depuis trois ans, et surtout que nous travaillions déjà avec la culture du secret, aucun de mes proches, ni ma mère ni mes sœurs, ne sachant précisément la nature de mes activités. Aujourd'hui que nous sommes mille trois cents, il est certain que si je postulais, ma candidature serait rejetée sans hésitation.

Après huit ans de présence, je suis la seule de l'équipe du fort de Châtillon à n'avoir obtenu aucun avancement quand tous mes camarades sont devenus directeurs de département ou chefs de service. Moi, je suis restée ingénieur, voyant une foule de nouveaux venus me passer devant à chaque promotion, et quand j'ai exprimé ma déception, on m'a fait comprendre que j'étais une râleuse, jamais contente, et comme les syndicats n'ont pas droit de cité à la DAM, il n'y a personne pour me soutenir. Lorsque j'ai accepté de partir en Algérie, j'ai été nommée responsable du projet Sécurité, mais personne n'est dupe, c'est une voie de garage, un poste dont aucun de mes confrères n'a voulu et qui ne m'a pas valu un franc d'augmentation. D'ailleurs, quand le patron m'a proposé le poste, il a ajouté, Et puis la sécurité, c'est quelque chose de maternel, il y a tout à construire, Il faudra faire preuve de psychologie. Et avec les militaires, vous allez avoir du boulot.

Le projet Bombe atomique a été cloisonné de telle façon que moins de dix personnes, et pas forcément au sommet de la hiérarchie, en maîtrisent les tenants et les aboutissants. Pendant que de notre côté, à Bruyères-le-Châtel, nous construisions le cœur de la bombe avec de nombreuses inconnues, par exemple nous ignorions où étaient fabriqués le détonateur ou le propulseur ou la poudre, nous ne savions pas non plus de quelle quantité de plutonium nous disposerions et surtout sur quel site la bombe serait expérimentée, nous échangions entre nous, à voix basse, des rumeurs et des supputations. On a étudié la possibilité de tester l'engin en Corse ou sur le plateau de Langres. Plus tard, furent envisagés tour à tour la Réunion, les îles Kerguelen, un atoll du Pacifique ou même les Hautes-Alpes. Ce qui nous a laissés perplexes. À une période, un responsable nous a expliqué que Chaban-Delmas voulait une bombe européenne avec les Italiens et les Allemands. Et puis un jour, on nous a annoncé que l'explosion aurait lieu en plein Sahara.

Nous avons débarqué dans la palmeraie de Reggane, à un peu plus de mille kilomètres au sud d'Alger, en plein milieu d'un désert d'une sécheresse totale, avec des plaines caillouteuses à perte de vue, des dunes de sable ocre, des falaises calcaires et quelques oasis miraculeuses. Au cœur de cette zone gigantesque coupée du reste du pays et quasiment inhabitée, et où la température peut monter jusqu'à cinquante degrés en été, l'armée s'était réservé un polygone de tir de cent mille kilomètres carrés et avait refait à neuf et élargi la route transsaharienne. À une dizaine de kilomètres de Reggane avaient été construits un aérodrome avec tour de contrôle et piste d'atterrissage pouvant recevoir des Super Constellation et des Breguet Deux-Ponts, ainsi qu'une ville nouvelle pour accueillir les trois mille employés de la base, avec des bâtiments en dur, des logements, des dépôts de carburant et de munitions, une station de pompage, une centrale électrique. À une cinquantaine de kilomètres plus au sud, le site d'Hamoudia accueillait le centre de commandement et, encore quinze kilomètres plus loin, se trouvait le pas de tir avec un blockhaus gigantesque équipé de dizaines de caméras et d'instruments de mesure, le tout gardé par la légion étrangère et un millier de parachutistes disposant d'une noria d'automitrailleuses et d'hélicoptères Alouette et Sikorsky.

Quand mon patron à Bruyères m'avait convoquée dans son bureau pour me proposer le poste, il avait précisé, Si vous arrivez à vous libérer. Il connaissait ma situation personnelle et m'a accordé un délai de quinze jours pour que je lui donne ma réponse, mes homologues masculins avaient tous accepté leur transfert, n'ayant aucun problème d'organisation puisque leurs conjointes resteraient à la maison et garderaient leurs enfants. Depuis quelques années, j'avais oublié à quel point c'est compliqué pour une femme seule avec un enfant de travailler, mais j'avais la chance d'être amie avec plusieurs des épouses de mes collègues et chaque matin une maman qui habitait dans le lotissement et dont le mari travaillait avec moi au Centre de recherche accompagnait son fils et Laurent à l'école d'Arpajon et les récupérait le soir. J'avais à plusieurs reprises au cours des années précédentes été obligée de me déplacer sur différents sites de la DAM, à Valduc en Bourgogne ou à Marcoule dans le Gard, mais c'était pour de courtes périodes, rarement plus d'une semaine, et j'étais toujours arrivée à trouver une bonne âme pour garder mon fils pendant mon absence. Mais comment faire quand l'éloignement doit durer au moins trois mois, peut-être plus, et qu'il faut être disponible sans réserve ? J'étais confrontée à un problème complexe, sans parler du fait que je n'avais pas envie de changer Laurent d'école en pleine année scolaire et de lui faire perdre ses rares copains. Avant même de poser la question à Pierre, j'avais anticipé sa réponse, Tu connais la taille de mon appartement, où veux-tu que je l'installe ? Je n'ai donc pas été surprise quand il m'a fait part de son impossibilité d'héberger Laurent aussi longtemps, et il a ajouté, De toute façon, même si j'avais eu la place, je n'aurais pas levé le petit doigt pour t'aider, je trouve que c'est gonflé de ta part de me demander d'apporter ma contribution au programme atomique.

J'ai oublié de préciser que Bruyères-le-Châtel est un trou perdu en Seine-et-Oise, entouré de champs à perte de vue et de vallons boisés, et comme la DAM n'existe pas officiellement, nous n'existons pour personne. À l'entrée du site, un panneau discret indique pour les curieux « Centre EDF », et quand la question s'est posée de savoir où allaient habiter ceux qui travailleraient ici, le CEA a fait construire à l'écart de ce village de mille quatre cents habitants un lotissement de vingt-six maisons toutes identiques, sans noms sur les boîtes aux lettres. C'est pour cette raison que les villageois avec lesquels nous n'avons aucun contact nous appellent « les électriciens » et nous prennent pour des bêcheurs. Cet isolement, cette obligation religieuse du secret ont renforcé notre solidarité, il y a nous et les autres, nous formons un clan homogène et cela nous convient. Malgré cette proximité, je ne pouvais pas demander à une des mères qui me dépannaient de s'occuper de Laurent aussi longtemps. Irène et mes sœurs étaient occupées avec leurs activités, quant à Viviane, je ne me voyais pas la réquisitionner encore une fois, parce que je vivais au bout du monde, dans un bled où la vie sans voiture équivalait à une mise en terre et, ma grand-mère n'ayant pas son permis de conduire, elle en aurait été réduite à l'immobilité la plus totale, j'ai donc pris la décision de refuser la proposition de partir en Algérie, pas de gaieté de cœur bien sûr, mais je n'avais pas d'autre solution et j'ai annoncé la nouvelle à mon patron qui ne m'a pas posé de questions.

Le dimanche suivant, lors du déjeuner mensuel chez ma mère, j'ai gardé ma déception pour moi. L'attention était monopolisée par les cousins qui en profitent pour faire les fous quand ils se retrouvent ; après le repas, nous sommes allés tous ensemble, mais sans Roland, qui n'a toujours pas le droit d'être admis dans la famille, faire un tour sur les quais de la Marne pour nous dégourdir les jambes. On surveillait les enfants qui jouaient un peu trop près de la rive, lorsque Viviane s'est approchée de moi, Tu fais une drôle de tête, tu as des problèmes ?

– En ce moment, c'est un peu chargé.

– Alors tout est normal, mais si tu avais un problème, tu m'en parlerais ?

Viviane a un statut à part, c'est la seule à savoir que je travaille pour un organisme en relation avec l'armée. Même si j'ai respecté le silence réglementaire, elle a deviné toute seule. Nous avons vécu ensemble près de quatre années au fort de Châtillon où elle a gardé Laurent quand il était bébé, sans elle je n'y serais jamais arrivée, surtout que le gamin était fragile, souvent enrhumé, avec des bronchites à répétition et des maladies de son âge. Elle n'a donc pas pu ne pas constater que le fort était surveillé par deux militaires armés de mitraillettes qui assuraient une garde permanente impitoyable. Par exemple, les soldats me connaissaient tous mais à chaque entrée, même plusieurs fois par jour, j'étais obligée de montrer mon passe. Viviane a vite été admise dans le groupe des épouses d'ingénieurs qui vivaient à l'intérieur du fort, aucune n'a jamais rien dit d'explicite, mais un mot après l'autre, une allusion, un soupir, elle a plus ou moins compris. Un soir, elle m'a demandé, Mais vous faites quoi à l'intérieur du fort ?

– On fait de la recherche mais on n'a pas le droit d'en parler. Si on te demande, tu dis que ta petite-fille travaille pour EDF.

Quand j'ai déménagé à Bruyères, on s'est un peu perdues de vue, on ne se voyait plus qu'une fois par mois, elle m'a dit qu'elle regrettait le temps où on vivait ensemble. Ma grand-mère me connaît bien mieux que ma mère et mes sœurs, Tu sais, Arlène, si tu as besoin, je suis là.

– Écoute, tu ne vas pas venir t'installer là-bas, ce n'est pas comme Fontenay-aux-Roses, il n'y a pas le métro au bout de la rue, c'est paumé, il n'y a aucun commerçant, pas de transports en commun et tu ne conduis pas.

– Ta maison est à la campagne, on a l'impression d'être loin de Paris, ça me fera du repos, il est probable que je me casserai un peu les pieds, ce n'est pas grave, et puis si tu n'es pas là, Laurent me tiendra compagnie.

C'est grâce à elle que le lendemain je suis retournée voir mon patron pour lui dire que j'avais réussi à m'organiser et que je pouvais partir en Algérie.

*

Daniel a fait preuve d'une patience quasi héroïque dont il n'aurait jamais imaginé être capable. Après la naissance, il s'est dit, Marie est traumatisée par le suicide de son frère jumeau, c'est une blessure vivace car elle a en plus perdu ses parents, elle ne leur pardonnera jamais et en souffre terriblement, je dois la soutenir pour qu'elle surmonte ce deuil et pas l'embêter avec mes états d'âme, ni lui causer de problèmes inutiles. Aussi a-t-il ravalé ses craintes et ses pressentiments, s'autoraisonnant comme un enfant qui se fait la leçon, Tu dois t'y habituer, après tout ce n'est qu'un prénom, rien de plus, dans quelque temps tu n'y penseras plus. L'important, c'est que Marie se sente apaisée et que notre garçon soit heureux.

Thomas. Le vrai. Le faux.

L'enfant a débuté sa vie avec deux prénoms car son père l'appelle Jérôme. Pas facile, ni pratique. Quand, plus tard, Daniel demandera, Comment va Jérôme aujourd'hui ?, Marie fera la sourde oreille comme si elle ne le connaissait pas. Le petit sera un peu perdu par cette valse dénominative. Lorsqu'un adulte l'interrogera, Comment tu t'appelles ?, il répondra Jérôme...Thomas. Ou Thomas... Jérôme. Tout dépendra de qui l'interroge. Bien des gens croiront qu'il s'agit d'un de ces nouveaux noms de baptême à la mode et prendront les Jansen pour des originaux. Mais le gamin se fera reprendre et par sa mère et par son père qui entendent que leur choix soit respecté et il en sera profondément désorienté. Comme tous les enfants, il sera plus proche de sa mère qui finira par l'emporter. Il est probable, certain même, que cette dichotomie sera à l'origine des relations compliquées qu'auront le père et le fils, surtout quand viendra le jour où Thomas criera après son père, Je suis Thomas !

À chaque fois que Marie appelle son fils, plusieurs fois par jour donc, Daniel dresse l'oreille, comme un réflexe conditionné. Son cœur bondit. Il ne peut pas y en avoir deux, c'est inconcevable. Lui, il revoit celui qu'il aimait comme un frère, et cet enfant qui apparaît en se dandinant n'est pas une joie mais une punition. Quand il dit à Marie que ce prénom lui est insupportable comme une brûlure, elle hausse les épaules, Tu fais des histoires pour rien, regarde tes parents, cela ne les gêne pas.

C'est un mystère. Un de plus. Madeleine et Charles Jansen scandent des Thomas comme si c'était un enchantement et une nouveauté. Quand Daniel demande à sa mère, Vraiment, cela ne vous dérange pas de l'appeler ainsi ?, Madeleine répond, Au début cela nous a troublés, mais dès qu'on l'a vu, il est entré dans nos vies comme une bénédiction.

Daniel réalise que le problème d'un seul est incompréhensible pour les autres. Alors il biaise, il est très fort pour contourner les difficultés, faire comme si elles n'existaient pas, il n'appelle jamais son fils par son prénom, se contente de, Où es tu ? ou de, Ou est-il ? C'est probablement cette désignation impossible qui a séparé le père et le fils, a généré cette méfiance entre eux. Le plus âgé a l'impression qu'on lui impose une sorte d'imposteur, il n'est jamais attendri par les gazouillis ou les balbutiements des premiers mots, et le plus jeune se sent rejeté par cet homme qui ne le prend jamais dans ses bras, ne lui manifeste aucune affection, ne joue jamais avec lui, ne l'emmène jamais au parc, ne l'aide pas à faire du vélo ou à construire un château de sable sur la plage. Et puis il y a ces jours sombres, ces nuits grises, quand les mauvaises pensées viennent assaillir Daniel, où il doute de Marie, où il l'accuse, la condamne, comme si elle avait décidé de dresser une barrière invisible entre lui et son fils, pour garder ce dernier sous son emprise et l'écarter afin qu'il ne vienne pas s'immiscer entre eux.

Oui, mais pourquoi ?

Il ne trouve jamais de réponse satisfaisante à ce soupçon honteux. Aussi se résout-il à la solution la plus pratique, il ne dit rien, n'appelle jamais son fils par son prénom, peut-être le gamin se demande-t-il pour quelle raison cet individu si proche de sa mère reste si distant, ou peut-être ne pense-t-il rien et vit-il à côté de Daniel sans se préoccuper de lui, parce que les enfants vivent dans leur monde et pas dans celui des adultes.

C'est à cause de ce Thomas en trop que la faille est apparue, invisible à l'origine mais bien réelle, et qui s'est consolidée sans que ni Marie, qui est persuadée que le père a fini par admettre le prénom de son fils, ni Daniel, qui n'en parle plus, se rendent compte que le mal est profond et irréversible.

*

Peu de gens imaginent les efforts gigantesques, impliquant la mobilisation et la coordination du travail de milliers de personnes de métiers différents, chacune en charge d'un détail indispensable à la réussite finale, des calculs théoriques innombrables et des tests vérifiés cent fois, qui ont été nécessaires pour faire exploser la première bombe atomique française. Surtout si on ajoute que nous étions des pionniers, personne en France ne l'avait fait avant nous et aucun des trois pays qui avaient réussi à avoir leur bombe ne nous a apporté la moindre aide.

Au contraire.

Au début, nous ne disposions d'aucun calculateur, nous avons tâtonné en permanence, présumant à chaque étape que nous prenions la bonne décision et la bonne direction, sans jamais en être certains tout à fait. Par exemple, le point crucial de la détermination de la masse critique de plutonium à utiliser a été sans cesse remise en cause et n'a été arrêtée que deux jours avant l'explosion. Sur le tableau noir, les pièces de ce puzzle immense se raccordent les unes aux autres, mais qu'en sera-t-il dans la réalité ? Personne ne le sait vraiment, pour cela il faut voir un gigantesque champignon surgir à l'horizon, se propager dans l'atmosphère en libérant une énergie colossale et s'évanouir comme s'il ne s'était rien passé. Nous avons une obligation de résultat, aucun droit à l'erreur ou à l'échec, interdiction de dire, C'est la faute à pas de chance ou à Untel, on fera mieux la prochaine fois. On doit réussir du premier coup.

Une obligation absolue.

Pour obtenir une explosion atmosphérique, une tour métallique de cinquante mètres de haut est construite sur le site d'Hamoudia, à une cinquantaine de kilomètres de Reggane, par deux cents agents de la DAM, avec un ascenseur en rampe inclinée qui permet de monter les éléments séparés de la bombe. Cette tour est construite de nuit, à la lumière des projecteurs, car dans la journée la température du métal chauffé au soleil peut atteindre les soixante-dix degrés. Si les essais en laboratoire ont été effectués en France, jamais auparavant on n'a réuni les détonateurs, les explosifs et le plutonium enrichi. L'assemblage doit avoir lieu en haut de la tour et la connexion finale s'opérera au dernier moment. Des dizaines de répétitions ont lieu les semaines précédentes.

Le compte à rebours commence deux jours avant le jour H, quand l'armée ferme la zone de tir qui s'étend sur environ cent kilomètres de côté, les hélicoptères Alouette ont pour mission de repérer les nomades qui y pénétreraient et de les éloigner. À H–30, un Neptune aménagé décolle de Reggane, se met en position d'attente éloignée avec pour mission de suivre le nuage radioactif, deux Mistral bardés d'instruments et de capteurs le suivent de peu, ils traverseront le nuage pour rapporter des prélèvements gazeux, pendant que deux Vautour récupéreront des poussières en deux passages. À leur retour, les avions contaminés seront nettoyés par des mécaniciens équipés de combinaisons grâce à des douches abondantes et décapantes.

Aucun être humain n'est autorisé à se trouver dans un rayon de vingt kilomètres autour du point zéro, à l'exception du personnel qui travaille dans les casemates enterrées et le monumental blockhaus situés à un kilomètre et demi, bourrés de caméras et d'instruments de mesure. Les consignes de protection en extérieur sont claires : avant l'explosion, dès qu'apparaîtra une fusée rouge, une minute avant le déclenchement du tir, le personnel, militaires compris, devra s'allonger la tête dans le coude, ou se positionner le dos tourné au point zéro en portant les lunettes anti-éclairs de protection.

Dans une nuit noire, le container contenant le plutonium enrichi est sorti de son souterrain sous les projecteurs, transporté en camion à une vitesse de dix kilomètres-heure jusqu'au pied de la tour, il prend l'ascenseur et il est réceptionné par les ingénieurs qui connectent la charge au détonateur. Le 13 février 1960, trente minutes avant le lever du soleil, le général Ailleret donne l'ordre de tir, la fusée rouge d'avertissement est lancée. À 7 h 04, la bombe explose, formant un gigantesque dôme blanchâtre d'un kilomètre de haut qui se transforme instantanément en ananas rouge puis violet, la détonation est d'une violence faramineuse, un vacarme infernal qui oblige les hommes à se boucher les oreilles, le séisme est ressenti sept secondes après l'explosion, le souffle de l'onde de choc, accompagné d'une intense bouffée de chaleur, projette au sol ceux qui ne se sont pas accroupis ou se croient protégés par les contreforts de sable ou de béton. La tour métallique fond, ainsi que la rampe d'ascenseur. Autour du point zéro, sur le sol vitrifié, ne subsiste qu'une marque noire d'un kilomètre de diamètre. La bombe qui vient d'exploser est d'une puissance trois fois supérieure à celle d'Hiroshima.

Il faudra des années pour mesurer les conséquences de cette première explosion

*

Jansen a une réputation à tenir, il sait que les envieux sont légion et qu'ils ne lui pardonnent pas d'avoir éliminé ceux qui le précédaient, ni sa longévité à son poste, ni d'être au mieux avec certaines personnes importantes avec qui il partage la conviction de ne devoir jamais s'accommoder ni de compromis, ni d'alliances au rabais. Il n'y a pas si longtemps, il n'avait pas craint d'entrer en résistance contre le gouvernement de l'époque, acceptant sans hésiter de renoncer à sa belle vie, de devenir un proscrit pour défendre ses convictions, sans se préoccuper du nombre ridicule de ses effectifs face à l'immensité de la force adverse. Ils n'étaient qu'une poignée à Londres à avoir eu le courage de passer dans la clandestinité pour défendre une certaine idée de la France, si peu nombreux qu'ils se connaissaient par leurs noms. Il se trouve aujourd'hui à une position stratégique, à la tête d'un service ignoré du public. L'ombre il connaît, chez lui c'est une seconde nature, à cette place il contribue au redressement du pays. Aussi, quand Daniel lui annonce son intention de démissionner de Saint-Cyr car Marie a une trouille noire qu'il parte se faire trouer la peau en Indochine, ne s'élève-t-il pas contre ce revirement insensé, pas son genre de faire la morale, de relever l'incohérence, de fustiger cette génération si inconséquente, Jansen se contient d'élever la voix, refrène l'envie de taper du plat de la main sur la table, de le traiter de petit con, il hoche la tête, Oui, bien sûr, je comprends.

Parce que Jansen a roulé sa bosse, il sait qu'il est impossible de raisonner un imbécile, que la discussion se bloquerait, que la dispute finirait en engueulade mémorable, il doit trouver une solution astucieuse, c'est-à-dire acceptable par sa belle-fille (il l'appelle ainsi bien que son fils et elle ne soient toujours pas mariés), et honorable pour lui car personne ne comprendrait que le fils d'un général de brigade gardien de l'intégrité du système démissionne de l'armée après avoir obtenu ses galons de lieutenant à la sortie de Saint-Cyr. Ce serait une première, et une arme dont ne manqueraient pas de se servir ses ennemis, car que peut-on espérer d'un officier supérieur incapable de se faire obéir d'un merdeux de vingt-deux ans ? Jansen a longuement cherché une issue, il a évoqué la question avec deux amis de confiance ravis qu'il leur demande de l'aide et ils ont fini par trouver une solution qu'il expose à son fils dans son restaurant favori de la rue Saint-Dominique, devant un velouté d'asperges à damner un pape. Jansen regarde son fils droit dans les yeux, lui parle d'une voix douce, presque détachée, lui propose de ne pas démissionner, parce qu'il lui a trouvé une affectation comme attaché militaire adjoint à l'ambassade de Bonn, où il va apprendre le métier avec un colonel de confiance, ce qui lui assurera un parcours passionnant, une vie où il ne s'ennuiera jamais.

Daniel hésite quatre secondes. À plusieurs reprises au cours des années suivantes, il repensera à cet instant où sa vie a basculé, déjà il a manifesté sa rébellion en commandant le feuilleté aux écrevisses pour embêter son père et il s'est dit, pendant que celui-ci servait ce saumur-champigny dont il raffole, Que va-t-il penser de ma conduite ? Il va penser que je ne suis pas à la hauteur et que je suis une girouette. Après tout, travailler dans une ambassade, c'est défendre mon pays aussi, et d'une façon intelligente, je suis sûr que Marie va apprécier. Jansen repose la bouteille, Alors, que penses-tu de mon idée ?

– Oui, pourquoi pas, c'est pas mal.

C'est ainsi que Daniel commence sa carrière dans le Service, pour faire plaisir à son père et à sa femme. Il ignore que Bonn est une ville d'un ennui incommensurable où il ne se passe strictement rien, mais Marie goûte autant le calme effrayant des rues, de jour comme de nuit, que le cadre champêtre de leur résidence, les promenades avec son landau dans les forêts rhénanes et les invitations fréquentes à des cocktails dans les ambassades, qui mettent un peu d'animation dans le quotidien. Daniel a la chance de tomber sur un supérieur hiérarchique qui l'a à la bonne, mais le colonel Duport est proche de son père. Il lui enseigne les rudiments de l'espionnage, de la récolte des informations au traitement des sources, et le prévient qu'il faut se méfier en priorité des Anglais, qu'il déteste cordialement, de leurs tuyaux crevés et de leurs confidences secrètes bidon, Nos pires amis, répète-t-il sans cesse. Daniel ne connaîtra jamais la raison de cette animosité.

Au bout de quatre années passées à Bonn où Daniel est apprécié de presque tous pour son sérieux et ses analyses, Jansen invite son fils à déjeuner, celui-ci est persuadé que son père va lui proposer une promotion dans une grande ambassade, Londres ou New York peut-être, Marie en rêve, et il commande le velouté de cresson alénois. Jansen lui annonce qu'il va démissionner de l'armée car il est engagé à la SNCF. Daniel a du mal à dissimuler sa surprise, Mais je ne connais rien au ferroviaire !

– Ce n'est pas un problème. Je vais t'expliquer pourquoi on t'envoie là-bas et ce que tu vas y faire.

Marie ne voit aucune objection à ce retour à Paris, elle a hâte de retrouver ses amis de Saint-Germain-des-Prés. Curieusement, elle ne pose aucune question à Daniel, qui affirme travailler à la direction générale sur des tâches compliquées à expliquer à des non-spécialistes. Jansen a prévenu son fils qu'il devait rester d'une discrétion totale sur son nouveau métier, et personne ne sait avec précision en quoi consiste cette activité sur laquelle subsiste encore à ce jour le plus total mystère.

Jansen est un militaire d'une intelligence au-dessus de la moyenne, raison pour laquelle il s'est éloigné de l'état-major et a choisi l'ombre, il aime cette sensation d'être au centre de la toile, de tenter de prévoir le prochain coup de l'adversaire, de le manœuvrer à son insu et de trouver la parade qui le détruira sans que personne ne puisse se douter que c'est lui qui tire les ficelles. C'est un homme intelligent donc, qui a fini par oublier que sa femme le regarde et l'écoute.

Un soir, dans le lit, Madeleine pose son livre et le fixe au moment où il s'apprête à se coucher, C'est toi qui es derrière tout ça ? Il la regarde sans comprendre, Daniel démissionne de l'armée pour entrer à la SNCF et tu n'y serais pour rien ? Jansen connaît Madeleine, il sait qu'il peut manipuler la terre entière mais pas elle, qu'elle ne lui laissera aucun répit avant d'avoir obtenu une réponse, La vérité est toute bête, Daniel n'avait pas d'espérance de promotion dans une grande ambassade. Il risquait d'être affecté en Indochine, tu connais Marie, elle est tout d'une pièce, elle ne fait aucune concession, avec elle c'est oui ou non. Daniel a eu la chance de recevoir cette proposition d'une belle carrière dans le civil à Paris, nous en avons parlé, je lui ai conseillé d'accepter, c'est un poste d'avenir.

*

Les déplacements d'Arlène en Algérie durent entre une semaine et quatre mois et demi. Le transport est des plus originaux. Les salariés du CEA embarquent à Orly, dans un Super Constellation, plus rarement dans une Caravelle, pour un vol de dix minutes direction Le Bourget, où montent les militaires, certains en civil, qui occupent les rangs réservés à l'avant, puis l'avion décolle pour un vol de deux heures vingt, se pose sur l'aéroport de Maison-Blanche à Alger, où seules les personnes habilitées descendent, fait le plein de kérosène et s'envole vers le sud pour atterrir en plein désert sur l'aérodrome de Reggane une heure et demie plus tard. Arlène y reste la totalité de son séjour. Le personnel de métropole du CEA ne verra rien d'autre du pays que les zones désertiques du Sahara.

À son retour, après l'explosion de la première bombe qui a fait les gros titres des journaux, il est difficile pour Arlène de résister aux questions de Viviane et de Laurent. Son fils a compris depuis longtemps qu'Arlène participe au programme atomique, même si elle ne l'évoque jamais, et que le centre de Bruyères-le-Châtel n'a strictement rien à voir avec EDF malgré la pancarte mensongère à l'entrée, qu'il s'y pratique des recherches mystérieuses dont les enfants les plus malins affirment tout savoir. Leurs pères en parlent parfois à voix basse avec leurs mères pour les rassurer car elles s'inquiètent de la menace de ces atomes qui se multiplient de façon incontrôlable et finissent par exploser. C'est un secret que les gamins du lotissement gardent jalousement. Pour rien au monde, ils ne le partageraient avec leurs stupides camarades dont les parents ne travaillent pas au Centre.

– Alors, que s'est-il passé ? demande Viviane, impatiente. On a vu les images à la télé. Trois fois Hiroshima, c'est énorme.

– J'en ai entendu parler, mais je n'ai pas bougé d'Alger, je bosse sur le nouveau programme d'usine hydroélectrique avec une ligne à très haute tension pour desservir l'est du département.

– Ah bon, dit Viviane, dépitée, je pensais que tu étais aux premières loges.

– Il ne faut pas écouter les papotages. Sur le site de Bruyères, on ne fait que développer des projets pour EDF, c'est très banal.

Laurent se dresse face à sa mère, Eh bien moi, je sais que tu ne dis pas la vérité. Et papa dit la même chose : tu travailles sur la bombe atomique et c'est pour ça que vous vous êtes séparés.

– Écoute, c'est difficile d'expliquer mon métier, parce qu'il consiste à inventer de futures sources d'énergie, mais à Bruyères on ne produit que de l'électricité. Quant à ton père, si nous nous sommes séparés, c'est qu'on ne s'entendait pas, il n'y a pas d'autre raison que celle-là.

– Pourtant, papa dit que vous vous entendiez bien.

– Oui, c'est vrai, mais la vie est compliquée, mon chéri. On s'entendait bien et en même temps on ne s'entendait pas, tu comprends ?

Laurent est perplexe. On trouve qu'il est sérieux pour son âge. Il se sent submergé par son impuissance, son incapacité à discuter avec sa mère, à rétorquer avec efficacité, c'est toujours elle qui a le dernier mot. Il constate que les deux personnes qu'il aime le plus vivent comme des étrangers, avec lui au milieu, qui se cogne à l'un et à l'autre parce qu'ils ne font rien comme ils le devraient : être ensemble comme le sont tous les parents de la terre, avec la vie normale qui va avec. Aucune raison ne justifie cette séparation, hormis la désinvolture d'adultes trop accaparés par leurs activités, alors qu'il serait si simple de former une vraie famille. D'ordinaire, les enfants se résignent à la rupture, ils sont tristes, choqués, mais ils se font une raison parce qu'ils savent qu'il est impossible de recoller des morceaux cassés quand il manque des pièces essentielles et ils s'organisent pour avancer avec une jambe en moins. Avec plus ou moins de réussite. Mais Laurent n'arrive pas à s'y résoudre. Parce qu'il ne trouve aucune explication logique à ce gâchis, Ils devraient faire preuve d'un peu de bonne volonté et penser au bonheur qu'on aurait si on était réunis. À chaque fois qu'il voit ses parents côte à côte, par exemple quand Arlène l'emmène auprès de Pierre le samedi matin, c'est un moment heureux où les soucis s'évaporent comme par miracle, avec des rires et des instants de complicité entre eux comme s'ils étaient amis. Cela prouve bien qu'ils peuvent s'entendre et vivre sous le même toit. Laurent s'est mis en tête de les rabibocher, c'est devenu une idée fixe et il profite de chaque opportunité. D'habitude, pour leur anniversaire, les garçons de son âge réclament un jeu de société, un train ou un Meccano, mais lui, quand ses parents demandent ce qui lui ferait plaisir, il répond, Qu'on déjeune tranquillement, puis on ira se promener et on passera l'après-midi ensemble. Espérant qu'à cette occasion, la petite flamme qu'il n'a pas manqué de remarquer entre eux les envahira et aboutira au résultat final qu'il espère tant. Laurent adopte la même position pour Noël et pour sa fête, Mon cadeau, c'est qu'on soit tous les trois, je ne veux rien d'autre. Cette obsession explique que, contrairement aux garçons de son âge, sa chambre soit vide de jouets et bien rangée. Aucun ami ne vient jouer chez celui qui ne sait pas jouer, personne ne l'invite non plus, et il est probable que ce soit cette solitude qui l'a amené à lire autant, Offre-moi un livre, si tu y tiens.

Paradoxalement, cette tendance de Laurent est encouragée par l'ambiguïté de ses parents qui, chacun à leur tour mais jamais en même temps, manifestent des repentirs tardifs, s'interrogent sur cet échec mal digéré. Parfois, ils entrouvrent la porte à un retour en arrière, envisagent de faire table rase des principes idiots pour repartir sur de nouvelles bases. Pierre et Arlène se sentent coupables d'avoir raté le coche, de ne pas avoir surmonté l'épreuve de la vie commune pour offrir à leur fils cette vie dont il rêvait.

– Et si on partait en vacances tous les trois en Bretagne ?

– Non chéri, je ne crois pas que ce soit une bonne idée.

Des deux, c'est Arlène qui manifeste le plus de remords, depuis un échange tendu avec Pierre. Celui-ci avait suggéré qu'ils pourraient essayer de se remettre ensemble pour le gamin, mais elle avait répondu que cela ne durerait pas longtemps parce qu'il ne l'acceptait pas telle qu'elle était. Pierre l'avait fixée longuement, Moi, je pense que tu ne veux pas qu'on reprenne la vie commune pour une seule raison : Laurent et la famille qu'on aurait pu avoir, tu t'en fiches en réalité, ce qui compte pour toi c'est ton boulot mortifère, tu n'as qu'une seule trouille : c'est qu'ils apprennent que tu vis avec un pacifiste et d'être virée pour ça.

– C'est vrai, je tiens à mon métier, quel mal y a-t-il à cela ? Pourquoi l'effort devrait-il toujours être à sens unique ? Pourquoi ce ne serait pas toi qui renoncerais à tes convictions ? Dimanche soir, ne ramène pas Laurent trop tard, il doit se coucher de bonne heure.

*

Marie a retrouvé Paris et ses amis de Saint-Germain-des-Prés avec lesquels elle passe des après-midi en apesanteur dans les cafés du quartier. La liberté et l'insouciance ressuscitées après ces quatre années tudesques. Comment ai-je pu vivre si longtemps loin d'eux ? À son retour de Bonn, elle jette son dévolu sur un grand appartement rue Soufflot avec vue sur le Panthéon parce que celui de Bonne-Nouvelle est trop petit, s'occupe du déménagement et de l'ameublement car Daniel part à sept heures, rentre tard le soir, se déplace souvent quelques jours en Belgique ou en Suisse mais n'évoque jamais ses activités, Je n'ai pas le droit de donner des détails. Marie se résout à ce silence et à prendre en charge le quotidien. Daniel est trop absorbé par son métier pour participer. Par exemple, si on lui demandait dans quelle école se trouve son fils ou dans quelle classe il est, il serait bien incapable de répondre. Quand Marie lui raconte ce qu'elle a fait dans la journée, qui elle a vu et de quoi elle a discuté pendant des heures, il l'écoute en hochant la tête mais lui se tait. Marie pense que tous les hommes sont comme ça, son père était pareil, ce qui se passait à la maison ne l'intéressait pas, elle est confortée dans ce jugement par ses amies, qui sont confrontées à la même attitude. En réalité, elle ne se rend pas compte que Daniel s'est détaché de ces questions, comme s'il n'était plus concerné. À force de ne pas arriver à prononcer le prénom de son fils, une impossibilité quasi organique, c'est comme s'il n'avait pas de fils, en tout cas le garçon qui se trouve en face de lui de l'autre côté de la table et qui scrute ses moindres gestes est devenu un étranger, ils n'échangent pas un mot, ne s'embrassent jamais, mais Marie ne s'en rend pas compte, elle met cette indifférence sur le compte de la désinvolture des hommes et de leur indifférence congénitale aux affaires familiales.

C'est comme ça.

Marie n'a pas compris non plus la réaction de Daniel quand, la première année de leur retour en France, celui-ci a refusé d'aller en vacances à Dinard, elle a insisté, revenant chaque jour à la charge pour le convaincre, mais il s'est montré intraitable, J'en conserve un mauvais souvenir, je ne remettrai plus jamais les pieds là-bas. Marie a attendu que ses parents quittent les lieux et lui laissent la place, et finalement elle a passé un mois d'août épatant en tête à tête avec Thomas, bénéficiant d'un temps de Riviera, retrouvant des amis perdus de vue depuis presque dix ans. Elle a préparé son fils à son entrée à l'école primaire puisqu'en Allemagne, c'est elle qui a fait son éducation. Daniel est resté à Paris pour prendre son poste, lui il préférait l'appartement de Bonne-Nouvelle. Il fait la connaissance de ses collègues, qui se demandent ce que cet ancien militaire vient faire à la SNCF, alors qu'il n'y connaît rien de rien en transport ferroviaire, et c'est en déjeunant avec eux que, pour la première fois, Daniel se dit, Je ne suis pas à ma place ici. Et, pendant les années qui suivront, cette pensée reviendra comme une vague, même si Daniel ne laisse rien paraître de son malaise.

Marie attend Thomas à la sortie de l'école primaire de la rue Cujas. Comme chaque jour à seize heures trente. Elle aurait pu déléguer cette tâche à la bonne mais elle ne raterait ce rendez-vous pour rien au monde, abandonnant sans regret ses amies à leurs discussions, Je vais retrouver l'homme de ma vie. Elle patiente près des autres mères, n'a pas encore eu l'occasion de faire connaissance avec elles mais cela ne tardera pas, certaines ont l'air sympathiques et la saluent. Marie se demande ce que Thomas voudra faire après la classe, c'est lui qui décide. Pour elle, c'est un principe, quand il fait beau, c'est le Luxembourg pour quelques tours de manège ou de poney, aujourd'hui le temps est menaçant, ils pourraient aller goûter quelque part. Marie lève le nez en l'air, sonde le ciel nuageux entre les deux immeubles, quand elle sent une pression sur son épaule, elle se retourne, découvre Maurice Virel près d'elle. Une seconde, elle a un doute, C'est un homme qui lui ressemble ? Non, c'est lui, il a grossi. Quelques mois auparavant, au cours d'un dîner chez les parents de Daniel, Jansen avait évoqué la dégradation de l'état de santé de son père, suggéré qu'elle lui téléphone, mais Marie n'avait pas réagi. Voûté, les yeux cernés, son père a perdu son allure martiale et s'appuie sur une canne, Bonjour Marie. Elle le dévisage, Tu es malade ?

– Non, ça va beaucoup mieux. J'avais besoin de te voir et envie de connaître Thomas. Je voudrais qu'on fasse la paix, que tout redevienne comme avant.

– Je crois que ce ne sera pas possible… Tu sais pourquoi.

– Je suis venu m'excuser pour mon attitude pendant toutes ces années, je croyais bien faire avec Thomas, j'ai voulu l'élever comme on élevait les garçons de mon temps, comme mon père avait procédé avec moi, j'étais dur avec lui mais je ne voyais pas qu'il en souffrait, je voulais qu'il fasse de bonnes études, qu'il puisse tenir sa place dans notre milieu, je me suis trompé, si tu savais comme je m'en veux, je te demande pardon, enfin, pardon à Thomas.

– Le mal est fait et tes excuses ne le feront pas revenir.

– Tout le monde peut commettre des erreurs, mais quand c'est de bonne foi, ce n'est pas pareil, je peux te dire qu'aujourd'hui je paye cette faute au-delà de ce que tu peux imaginer et…

– Je ne t'en veux plus… et en même temps je t'en veux toujours, enfin pas de la même façon, c'est compliqué à expliquer, parce que Thomas ne m'a jamais quittée, pour moi c'est comme s'il était vivant. Ce matin encore, j'ai relu un de ses poèmes. Chaque fois, je pense à ce que tu lui as fait subir et la même colère revient. Si je n'arrive pas à oublier, comment puis-je te pardonner ?

Ils restent un moment à s'observer, Maurice hoche la tête.

– Je t'en prie, ma chérie, je suis si fatigué, essayons de faire la paix, de vivre avec Thomas entre nous et de profiter un peu les uns des autres.

Marie hésite, Je ne suis pas prête. Pas encore. La porte de l'école communale s'ouvre, les élèves rejoignent leurs parents qui les embrassent, les déchargent de leur cartable. Le petit Thomas traverse la rue, se dirige vers sa mère, mais elle ne le prend pas dans ses bras, Thomas, je te présente mon père, ton grand-père donc, tu peux l'embrasser. L'enfant dévisage cet homme âgé qui reste immobile et fixe sa mère, son regard va de l'un à l'autre. Maurice respire profondément, caresse le visage de son petit-fils et s'éloigne en s'appuyant sur sa canne.

Quand, le dimanche midi, Jansen reçoit son fils dans leur maison de Saint-Maur, ils font comme s'ils ne se voyaient qu'en cette occasion, alors qu'ils ont des contacts réguliers. Personne ne sait que le père emploie le fils, pas même Madeleine, car il est probable qu'elle s'inquiéterait. Jansen profite d'un instant où les femmes s'occupent de Thomas pour s'approcher de Daniel et lui glisser à l'oreille, On doit discuter, c'est urgent.

Le mercredi suivant, ils se retrouvent dans le restaurant de la rue Saint-Dominique, Jansen est en avance, J'ai passé commande pour toi. Depuis presque quatre ans, tu as obtenu d'excellents résultats à la SNCF mais je sens que tu commences à t'ennuyer à ce poste, alors j'ai quelque chose à te proposer. Il verse du vin dans leurs verres, Tu sais comme moi que ça chauffe en Algérie. En métropole, de Gaulle est suivi par la quasi-totalité de la population qui veut se débarrasser du boulet algérien mais là-bas, l'armée est à une forte majorité opposée à l'indépendance. Une partie va basculer et se mutiner. On n'a pas l'intention de faire machine arrière pour leur faire plaisir. Le Général est déterminé à aller jusqu'au bout du processus de décolonisation, même s'il doit y avoir de la casse. Heureusement pour nous, les multiples factions de l'Algérie française sont en désaccord entre elles, se détestent et agissent de façon désordonnée, mais il y a des groupes isolés qui échappent à notre surveillance, surtout parmi les plus jeunes officiers.

– Je te préviens, je n'ai pas l'intention de me transformer en espion.

– Il n'en est pas question, on veut juste se donner une chance supplémentaire d'avoir un contact avec eux.

Un soir, à la fin du dîner, comme s'il s'agissait d'un détail sans importance, Daniel informe Marie, Je dois partir en Algérie quelques jours. Il ne précise pas que sa mission risque de durer plusieurs mois, lui-même est dans l'incertitude. Elle ne pose pas de questions, c'est une habitude qu'elle a prise, peut-être une manière de manifester son soutien. Il pense que Marie ne voudra jamais quitter Paris où elle se sent si bien pour s'installer à Alger, une ville agitée où personne ne sait ce qui se passera le lendemain. À la SNCF, son intervention a permis de confondre un traître qui avait vendu le plan de mobilisation et de transport des troupes et d'expulser son agent traitant. Aujourd'hui, son père lui confie une tâche qui ne l'enchante pas. Combattre des ennemis, des inconnus de surcroît, était un but exaltant, profiter de ses relations et trahir ses anciens camarades de Saint-Cyr en est un autre, surtout quand ces amis ont choisi de respecter le serment de défendre leur pays et de rester sur le chemin qui la veille encore représentait le credo national. Pas évident de rester propre à une époque où tout le monde se salit. La décision de Daniel s'est imposée à lui comme une évidence, il va se débrouiller pour que sa mission échoue. Rien de plus facile. Il suffira de manifester sa fidélité à de Gaulle et à sa politique, son mépris pour les positions des généraux mutins, de lâcher dans la conversation que ces ganaches sont incapables d'évoluer et restent figées dans le passé, que le temps est venu d'en finir avec la colonisation, cette survivance d'un autre âge, et de se tourner vers l'avenir, vers l'Europe et pas vers l'Afrique, pour se griller auprès de ceux qu'il est censé infiltrer. Dans trois mois tout au plus, on ne pourra que constater que ce projet d'infiltration n'était pas une bonne idée, on le rappellera à Paris et son père ne pourra lui faire aucun reproche.

Madeleine se raisonne sans cesse, se répète, Je ne dois pas m'en mêler, ce sont des affaires d'hommes. Mais elle se sent mal à l'aise d'être mise à l'écart, comme si elle n'était pas capable de garder un secret, alors qu'elle a passé toute la guerre à jouer la veuve éplorée quand Jansen avait réussi à passer à Londres. Lorsqu'elle pose des questions à son mari, il répond,

Non, il n'y a rien à dire, il se débrouille bien. Et lorsqu'elle interroge Daniel sur son travail à la SNCF, il hausse les épaules, Oh, le train-train. Et passe à un autre sujet. Aussi ignore-t-elle ce qu'il y fait, même si elle s'en doute. Et Madeleine se résigne à ne rien savoir de ce que font ensemble les deux hommes de sa vie. Mais quand Jansen lui apprend que la compagnie envoie leur fils en Algérie pour travailler sur l'évolution du parc ferroviaire et préparer l'avenir, elle se rebiffe, Il ne faut pas se moquer de moi, j'ignore ce que Daniel fiche dans cette entreprise mais je connais mon fils : il arrive à peine à faire la différence entre une locomotive électrique et une à charbon, explique-moi pourquoi tu l'envoies dans un pays que tout le monde fuit avant qu'il explose ?

Jansen n'a pas envie de se lancer dans une guerre de tranchées, ni de déclencher une bataille familiale, La vérité, c'est qu'on est coincés, on ne sait pas ce qui va nous tomber dessus, qui est de notre côté, qui est contre nous et qui changera d'avis avec le vent qui tourne. La réalité, c'est que les gens sur lesquels nous pouvons compter là-bas sont rares, et on a un besoin vital de recueillir certaines informations, je ne peux rien te dire si ce n'est qu'il s'agit d'une mission d'observation, sans aucun danger. Daniel se sentait un peu à l'étroit, l'impression de rouiller, une envie de nouveauté, mais rassure-toi, je garde l'œil sur lui, on lâche les rênes pour que le cheval s'élance mais il y a toujours un cavalier qui les tient en main.

*

Si quelqu'un a le moindre doute sur le fait qu'une bombe atomique a essentiellement une fonction politique et non militaire, qu'elle est destinée à montrer sa force pour éviter de se faire agresser, le déroulement du deuxième tir atomique en est une preuve flagrante. Initialement, ce tir n'était pas prévu avant une année à cause de la chaleur qui rendait tout travail insupportable. En réalité, la bombe qui a explosé six semaines après le premier essai était un engin de secours construit pour pallier la défection de la première, mais comme celle-ci avait parfaitement fonctionné, nous nous sommes retrouvés avec un ensemble détonateur, explosifs et plutonium enrichi développant une énergie de cinq kilotonnes censé être rapatrié en métropole, d'autant que l'explosion d'une bombe d'aussi faible puissance n'avait aucune utilité scientifique.

Sauf qu'il s'agissait d'une explosion uniquement politique.

Une instruction est arrivée de Paris, On attend. La question a été posée par notre directeur, On attend quoi ? Deux jours plus tard, la réponse est tombée, La fin du ramadan. C'était une explication incompréhensible et absurde, délirante même. Puis, ordre a été donné de préparer le matériel pour une explosion autour du 26 mars, finalement reculée au 1er avril. La discipline étant la force principale des armées, et bien que nous soyons des civils, nous avons obéi. Sans poser de questions et sans comprendre le sens de ce que nous faisions. Ce n'est que deux heures après la réussite du tir que nous en avons compris la raison : Nikita Khrouchtchev était en visite officielle à Paris, et à l'occasion de la première visite en France du plus haut dignitaire soviétique, de Gaulle a voulu, sinon l'impressionner, du moins lui rappeler que notre pays avait sa place dans le club fermé des puissances nucléaires. Cette explosion a été de faible puissance, trois fois moins qu'Hiroshima, dans une zone éloignée d'une dizaine de kilomètres au sud du PC enterré, mais avait de quoi détruire toute vie dans un rayon d'un kilomètre. Contrairement au premier test, où l'engin était placé au sommet d'une tour de cinquante mètres de haut, celui-là a été effectué quasiment au ras du sol, sur un promontoire accessible par une piste sommaire, et a dégagé une boule de feu orangée de trois cents mètres de haut et de cent cinquante mètres de large.

S'il y avait encore une hésitation au sujet de son inutilité scientifique, elle a été levée à notre retour en métropole par Maxime Ravaud, notre voisin de labo à Bruyères, spécialiste de l'électronique de déclenchement. Il nous a dit qu'il s'agissait d'un secret d'État qu'il ne pouvait conserver plus longtemps dans la solitude de sa conscience mais dont la divulgation nous vaudrait au moins la cour martiale après un renvoi immédiat et honteux, et il a fermé la porte à clé. Ce vendredi 1er avril, nous a dit Ravaud, à 9 h 30, le directeur général a fait diffuser par haut-parleurs une annonce d'évacuation immédiate. Si on s'en tient au protocole, il s'agit d'un message de sécurité absolue qui signifie : interrompez votre travail sur-le-champ, prenez uniquement votre veste et votre sac, sortez de votre bureau ou de votre laboratoire sans précipitation, puis de vos locaux, dirigez-vous vers la sortie et quittez le site. C'est ce que tout le monde a fait, croyant à un exercice comme il y en a parfois, mais pas moi, parce que je n'ai rien entendu. J'étais en train de faire une expérience délicate en chambre de combustion au premier étage et j'avais mis des bouchons auditifs, j'ai continué mon travail comme d'habitude. Sur le coup de midi trente, je me dis, Faut que j'aille à la cantine, je n'ai pas très faim mais il ne va rien rester. Première surprise, le grand vide : personne dans les labos, personne dans les couloirs. Silence total. Je me demande ce qui se passe. Je regarde par la fenêtre et là, deuxième surprise, mais une surprise colossale, inimaginable. D'après vous, qui j'aperçois marchant côte à côte dans l'allée ? Ravaud nous interrogeait du regard et avait l'air de nous prendre pour des imbéciles parce qu'on ne répondait pas à sa devinette.

– Comment peut-on le savoir ? Le ministre ?

– De Gaulle en personne en grand uniforme avançant avec

Khrouchtchev et un type derrière eux qui leur parlait à l'oreille, l'interprète je présume.

– Tu te fous de nous ?

– Je vous jure, de Gaulle fait au moins cinquante centimètres de plus que Khroutchev, ils discutaient comme deux vieux potes, avec une douzaine de gus qui suivaient dix mètres derrière. À un moment, de Gaulle s'est retourné et a fait un signe, Yves Rocard s'est approché et a donné des tas d'explications en agitant les mains comme il le fait d'habitude, il a désigné mon bâtiment, ils ont levé la tête, j'ai eu peur qu'ils me voient, et puis le groupe a pénétré dans le bloc des générateurs.

– Personne n'a jamais parlé de cette visite ! Et toi, qu'as-tu fait ?

– Je me suis souvenu que nous travaillions sur un site classé secret défense qui n'est pas censé exister, pas plus que nous d'ailleurs, alors je suis retourné bosser parce que j'avais une expérience sur le feu.

*

Quand Daniel annonce à Marie qu'il a été promu directeur adjoint des chemins de fer algériens et doit prendre son service à Alger le mois prochain, elle semble perdue, Comment va-t-on faire ? On ne peut pas déménager maintenant, Thomas ne peut pas changer d'école en cours d'année, perdre ses repères et ses amis.

– Eh bien, on verra pour la rentrée prochaine comment s'organiser. J'y vais pour une mission ponctuelle, je ferai des allers-retours fréquents. Et vous viendrez pendant les vacances.

L'Office des chemins de fer algériens a bien fait les choses pour accueillir son nouveau directeur adjoint, même si aucun des responsables ne sait ce qu'il vient faire dans ce pays incertain. On lui a alloué la villa des Mimosas, restée vide depuis près d'un an et dont les murs s'évanouissent sous les massifs de bougainvilliers, avec une vue saisissante sur la baie et les palmiers exubérants, et on lui a attribué une 203 grise de fonction, mais Daniel a refusé le chauffeur. Il est censé préparer le plan de repli de l'Office en métropole, qui comprendra le rapatriement du personnel technique et du siège, les cheminots algériens, souvent des harkis qui s'occupent de la voirie, des stocks et matériels récupérables ou à laisser sur place. Le président a reçu Daniel avec une allocution de bienvenue sans chaleur, il se demande si ce jeune homme n'est pas destiné à prendre sa place, on l'a informé qu'il devait laisser son subordonné libre d'agir et de se déplacer à sa guise et que ce dernier n'avait de comptes à rendre qu'à Paris.

Et Daniel disparaît. On le voit rarement derrière son bureau, il ne participe à aucune réunion, élude les invitations à déjeuner ou à dîner de ses collègues, consacre un peu de temps à rencontrer des salariés et des syndicats pour les rassurer sur leur avenir, leur expliquer qu'ils font partie de la grande famille du rail et que leur rattachement à la SNCF leur permettra de retrouver un poste en métropole.

Si par malheur…

Et tout le monde comprend ce que cela signifie. Personne ne sait ce que Daniel fait de ses journées, il n'a jamais recours au service de madame Armand, la secrétaire du président qui lui a été affectée pour taper son courrier et tenir l'agenda qu'elle a ouvert pour lui mais qui reste désespérément vide. Il apparaît le soir, quand le personnel a déserté les locaux, téléphone en métropole pendant des heures et se sert seul de la machine à écrire.

Daniel va avoir trente-trois ans. Sur le tard, il découvre la liberté ou ce qui y ressemble : l'impression de liberté. Jamais je n'ai été aussi heureux, pense-t-il à chaque fois qu'il attrape un taxi qui le dépose à l'aéroport du Bourget et qu'il présente sa carte prioritaire au responsable de l'accueil. Il embarque, voyage sans bagage, n'informe jamais Marie de ses départs, une vie de funambule, un jour à Paris, l'autre à Alger, là il ne connaît personne, il peut marcher des heures pour découvrir cette ville escarpée, indolente, aux terrasses bondées, où la guerre paraît si lointaine, les gens si insouciants. On pourrait se croire dans un pays rêvé, mais de temps à autre une explosion lointaine se répercute dans les collines. Et retentit le hurlement des ambulances qui traversent la ville en trombe.

Daniel dîne souvent dans un des restaurants dont Jansen lui a donné l'adresse et où il croise d'anciens camarades de Saint-Cyr. Plusieurs lui tournent le dos comme s'ils avaient affaire à un déserteur, ou pire, à un lâche qui a démissionné de l'armée pour ne pas aller mourir en Indochine. La plupart du temps, il mange seul, lisant le journal ouvert devant lui, quelquefois certains l'invitent à leur table, essayent de le faire parler et de comprendre ce qu'il fait ici. Daniel sourit, répond tranquillement, Je suis là pour servir, à ma place et comme je peux.

C'est peu dire que la France est divisée. Un gouffre infranchissable a surgi entre la métropole qui suit le général de Gaulle (celui-ci est déterminé à se débarrasser du boulet algérien et à en finir avec les colonies) et ceux qui veulent désespérément que ce département reste français. Le problème, c'est que sur le terrain l'armée française a pris le dessus, elle est même en passe d'éliminer l'armée algérienne, quitte à employer les pires moyens. Les officiers ne peuvent se résigner à déguerpir comme s'ils avaient perdu la guerre, quitter cette terre qu'ils avaient juré de garder française et surtout abandonner près d'un million de Français. Quand, en janvier 61, le référendum sur l'autodétermination est approuvé par une majorité écrasante, tout le monde comprend que le compte à rebours a commencé. La majorité des officiers supérieurs basculent dans la rébellion, considèrent que de Gaulle s'est servi d'eux pour arriver au pouvoir et les a trahis. Ça gronde dans les casernes, ça complote de façon désordonnée, On ne va pas se laisser faire, on a prêté serment, on ira jusqu'au bout pour empêcher cette forfaiture. Ils se doutent qu'il faudra en passer par une guerre civile et tirer sur des Français. Et ce n'est pas facile de sauter le pas, de devenir un frondeur et un paria, de renoncer à son uniforme, à sa famille, de se battre contre ses frères d'armes et peut-être ne plus jamais revoir son pays. Beaucoup hésitent, tergiversent, attendent que les haut gradés montrent l'exemple, tandis que d'autres se préparent à entrer en résistance.

À Alger, la place de la République semble un îlot à l'abri des vicissitudes du temps. En face du théâtre municipal, l'ancienne caserne des janissaires a été recrépie d'un blanc immaculé. C'est un bâtiment mauresque bâti au temps du dey avec une vaste cour intérieure entourée d'une galerie à arcades et plantée de ficus centenaires dont les branches forment une voûte de verdure et en son milieu s'élève une fontaine avec des colonnes torsadées. Les officiers et leurs invités se retrouvent pour dîner dans cette oasis de fraîcheur devenue le Cercle militaire, même si la cuisine s'est dégradée depuis le brusque départ du chef quelques mois auparavant et son remplacement par un cuisinier débutant issu du contingent. Daniel apprécie ce lieu d'une autre époque et consulte les journaux de métropole dans le salon de lecture. Quand on n'est pas militaire, il est impossible de réserver, et même si on est un habitué, il faut attendre au bar qu'une table se libère. Daniel est patient, il salue ses anciens condisciples et ceux qui les accompagnent, les invite à boire une coupe et, hormis certains qui continuent de le snober mais à qui il adresse quand même un sourire de salutation, la plupart acceptent de trinquer avec lui, d'autant que ce civil se fait un plaisir de les régaler. Il applique les consignes : ne jamais contredire son interlocuteur, l'encourager par des, Bien sûr, ou des, Oui, cela va trop loin. Quand on évoque la trahison de De Gaulle, prendre un air navré, murmurer un, Qui aurait cru ? Laisser penser à son interlocuteur qu'il approuve ses opinions et, quand celui-ci pose une question précise, hocher la tête d'un air entendu, s'en sortir par un, C'est bien embêtant tout ça, ou, si l'autre insiste, Je préfère rester discret, il y a trop d'oreilles qui traînent. En deux mois de ce régime, le nombre de ses relations s'est étoffé et à force de le voir naviguer au milieu d'eux, tous se sont habitués à sa présence. Un samedi soir, alors que Daniel attend son tour au bar, quelqu'un le bouscule en hélant le serveur, il se retourne, se retrouve face à Pierre Deleyne dans son uniforme de capitaine, Daniel ! Que fais-tu là ?

Daniel n'a pas revu Pierre depuis l'enterrement de son frère Stéphane tué dans une embuscade à proximité d'Hanoï. Leurs familles se fréquentent depuis toujours, et Daniel a souvent été invité dans leur maison familiale en Bourgogne. Pendant la guerre, Pierre, plus âgé de cinq ans, a protégé Daniel de ceux qui, au lycée, le prenaient pour un maréchaliste et le harcelaient. Lui, malgré ce frère disparu au combat, n'a pas hésité à partir, a été blessé en Indochine, décoré de la croix de guerre en opérations extérieures et nommé capitaine, Je suis heureux de te retrouver, j'avoue ne pas avoir compris que tu démissionnes de l'armée après avoir tant sacrifié pour y entrer. Le maître d'hôtel les installe à une table à proximité de la fontaine, ils passent commande. Pierre Deleyne fixe Daniel, Que s'est-il passé ? Pourquoi as-tu quitté l'armée ?

Daniel hésite un instant, prend la bouteille de mascara, remplit leurs deux verres, La vérité, je peux te la dire à toi, même si je doute que tu m'approuves, mais j'ai été confronté à un dilemme infernal. Tu connais Marie, tu sais comment elle est, entière et sans concessions, nous ne nous sommes pas mariés parce qu'elle n'a pas voulu mais nous avons un fils dont elle s'occupe à Paris. J'allais sortir de Saint-Cyr, m'apprêtant à vivre ma vie de soldat dont elle n'ignorait rien, mais un jour, lors d'une permission, Marie m'annonce qu'elle est enceinte et, assez brutalement, me met le marché en main : soit je démissionne de l'armée, soit nous nous séparons et elle élèvera l'enfant seule. Quelques jours auparavant, sa meilleure amie avait perdu son copain en Indochine et elle ne l'a pas supporté, c'était une époque sombre, on était en train de perdre la guerre, les hommes tombaient comme des mouches. Marie ne voulait pas se retrouver veuve de guerre. J'ai essayé de discuter mais pas moyen de la raisonner. J'étais donc face à un choix impossible : la femme que j'aimais ou l'armée. En réalité, je n'ai pas beaucoup hésité. J'ai choisi Marie et mon enfant. Voilà l'histoire. J'ai essayé de ne pas le vivre comme une défaite mais comme l'espoir d'une vie nouvelle. Peut-être que si j'étais parti servir en Indochine, je serais mort là-bas comme tant de nos camarades. Je sais qu'on me prend pour un trouillard mais l'avis des autres, je m'en fiche… À dire vrai, il y a des jours où je regrette de ne pas être parti, au moins je serais ici en uniforme parmi les miens.

– Je t'avoue que j'ai eu peur, j'ai entendu des rumeurs, je préfère ton explication, et de loin. Je peux te comprendre, à ta place, comment aurais-je réagi ?… Je n'en sais rien.

– Et toi, dis-moi, que penses-tu de la situation actuelle ? Ça a l'air de bouger beaucoup dans les rangs, que va-t-il se passer ?

Pierre soupire, De Gaulle se croit tout permis, il est entouré de béni-oui-oui qui n'osent pas lui rappeler les réalités. Mais on ne peut pas se moquer de l'armée, on n'a pas le droit d'envoyer les hommes se faire trouer la peau et, une fois qu'ils ont gagné, leur enlever leur victoire et annoncer : Tout compte fait, on a changé d'avis, on laisse le terrain à l'ennemi, on dégage comme si on avait perdu. Ils ont oublié qu'on était en France ici.

– Ce n'est pas ce que pensent les indigènes.

– L'écrasante majorité des Algériens sont heureux de vivre avec nous. Ils savent ce qu'ils ont à perdre si le FLN arrive au pouvoir. N'oublie pas que Nice est devenu français trente ans après l'Algérie, est-ce qu'on écoute les jérémiades de quelques Italiens qui réclament le retour du comté de Nice à l'Italie ? Bien sûr que non. Parce que c'est un département français. Comme l'Algérie. Et personne ne nous en privera maintenant qu'on a gagné la guerre. Nous sommes des soldats, pas des hommes politiques. Crois-moi, bientôt cela va exploser.

Ceux qui étaient encore hostiles à Daniel finissent par douter de leur ressentiment et se disent, Si un officier aussi estimé que Pierre Deleyne est son ami, dîne souvent avec lui et le présente à ses connaissances comme un proche, c'est qu'il est des nôtres.

Chaque dimanche, Daniel prépare un compte rendu des informations recueillies qu'il transmet à son père par téléphone, car ce jour-là il n'y a personne dans les bureaux, ce dernier trouve que ces renseignements manquent de précision, C'est normal, je ne suis pas dans le premier cercle et ne le serai jamais, ils restent prudents en ma présence, mais ça bouillonne. Quelques semaines plus tard, lors d'un repas avec Pierre Deleyne au mess de l'Amirauté, celui-ci attend que le serveur se soit éloigné, se penche vers Daniel, J'ai un problème, on me dit de me méfier de toi, que tu travailles pour ton père, je suis persuadé que tu ne me mentirais pas, pas toi, mais si c'est vrai, dis à ton père que l'armée est de notre côté et que nous allons nous débarrasser une fois pour toutes de ceux qui trahissent notre pays.

– La dernière fois que j'ai parlé à mon père, je lui ai donné de mes nouvelles, je n'avais rien d'autre à lui dire. Tu dois savoir que si un jour tu as besoin de moi, je ne te trahirai pas. Vous faites fausse route, vous surestimez votre force, l'armée est divisée mais la majorité est loyaliste et ne se lancera pas dans une aventure perdue d'avance. De Gaulle va gagner parce qu'il a le pays derrière lui.

– Il n'y a jamais aucun combat perdu d'avance. Crois-moi, l'Algérie française, c'est loin d'être terminé.

*

Sur le pas de tir d'Hamoudia, à l'intérieur des casemates bétonnées où les capteurs électroniques sont installés, la température atteint quarante degrés malgré la climatisation. Ils tombent en panne les uns après les autres. Certaines mesures deviennent impossibles à réaliser, les pièces du stock de sécurité sont épuisées et le fournisseur ne peut nous réapprovisionner avant huit semaines car certains composants proviennent d'Angleterre. À l'extérieur, à midi, le thermomètre affiche quarante-huit degrés, chaque jour l'air devient un peu plus torride, le vent est brûlant. Au départ du programme, pour éviter cet inconvénient, aucune explosion ne devait avoir lieu après fin février, mais un soir, au cours d'une réunion, on a appris fortuitement que cette limite était repoussée sans que notre colonel d'interlocuteur soit capable de nous donner une raison autre que : C'est un ordre qui vient de Paris. Pour ce quatrième essai, on nous informe que l'objectif est désormais de simuler un test de guerre nucléaire et de vérifier les réactions et le comportement des troupes et du matériel après le tir d'une bombe atomique. Cette décision est du ressort exclusif de l'armée, qui ne nous demande pas notre avis, le CEA est devenu un simple prestataire de services qui intervient pour l'explosion de la charge et ses conséquences au sol. Ce changement arrive inopinément, car jusque-là la préoccupation majeure était la miniaturisation de la bombe pour qu'elle puisse être transportée par le futur chasseur-bombardier Mirage IV. Du jour au lendemain, il faut improviser la protection des trois cents fantassins qui vont être placés à moins de trois mille mètres du point zéro, puis manœuvrer jusqu'à proximité vingt minutes plus tard, et des cinq cents techniciens civils et militaires qui interviennent alentour. On attend des chars Patton qui doivent arriver d'Allemagne de l'Ouest où ils sont stationnés avec leurs manœuvrants de façon à étudier les effets physiologiques et psychologiques produits sur l'homme et le matériel par l'explosion d'une bombe. Quand ces instructions nous sont données, il y a un silence atterré autour de la table, car au CEA nous estimons ne pas être prêts pour effectuer des essais sur l'homme. Les seules informations en notre possession sont celles que les Américains nous ont communiquées sur leurs opérations dans le Nevada, mais elles sont fragmentaires, pourtant ils disposaient d'outils et de moyens autrement plus performants que les nôtres. La réponse de notre colonel est prévisible, C'est un ordre. La date de l'explosion est fixée au 1er mai prochain.

– Dans un délai aussi court, nous ne pourrons jamais y arriver, dit notre patron.

– C'est un ordre.

En ce qui me concerne, je suis chargée de la mise en place du contrôle dosimétrique par film. Ce sont des boîtiers fournis par l'armée qui mesurent les radiations reçues, et dérivés du modèle utilisé pour détecter les rayons X dans les cabinets de radiologie dont on utilise le référentiel. Dès la première explosion, nous nous sommes retrouvés débordés par les dix mille développements de films Kodak à effectuer pour chaque tir, plus ceux de contrôle que nous effectuons en permanence. Mais nous avons pu utiliser le laboratoire du CEA d'Alger, mieux équipé que le nôtre, pour effectuer cette tâche et assurer le suivi sanitaire, nomenclaturer et analyser les dizaines de milliers de films qui s'accumulaient, et j'ai désigné un nouveau venu chez nous pour assurer cette corvée. On prévoit aussi d'installer des mannequins remplis de soixante-dix kilos de riz à des distances échelonnées du point zéro de cent à trois mille mètres avec des dosimètres sur eux, d'autres seront disposés dans des chars et des command cars ou assis dans le sable dos tourné à l'explosion, on placera également des rats, des chèvres et des lapins pour mesurer les doses reçues à proximité. Le véritable problème, jamais résolu avec efficacité, est l'obligation où nous sommes de récupérer le plus rapidement possible les dosimètres positionnés sur chaque mannequin, matériel et animal, pour éviter une irradiation parasite due à la retombée radioactive, c'est au cours de cette opération que l'exposition aux radiations est la plus forte. Le colonel ne pouvant pas m'allouer plus d'une vingtaine de soldats, je constitue six équipes de trois volontaires pour quadriller le terrain et une septième avec les deux autres. Les exercices s'avèrent laborieux car nous sommes empêtrés dans nos tenues de protection qui nous font ressembler à des scaphandriers, avec des gants de laboratoire inadaptés et des masques qui nous empêchent de voir à deux mètres, et j'ai le plus grand mal à me faire obéir des militaires, qui sont plus que réticents à suivre des ordres donnés par une femme.

Des discussions byzantines débutent car les hommes ne veulent pas des masques à gaz sous prétexte qu'ils étouffent avec et qu'ils les empêchent de communiquer entre eux, ils exigent de porter des masques antipoussière bien plus commodes. Je m'y oppose avec véhémence car ces protections sont totalement inefficaces contre les radiations. Le ton s'envenime, soldats et sous-officiers censés m'obéir me tournent le dos et me plantent là. L'incident remonte jusqu'au général commandant la base en personne, qui hésite deux secondes avant de trancher, Qu'ils fassent comme ils veulent, ce n'est pas le moment d'emmerder la troupe.

Cela dit, on n'a rien vu venir, on n'a pas entendu la rumeur, ce bruit insidieux qui paraît-il se répandait et alimentait les conversations. Nous, personne ne nous en a parlé, nos équipes vivaient dans leur bulle, travaillant seize heures par jour pour essayer de tenir l'objectif du 1er mai et parce que nous étions absorbés corps et âme par notre tâche.

L'information a produit l'effet d'un tremblement de terre quand le samedi 22 avril 61, à la cantine de la base vie de Reggane, un de nos camarades ouvre le poste de radio pour écouter les prévisions météo et que nous entendons le journaliste annoncer que quatre généraux cinq étoiles ont franchi le Rubicon. L'armée est entrée en rébellion, des régiments de parachutistes et de la Légion étrangère ont pris le contrôle d'Alger, le délégué général du gouvernement a été arrêté ainsi que plusieurs généraux qui ont refusé de rejoindre les putschistes. Une autre voix annonce qu'un des généraux rebelles va faire une déclaration. Nous nous regroupons autour du poste à galène mais le speaker est remplacé par de la musique symphonique, on essaye d'attraper une station de métropole mais on n'entend que des grésillements ou des chaînes étrangères. Et soudain, la radio devient muette, on vérifie le branchement électrique, il n'y a plus aucun signal, comme si l'antenne relais avait cessé d'émettre. On se regarde les uns les autres, effarés, essayant de mesurer les conséquences de cette annonce tonitruante sur notre vie, sur le pays. Notre directeur affiche le plus grand calme, Je vais téléphoner à Paris. Nous, on continue notre boulot, nous sommes des civils, on ne devrait pas être concernés par cette agitation.

Le putsch des généraux vient de commencer. En plein cœur du Sahara, la base de Reggane est coupée du reste du monde. Malgré les recommandations de notre patron, personne n'a l'esprit au travail, nous passons notre temps à aller d'un bureau à un atelier pour poser la question, Alors, tu as des infos ? Si la radio et la télévision ne fonctionnent plus, le téléphone n'a pas été interrompu, on appelle Paris, les familles, le siège du CEA, les amis qui pensent que l'Algérie est à feu et à sang alors qu'ici aucun coup de feu n'a été tiré, que chacun vaque à ses occupations comme si de rien n'était. Au fur et à mesure de la journée, les nouvelles nous parviennent, parcellaires, inquiétantes, quelquefois contradictoires.

En métropole, c'est la panique, la population a le nez levé vers le ciel à guetter les avions qui vont larguer des grappes de parachutistes sur Paris pour qu'ils enlèvent et fusillent de Gaulle et son gouvernement. Les communistes et les syndicats se mobilisent et appellent à une grève générale d'une heure, même si on peine à comprendre son utilité, la police arrête plusieurs généraux et officiers favorables au coup d'État. Certains se précipitent pour faire des provisions dans les épiceries, les files d'attente s'allongent devant les stations-service.

Le dimanche, la base est étonnamment calme, civils et militaires se rendent en nombre dans le préfabriqué qui sert d'aumônerie pour écouter la messe, peut-être le curé aura-t-il des renseignements grâce au Vatican. Celui-ci prononce une homélie passionnante, une variation du Sermon sur la montagne, mais rien qui concerne l'actualité. On est ravigotés mais un peu dépités.

Le soir, de Gaulle prononce un discours vibrant comme il est le seul à savoir le faire. Je me trouve dans le bureau du responsable de la tour d'explosion et nous entendons la retransmission, l'oreille collée au récepteur de son téléphone, tandis qu'à trois mille cinq cents kilomètres de là sa femme a posé le combiné sur son téléviseur, nous pouvons suivre son allocution en temps réel, l'image en moins, le Général écrabouille le quarteron de généraux en retraite, en fait du petit bois et prend les pleins pouvoirs.

Le vent a tourné.

Le lundi matin, on comprend que le putsch piétine, les commandants de plusieurs régions algériennes et tous les commandants métropolitains ont confirmé leur loyauté au Général, c'est alors que les responsables du CEA sont convoqués dans le bureau du commandant du site : les services ont reçu des informations précises, émanant de plusieurs sources, les putschistes s'apprêtent à lancer une action contre notre base pour s'emparer de la bombe et s'en servir comme monnaie d'échange à leur profit, pour menacer Paris ou Dieu sait quoi, ordre a été donné de la faire exploser pour éviter qu'elle tombe entre leurs mains. Le tir a été fixé à demain matin sept heures, la météo n'est pas terrible mais on n'a pas le choix, on ne peut pas courir de risque.

– Le tir était prévu dans une semaine, objecte notre directeur. Rien n'est prêt.

– Je sais, mais c'est un ordre !

À partir de cet instant, plus personne ne contrôle la situation. Il faut comprendre que dans notre activité, nous travaillons systématiquement sur des modèles préétablis, des protocoles longuement réfléchis, rien n'est jamais laissé au hasard, tout est pesé et soupesé jusqu'à la limite de nos connaissances et du matériel dont nous disposons. D'un coup, nous basculons dans un monde imprévu où on doit improviser car des ordres inconsidérés ont été donnés par des incompétents, on nage en plein amateurisme et le problème, c'est que nous manipulons une bombe atomique de cinq kilotonnes.

Désormais, des gens raisonnables et posés écoutent les derniers ragots sans aucun recul et les rumeurs abondent au cours de cette journée du lundi, invérifiables et menaçantes.

Et si c'était vrai ?

Si ces paras qui n'ont pas très bonne réputation arrivaient en colonne depuis Alger pour s'emparer de la bombe ? Qui pourrait s'y opposer ? Certainement pas le général qui commande le site, proche ami d'un général rebelle, ni son groupe d'armes spéciales censé protéger la base de Reggane, fort d'un millier d'hommes qu'on dit acquis aux mutins et qui sont au courant de la décision de procéder au tir, maintenant que l'ordre de dégager l'espace aérien a été lancé. Depuis deux jours, ce général louvoie entre sa sympathie explicite pour les mutins et sa prudence de haut gradé, voyant que le putsch est mal engagé, il tergiverse, ne prend plus aucun appel téléphonique.

Wait and see.

Dans le milieu de l'après-midi, l'espoir renaît dans notre groupe, les prévisions météo du lendemain sont mauvaises et empêchent le tir. Quand elles sont communiquées au général, celui-ci prend la décision de le maintenir parce que les jours suivants, le temps s'annonce pire et que la chaleur augmentera encore ! Il ordonne de faire acheminer la bombe sur le pas de tir d'Hamoudia et de la faire monter sur la tour métallique de cinquante mètres au sommet de laquelle elle doit exploser.

On bascule alors dans un film surréaliste, notre directeur technique et deux ingénieurs du CEA s'emparent du cœur fissile de la bombe, c'est-à-dire du container plombé contenant dix kilos de plutonium enrichi, et vont le cacher pour rendre la bombe inopérante si les fascistes avaient l'intention de s'en emparer. Ils le dissimuleront quinze heures durant dans un entrepôt. Le mardi à trois heures du matin, ils quittent la base de Reggane avec le container dans le coffre de leur 2CV et le transportent sur le pas de tir. Il est aussitôt monté par l'ascenseur, installé et connecté au reste de la bombe. Le compte à rebours est lancé malgré la tempête de sable qui commence à se lever.

L'escadron blindé de chars Patton avec leurs servants vêtus de combinaisons de protection prend position à trois cents mètres du pas de tir ; en retrait de deux cents mètres est placée la section blindée, et à mille mètres la compagnie mécanisée. La tempête redouble d'intensité, soulevant des nuages de sable qui obscurcissent la lueur du jour naissant. Les batteries de projecteurs traversent la nuée et la tour semble danser. À sept heures cinq, la bombe explose. Au lieu de l'immense boule de feu avec son extraordinaire luminescence, les techniciens munis de lunettes de protection n'aperçoivent qu'un halo verdâtre vite occulté par les nappes de sable. Le souffle carbonise les animaux, déplace les chars Patton sur une quinzaine de mètres, en renverse un.

Comme prévu, les manœuvres commencent vingt minutes après l'explosion, les fantassins et la compagnie mécanisée se mettent en action et pratiquent pendant plusieurs heures des exercices de combat autour du point d'impact. Les hommes sont munis de dosimètres individuels qui feront l'objet d'analyses, mais les résultats resteront confidentiels. En guise de décontamination, les militaires bénéficieront le soir d'une douche d'eau froide. On ignore alors que l'explosion est un échec, sans qu'on sache s'il est dû à un montage défectueux et précipité ou au sable qui se serait infiltré dans le mécanisme de mise à feu. La combustion fissile n'ayant pas eu lieu complètement, des résidus radioactifs de plutonium 239 et 240 se retrouvent en abondance sur le site et contaminent des centaines de techniciens et militaires présents. Ce ratage passe néanmoins inaperçu, évincé par une nouvelle plus importante : le putsch des généraux s'écroule de lui-même et ses auteurs sont arrêtés ou en fuite.

Le général commandant la base adresse au ministre un rapport détaillé sur ce quatrième tir, présenté comme une réussite, il précise qu'après une explosion les hommes semblent capables de poursuivre le combat dans la mesure où leur moral n'aurait pas été fortement atteint, mais qu'il est préférable d'éviter que le commandement pénètre dans la zone contaminée.

*

Daniel en a marre de l'Algérie, de son ciel éternellement bleu et de son soleil de plomb, des pieds-noirs qui cherchent à se carapater et de leurs amis qui leur tirent dessus pour les en empêcher, des héros du FLN qui éventrent les femmes enceintes et égorgent les enfants et des paras fêlés qui copient la Gestapo, marre de ce pays égaré, dupé et manipulé. Pierre Deleyne a disparu dans la clandestinité, emporté par la répression qui suit cette farce de putsch. Deux cents officiers sont relevés de leurs fonctions, une centaine sont poursuivis devant les tribunaux militaires et un millier d'autres démissionnent de cette armée qui a trahi son serment. On murmure que les partisans irréductibles de l'Algérie française sont en train de s'organiser, de former une armée secrète qui va réagir, prendre les armes et s'opposer à l'indépendance, mais quoi qu'ils fassent, ce sera un combat désespéré et perdu d'avance, les dés sont jetés.

Début juin, alors qu'il se prépare à repartir en métropole, Marie annonce qu'elle a envie de venir à Alger avec Thomas pour les vacances. En réalité, dit-elle au téléphone, c'est Thomas qui a eu cette idée, il veut connaître ce pays dont on parle tant. Au départ, elle a pensé que c'était une lubie et une mauvaise idée, chaque jour télévision et radio évoquent les attentats, les exécutions, les fusillades, mais Thomas a tellement insisté qu'elle demande à Daniel son avis, Crois-tu qu'on peut venir sans danger ? Sa première réaction est d'exprimer ce qu'il ressent, C'est très exagéré. À les écouter, le pays est à feu et à sang, mais on n'est pas plus en danger ici qu'ailleurs. Parfois la nuit, on entend une explosion ou des coups de feu dans le lointain, je ne peux pas dire qu'il n'y a aucun risque, mais on ne se sent pas menacé et on s'habitue à tout, on vit avec.

Marie débarque avec Thomas à l'aéroport de Maison-Blanche par un temps radieux. Daniel les conduit à Zéralda, au bord de la mer, à une trentaine de kilomètres à l'ouest d'Alger, un paisible village de maraîchers et de viticulteurs de cinq mille habitants qui se donne des airs de station balnéaire, avec des cafés aux terrasses bondées, des restaurants pris d'assaut, deux cinémas dont un en plein air, un minigolf, un tennis et des commerces ouverts tard le soir. La guerre n'existe pas, l'insouciance est de mise, on est ici pour toujours, la population double dans la journée car les Algérois viennent profiter, grâce aux autobus des messageries qui desservent les bourgades de la côte, de l'immense plage des Sables d'or qui s'étale sur cinq kilomètres, bordée d'une forêt de pins parasols qui apportent un peu d'ombre. Ils repartent le soir pour revenir le lendemain matin s'installer à la même place, près de leur bar et de leur paillote de plage attitrés. Daniel a loué une villa à la lisière de l'immense pinède de six cents hectares, avec vue sur la mer et terrasse ouverte, On dit « villa » mais en fait c'est un grand cabanon, c'est ce qu'on peut trouver de mieux dans le coin, le confort est un peu sommaire, mais c'est l'été, on vit au bord de la mer, on ne se casse pas trop la tête avec le ménage, il y a une dame qui viendra le matin pour s'en occuper, faire les courses et un peu de cuisine si on veut. Les chambres à coucher donnent sur le grand large, le seul inconvénient de cette maison, c'est qu'il n'y a pas la télé, mais on s'en passe facilement. Évidemment, il fait chaud, mais avec la brise de mer, on ne s'en rend pas compte.

Les journées se succèdent, immuables, et c'est plage du matin au soir, mais avec cette chaleur abrutissante, que faire d'autre ? Marie reste à l'abri sous un parasol, elle s'est lancée dans la lecture des *Thibault*, se baigne avec Thomas après l'avoir enduit d'huile solaire, Sinon on va devenir rouges comme des tomates. Daniel fait des siestes répétées et, quand il ne supporte plus la morsure du soleil, il se lève d'un bond et se précipite dans l'eau. Les trois premiers jours, la mer était agitée, père et fils s'amusaient dans les rouleaux, maintenant elle est d'huile, la brise est tombée. Thomas reste assis sur le sable, peine à se faire des copains, sur la plage les autres enfants l'écartent quand il essaye de se joindre à eux, il passe des heures à les regarder jouer au volley ou au ballon prisonnier, C'est parce qu'ils ne te connaissent pas, explique Daniel. Eux, ils viennent depuis des années, comme toi quand tu retrouves d'anciens camarades sur la plage de Dinard.

– Ils disent qu'ils ne veulent pas jouer avec un patos. Qu'est-ce que ça veut dire ?

– Je n'en sais rien. Tu veux faire un jokari ?... Une partie de pétanque ?

– Et si on allait chercher des jouets ? dit Marie. C'est vrai, il n'a rien ici pour s'amuser.

Direction le bazar de la grande rue où Thomas peut acheter ce qu'il veut et devient un client quasi journalier. Marie s'extasie devant le Magic Screen, un écran sur lequel on dessine avec un stylet et qu'on efface en secouant le boîtier. Thomas l'utilise une journée, n'obtient que des gribouillis et le laisse tomber pour des bandes dessinées. Marie insiste, montre à son fils comment s'en servir, elle, elle dessine bien, fait son portrait, très ressemblant, Thomas ne veut pas l'effacer et pose l'écran comme un tableau sur l'étagère de sa chambre. Deux jours plus tard, Thomas fait l'acquisition d'une mallette de vingt jeux de voyage avec un jeu de l'oie, des dés, une marelle, un Qui perd gagne, un solitaire, des échecs, des dames, des cartes, un backgammon. Daniel se propose comme partenaire, Quand j'avais ton âge, qu'est-ce qu'on a pu s'amuser aux petits chevaux avec Thomas et… Ils font deux parties mais Thomas n'accroche pas, C'est idiot ces jeux. Ils n'auront pas plus de chance avec le Monopoly, Thomas perd à chaque fois et il a horreur de perdre, ni avec le Cluedo, ni avec le Mille bornes, ni avec la dizaine de jeux de société dont les boîtes s'empilent dans le salon de la villa, comme les camions télécommandés avec un fil, les voitures de pompiers, les ambulances, la caisse de billes et le train électrique. Quand Thomas demande un puzzle représentant la galerie des Glaces, Daniel s'oppose à cet achat, Tu as déjà trois puzzles jamais terminés et un jamais ouvert, finis-les et après on verra. Mais Marie ne partage pas son point de vue, S'il a envie d'un nouveau puzzle, qu'est-ce que ça peut faire, ça lui fait plaisir ? On le prend.

La véritable distraction de Thomas, c'est le cinéma en plein air, mais il faut attendre la nuit pour la séance. Comme la famille dîne au restaurant tous les soirs, Thomas préfère le restaurant vietnamien, non qu'il apprécie particulièrement cette cuisine exotique mais le service est d'une rapidité étonnante qui permet d'être les premiers au Majestic et de choisir les meilleures places au dernier rang, alors que les autres restaurants font un concours de lenteur. À chaque fois, il faut s'énerver, presser les serveuses, bousculer le patron qui n'a pas l'habitude des clients qui mangent avec un lance-pierre, Mais ce sont des Frankaouis qui ne savent pas vivre. Cela explique que chaque soir on mange vietnamien. La première semaine a été une réussite : deux westerns américains, un péplum italien, deux comédies françaises et on a revu *Les Dix Commandements*, mais un soir devant la caisse, Thomas examine l'affiche avec suspicion : *Rocco et ses frères* ? Il fait la moue, Ça n'a pas l'air terrible. Daniel plaide la cause du film, raconte vaguement l'histoire telle qu'il s'en souvient.

– Mais c'est en noir et blanc, c'est un vieux film.

– J'en ai entendu dire beaucoup de bien, il paraît que les comédiens sont épatants.

– Non, je n'ai pas envie de voir un navet qui dure trois heures.

Que faire sinon soupirer ?... Bon, eh bien allons prendre une glace.

Daniel avait rêvé d'un rapprochement avec son fils, d'abolir ce mur qui s'était dressé entre eux, mais après quinze jours de vacances, il ne peut que constater son échec, il n'a pas réussi à susciter le moindre échange. À chaque question qu'il a posée sur son année scolaire, sur ses centres d'intérêt, Thomas n'a répondu que par monosyllabes lassées et a replongé le nez dans la bande dessinée que Marie lui achète chaque jour à la Maison de la presse, et quand Daniel a suggéré qu'il pourrait lire des livres de son âge, Jules Verne ou Alexandre Dumas, Marie a répondu, Oui, mais c'est lui qui choisit, il est en vacances, s'il préfère *Spirou* ou *Rin Tin Tin*, c'est lui que ça regarde.

Ce soir-là, Daniel, probablement parce qu'il se sent frustré d'avoir raté *Rocco et ses frères*, décide de crever l'abcès. Thomas a fini par aller se coucher. Marie s'est installée dans un fauteuil du salon pour poursuivre sa lecture du deuxième volume des *Thibault* et il s'assied face à elle, Il y a un problème avec Thomas, c'est bien qu'il soit comblé, mais on est là aussi pour le conseiller, lui montrer le bon chemin. Il ne fait rien de la journée, tout l'ennuie, il passe son temps à lire et relire des débilités, il commence tout et ne finit jamais rien, ne s'intéresse qu'à lui et à son bon plaisir, c'est un enfant gâté et capricieux, incapable de faire le moindre effort, son carnet scolaire est médiocre, on est en train de rater son éducation.

Marie prend le marque-page, ferme son livre, Ce que tu dis est vrai, ses résultats à l'école ne sont pas bons, il est versatile et dilettante, mais c'est un garçon plein de vie et épanoui, c'est l'essentiel. Si tu avais su le regarder, tu aurais vu qu'il est curieux, doux, original et plein de fantaisie. En vérité, c'est un artiste, il est doué, il a de l'imagination. On sait de qui il tient. Je me souviens encore de ce que mon père a fait subir à mon frère, je n'ai rien oublié et toi non plus, il a voulu le diriger à la baguette, faire de lui un homme fort à son image, il l'a martyrisé pour qu'il devienne comme lui, dur et brillant, et on a vu le résultat. Alors, je me suis promis de faire tout le contraire, d'écouter mon fils et de le respecter, il est bien jeune pour le qu'on le fasse rentrer de force dans le moule, il sera temps, plus tard, de redresser la barre. Mais ce sera lui qui le fera, à son rythme, sans qu'on ait besoin de batailler, de le punir ou de l'humilier.

– Je ne crois pas que tu aies raison. Le monde a évolué, on n'est pas obligés de reproduire les erreurs de nos parents. Mais entre le dressage rigide de ton père et le laissez-faire, il y a une marge, on ne doit pas céder à la facilité. À son âge, il n'est pas capable de discerner ce qui est bon ou non pour lui, on doit le guider, ouvrir son horizon, l'aider à progresser, Thomas se croit tout permis mais il est inculte, rétif au moindre effort, irascible, ce n'est pas un service que tu lui rends, c'est un piège.

– C'est comme cela que je l'élève et j'ai l'intention de continuer, laisse-moi m'en occuper.

– Comme tu voudras, mais un jour, tu le regretteras.

Contrairement à ce que croient ses parents, Thomas ne dort pas, il s'est relevé et, l'oreille collée à la porte entrouverte, il ne rate rien de leur conversation tendue, Il y en a une qui m'aime et qui me comprend et l'autre non.

Le 13 août, on fête dignement l'anniversaire de Thomas, Daniel lui tend un énorme paquet enveloppé dans un papier glacé doré qu'il tient à bout de bras, Thomas découvre un Circuit 24, pendant quelques secondes il reste bouche bée, son regard va de la boîte à son père, J'espère que ça te plaira, je l'ai fait venir exprès d'Alger, Thomas se précipite dans ses bras et l'embrasse. Le soir, en attendant la banane flambée du restaurant vietnamien qui clôture traditionnellement le repas, et avant d'aller voir *Les Sept Mercenaires* au Majestic, Thomas regarde son père, J'ai décidé de changer cette année, je vais travailler mieux en classe.

– C'est bien mon chéri, dit Marie, puis, se tournant vers Daniel : Tu vois, il suffit de savoir attendre.

À leur retour à Paris, ces bonnes résolutions sont suivies d'effet. Dans sa nouvelle classe, Thomas fait des efforts, obtient la moyenne dans presque toutes les matières, mais son problème perdure en orthographe et en grammaire. Daniel, qui alterne désormais un mois à Paris et un mois à Alger, prend le temps de le faire réviser chaque soir. Un soir de fin novembre, alors qu'il lui répète pour la énième fois la règle de l'accord du participe passé avec être et avoir, le téléphone sonne, c'est Jeanne qui l'informe que Maurice a fait une crise cardiaque, elle a eu très peur, il est resté deux jours entre la vie et la mort mais il s'en est sorti, il ne voulait pas qu'on prévienne Marie parce qu'il disait que cela ne servirait à rien, maintenant il va partir quelques semaines en maison de convalescence et rentrera après à la maison. Daniel lui raconte leurs vacances et réalise au fur et à mesure qu'il lui parle qu'elle ignore tout de leurs vies, Je vais voir ce que je peux faire, il y a longtemps qu'on n'a pas abordé cette question avec Marie, peut-être a-t-elle changé ? Daniel attend que Thomas soit couché pour rapporter le coup de téléphone de sa mère, Ah bon, dit Marie.

– Je crois que le moment est venu de tourner la page, allons le voir dans cette clinique.

– Ma colère n'a pas diminué, je crois que je n'arriverai jamais à lui pardonner ce qu'il lui a fait subir. Quinze ans ont passé mais c'est comme si c'était hier, moi je n'ai rien oublié.

Quelques jours plus tard, Daniel se rend dans la maison de soins à proximité de Versailles. Maurice Virel est assis sur un banc dans le parc, les yeux fermés, et se réchauffe au pâle soleil de ce début décembre. Daniel a oublié depuis combien de temps ils ne se sont pas vus, un temps fou. Cela fait déjà quatre ans que Maurice a fait une tentative de rapprochement, qu'il s'est rendu à l'école primaire de la rue Cujas pour voir Marie et que celle-ci a repoussé toute idée de réconciliation. Aujourd'hui, c'est un homme diminué, les cheveux blancs en bataille, engoncé dans une chemise au col ouvert trop petite pour son cou qui déborde, son ventre écarte les boutons de sa veste et sa canne en bois est tombée par terre. Daniel s'assied à côté de lui.

Au bout d'un moment, Maurice finit par ouvrir un œil, Daniel ! Je ne t'avais pas entendu, ça me fait plaisir de te voir. Il se redresse, respire avec peine, Tu as vu ce que je suis devenu, c'est moche de vieillir, hein ? Il faut dire que j'ai fait tout ce qu'il ne fallait pas avec persévérance, j'ai trop bu, trop mangé et trop fumé aussi, j'ai pris vingt kilos que je n'arriverai jamais à reperdre. Résultat, j'ai un taux de cholestérol gargantuesque et une tension vertigineuse. Ici, ils me font payer une fortune pour trois feuilles de laitue à midi et deux autres le soir, avec un verre d'eau minérale. Et le pire c'est que je fais du vélo, deux fois trente minutes, tu imagines ? Rien que monter dessus, c'est l'Annapurna. Mais parle-moi de toi, que deviens-tu ? On a des nouvelles par tes parents. Comment c'est en Algérie ? Il paraît que ça barde là-bas. Remarque, je m'en fous complètement… Dis-moi, comment fais-tu pour supporter ma fille ? C'est la seule chose que je n'aie pas ratée sur cette terre, elle est aussi pénible que moi. Je lui ai dit pourtant que je regrettais et j'étais sincère, je me suis excusé mais elle s'en fout. Elle a sans doute raison. Parce que je crois que si c'était à refaire, j'agirais pareil. C'était dans son intérêt, tu comprends ? Toi, tu as bien connu Thomas, tu sais comment il était, un moineau sur sa branche, peut-être un merle, j'ai voulu en faire un homme et j'ai échoué. Maintenant que je vais partir, ce que je regrette le plus, c'est de ne pas connaître mon petit-fils, de ne pas savoir à quoi il ressemble, à quoi il pense, de qui il tient.

– Oh, c'est un gamin un peu particulier, Marie l'élève à sa façon et, hormis l'orthographe, ça ne marche pas trop mal à l'école. Au début, je ne supportais pas son prénom, j'ai mis des années à m'habituer, un effort permanent. La semaine dernière encore, Marie l'a appelé, je lisais sur le canapé, je me suis retourné et j'attendais de voir surgir Thomas, le vrai. Faut croire qu'il est toujours présent, qu'il nous accompagnera toute notre vie. Sinon, notre fils est un garçon assez têtu et obstiné, mais ça doit être de famille. Je vais essayer de te rabibocher avec Marie.

– Tu n'y arriveras pas. C'est bien dommage.

Au cours du dîner, Daniel écoute Marie raconter ses retrouvailles avec son amie Magali qui avait disparu brutalement après le décès de son copain en Indochine et qui vient de réapparaître au bout de dix ans, mariée à un marchand de chaussures de Périgueux et mère de trois enfants. Lorsque Marie lui a demandé quand elle allait récupérer les toiles dont elle s'était chargée après son exposition ratée, Magali a répondu, Les toiles ? Ce n'est pas vrai ! Tu as gardé ces horreurs ? Tu peux les mettre à la poubelle… Choquée, Marie s'écrie, Non mais tu te rends compte ? Je me casse les pieds à transporter ses trente-cinq toiles, à les envelopper, à les stocker avec attention dans une pièce où elles me prennent une place folle et pas un mot de remerciement. Je peux les jeter ! On aura tout vu.

– Je suis passé voir ton père cet après-midi à la clinique où il récupère, annonce Daniel. Il ne va pas très bien. Tu devrais faire un effort et renouer avec lui.

– Tu sais bien qu'il n'en est pas question. Je ne veux plus rien avoir à faire avec lui.

– Je te comprends mais nous sommes trois ici et nous avons tous un avis. Moi, je suis partisan de nous réunir pendant qu'il en est encore temps. Je me suis dit que ce serait une bonne idée de le faire à l'occasion de Noël, pas du réveillon mais du déjeuner. On pourrait aller chez tes parents à Saint-Maur, mes parents viendraient aussi. Il y aurait un beau sapin, des guirlandes, des cadeaux, on s'embrasserait, ce serait un jour de fête, rien de plus que ce que tout le monde fait ce jour-là. Je sais que tu n'es pas d'accord, mais je voudrais savoir ce que Thomas en pense, s'il préfère rester ici ou s'il a envie de voir toute la famille rassemblée, tu veux toujours qu'il décide, alors laissons-le choisir librement et écoutons-le.

Marie et Daniel se tournent alors vers Thomas, qui pose sa fourchette et hoche la tête, Oui, je veux bien.

Pour ce repas inattendu, Jeanne et Madeleine s'occupent de tout et décident de faire traditionnel. Maurice est rapatrié de sa clinique pour quelques jours ; depuis qu'il a appris qu'il allait revoir sa fille, son moral s'est amélioré, il décide de se lancer dans un régime strict, sauf peut-être pour ce déjeuner, le plus compliqué est de lui faire admettre qu'il s'agit d'une réunion exceptionnelle, pas d'un gueuleton, et qu'il devra se contenter d'une tranche de dinde et de trois marrons, sans huîtres ni foie gras et surtout pas d'alcool, à l'exception d'une unique coupe de champagne de la maison Virel. Chacun se prépare pour ce jour si particulier et se lance dans l'acquisition des cadeaux, mais Madeleine prévient tout le monde, On fait simple, pas plus de deux par personne. Un soir, Daniel demande à Marie si elle va faire un présent à son père, Bien sûr, c'est Noël. Mais elle refuse de révéler ce que c'est. Jeanne fait dresser un sapin de trois mètres de haut dans le salon et avec Madeleine, elles mettent une journée pour le décorer d'une ribambelle de guirlandes, de boules dorées anglaises et d'angelots, de cloches, de rennes tirant des traîneaux et d'une étoile en strass en cimier. Elles hésitent à ressortir la crèche avec les santons et y renoncent à regret parce qu'il faudrait d'abord la retrouver dans le fouillis poussiéreux du grenier. La veille du jour J, Maurice téléphone à Daniel, Je veux te remercier à nouveau, sans toi je n'aurais jamais revu ma fille ni mon petit-fils, j'ai perdu deux kilos, je me sens presque léger, et je suis tellement heureux que la famille soit enfin réunie, ne venez pas trop tard demain. Daniel est soulagé que Marie ait accepté ce déjeuner de réconciliation, si elle avait refusé, sa décision était prise d'y aller sans elle et de proposer à Thomas de l'accompagner, malgré son opposition.

Le 25 décembre au matin, Maurice Virel se délasse dans un bain chaud pendant une heure, se rase, trouve qu'il a bonne mine, met un costume gris qui l'amincit. En descendant l'escalier, il hume l'odeur suave de la dinde qui rôtit et pénètre dans la salle de billard, dont les murs sont garnis des livres de collection hérités de son père qui était bibliophile. Maurice n'a jamais été un grand lecteur, à part quelques Simenon l'été pendant les vacances, mais maintenant qu'il se retrouve à la retraite forcée, il va avoir du temps libre, pouvoir rattraper son retard, faire ce qu'il n'a jamais eu le temps de faire, voyager, un tour du monde en bateau, mais auparavant, il doit régler sa succession. Il envisage de proposer à Daniel de prendre sa suite à la banque et à la tête de la maison de champagne, Jeanne est d'accord, mais il doit attendre le bon moment pour en parler, c'est Marie qu'il faut convaincre en premier, il n'aimerait pas qu'un étranger s'asseye dans son fauteuil, mais avant de transmettre le flambeau, il doit remonter la pente, retourner un peu à la banque, le matin, pour montrer que le patron est revenu. Sur une étagère, Jeanne a disposé la cinquantaine de numéros parus du *Sémaphore*. Madeleine et elle font partie du comité de lecture qui sélectionne les textes que Le Goff propose, elles prennent leur rôle au sérieux, lisent attentivement les poèmes et articles susceptibles d'être édités, rédigent des notes, argumentent, et Le Goff les écoute car elles réagissent en lectrices et pas en spécialistes, et c'est cette spontanéité, cet éclectisme, qui fait le succès de la revue, qui accorde autant de place aux tenants des nouvelles tendances de l'avant-garde souvent absconses et incompréhensibles qu'aux poètes plus classiques et populaires. C'est certainement le meilleur investissement que Jeanne ait jamais fait, bien sûr elle perd de l'argent, chaque année elle signe un chèque pour renflouer la caisse, mais c'est dérisoire comparé au bénéfice retiré. Quand ils dînent chez des amis, quand ils rencontrent des connaissances ou au cours des cocktails à Dinard, de quoi leur parle-t-on ? De la banque ? Jamais. De la maison de champagne ? Rarement. On leur parle du *Sémaphore*, on les félicite d'être des mécènes aussi généreux que persévérants grâce à qui on peut découvrir de nouveaux auteurs ou des anciens remis au goût du jour, et tous ces écrivains étrangers inconnus : des Japonais, des Sénégalais ou des Chiliens dont on n'aurait jamais entendu parler sans eux et qui sont aujourd'hui renommés. D'ailleurs, il y a un signe qui ne trompe pas, les grands éditeurs se bousculent pour acquérir le titre, proposent des sommes extravagantes pour une entreprise déficitaire. Une fois, Maurice a hésité devant le montant annoncé, pas Jeanne, qui a répondu à cette offre sans ambiguïté, Jamais ! Dis-leur que si j'en avais envie, c'est moi qui pourrais les racheter. Maurice n'a jamais vraiment compris pourquoi on accordait une pareille importance à une revue dont le chiffre d'affaires est ridicule, alors que celui de sa banque est colossal. Il feuillette le dernier exemplaire, lit quelques vers d'un poète portugais, c'est somptueusement casse-pied. Il n'aime pas la poésie, encore quand c'est enveloppé de musique comme avec Charles Trenet ou Édith Piaf, c'est agréable, mais sans mélodie il manque quelque chose, ou peut-être est-ce lui qui n'est pas disposé. Il cherche le numéro consacré à Thomas, le trouve. Finalement, il n'a jamais eu le temps ou l'envie de le lire. Thomas, la cause de ses problèmes, de la brouille familiale. S'il avait imaginé la catastrophe, il aurait laissé tomber et ce crétin aurait mené une carrière de poète maudit à Saint-Germain-des-Prés. Et puis non, cela aurait été idiot et lâche, le contraire de ce à quoi il a toujours cru. Les hommes, ça ne s'élève pas comme les filles.

Maurice s'assoit dans le fauteuil, lit l'article d'ouverture rédigé par Eugène Le Goff où celui-ci porte aux nues les poèmes de Thomas, c'est incroyable ce qu'il arrive à y trouver et à en expliquer. Et si Thomas avait effectivement été un génie ? Et si lui était complètement passé à côté ? Et si le fils était la némésis de son père ? Maurice attrape une cigarette, commence à lire « Qui étais-je avant de te connaître ? ». À ce moment, Jeanne entre dans la bibliothèque, Tu es fou, Maurice, on ne peut pas te laisser seul deux minutes sans que tu fasses une bêtise, pourquoi pas un cigare ? Éteins cette cigarette immédiatement. Maurice l'écrase dans un cendrier, Je suis en train de lire les poèmes de Thomas, je ne les avais jamais lus. C'est pas mal, pas mal du tout.

C'est par un jour de Noël lumineux et doux que Daniel, Marie et Thomas sortent du taxi qui les dépose devant la propriété des Virel à Saint-Maur, chacun tenant deux filets emplis de cadeaux, ils aperçoivent Madeleine et Jansen qui arrivent à pied avec leurs sacs de présents à bout de bras. Jeanne vient leur ouvrir la porte. Ce sont des embrassades, des effusions de retrouvailles, des exclamations sur le temps si clément, les étrennes et les joies qu'elles promettent, Tu ne connais pas la dernière lubie de ton père ? demande Jeanne. Tout à l'heure, monsieur s'est allumé une cigarette mentholée, je lui ai dit ce que je pense, il s'est excusé. Surtout, il ne faut rien lui passer, même aujourd'hui, le médecin a formellement interdit le tabac et l'alcool.

Ils entrent dans la maison, se défont de leurs manteaux, pénètrent dans le salon avec l'intention de déposer les cadeaux au pied du sapin. Marie passe dans la salle de billard, se dirige vers le fauteuil Louis XIII tourné vers la cheminée dans lequel se tient son père dont le bras dépasse de l'accoudoir, un numéro du *Sémaphore* est tombé à côté de lui sur le tapis.

Maurice Virel est immobile, tête en arrière, bouche déformée, les yeux grands ouverts perdus au plafond.

L'enterrement de Maurice Virel a lieu cinq jours plus tard au cimetière Rabelais de Saint-Maur, dans le caveau familial où il rejoint ses parents et son fils. On a craint qu'avec cette cérémonie coincée entre Noël et le jour de l'an, il y ait peu de monde pour l'accompagner à sa dernière demeure, mais on a été rassuré quand on a vu l'église Saint-Nicolas bondée. La présence de Marie en grand deuil et de son fils qui lui tient la main fait taire les rumeurs sur la zizanie familiale, d'autant que Marie a le visage figé par la douleur et remercie d'un signe de tête la foule des proches venus présenter leurs condoléances.

Daniel rejoint ses parents qui attendent au bout de l'allée, Papa, je peux te parler ? Ils s'éloignent de quelques mètres, C'était une belle cérémonie, dit Jansen, très émouvante.

– Je vais arrêter. L'Algérie, c'est fini pour moi. Je ne sers pas à grand-chose, tu me l'as toi-même fait remarquer, je suis assez inefficace et je n'ai pas envie de l'être, je ne suis pas fait pour ce job. Je te donne ma démission.

– Tu ne peux pas t'en aller aussi brutalement. Pas en ce moment. J'ai besoin de toi là-bas. Même si tes résultats ne sont pas à la hauteur de ce qu'on pouvait espérer, je n'ai personne pour te remplacer. Reste jusqu'à l'indépendance. Six mois, ce n'est pas très long. C'est maintenant que les affaires sérieuses vont commencer.

– Non, désolé, c'est terminé, le moment est venu de tourner la page. Je vais à Alger régler deux-trois dossiers, organiser mon déménagement, et je rentre après.

*

Arlène se sent acculée, elle ne trouve pas d'autre mot pour décrire son état d'esprit. La voilà confrontée à un choix qu'elle n'avait jamais imaginé devoir faire. À son retour en métropole fin décembre, après la première explosion souterraine sur le site d'In Ecker, elle espérait passer des vacances de Noël tranquilles et bien méritées, mais Pierre s'est ingénié à lui pourrir la vie. Comme chaque année, il était prévu un déjeuner familial pour se conformer à la fête. Sauf qu'Arlène et Pierre ne forment pas une vraie famille, jusque-là ils avaient réussi à sauver les apparences. Pour Laurent. Pour qu'il ait l'impression d'avoir, comme ses camarades, deux parents qui se manifestent compréhension et affection. Avec des sourires et des rires attendus. Arlène et Pierre ont toujours célébré son anniversaire ensemble, se sont réunis à chaque occasion de réjouissance possible et également sans raison précise, pour tromper l'ennui du dimanche, tant et si bien que Laurent se demande pourquoi ils ne vivent pas ensemble puisqu'ils s'entendent si bien. Mais cette année, Pierre a déterré la hache de guerre, il lui a annoncé qu'il n'était plus d'accord avec cette organisation, qu'il n'avait jamais été question que Viviane garde leur fils en permanence, la grand-mère d'Arlène ne devait intervenir qu'en dépannage, lorsque ses déplacements professionnels dépassaient la semaine et pour éviter que Laurent soit accueilli par des voisins trop longtemps. Mais comme les séjours d'Arlène au Sahara durent des mois, Pierre réclame la garde de leur fils. Si Arlène accepte, elle disposera d'un droit de visite libre, comme lui ; elle paiera la même pension que lui, bien qu'elle gagne beaucoup plus, et ils continueront à se retrouver pour les fêtes. Si elle refuse, il est déterminé à aller devant le tribunal. Il s'est renseigné auprès de l'avocat du syndicat et ce dernier lui a affirmé qu'il avait une chance sérieuse d'obtenir satisfaction.

– Et c'est la veille de Noël que tu m'annonces ça ?

– Je le dis quand je peux. Tu es tout le temps absente, je vois plus Viviane que toi. Je t'avais laissé la garde parce qu'un enfant a besoin de sa mère mais tu délègues tout à Viviane, pourtant c'est son arrière-grand-mère et moi je suis son père. Ce n'est pas ce qui avait été convenu. La dernière fois, tu as raté son anniversaire, j'ai vu Irène ce jour-là, et même ta mère dit que tu exagères.

– Ce n'est pas un choix de ma part, c'est pour mon travail, je n'ai rien décidé. Je suis ingénieur au CEA, cela fait partie du job, les hommes n'ont pas ce problème parce que leurs femmes s'occupent des enfants quand ils sont absents, moi, je n'ai que ma Viviane pour me dépanner. Déjà que je ne suis pas avantagée dans mon avancement, si je refuse ces missions, je vais me faire éjecter et me retrouver dans un bureau à m'occuper de la paperasse.

– Tu ne penses qu'à toi. Laurent va rentrer en sixième, il a besoin d'avoir quelqu'un qui s'occupe de lui en permanence, qui le fait travailler le soir, de toute l'année tu n'es pas allée voir ses professeurs, Viviane est très bien pour l'intendance, mais Laurent doit être encadré, et j'ai l'intention de le prendre avec moi si tu ne reviens pas en métropole.

– Ah oui ! Explique-moi comment tu vas t'en occuper mieux que moi, alors que tu travailles de nuit, que tu rentres te coucher à l'heure où il se lève et que tu pars au boulot quand il revient de l'école ? Je suis curieuse de voir ce que le juge va en dire.

Ce n'était pas le moment, à la veille d'un déjeuner où toute la famille allait se retrouver chez Irène, d'engager une bataille qui allait faire si mal à l'un et à l'autre, Bon, on en reparlera. Parce que derrière la revendication juridique de Pierre, il y avait autre chose, Arlène en était convaincue, un règlement de comptes à retardement, une vengeance peut-être. Elle hésitait entre les deux. Il faut dire qu'auparavant il y avait eu l'épisode du 14 juillet.

La veille, Pierre avait pris sa journée et ils avaient accompagné Laurent à la mairie du XIIIe parce que c'était la première fois qu'il partait seul pendant trois semaines en colonie de vacances et qu'ils étaient aussi troublés que lui à cette idée. Le car s'en était allé sous les au revoir des parents qui essayaient de faire bonne figure. Après le départ du môme, Pierre avait proposé à Arlène de prendre un café et l'avait invitée pour les réjouissances du lendemain, elle avait accepté, sans arrière-pensée. Ils s'étaient retrouvés au bal des pompiers de la place Gambetta, avec des amis typographes de Pierre, avaient dansé toute la nuit, des rocks et des cha-cha-cha, bu un peu trop de sangria, Arlène avait oublié qu'elle ne tenait pas bien l'alcool. À la fin d'un slow, il lui avait dit, Et si on allait chez moi ? Elle avait éclaté de rire, lui avait sauté au cou et ils avaient passé la nuit ensemble. Et le jour suivant, et celui d'après. Comme deux amoureux qui se revoient après une longue séparation, ne songeant qu'à profiter de ce moment de bonheur et évitant les sujets qui fâchent. Cela avait duré treize jours. Un soir, Pierre avait posé la question idiote, Qu'est-ce qu'on va faire tous les deux ?

– Que veux-tu qu'on fasse ? avait répondu Arlène. On n'a changé ni l'un ni l'autre. Alors, au moins cette fois, essayons de ne pas nous engueuler.

– On pourrait faire un effort. Pour Laurent. Pour nous aussi.

– Tu connais mon métier. Je repars en octobre parce qu'on a un tir souterrain à préparer.

Pierre était resté un long moment pensif, avait fini son demi, Tu as raison, on ne va pas s'engueuler. Ils s'étaient séparés à nouveau, éloignés, retrouvés encore, avec à chaque fois l'impression d'un fossé impossible à franchir et d'un gâchis. Et toujours un pour s'interroger, On va rester encore combien de temps dans cette situation ?

Mais cette fois, Pierre lui rend la vie impossible, Arlène ne peut pas ne pas penser qu'il se sert du fils pour avoir la mère. À la fin du déjeuner de Noël, elle lui glisse à l'oreille, Je te préviens, c'est fini, je ne céderai pas à ton chantage.

En début d'année, Arlène embarque à Orly dans une Caravelle à destination de Reggane. Comme pour chaque voyage, le personnel du CEA et des entreprises intervenantes s'installe au fond de l'avion, qui décolle pour se poser dix minutes plus tard au Bourget où embarquent les militaires, qui eux descendront à l'escale d'Alger. Arlène est en train de lire un rapport quand elle entend une voix, Ça alors ! Que fais-tu là ? Elle lève la tête, aperçoit Daniel dans le couloir devant son siège.

– Je vais en Algérie…

Il lui sourit, Je ne m'attendais pas à te rencontrer ici. Tu vis là-bas ?

– Je travaille pour… EDF. Et toi, tu es en poste là-bas ?

– Oh non, j'ai quitté l'armée, je travaille pour les chemins de fer algériens.

Le voisin d'Arlène intervient, Si tu veux, je peux laisser ma place à ton ami.

– C'est gentil de ta part, répond Arlène.

L'homme se lève, Arlène prend sa place côté hublot, Daniel le remercie et s'assied dans le fauteuil voisin.

– Tu n'es plus militaire !

– C'est fini, depuis un moment déjà. Cela fait combien de temps qu'on ne s'est pas vus ?

– Douze ans. Depuis que tu es venu à la Cité universitaire me demander de te donner les poèmes de Thomas et que tu m'as annoncé ton mariage avec Marie.

– Oui, on vit ensemble, on a eu un enfant mais on n'est pas mariés.

Heureusement, le voyage dure deux heures quinze, le temps qu'ils se racontent leurs vies depuis ce jour si lointain, une version un peu corrigée, expurgée des détails encombrants, mais ce qui les étonne, ce n'est pas seulement d'apprendre les épisodes inconnus du chemin, c'est qu'ils partagent cette sensation bizarre de s'être quittés la veille, que les années ont passé sans les effleurer et de reprendre une conversation interrompue, avec ce vieux réflexe de commencer une phrase et d'entendre l'autre la finir, de rebondir dessus pour parler d'autre chose encore, Tiens, j'ai une photo de mon fils, il s'appelle Laurent, il ressemble un peu à Georges, mon père. Tu ne l'as pas connu ?

– Si, je l'ai vu une fois, je m'en souviens, il était venu à Saint-Maur pour supplier ta mère de retourner à Joinville, il s'est jeté à ses genoux, il pleurait, c'était bouleversant, vous êtes repartis tous les trois.

– Il l'a récupérée à plusieurs reprises parce qu'à ces moments-là il était sincère, mais il était infernal, au bout de quelques semaines, il recommençait à courir à droite à gauche, on ne le voyait plus pendant des mois et ma mère ne savait plus quoi faire avec lui. Laurent lui ressemble un peu, physiquement en tout cas, très soigné, il passe une heure à choisir ses vêtements, à se coiffer, il a horreur d'être débraillé. Et il a un seul objectif dans la vie, nous réconcilier son père et moi, il rêve de reconstituer notre famille qui n'a jamais vraiment existé.

– Eh bien moi, je n'ai pas de photo de Thomas à te montrer.

– Tu ne l'as pas appelé Thomas ? Ce n'est pas possible !

Daniel soupire, hésite, À cette époque, j'étais en deuxième année à Coëtquidan, Marie m'a mis devant le fait accompli, j'ai protesté, bataillé, mais elle est restée inflexible. Je n'allais pas l'abandonner à la naissance de mon fils pour une histoire de prénom. Que pouvais-je faire d'autre que d'accepter ? En vérité, Marie et Thomas sont collés l'un à l'autre, ils n'ont besoin de personne à leurs côtés, je ne leur sers à rien, Thomas est le soleil de Marie, qui le couve et lui passe tous ses caprices, elle l'accompagne à l'école le matin, va le chercher le soir, joue et rit avec lui, ils écoutent les mêmes disques, lisent les mêmes livres, choisissent ensemble les films qu'ils vont aller voir tous les deux, il n'a jamais eu aucun copain.

Et cette impression aussi de pouvoir ouvrir son cœur en toute liberté à un vieil ami qui vous connaît mieux que tous les gens qui vous entourent et ne vous jugera pas, à qui l'on peut tout dire ou presque de ses arrière-pensées, de celles qu'on ne révèle à personne et qui finissent par s'accumuler. À ce jeu, c'est Daniel qui a le plus lourd contentieux, Quand Marie m'a annoncé qu'elle était enceinte, elle m'a dit : Pas question que tu partes en Indochine, je ne serai jamais veuve de guerre, ou tu démissionnes, ou j'élèverai l'enfant sans toi. Que voulais-tu que je fasse ? J'étais coincé, j'ai cédé. Elle m'a peut-être sauvé la vie. Marie est comme ça, tout d'une pièce. Avec elle, c'est carré, elle ne transige jamais. Elle est en froid avec Dieu, alors elle n'a pas voulu qu'on se marie à l'église ni que notre fils soit baptisé, elle s'est fâchée à mort avec son père, elle lui a toujours reproché d'avoir harcelé Thomas et d'être la cause de son suicide, la brouille a duré quatorze années, et le jour où j'arrive à organiser une rencontre, où ils étaient censés faire la paix, Maurice a fait une crise cardiaque mortelle.

Daniel lui propose une Gitane, Non merci, j'ai arrêté. Même quand ils se taisent, qu'ils boivent un jus d'orange, qu'ils regardent l'infini ciel azuré par le hublot, ils ressentent cette intimité revenue et ils n'ont pas besoin de se parler pour se comprendre. Au cours du repas, Arlène se demande si elle peut lui révéler la vérité, qu'EDF n'est qu'une couverture, une réponse préparée qu'elle peut donner sans risquer d'être contredite, mais elle a juré de ne jamais rien dévoiler à ses proches, ni à personne, sous peine de voir son contrat résilié immédiatement ; même Irène, Viviane ou ses sœurs ignorent tout de son activité. Même entre collègues du CEA, on ne parle jamais du boulot, Je m'occupe de l'installation de nouvelles turbines et de gros alternateurs pour supporter du 400 kW. Tu es au courant des essais nucléaires au Sahara ? Tu imagines qu'ils utilisent énormément d'électricité, c'est ce que je fais, c'est une sacrée performance que d'arriver à produire et à acheminer cette énergie dans le désert… Tu te rappelles le boulier chinois que tu m'avais offert avant qu'on passe le bac, eh bien je l'utilise chaque jour, mes collègues se moquent de moi mais il est plus rapide que nos calculateurs.

Ils ont un million de souvenirs à évoquer et ils n'arriveront jamais à tout se dire. Comment partager ces années où ils ont vécu tant de choses ? Ils découvrent que leurs fils sont nés à deux jours d'intervalle, alors qu'eux sont nés le même jour, C'est sûr que ma mère y verrait un signe.

– Comment va-t-elle ?

Arlène s'apprête à répondre quand la voix de l'hôtesse informe les passagers que l'avion commence sa descente vers l'aéroport d'Alger. Daniel se prépare à débarquer à l'escale alors qu'Arlène continue vers Reggane, On va se revoir ? demande-t-il. Elle le regarde. Il insiste, Tu as un numéro où on peut te joindre ?

– Cela va être compliqué. Quand on vient ici, on est de service en permanence. Cette fois-ci, je fais un aller-retour de quelques jours pour régler certains détails et je ne reviendrai qu'en avril. Parfois, je vais à Alger pour des réunions, donne-moi ton téléphone, si c'est possible, c'est moi qui t'appellerai.

Daniel note son numéro sur un papier, J'attendrai ton appel. Dis, on ne va pas laisser passer autant de temps avant de se revoir ?

L'avion s'immobilise sur la piste, Ils se lèvent, attendent dans le couloir parmi les voyageurs qui récupèrent leurs affaires dans les compartiments à bagages, il lui tend la main, elle la serre. La voix de l'hôtesse demande aux passagers qui poursuivent leur route vers Reggane de s'asseoir. Je suis tellement heureux de t'avoir revue, ce n'est pas un hasard, tu sais. Il avance vers l'avant de la cabine, se retourne, lui adresse un sourire et disparaît.

Arlène reste pensive, depuis douze ans elle avait réussi à mettre Daniel dans un repli de son cerveau où il ne venait plus l'embêter, mais elle ne l'avait pas oublié non plus, il était là, comme un ami perdu. Quand elle feuilletait le journal qui débitait les revers d'Indochine, les soldats tués au combat, elle lisait l'article jusqu'au bout, cherchait son nom parmi les tués et les prisonniers ou essayait de l'identifier sur les photos prises dans la jungle et les rizières où les militaires embourbés avaient des regards de chiens battus, et pendant quatre années elle s'était répété, Pourvu qu'il s'en sorte. Et elle se disait, Je n'ai aucune raison de me préoccuper d'un homme qui m'a menti, trahie et abandonnée, mais elle lisait quand même les notices nécrologiques des corps rapatriés en avion cargo, et se rappelle son soulagement lorsqu'elle ne le voyait pas sur la liste. Et voilà qu'ils se croisent. C'est sûr qu'Irène soutiendrait que ce ne peut pas être une coïncidence, mais Arlène n'a jamais cru à la synchronicité, elle a toujours haussé les épaules quand sa mère lui rebattait les oreilles avec cet aspect miraculeux du destin, ces prémonitions que remarquent ceux qui savent les détecter. Longtemps, elle s'est dit que cela ne rimait à rien, que c'étaient des bavardages de bonne femme.

Oui, mais aujourd'hui elle n'en est plus tout à fait sûre.

Daniel marche le long du boulevard du bord de mer désert, de rares baigneurs tentent de profiter du soleil blanc de janvier, il s'assied sur un banc face au littoral, allume une cigarette. Lui, il sait. Il s'est trompé, a fait les mauvais choix, a commis l'erreur de ne pas suivre son instinct, de vouloir plier sa vie non pas à ce qu'il ressentait et espérait mais à une image d'homme parfait et il s'est calfeutré dans cette existence de devoir qui est une impasse et qui ne lui ressemble pas, peut-être a-t-il encore une chance d'émerger, de respirer et de vivre comme il aurait dû le faire. Il s'enferme dans son bureau, pose les pieds sur la table, hésite une minute, attrape le téléphone et appelle Jansen à Paris, J'ai réfléchi et tu as raison, je ne peux pas démissionner aussi rapidement, je resterai en poste encore six mois, jusqu'à l'indépendance. Il raccroche, compose un autre numéro, prévient Marie qu'il est dans l'obligation de reculer son retour, elle est surprise de ce revirement, Je ne peux pas abandonner mon père maintenant, je dois finir le travail commencé, mais je reviendrai régulièrement en métropole. Elle le prend bien, Si tu crois que c'est mieux.

Quatre jours plus tard, Daniel arrive à son bureau en fin d'après-midi, trouve un message de la secrétaire, Une dame a téléphoné ce matin, mais elle n'a pas voulu laisser son nom ni la raison de son appel, elle a demandé que vous la rappeliez à ce numéro. Daniel téléphone aussitôt, une voix d'homme répond, Hôtel du Parc, bonjour.

– Bonjour, je souhaiterais parler à madame Arlène Chardin.

– Oh, elle a quitté l'hôtel il y a une heure, elle a dit qu'elle repartait à Paris.

Daniel saute dans un taxi qui prend la route de l'aéroport de Maison-Blanche distant d'une vingtaine de kilomètres et, avec la voie directe, vingt minutes plus tard, il se trouve devant l'aérogare aux lignes élégantes qui n'a rien à envier à Orly. Le dernier avion pour Paris part dans une demi-heure. Au guichet d'Air France, il se renseigne, le vol est complet, il présente sa carte professionnelle pour passer la barrière, se dirige vers la salle d'embarquement où patientent de nombreux voyageurs. Arlène est assise dans un fauteuil, lit une revue, elle lève la tête, se dresse, ils sont face à face, J'ai eu ton message très tard, j'avais peur de te rater, il n'y a plus aucune place libre, je ne peux pas partir avec toi, tu ne peux pas rester ?

– C'est impossible, j'ai une réunion très importante demain matin. On a une montagne de problèmes à résoudre.

– Il faut que tu me dises, veux-tu qu'on se revoie ?

– Bien sûr.

– Y a-t-il un téléphone où je peux t'appeler ?

– Au bureau, il vaut mieux éviter, plutôt chez moi. Elle prend un carnet dans son sac, écrit un numéro sur une feuille qu'elle lui donne, N'appelle jamais dans la journée, uniquement après vingt heures, et si ce n'est pas moi qui réponds, raccroche.

– Je reviens dès que possible et je t'invite à dîner, on a tellement de choses à se dire.

– Écoute, il ne faut pas me brusquer, laisse-moi un peu de temps, je n'étais pas préparée à te revoir, je suis désorientée, tu vois, ma vie est assez organisée, j'ai un travail fou car je remplace un collègue malade. Souvent je me déplace en province, on n'est pas assez nombreux, et c'est un moment où je ne peux pas flancher car je vais peut-être enfin obtenir un poste supérieur. Le soir, une deuxième journée m'attend, je dois m'occuper de la maison, de Laurent, surveiller ses devoirs, il faut le pousser tout le temps. Le samedi je n'en parle pas, c'est une deuxième semaine qui commence, quand j'arrive à sauver le dimanche, c'est pour souffler un peu, sortir avec mon fils quand son père ne l'a pas. Je donne la priorité à Laurent, je ne suis pas vraiment disponible, tu comprends ?

– On fera comme tu voudras, comme tu pourras. On peut se voir un dimanche où tu es tranquille.

Daniel doit patienter un mois avant de revoir Arlène. Quand il l'appelle après vingt heures comme convenu, il entend souvent une voix juvénile répondre, Allô ?… Allô, qui c'est ? Et il raccroche. Il téléphone désormais un peu plus tard, arrive à parler avec Arlène, elle élude les questions sur son travail, Oui, ça va. Et quand elle interroge Daniel sur le sien, celui-ci n'est pas plus loquace. Il n'arrive pas à déterminer si Arlène est pressée parce qu'elle bosse sur un dossier pour le lendemain ou doit étendre le linge ou si elle n'a pas envie de discuter avec lui. Le dimanche où elle était censée être libre s'est révélé être celui de l'anniversaire d'une de ses nièces, une occasion de retrouvailles familiales que Laurent ne veut rater sous aucun prétexte et à laquelle Pierre participe.

– Ah bon ! Mais pourquoi vient-il ? demande Daniel, surpris.

– On a pris cette habitude de se réunir pour chaque fête. Et entre mes trois sœurs, leurs maris et leurs enfants, on a souvent des anniversaires. Laurent est attaché à cette idée que la famille existe toujours, cela lui fait plaisir de nous voir tous ensemble et je ne veux pas le priver de ses cousins et de ses cousines.

Contrairement à ce que Daniel imagine, Arlène ne le fait pas lanterner, elle hésite sur la conduite à tenir avec ce fantôme qui resurgit, elle a eu tellement de mal à s'affranchir de lui après leur séparation. Le matin, elle pense que c'est une chance qu'ils se soient revus, une opportunité formidable, et le soir qu'on ne peut pas revenir en arrière comme par un coup de baguette magique, cela n'existe qu'au cinéma, pas dans la vraie vie. Parfois, c'est même la vieille colère qui revient l'assaillir, quand il l'avait abandonnée pour Marie, et lorsqu'elle y repense, elle se dit qu'elle n'a plus rien à voir avec la gamine qu'elle était. Il faudrait un miracle et elle n'a plus l'âge d'y croire, ils sont aujourd'hui des adultes ancrés dans la réalité, avec douze années de plus.

Pendant quinze jours, elle ne reçoit aucun appel, se demande s'il a déjà changé d'avis et ne veut plus la voir. Et quand Daniel la contacte – J'ai été obligé de retourner en Algérie –, elle a oublié ses réserves et ils se retrouvent dans un restaurant du bois de Boulogne par un dimanche de pluie. Lorsqu'elle s'assied en face de lui, elle reste un instant silencieuse, respire profondément pour rattraper les morceaux épars de son courage disloqué avant de lui lancer, Écoute, j'ai beaucoup réfléchi et il ne peut rien y avoir de sérieux entre nous.

– Pourquoi dis-tu ça ?

– Parce que j'ai trente-trois ans et que j'ai passé l'âge d'avoir une aventure avec un homme marié, qui a un enfant et dont je connais la femme depuis toujours. Voilà la raison. Si on se voit, c'est comme amis. On est d'accord ?

– Bien sûr.

C'est mieux de mettre des garde-fous, pense-t-elle pendant que le maître d'hôtel fait goûter le pomerol à Daniel, Parfait, dit-il. Ce premier déjeuner est un peu particulier parce qu'ils ne peuvent ni l'un ni l'autre évoquer leur véritable métier. Arlène n'a pas tellement plus de choses à dire sur l'électricité dans le Sahara que Daniel sur le transport ferroviaire en Algérie. Ils n'ont guère envie de parler de leurs familles respectives, qui sont comme autant de reproches, il doivent louvoyer et le champ de la discussion de ce début de déjeuner se réduit mollement à l'actualité artistique et cinématographique, car la politique n'a pas l'air de les passionner, mais ils n'ont pas beaucoup de temps pour aller au cinéma ou voir des expositions. Très vite, ils apprennent à contourner l'écueil, à parler de tout et de rien, de leurs milliers de souvenirs communs, à Saint-Maur ou à Dinard, de leur enfance qu'ils gardent au fond d'eux-mêmes et qu'ils n'ont jamais l'occasion de se remémorer avec personne, de la guerre qu'ils n'ont vraiment découverte qu'une fois qu'elle a été finie, de leurs études spartiates à cette époque où on manquait de tout et de ce monde qui a si vite changé, des amis de lycée qu'ils ont perdus de vue et de ceux qu'ils ont recroisés, et quand ils se taisent, ce n'est pas parce qu'ils n'ont plus rien à se dire mais parce qu'ils mesurent tout ce qu'ils partagent. Le seul sujet de friction survient au moment de payer quand Daniel demande l'addition, Arlène intervient, Non, c'est moi qui t'invite, ou alors on fait moitié-moitié. Elle sort son chéquier de son sac. Daniel s'empare de la note, Écoute, on ne va pas se disputer, cette fois-ci je t'invite parce que cela me fait plaisir et la prochaine fois, ce sera toi.

Lors du troisième repas, la discussion se cale sur Thomas, le vrai, dont le suicide reste toujours aussi déconcertant.

– Souvent, je rêve de lui, dit Arlène, enfin je crois que c'est lui mais ce n'est pas net, il est assis dans un halo de lumière aveuglante, il lit un papier plié en deux et je tourne autour de lui dans le noir, j'essaye de me rapprocher, je trébuche, je l'appelle mais il n'entend pas.

– Et moi, je me demande sans cesse : comment se fait-il que je n'aie rien vu venir alors que nous étions si proches ? Je ne me doutais pas qu'il était si vulnérable, je m'en veux de l'avoir laissé tomber quand il avait le plus besoin d'aide, de ne pas avoir été là quand il le fallait. Et parfois, je hausse les épaules, je me dis que cela n'aurait servi à rien, que c'était son destin, qu'on n'aurait pas pu l'éviter.

– Tu sais, ce qui a tué Thomas, ce n'est pas ce qu'on croit, que son père le terrorisait et qu'il redoutait sa réaction parce qu'il s'était fait prendre en train de tricher au bac, en vérité, son père il s'en fichait, non, ce qui l'a démoli, c'est quand il a réalisé que je ne voulais pas de lui parce qu'on était ensemble. Thomas était amoureux de moi et je suis passée à côté, j'ai pris cela pour une amourette d'adolescent, je n'ai pas compris à quel point son amour était intense, et quand il a découvert notre relation, il l'a ressentie comme une trahison insupportable des deux personnes qu'il aimait le plus, c'est ça qui l'a détruit.

Le silence qui suit est interminable, Thomas est parti depuis près de quinze ans mais il est toujours aussi présent, Et puisqu'on en reparle, poursuit-elle, je dois t'avouer que deux choses me sont restées en travers de la gorge, la première, c'est d'avoir été évincée de l'histoire de Thomas quand *Le Sémaphore* a fait son numéro spécial sur lui alors que c'était à moi qu'il dédiait ses poèmes, pas un mot, rien, je me suis sentie humiliée, et ensuite, que l'on ne m'ait pas restitué les textes que je t'avais remis alors que tu m'avais donné ta promesse.

– Je vais m'en occuper, dit Daniel avec le sourire rassurant d'un homme qui dissimule sa panique, car il est persuadé que Marie s'y opposera à nouveau, même si douze années ont passé depuis ce funeste numéro spécial. Arlène est un non-sujet entre eux, pas une seule fois son nom n'a été prononcé, même quand ils ont invité des amis de lycée à dîner et qu'ils ont passé en revue leurs anciens condisciples. Peut-être que le ressentiment est moins fort, pense-t-il dans son lit, quand Marie dort paisiblement à ses côtés, si cela se trouve, aujourd'hui elle s'en fiche, mais il a un doute sérieux. Et puis, une petite lumière se met à briller dans la nuit, fragile, incertaine.

Lors d'un repas en famille deux semaines auparavant, Madeleine avait évoqué les problèmes du *Sémaphore* en perte de vitesse, concurrencé par des revues plus au goût du jour, avec un Eugène Le Goff de moins en moins impliqué, accaparé par les séances de l'Académie et ses salons littéraires, Il faudrait du sang neuf, avait expliqué Madeleine, s'ouvrir à d'autres formes artistiques et aux sciences sociales, plus en phase avec notre époque, renouveler le comité de lecture vieillissant, on perd des lecteurs chaque trimestre, avec Jeanne nous avons un travail fou mais on ne s'en sort pas, vous les jeunes, vous ne voulez pas nous donner un coup de main ? Mais la nouvelle génération est occupée ailleurs, n'a plus le temps ou l'envie de lire les derniers numéros, semble considérer que l'édition de ce genre de magazine relève du sacerdoce et que cette activité convient à celles et ceux qui n'ont rien d'autre à faire dans la vie.

Daniel téléphone à sa mère, J'ai repensé à ce que tu nous as dit à propos de la revue et j'ai eu une idée, pourquoi ne pas revenir aux fondamentaux ? Vous pourriez envisager un numéro commémoratif sur Thomas quinze ans après sa disparition pour ranimer la flamme, parler de l'homme qu'il a été, interroger ses camarades de classe, quels souvenirs ils ont gardés de lui, comment ils ressentent sa poésie aujourd'hui, je peux te dresser une liste de ceux que vous pouvez interviewer.

– C'est une bonne idée, dit Madeleine, je vais appeler Le Goff pour lui en parler.

Le plus compliqué a été de réunir Eugène Le Goff et Arlène, à croire qu'il s'agissait de deux ministres à l'agenda surchargé, avec des imprévus et des urgences en pagaille. En semaine, Arlène ne pouvait imaginer se libérer, ses journées étaient saturées, partant le matin à sept heures et demie pour déposer

Laurent à l'école et rentrant rarement avant vingt heures après avoir récupéré son fils chez la maman qui l'avait accueilli. Elle devait préparer son prochain déplacement au Sahara et la charge de travail était colossale, sa seule disponibilité c'était le week-end, plutôt le dimanche, mais ces deux jours-là s'avéraient impossibles pour l'académicien, qui avait donné son accord depuis belle lurette pour participer à des salons littéraires en province, qu'il n'était pas question d'annuler car il était attendu et ne pouvait décevoir ses lecteurs. Daniel voit approcher avec inquiétude la date du 2 avril, jour prévu du départ d'Arlène pour l'Algérie, mais quand il l'appelle, il sent un changement dans sa voix, elle s'est durcie, Daniel s'inquiète, Il y a un problème ?

– Je me suis fait passer devant par un polytechnicien qui est entré dans la boîte six ans après moi, et tout le monde trouve cela normal. Alors maintenant, j'ai tout mon temps en semaine.

Daniel accompagne Arlène à la rencontre qui a lieu le lendemain après-midi au domicile d'Eugène Le Goff aux Batignolles, ce dernier s'assoit en face d'elle et prend des notes sur un carnet, Vous avez bien connu Thomas, je crois ?

Arlène reste un moment sans répondre, comme si elle devait faire un effort pour rassembler ses souvenirs, et se met à raconter leur histoire, Tous les quatre, nous étions inséparables, comme des frères et sœurs, on s'aimait vraiment, mais comme des enfants, et puis il y a eu la guerre… Nous avions grandi sans nous rendre compte que nous avions changé, j'ai toujours vu Thomas comme un frère, pas comme un amoureux, j'étais trop jeune pour comprendre… C'est tellement dur de dire à quelqu'un qui vous aime que vous ne l'aimez pas… et que vous en aimez un autre. Je n'ai pas eu ce courage… Quelques jours avant le bac, il m'a proposé de partir avec lui, n'importe où, il avait de l'argent par sa famille, j'ai refusé, moi je n'avais pas envie de m'enfuir… Et puis, il m'a annoncé qu'il avait renoncé à se présenter au bac parce qu'il était certain d'échouer, j'ai réussi à le persuader d'y aller, c'est à ce moment-là qu'il m'a dit qu'il savait tout... Thomas savait de qui j'étais amoureuse, il en a été blessé et mortifié, j'aimais quelqu'un dont il était proche, on ne réfléchissait pas plus loin que le bout de notre nez, on avait dix-sept ans.

*

Le 18 mars 1962, après de laborieuses négociations qui ont failli échouer à plusieurs reprises, sont signés à Évian des accords entre le gouvernement français et le gouvernement provisoire algérien qui mettent fin à cent trente-deux années de colonisation et à sept ans et demi de guerre. Le texte de quatre-vingt-treize pages prévoit un cessez-le-feu immédiat, l'organisation d'un référendum en Algérie le 1er juillet et l'indépendance dans la foulée. Chacune des deux parties arrache à l'autre des concessions essentielles, les Algériens sont obligés d'accorder à la France l'autorisation de continuer les expérimentations nucléaires durant cinq années, les Français conservent leurs bases atomiques de Reggane et In Ecker, celle de Colomb-Béchar où ont lieu les tirs de missiles et les essais d'armes chimiques, et celle d'Hammaguir qui sert au lancement des satellites et des fusées Diamant, ce qui permet à l'ancien colonisateur de garder de facto le contrôle d'une grande partie du Sahara.

Le guerre est finie mais ces accords de paix marquent le début d'une période de violence extrême, tant en France qu'en Algérie.

Un an auparavant, afin de se conformer au futur traité qui allait interdire les essais nucléaires en atmosphère et en mer, l'armée et le CEA s'étaient mis à la recherche d'un nouveau lieu d'expérimentation pour pratiquer des essais souterrains, ce qui éviterait la propagation de nuages radioactifs. Le site d'In Ecker dans le massif du Hoggar, à cent soixante kilomètres au nord de Tamanrasset, avait été choisi parce qu'il n'y avait quasiment aucune population à proximité et qu'il disposait d'une réserve d'eau considérable en profondeur.

Sur un plateau désertique sablonneux et rocheux surgit une ville entière en préfabriqués Eternit alignés en quinconce, comprenant des quartiers délimités selon les métiers et dont les occupants restent entre eux, des routes goudronnées, un aéroport. Le camp Saint-Laurent a été construit en un temps record pour accueillir cinq mille personnes, moitié civils, moitié militaires en temps normal, et le double pour la préparation des tirs. Séparées par une route en tôle ondulée, à quarante-cinq kilomètres au sud, ont été aménagées deux bases avancées de travail réservées au CEA et situées à deux et quatre kilomètres de cette montagne granitique grise.

La première année, le confort est succinct, bien moindre qu'à Reggane, l'hiver il peut faire moins dix la nuit, et à partir du mois de mai la température dépasse souvent les quarante-cinq degrés dans les baraquements métalliques Fillod, surnommés les boîtes de conserve. Seuls les préfabriqués des officiers supérieurs disposent de la climatisation, mais les groupes électrogènes font un raffut infernal et empêchent tout le monde de dormir, au point qu'il faut couper l'alimentation et risquer de mourir étouffé. La sécurité est draconienne, on ne peut entrer et sortir du camp ceinturé de grillages et de barbelés, gardé jour et nuit par la gendarmerie et une compagnie d'infanterie de marine, qu'avec un ordre de mission écrit et un badge de laissez-passer indiquant dans lesquelles des sept zones on est habilité à se déplacer.

Selon une technique expérimentée par les Américains au Nevada au début des années 50, le service minier du CEA, aidé d'ouvriers locaux pour le déblaiement, se met à creuser des galeries souterraines horizontales en spirale d'un kilomètre de long et se terminant en un colimaçon qui abrite les chambres de tir fermées par des portes en acier et des dalles de béton armé de poutrelles métalliques qui empêchent l'expulsion des gaz, poussières et laves provoqués par l'explosion, la galerie s'affaissant sous l'effet de l'onde de choc et la fusion des roches obstruant la porte de sortie, ce qui permet de confiner la radioactivité à l'intérieur du massif. Parallèlement est creusée une galerie rectiligne d'une vingtaine de centimètres de diamètre par laquelle on peut faire passer les câbles et les instruments de mesure.

Dans ce monde qu'il faut créer de toutes pièces, des norias de camions traversent chaque jour le désert sur près de deux mille kilomètres depuis Alger, chargés à ras bord pour apporter le ravitaillement, les fournitures, le matériel technique et de chantier, mais les véhicules souffrent sur la Transsaharienne, roulent trop vite, tombent en panne par dizaines, on les répare sur place quand on dispose des pièces, parfois on doit les remorquer, quelquefois les abandonner, on manque de pneus de rechange, les délais deviennent impossibles à respecter, au point que les militaires les plus endurcis sont gagnés par le fatalisme local, Cela ne sert à rien de s'énerver, le désert a toujours raison, les livraisons arriveront peut-être la semaine prochaine ou celle d'après ou dans un mois, faut être patient.

Après la première explosion souterraine en novembre, Arlène installe dans les laboratoires et les baraquements collectifs un appareil conçu à Bruyères-le-Châtel qui permet de filtrer en continu l'air ambiant pour mesurer la radioactivité des poussières et détecter ainsi des traces de plutonium. Les premiers tests montrent que le tir a été totalement confiné, mais elle remarque que les cars de transport de troupes et les camions sont recouverts d'une poudre blanche inhabituelle. Les contrôles effectués au compteur Geiger-Müller avec aiguille oscillante détectent qu'ils sont irradiés, heureusement en quantité infime, comme les chauffeurs qui roulent fenêtres ouvertes, mais ils ont disséminé cette poudre contaminée un peu partout sur la route et les villes traversées. Le problème, c'est que personne ne comprend d'où vient cette radiation.

Arlène doit batailler ferme pour obtenir que les chauffeurs passent à la douche de décontamination, que les véhicules soient lavés avec un jet d'eau à haute pression avant le déchargement et que cette eau soit stockée dans des bacs de décantation. Après évaporation, on peut mesurer encore mieux le taux de radiation, qui n'est pas si anodin, mais cette opération fait perdre une demi-journée à la logistique et elle découvre que les consignes ne sont pas respectées de façon systématique, les camions militaires en sont souvent dispensés. Faut pas exagérer avec les consignes de sécurité, personne n'est malade, ce n'est pas plus dangereux que de prendre un coup de soleil, explique le commandant responsable des transmissions à qui elle demande de respecter les règles de sécurité. Désormais, les camionneurs sont équipés d'un badge de contamination et scrutent son changement de couleur, mais comme le film vire au noir sous l'effet de la chaleur ou du soleil, plus personne n'y prête attention.

Chaque demande de la direction de la radioprotection à laquelle Arlène est affectée fait l'objet de discussions sans fin avec les autorités militaires, chaque commandant d'unité décide in fine pour son groupe s'il faut fermer les climatiseurs et combien de temps après le tir, ou obturer les entrées d'aération. Même la recommandation faite à tous les personnels de ne pas marcher avec de simples sandales et de porter des chaussettes est contestée.

Les travaux dans les galeries ont pris du retard, le prochain tir est envisagé pour la première quinzaine de mai. Jamais aucune explosion n'a eu lieu aussi tard dans l'année et d'âpres discussions ont lieu entre l'armée et le CEA, qui préférerait le remettre à l'automne en raison de la température excessive qui dérègle les instruments de précision et rend le travail insupportable, mais l'état-major balaye ces objections avec un argument de poids, C'est nous qui décidons et vous exécutez. Préparez-vous, on vous communiquera la date dès que possible.

Arlène doit gérer la pénurie, il n'y aura jamais assez de dosimètres pour tout le monde. On décide d'en équiper ceux qui seront affectés aux camps rapprochés Oasis 1 et 2, ainsi que les militaires et les personnels de service en poste à l'air libre, grosso modo un millier de personnes, les autres seront cantonnés dans les bâtiments pendant le tir. Il faut donc vérifier les systèmes de filtration d'air de tous les baraquements et préfabriqués pour éviter que des poussières radioactives puissent y pénétrer, mais un problème délicat apparaît : la base vie abrite environ deux mille cent militaires et deux mille trois cent trente-cinq civils, dont quatre femmes affectées par le CEA au département protection, plus une au service météo qu'on ne voit jamais. Dans cet univers exclusivement masculin, les libidos sont en sommeil forcé, les militaires soupçonnés d'avoir eu des rapports homosexuels sont condamnés à avoir le crâne rasé, et les blagues salaces, les propositions explicites, les gestes déplacés sont quotidiens. Après qu'une laborantine s'est fait coincer par deux soldats et n'a dû son salut qu'à ses hurlements qui ont alerté un lieutenant, les trois collègues d'Arlène refusent de se déplacer sans être accompagnées par deux gendarmes en guise de gardes du corps. Quand Arlène s'est plainte au commandant, celui-ci a répondu, Qu'est-ce que j'y peux ? Ces hommes n'ont pas vu une femme depuis des mois, je ne peux pas les enchaîner.

Le directeur du CEA réunit ses responsables et les informe que le tir est fixé au mardi 1er mai et qu'il aura lieu en présence de Pierre Messmer, ministre de la Défense, et de Gaston Palewski, ministre de la Recherche scientifique, qui arriveront de Paris la veille par avion spécial. Jamais aucune explosion n'a eu lieu avec des invités aussi prestigieux, le gouvernement veut montrer ainsi l'importance qu'il accorde à ces essais à deux mois de l'indépendance. Ce deuxième tir souterrain a pour objectif d'accélérer l'expérimentation de la bombe destinée à être embarquée et larguée par un Mirage IV, sauf que la charge d'explosion est portée de quinze à trente kilotonnes, soit deux fois celle d'Hiroshima, ce qui est totalement inutile dans le processus de miniaturisation recherché. Les chefs de service du CEA ne comprennent pas l'intérêt de mettre en œuvre une puissance pareille, et la réponse tombe, C'est un ordre qui vient d'en haut !

La veille, l'effectif non opérationnel est confiné dans les baraquements avec interdiction formelle d'en sortir. Le matin, réveil à quatre heures, chacun revêt une combinaison blanche intégrale qui protège la peau du contact avec les poussières, des gants en plastique et des bottes ; les opérateurs affectés au camp Oasis 1, à deux kilomètres du pas de tir, ont l'obligation de porter un masque à gaz. Arlène, qui intervient au camp Oasis 2, à deux kilomètres au nord, à l'intérieur d'une cabine-laboratoire placée sur une remorque tractée, le porte à la ceinture, elle passe une heure à régler son filtre à air et à vérifier le bon fonctionnement de l'enregistreur et de la bande passante.

Et elle attend.

Le temps est lumineux, pas un nuage à l'horizon, mais le vent souffle non seulement en fortes rafales avec des pointes à soixante-dix kilomètres/heure mais vers le nord-est, vers la base-vie d'In Ecker. Normalement, cette vitesse et surtout cette direction devraient interdire le tir mais en présence des deux ministres, pas question de reporter, d'autant qu'ils viennent d'arriver au poste de commandement à Oasis 2. Eux ont revêtu la combinaison blanche, mais pas le personnel militaire, qui a conservé les vêtements de sortie, bermuda et chemise à manches courtes, et ne porte aucune tenue de protection. Les ministres sont accueillis par le général commandant le site, qui leur présente les membres de l'état-major et les responsables du CEA, ceux-ci s'affairent autour de machines complexes reliées les unes aux autres par des fils noirs ou restent les yeux fixés sur des écrans de contrôle et des appareils de mesure. Les ministres jettent un œil sur les téléviseurs qui montrent la montagne colossale et éternelle, puis ils s'installent sur la tribune officielle ouverte face au massif. À onze heures trente, Messmer appuie sur le bouton rouge qui lance le compte à rebours… Trois, deux, un, zéro !

Le sol se met à trembler, un grondement terrifiant comme si des milliers de chevaux déferlaient précède le tremblement de terre qui secoue le bâtiment durant une quinzaine de secondes et oblige les officiels à se tenir les uns aux autres pour ne pas tomber. Un gigantesque panache de fumée blanche s'élève au-dessus du sommet du massif, accompagné d'une flamme démesurée qui jaillit de ses flancs, un monstrueux chalumeau qui pointe vers les deux camps rapprochés. La nuée désormais plus haute que la montagne elle-même vire à l'ocre puis au noir, un nuage atomique chargé de sable et de poussière grisâtre se forme et, poussé par le vent furieux, se dirige vers In Ecker. Le massif se met à gonfler, se soulève, de la lave en fusion jaillit, des milliers de roches dévalent ses parois avec fracas. Une sirène se met à hurler, ajoutant à la panique générale qui gagne les présents, c'est le sauve-qui-peut, la table qui supporte les petits-fours et les rafraîchissements s'écroule dans la débandade, il n'y a plus d'officiers supérieurs, plus de ministres. La moitié des chauffeurs qui patientaient à l'extérieur sautent dans leur véhicule et fuient sans récupérer leurs officiels, ceux qui sont restés fidèles au poste entassent six ou sept personnes et démarrent avec peine, gênés par les autres fuyards. En oubliant d'éteindre l'air conditionné.

Dans sa cabine-laboratoire, Arlène considère la bande passante qui se déroule paisiblement, elle ressent l'onde de choc qui soulève violemment la remorque, une minute plus tard les stylets marqueurs qui défilaient horizontalement sur le papier millimétré, dénotant le vide radioactif, décrochent brutalement de leur horizontalité et s'affolent verticalement avec une amplitude invraisemblable, elle n'a jamais vu un graphe pareil, se demande si l'appareil ne s'est pas déréglé sous le choc, car avec l'échelle logarithmique choisie, la bande papier indique une radioactivité démesurée, comme si elle se trouvait au cœur d'une explosion nucléaire, ce qui est techniquement impossible, sauf si le tir n'a pas été contenu. Avec sa collègue, elles lèvent la tête en même temps, le toit de la cabine résonne comme s'il était mitraillé par des milliers de cailloux, Faut mettre nos masques. Arlène entrouvre la porte, le ciel et le soleil ont disparu, la cabine est enveloppée d'un nuage gris tourbillonnant qui charrie des tonnes de sable, on se croirait au cœur d'une avalanche. Arlène referme la porte, se saisit du téléphone de campagne, mais il ne fonctionne plus. Elle attrape un compteur Geiger, l'approche de la porte, le compteur crépite, l'aiguille se bloque au maximum, Le mieux, c'est d'attendre que ça passe.

Le nuage radioactif poussé par le vent met vingt-cinq minutes à atteindre le camp Saint-Laurent, distant de quarante-cinq kilomètres, mais il ne fait que passer et continue sa route mortifère vers le nord. Le soleil et le ciel bleu reviennent rapidement, les premiers véhicules des fuyards arrivent, les carrosseries sont recouvertes de sable blanc, leurs occupants, dont certains tiennent un mouchoir sur leur nez, se dirigent vers les deux centres de décontamination, puisqu'il n'y en a pas dans les camps rapprochés. Il faut se déshabiller et passer sous la douche en se frottant énergiquement avec des brosses et du détergent ou de la lessive, jusqu'à ce que la peau devienne rouge. Comme les autres, Messmer et Palewski se retrouvent en tenue d'Adam, se lavent avec l'énergie du désespoir. Le ministre de la Défense est d'une humeur exécrable, engueule tout le monde, réclame en hurlant qu'on leur apporte slips, chemises et pantalons. Ils recevront des vêtements de troupe, les habits contaminés sont récupérés, empilés sur une brouette et seront incinérés.

Et la vie du camp reprend comme si rien ne s'était passé.

L'enquête rapide diligentée sur-le-champ permet d'établir qu'une étroite galerie s'ouvrant dans la chambre de tir, à proximité immédiate de la bombe, a été creusée pour permettre des mesures neutroniques. Par erreur ou par négligence, elle n'a pas été comblée et son vide a annihilé l'effet d'enclume normalement attendu au moment de l'explosion. L'onde de choc non amortie s'est engouffrée avec toute sa puissance dans la galerie principale dont tous les bouchons ont sauté et s'est formé, en sortant, le nuage atomique qui s'est déployé…

On estime que dix à quinze pour cent de la radioactivité de cette bombe, qui était, rappelons-le, équivalente à deux fois celle d'Hiroshima, se sont échappés. Ce sera la seule enquête ouverte sur cette catastrophe dont les conclusions n'ont jamais été rendues publiques et qui a irradié neuf cents personnes au moins. Ce désastre a été nié pendant quarante ans par l'État et par l'armée qui l'a classifié secret défense.

Et personne ne parle des populations de l'Afrique subsaharienne.

*

Lors de leur dernière rencontre, à l'occasion de l'entretien avec Eugène Le Goff, Arlène avait annoncé à Daniel qu'elle serait absente un temps indéterminé pour son travail. Depuis, il attend qu'elle le contacte, elle ne lui a laissé aucune indication pour la joindre, il ignore si elle se trouve en Algérie ou si elle est retournée en métropole, peut-être ne veut-elle plus entendre parler de lui ; quand ils s'étaient séparés, elle lui avait pourtant dit, Je ne connais pas mon emploi du temps, si je viens à Alger, je te ferai signe. Mais les semaines passent sans qu'elle se manifeste, il ne comprend pas la raison de ce silence car elle avait été ravie de cet entretien qui lui avait permis de rétablir certaines vérités à propos des poésies de Thomas, Si elle ne veut plus me voir, elle devra me le dire en face.

Depuis son bureau, il appelle le siège d'EDF à Alger, mais la préposée n'a jamais entendu parler d'Arlène Chardin ; devant son insistance, elle transfère l'appel au bureau du personnel, qui lui confirme qu'aucune femme de ce nom n'est salariée de la maison, puis on le dirige vers le chef du service des infrastructures, à qui il explique, Elle a été affectée ici car elle s'occupe de l'installation de turbines et d'alternateurs au Sahara.

– Cela fait un moment que ces travaux sont terminés, et avec l'indépendance dans un mois, on ne se lance dans aucun chantier d'envergure, on se contente de gérer le réseau.

Daniel se sent perdu, il hésite à téléphoner au siège d'EDF à Paris, craint que cette démarche ne serve à rien, se demande pour quelle raison Arlène lui a menti ou si par hasard elle a découvert qu'il lui avait dissimulé sa véritable activité, mais il est impossible qu'elle l'ait appris, Et puis, moi, j'ai une bonne raison de ne pas lui avoir révélé ce que je fais.

Daniel se gare devant sa villa située sur les hauteurs de la ville, trois voitures sont stationnées dans la rue, qui paraît déserte. La plupart des maisons ont été abandonnées par leurs occupants, certaines portes sont ouvertes. Il tient un sac de commissions et un journal sous le bras, monte les trois marches du perron, ouvre la porte d'entrée, quand un homme surgit d'un bosquet du jardin et le rejoint. Pierre Deleyne, en costume civil, met un doigt sur sa bouche, Vite, entrons. Daniel referme derrière eux, allume la lumière, Deleyne tire le rideau du salon après avoir jeté un coup d'œil à la rue, Cela fait deux heures que je guette, j'avais peur que tu sois parti, tu vis seul ici ? Daniel acquiesce, Deleyne jette un œil dans la pièce attenante, Tu peux m'héberger un moment ?

– Bien sûr.

– Quelques jours seulement. Je te préviens, je suis un fugitif, j'ai toute la police d'Alger à mes trousses. Si cela te pose un problème, dis-le-moi tout de suite et je repars, mais chez nous c'est la débandade, il n'y a plus personne à qui je puisse demander un coup de main.

– Tu peux rester le temps que tu veux. Personne ne viendra te chercher dans cette maison.

– Je sais, c'est pour cela que je suis venu chez toi. J'ai besoin qu'on m'oublie un peu. Tu as des armes ?

– Un vieux 1935A dans le tiroir de mon bureau.

– C'est tout ? Il me le faut. Avec les munitions.

– C'est une arme de service répertoriée et je n'ai que les huit cartouches du chargeur.

– Tu n'auras qu'à dire que tu l'as perdue. Et il me faut aussi un trousseau de clefs.

C'est ainsi que commence la cohabitation entre Daniel et celui qui l'avait défendu au lycée pendant la guerre. Daniel installe son ami dans une chambre du premier étage. Ce soir-là, il prépare des spaghettis avec des boulettes mais aucune des questions qu'il lui pose sur son activité ne reçoit de réponse, Moins tu en sauras, mieux ça vaudra.

– Dis-moi, Pierre, à quoi cela sert-il de continuer un combat d'arrière-garde perdu d'avance ? Les attentats, le terrorisme aveugle, c'est fini, cela n'ajoutera que de la haine et des représailles, et on en a déjà assez eu comme cela.

– Nous avons perdu parce que nous avons été trahis, parce que les haut gradés nous soutenaient tous mais, au moment de passer à l'action, la majorité ont pensé à leur retraite et à leur pension. Et ce ne sont pas les seuls à nous avoir abandonnés, crois-moi. S'ils avaient respecté leur parole, le putsch des généraux aurait réussi et on ne quitterait pas l'Algérie comme des chiens.

À son réveil, Daniel constate que son ami est parti. Avec son arme. Durant deux semaines, Deleyne n'apparaît pas, quelques signes laissent penser qu'il passe dans la journée : des mégots de Gauloises dans une soucoupe, la bouteille de cognac sortie du bar, le saucisson et le fromage qui ont disparu du réfrigérateur. Un soir, Daniel trouve Pierre assis dans le noir en train de fumer, Il me faut de l'argent, pas beaucoup, de quoi tenir quelques jours à l'extérieur. Et des munitions.

– Je t'aide parce que tu es un ami. De l'argent, c'est d'accord, mais pour les cartouches pas question, je n'ai pas l'intention d'être ton complice.

– J'en ai absolument besoin, il ne m'en reste qu'une.

– C'est impossible, on me demanderait pourquoi. Tu devrais profiter du temps qu'il reste avant l'indépendance pour t'enfuir. Après, la frontière sera fermée, pour l'instant tu peux passer au Maroc, aller en Espagne, attendre là-bas, voir comment cela va tourner. Un jour, il y aura une amnistie, tu pourras rentrer en France. Il faut l'accepter, l'Algérie ne sera plus française, de

Gaulle a gagné, vous avez perdu, l'avenir c'est l'Europe, pas les colonies.

– Je partirai quand tout sera terminé.

*

De la rue, personne ne peut deviner les nombreux bâtiments disséminés dans le parc et dissimulés derrière une haute enceinte de pierre. L'hôpital Maillot ne ressemble pas à un lieu de soins car il est noyé dans la verdure, les palmiers, les cèdres, les centaines d'orangers, citronniers et arbres fruitiers et les massifs de fleurs. Les lieux conservent les traces de leur gloire passée quand ils servaient de résidence de campagne au dey d'Alger, puis les Français ont aménagé les deux demeures et les écuries pour en faire un hôpital militaire et ont construit d'autres locaux de petite taille. L'entrée est gardée par un détachement de parachutistes armés de pistolets-mitrailleurs, un command car barre la porte principale et se déplace uniquement pour laisser entrer ou sortir les ambulances.

Arlène pénètre dans le sas de sécurité, présente ses cartes d'identité et professionnelle au préposé en uniforme, qui lui remet un badge numéroté qu'elle épingle à sa veste et lui demande de s'asseoir. Elle attend une demi-heure, une infirmière vient la chercher et la conduit dans le dédale des pavillons mauresques jusqu'à une maison en bois où un panneau à la peinture écaillée informe le visiteur qu'il pénètre dans le service des maladies coloniales. Un homme âgé en blouse blanche avec un stéthoscope autour du cou vient à sa rencontre, lui serre la main, ils avancent dans un couloir qui donne sur des chambres aux portes ouvertes, On nous a adressé cinq soldats sans nous fournir aucune information sur les radiations auxquelles ils ont été exposés ; quand on les voit, ils n'ont pas l'air d'aller mal, mais ici on n'est pas équipés pour traiter ce genre de pathologie, surtout en ce moment. Vous m'avez apporté ce que je vous ai demandé ?

– Ces soldats font partie d'un groupe de militaires qui sont allés récupérer des échantillons de terre contaminée au point zéro moins d'une heure après l'explosion, pendant que des manœuvres étaient lancées en zone radioactive, et ces trois cents hommes n'étaient pas équipés d'un dosimètre. Je vous ai apporté les films dosimétriques qui établissent la surexposition des cinq soldats que vous avez ici. Je n'ai pas le droit de vous les remettre car ils sont couverts par le secret défense mais je vous ai fait un tableau récapitulatif que je peux vous laisser. Ils ont pris une douche de décontamination et, malgré leurs combinaisons, cela n'a pas suffi, dans leur cas on est bien au-delà des doses admissibles.

Arlène ouvre son cartable, en extrait une chemise bleue, et à l'intérieur prend des films que le professeur examine un à un, Certains ont des rougeurs, des phlyctènes, je ne peux rien faire pour eux, il faut les placer en chambre stérile, mais nous n'en avons pas ici, je vais demander qu'ils soient rapatriés à Clamart, c'est un hôpital militaire mieux équipé que le nôtre. Je redoute pour ces hommes des conséquences dramatiques à moyen et long terme, c'est très préoccupant.

Arlène est assise sur le banc d'un grand boulevard animé, les terrasses des brasseries sont pleines, les serveurs apportent des glaces aux enfants, la foule se presse devant les vitrines des commerces, on a du mal à croire qu'on est dans un pays à feu et à sang qui va basculer dans l'indépendance dans quelques semaines. Arlène entre dans une cabine téléphonique, prend un bout de papier dans son sac et compose un numéro, Bonjour, je voudrais parler à Daniel Jansen.

– Ne quittez pas.

Le téléphone sonne interminablement, Arlène s'apprête à raccrocher quand elle entend la voix de Daniel, Allô, oui j'écoute.

– C'est moi.

– Tu es où ?

– À l'angle de la rue Charles-Péguy, près du square Jeanne-d'Arc. J'ai besoin d'un remontant.

– Ne bouge pas, j'arrive dans dix minutes.

Depuis la terrasse du café à l'angle de la rue, Arlène voit arriver une 203 qui se gare devant un immeuble, Daniel en sort, elle lui adresse un signe de la main, il la rejoint, Je suis tellement content, tu ne peux pas savoir, j'ai essayé de te retrouver mais cela n'a pas été possible, à EDF personne ne te connaît.

– Ce que je fais est confidentiel, je n'ai pas le droit d'en parler.

– Pas de problème, on n'en parle pas si tu préfères… Alors, du champagne pour fêter nos retrouvailles ?

– Moi aussi, j'ai pensé à toi, et bien des choses ont changé depuis notre dernière rencontre… J'ai réalisé que j'avais sacrifié ma vie à une idée, j'ai accepté sans hésiter les conséquences d'une existence où je n'arrête pas de courir après le temps, littéralement je n'ai pas une minute à moi. Et puis, j'ai vécu une situation qui n'était pas prévisible, j'étais naïve mais je ne croyais pas devoir être confrontée à un pareil dilemme. Depuis quelques semaines, j'ai pris conscience qu'on m'avait trompée et que j'étais autant manipulée que les autres, je l'ai ressenti comme une trahison, cela m'a fait évoluer, j'ai décidé de remettre les priorités dans un ordre différent. Tu comprends, j'ai tout sacrifié à mon boulot, depuis dix ans j'ai fait fausse route. Désormais, je vais faire comme tout le monde, je vais penser à moi et à ceux que j'aime. Un jour, peut-être, je pourrai t'en parler et tu comprendras… Et si tu m'emmenais dîner dans un bon restaurant ?

– Dans cette ville, cela va être difficile, il ne faut pas être trop exigeant.

Ils trouvent sur le boulevard un restaurant chic qui s'avère médiocre mais cela n'a guère d'importance. Par contre, c'est toujours aussi compliqué pour l'un comme pour l'autre de ne pas pouvoir se confier, de devoir surveiller le moindre de ses propos. Daniel pense retourner en métropole dans la première quinzaine de juillet, après le référendum d'autodétermination, Et toi, tu rentres quand ?

– Dans quelques jours, mais je reviendrai plus tard, on n'est pas concernés par l'indépendance.

– Je me doute de l'endroit où tu travailles.

– Alors tant mieux, tu sais pourquoi je ne peux pas en parler. As-tu des infos quant à la parution de la revue ?

– Ton entretien sera publié dans le numéro de juillet.

– C'est tellement loin tout ça, j'ai l'impression que c'était dans une autre vie. Je pense souvent à Thomas, il n'avait pas le droit de se suicider. Il nous a pourri la vie, mais c'était peut-être ce qu'il voulait après tout.

– Eh bien moi, je pense tout le temps à lui quand j'appelle mon fils.

Il lui prend la main, Tu sais, moi aussi, j'ai changé. Elle ne retire pas sa main. Faisons ce dont nous avons envie, on peut aller chez toi.

– En ce moment, ce n'est pas très pratique, j'héberge un ami qui a quelques problèmes et…

– Allons à mon hôtel. Il n'est pas extraordinaire mais il y a une jolie vue.

Depuis combien d'années attendent-ils ce moment ? Depuis toujours, pense Daniel, depuis longtemps, pense Arlène. Leur nouvelle relation commence dans un hôtel un peu décati situé en face du somptueux parc de Galland. C'est un dénouement qui aurait dû se produire bien avant et que des circonstances malheureuses ont différé. Finalement, ils ne font que se mettre en conformité avec leur destin et ressentent la même impression d'accomplissement.

– J'avais oublié à quel point tu étais important pour moi, dit Arlène. Et que je te désirais autant.

– Moi aussi. Tu sais, pour Marie…

Arlène pose sa main sur sa bouche, Je ne te demande rien. Je n'ai pas besoin de promesses. Je ne veux plus être ligotée. Ne faisons aucun projet. Profitons du temps qui nous est donné, contentons-nous de vivre, tout simplement.

Le lendemain, Arlène prépare sa petite valise, Mon avion part dans deux heures, je reviendrai bientôt, même si je ne sais pas quand. Dès que possible, je te préviens.

Daniel retrouve sa maison, Deleyne a disparu depuis un moment, peut-être s'est-il résolu à émigrer vers des cieux plus cléments, il a rangé sa chambre, tout nettoyé et fait son lit comme s'il ne devait plus revenir.

Au téléphone, Jansen tarabuste son fils, dont les résultats sont décevants, C'est dans ces périodes troublées qu'on obtient le plus d'informations, les factieux sont en déroute, c'est leur baroud d'honneur avant qu'ils soient obligés de fuir.

– Je te l'ai dit, tout le monde se méfie de moi. Par contre, j'ai croisé Pierre Deleyne.

– Non ! Où ça ?

– Au restaurant de l'Amirauté. On a dîné ensemble. Il n'a rien dit d'intéressant, sinon je t'aurais prévenu. Il n'avait pas l'air inquiet. C'est quand même quelqu'un dont on a toujours été proches.

– C'est un tueur, un des hommes les plus recherchés de France, et il se balade en toute liberté dans ce pays de fous ! On doit le mettre hors d'état de nuire. Heureusement, il n'y en a plus pour longtemps.

Arlène revient la semaine suivante, elle donne un vague prétexte à son directeur qui trouve que c'est une chance d'avoir dans son service une femme aussi consciencieuse. Pour le principe, elle fait une apparition au siège du CEA, récupère des milliers de films dosimétriques dont personne ne s'occupe et entreprend de les classer.

Elle retrouve Daniel dans un café. Le soir, il l'invite chez lui puisque Deleyne n'est pas réapparu depuis quinze jours. Ils vont faire des courses chez le charcutier, dînent en tête à tête, ils ont devant eux trois jours de bonheur et de tranquillité à Alger en ce mois de juin si particulier, avec ce ciel incroyablement bleu et des soirées de rêve quand la brise de mer chasse la chaleur du jour. La guerre et ses misères paraissent oubliées, même si épisodiquement on entend des coups de feu ou le crépitement d'un pistolet automatique, mais aucun d'eux n'y prête attention. Ce sont toujours les autres qui prennent.

Le lendemain, ils déjeunent dans un petit restaurant de plage où on mange des sardines grillées.

– Tu ne parles jamais de ton travail. Que fais-tu aux chemins de fer algériens ?

– Oh, cela a été une opportunité, mais j'arrête à la fin du mois.

– Et que vas-tu faire ?

– Je vais dire à Marie que je la quitte.

– Je te l'ai dit, je ne te demande rien. Je me fiche de Marie ! Je ne fais plus de projets. Allons nous baigner, je crois que j'ai attrapé un coup de soleil.

Au cours du repas, Daniel revient à la charge sur leur avenir commun.

– C'est avec toi que je veux vivre, Et toi, qu'est-ce que tu veux ?

– Il ne faut pas me demander des réponses binaires en ce moment, je traverse une période effroyable à mon boulot, je suis confrontée à une foule de problèmes insolubles. À vrai dire, je suis un peu désorientée, il ne faut pas me bousculer.

– Tu feras ce que tu voudras mais moi aussi. Je vais quitter Marie.

Tôt le matin, Daniel accompagne Arlène à pied à la station de taxis car elle refuse qu'il la dépose à l'aéroport, elle pense revenir à la fin du mois. Au moment des adieux, il lui dit, Notre vie va changer le 17 juillet prochain, dans un mois très exactement, nous allons fêter nos trente-quatre ans, eh bien je te promets que ce jour-là nous serons ensemble.

Le soir, en rentrant chez lui, Daniel trouve Pierre Deleyne couché dans la chambre d'ami, un pistolet automatique est posé sur le lit, il a été blessé au-dessus de la hanche et soigné sommairement. Il est blême, avec sa barbe de quatre jours il a mauvaise mine, mais il refuse de donner des détails, Ce n'est pas grave, je vais mieux, il y a trois jours j'étais dans le potage, et comme on a dû partir précipitamment de la maison où on s'était réfugiés, je me suis dit que je pouvais venir t'embêter encore un peu. Si tu acceptes, je vais me reposer quelques jours et ensuite j'essayerai de passer au Maroc, on n'a plus grand-chose à espérer ici, aujourd'hui le combat est ailleurs, et on n'en a pas fini, crois-moi. Il me faudrait de l'argent, ce que tu peux.

– Je passerai à la banque demain, je prendrai ce qui est possible.

Deleyne se lève avec peine, souffle à chaque pas, Si tu faisais tes spaghettis, je crève de faim. Ils passent dans la cuisine, Daniel fait chauffer de l'eau, Deleyne s'assoit à table, Les nouvelles ne sont pas bonnes pour nous, le référendum d'indépendance aura lieu dans quinze jours, ça va être l'hallali, mais le pire ce sera pour les harkis, je viens d'apprendre que de Gaulle a décidé de les abandonner à leur sort.

– Je ne te crois pas ! Ils vont être rapatriés.

– Rien n'a été prévu, même si on leur dit le contraire pour les faire tenir tranquilles, personne ne viendra les chercher, c'est le FLN qui va s'occuper d'eux.

– Mais ce sont des soldats de l'armée française.

– Ce sont des imbéciles qui ont cru à nos promesses et ils ont eu tort, ils vont se faire massacrer. Quand je pense que j'ai récité à mes hommes le boniment officiel, que toutes les distinctions étaient abolies dans notre armée, que les musulmans algériens étaient des Français comme les autres, que j'ai incité leurs enfants à s'engager. Au mieux, quelques centaines réussiront à embarquer au dernier moment, mais le gros de la troupe et leurs familles resteront ici. Je tremble à l'idée de ce qui va leur arriver et j'ai honte, parce que tout le monde va les laisser tomber.

– Je suis effaré, je n'arrive pas à le croire, dit Daniel.

Le lendemain, depuis son bureau, Daniel téléphone à son père, il est obligé de renouveler son appel à cinq reprises avant de réussir à lui parler.

– C'est vrai ce qu'on m'a dit, le gouvernement français a décidé d'abandonner les harkis ?

– Qui t'a parlé de ça ?

– Peu importe, c'est vrai ou c'est faux ? Qu'est-ce qui est prévu pour eux ?

– Absolument rien, on ne peut pas les prendre en charge, c'est techniquement impossible, ils n'ont qu'à se débrouiller entre eux.

– Mais ce sont des soldats de l'armée française ! Le FLN va les massacrer.

– Je n'y suis pour rien, ce n'est pas moi qui décide.

– Comment peut-on se renier et trahir sa parole à ce point ? Vous nous déshonorez ! Vous me dégoûtez, vous êtes pires que les autres, eux au moins ils se battent pour une idée ; toi, ton général et ton gouvernement, vous êtes des fumiers. Je te donne ma démission sur-le-champ, je ne veux pas être complice de ce génocide !

Daniel raccroche, tremblant de colère. Il quitte son bureau, déterminé à ne plus y remettre les pieds, mais arrivé au bout du couloir, il se ravise, si Arlène le contacte, il doit attendre son appel.

Devant les agences bancaires, files d'attente et bousculades sont permanentes, les banques sont submergées par les demandes des clients qui veulent récupérer leurs avoirs avant l'indépendance, mais les retraits sont limités à mille francs par jour et par personne, les guichetiers répètent inlassablement le même discours, Ne paniquez pas, quand vous serez en métropole, vous retrouverez votre compte en totalité, vous ne perdrez rien.

Deleyne se rétablit lentement, un homme d'une cinquantaine d'années au crâne rasé, un peu corpulent, vient chaque soir changer son pansement, lui fait une piqûre et apporte des nouvelles qu'il lui glisse au creux de l'oreille, mais quand il croise Daniel, il ne lui adresse pas un mot. Au bout d'une semaine, Deleyne ne sent plus de douleur au côté, sa blessure est cicatrisée, il doit rejoindre à Oran des gens qui vont utiliser la même filière que lui pour passer au Maroc. Le jeudi soir, il met ses affaires dans un sac de sport, se rase, remercie Daniel de l'aide qu'il lui a apportée, Sans toi, je ne sais pas ce qui serait arrivé. On se reverra dans de meilleures circonstances, fais attention à toi. L'homme chauve descend le perron, scrute les environs déserts, donne le signal du départ, Daniel s'apprête à les accompagner, pour la première fois l'homme s'adresse à lui, Vous, vous ne bougez pas d'ici. Daniel le regarde tirer le portail et jeter un œil de chaque côté de la rue. Avec Deleyne, il s'engage vers la gauche, s'apprête à ouvrir la portière d'une 403 avec sa clé, se penche car quelque chose bloque la serrure, Deleyne est légèrement en retrait. Soudain, surgissant de derrière une voiture garée, deux hommes en civil avec des brassards de police et brandissant des armes automatiques les mettent en joue, au même instant, émergeant du jardin voisin, quatre hommes se précipitent, les immobilisent, plusieurs véhicules de police surgissent, Deleyne et l'homme chauve sont menottés sans ménagement. Daniel arrive près d'eux, un policier lui crie, Retournez chez vous ! L'homme chauve monte dans la première voiture, Deleyne fixe Daniel, Espèce de salaud ! Il est poussé dans la seconde. Les véhicules de police s'éloignent aussi vite qu'ils sont apparus. Au milieu de la rue, Daniel les regarde s'éloigner, Je n'y suis pour rien !

Les jours qui précèdent le référendum guillotine du 1er juillet marquent le début de la liquidation du rêve algérois qui devait durer toujours. C'est tout à coup le sauve-qui-peut général. Les courageux qui avaient juré de mourir sur place les armes à la main changent d'avis et se trouvent face à des dilemmes impossibles. Entre l'essentiel et l'indispensable à emporter, on bourre des valises mais les coffres des voitures ne suffisent pas et les galeries sur le toit n'en peuvent plus, les paquets et les caisses échouent au milieu de la chaussée avec les meubles inutiles, la vaisselle, les bibelots, les jouets, les piles de vêtements, et curieusement ces objets restent là, abandonnés, comme un musée éphémère de la décolonisation, car les voleurs ont disparu et cherchent à sauver leur peau eux aussi. Les malins négocient une place d'avion, sont prêts à payer une fortune pour s'envoler fissa, mais les appareils sont pleins à ras bord, des milliers de personnes s'entassent à l'intérieur de l'aéroport de Maison-Blanche et attendent, résignées, qu'on annonce des vols supplémentaires qui n'arrivent pas, leurs voitures inutiles sont abandonnées portes ouvertes sur le parking, clé de contact sur le tableau de bord. Sur le port d'Alger, c'est pire, trente mille personnes peut-être s'entassent, avec les grands-mères, les enfants et deux valises, une main devant une main derrière, dans des conditions d'hygiène précaires, avec l'espoir de monter dans un bateau surchargé pour Marseille, cuisant sous le redoutable soleil de juin. Les parachutistes assurent un semblant de maintien de l'ordre et distribuent des sandwichs à la foule affamée. Le compte à rebours est lancé, leur vie va s'écrouler sans que personne ne puisse plus faire quoi que ce soit pour les sauver et tous savent que le jour de l'indépendance, il vaudra mieux être loin d'ici, car Alger ne sera plus un département français mais un pays hostile. Ils ont chevillée au plus profond de leurs méninges la conviction qu'en face, l'ennemi jusque-là invisible ne leur fera aucun cadeau, il n'y aura pas de fraternisation, pas de réconciliation, on leur fera payer chèrement cent trente années de misère, de haine et d'humiliation. Personne n'a envie de prendre le risque de se faire égorger. De loin en loin, une rafale de pistolet automatique venant d'on ne sait où, des collines ou de la rue d'à côté, leur rappelle qu'il faut se carapater vite fait car ça va chauffer pour les traînards. Aujourd'hui, c'est la fin, il n'y a plus que des perdants. Où sont-ils, ceux qui voulaient nous sauver, garder ce pays éternellement français, et qui nous ont plongés dans cet effroyable chaos ?

On est tout seuls.

Les employés du siège des chemins de fer algériens se sont posé pas mal de questions sur ce directeur adjoint qui a débarqué six mois avant l'indépendance pour assumer un poste indéfini et dont personne, pas même madame Armand à qui rien n'échappe, ne sait pour quelle raison il occupe le grand bureau contigu de celui du président ; mais comme Daniel salue tout le monde, contrairement aux autres directeurs, on a fini par s'habituer à sa présence. Et puis, la maison a été confrontée comme toutes les entreprises à une épidémie bizarre, une maladie incurable. Un matin, Unetelle n'est pas à son poste et, renseignements pris, on découvre qu'elle a embarqué sur un bateau avec sa famille sans prévenir personne, comme ceux du service d'à côté, d'au-dessus ou d'en dessous, les bureaux se vident les uns après les autres, c'est à qui dissimulera son départ par peur d'en être empêché ou d'être victime de représailles, omerta à tous les étages, même avec des collègues de vingt ans ou plus dont on connaît les enfants et avec lesquels on a tout partagé ou presque. Sans démissionner, sans demander son compte, en laissant ses affaires et ses photos sur la table. Et le lendemain, c'est un autre, et une autre encore, et les chemins de fer se vident inexorablement de leur personnel. Dans les dépôts, la situation est pire, les cheminots, les contrôleurs, les mécaniciens partent en catimini. Un jour ils ne sont plus là, et il n'y a plus personne à leur domicile. Envolés. Et personne pour les remplacer. Les retraités qui se la coulaient douce au soleil, qui venaient donner un coup de main à leurs anciens collègues quand ils avaient besoin de soutien, ont disparu les premiers, or un train c'est fragile comme tout, ça ne marche qu'avec un entretien amoureux. Quand les cheminots ne bossent plus, les locomotives arrêtent de rouler. Début mai, un tiers des lignes ne sont plus assurées, début juin, la moitié. Et les usagers ont le plus grand mal à obtenir des informations en station car les chefs de gare ont fui eux aussi et personne ne peut fournir le moindre renseignement. Paradoxalement, Daniel va être le dernier directeur à rester à son poste et tout le monde se pose la même question angoissante : Mais où va-t-on ?

Daniel attend un appel d'Arlène, il ignore où elle se trouve. Quelque part sur une base du Sahara. Et il est dans l'impossibilité de la contacter. Mais il est sûr que désormais sa vie ne pourra pas se faire sans elle, même si elle ne s'est pas engagée, qu'elle est restée évasive quand il s'est déclaré. Le plus important ? C'est qu'elle n'a pas dit non. Il sait bien pour quelle raison elle refuse de prendre position : avec elle, les choses doivent être claires. Il doit retrouver sa liberté, retourner à Paris, révéler la vérité à Marie, trouver la meilleure solution pour le futur. L'argent ne sera pas un problème et il lui laissera la garde de Thomas. Que peut-elle demander d'autre ? Leur vie de couple est terminée depuis longtemps, Daniel a bon espoir que la séparation se passe au mieux.

Pourquoi en serait-il autrement ?

Le référendum est une formalité, près de cent pour cent de réponses en faveur de l'indépendance, fixée au jeudi 5 juillet. L'exode prend des proportions dantesques, des embouteillages monstrueux se forment à la sortie des villes, une file d'attente sur trois voies de quinze kilomètres de long bloque la frontière marocaine ; cent mille Français s'entassent dans les ports et les aéroports pris d'assaut en espérant rejoindre le demi-million qui a réussi à fuir les deux mois précédents. Des appartements, des maisons, des commerces, des voitures changent de propriétaire en quelques minutes pour une bouchée de pain. Le lundi qui suit le vote, Daniel est en train de lire le journal dans son bureau quand son téléphone sonne, il décroche, Allô, c'est moi, c'est Marie. Comment cela se passe-t-il là-bas ? Tu pourrais donner des nouvelles.

– C'est assez calme pour l'instant, le port d'Alger est saturé, c'est la panique à l'embarquement, les bateaux partent avec une surcharge de mille personnes à chaque rotation. Sinon, il y a des cafés et des commerces ouverts, la vie continue à peu près.

– C'est quoi cette interview d'Arlène par Eugène Le Goff ? Je n'étais pas au courant. Il m'a dit que tu avais insisté pour qu'il la fasse, il pensait que j'étais d'accord.

– C'est un numéro spécial pour les quinze ans de la disparition de Thomas, il faut rétablir la vérité. On n'a pas pu le faire à l'époque, le moment est venu de…

– Pourquoi ne m'en as-tu pas parlé ?

– Parce que tu n'es pas directement concernée, c'est de l'histoire de Thomas qu'il s'agit, la vraie, pas celle qu'on a fabriquée, l'histoire de son amour pour Arlène, c'est en pensant à elle qu'il a écrit ses poèmes de la déception. Uniquement pour elle.

– De quoi te mêles-tu ? Qu'as-tu à voir avec cela ? L'unique vérité, c'est qu'il était fou amoureux d'elle et que cette dinde n'a rien compris à son génie et l'a rejeté, c'est à cause d'elle qu'il s'est suicidé, moi je n'ai rien oublié et je ne lui pardonnerai jamais. Eh bien, je peux te le dire, il n'y aura pas d'interview, j'ai mis mon veto,

– Tu n'as pas le droit de faire cela, je lui avais promis !

– La revue m'appartient, j'en fais ce que je veux, je ne vois pas ce que tu viens faire là-dedans. Et de quelle promesse parles-tu ?… À Arlène ? Tu l'as vue ?

Daniel se lève, il hésite.

– Je vais te quitter, Marie, je n'en peux plus, je ne voulais pas que notre séparation se passe de cette façon, par téléphone, je voulais te le dire en face, en parler avec toi, mais je vais te quitter, c'est fini nous deux. Je ne veux plus faire semblant, je ne peux plus continuer dans le mensonge.

– Mais pourquoi ? Je ne comprends pas… C'est à cause d'elle ? C'est ça ?

– J'ai retrouvé Arlène, et personne ne pourra nous empêcher de vivre ensemble.

– Il faut qu'on se voie, Daniel, qu'on se parle, c'est important. Tu reviens quand ?

– Je reste ici pour l'instant. Je rentrerai plus tard mais cela ne changera rien, on ne peut plus vivre ensemble. Nous devons nous séparer.

Daniel raccroche, se rassoit. Trente secondes plus tard, le téléphone se remet à sonner, longtemps, mais il ne réagit pas, la sonnerie finit par s'interrompre, puis recommence une nouvelle fois. Daniel quitte le bureau et ferme la porte derrière lui. Le lendemain, il revient à son poste, attend l'appel d'Arlène. En fin de matinée il sort, trouve une épicerie ouverte, fait quelques provisions. Alors qu'il revient vers le siège de l'entreprise, il aperçoit Arlène qui attend devant l'entrée de l'immeuble, une petite valise à côté d'elle, Je viens d'arriver de Reggane, ça a été un peu compliqué mais je suis tranquille pour quelques jours.

– Allons prendre un verre.

Ils prennent place à la terrasse d'un café à l'angle du boulevard, Daniel lui raconte le coup de fil de Marie, l'échange tendu, la séparation annoncée, Voilà, c'est fait. Je croyais que ce serait une montagne à gravir et finalement, ce fut moins difficile que je ne le redoutais. Il n'y avait plus grand-chose entre nous, mais elle ne supporte pas l'idée que je la quitte pour toi. Quand je retournerai à Paris, on se reverra avec Marie, on parlera en tête à tête, il faudra qu'elle se fasse une raison. De notre côté, on va pouvoir envisager notre avenir et choisir, j'ai entendu ce que tu m'as dit, je ne te mets pas la pression, tu restes libre de décider de ce que tu veux faire et on va prendre notre temps.

Le soir, ils retournent à la villa, préparent un dîner sur la terrasse. La douceur de l'été les enveloppe, jamais on ne pourrait imaginer dans ce calme indolent que le pays est à la veille d'un si grand bouleversement, si redouté par les uns, tant attendu par les autres, Je n'ai pas de date de retour fixée pour l'instant, dit Arlène, nous rencontrons tellement de difficultés que nous devons d'abord résoudre nos problèmes d'organisation.

Le lendemain, Daniel veut descendre faire un tour en ville pour voir comment se déroule la première journée de l'indépendance, car sur la colline c'est le calme qui domine, on n'entend que le piaillement des oiseaux, mais Arlène n'a pas envie de bouger, Je suis fatiguée, vas-y si tu veux, moi je vais prendre un bain pendant une heure, puis me reposer au soleil, je n'ai même plus la force de lire. Je voudrais dormir pendant une semaine.

– Je n'y vais pas, on reste ensemble.

Ils passent la journée côte à côte, à se faire bronzer sur la terrasse, ne parlent ni de cette situation inconnue, ni de leurs problèmes. Dans l'après-midi, Arlène se redresse, J'ai pris un coup de soleil, tu as de la crème ?… Je n'aurais pas cru que cela se passerait si facilement pour nous deux. Il y a une dizaine d'années, j'ai fait mon stage sur la pile Zoé au fort de Châtillon et mon patron disait toujours : « Quand ça marche bien, méfiance, c'est qu'on ne voit pas le problème qui va nous tomber dessus. » Viens, allons marcher. Ils avancent sur l'avenue déserte, Daniel tend l'oreille, C'est bizarre ce silence, si cela se trouve, la ville est à feu et à sang.

– Tu sais, je crois que j'y vois un peu plus clair pour nous.

– Lors de notre dernière rencontre, je t'ai fait une promesse, je t'ai dit que nous fêterions nos trente-quatre ans ensemble, eh bien elle tient toujours, ici, à Paris ou ailleurs, mais nous serons tous les deux, je te préviens, tu n'es pas près de réussir à te débarrasser de moi.

Ils trouvent une épicerie dont le patron leur donne des nouvelles de la fête de l'indépendance, leur garantit que les communautés ont fraternisé sans aucune distinction de religion, que tous vont vivre en paix dans ce pays et pouvoir travailler à sa reconstruction.

Le vendredi matin, Arlène et Daniel se réveillent tard, traînent au lit, prennent leur petit déjeuner en pyjama sur la terrasse quand la sonnette du portail résonne, la propriétaire de la maison d'en face, une femme menue d'une soixantaine d'années, veut savoir s'ils ont de l'électricité, parce qu'elle est dans le noir depuis la veille, Le service de dépannage ne répond plus, ni aucun artisan.

– Vous avez de la chance, cette dame travaille chez EDF, dit Daniel en souriant.

Arlène se lève, Ne vous inquiétez pas, je m'habille et je viens voir ce qui se passe. Vous avez des outils ?

– Mon mari n'était pas très bricoleur, mais je dois avoir un tournevis.

Arlène se prépare, rejoint la maison de la voisine pendant que Daniel va chercher la boîte à outils dans le garage, mais il entend un véhicule s'arrêter devant chez lui et une portière qui claque. Il aperçoit Marie et Thomas qui descendent d'un taxi, le chauffeur ouvre le coffre, en extrait une valise, elle le paye, la voiture s'éloigne, Daniel va à leur rencontre, Mais que faites-vous là ?

– Eh bien, dit Marie, comme tu ignorais quand tu allais revenir, nous sommes venus te rejoindre.

– Mais c'est de la folie, tous les Français essayent de fuir ce pays, il y a des fusillades, des règlements de comptes. Ce n'est pas le moment de prendre le moindre risque.

– Tu disais le contraire, et ça a l'air très calme ici.

– Rentrez, je dois apporter des outils à la voisine et je reviens.

Daniel se précipite au premier étage, attrape un grand sac dans lequel il entasse les affaires d'Arlène, sa trousse de toilette, son sac à main, redescend, traverse la rue, rejoint Arlène qui examine le compteur électrique de la voisine avec une torche, Marie et Thomas viennent d'arriver ! Le mieux, c'est que tu ailles à l'hôtel du Parc et que tu attendes là-bas, je vais les raccompagner à l'aéroport, peut-être demain si j'y arrive, pas question qu'ils s'éternisent ici.

– Mes affaires sont dans la maison !

– Je les ai prises… Le plus important, c'est qu'ils repartent le plus vite possible. Je sais pour quelle raison elle est venue, on va s'expliquer. Je t'appelle dès que je peux. Ne t'inquiète pas, ce n'est qu'une question d'un jour ou deux.

– Elle me hait. Elle ne va pas accepter pour nous deux.

– Cela ne changera rien, je dois discuter avec elle, on va régler notre problème. Je te fais une promesse, Arlène. Un jour, pas plus. Fais-moi confiance. Je te donne rendez-vous demain à l'hôtel du Parc, à six heures au plus tard, et tu peux me croire, tout sera fini. Après, on sera ensemble pour toujours.

Marie attend, assise sur le canapé du salon, à côté d'elle Thomas regarde son père d'un air sévère, Voilà, dit-elle, nous sommes tous les trois, nous allons pouvoir parler.

– Mais nos problèmes de couple ne regardent pas Thomas, il n'a rien à faire là.

– Eh bien, je pense le contraire, nous formons une famille. Et ce que tu m'as annoncé le concerne aussi. Alors il a sa place ici, avec nous. Cette fois, tu ne pourras pas te défiler, je ne veux pas que tu prétendes que je modifie l'histoire, que j'en raconte une autre, Thomas est un homme maintenant, la vérité il doit l'entendre de ta bouche, savoir qui tu es et ce que tu fais.

– Thomas va avoir dix ans, c'est un enfant, il doit rester en dehors de ça. Tu n'as pas le droit de le manipuler.

– Moi, je considère mon fils comme une personne responsable, je lui ai posé la question, s'il voulait ou pas connaître le sort que tu nous réserves, il a choisi librement d'être avec nous, je ne l'ai influencé en rien, il veut entendre ce que tu penses, tu dois t'exprimer sans rien dissimuler. Daniel, nous sommes venus jusqu'ici pour t'écouter.

– Je refuse. C'est du chantage. Il n'est pas question une seconde qu'il soit présent. Ce sera sans moi. Je vais vous raccompagner à l'aéroport, vous allez rentrer en France et on s'expliquera entre adultes.

– On ne bougera pas tant que nous n'aurons pas eu d'explication, dit Marie.

Elle se tourne vers son fils.

– Es-tu d'accord avec moi, Thomas ? Veux-tu savoir ce que ton père a à nous dire ?

– Je le veux vraiment.

Daniel cherche son paquet de cigarettes, en allume une.

– Marie, je ne peux pas résoudre tes problèmes, avec toi c'est le bras de fer permanent, tu décides de tout et tu l'imposes sans te préoccuper de l'opinion des autres. C'est toujours à prendre ou à laisser. Mais la vie, ça ne marche pas comme ça, quand on vit avec quelqu'un, on l'écoute. Tu voulais que je m'exprime devant notre fils, qu'il soit notre témoin, alors voilà, j'obéis une dernière fois, mais je ne suis pas dupe de ton manège car tu te sers de lui : c'est vrai, notre famille n'existe plus. Depuis longtemps, il n'y a plus rien entre nous, je regrette que notre histoire se termine de la sorte mais je veux qu'on se sépare. Demain, je vous accompagnerai à l'aéroport et vous rentrerez à Paris, mais sans moi… Et si tu ne veux pas partir, je te laisse cette maison, tu pourras y rester le temps que tu voudras. Mais sans moi… Si vous avez faim, il y a de quoi manger dans la cuisine, moi je vais me coucher.

Le matin, quand Daniel ouvre un œil après une nuit sans sommeil, il découvre que Marie est assise dans le fauteuil en face de son lit, Ah, tu es là. Marie a les traits fatigués et le fixe d'un air impassible, il ne remarque pas la feuille tapée à la machine qu'elle tient dans la main droite, Tu pars avec elle, c'est ça ?

– Écoute, j'ai mal dormi, je suis fatigué, je vais prendre une douche.

– Toi et Arlène, cela fait combien de temps ?… Réponds-moi, Daniel, et je ne ferai pas d'histoires, je prendrai l'avion et ce sera fini, comme tu le souhaites, mais j'ai besoin de savoir… J'ai l'interview d'Arlène par Le Goff.

Daniel s'assoit sur le bord du lit. Marie lève la feuille, se met à la lire : « Thomas savait de qui j'étais amoureuse et il en a été blessé, mortifié, je ne me suis pas rendu compte à quel point c'était grave, j'aimais profondément quelqu'un dont il était proche… » C'est de toi que parle Arlène ? C'est de toi qu'elle était amoureuse ?

– Oui, Arlène et moi on s'aimait, vraiment. Et Thomas l'a

découvert. Il nous a suivis probablement. On faisait attention à ne pas le froisser, parce que je l'aimais comme un frère et Arlène aussi. C'était une situation intenable, il était sans concessions et à fleur de peau et on craignait sa réaction. Ce qu'on n'avait pas mesuré, c'est à quel point son amour pour Arlène était immense.

– Alors, s'il s'est suicidé, c'est à cause de vous ?

– On ne connaîtra jamais la raison mais la vie lui était devenue insupportable.

– Tu te rends compte que moi, je n'ai rien vu. Pas une seconde je ne me suis doutée qu'Arlène et toi vous étiez ensemble, que vous étiez amoureux l'un de l'autre. Mais pourquoi l'avoir quittée à ce moment-là ? Pourquoi m'avoir proposé le mariage ? Je ne te demandais rien… Moi, je pensais que tu m'aimais, je n'aurais jamais imaginé que tu voulais rattraper ta faute… Alors pendant toutes ces années, tu m'as menti ?… C'est horrible.

– La seule vérité, c'est qu'après la mort de Thomas, lorsque j'ai quitté Arlène et que je t'ai proposé de vivre avec toi, j'étais sincère, totalement sincère.

Marie se lève, reste un instant debout face à Daniel, lâche la feuille qui tombe à terre et quitte la pièce.

Daniel dépose la valise de Marie dans le coffre de la 203 garée dans la rue, Marie et Thomas montent dans le véhicule, elle à la place du passager, lui à l'arrière. Daniel ferme le portail à clé. La voisine de la maison d'en face lui fait un signe de la main, Daniel la salue, elle s'avance vers lui, L'électricité marche bien, merci. Vous partez ?

– On va à l'aéroport. Espérons qu'on trouvera des places.

Daniel monte dans la voiture et démarre. Il prend un boulevard sinueux qui descend vers la côte. Marie se tourne vers lui,

Et ça durait depuis combien de temps votre histoire ? J'ai le droit de savoir.

– J'ai retrouvé Arlène par hasard dans un avion au début de l'année, on a évoqué nos souvenirs, c'est de cette façon que l'idée de l'interview est arrivée. On voulait rectifier les erreurs.

– On se doute de la suite. Cela n'a pas traîné.

– Ah non, ce n'est pas le moment.

Marie se tourne vers Thomas, Tu vois, ton père me trompe depuis des mois avec mon amie d'enfance, celle qui a poussé ton oncle au suicide, et tout est normal.

– Arrête, je t'en prie. Daniel regarde la route devant lui et ne prête pas attention à la traction avant qui le suit de près dans la descente, Laisse Thomas en dehors.

– Je te hais pour tes mensonges, dit Marie. Pourquoi ton fils devrait-il ignorer que tu nous quittes pour cette femme ? que nous ne comptons pas pour toi et que tu attends avec impatience le moment de te débarrasser de nous pour la rejoindre ? Pourquoi la vérité fait-elle toujours peur quand on la dit ? Ou alors je me trompe ? Tu ne vas pas la retrouver peut-être ?

– Si, et j'en suis heureux. La meilleure chose qui me soit arrivée, c'est d'avoir renoué avec elle.

La 203 arrive dans le bas de la ville. Ni Daniel, ni Marie ne remarquent la traction qui les double et s'arrête au feu rouge devant eux, ni l'homme en chemisette blanche qui en descend et se dirige vers eux, un pistolet automatique dans la main droite. L'homme s'immobilise à trois mètres de la 203 et tire une longue rafale sur eux. Les vitres de la Peugeot explosent. Daniel est touché au torse par plusieurs balles, Marie en reçoit une en plein front. Thomas est blessé et perd connaissance. Le tireur remonte dans la traction, qui s'éloigne rapidement. De l'huile fumante s'échappe du moteur du véhicule criblé de projectiles et s'écoule sur le sol. Deux hommes en blanc sortent en trombe de l'hôpital Parnet voisin. Le premier ouvre la porte passager, examine Marie, prend son pouls, Pour la femme, c'est trop tard. Il fait le tour du véhicule, ausculte rapidement Daniel, puis Thomas, Transportons-les à l'hôpital.

Dans le salon vide de l'hôtel du Parc, Arlène attend, sa montre marque six heures un quart. Elle écrase sa cigarette dans le cendrier, hésite à rester ou à partir. Elle avance dans la rue, hèle un taxi qui la dépose en face de la villa de Daniel, sonne au portail, personne ne répond. Elle insiste, se met sur la pointe des pieds pour essayer de regarder dans le jardin, quand elle entend une voix de femme derrière elle, la voisine s'approche, Ils sont partis ce matin tous les trois, ils sont allés à l'aéroport, votre collègue espérait trouver des places, en ce moment ce n'est pas facile. Moi, j'ai décidé de rester, je suis née ici, je vais mourir ici. En tout cas, merci pour l'électricité, sans vous je ne sais pas ce que j'aurais fait, plus rien ne marche dans ce pays.

Arlène s'éloigne à pied. Lentement. Désormais, elle a tout son temps. Elle devrait être en colère, avoir envie de hurler après Daniel ou de pleurer, mais elle se sent bizarrement calme. Arrivée au carrefour, elle se retourne. Au loin, dressée sur une colline, Notre-Dame d'Afrique émerge de la brume, indifférente sur son promontoire aux vicissitudes des fourmis qui s'agitent à ses pieds. Et Arlène se dit qu'on ne peut pas faire confiance aux hommes et à leurs promesses, que Marie l'a retourné et lui a fait changer d'avis sans difficulté et qu'elle a eu, comme d'habitude, le dernier mot.

Les atomes crochus

Mon père dit toujours, Dans la vie, il y a ceux qui héritent et les autres. Il m'a regardé longuement, a passé sa main dans mes cheveux sans penser qu'il me décoiffait et a précisé, Toi, t'es trop gentil, va falloir que tu sois plus combatif, comme moi, comme tous les copains. La vie est un combat sans fin, mon grand. Parce que ceux qui sont nés du bon côté du manche ne te laisseront pas approcher et tout ce que tu obtiendras, c'est par la lutte que tu l'auras. J'ai fait oui de la tête, il a ajouté, Au départ, quand on a demandé salaire double pour la nuit du dimanche et le rattrapage des jours fériés, le patron a refusé en disant qu'on allait le ruiner, il a fallu qu'on se mette en grève, on a perdu dix jours de salaire mais lui a perdu beaucoup plus, il a fait ses calculs et s'est rendu compte que ça lui coûterait moins cher de nous accorder ce qu'on réclamait. Faut se battre tout le temps, retiens bien la leçon, personne ne te fera de cadeau. Quand il a eu fini de parler, ma mère est entrée dans la pièce en tenant le gâteau d'anniversaire avec les bougies allumées, il a soupiré et ce n'était pas à propos du gâteau, j'ai dû souffler deux fois pour les éteindre, tout le monde a applaudi, et ils ont commencé à chanter Happy Birthday Laurent mais ils ne connaissaient que la première phrase de la chanson.

Je n'ai pas demandé à mon père comment il comptait s'y prendre avec ma mère, avec elle la grève et la bataille ça ne marchera pas. Mais peut-être qu'en s'y mettant à deux, en unissant nos efforts, on y arrivera.

À son retour d'Algérie, elle n'était plus comme avant, elle est revenue avec une sorte de sourire accroché aux lèvres même quand il n'y avait aucune raison de sourire et puis elle qui était si vive, qui s'impatientait toujours pour tout, qui était capable de faire trois choses en même temps, était devenue lente et semblait dans la lune. Les premières semaines, elle était tellement fatiguée que mon arrière-grand-mère est revenue s'installer à Bruyères le temps qu'elle récupère, ma mère dormait tout le temps, comme si elle n'avait pas dormi pendant les quatre mois de son séjour algérien, et quand elle se levait, elle disait qu'elle se sentait molle comme une chiffe et elle restait dans le fauteuil du salon sans rien faire, sans lire ni regarder la télé, attirée seulement par le chant des merles dans le jardin. Le médecin lui a prescrit un mois d'arrêt et des médicaments pour lui redonner du tonus ; quand il l'a réexaminée, il a trouvé qu'elle n'allait pas mieux mais elle a refusé un deuxième arrêt, elle est retournée travailler et a dit, Les pilules, c'est fini. Le lendemain, elle nous a appris qu'elle avait vu son directeur et qu'elle avait demandé à ne plus retourner en Algérie. On a pensé qu'elle avait raison, que si elle restait là tout le temps, ça irait mieux. Un peu avant mon anniversaire, elle nous avait annoncé d'un air ravi qu'elle quittait le CEA et qu'elle entrait au CNRS dans le service de physique théorique qui se créait sur le nouveau site de Saclay pour bosser sur un projet où elle ferait de la recherche, parce que c'était ça qu'elle aimait le plus. Elle allait rejoindre l'équipe d'une douzaine de chercheurs qui se constituait et dont quatre avaient travaillé avec elle au fort de Châtillon, ça lui plaisait d'être présente au démarrage du programme préliminaire qui devrait durer trois ans, quand il faut tout imaginer au tableau noir, avec des milliers d'équations, de croquis et des tonnes de calculs, car l'idée c'était de concevoir quelque chose de révolutionnaire : une nouvelle pile avec un réacteur polyvalent à eau légère adapté aux irradiations en neutrons rapides, mais lorsqu'elle a vu notre air perplexe, elle a ajouté qu'elle ne pouvait pas nous en dire plus parce que c'était top secret.

Comme d'habitude.

Le problème, c'est qu'on devait déménager à Saclay, et quand un samedi elle s'est décidée pour qu'on aille visiter notre future habitation, on n'a pas réussi à la trouver, on a tourné en rond pendant des heures, on a manqué de s'enliser à plusieurs reprises, les ouvriers qu'on croisait n'ont pas su nous renseigner, ils étaient en train de tracer des rues dans les champs et les prairies, de les relier les unes aux autres, de creuser des fossés, de poser des kilomètres de canalisations. Partout sur ce plateau désertique pagailleux et hideux s'élevaient des bâtiments et des écoles à l'état d'ébauches, émergeant de la gadoue au milieu des gravats abandonnés, des palissades recouvertes de vieilles affiches électorales et de panneaux qui vantaient les futures constructions et le bonheur de vivre ici, il paraît qu'un bus devait passer quelque part mais personne ne savait où. Quand elle a découvert ce bazar, ma mère est retournée voir son patron et a demandé à garder la maison de Bruyères, elle viendrait bosser au service de physique en voiture car ce n'était pas si loin de chez nous. Il était question qu'on patiente quelques mois avant de rejoindre Saclay, mais les constructions de ce chantier monstrueux surgissaient de terre à perte de vue et n'en finissaient pas, et au bout d'un an ma mère a annoncé qu'on restait à Bruyères parce qu'on y était bien et que là-bas, le chaos n'en finirait jamais.

Pendant ces deux années, j'ai fait tout ce qui était en mon pouvoir pour réunir mes parents en espérant que l'étincelle se produirait à nouveau, j'ai sauté sur chaque occasion pour qu'ils soient ensemble et se parlent, et je peux affirmer que lorsqu'on les voit côte à côte lors de nos sorties ou de nos réunions de famille en train de rire ou de discuter, de chanter ou de danser, un étranger pourrait penser que ces deux-là forment un vrai couple, j'ai aperçu dans leurs regards bien plus que de l'amitié ou de l'estime, et un regard ça ne trompe pas, j'ai remarqué comment elle souriait à ses blagues débiles, j'ai vu comment il l'écoutait, comment il hochait la tête et s'imprégnait de ce qu'elle disait.

Oui, j'ai observé ces regards qui n'étaient pas indifférents, le problème c'est qu'ils n'étaient jamais synchronisés.

Je ne suis pas le seul à m'interroger sur l'étrangeté de leur relation, un jour d'anniversaire où je débarrassais la table chez ma grand-mère Irène, j'ai entendu ma tante Jacqueline qui faisait la vaisselle dans la cuisine demander à ma tante Françoise, Finalement, Arlène et Pierre, ils sont ensemble ou non ? Et l'autre de répondre, Je ne crois pas, mais à vrai dire je n'en sais rien, avec eux c'est compliqué.

Parfois, on les sent proches à s'embrasser, mais je dois reconnaître que cela n'arrive pas souvent, comme s'ils étaient sur leurs gardes, qu'ils se méfiaient l'un de l'autre, j'ai entendu des réflexions amères, des, Décidément, tu ne comprendras jamais rien, ou, Tu ne changeras jamais, ou encore, Comment peux-tu dire autant de bêtises ? Ces piques qui anéantissent mes espoirs et les renvoient dans leurs vies séparées avec moi au milieu en train d'essayer de recoller les morceaux. En vérité, ils sont en désaccord non pas sur tout comme dit ma mère, mais sur l'essentiel comme l'affirme mon père. Dès qu'ils abordent un sujet politique, ils se transforment en adversaires, presque en ennemis, mais peut-on parler de politique paisiblement quand l'un est un militant pacifiste et communiste qui passe ses nuits à composer un journal de droite, qui abomine de Gaulle et rêve de le dégommer, et l'autre une gaulliste convaincue qui le porte aux nues pour avoir sauvé deux fois la France ?

Au moins.

À l'annonce d'une conférence de presse du Général, du vote d'une loi importante ou d'une grande manifestation, l'un propose à l'autre, Aujourd'hui, laissons les sujets qui fâchent au vestiaire, profitons de cette sortie sans nous faire avoir par l'actualité. Parfois, ça marche et la vie est exaltante, le bonheur parfait, mais il suffit d'un rien pour que ça dégénère, c'est imprévisible, à cause d'une remarque anodine comme, Avec la grève, on s'est tapé deux heures d'encombrements, ou, Non mais tu as vu ces vendus de journalistes à la télé, il n'y a plus aucune liberté dans ce pays. Et la belle journée se termine dans la confusion et l'amertume. Il y a aussi un sujet tabou : le boulot de ma mère, qu'elle revendique haut et fort, une abomination sans excuse selon mon père. Qu'elle ait refusé de poursuivre sa mission en Algérie ne change rien pour lui, car au CNRS elle passe sa vie dans le principal centre de recherche nucléaire qu'est devenu Saclay. Et je dois dire que ma mère n'arrange rien. Parce qu'elle se tait. À cause de ce secret défense qu'elle doit respecter sous peine des pires sanctions, et c'est ce silence qui bousille tout. Elle pourrait s'expliquer quand il l'accuse de développer des armes terrifiantes, d'être la complice de ceux qui vont détruire la planète, mais elle lui répond, Même si je t'expliquais, tu ne comprendrais pas ce que je fais, la seule chose que je peux te dire, c'est que nous travaillons aussi sur des développements industriels et médicaux et que nous sommes loin, très loin, d'atteindre la puissance atomique des Soviétiques, mais curieusement on n'a jamais entendu aucun pacifiste protester contre l'explosion dans l'atmosphère il y a quelques mois de la bombe thermonucléaire russe, qui était trois mille trois cents fois plus puissante qu'Hiroshima, oui, tu as bien entendu : trois mille trois cents fois plus puissante ! La chaleur a été ressentie à trois cents kilomètres à la ronde, toute vie a disparu dans un rayon de quarante kilomètres du point d'impact et le nuage radioactif a fait trois fois le tour de la Terre. Mon père a baissé la tête. C'est pour cela que je suis pessimiste sur les chances de les revoir un jour ensemble.

À la Pentecôte, mon père est venu poser du carrelage dans la salle de bains car il trouvait que l'artisan demandait un prix exorbitant, avec lui ce serait mieux fait et ça ne coûterait rien. Le samedi, il s'y est mis en pestant parce que la colle ne collait pas assez, qu'il était parti du mauvais côté et que ma mère n'avait pas voulu démordre de la pose en diagonale, il a dû tout refaire et a fini par y arriver, je lui passais les carreaux et les croisillons, ça commençait à prendre forme. On a dîné tous les trois, on a passé une soirée formidable à jouer à la belote et il a gagné. On s'est couchés assez tard. Le matin, quand je me suis levé, la maison était silencieuse, je suis allé voir mon père, il n'était pas dans la chambre d'ami, son lit était à peine défait, j'ai poussé la porte de la chambre de ma mère, ils étaient dans le même lit, en train de dormir. Ça m'a fait tout drôle parce que c'était la première fois que je les voyais ensemble ainsi et je me suis senti incroyablement heureux et libéré. Ceux qui disent que la foudre ne tombe jamais deux fois au même endroit sont dans l'erreur.

On a connu pendant quatre mois une vie bizarre, presque normale, pas une vie de famille non plus, parce que en semaine ils restaient chacun chez eux, une sorte de période d'essai, sans agression ni dispute, sans qu'aucun des deux monte sur ses grands chevaux, avec des samedis où on allait faire les courses au marché d'Arpajon et des dimanches calmes où on s'ennuyait un peu après le déjeuner.

Comme tout le monde.

J'ai pensé qu'à force de se déchirer, ils avaient fini par comprendre qu'avoir raison tout seul ne servait qu'à se retrouver aigri dans son coin, et qu'ils s'étaient dit qu'ils devaient faire un effort pour mériter de vivre à trois. Une fois, alors que mon père installait des stores vénitiens dans le salon, j'ai surpris une conversation entre eux où il affirmait qu'il n'était pas envisageable pour lui de s'installer à Bruyères parce que c'était trop loin de *France-Soir*, et ma mère a répondu qu'il n'était pas question pour elle de déménager à Paris car elle aimait cette maison en pleine verdure dont le loyer était peu élevé et qui était à vingt minutes de Saclay en voiture, Faut qu'on réfléchisse. Et il a continué à faire des trous. J'ai cru qu'on était sur la bonne voie et qu'ils allaient trouver une solution pour qu'on vive ensemble. Ensuite, il y a eu les élections, les grèves de novembre, et mes espérances ont fait pschitt. Mon père était en train de poser dans ma chambre le papier peint que j'avais choisi au magasin de Montlhéry quand ma mère est entrée avec le journal ouvert et a lancé, Ce n'est pas vrai, vous n'allez pas faire une grève générale ? Vous commencez à… Elle n'a pas fini sa phrase. On aurait dit un chat haineux et un chien furieux qui s'affrontaient. Mon père a jeté sa brosse à encoller par terre, a enlevé son bleu de travail et a rétorqué, Et comment qu'on va la faire ! Et on va en finir avec ce régime pourri et ceux qui le soutiennent. Et il est parti en claquant la porte. Sans m'embrasser ni se retourner. Ma chambre est restée en rade, ma mère a déclaré que pour si peu ça ne valait pas la peine d'appeler quelqu'un et elle a voulu terminer la pose elle-même, j'ignore ce qui s'est passé mais le papier s'est vite gondolé, il a fallu appeler un artisan pour finir le travail. Mon père n'est jamais revenu à

Bruyères. La guerre de tranchées a recommencé, avec des accalmies, des statu quo, des poussées de fièvre, des rires partagés et des indifférences.

Tout était à refaire.

Longtemps, j'ai cru que mon père en rajoutait quand il affirmait que leur séparation était due uniquement au travail de ma mère, un travail de collabo, ajoutait-il, à sa manie du secret qui entourait son métier et le rendait mystérieux, presque menaçant. Quand j'essayais de la défendre en soutenant qu'il y a des choses qu'on a le droit de dire et d'autres pas, il me répondait qu'il n'y avait aucun mystère mais des cachotteries pour dissimuler des mauvaises actions, les mensonges de l'État et des menaces contre l'humanité. Je me disais qu'il exagérait, comme souvent. Aujourd'hui, je me demande s'il n'a pas raison, si cette culture du silence absolu ne masque pas autre chose. Surtout depuis que j'ai découvert une cachette aménagée dans la soupente du grenier un après-midi où je cherchais un livre, une cavité d'une cinquantaine de centimètres de profondeur fermée par un clapet en bois amovible et aménagée derrière le conduit de cheminée. À l'intérieur sont dissimulées deux anciennes boîtes de madeleines de Commercy contenant des liasses de documents, une cinquantaine de pages tapées à la machine à en-tête du CEA avec le cachet secret défense ou la mention Confidentiel sur chaque page et autant de doubles au papier carbone, et à côté, entourés d'un élastique, des centaines de badges en plastique renfermant un film négatif étroit avec une bande allant du gris au noir. J'ignore pour quelle raison elle a aménagé cette cache, je me doute que ce doit être important pour elle, si ce n'était pas grave, ma mère n'aurait pas pris la peine de dissimuler ces boîtes avec ces documents, elle les aurait laissées sur une étagère et je n'y aurais jamais prêté attention, mais si elle les a cachées, cela doit avoir un sens. Je ne sais pas quoi faire. J'ai tout remis en place.

*

C'est peu de temps après mon entrée en quatrième au lycée d'Arpajon que notre vie a basculé. Cela s'est fait insidieusement, le temps que je réalise ce qui se déroulait devant mes yeux, c'était trop tard, le mal était irréversible. C'était un samedi après-midi de septembre, on se serait cru en juin tellement il faisait bon. Je me trouvais dans le jardin devant la maison, assis dans le fauteuil en osier en train de lire *Week-end à Zuydcoote*, un livre formidable que mon père m'avait offert pour mon anniversaire, et le souvenir que je garde c'est ce toc-toc-toc intrigant. Je l'ai entendu avant de le voir, le bruit métallique s'est rapproché, j'ai dressé la tête et j'ai aperçu un homme assez jeune dans la rue, dont la tête dépassait de la haie et qui avançait en se dandinant, probablement en s'appuyant sur une canne, il était élégant, avec un costume gris bien coupé et une cravate foncée, pas du tout le genre des hommes du coin habillés comme des sacs. Il s'est arrêté devant notre porte ajourée, est resté quelques secondes à chercher un nom mais il n'y en a aucun, pas plus que sur la boîte aux lettres, il n'y a que le chiffre 32 sur une plaque. Il a regardé par-dessus les troènes, m'a aperçu et m'a souri, Excusez-moi, jeune homme, je cherche madame Arlène Chardin, est-ce qu'elle habite ici ?

Je me suis redressé, Oui. Nous sommes restés un moment à nous considérer. Si j'avais su à qui j'avais affaire, j'aurais répondu non. Et il aurait passé son chemin, serait reparti et rien ne serait arrivé, mais il m'a fait une bonne impression avec sa tête avenante de premier de la classe, je suis allé jusqu'à la porte, il m'a dévisagé longuement, Vous êtes Laurent ? J'ai été surpris que cet inconnu connaisse mon prénom, Je suis un ami de votre mère, un vieil ami. Je lui ai ouvert, il est entré, a levé la tête comme s'il jugeait la maison, puis il a aperçu la couverture de mon livre, Oh, c'est un roman exceptionnel que vous lisez, peu d'auteurs ont réussi à rendre l'effroi de la guerre avec autant de réalisme, mon père a failli mourir noyé à deux kilomètres de Zuydcoote, cette débâcle sur la plage il l'a vécue, eh bien malgré plusieurs essais, il n'est jamais arrivé à le lire jusqu'au bout tellement cela lui rappelait cet enfer, et pourtant ce n'est pas un tendre. Il m'a tendu la main, Moi, c'est Daniel.

Le loup dans la bergerie.

La porte de la maison s'est ouverte, ma mère est apparue sur le perron et nous avons joué à une nouvelle version d'Un, deux, trois, soleil. Plus personne ne bougeait, elle était pétrifiée, il était figé et moi je les regardais sans savoir qui menait le jeu. Elle a rompu le charme la première, a descendu les trois marches, nous a rejoints la tête légèrement de travers comme si elle se méfiait et a découvert la canne sur laquelle il s'appuyait, elle l'a fixé un moment, a ouvert la bouche, son visage s'est contracté comme si elle avait mal quelque part, Que s'est-il passé ? a-t-elle murmuré.

– Il y a eu un problème.

Elle a tenu la porte, il est entré en boitant, elle m'a dit à voix basse, C'est un ami d'Alger. Si j'avais un doute sur le trouble de ma mère, j'en ai eu la confirmation lorsqu'elle a posé trois tasses de café sur la table basse du salon. C'était la première fois qu'elle m'en servait un, je n'ai rien dit, j'ai fait comme eux, j'ai remué le sucre en tournant dix fois ma cuillère, mais je ne l'ai pas bu car je n'aime pas le café noir. Ils restaient silencieux, avec des mines de pénitents, elle attendait, lui lançait des regards à la dérobée, il a fini son café, a poussé un soupir, J'étais sur la route de l'aéroport, je les raccompagnais quand une traction s'est immobilisée devant nous, un type en est sorti et nous a tiré dessus avec un pistolet-mitrailleur, le pare-brise qui explose est la dernière image dont je me souvienne, je me suis réveillé six jours plus tard, les toubibs étaient surpris que je sois toujours en vie, que j'aie tenu le coup, je souffrais tellement que je pensais que mon cœur n'allait pas tenir, que j'allais mourir la minute suivante, ils m'ont gavé de calmants et de morphine, j'ai arrêté de compter le nombre d'opérations et de traitements pour lesquels j'ai servi de cobaye, je suis resté onze mois à l'hôpital d'Alger avec des tuyaux partout… Marie est morte sur le coup, Thomas avait été blessé, mais ils n'ont pas voulu me le dire pour ne pas me démoraliser, lorsque je posais la question, ils répondaient, On n'est pas au courant. C'est mon père qui me l'a appris quand il est venu me voir, il était plutôt embarrassé, parce que c'est lui qui était à l'origine de cette fusillade, il avait fait arrêter l'homme que j'hébergeais et ses amis se sont vengés, croyant que je l'avais trahi. J'ai été rapatrié, hospitalisé et opéré encore. Je passe sur les complications, j'ai attrapé une saloperie nosocomiale, j'ai vraiment cru que je ne m'en sortirais jamais, j'ai eu besoin d'une année de rééducation avant d'arriver à me déplacer sans béquilles, je continue deux fois par semaine chez le kiné, il reste quelques douleurs épisodiques et assez dures sur lesquelles la science tâtonne mais j'ai appris à vivre avec, l'espoir est revenu et il m'a fallu près d'un an pour te retrouver parce que dans la bagarre j'avais perdu mon portefeuille dans lequel il y avait ton numéro de téléphone.

Je résume son propos, je ne me souviens pas de tout ce qu'il a raconté, il s'est exprimé longuement, d'une voix calme, comme s'il parlait de quelqu'un d'autre, parfois je ne comprenais pas ce qu'il disait parce qu'il ne s'adressait pas à moi et que je ne pouvais raccrocher les fils entre eux, parfois il s'arrêtait, restait en tête à tête avec ses souvenirs, on attendait qu'il reprenne le cours de son récit, ma mère l'écoutait en se mordant la lèvre, elle n'a posé aucune question. Si j'ai bien compris, ils avaient rendez-vous, mais à cause de cette fusillade il n'avait pas pu y aller ni la prévenir.

Quand il a eu fini, un silence interminable s'est installé, ma mère s'est levée, Je vais refaire du café. Elle est partie dans la cuisine, j'ai pris un air compatissant pour lui montrer que je partageais ses épreuves, puis j'ai rejoint ma mère pour lui dire que cela ne servait à rien de faire du café pour moi, mais je n'ai rien dit parce qu'elle avait les yeux rouges et qu'elle reniflait, elle s'est essuyée avec un mouchoir. C'était la première fois que je la voyais pleurer. Elle m'a adressé un sourire triste, Retourne là-bas, j'arrive. Quand elle a servi le café, il a dit, Peut-être qu'on pourrait se revoir un de ces jours ? Et elle a répondu, Bien sûr. Au dernier moment, Daniel a fait, Non, je ne prends pas de sucre avec mon café… On pourrait déjeuner tous ensemble demain.

– Demain, ce n'est pas possible, c'est l'anniversaire d'une de mes nièces et on doit aller chez Françoise. Une autre fois.

Daniel a fait oui de la tête, il m'a posé plein de questions, dans quelle classe j'étais, quelles étaient mes matières préférées, il a paru content quand j'ai expliqué que j'avais de bonnes notes en français et en histoire-géo, Figure-toi que je connais ta mère depuis longtemps, on était en seconde ensemble, eh bien elle était première en maths et en physique et ça m'énervait qu'une fille soit meilleure que moi dans les matières scientifiques, j'ai été obligé de me résigner parce que c'était impossible de la battre.

Je me suis tourné vers ma mère, Tu ne me l'avais jamais raconté.

– C'est si loin tout ça.

Il a regardé ma mère, Je crois que cela ne sert à rien de te demander ce que tu fais.

– J'essaye toujours d'être la meilleure dans les matières scientifiques et j'ai toujours les mêmes problèmes avec les garçons, même à mon âge.

– Je vais y aller. Il s'est levé en s'appuyant sur sa canne, Aujourd'hui, je ressemble à mon grand-père qui a fait Verdun mais je vais me retaper, crois-moi.

Il a refusé que ma mère le raccompagne à Paris, elle a appelé un taxi, on a fait le tour du jardin en attendant, il a admiré le massif de géraniums. C'est bien la campagne, a-t-il dit. Et puis il est parti. On est rentrés dans la maison, C'est sympa de retrouver un copain de lycée, tu ne m'avais jamais parlé de lui.

– C'est vrai, parce que j'ai décidé de toujours regarder devant moi.

Quand elle m'a fait cette réponse, elle a hésité, j'ai cru qu'elle allait m'en dire plus mais elle s'est ravisée et j'ai réalisé que je ne savais pas grand-chose de sa vie.

Je vis avec ma mère dans cette maison de Bruyères depuis des années, mon arrière-grand-mère Viviane venait s'occuper de moi quand j'étais plus petit, quand ma mère se déplaçait et que je ne pouvais pas rester seul, mais aujourd'hui, depuis qu'elle a décidé de ne plus retourner en Algérie, ses voyages en province sont rares et courts. Nous sommes en tête à tête le matin et le soir, je sais ce qu'elle aime ou pas, ce qui lui plaît ou non, j'essaye de faciliter le quotidien au maximum, de la décharger des tracas ménagers pour qu'on puisse profiter des moments où nous sommes ensemble. Je suis la personne qui la connaît le mieux, mieux que tous les autres membres de la famille et que mon père, parce que lorsque nous sommes tous réunis, on ne se parle pas vraiment, en tout cas elle n'évoque jamais ses activités.

Mais moi, je sais.

Lorsqu'elle discute avec ses collègues au téléphone le soir, le samedi ou le dimanche, je ne suis jamais loin. Quand elle est dans sa chambre au premier et qu'elle passe un appel, j'entends un déclic sur l'appareil qui se trouve dans le salon au rez-de-chaussée et parfois je décroche sans qu'elle s'en aperçoive et j'écoute ce qu'ils se racontent, même si je n'y comprends rien. Et quand elle raccroche, je pose le combiné en même temps et elle ne se rend compte de rien. C'est comme ça que j'ai appris qu'elle travaille sur le projet d'un réacteur atomique dernière génération qui a un drôle de nom : Osiris. Il doit entrer en service l'année prochaine s'ils arrivent à rattraper leur retard car ils ont des soucis avec le circuit primaire de refroidissement et le sas double porte ou un truc dans ce goût-là. Ce que j'entends, je n'en parle à personne, bien sûr pas à ma mère parce qu'elle serait furieuse, ni à mon père, et lorsqu'il me pose des questions car il est curieux, je fais l'innocent. Pas la moindre allusion. Jamais. Je sais et je me tais. Une fois, quand elle est redescendue, je lui ai dit, Tu as l'air préoccupée.

– Ah bon !… Mais tu sais, dans mon métier, c'est quand tout va bien qu'il faut s'inquiéter.

Un jeudi soir, Daniel téléphone, ma mère n'est pas encore rentrée du travail, il voulait prendre de nos nouvelles, me demande ce que je fais, je lui explique que je prépare un exposé sur « Les guerres picrocholines » dans le Lagarde et Michard, mais il ne se souvient pas de ce conflit, il a l'intention de nous inviter à déjeuner le dimanche suivant et de nous présenter son fils. Quand je répercute l'invitation à ma mère, elle paraît dubitative, Peut-être, qu'en penses-tu ?

– Ce n'est pas l'anniversaire de Nicole ?

Elle lève les yeux au ciel. Nicole est une des trois filles de ma tante Jacqueline. Je dois rappeler que ma mère a trois sœurs qui ont chacune trois enfants, ce qui fait, si on ajoute leurs maris, une flopée d'occasions de se retrouver pour des déjeuners dominicaux interminables où nous ne sommes jamais moins d'une vingtaine autour de la table. Elle poursuit, Appelle-la, dis-lui que je suis fatiguée et qu'on ne viendra pas. Ce sera plus amusant de déjeuner avec Daniel et j'ai envie de faire la connaissance de son fils. Ce serait bien que vous deveniez copains.

C'est gentil à elle de s'en préoccuper. Parce que je n'ai pas de copain. De vrai copain, qui me connaîtrait vraiment et à qui je pourrais tout dire et surtout ne pas parler. Elle a remarqué que je n'étais jamais invité par aucun de mes camarades de classe ni par les garçons du lotissement. Je n'aime ni le football, ni le rugby, ni le Monopoly, je préfère lire tranquille et elle dit, Je comprends, dans la vie, on a des amis quand on a des atomes crochus. Il paraît que Thomas, le fils de Daniel, est comme moi. Il n'a pas de copain non plus, Alors, qu'est-ce qu'on fait ? On y va ou pas ? J'ai senti que ça lui ferait plaisir que je dise oui.

Nous nous sommes retrouvés dans un restaurant chic du bois de Boulogne et nous avons fait la connaissance de Thomas. Je n'ai pas grand-chose à dire sur lui si ce n'est que nous faisons exactement la même taille, qu'il est très bien habillé et peu bavard, son père a fait les présentations et ma mère a ajouté, C'est amusant parce que Daniel et moi nous sommes nés le même jour, je suis plus vieille de quelques minutes. Pendant des années, ma mère a répété que c'était un signe, mais on n'a pas encore trouvé lequel. Et vous, vous êtes nés à deux jours d'intervalle, vous êtes des quasi-jumeaux.

– Nous sommes des Lions, a affirmé Thomas.

Ce sont quasiment les seuls mots qu'il ait prononcés pendant deux heures. Quand ma mère l'a interrogé pour savoir comment ça allait en classe, il a répondu, Ça va. Daniel a précisé qu'il venait d'entrer à Marcelin-Berthelot, ma mère s'est exclamée, Ça alors ! Et qui tu as comme profs ? Avec Daniel, ils ont procédé à une revue du corps professoral de leur jeunesse, et ils en parlaient comme d'amis perdus. Depuis le temps, les anciens avaient été remplacés, seul le chef cuisinier avait dû rester à son poste à en juger par la moue de dégoût de Thomas à l'évocation de la cantine. Nous étions assis l'un en face de l'autre et je dois reconnaître que cela faisait longtemps que je n'avais pas vu ma mère aussi enjouée, à cause du mélange de vin blanc et de vin rouge probablement. Thomas les écoutait non pas en les suivant du regard mais en bougeant la tête comme s'il assistait à un match de tennis, je n'ai jamais vu personne écouter avec autant d'attention. J'ai appris ce jour-là que nos parents ne sont pas des amis de lycée mais d'enfance, ma grand-mère Irène travaillait comme couturière chez la mère de Daniel et ils se connaissent depuis toujours, ils ont été séparés à cause de la guerre et se sont retrouvés au lycée de Saint-Maur. À la fin du repas, il y a eu un moment où ils se sont tus, un silence désorientant, on venait de commander les desserts, j'ai eu l'impression bizarre et inconnue qu'il se jouait une sorte de pièce de théâtre que les autres avaient déjà vue, qu'un lien mystérieux les reliait tous. Lorsque Daniel a raconté qu'ils s'étaient perdus de vue quand il était entré à Saint-Cyr, il a regardé ma mère et il s'est arrêté sans finir sa phrase. Thomas a fixé son père longuement droit dans les yeux et celui-ci a fini par détourner le regard, il a levé le bras et demandé au maître d'hôtel quand nos desserts allaient arriver. Après, nous sommes allés nous balader dans le bois de Boulogne. Avec Thomas, on marchait devant et eux derrière. Il avançait les mains dans le dos en regardant la pointe de ses chaussures, Que veux-tu faire plus tard ?

– Je n'ai pas d'idée. Et toi ?

– Moi non plus, mais je crois que je suis un artiste… C'est ma mère qui disait ça. Il s'est arrêté, a redressé la tête lentement, m'a regardé, Ce n'était pas un accident. Et il a repris sa marche, avant de s'arrêter à nouveau au bout de cent mètres, Est-ce que tu crois à l'astrologie ?

– Je n'y ai jamais pensé.

– Il faut y croire, parce que c'est la vérité, quoi qu'en disent les imbéciles qui ricanent, on peut prévoir bien des choses si on le fait intelligemment, le bon et le moins bon, par exemple quand deux Lions se rencontrent, ils savent qu'ils peuvent se faire confiance, c'est important de savoir qu'on peut avoir confiance l'un en l'autre. Non ? Avec nous c'est tout ou rien, nous sommes exigeants, intransigeants même, cela peut avoir des inconvénients mais on ne se renie pas, nous sommes entiers.

J'ai réfléchi à ce qu'il venait de me dire, j'ai trouvé que cela me correspondait assez, Je crois que tu as raison.

– Bien sûr !

Nous sommes arrivés au bord du lac, j'aurais aimé qu'on fasse un tour en barque, mais ma mère a dit, Je ne crois pas que ce soit une bonne idée. Nous avons continué à pied et j'ai entendu Daniel lui dire que maintenant, il savait nager.

*

Personne ne pouvait prévoir que les retrouvailles entre ma mère et son ami d'enfance allaient chambouler l'organisation familiale. D'aussi loin que je m'en souvienne, mon père a été intégré à la famille de ma mère, bien qu'ils ne soient pas mariés et ne vivent pas ensemble, il est invité aux anniversaires et à toutes les fêtes, les sœurs de ma mère et leurs maris le considèrent comme le quatrième beau-frère et ma grand-mère Irène comme un gendre. En fin de compte, j'ignorais l'arrangement entre mes parents pour le droit de visite de mon père, ils avaient fini par considérer qu'il l'exerçait au cours de ces réunions dominicales, cela arrangeait tout le monde, mais les excuses de ma mère pour échapper aux réunions familiales et les remplacer par des déjeuners avec Daniel et Thomas n'ont pas trompé mon père longtemps, en partie parce que la première conséquence était que nous nous voyions beaucoup moins souvent.

Un dimanche, il m'a demandé de le suivre sur le balcon où il fumait une cigarette, je lui ai expliqué que ma mère avait retrouvé un ami de lycée qui nous emmenait avec son fils dans des restaurants épatants. On a entendu ma tante s'écrier, C'est prêt !

Nous sommes retournés nous asseoir, il a fixé ma mère d'un air inquisiteur, Qui c'est celui-là ? Et en une seconde, tout s'est écroulé, elle l'a envoyé promener, Je vois qui je veux, je n'ai pas de comptes à te rendre. Il a répondu qu'il ne supportait plus qu'elle le fasse tourner en bourrique, il allait exiger un vrai droit de visite, un week-end sur deux, et que tout soit écrit, et la moitié des vacances aussi, il en avait marre de la façon dont elle le traitait. Tout le monde s'est arrêté de manger, surpris que le ton soit si agressif, on se regardait les uns les autres avec l'envie d'ouvrir les fenêtres et de s'échapper, ma grand-mère Irène a enchaîné, Eh bien ma fille, moi je dois dire que personne ne comprend la manière dont tu te comportes avec Pierre, qu'est-ce que tu attends ? Qu'il s'en aille ? Pourquoi vous ne vivez pas ensemble ? Ce que tu fais, un jour oui, un jour non, ce n'est pas bien, ce n'est pas une vie normale, ça suffit de le faire lanterner, faut vous marier.

Ma mère a posé sa fourchette, Est-ce que je me mêle de tes

affaires ? Est-ce que je te demande pourquoi Roland ne déjeune pas avec nous, pourquoi tu le tiens à l'écart comme si c'était un étranger ? Oui, tout le monde est au courant que vous vivez ensemble et qu'il s'en va avant qu'on arrive. Alors je vais vous dire une chose, les repas du dimanche, c'est fini pour moi. Vous commencez tous à me… Viens Laurent, on s'en va.

J'ai protesté, On n'a pas fini de manger !

– Tant pis !

Elle s'est levée, elle a jeté sa serviette sur la table et elle est partie sans dire au revoir à personne.

Quelques jours plus tard, au petit déjeuner, ma mère m'a annoncé d'un air détaché, Au fait, à partir du début de l'année prochaine, tu verras ton père un week-end sur deux. Ce sera plus simple comme ça.

*

Le premier appel téléphonique a lieu en fin de journée, le mercredi suivant ce déjeuner mouvementé. Quand la sonnerie résonne, Laurent quitte le bureau où il travaille, se précipite dans le salon, pensant que son père l'appelle, Allô ?

– Allô Laurent, c'est moi, Thomas.

– Bonjour… ma mère n'est pas encore rentrée de Saclay.

– C'est à toi que je voulais parler.

– Ah bon. Pourquoi ?

– Comme ça… Tu es occupé ?

– J'ai un devoir sur un poème des *Regrets*, je dois dégager les sources de la mélancolie de Du Bellay dans « Heureux qui comme Ulysse », et ce n'est pas évident.

– Moi j'aime bien la poésie. Mon oncle était un grand poète. Tu le connais ?

– Non, on étudie le XVIe. Tu voulais qu'on parle de quoi ?

– De rien de spécial. Je ne sais pas si on se voit dimanche prochain.

– Faut demander à ton père. Il n'est pas là ?

– Non, moi je vis à Saint-Maur, c'est ma grand-mère Madeleine qui s'occupe de moi, lui il habite dans son appartement à Paris rue Soufflot, mais moi je ne veux pas y remettre les pieds, ça me rappelle trop de souvenirs, il passe de temps en temps, il est assez pris par ses problèmes de dos, il a eu une méchante crise avant-hier. Qu'est-ce qu'il fait ton père ?

– Il est ouvrier typographe à *France-Soir*, c'est lui qui compose le journal qu'on peut lire chaque jour, enfin lui il travaille de nuit.

– C'est bien qu'on puisse se parler, je peux te donner mon numéro si tu veux m'appeler.

C'est ainsi qu'ont commencé les échanges téléphoniques quotidiens entre Thomas et Laurent, parfois l'un appelle, parfois l'autre. Et ça ne dure jamais moins d'une heure. Quand ils se retrouvent lors des déjeuners du dimanche, la conversation reprend là où elle s'était arrêtée la veille.

À la mi-décembre, Arlène annonce à son fils qu'elle est dans l'obligation de se rendre sur le nouveau site de Cadarache, dans le Sud, pour épauler l'équipe qui met en place un laboratoire destiné aux études sur les combustibles irradiés. Laurent est surpris, d'habitude elle ne rentre pas dans les détails, parce que cela ne sert à rien, personne ne comprend ce qu'elle fait, Le problème, précise-t-elle, c'est que ça va durer dix jours et que je ne serai pas là pour le jour de l'an, veux-tu que je demande à Viviane de venir ou préfères-tu aller chez ton père ?

Laurent fait son choix immédiatement, il aime être chez son père, ce n'est pas grand, ça fait un peu camping, mais surtout il est libre toute la journée. Quand Laurent évoque l'idée d'inviter

Thomas à se joindre à eux pour aller à la piscine des Tourelles un dimanche matin, son père réfléchit longuement, Ça ne me plaît pas que vous vous fréquentiez, pas question que j'invite le fils de ce type à venir avec nous, ça serait mieux si tu arrêtais de le voir. Bien sûr, dit Laurent, qui retrouve Thomas l'après-midi, et ils peuvent discuter sans être gênés par personne. En réalité, Thomas écoute et Laurent raconte les dernières péripéties familiales, On dirait qu'ils font exprès de se compliquer la vie.

– Les adultes disent toujours qu'ils pensent à toi, qu'ils agissent dans ton intérêt, mais ils n'en tiennent aucun compte, ils font uniquement ce qui les arrange et après coup ils se persuadent que c'est pour ton bien. Sinon je ne serais pas là et toi non plus.

– Un jour, tu as dit que la mort de ta mère, ce n'était pas un accident ?

Thomas sourit tristement, Je vais te montrer une chose que je ne montre jamais à personne. À ce moment-là, ils prennent un chocolat chaud à la terrasse du Brébant sur les Grands Boulevards, ils viennent de voir un western spaghetti surprenant où, à l'issue de la fusillade finale, il ne restait plus aucun survivant. Thomas retire sa veste, ôte son pull, déboutonne sa chemise et présente son épaule gauche nue, de la main droite il pointe une boursouflure rosée, La détonation a retenti à l'intérieur de la voiture, la balle est rentrée dans l'omoplate d'un côté et elle est ressortie de l'autre sans briser aucun os. J'ai ressenti une douleur intolérable, j'étais sur le point de m'évanouir quand j'ai vu la tête de ma mère s'affaisser et le pare-brise criblé de balles, alors j'ai réalisé que c'était fini, oui, que ma vie était terminée, j'ai hurlé, je ne voulais pas tomber dans les pommes, je me répétais, Je rêve !… Après, je ne me souviens de rien. Quand je me suis réveillé, mon grand-père paternel était assis dans un fauteuil près de mon lit d'hôpital et me tenait la main, ma mère est morte sur le coup. Ce n'était pas un accident, pas un attentat aveugle mais une vengeance, parce qu'il y a toujours une vengeance quand on se conduit très mal.

Thomas reboutonne sa chemise et remet son pull.

– Cela a dû être un choc terrible pour toi et ton père, il a dû beaucoup souffrir aussi.

– J'ai dit que j'avais tout oublié parce que c'était plus simple, mais je me souviens parfaitement de tout ce qui a précédé, ma mère ne méritait pas ce qui est arrivé. Thomas reste songeur, D'après toi, pour quelle raison a eu lieu ce drame ? Il regarde Laurent, qui reste sans réaction, Tu n'as pas compris ? Vraiment pas ?… Tu as l'air idiot quand tu fais cette tête. Où se trouve ta mère en ce moment ?

– Elle est en déplacement sur le site de Cadarache, elle m'appelle chaque soir vers huit heures.

– C'est gentil de sa part de penser à son fils chéri alors qu'elle est tellement occupée, moi, mon père n'a jamais le temps de m'appeler.

– Pourquoi dis-tu ça ?

– Parce que ta mère n'est pas à Cadarache comme elle le prétend, elle est en vacances à Venise avec mon père qui, lui, m'a raconté qu'il partait suivre un traitement en Suisse.

– Tu plaisantes ?

– Je suis très sérieux. Mon père et ta mère ne sont pas seulement des amis d'enfance, ils sont amoureux l'un de l'autre, ils se sont retrouvés à Alger, je le sais, j'y étais et je n'ai rien oublié. Maintenant, ils sont à Venise à l'hôtel Gritti. Tu peux téléphoner, demander à parler à monsieur Jansen ou à madame Chardin, le réceptionniste te répondra, Attendez, je regarde au tableau…, ah non, ils sont sortis… Et il ajoutera, Y a-t-il un message à laisser ? Tu pourras vérifier aussi qu'ils occupent la même chambre.

– Tu racontes des histoires, ce sont des amis… de simples amis, ma mère me l'aurait dit.

– Bien sûr, alors quand tu l'auras au téléphone ce soir, demande-lui de t'envoyer une carte postale de Cadarache, et aussi de te rapporter une boîte de calissons d'Aix-en-Provence.

Une vague irrésistible emporte Laurent loin de cette terrasse animée, une bouffée de chaleur inconnue lui traverse le corps, sa respiration s'accélère, son cœur tambourine.

– Je ne sais pas pourquoi tu mens ! C'est impossible ! Ce que tu dis est faux !

– C'est drôle, tu es tout rouge. Je comprends que tu sois déçu. Pour ton père surtout, c'est dommage.

– Tu es mauvais !… Ou tu es devenu fou ! Et tu mens ! Laurent se lève, attrape son manteau, Tu n'es qu'un sale menteur, c'est fini, nous ne sommes plus amis !

À peine rentré chez son père, Laurent veut vérifier si son ancien ami a dit la vérité et passe outre à cette voix intérieure qui lui répète qu'il est inutile de contrôler. Dans un premier temps, obtenir par les renseignements le numéro de téléphone de cet hôtel, puis passer par une opératrice des appels internationaux qui l'informe, Pour l'Italie, c'est quarante minutes, vous attendez ?

– Oui, répond Laurent.

Il s'assoit sur une chaise, pèse le pour et le contre, change d'avis trois fois, aboutit à la conclusion que s'il existe une seule personne sur cette terre en qui il peut avoir une confiance absolue, c'est sa mère, et pas Thomas qu'il a rencontré il y a moins de trois mois et ne connaît pas si bien que ça. Au bout d'une demi-heure, le téléphone sonne, Laurent prend le combiné, entend une voix d'homme, *Hotel Gritti, ascolto.*

– Excusez-moi, parlez-vous français ?

– Bien sûr, monsieur.

– Est-il possible de parler à madame Arlène Chardin ?

Au bout du fil, l'homme met quelques secondes à réagir, Ne quittez pas, chambre 307, je vous la passe. Une sonnerie retentit trois fois, une voix de femme répond, Laurent reconnaît celle de sa mère, qui répète, Allô ?... Allô ?... Allô ?... Et il coupe la communication.

Laurent devrait être furieux mais, curieusement, il n'éprouve aucune colère, il se sent creux à l'intérieur, sans rien à quoi se raccrocher, une sorte de rictus apparaît sur ses lèvres, il se reproche sa naïveté, il doit en finir avec cette faiblesse, accepter la fatalité, mais que peut-il faire aujourd'hui ? Jamais il ne verra ses parents réunis, le vieux rêve s'écroule, Je ne suis pas très rapide à la détente, aucun signe n'aurait pu attirer mon attention et me montrer qu'ils étaient autre chose que des amis, des regards peut-être, des sourires trop longs, une main qui traînait, des invitations trop fréquentes. Que vais-je dire à mon père ?... Lui, il espère encore, il l'aime toujours, il va être dépité... Je ne dirai rien. Soudain, la sonnerie du téléphone retentit, C'est ma mère, c'est son heure, je ne vais pas répondre, je dirai que j'étais sorti, mais elle rappellera demain. Il attrape le combiné, Allô ?

– Allô, Laurent, c'est maman, ça va ?

– Oui, très bien, et toi..., tu as passé une bonne journée ?

– Oui, ça a été. Qu'as-tu fait aujourd'hui ?

– Je suis allé au cinéma avec Thomas, on a vu un western.

– C'est bien que vous sortiez ensemble, moi, je le trouve très sympa.

– On ne sait jamais trop ce qu'il pense.

– C'est vrai, il est un peu réservé, mais plus vous vous verrez, mieux ce sera. Demain, je ne pourrai pas t'appeler, on se souhaitera la bonne année dans deux jours, je t'embrasse.

– Je t'embrasse aussi.

À peine Laurent a-t-il posé l'appareil qu'il se reproche d'avoir oublié de demander qu'elle lui envoie une carte postale et lui rapporte des calissons, Mais maintenant que je sais, à quoi cela servirait-il ?

Cette nuit-là, Laurent ne trouve pas le sommeil, il ne cesse de se tourner dans son lit, allume sans cesse la lumière pour vérifier l'heure. Le matin à sept heures un quart, quand Pierre rentre de son travail, il trouve Laurent habillé, qui a mis la table et préparé un repas, C'est gentil, mon grand, mais pourquoi ?

– Parce qu'on ne se voit pas tellement.

– C'est vrai, c'est le problème des gens qui bossent de nuit.

– Et comment ça va au journal ?

– Franchement, je ne devrais pas le dire à cause du syndicat, mais ça se passe bien avec le patron et le rédacteur en chef. Le plus dur, c'est la dernière heure, quand tous les papiers arrivent en même temps, ça tiraille un peu, mais on a l'habitude parce que c'est chaque nuit pareil. Avant-hier, on a eu une linotype qui est tombée en panne et ça a été la panique. Parfois, on s'engueule avec les journalistes qui sont en retard, mais après on va boire un coup tous ensemble. Tiens, si tu veux la première édition, on a le tracé du Tour de France.

– Et avec maman, comment ça se passe ? Tu n'en parles jamais.

– Avec elle, un jour c'est blanc, un jour c'est noir. Cet été, on discutait de se remettre ensemble, tout allait bien, et à nouveau, elle est distante. Je n'arrive pas à lui dire deux mots. Je me demande ce qui se passe avec ce copain de classe et pourquoi vous déjeunez avec lui tous les dimanches. S'il y avait quelque chose, tu me le dirais ?

– Bien sûr… mais il n'y a rien.

Dans la semaine, Pierre a acheté un cadeau à Arlène, qui tient dans une boîte plate enveloppée d'un papier glacé bleu marine, il n'a pas voulu dire ce que c'était, il l'a posé sur le buffet. Laurent a insisté, Pierre a fini par révéler que c'était une écharpe en laine shetland. Il a ouvert le paquet avec précaution pour la lui montrer, C'est un tissu très doux, ça lui plaira, et ça tient chaud. Il a eu le plus grand mal à remettre le ruban qui glissait et il a dû ajouter du papier collant pour faire tenir le papier cadeau.

Toute la matinée du jour de l'an, Laurent attend l'appel de sa mère. Entendre sa voix n'est pas une envie mais un besoin, il veut qu'elle lui souhaite une bonne année et la réalisation de ses vœux les plus chers, et là, il lui demandera s'il peut lui dire quelle est sa demande numéro un, elle lui dira oui, c'est sûr, et alors il lui annoncera que ce qui lui tient le plus à cœur est que son père et sa mère soient réunis. C'est le seul et unique vœu qu'il formule pour cette nouvelle année, le seul cadeau qu'il demande.

Rien d'autre.

Ce matin-là, le téléphone n'arrête pas de sonner : les sœurs et les beaux-frères d'Arlène, Irène, les parents de Pierre, ses amis, des camarades du syndicat. Pierre et Laurent se passent et se repassent le combiné pour répéter les mêmes souhaits les plus sincères et les mêmes embrassades par téléphone interposé. Viviane les invite à déjeuner, elle a besoin d'eux pour venir à bout d'une belle poule de Bresse. À chaque sonnerie, Laurent répond avec promptitude, Ne t'énerve pas, dit Pierre, elle a certainement dû téléphoner mais c'était occupé toute la matinée, et depuis la province ce n'est pas pratique d'obtenir une communication, elle ressayera certainement ce soir. Ils se préparent pour aller chez Viviane, Pierre ouvre la porte, le téléphone se met à sonner, Laurent se précipite, Allô !

– Salut, c'est moi, c'est Thomas, ça va ?

– Pour un jour de l'an, ce n'est pas terrible… Je regrette ce que je t'ai dit, tu avais raison.

– J'ai toujours raison, je ne t'en veux pas parce que moi, je suis déjà passé par là. Je n'appelle pas pour te souhaiter une bonne année, parce les vœux ne servent qu'à ceux qui croient aux miracles, l'année sera telle que nous la ferons… J'appelais pour te dire une chose importante que tu dois savoir : les Lions ne perdent jamais espoir, ils se battent… ensemble… jusqu'au bout.

*

La semaine après son retour, quand sa mère annonce le vendredi qu'ils déjeuneront le dimanche avec Daniel et Thomas, Laurent ne trouve rien à redire, cela fait partie du rituel. Il n'a posé aucune question sur le prétendu séjour à Cadarache. Quand il l'a revue, il l'a fixée longuement, Tu as l'air fatiguée, ce ne doit pas être marrant de travailler sans arrêt, tu devrais te reposer un peu. Arlène s'est regardée dans la glace, a remis ses cheveux en place, Je ne me sens pas fatiguée, il faut juste que j'aille chez le coiffeur… Dis-moi, comment t'entends-tu avec Thomas ?

– Bien… Comment je peux t'expliquer ? Nous avons deux jours d'écart mais il me fait l'effet d'être plus âgé, il écoute avec attention, il pose des questions, mais lui, il ne dit rien.

– C'est qu'il a vécu une expérience horrible avec sa mère, cela a été une mort d'une violence inouïe. Quand nous étions jeunes, avec Marie nous étions proches comme deux sœurs, et puis on s'est perdues de vue. C'est bien que vous soyez amis… À propos, ils vont venir déjeuner ici.

– Tu vas faire la cuisine ?

– Un rôti avec des frites, ce n'est pas compliqué, en entrée on aura des huîtres, le poissonnier les ouvrira et je commanderai un gâteau à la pâtisserie de Longjumeau. Va falloir acheter du vin aussi. Qu'est-ce qu'il boit, Thomas ?

– Du chocolat chaud, je crois.

Daniel et Thomas arrivent à l'heure prévue avec un superbe bouquet de roses rouges qu'il faut répartir dans deux vases, il en reste une dizaine qu'Arlène dispose sur la table. C'est la journée des premières fois.

La première fois que Thomas vient à Bruyères, C'est vraiment la campagne. Je lui fais visiter ma chambre, la maison et le jardin, Alors, comment tu trouves ? Il ne répond pas. On prend l'apéritif dans le salon, ma mère a prévu des amuse-gueules pour un régiment mais nous dit de ne pas trop en manger. Daniel me demande comment mes vacances se sont passées, On est allés plusieurs fois au cinéma avec Thomas, je réponds.

– J'adorais le cinéma quand j'étais jeune, ça fait une éternité que je n'y suis pas allé. On pourrait y penser pour dimanche prochain.

– Oui, ce serait sympa, dit ma mère.

Ils doivent s'attendre à ce qu'on tape des mains, mais on ne dit rien. Thomas finit son jus d'orange, regarde son père, Au fait, je ne t'ai pas demandé, ton traitement à Genève, ça t'a fait du bien ? Daniel paraît surpris par cette question, regarde Arlène un instant, puis son fils, Tu n'as pas remarqué ? Maintenant, je marche sans canne.

C'est la première fois aussi qu'on déjeune tous les quatre à la maison et pas au restaurant, sans protocole, comme s'il y avait eu des centaines de repas dominicaux auparavant. Une famille normale ou presque. Autour de cette table, dans cette salle à manger, chacun a dû ressentir la même impression, sans arriver à déterminer si on était proches, si on s'aimait ou si c'était une illusion, une pièce de théâtre qu'on jouait pour donner le change. Quand ma mère apporte le rôti fumant, Daniel se lève, Laisse, je m'en occupe. Et il se comporte en parfait maître de maison, Félicitations, il est très bien cuit. Il découpe deux tranches pour chacun, Pas trop pour moi, dit ma mère.

– Je n'aime pas la viande, dit Thomas, je ne veux que des frites.

– Tu as tort, il a l'air fameux, dit Daniel.

Nous reprenons de ce rôti fameux, le dégustons en connaisseurs, sauf Thomas qui grignote ses frites une par une, et puis il y a un silence. Pas un de ces silences qui suivent un délicieux rôti quand on s'interroge intérieurement pour savoir si on va reprendre une quatrième tranche pour les uns, une cinquième pour moi, non, un silence pesant qui signifie qu'on n'a plus rien à se raconter. À ce moment-là, ma mère se cale sur sa chaise, Les enfants, on a quelque chose à vous dire. Je la regarde, Thomas continue son grignotage, Tu pourrais écouter, dit son père, non ? Thomas plante une frite sur sa fourchette, la pose dans son assiette et fixe ma mère, qui lui sourit et prend sa respiration, Voilà, ça fait un moment qu'avec Daniel, nous pensons que ce serait mieux de vivre ensemble, de réunir nos deux familles pour n'en former qu'une. C'est parce que le passé a dressé des embûches et des regrets entre nous et qu'il est encore si douloureux que nous voulons penser à demain. Thomas, je sais qu'avec ton père tu as connu un drame innommable, il ne s'agit pas de l'oublier mais de se relever, d'essayer de vivre après une telle catastrophe. Pendant ma jeunesse, j'ai bien connu ta mère et je serais ravie de pouvoir parler de Marie avec toi si tu veux. Daniel et moi, on se connaît depuis toujours. Entre nous, c'est une vieille histoire, nous avons été séparés malgré nous, nous nous sommes retrouvés et nous avons à nouveau cette envie d'être unis. Et vous, les garçons, par chance vous vous entendez bien, alors on s'est dit que peut-être le moment était venu d'aller de l'avant, d'imaginer l'avenir en étant réunis, pour qu'il y ait de la lumière et du bonheur dans nos vies. Mais on ne fera rien sans vous. C'est avec votre accord que nous avancerons, on ne vous imposera rien, si cette idée ne vous plaît pas, si vous êtes opposés à cette union, eh bien on ne fera rien, on restera comme on est.

Ma mère nous regarde tour à tour, Thomas porte la fourchette avec la frite abandonnée à sa bouche, la mastique, hausse les épaules avec fatalisme. Elle attend qu'on lui donne notre avis mais je me sens bizarrement vide. Est-ce à moi de leur accorder ce genre d'autorisation ? Je ne suis pas surpris de la révélation de cette liaison, mais qu'elle débouche si vite sur une vie commune… Alors, Laurent, qu'en penses-tu ? demande ma mère.

– Je ne sais pas… Je ne m'y attendais pas.

– On a conscience que cette étape peut être épineuse pour vous, dit Daniel, je ne veux pas être un intrus qui s'impose, je ne suis pas là pour me substituer à ton père, je serai un ami pour toi, qui sera là quand tu en éprouveras le besoin… Et toi, Thomas ?

– Moi ?… Je ne suis pas concerné, je vis avec mes grands-parents et cela me convient, je n'ai pas envie de quitter Saint-Maur.

– On comprend que vous soyez perplexes, reprend Daniel, c'est normal, mais on fera tout pour que vos vies ne soient pas bouleversées. On réfléchit, on discute, on se laisse du temps, six-sept mois. Pour l'instant, on ne bouge pas, vous restez chacun dans votre lycée jusqu'à la fin de l'année scolaire, moi je cherche une grande maison où on puisse vivre tous les quatre et qui permette à Arlène de se rendre facilement à Saclay, dans la vallée de Chevreuse ou à Versailles, parce qu'il y a de bons lycées là-bas, et le moment venu nous déciderons ensemble.

*

Pendant les mois qui suivent, Laurent se rend compte qu'il n'aura sans doute pas son mot à dire. Quel parent écoute son enfant ? Ne vaudrait-il pas mieux déclarer qu'il refuse ce projet de vie commune avec Daniel, non qu'il ait quoi que ce soit contre lui, il le trouve même sympathique, mais cette nouvelle situation anéantirait ses espoirs. Un soir, alors qu'ils regardent une émission de variétés à la télévision, il se répète, Faut que je trouve le courage de lui parler.

Maintenant.

À plusieurs reprises, Laurent ouvre la bouche mais aucun mot n'en sort, ses joues sont brûlantes. À la fin du générique, il prend sa respiration comme pour plonger sous l'eau, Tu sais, maman, cette idée de vivre tous les quatre ne me plaît pas, ce serait mieux qu'on reste chacun chez soi, ça n'empêchera pas qu'on se voie de temps en temps. Arlène opine de la tête à plusieurs reprises, Laurent reprend des couleurs, Mon chéri, c'est un choix tellement important pour nous tous qu'on doit s'accorder le temps de la réflexion et éviter de prendre une décision prématurée. On avait dit qu'on se donnait quelques mois, on doit apprendre à se connaître et surtout peser le pour et le contre. Tu vois, tu n'es pas seul sur terre, je tiens compte de toi à chaque moment de ma vie, alors tu dois tenir compte de moi aussi, Tu comprends ?… J'ai dit oui, mais je ne suis pas sûr d'avoir véritablement compris.

J'en parle à Thomas quand on se retrouve un jeudi pour aller au cinéma. Il reste trente secondes à regarder la pointe de ses chaussures, Ça ne m'étonne pas, leur détermination est évidente. Les adultes ne reviennent jamais en arrière. Ils vont jusqu'au bout même quand ils se doutent que c'est une erreur ; avec leurs grands discours, ils cherchent à faire passer la pilule. Mais moi, je ne suis pas concerné, j'ai discuté avec mes grands-parents, je leur ai expliqué que je préférais continuer à vivre avec eux à Saint-Maur, que c'était mieux pour mes études que je reste dans le même lycée, et ils sont d'accord. Ma grand-mère Madeleine va en parler à mon père, elle attend le bon moment. Il faut que tu te fasses une raison, tu ne seras pas malheureux avec eux.

– Tais-toi, c'est une catastrophe, mon père y croit toujours.

Je lui raconte le dernier déjeuner chez ma tante Françoise pour l'anniversaire de ma cousine. Au départ, ma mère avait décidé, une fois encore, de ne pas y aller, elle préférait sortir avec Daniel, Moi, ces réunions, ça me barbe ! Elle m'a demandé de téléphoner à sa sœur en prétextant qu'elle avait un rapport à rendre le lundi et qu'elle était obligée de rester bosser à la maison tout le dimanche. Ma grand-mère a appelé dix minutes plus tard et a enguirlandé ma mère. Je le sais parce que j'ai tout entendu sur le deuxième téléphone, Tu te fous de moi ou quoi ? Cela fait quatre fois que tu as un rapport à rendre le lundi ! Tu ne viens plus jamais à aucune réunion familiale. Si tu ne veux plus nous voir, dis-le franchement mais ne me prends pas pour une nouille, on sait très bien que tu as quelqu'un dans ta vie et que tu ne veux pas nous le dire.

– Tu es mal placée pour me faire ce genre de réflexion.

Finalement, ma mère a annulé le rendez-vous avec Daniel et nous sommes allés au déjeuner familial. Ma grand-mère était ravie. Mon père a enfin pu remettre à ma mère son cadeau de Noël, la belle écharpe dans son emballage bleu, ma mère a été très touchée par cette attention, Elle me va vraiment bien, j'aime beaucoup ces couleurs.

– C'est écossais d'Écosse, a précisé mon père.

Elle l'a embrassé sur la joue et à ce moment-là tout le monde s'est mis à applaudir. Ma mère avait un sourire triste, j'aurais dû être heureux, me dire que rien n'était perdu, qu'il y avait encore un peu d'espoir, mais à cet instant précis la vérité m'a sauté aux yeux. Mes cousines m'ont posé plein de questions, elles voulaient savoir ce qu'on faisait les autres dimanches, qui on voyait, elles ont insisté pendant une heure mais j'ai tenu bon. Quand mon père nous a rejoints et a écouté ce qu'on disait, j'ai été obligé de mentir, Maman a un travail fou, c'est pour ça qu'on ne vient pas. Mon père a été soulagé par cette réponse. En réalité, ma mère n'a pas le cran de le prévenir que c'est fini-fini entre eux et elle doit se dire qu'avec le temps il va se faire une raison.

Ma mère et Daniel n'ont pas le même rythme. Elle part au plus tard à sept heures et demie, ne rentre jamais avant vingt heures, fait des allers-retours de deux-trois jours en semaine sur les sites CEA de Marcoule ou Cadarache avec lesquels le CNRS de Saclay collabore. Daniel, lui, cherche la demeure où nous serons heureux. Il passe le soir sans prévenir, arrive avec des provisions achetées chez le traiteur de Montlhéry et nous attendons ma mère en tête à tête. Il s'intéresse aux livres que je lis. Je viens de finir *La Peau de chagrin*. J'ai dû être convaincant parce qu'il me l'a empruntée, ou il me pose des questions sur les matières que j'étudie au lycée, réfléchit avec moi aux devoirs que je prépare. Et quand ma mère apparaît, il détaille ses recherches de la journée en faisant réchauffer les plats préparés et ils sont capables de discuter pendant une heure de l'agencement d'une maison sur plan, soupesant les avantages et les inconvénients, puis, après le dîner, il repart dans son appartement parisien. Chaque jour, il épluche les petites annonces, opère un tri par téléphone et arpente la vallée de Chevreuse. Avant de s'engager, il teste le parcours, s'il met plus d'une demi-heure pour rejoindre Saclay, il continue sa prospection, sinon il accepte de visiter et sa réponse est toujours négative car c'est un de ces clients incontentables qui font tourner les agences immobilières en bourrique : ce n'est pas assez grand ou c'est mal disposé ou trop bruyant, trop près ou trop loin de la gare, du lycée ou des commerces, le jardin est moche ou il y a un vis-à-vis. Au bout de trois mois d'efforts quotidiens, il nous annonce, J'ai trouvé la perle rare, vous allez voir, c'est parfait. Direction Versailles, un samedi après-midi. Au dernier moment, Thomas ne veut pas embarquer dans la voiture, Je n'ai aucune raison de vous donner mon avis sur une maison dans laquelle je ne vivrai pas, moi je refuse de quitter Saint-Maur.

– Tu vas nous accompagner quand même, dit Daniel.

– Pas question ! Tu avais dit que tu prendrais notre avis, eh bien je te le donne : je veux continuer à vivre avec mes grands-parents.

– Je suis fatigué de tes caprices, Thomas, et je te l'ai déjà dit : quoi que tu fasses, tu n'auras pas gain de cause et tu n'arriveras pas à me mettre en colère. On y va !

Nous montons à l'arrière de la voiture. Thomas reste muet pendant le voyage, quand son père ou ma mère lui adresse la parole, il ne répond pas, regarde ostensiblement par la fenêtre. Arrivé à destination, il refuse de descendre, Moi, je ne bouge pas !

– J'avais besoin de toi pour garder la voiture, dit Daniel, si quelqu'un arrive, n'oublie pas d'aboyer.

Avec l'agent immobilier, nous commençons la visite, ce n'est pas une maison mais un manoir vieillot de deux étages et d'une douzaine de pièces au milieu d'un parc en friche, on est en ville et on se croirait à la campagne, Thomas nous rejoint quand nous pénétrons à l'intérieur. L'homme nous précède dans le grand salon et la salle à manger attenante, la bibliothèque et la cuisine assez moderne, Cela a besoin d'un rafraîchissement mais rien d'important et pas de gros travaux à prévoir, la toiture a été refaite il y a cinq ans et la chaudière est comme neuve, les chambres sont à l'étage, chacune avec sa salle d'eau. Ma mère paraît dubitative, C'est immense, comment va-t-on l'entretenir ?

– On prendra une femme de ménage, dit Daniel, on se fera aider, pour le jardin aussi.

L'escalier est un peu raide. Au premier étage, quatre belles pièces se répartissent l'espace, ma mère se tourne vers moi, Tu pourras choisir ta chambre, qu'en penses-tu ?

– Ce n'est pas très gai.

– Tu veux dire que c'est sinistre, dit Thomas.

Daniel et ma mère accompagnent le négociateur au deuxième étage, au grenier, puis au sous-sol.

– Vraiment, les garçons, dit Daniel, nous avons de la chance. Il y a trois fois rien comme travaux et c'est l'emplacement idéal. Le lycée Hoche où j'ai fait mes études est à un quart d'heure à pied, la gare pour Paris à dix minutes et Saclay à vingt.

Le visage de ma mère s'éclaire. Je pousse un soupir, Thomas lève les yeux au ciel. Nous retournons à l'extérieur, le temps est aussi gris que notre humeur, nous nous asseyons sur les marches du perron, je murmure, On s'est fait avoir.

– C'était écrit, dit Thomas.

– Que peut-on faire maintenant ?

– Choisir le papier peint. Tu vas voir, bientôt ils vont nous annoncer leur mariage, on sera garçons d'honneur.

– Ce n'est pas drôle.

Une habitude s'est installée entre Thomas et Laurent, ils se téléphonent le mercredi soir pour choisir quel film ils iront voir le jeudi. Au début, cela donnait lieu à des discussions tendues parce que leurs goûts sont différents, le premier aime les films policiers et les films d'action américains, sous-titrés de préférence, et l'autre les comédies françaises et de cape et d'épée. Aussi, pour éviter de se disputer, ont-ils décidé qu'une semaine le choix serait fait par l'un et la semaine suivante par l'autre. Quand ce soir-là Thomas appelle Laurent avec l'intention de lui proposer de voir *L'Ultime Razzia* qui ressort au Quartier latin, Laurent décline l'invitation car il doit réviser sa composition de maths, le théorème de Thalès et le calcul des bissectrices lui donnent du fil à retordre qu'il n'arrive pas à détordre et sa mère exige qu'il obtienne la moyenne.

– Défends-toi ! Les maths, ça ne sert à rien. Tu sais compter, ça suffit.

– Hier soir, elle m'a fait travailler sur le théorème réciproque jusqu'à dix heures et demie, elle ne comprend pas que je ne comprenne pas, elle veut que cette fois j'obtienne la moyenne et que j'entre en section C.

Le lendemain, alors que Laurent piétine sur un calcul de cosinus, la sonnerie de la porte retentit, il descend ouvrir et découvre Thomas, Mon père m'a déposé, il a rendez-vous avec un architecte pour la maison de Versailles, il me récupère ce soir. Tu as fini de bosser ?

– Je suis bloqué, je vais encore me faire étendre.

Thomas met en marche la télévision qui diffuse des films muets comiques en noir et blanc, il s'assied dans le canapé et Laurent dans le fauteuil, Toi, tu as de la chance de ne pas avoir ce problème avec ton père.

– Je n'arrive pas à déterminer s'il me fiche la paix parce que j'ai réussi à le dégoûter de s'occuper de moi ou parce que je lui suis totalement indifférent, le résultat est le même : il a renoncé à intervenir dans mon éducation et me laisse vivre tranquille chez ses parents.

– Maintenant qu'il est rétabli, pourquoi ne vivez-vous pas ensemble ?

Thomas regarde Laurent avec un sourire triste, Parce que lui ne m'aime pas et que moi, je le hais. Si je ne le revoyais plus jamais, s'il venait à mourir aujourd'hui dans un accident de voiture, je serais le garçon le plus heureux du monde.

Laurent écarquille les yeux, Mais pourquoi ?

Thomas soupire comme si cela exigeait un effort qui n'en vaut pas la peine, Tu ne sais rien ? Laurent secoue la tête, Ma mère accordait une confiance totale à mon père et il l'a trahie. Quand tu vis avec quelqu'un, que tu as fondé une famille, tu n'annonces pas à l'autre que tu le quittes par téléphone, tu le lui dis en face… Tu te rends compte, par téléphone ! Ma mère était effarée, elle ne s'était jamais doutée qu'il y avait autre chose que de l'amitié entre mon père et ta mère. Son monde s'écroule, elle décide de le rejoindre à Alger, et moi je la vois dans un tel état d'affolement que j'insiste pour l'accompagner. Au début, elle refuse, mais je lui dis que je ne la laisserai jamais partir seule et que je suis aussi concerné qu'elle. On débarque le lendemain de l'indépendance. Je peux en témoigner, elle ne voulait qu'une chose : sauver son couple. Au début, mon père refuse toute discussion sous prétexte que je suis présent, puis il se révèle tel qu'il est derrière son masque affable : odieux, égoïste et sans pitié. Il refuse d'écouter ma mère, ne lui laisse aucune chance de préserver notre famille, sa décision est prise, nous n'existons plus, il veut vivre avec ta mère et la rejoindre. Il prononce notre arrêt de mort sans la moindre hésitation, ne tient pas plus compte du désarroi de ma mère que de moi. Soi-disant qu'il ne me supporte pas parce que je porte le même prénom que mon oncle. Il est agressif, cassant, il n'écoute rien. Sa seule envie, c'est de se débarrasser de nous pour retrouver ta mère, il nous accompagne à l'aéroport d'Alger, et c'est sur la route qu'a lieu la fusillade.

– C'est horrible !

Thomas ferme les yeux, peut-être des fantômes reviennent-ils le hanter, il respire profondément, En vérité, c'est mon père qui l'a tuée, c'est à cause de lui qu'elle est morte, c'est de sa faute, il est le seul et unique responsable… Que dois-je faire aujourd'hui ? Pardonner ? Oublier ? Dire, tant pis, la vie continue. Et ma mère, qui lui rendra justice ? Qui pense encore à elle ? Pendant les deux premières semaines, mon père était dans le coma, entre la vie et la mort. Les toubibs étaient pessimistes sur ses chances de survie, ils disaient que sa résistance était hors du commun, ils n'avaient jamais vu un homme s'en sortir avec ces blessures, eh bien moi, je priais pour qu'il y reste, pour que son cœur s'arrête. Mon espoir, c'était qu'il la rejoigne là où il l'avait envoyée… À l'hôpital d'Alger, mon grand-père Jansen m'a dit, C'est un attentat, et ton père, s'il le veut, s'il le peut, t'en parlera un jour. Quand il a été rapatrié, au bout d'un an, après une dizaine d'opérations, je lui ai posé la question, il m'a répondu, C'était un accident. J'ai dit que j'avais tout oublié, je ne sais pas s'il m'a cru, et on n'en a jamais reparlé… Un accident ! La veille de ma communion, j'ai dû me confesser, j'ai tout avoué au prêtre, que je souhaitais la mort de mon père, que j'aurais bien voulu pardonner pour être enfin en paix mais que je n'y arrivais pas, que la haine était plus forte que moi. Il a été horrifié, il m'a rappelé que le Christ avait pardonné à ceux qui l'avaient mis en croix et que le pardon était la meilleure action qu'on puisse accomplir pour se rapprocher de Dieu. Je lui ai répondu que ma mère m'en empêchait, que je n'avais pas envie de la trahir et de l'abandonner. Il a refusé de me donner l'absolution et je n'ai pas pu faire ma communion, mais je m'en fiche parce que je ne crois plus en ce Dieu qui l'a laissée se faire assassiner... Elle n'avait que trente-quatre ans. C'est pour cela que je ferai tout ce qui est possible pour empêcher mon père d'être heureux. Mais la vérité, c'est que je ne sais pas quoi faire.

– Tu as bien fait de me parler, j'ignorais que la relation entre nos parents était aussi ancienne et si sérieuse, maintenant pour mon père c'est foutu, ma mère ne reviendra pas en arrière.

Thomas va éteindre la télévision. Laurent est prostré, il secoue la tête, les joues rouges, se redresse, Moi aussi, j'ai un secret, je n'en ai jamais parlé à personne, toi tu sauras quoi en faire. Il se lève, monte l'escalier, suivi de Thomas. À l'étage, il descend l'échelle escamotable qui permet d'accéder au grenier, Viens.

Laurent ouvre la trappe et ils se retrouvent dans les combles, C'est derrière le conduit de cheminée. Il déchausse le clapet en bois qui ferme l'angle entre le conduit et le mur et découvre une ouverture obscure, il plonge la main à l'intérieur, en retire deux boîtes en bois de madeleines de Commercy, Tu vas voir, c'est bizarre. Laurent les pose sur une caisse en carton, déplie deux chaises de jardin et ils s'asseyent face à face. Laurent ouvre la première boîte, en sort cinq paquets d'une centaine de badges nominatifs en plastique chacun attaché par un élastique, avec inséré à l'intérieur un film négatif étroit affichant une bande allant du gris clair au noir, Je ne sais pas pourquoi elle a gardé ça, il doit y avoir une raison. Une ficelle enserre cinq autres blocs d'une centaine de négatifs plus larges. Thomas examine plusieurs films à la lumière de la lampe, fait une moue dubitative, Il y a des noms et des prénoms, certains avec un grade de soldat, dit-il en plissant les yeux, une date en 1962 et un chiffre à côté. Je n'y connais rien.

Laurent retire le couvercle de la deuxième boîte, en extrait une liasse d'une cinquantaine de pages tapées à la machine à en-tête du CEA et marquées Confidentiel ou avec le tampon Secret défense en haut à droite, et une autre en papier pelure blanc, Toi, tu vas peut-être y comprendre quelque chose. Il donne la première liasse à Thomas, qui survole chaque feuille, Cela a trait aux explosions atomiques qui ont eu lieu en Algérie avant l'indépendance. Apparemment, il y a eu des problèmes, des soldats et des techniciens ont été contaminés. Tu n'as pas lu ces papiers ?

– Non, il y a des colonnes de chiffres, des courbes, je me suis dit que je n'y comprendrais rien.

– Si ta mère a pris autant de précautions pour cacher ces documents, c'est que ça doit être grave, si ça se trouve c'est dangereux de les lire. Il y a ce cachet secret défense partout, ça doit même être interdit de les avoir chez soi. Mais c'est ancien, ça date de trois ans déjà, si ça se trouve ça n'a plus aucune valeur.

– Dans ce cas, elle s'en serait débarrassée, dit Laurent.

– Il faudrait qu'on puisse être fixés. Moi, je ne vois personne à qui demander, et puis il faut avoir confiance aussi, on ne peut pas en parler à n'importe qui… Ton père travaille à *France-Soir*, il doit connaître des journalistes qui pourraient dire si c'est sérieux ou pas.

– Ça m'embête vis-à-vis de ma mère, si elle a dissimulé ces documents ce n'est pas pour que je les balance dans la nature.

– C'est trop tard, tu dois choisir ton camp, tu ne peux pas

rester au milieu à vouloir que tout le monde t'aime. Ta mère t'a menti, elle t'a caché qu'elle avait retrouvé mon père, qu'elle voulait vivre avec lui. Elle est partie en vacances avec lui en te racontant un bobard parce qu'elle te prend pour un gamin de six ans qu'on manipule facilement et qui n'a pas son mot à dire. Ton père, lui, ne t'a jamais menti… Fais-moi confiance, la meilleure chose qu'on puisse faire aujourd'hui, c'est de lui en parler, lui il saura quoi faire.

*

Le double titre de *France-Soir* s'étale en première page en caractères gras sur cinq colonnes :

LE GOUVERNEMENT A MENTI !
UN NOUVEL HIROSHIMA !

En dessous, en plus petit, on peut lire, encadrant la photographie d'un redoutable champignon atomique : « Au moins mille personnes ont été irradiées lors de deux explosions en Algérie en 1962. Depuis des années, les autorités militaires assurent qu'elles maîtrisent les risques de contamination. Nous détenons aujourd'hui les preuves que des accidents répétés avec de graves conséquences sur la santé de deux à trois cents soldats et techniciens ont été sciemment dissimulés. *À lire pages 2 et 3.* »

C'est peu dire que l'éditorial au vitriol du rédacteur en chef et cet article publié avec un luxe rare de détails et des fac-similés de films dosimétriques avec les explications en surimpression permettant de les comprendre, plus un rapport interne du CEA reconnaissant la matérialité des contaminations, ont fait l'effet d'une bombe. L'intérêt du public a été renforcé les deux jours suivants par la publication de courriers échangés au plus haut niveau où ordre était donné par l'armée de nier les faits et d'en taire la gravité, et de documents internes à la Direction des applications militaires alertant sur les suites catastrophiques à moyen et long terme de l'explosion du 1er mai.

Dans les cafés, les entreprises, les universités et les familles, on ne parle que de cette révélation. Les radios prennent le relais, tentent d'obtenir des confirmations, essayent en vain d'interviewer des ministres, de recueillir les déclarations des hommes politiques, mais ceux de la majorité se défilent, tandis que l'opposition socialiste et communiste crie au scandale. Le journal télévisé, pourtant sous contrôle ministériel, évoque rapidement la question tout à la fin, même si le présentateur reste d'une prudence évasive. À la Chambre, le ministre des Armées, interpellé sur ce scandale, évoque sans trop de précisions un complot étranger mais, ayant assisté sur place à cette explosion dramatique, il confirme implicitement la matérialité des faits en affirmant qu'on ne fait pas d'omelette sans casser des œufs. Devant l'accumulation de preuves, le premier ministre finit par reconnaître que certaines erreurs ont pu être commises à un niveau subalterne tout en minimisant les conséquences et promet la création d'une commission d'enquête.

Arlène découvre la une de *France-Soir* avec stupeur, alors qu'avec deux collègues elle vient d'arriver à Marcoule pour une semaine afin d'étudier l'intérêt de la méthode de substitution, consistant à modifier les éléments combustibles irradiés sans changer le cœur du réacteur. Elle qui travaille depuis trois ans au CNRS de Saclay sur le développement de la nouvelle pile Osiris, dont la divergence est prévue en fin d'année, est effarée de lire ces informations couvertes par le secret défense, notamment des reproductions de films dosimétriques qui lui sont passés entre les mains et qui établissent sans aucune contestation possible que les porteurs de ces badges ont été exposés à une irradiation très supérieure à la dose admissible.

Avant son départ, Arlène avait appelé Viviane pour lui demander si elle pouvait venir à Bruyères pour s'occuper de Laurent pendant son absence, mais sa grand-mère s'était plainte de ses genoux. Après avoir raccroché, elle s'était interrogée à haute voix, Comment vais-je faire ? Laurent s'était offusqué, Je ne suis plus un enfant, je n'ai besoin de personne pour me garder, il n'y a qu'à faire suffisamment de provisions, je peux me débrouiller. Finalement, Arlène s'était résolue à le laisser seul, avait rempli le réfrigérateur à ras bord, demandé à deux voisines de jeter un œil, et Daniel avait dit qu'il passerait voir si tout allait bien.

Quand elle lui téléphone le lundi soir depuis sa chambre d'hôtel, Laurent répond aussitôt, Attends, je baisse la télé.

– Dis-moi, il y a eu un problème à la maison ?

– Non, tout va bien.

– Il n'y a pas eu d'effraction ?... Pas de cambriolage ?

– Ben non !

À peine a-t-il raccroché que Laurent appelle Thomas pour l'informer de son inquiétude, de sa panique même, sa mère n'a pas eu l'air de le croire. À son retour, elle constatera que les documents ont disparu de leur cachette et comme il n'y a aucune trace de vol, elle se doutera que c'est lui le responsable, elle fera le rapprochement avec son père à *France-Soir*, elle l'interrogera sans élever la voix, le fixera pendant un temps interminable en attendant sa réponse, il ne pourra pas résister longtemps, Ça va être la catastrophe !

– C'est vrai, dans la précipitation, je n'y ai pas pensé, admet Thomas. Raconte-lui qu'un soir tu as trouvé la porte de la cuisine ouverte et comme rien n'avait bougé dans la maison, tu t'es dit que tu l'avais mal fermée. Ce n'est pas terrible comme explication mais il y aura un doute. Si elle insiste, dis-lui qu'elle doit aller déclarer le vol à la gendarmerie… Le plus important, c'est de faire diversion et d'avoir l'air convaincant. Exprime-toi en parlant lentement : Tu as longuement réfléchi et tu ne veux pas vivre avec moi et avec mon père mais avec le tien, et si elle persiste dans son idée, tu demanderas à aller habiter chez ton père. Si tu parais déterminé, elle va hésiter parce qu'elle tient à toi et elle laissera tomber, tu dois te montrer ferme. Moi, je vais annoncer à mon père que je refuse catégoriquement cette vie commune. Si on s'y met chacun de notre côté, ils seront obligés de renoncer… Au fait, c'est bientôt Pâques, je dois aller une semaine avec ma grand-mère à Dinard, si tu veux, tu peux venir avec nous.

– Pour les petites vacances, je vais chez mon père, il prend une semaine de congé pour qu'on soit ensemble. Et puis ce n'est pas logique que j'aille en vacances avec toi, si je dis à ma mère que je ne veux pas vivre avec vous. Faudrait qu'on arrête de se voir, si besoin on se téléphone.

Le vendredi soir, à son retour du lycée, Laurent trouve la maison ouverte, aucune lumière n'est allumée, Arlène est assise dans le canapé du salon, son manteau est jeté sur un fauteuil, sa valise est restée dans l'entrée. Laurent s'approche, Tu es rentrée plus tôt. Ça va ?

– Il faut qu'on parle, assieds-toi. Laurent s'installe dans le fauteuil en vis-à-vis. Arlène regarde son fils, au visage imperturbable, Tu n'as rien à me dire ?

– Ma compo de maths a bien marché, je suis content, je n'ai pas eu le temps de répondre à la dernière question mais le reste j'ai su. On aura les résultats après les vacances.

– C'est bien… Écoute, quelqu'un a volé des papiers importants de mon travail. Pourtant, il n'y a pas eu de cambriolage, comment expliques-tu cela ?

Laurent fronce les sourcils, se répète intérieurement : je dois parler lentement, Un soir, j'ai trouvé la porte de la cuisine ouverte mais il n'y avait rien de fracturé, j'avais dû oublier de la fermer le matin, et comme rien n'avait été volé, je me suis dit que ce n'était pas grave.

– J'avais rangé ces documents dans le grenier dans deux boîtes en bois qui ont disparu, il n'y a aucune trace d'effraction. Elles ne se sont pas envolées toutes seules.

– Je ne vais jamais au grenier, je n'ai rien à y faire.

– Si tu as fait une bêtise, Laurent, dis-le-moi, on en discutera, je ne te punirai pas. Comment les cambrioleurs, s'ils existent, auraient-ils pu savoir que j'avais caché des documents précisément derrière le conduit de la cheminée ? En partant, ils ont remis en place la trappe et l'échelle, du travail propre. C'est illogique, les voleurs ne font pas dans la délicatesse, ils sont pressés, ils cassent la porte, ils fouillent partout, retournent les tiroirs, les matelas, ouvrent les boîtes, ils cherchent de l'argent, des bijoux, mais là ils prennent uniquement des films sans intérêt, des papiers qui n'ont aucune valeur, sauf pour ceux qui savent ce que ces documents signifient.

– Si on t'a volé quelque chose, il faut que tu ailles à la police.

– Je t'en prie, ne me prends pas pour une imbécile. Tu m'as mise dans une situation épouvantable.

– J'ai simplement oublié de fermer à clé la porte de la cuisine… Ah oui, j'ai eu le temps de réfléchir pendant ton absence et j'ai pris ma décision, je refuse de vivre avec Thomas et Daniel. Pour moi, ce sont des étrangers, je n'apprécie pas Thomas au point de vivre avec lui. Je n'ai aucune raison d'habiter avec eux.

Si tu décides de vivre avec Daniel, je préfère aller chez mon père.

Arlène se redresse, inquiète, reste un long moment silencieuse, Je croyais que vous vous entendiez bien. Laurent, tu ne peux pas me faire ce chantage. Pas maintenant. Daniel t'aime beaucoup, Thomas aussi. On pourrait former une vraie famille.

– Ma famille, c'est toi et mon père. C'est tout. Thomas n'est pas mon frère, c'est un copain, si on se voit de temps en temps ça suffit. Je ne veux pas changer de vie, soit on reste comme on est, soit à la prochaine rentrée j'irai vivre chez mon père.

– C'est impossible ! Il part vers six heures du soir, il revient à sept heures du matin. Vous vous croiserez, il ne pourra pas s'occuper de toi. Et tu as vu où il vit ? Tu n'auras même pas une chambre à toi, tu dormiras sur le canapé de la salle à manger. En plus, je ne suis pas sûr que ça lui convienne, il a une copine, je crois. Et je vais te dire, ce n'est vraiment pas le moment de me parler de cela, j'ai un tas de problèmes.

– Je t'en parle quand je peux, tu n'es jamais là. C'est le début des vacances de Pâques, demain je pars chez mon père, je lui en parlerai.

– Non, laisse-moi un peu de temps, il faut que je réfléchisse.

Cette nuit-là, Arlène n'arrive pas à trouver le sommeil. Elle quitte sa chambre, entrouvre la porte de Laurent, mais celui-ci dort. Elle descend au rez-de-chaussée, s'installe dans un fauteuil, récapitule les faits, les aligne dans leur ordre d'apparition. C'est de la logique pure, un jeu où elle ne craint personne, Comment les voleurs auraient-ils su que j'avais caché ces documents au grenier ? Ils auraient dû d'abord retourner toute la maison, pièce par pièce, mais ils n'ont touché à rien, ils sont allés directement là-haut. J'avais pris mes précautions, j'étais la seule à connaître cette cachette. C'est évident que Laurent l'a découverte. Mais quel intérêt pour lui de prendre ces documents ? Malgré cette conclusion, Arlène est troublée par ses dénégations. À aucun moment, il n'a paru en porte-à-faux, il affichait le visage d'un innocent injustement accusé. C'est un garçon qu'elle n'a jamais surpris en train de mentir, quand il faisait une bêtise, non seulement il ne la dissimulait pas mais il l'annonçait lui-même. Arlène reprend son analyse, J'ai pu passer à côté de détails peu visibles mais déterminants, elle ferme les yeux, se concentre, aboutit au même résultat, C'est Laurent le coupable, les faits sont contre lui, mais il y a peut-être un paramètre que j'ignore. Cependant, je connais mon fils, s'il me dit que ce n'est pas lui, je le crois. Ou il y a autre chose ? Mais quoi ?

Je vais devenir folle.

Quand Laurent se lève, il trouve sa mère endormie dans le canapé, il prépare le café, le dépose sur la table basse, Arlène ouvre un œil, se redresse, il verse le café dans la tasse, Je peux te faire du pain grillé ?

– Je sais que c'est toi.

*

Daniel pénètre dans une salle d'attente où règne une chaleur de serre tropicale, deux hommes âgés l'ont précédé et le saluent d'un mouvement de tête, il s'assied à l'écart, regarde sa montre, soupire. L'hôpital, c'est long, et il n'a plus de patience. Il est fatigué de ces médecins qui ne savent qu'ordonner des examens supplémentaires et consulter des professeurs aussi impuissants qu'eux. Quatre ans maintenant que cela dure. Depuis ce foutu guet-apens. Personne n'a réussi à mettre un nom sur cette douleur qui lui tord le ventre, qui se fait oublier pendant des semaines et survient sans prévenir quand il lit le journal ou regarde la télévision ou qui le réveille en pleine nuit comme si on lui plantait une aiguille brûlante dans l'estomac, des élancements insoutenables qui disparaissent au bout de cinq minutes ou de deux jours et le laissent comme un pantin en chiffon. Daniel avait dû se retenir pour ne pas insulter le dernier ponte qui, après avoir regardé ses radios sur son négatoscope pendant une heure, s'était gratté le menton et l'avait dévisagé d'un air sceptique, Tout s'est parfaitement remis en place, je ne vois rien parce qu'il n'y a rien à voir ; pour moi c'est d'ordre psychologique, je peux vous adresser à quelqu'un de confiance. Aujourd'hui, il teste un autre spécialiste, mais il n'a plus rien ressenti depuis deux semaines. Il va devoir raconter à nouveau son parcours de souffrance : la rafale de mitraillette, le coma, les huit opérations, l'interminable convalescence à épisodes, l'infection nosocomiale, les opinions contradictoires de ses collègues, donner à compulser la pile de radiographies et d'analyses de son dossier qui atteint trente centimètres d'épaisseur. Daniel se palpe le ventre à la recherche d'une douleur cachée qui ne demanderait qu'à bondir, et à cet instant il se dit, Et s'il n'y avait rien ? Pas de cause tangible, mécanique ou organique, mais une raison invisible sur une radio ou dans une analyse de sang, et tapie au fond de ma tête comme un monstre.

Un doute, c'est déjà une certitude.

Daniel se laisse envahir par l'amertume, il a eu tort, il l'a toujours su, même s'il a affirmé cent fois le contraire. Aujourd'hui, il en a plus conscience que jamais, si cela se trouve, c'est son rêve abandonné qui revient le tourmenter, Jamais je n'aurais dû quitter l'armée, c'est la pire erreur de ma vie. J'ai voulu faire plaisir à Marie, lui montrer que j'étais capable de tout sacrifier pour elle sans me plaindre, de tout lui donner pour réparer un peu la souffrance de la mort de Thomas et l'aider à surmonter son chagrin, mais elle n'a pas mesuré le sacrifice que je consentais pour elle. Dans l'armée, j'aurais réalisé mes espoirs de jeunesse, je serais probablement mort en Indochine ou en Algérie, comme la plupart de mes camarades, mais au moins j'aurais servi, je me serais battu, je serais allé au bout de mon destin, j'aurais peut-être été gravement blessé mais cela aurait été les armes à la main, pour mon pays, et pas pendant cette pitoyable débandade.

Daniel n'attend pas que son tour arrive, il quitte la salle d'attente en abandonnant par terre le sac qui contient ses radiographies et ses analyses, et sans répondre à l'infirmière qui l'interpelle, il s'éloigne à pied de l'hôpital, L'armée, c'est fini, ils n'ont pas besoin d'éclopés comme moi. Mon remède, je le connais, mon rêve, je vais l'accomplir, et personne ne m'en empêchera.

Quand Daniel ouvre la porte de son appartement, le téléphone sonne, il se précipite. C'est Arlène, elle est fébrile, parle à toute allure, ne lui demande pas comment il va, il reste debout près du guéridon, avec son manteau sur le bras, J'ai quelque chose d'important à te dire. Tu as vu les articles dans *France-Soir* sur les conséquences des explosions atomiques ? Elle ne lui laisse pas le temps de répondre, Eh bien, c'est moi. Enfin non, ce n'est pas moi qui leur ai transmis ces informations, mais j'avais caché des documents chez moi depuis des années, et ils ont disparu.

– C'est de la folie ! Pourquoi avoir pris ce risque ? Ce sont des pièces secret défense.

– J'ai tout de suite compris que l'armée avait décidé de dissimuler la vérité sur les explosions nucléaires au Sahara, dont quatre ont entraîné de terribles contaminations. Pour eux, c'était une question secondaire, qui n'intéressait pas la hiérarchie. Le CEA était à la botte du ministère, ses directeurs obéissaient aux ordres, ils pensaient d'abord à leur carrière. Le résultat, c'est que trois mille personnes ont été exposées et un millier irradiées. Des centaines de militaires et de techniciens, sans parler des populations locales, vont développer des leucémies et des cancers dans les années à venir, ils n'auront pas une retraite heureuse, personne ne va les avertir. Quand la maladie surviendra, on dira : C'est la faute à pas de chance. Ils ne bénéficieront d'aucune prévention et, bien sûr, ils ne seront pas indemnisés de leur préjudice puisqu'ils ne pourront pas établir le lien de cause à effet entre leur exposition aux radiations pendant leurs années d'activité en Algérie et leur maladie à l'âge mûr. C'est une bombe humaine à retardement, et surtout un mensonge d'État qui va tuer des centaines de personnes qui avaient confiance dans leur pays, qui croyaient légitimement qu'elles seraient protégées. Je ne me suis pas engagée dans cette voie pour devenir complice de ce crime, je refuse de participer à la conspiration du silence. Les personnes contaminées ont droit à la vérité, il est possible que peu tombent malades, mais même s'il n'y en avait qu'une, ce serait trop. Malheureusement, le cauchemar est inévitable. C'est statistique. On a les chiffres du Nevada et ils sont effrayants. Voilà pourquoi j'ai pris ces documents, à l'époque personne n'y prêtait attention. Il fallait conserver des preuves incontestables pour établir cette relation de causalité et j'avais l'intention de les remettre aux victimes le moment venu. Afin que leur préjudice soit reconnu, qu'elles puissent être indemnisées, et pour cela un film dosimétrique nominatif, c'est imparable… Maintenant, je dois faire face, tu crois qu'ils peuvent remonter jusqu'à moi ?

– Je doute que tu sois dans les radars de l'enquête, tu as quitté le CEA depuis trois ans, tu travailles au CNRS. La DST va d'abord chercher parmi ceux qui sont sur place, tu dois être sur la liste mais tout en bas. Cela peut prendre des mois, des années, mais un jour ou l'autre ils arriveront à toi, surtout fais attention à ce que tu dis au téléphone. Méfie-toi de tout le monde, surtout des gens que tu connais. Et même si le gouvernement hausse les épaules et laisse croire qu'il enterre l'affaire, la DST ne renoncera jamais et poursuivra son enquête jusqu'à ce qu'ils mettent un nom sur celui qui a trahi. C'est une question de survie pour eux, sinon ils ne servent à rien.

– Ce qui m'inquiète, c'est que quelqu'un a volé ces documents chez moi, personne ne pouvait connaître cette cachette. À part Laurent. Mais ce n'est pas tout, il a été odieux, jamais je ne l'avais vu aussi agressif, il ne veut pas entendre parler d'une vie commune, il refuse qu'on s'installe tous les quatre ensemble, il va demander à son père s'il peut vivre avec lui à la rentrée. Je ne sais plus quoi penser. Comment va-t-on faire ?

– Je vais passer chez mes parents à Saint-Maur, je verrai Thomas, il saura peut-être quelque chose. Retrouvons-nous à vingt heures chez Max.

*

Le restaurant du quai de Montebello se remplit lentement, la sono diffuse du doo-wop en sourdine, le patron refuse deux clients qui n'ont pas de réservation. Arlène attend, assise à une table dans le fond de la salle, elle consulte le menu, finit une coupe de champagne, regarde sa montre, un peu soucieuse. Daniel arrive, reste un instant face à elle, son col de chemise est ouvert, il se laisse tomber sur sa chaise, Je suis mort, j'ai failli avoir une crise cardiaque. Il se sert un verre d'eau, le boit d'un trait, J'ai vécu des jours épouvantables, je pensais que c'était derrière moi, eh bien je peux dire que ce fut, et de loin, la journée la plus horrible de ma vie. J'ai vu Thomas. Daniel desserre sa cravate comme si l'air lui manquait, appelle le serveur, Une coupe, monsieur ?

– Apportez-moi une bouteille. Cet après-midi, j'ai été à deux doigts de frapper Thomas, c'est ce qu'il cherchait, j'ai réussi à me retenir, je n'ai pas voulu lui faire ce plaisir. Ce garçon est fou ou pervers ou les deux. Les yeux de Daniel s'humidifient, C'est pire que tout ce qu'on pouvait imaginer. Daniel attend que le serveur ait débouché la bouteille et les ait servis, On va commander. Il jette un œil à la carte. Le serveur note les plats sur son carnet et s'éloigne. Daniel finit sa coupe, se ressert aussitôt. Arlène se redresse, le fixe, Tu peux tout me dire, tu sais.

Daniel la regarde avec un sourire triste, C'est Laurent… Arlène ne réagit pas, il se penche en avant, Cela fait des années qu'il a découvert cette cache dans le grenier, derrière le conduit de cheminée, mais il ne savait pas quoi en faire, c'est Thomas qui m'a donné les précisions. Ils étaient ensemble, tu venais de partir à Marcoule pour une semaine, ils ont ouvert les deux boîtes en bois, ils sont allés voir Pierre et celui-ci a immédiatement saisi l'importance de ces documents. C'était pain bénit pour un antimilitariste comme lui, il est allé trouver un journaliste dont il est proche, qui a tout de suite compris le parti que le journal pouvait en tirer… Et à mon avis, Pierre en a aussi profité pour régler ses comptes avec toi. Le plus terrible, c'est que nos deux garçons mesuraient les conséquences de leur geste, ils ont pesé le pour et le contre, ils ont réfléchi et ils ont agi. Sciemment.

– Thomas est un menteur ! Laurent m'a juré qu'il n'y était pour rien.

– Y a-t-il un seul de ces détails qui soit faux ? Comment le saurais-je, sinon par lui ?

Arlène baisse les yeux, sa lèvre se met à trembler, elle serre les poings, Je n'arrive pas à y croire, je ne comprends pas l'intérêt de Thomas de faire cette pseudo-révélation et de balancer Laurent.

– Parce que tu ne connais pas Thomas, cet enfant est une punition, avec lui je roule mon rocher chaque jour. Il me rend responsable de la mort de Marie, et c'est un bonheur pour lui que de t'attirer des problèmes. Son seul but, c'est de te nuire. Il te hait à un point dont tu n'as aucune idée, à cause de toi j'ai abandonné sa mère, il a repris le combat de Marie… Laurent ? Il s'en fiche comme d'un moucheron, il l'a manipulé pour arriver à ses fins, ce qu'il veut, c'est nous faire du mal. Mais surtout, il cherche à venger sa mère et à nous punir, moi de l'avoir abandonnée et toi de l'avoir remplacée.

Arlène reste prostrée, tête baissée, murmure, Je me demande si tu n'exagères pas, ton fils ne m'a jamais manifesté la moindre hostilité, je l'aime beaucoup.

– Moi-même, j'ai été trompé par sa capacité à dissimuler ses vrais sentiments et son ressentiment. Aujourd'hui, pour la première fois, il m'a tout balancé à la figure, persuadé qu'il nous avait détruits et que nous allions nous séparer. J'ai découvert avec effarement que mon fils est un pervers. Et s'il se rend compte que tu n'as pas d'ennuis comme il l'espère, je le crois capable d'envoyer une lettre anonyme de dénonciation comme pendant la guerre, et la police s'occupera de toi.

Le serveur dépose les entrées devant eux, le patron choisit un disque dans la pile derrière le comptoir et le met sur le plateau du pick-up, les onomatopées aériennes des Swingle Singers leur parviennent, Arlène dresse l'oreille, ferme les yeux, Je suis désolée mais je ne vais pas arriver à avaler une bouchée.

– Ce n'est pas grave, je n'ai pas très faim non plus.

Daniel la ressert, elle met la main sur son verre, Que va-t-on faire avec les enfants, Daniel, c'est une catastrophe. Ce qui m'anéantit, c'est Laurent, j'ai toujours veillé à ce qu'il ne soit pas affecté par ma séparation d'avec Pierre. J'ai fait attention à ne jamais dire un mot de travers contre son père, à montrer qu'on avait une relation amicale, et ça fonctionnait bien… Je suis en miettes, je n'arrive pas à réaliser que mon propre fils m'a trahie. Je suis dégoûtée, j'ai envie de tout laisser tomber.

Daniel fixe Arlène avec intensité, Et si on partait tous les deux ? Si on les laissait où ils sont : ton fils avec son père et le mien avec mes parents. Le moment est venu de couper le cordon, non seulement ils n'ont pas besoin de nous, mais en plus ils seront ravis d'être débarrassés de nous… On a le droit d'être heureux, non ?

– Pourquoi pas ?… C'est ce qu'on a toujours voulu, non ?

– Moi, je vivrais bien en Italie, à Rome, cela te dirait ?

– Je ne connais pas l'Italie.

– Ou à New York ?… On ira où on voudra et on vivra comme on aurait dû vivre depuis le début…

Arlène finit sa coupe de champagne, elle a trop bu, la tête lui tourne, Daniel parle avec ses mains, elle a les joues brûlantes et n'entend qu'un bruit de fond, se dit qu'elle arrive à un moment crucial où elle va prendre la décision la plus importante de sa vie, Voilà, le train fonce dans la nuit sans s'arrêter et ne prend plus de voyageurs. Je suis à la grande bifurcation. Ce serait tellement plus facile si on pouvait mettre les éléments du choix en équation, leur affecter un coefficient en fonction de leur importance, introduire un peu de rationalité dans la prise de décision, surtout écarter les miasmes du passé, les empêcher de déterminer notre futur et arriver à élaborer une théorie du choix qui aboutirait à un résultat incontestable, bref, ne pas se tromper et gagner à tous les coups. On ne peut pas toujours réfléchir, soupeser le pour et le contre, attendre, réfléchir encore, changer d'avis, remettre la décision au lendemain, au jour suivant, demander leur avis à des gens de confiance, la réalité c'est qu'à un moment il faut se lancer dans le vide et espérer que le parachute s'ouvrira.

– Alors ?… Qu'en penses-tu ?

– Je n'irai pas en Italie, ni aux États-Unis, je vais rester ici… Perdre Laurent serait atroce, bien pire qu'une défaite, je ne peux pas l'abandonner, le laisser seul. Ce serait comme si je m'anéantissais, nous avons encore un bout de chemin à faire ensemble avant qu'il n'arrive à prendre son envol. J'ai la ferme intention de récupérer mon fils, nous allons nous expliquer, nous dire nos quatre vérités. Le ton va probablement monter mais ce ne sera que du bruit, parce que nous n'avons ni l'un ni l'autre envie que notre histoire s'arrête de cette façon, on a encore des tas de choses à vivre avant qu'il ne devienne un homme. Je le connais : il doit être horriblement malheureux de ce qui arrive, alors on va régler notre problème en tête à tête. L'idée de partir sans lui, d'avancer sans lui, m'est insupportable. C'est avec Pierre que j'ai un compte à régler, pas avec Laurent, parce que Pierre n'a pas joué son rôle de père et qu'il a utilisé notre fils dans son intérêt… Non seulement je ne regrette pas d'avoir pris ces documents mais je l'assume… Et tant pis si je suis seule, mais je ne crois pas que je le serai, nous serons peu nombreux probablement, mais suffisamment pour nous soutenir, je n'ai pas envie de renoncer à ce que je suis.

– Je te l'ai dit, tu vas au-devant des pires problèmes, tôt ou tard, ils remonteront jusqu'à toi, tu seras poursuivie, diffamée, tout le monde s'écartera de toi, tu deviendras une paria. On ne lutte pas contre l'armée, ils sont trop puissants, tu n'as aucune chance de gagner, ils vont te briser.

– C'est possible, mais le jeu en vaut la chandelle. Si je fuis, c'est sûr, ils étoufferont l'affaire, il n'y aura personne pour soutenir les victimes dans leur combat. C'est pour ça que je reste aussi, parce que je ne supporte pas l'idée que le plus arrogant puisse gagner, on ne perd pas quand on est battu, on perd quand on renonce à lutter. Je me doute que le combat sera inégal, qu'ils sont plus forts que moi, qu'ils vont m'en faire baver. Ils peuvent me mettre en prison ou à la porte, tant pis, je ne me laisserai pas faire, même si j'ai la trouille de ce qui va m'arriver. Et puis, je connais des chefs de service qui sont outrés par ce qui s'est passé, des ingénieurs et des techniciens qui sont indignés, qui refuseront de couvrir cette ignominie, je sais dans quels dossiers se trouvent d'autres preuves et comment les interpréter. Ils seront bien obligés de nous écouter.

Daniel tarde à répondre, la fixe longuement, Eh bien, tant pis pour l'Amérique. On va rester ici tous les deux et on se battra.

Quand on n'a pas forcément le choix entre une bonne et une mauvaise solutions, il faut sauter dans l'eau glacée, nager et survivre. La vérité, c'est que nous ne prenons jamais de décision contraire à ce que nous sommes, la décision, on la connaît depuis le début, parce que la décision, c'est notre histoire.

On ne choisit rien, on ne fait que mettre ses pas dans le chemin tracé, on accomplit toujours ce que l'on est.

Table

DU MÊME AUTEUR

Aux Éditions Albin Michel

LE CLUB DES INCORRIGIBLES OPTIMISTES, Goncourt des lycéens 2009, prix des Lecteurs de Notre Temps 2010.

LA VIE RÊVÉE D'ERNESTO G., 2012.

TROMPE-LA-MORT, 2015.

LA VALSE DES ARBRES ET DU CIEL, 2016.

DE L'INFLUENCE DE DAVID BOWIE SUR LA DESTINÉE DES JEUNES FILLES, 2017.

LES TERRES PROMISES, 2021.

Aux Éditions du Livre de Poche

DERNIÈRE DONNE, 2014.

Retrouvez toute l'actualité des éditions Albin Michel
sur notre site albin-michel.fr
et suivez-nous sur les réseaux sociaux !
Instagram : editionsalbinmichel
Facebook : Éditions Albin Michel
Twitter : AlbinMichel

Composition : IGS-CP
Impression : CPI Firmin Didot en mai 2023
Éditions Albin Michel
22, rue Huyghens, 75014 Paris
www.albin-michel.fr
ISBN broché : 978-2-226-48393-5
ISBN luxe : 978-2-226-18565-5
N° d'édition : 25469/01 – N° d'impression : 175334
Dépôt légal : septembre 2023
Imprimé en France